W0368111

DU MÊME AUTEUR

Aux Éditions Gallimard

LA MAISON DU SILENCE
LE LIVRE NOIR
LE CHÂTEAU BLANC
LA VIE NOUVELLE
MON NOM EST ROUGE
NEIGE
ISTANBUL
D'AUTRES COULEURS
LE MUSÉE DE L'INNOCENCE
L'INNOCENCE DES OBJETS
LE ROMANCIER NAÏF ET LE ROMANCIER SENTIMENTAL
CEVDET BEY ET SES FILS
CETTE CHOSE ÉTRANGE EN MOI
LA FEMME AUX CHEVEUX ROUX

Du monde entier

ORHAN PAMUK

LES NUITS DE LA PESTE

roman

Traduit du turc
par Julien Lapeyre de Cabanes

nrf

GALLIMARD

LA GUERRE ET LA PAIX
De Léon Tolstoï
Traduit du russe par Boris de Schlœzer
© Éditions Gallimard, 2002, pour la traduction française,
dont un passage est cité en exergue du roman.

LES FIANCÉS
D'Alessandro Manzoni
Traduit de l'italien par Yves Branca
© Éditions Gallimard, 1995, pour la traduction française,
dont un passage est cité en exergue du roman.

Titre original :

VEBA GECELERİ

© 2021, Orhan Pamuk, tous droits réservés.
© Éditions Gallimard, 2022, pour la traduction française.

Devant l'imminence du péril, deux voix d'égale force s'élèvent en l'homme : l'une lui dit fort raisonnablement qu'il doit examiner la nature du péril et les moyens de l'éviter ; l'autre lui suggère, plus raisonnablement encore, qu'il est par trop pénible d'y réfléchir alors qu'il n'est pas au pouvoir de l'homme de tout prévoir et d'échapper à la marche générale des événements, et qu'en conséquence mieux vaut se détourner des choses désagréables jusqu'à ce qu'elles surviennent et penser à ce qui est agréable.

LÉON TOLSTOÏ,
La Guerre et la Paix

Aucun des écrivains de notre temps, examinant ces documents et les comparant entre eux, ne s'est risqué à écrire une véritable histoire de ce fléau qu'est la peste.

ALESSANDRO MANZONI,
Les Fiancés

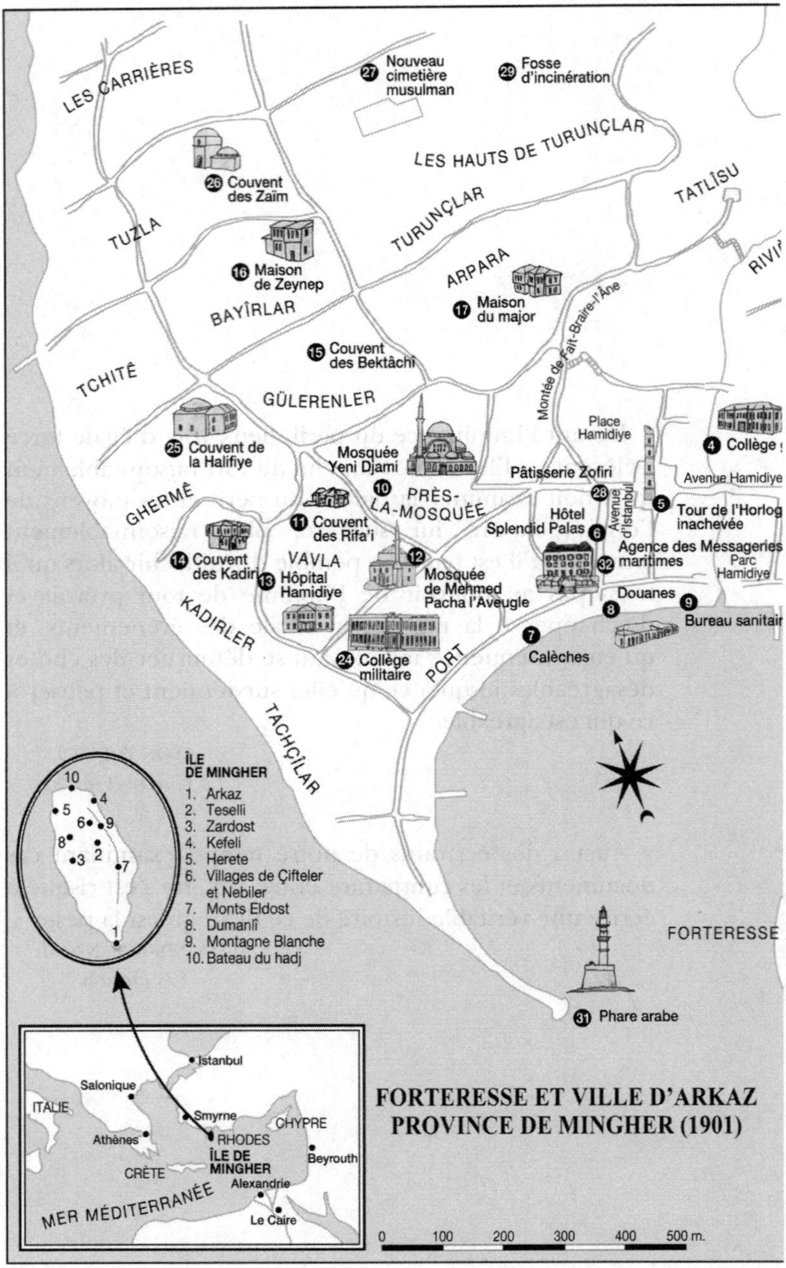

FORTERESSE ET VILLE D'ARKAZ
PROVINCE DE MINGHER (1901)

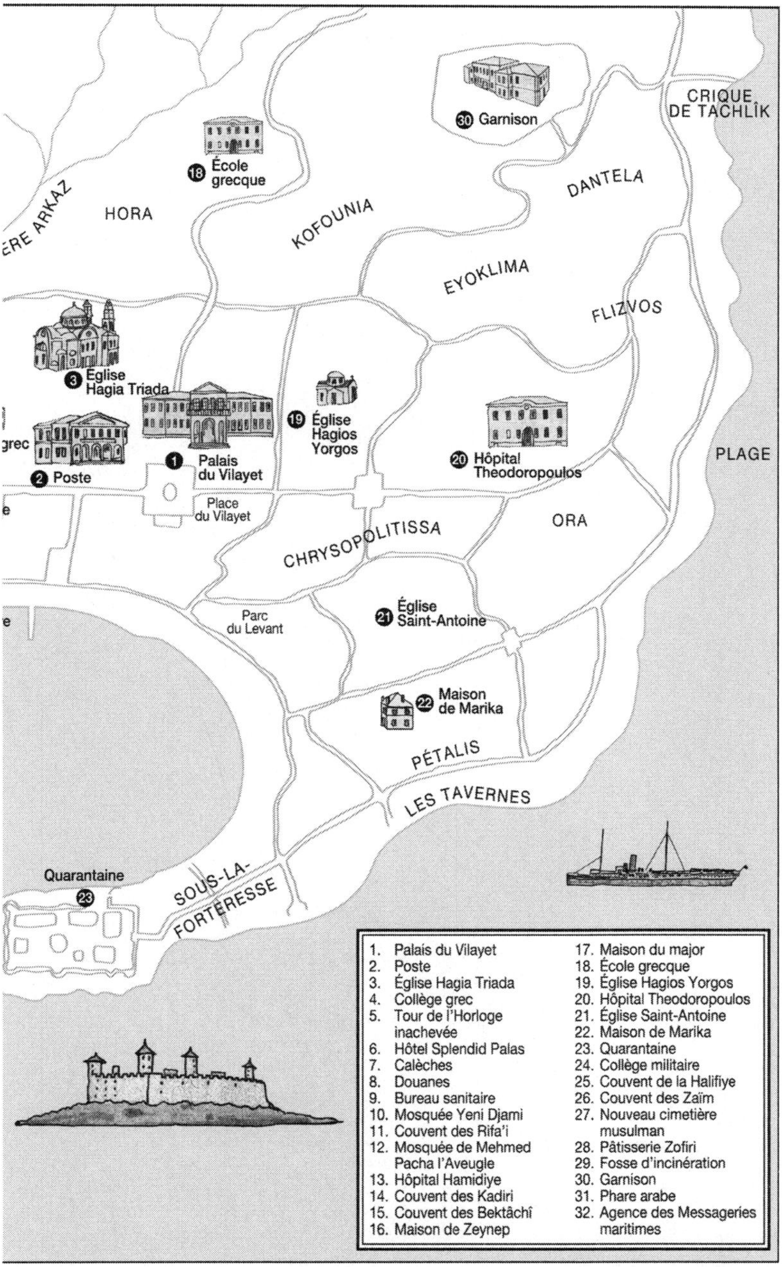
CRIQUE DE TACHLÎK
30 Garnison
18 École grecque
HORA
KOFOUNIA
DANTELA
EYOKLIMA
FLIZVOS
3 Église Hagia Triada
19 Église Hagios Yorgos
20 Hôpital Theodoropoulos
PLAGE
1 Palais du Vilayet
2 Poste
Place du Vilayet
CHRYSOPOLITISSA
ORA
Parc du Levant
21 Église Saint-Antoine
22 Maison de Marika
PÉTALIS
LES TAVERNES
Quarantaine
23
SOUS-LA-FORTERESSE
1. Palais du Vilayet
2. Poste
3. Église Hagia Triada
4. Collège grec
5. Tour de l'Horloge inachevée
6. Hôtel Splendid Palas
7. Calèches
8. Douanes
9. Bureau sanitaire
10. Mosquée Yeni Djami
11. Couvent des Rifa'i
12. Mosquée de Mehmed Pacha l'Aveugle
13. Hôpital Hamidiye
14. Couvent des Kadiri
15. Couvent des Bektâchî
16. Maison de Zeynep
17. Maison du major
18. École grecque
19. Église Hagios Yorgos
20. Hôpital Theodoropoulos
21. Église Saint-Antoine
22. Maison de Marika
23. Quarantaine
24. Collège militaire
25. Couvent de la Halifiye
26. Couvent des Zaïm
27. Nouveau cimetière musulman
28. Pâtisserie Zofiri
29. Fosse d'incinération
30. Garnison
31. Phare arabe
32. Agence des Messageries maritimes

Je remercie mon ami historien Edhem Eldem pour la pertinence de ses suggestions et corrections au moment où j'achevais ce livre.

Introduction

Ceci est à la fois un roman historique et une histoire en forme de roman. En racontant les six mois les plus denses et les plus troublants qu'ait vécus l'île de Mingher, perle de la Méditerranée orientale, c'est ma propre histoire que j'ai incorporée à celle de ce pays tant aimé.

À mesure qu'avançaient mes recherches sur les événements qui agitèrent l'île au moment de l'épidémie de peste de 1901, j'ai senti que la science historique ne permettrait pas de saisir les motivations subjectives qui animaient les acteurs de cette courte et dramatique période et, jugeant que l'art du roman serait plus à même d'en rendre les raisons, j'ai cherché à concilier les deux genres.

Mais que les lecteurs, de grâce, n'imaginent pas que ces grandes questions littéraires furent mon point de départ. Tout a commencé par des lettres, dont j'ai essayé de transposer toute la richesse dans ce livre. On m'avait demandé d'étudier, en vue d'un projet d'édition dont j'aurais la charge, les cent treize lettres que la princesse sultane Pakizê, troisième fille du trente-troisième sultan ottoman Mourad V, écrivit à sa grande sœur la princesse Hatidjê entre 1901 et 1913. Le livre que vous vous apprêtez à lire n'est à l'origine rien d'autre qu'une « préface au projet d'édition » de ces lettres.

La préface s'est étirée, enrichie, alimentée par mes recherches, et ainsi est né le livre que vous tenez entre les mains. Je dois avouer que j'ai été émerveillée par le style, l'intelligence, la vivacité d'esprit de l'élégante et si sensible Pakizê. Elle possédait une curiosité du détail, un goût du récit, un talent pour la description comme bien peu d'historiens et de romanciers en sont doués. J'avais lu, des années durant, les rapports des consuls des villes portuaires de l'Empire ottoman conservés dans les archives françaises et anglaises, matériau qui a servi de base à ma thèse de doctorat et à mes publications académiques. Mais aucun de ces consuls n'a su raconter ces événements, les jours de choléra ou de peste, avec tant de profondeur et de beauté, aucun d'eux n'a su rendre l'atmosphère des villes côtières de l'Empire, les couleurs des bazars, aucun ne paraît avoir entendu les cris des mouettes, le grincement des roues des voitures à cheval. Il se peut donc que ce soit le récit de Pakizê, elle qui approchait les faits, les êtres, les choses avec une sensibilité extraordinaire, qui m'ait donné l'envie de transformer la préface en roman.

Lisant ses lettres, je me suis posé la question suivante : si Pakizê arrivait à raconter les mêmes événements de façon tellement plus vivante et « circonstanciée » que les consuls et les historiens, n'était-ce pas parce qu'elle était une femme ? Car n'oublions pas que notre épistolière, pendant ces jours de peste, ne quitta presque jamais la chambre qu'elle occupait dans la suite d'honneur du palais du gouverneur, et que c'est uniquement grâce aux récits de son mari, le docteur, qu'elle était informée de ce qu'il se passait en ville ! Or la façon dont elle décrit ce monde masculin des politiciens, bureaucrates et médecins atteste qu'elle l'avait fait sien. J'ai tenté à mon tour, dans ce roman-histoire, de donner vie à cet univers-là. Même si, à l'évidence, il est difficile d'égaler la sincérité, le talent et l'ardeur de Pakizê.

L'autre raison de mon enthousiasme pour ces merveilleuses lettres qui, une fois publiées, formeront un volume d'au moins six cents pages, c'est que je suis moi-même une fille de Mingher. J'avais déjà croisé la figure de Pakizê durant mon enfance, dans les manuels scolaires, les articles des journaux, et surtout les romans illustrés et les contes inspirés de héros historiques que nous découvrions chaque semaine dans les revues patriotiques pour enfants

(*Les Cahiers de l'Île, Connaissance de l'Histoire*). Une proximité singulière semblait déjà me lier à elle. Le personnage de la princesse Pakizê est pour moi aussi fantastique que l'île de Mingher, si riche de légendes, peut l'être pour d'autres. Enfin, ces lettres tombées du ciel m'ont donné la joie de pouvoir comparer l'héroïne de mon enfance à la princesse réelle, de faire contraster sa forte personnalité avec ses sentiments les plus intimes. Et, s'ils ont la patience de lire ce livre jusqu'au bout, mes lecteurs verront que j'ai connu la princesse en personne.

Que l'univers dépeint dans ces lettres corresponde à la réalité historique, j'en ai eu la certitude en les comparant à mon travail sur les archives françaises et anglaises, celles d'Istanbul et de Mingher, ainsi qu'aux documents et souvenirs de l'époque. Mais, écrivant un roman historique, je n'ai pu m'empêcher de m'identifier par endroits à Pakizê, comme si c'était ma propre histoire que j'écrivais à travers la sienne.

L'art du roman repose sur le talent de raconter notre histoire comme si elle avait été vécue par d'autres, et l'histoire des autres comme si nous l'avions vécue. Disons alors que j'ai pensé en romancière chaque fois que je me suis sentie fille de sultan, princesse. Plus difficile était de s'identifier aux hommes de pouvoir, les médecins, les pachas, qui menaient le combat contre la peste.

Pour des questions de forme et de substance, il est profitable qu'un roman soit raconté de plusieurs points de vue différents, afin qu'il ressemble davantage à une histoire tissée par les aventures de chacun plutôt qu'à un récit personnel. Cela étant, je rejoins le grand romancier Henry James, le plus féminin de tous les auteurs masculins, dans son idée qu'un roman, pour être convaincant, gagnera à concentrer tous les faits, détails et événements, dans l'environnement immédiat d'un seul personnage.

Mais puisque *par ailleurs* c'était un livre d'histoire que j'écrivais, il a pu m'arriver de ne pas respecter la règle du « point de vue d'un seul personnage », règle que j'ai même allègrement violée. Aux moments les plus poignants du récit, le lecteur trouvera donc des chiffres, des notes informatives, des digressions sur l'histoire politique. Ou bien, alors qu'on est plongé dans les sentiments d'un personnage, on sautera sans prévenir, négligemment, aux pensées d'un autre, inconnu du précédent. Ou encore, on lira qu'à en croire certains Abdülaziz s'est suicidé après avoir été détrôné, bien que, personnellement, je sois convaincue qu'il fut assassiné. Ainsi ai-je essayé de voir l'univers chatoyant des lettres de Pakizê à travers les yeux d'autres témoins, afin que mon livre penche tout de même un peu plus du côté de l'Histoire.

Quant à savoir comment ces lettres sont arrivées jusqu'à moi, quelle importance j'accorde aux romans policiers, pourquoi je n'ai pas commencé par la publication de la correspondance, et tant d'autres questions qu'on me pose depuis des années, je me contenterai ici de répondre à la deuxième. Les amis universitaires à qui j'avais parlé des crimes évoqués dans les lettres, ainsi que du goût d'Abdülhamid pour la littérature policière, ont tous approuvé et soutenu mon projet romanesque. L'intérêt d'une maison d'édition aussi prestigieuse que la Cambridge University Press pour les romans policiers et l'histoire de la petite île de Mingher a aussi pu m'encourager dans cette voie. Mais mettre au jour le sens profond de ce monde fantastique, les mystères que des années de travail ne m'ont pas permis de percer, c'est une tout autre question, et assurément plus essentielle que celle de savoir qui était l'assassin. L'identité du tueur peut être, au mieux, un signe. L'aspect policier est donc ce qui transformera ce livre commencé sous les auspices du plus grand romancier de l'histoire, Tolstoï, et par cette introduction, en un océan de signes.

Certains m'ont reproché de trop entrer en conflit avec les historiens populaires et officiels (je ne donnerai pas de noms). Il se peut qu'ils aient raison. Mais c'est justement parce que nous prenons au sérieux ces livres d'histoire si populaires, si plaisants, que nous l'avons fait.

N'importe quel livre turc consacré à l'histoire de l'Orient et du Levant, ou du Proche-Orient et de la Méditerranée orientale, s'ouvre par une préface traitant des problèmes de translittération, expliquant le système d'équivalences entre les anciennes lettres vernaculaires et l'alphabet latin. Je me félicite de ne pas ajouter le mien à la liste de ces livres ennuyeux. D'ailleurs, l'alphabet et la langue de Mingher n'ont aucun équivalent ! J'ai donné des noms locaux une retranscription tantôt littérale, tantôt phonétique. En Géorgie, c'est un hasard fréquent que deux villes dont les noms rendent un son semblable en deviennent deux autres une fois ces noms écrits. Mais que dans mon livre beaucoup de choses apparaissent au lecteur aussi familières que des souvenirs dont la mémoire se perd lentement dans l'oubli, ce n'est pas un hasard, c'est une intention.

MÎNA MINGHERLI, *Istanbul, 2017*

CHAPITRE 1

En 1901, quand un bateau à vapeur parti d'Istanbul, après quatre jours de navigation vers le sud, crachant des panaches de fumée noire et laissant derrière lui l'île de Rhodes pour entrer dans ces eaux méridionales riches en périls et en orages, continuait sa course encore une demi-journée en direction d'Alexandrie, ses passagers pouvaient apercevoir les tours élancées de la Forteresse d'Arkaz, sur l'île de Mingher. Au moment où surgissait à l'horizon ce majestueux paysage dont Homère, dans l'*Iliade*, dit qu'il est comme « un diamant vert taillé dans la pierre rose », certains capitaines, esthètes dans l'âme, invitaient les passagers à sortir sur le pont admirer au loin la sombre et mystérieuse silhouette de la Forteresse, l'île de Mingher tout entière, et les peintres en route pour l'Orient, y ajoutant quelques sombres nuages de tempête, faisaient de cette vue romantique des tableaux.

Ces bateaux faisaient rarement escale à Mingher ; en ce temps-là, seuls trois navires desservaient régulièrement l'île, à une cadence hebdomadaire : c'étaient, pour la compagnie des Messageries maritimes, le *Saghalien*, dont le sifflet strident était connu dans tout Arkaz, et l'*Équateur*, qui rendait un son plus grave, ainsi que l'élégant *Zeus*, de la compagnie crétoise Pantaleon, aux sifflements brefs et sporadiques. En ce 22 avril 1901 où commence notre histoire, l'arrivée au large de l'île d'un vapeur non programmé, deux heures avant minuit, annonçait quelque chose d'extraordinaire.

Ce navire à la proue effilée et à la cheminée blanche qui s'approchait silencieusement, tel un vaisseau espion, par le nord, était l'*Aziziye* et il battait pavillon ottoman. Il devait conduire jusqu'en Chine, depuis Istanbul, une Délégation de hauts dignitaires impériaux, investis d'une mission spéciale par le sultan Abdülhamid II. Aux religieux, soldats, traducteurs et bureaucrates composant cette Délégation de dix-sept membres où l'on portait aussi bien le fez que le chapeau et le turban, Abdülhamid avait adjoint à l'ultime moment sa nièce la princesse Pakizê et le docteur Nuri Bey, à qui il venait de la marier. Heureux, émus, un peu déconcertés aussi, les jeunes époux ne s'expliquaient pas la raison de leur présence dans la Délégation de Chine, et en débattaient souvent entre eux.

Comme ses sœurs aînées, Pakizê n'aimait pas son oncle le sultan ; elle était convaincue qu'Abdülhamid les avait fait embarquer avec la Délégation, elle et son mari, par pure malveillance, même si le mobile précis lui échappait. Des rumeurs, au palais, disaient que le sultan voulait éloigner le jeune couple d'Istanbul et les abandonner à leur mort en terre d'Asie où sévissait alors la fièvre jaune, ou bien dans les déserts d'Arabie que ravageait le choléra, d'autres rappelaient sagement qu'il faudrait attendre la fin de la pièce pour que se révèle le dessein d'Abdülhamid. Le docteur Nuri était plus optimiste. C'était un médecin sanitaire de trente-huit ans, brillant, zélé, travailleur, qui avait déjà représenté l'Empire ottoman dans les conférences sanitaires internationales. Ses succès ayant attiré l'attention d'Abdülhamid, il avait rencontré le sultan et découvert, ce qu'aucun de ses confrères n'ignorait, un souverain aussi curieux des progrès de la médecine européenne que passionné de romans policiers. S'intéressant de près à tout ce qui touchait aux microbes, aux laboratoires et aux vaccins, le sultan souhaitait importer les dernières découvertes de la science médicale à Istanbul et dans tout l'Empire. Il était au courant de l'arrivée en Occident de nouvelles épidémies venues d'Asie et de Chine, et son inquiétude à ce sujet était grande, le docteur Nuri en avait été témoin.

Après avoir ralenti sa course en Méditerranée orientale, le yacht impérial, l'*Aziziye*, avait repris son allure de croisière pour atteindre le port de Smyrne, escale qui ne figurait pourtant pas au programme du voyage. Tandis que le bateau s'approchait du quai dans le brouillard, les membres de la Délégation s'engouffraient les uns après les autres dans l'étroit escalier qui menait à la cabine du capitaine pour lui demander des explications ; on leur apprit qu'un nouveau passager embarquerait bientôt. Quant à son identité, le capitaine, un Russe, leur dit que lui-même n'en savait rien.

Ce mystérieux passager qui était monté à bord de l'*Aziziye* n'était autre que l'Inspecteur général de l'Administration sanitaire de l'Empire ottoman, le célèbre chimiste et pharmacien Bonkowski Pacha. Cet homme de soixante ans, usé mais vif, premier chimiste du sultan, avait introduit la pharmacie moderne dans l'Empire. C'était aussi un homme d'affaires aux succès contrastés, propriétaire de diverses compagnies pharmaceutiques qui s'occupaient de produire de l'eau de rose et des parfums, ou d'embouteiller des eaux minérales. Il y avait cependant dix ans qu'il se dédiait exclusivement à l'Administration sanitaire de l'Empire, rédigeant des rapports sur la peste ou le choléra à l'attention du sultan, et courant d'épidémie en épidémie, de port en port, de ville en ville pour contrôler, en sa qualité d'Inspecteur général, la bonne application des mesures de quarantaine.

Le chimiste et pharmacien Bonkowski Pacha avait souvent représenté l'Empire dans les congrès sanitaires internationaux. Quatre ans plus tôt, il avait écrit à l'adresse du sultan un « mémorandum » sur les dispositions à prendre contre l'épidémie de peste qui arrivait d'Orient. Sa route l'avait mené à Smyrne, où il avait mission d'endiguer l'épidémie qui se propageait dans les quartiers grecs de la ville. Le fameux microbe de la peste, dont la contagiosité, que les spécialistes caractérisaient par le mot de *virulence** [1], était tantôt faible, tantôt redoutable, avait débarqué dans l'Empire ottoman !

Six semaines suffirent à Bonkowski Pacha pour mettre fin à

1. Les mots et expressions en italique suivis d'un astérisque sont en français dans le texte. (*Toutes les notes sont du traducteur.*)

l'épidémie qui frappait le plus grand port méditerranéen de l'Empire. Il dut aussi son succès au concours des habitants, qui obéirent à l'obligation de rester confinés chez eux, s'adaptèrent aux cordons sanitaires, respectèrent scrupuleusement les entraves en vigueur, et se joignirent à la police et aux employés de la municipalité dans leur chasse aux rats. Les équipes de désinfection, composées pour la plupart de pompiers, empuantirent toute la ville. Non seulement les journaux de Smyrne, tels l'*Ahenk* et l'*Amaltheia*, ou encore le *Tercüman-ı Hakikat* et l'*İkdam* d'Istanbul, mais aussi les gazettes françaises et anglaises, qui suivaient de port en port la progression de la peste depuis l'Asie, ouvrirent leurs colonnes au succès remporté par le Conseil sanitaire de l'Empire : le chimiste Bonkowski Pacha, Polonais né à Istanbul, était une figure connue et respectée des Européens. Après avoir fait dix-sept morts, l'épidémie était vaincue ; le port, les quais, les douanes, les commerces et les marchés étaient de nouveau ouverts, les cours avaient repris dans les écoles.

À l'instant où ils virent le médecin et son assistant monter à bord, les passagers de marque de l'*Aziziye* savaient déjà tout de cette victoire politique et sanitaire. Cinq ans plus tôt, Abdülhamid avait élevé son premier chimiste à la dignité de pacha. Stanislas Bonkowski portait, sous un ciré dont l'obscurité empêchait de distinguer la couleur exacte, un pardessus qui laissait deviner sa haute taille et son dos légèrement bossu, à la main le sac de médecin couleur anthracite que ses étudiants connaissaient depuis trente ans et dont il ne se séparait jamais. Son assistant, le docteur Élias, transportait la malle contenant le petit laboratoire ambulant que le pacha utilisait dans ses déplacements pour identifier les microbes du choléra ou de la peste, ainsi que pour distinguer les eaux potables des eaux sales et, fort de cette excuse, goûter toutes les eaux minérales de l'Empire. Une fois à bord, Bonkowski Pacha et son assistant se retirèrent immédiatement dans leurs cabines, sans un salut pour les passagers de l'*Aziziye* qui se pressaient pour les voir.

Cette attitude distante et silencieuse ne fit qu'attiser la curiosité des membres de la Délégation plénipotentiaire. À quelle fin tant de mystère ? Pourquoi son altesse envoyait-elle en Chine, sur le même bateau qu'eux, les deux meilleurs spécialistes de la peste et des épidémies que comptait l'Empire (le troisième étant le docteur Nuri Pacha) ? Mais les membres de la Délégation comprirent bientôt que Bonkowski Pacha et son assistant n'iraient pas plus loin que l'île de Mingher, sur la route d'Alexandrie, et ils retournèrent à leurs affaires. Ils avaient devant eux trois bonnes semaines pour se disputer sur la manière d'enseigner l'islam aux musulmans de Chine.

C'est de la bouche de son épouse que l'autre médecin sanitaire à bord de l'*Aziziye*, le docteur Nuri Pacha, apprit que Bonkowski Pacha avait embarqué à Smyrne et qu'il débarquerait à Mingher. Les jeunes mariés s'en réjouissaient, car ils connaissaient tous les deux le pacha, chacun par un biais différent, et l'aimaient beaucoup. Vingt et quelques années auparavant, le gendre impérial avait accompagné le grand chimiste à la Conférence sanitaire internationale de Venise. Bonkowski Pacha avait en outre été le professeur de chimie de Nuri lorsqu'il était jeune étudiant à l'École de médecine d'Istanbul, alors située dans la caserne de la Porte de Fer à Sirkeci. Comme beaucoup de ses camarades, Nuri avait suivi avec passion les cours de chimie biologique, organique et minérale, dispensés dans son laboratoire par le professeur formé à Paris. Tous les étudiants de médecine étaient conquis par ce maître au charisme Renaissance, curieux de tout, capable de plaisanteries désopilantes, et qui savait manier le turc de la rue avec autant d'aisance que les trois langues européennes qu'il parlait couramment. Stanislas Bonkowski, stambouliote de naissance, était le fils d'un de ces nombreux officiers polonais qui, après la défaite contre les Russes, s'étaient exilés dans l'Empire pour servir l'armée ottomane.

Le docteur et son épouse se remémorèrent avec bonheur les souvenirs d'enfance et de jeunesse qui les liaient au pacha. Un été, onze ans plus tôt, quand une maladie avait frappé le palais dans lequel Pakizê et les siens étaient retenus prisonniers, laissant sa mère et d'autres femmes du harem dans un état de fièvre atroce, Abdülhamid, jugeant que l'épidémie était due à un microbe, avait dépêché sur place son premier chimiste, afin d'en prélever des souches. Une autre fois, il avait chargé Bonkowski Pacha d'analyser quotidiennement la qualité de l'eau que buvaient la princesse Pakizê et sa famille dans le palais de Çırağan. Abdülhamid contrôlait étroitement ce palais où il avait fait enfermer son frère aîné, le sultan déchu Mourad V, dont il faisait surveiller les moindres allées et venues. Mais quand il s'agissait de maladie, il lui envoyait ses meilleurs médecins. Dans son enfance, Pakizê avait souvent vu au palais et dans les appartements du harem le docteur Markos, un grec[1] à la barbe très noire qui avait été le médecin personnel de son grand-oncle Abdülaziz, le sultan assassiné, ainsi que Mavrogenis Pacha, celui d'Abdülhamid.

« Des années plus tard, j'ai revu Bonkowski Pacha au palais de Yıldız, dit Pakizê. Il inspectait les eaux du palais et écrivait un nouveau rapport. Quel dommage qu'il se fût alors contenté, à l'adresse de mes sœurs et moi, d'un vague et lointain sourire, au lieu de l'une de ces histoires amusantes qu'il nous racontait quand nous étions enfants. »

Les souvenirs du docteur Nuri Pacha avec l'homme du sultan étaient d'une nature bien moins intime. Son zèle et l'application sans faille dont il avait fait preuve lors de la Conférence de Venise, où ils représentaient ensemble l'Empire, lui avaient fait gagner l'estime du grand chimiste. Le médecin raconta ensuite à sa jeune épouse, et l'émotion se sentait dans sa voix, que c'était sans doute Bonkowski Pacha lui-même qui avait le premier vanté ses mérites auprès d'Abdülhamid, puis il ajouta que leurs chemins s'étaient recroisés par la suite, après la fin de ses études. Une fois, sur l'ordre de Blacque Bey, alors président de la municipalité de Péra, ils avaient inspecté ensemble les conditions d'hygiène d'un abattoir qui faisait égorger les bêtes en pleine rue. Une autre fois,

1. Ici, « grec » (« Rum » en turc) désigne les Grecs « byzantins », c'est-à-dire les chrétiens orthodoxes de l'Empire ottoman, parlant grec et rattachés au Patriarcat de Constantinople, qui constituaient la plus importante minorité de l'Empire. Nous emploierons le substantif « grec » sans majuscule pour désigner ces grecs définis par la religion, et « Grec » avec une majuscule pour ceux de Grèce, définis par leur nationalité.

accompagné de quelques autres médecins et étudiants, il l'avait assisté dans l'écriture d'un rapport portant sur les particularités géologiques et topographiques du lac de Terkos, et l'analyse bactériologique de ses eaux, tâche durant laquelle il avait de nouveau pu admirer l'intelligence, l'ardeur et la discipline de son maître. Et, dans l'émoi de ces tendres ressouvenirs, l'envie leur venait de revoir l'Inspecteur général.

CHAPITRE 2

Le docteur envoya le garçon de cabine porter un billet à Bonkowski Pacha. Le capitaine donnait ce soir-là un dîner dans la pièce qu'on appelait le « salon d'hôtes ». La princesse Pakizê, qui prenait ses repas dans sa chambre et ne s'était jamais fait voir des mollahs, se joignit elle aussi à ce dîner servi sans alcool. Rappelons qu'en ces années-là, voir une femme s'asseoir à la même table que les hommes était une chose très rare, et qu'elle fût princesse sultane n'y changeait rien. Or Pakizê, assise à un bout de la grande table, participa à ce dîner historique duquel, grâce à ce qu'elle en rapporta ensuite à sa sœur aînée, nous savons désormais tout.

Bonkowski Pacha avait le visage très pâle, un petit nez, de grands yeux bleus qui laissaient une impression inoubliable. Il embrassa son ancien étudiant. Quant à Pakizê, il la salua d'une révérence comme on en adresse aux princesses dans les cours européennes, et eut la délicatesse de ne pas l'embarrasser par une main tendue.

Amateur de courtoisie et d'étiquette occidentales, le premier chimiste portait ce soir-là, épinglé à côté de la médaille de Saint-Stanislas qu'il avait reçue des mains du dernier Tsar, le Nichan-Imtiyaz d'or, la médaille ottomane du Mérite, et l'arborait fièrement.

« Mon cher maître, permettez-moi de vous exprimer toute mon

admiration pour l'éclatant triomphe que vous venez de remporter à Smyrne », lui dit le docteur Nuri.

Depuis que la nouvelle de la victoire sur l'épidémie avait été publiée dans les journaux, Bonkowski Pacha accueillait les compliments avec un sourire plein d'humilité. « C'est moi qui vous félicite ! » répondit-il au jeune docteur en plongeant ses yeux dans les siens. Ces félicitations, le docteur Nuri ne l'ignorait pas, n'étaient pas adressées à l'étudiant qui travaillait depuis des années pour la Commission sanitaire du Hedjaz, où il lui arrivait de représenter l'Empire ottoman, mais à l'époux de la princesse sultane, à l'homme qui venait de convoler avec une fille de sultan, au nouveau membre de la famille impériale ; il le comprit, et sourit. Abdülhamid l'avait marié à sa nièce parce qu'il était un jeune médecin brillant et prometteur et, maintenant qu'il était marié, on oubliait le médecin, sa réussite et son talent, on ne se souvenait plus que du damad, le gendre impérial.

Mais le docteur Nuri s'en était rapidement accommodé. Le bonheur qu'il vivait avec son épouse avait émoussé sa susceptibilité. Aussi, il était empli de respect pour Bonkowski Pacha, ce professeur toujours « discipliné » et « méthodique » (ces termes appréciés des élites ottomanes, et généralement usités à l'endroit d'Européens, venaient de passer du français dans la langue turque). Il voulut le flatter encore :

« Votre victoire sur l'épidémie à Smyrne a montré au monde entier la puissance de l'Administration sanitaire de l'Empire ! Vous avez donné une fière réponse à ceux qui disent de l'Ottoman qu'il est un "homme malade". Si nous n'en avons pas encore terminé avec le choléra, voilà au moins quatre-vingts ans qu'aucune épidémie de peste n'a sérieusement mis le pied en terre impériale. Or on disait jadis que "la ligne qui sépare de deux siècles les Ottomans de la civilisation de l'Europe n'est point le Danube, c'est la peste" ! Eh bien, grâce à vous, par les vertus de la médecine et de l'hygiène, cette ligne vient de tomber.

— Quel malheur que la peste se soit déclarée sur l'île de Mingher, répondit Bonkowski Pacha. Et sa *virulence** est fabuleusement élevée.

— Comment donc ?

— La peste a contaminé les quartiers musulmans de l'île, mon cher Damad Pacha. Et il est bien naturel que vous vous étonniez de ne pas en avoir été informé tandis que vous prépariez votre mariage, car le fait est caché. Nous n'avons pu nous rendre à vos noces, mais nous avons une excuse. Nous étions à Smyrne !

— Croyez bien que je suis de près la marche de l'épidémie, à Hong Kong, à Bombay, je lis tout ce qui s'écrit.

— La situation est bien pire que tout ce qui s'écrit, asséna Bonkowski Pacha d'une voix autoritaire. C'est le même microbe, la même épidémie que celle qui tue les gens par milliers en Inde et en Chine. À Smyrne, c'était elle, la même.

— En Inde les populations sont décimées, mais… Vous avez arrêté la peste à Smyrne.

— Car les journaux et les habitants de cette ville nous ont été d'un grand secours ! » s'écria Bonkowski Pacha. Puis il marqua un silence pour faire sentir qu'il allait dire quelque chose d'important. « À Smyrne la maladie a frappé les quartiers grecs, reprit le pacha. Du reste, la population de Smyrne est éclairée, civilisée. À Mingher elle frappe surtout les quartiers musulmans, et elle a déjà fait quinze morts ! Notre tâche en cette île sera bien plus ardue. »

Le docteur Nuri savait d'expérience qu'il était plus difficile de faire respecter les mesures de quarantaine aux musulmans qu'aux chrétiens. Mais les incessantes et volubiles plaintes que nourrissaient à ce sujet ses confrères chrétiens, tel Bonkowski Pacha, avaient quelque chose de lassant et pour tout dire l'écœuraient. Il n'entra pas dans la polémique. Le silence s'installant, il sentit néanmoins qu'il fallait dire quelque chose, et comme si c'était une explication pour le capitaine et Pakizê, il conclut : « Ah, c'est un sujet de dispute infini ! »

« Vous connaissez l'histoire du pauvre docteur Jean-Pierre ! reprit Bonkowski Pacha avec son sourire malicieux de professeur. Comme Sa Majesté Impériale est convaincue que les allégations de peste à Mingher relèvent d'un motif politique, il m'a été recommandé maintes fois de ne révéler à personne et sous aucun prétexte le but de ma venue sur l'île, et par la Chancellerie, et par le gouverneur Sami Pacha. Je le connais bien, notre bon gouverneur, et ce du temps qu'il n'était que préfet !

— Quinze morts dans une si petite île, le chiffre est important ! s'exclama le docteur Nuri.

— Il m'est défendu d'en dire davantage sur ce sujet, même à vous ! » répondit Bonkowski Pacha et, l'air de dire « prenez garde, on nous espionne ! », il fit un signe de tête ironique du côté où était assise Pakizê. Puis, ainsi qu'il avait toujours procédé avec les princesses occidentalisées de la dynastie impériale depuis leur plus jeune âge, lorsqu'il les croisait, même rapidement, au théâtre du palais de Yıldız ou lors de la visite du Kaiser Guillaume II, il discuta avec elle à la manière débonnaire d'un oncle bienveillant.

« C'est la première fois de ma vie que je vois qu'on autorise une fille de sultan, et même une princesse sultane, à sortir d'Istanbul ! lança-t-il avec une joie démonstrative. L'Empire accorde leur liberté aux femmes, le Turc s'occidentalise ! »

Ceux qui liront les lettres de la princesse Pakizê quand je les aurai publiées verront que la princesse n'était pas dupe de l'« ironie », sinon du sarcasme, que contenait une telle phrase. Comme son père Mourad V, Pakizê était douée d'une intelligence et d'une sensibilité rares. « Mon pacha, au vrai ce n'est pas en Chine, mais à Venise que je voudrais aller », dit-elle au grand chimiste, et la conversation porta désormais sur cette ville où les deux hommes s'étaient rendus pour les conférences sanitaires internationales. « On dit que là-bas les gens vont d'un palais à l'autre en caïque, comme sur le Bosphore, et qu'ils entrent même chez eux sans en descendre, est-ce vrai ? » demanda la princesse. Puis ils parlèrent un moment de la vitesse de l'*Aziziye*, de la puissance de ses moteurs et de l'agrément des cabines. À l'inverse de son oncle le sultan Abdülaziz (dont on avait donné le nom au navire sur lequel ils voyageaient), Abdülhamid avait dépensé des fortunes pour renforcer la flotte de guerre impériale – trente ans plus tôt – et, après avoir ainsi terriblement creusé la dette de l'État, il s'était offert ce luxueux vaisseau pour son usage. La splendide cabine impériale, avec ses parements d'acajou, ses dorures, ses miroirs et ses cadres passés à la feuille d'or, avait sa réplique exacte dans le cuirassé

Mahmudiye. Le capitaine russe vanta les qualités de son vaisseau : doté d'une capacité de cent cinquante passagers, il pouvait couvrir quatorze miles nautiques en une heure ; malheureusement, c'était fort regrettable, Sa Majesté Impériale, faute de temps, n'était jamais sortie avec l'*Aziziye* depuis toutes ces années, ne fût-ce que pour une croisière sur le Bosphore. Les convives savaient bien que le sultan Abdülhamid se tenait à distance des navires, et particulièrement de ceux-là, à cause de la peur panique qu'il avait des attentats, mais par prudence personne n'aborda le sujet.

Ayant annoncé qu'ils n'étaient plus qu'à six heures de l'île, le capitaine demanda à Bonkowski Pacha et au docteur Nuri s'ils étaient déjà venus à Mingher.

« Pas de choléra, ni fièvre jaune ou autre épidémie, votre humble servant n'y a donc jamais mis les pieds ! s'exclama le jeune médecin.

— Je suis au regret de vous avouer que moi non plus, renchérit Bonkowski Pacha. Mais j'ai eu le temps d'y consacrer un peu d'étude. Dans son *Histoire naturelle*, Pline décrit de façon très détaillée le massif volcanique escarpé, les baies rocheuses, la flore, les arbres, les fleurs, et les variétés de plantes uniques de Mingher. Son climat est également singulier. Il y a quelques années, j'ai écrit à l'attention de Sa Majesté Impériale votre oncle un rapport sur le moyen de cultiver des roses sur cette île… où je ne suis jamais allé !

— Et que sont devenues ces roses, mon pacha ? » demanda Pakizê.

Bonkowski Pacha sourit d'un air pensif, qui fit deviner à la princesse que même le premier chimiste partageait sa peur de l'anxieux sultan et de ses châtiments. Aussi osa-t-elle enfin aborder le sujet dont elle avait tant discuté avec son époux : par quel mystérieux hasard les deux plus célèbres médecins sanitaires de l'Empire ottoman se trouvaient-ils réunis sur le yacht du sultan qui croisait dans les eaux crétoises au beau milieu de la nuit ?

« Véritable hasard, je puis vous l'assurer ! répondit Bonkowski Pacha. Car personne, pas même le gouverneur de Smyrne, Kâmil Pacha, ne savait que l'*Aziziye* était le prochain bateau qui ferait route vers l'île. Et croyez bien que j'eusse aimé vous accompagner jusqu'en Chine pour y prêcher aux musulmans la nécessité de se soumettre aux entraves quarantenaires et à tant d'autres règles d'hygiène et de salubrité modernes. Accepter ces règles, c'est accepter de s'occidentaliser, et plus on va vers l'Orient, plus la chose se complique. Mais que notre princesse sultane ne se chagrine pas. Car je puis vous assurer qu'en Chine, pas moins qu'à Venise, et même sur des canaux d'une longueur et d'une largeur incomparables, on trouve de très jolies barques qui conduisent jusqu'à l'intérieur des maisons et des palais, exactement comme sur le Bosphore. »

La science que le chimiste semblait posséder de cette Chine où, pas plus qu'à Mingher qu'il paraissait si bien connaître, il n'avait jamais mis les pieds accrut encore l'admiration des jeunes mariés. Le court dîner terminé, les époux regagnèrent leur cabine ; avec ses guéridons importés de France et d'Italie, ses horloges, ses miroirs et ses lustres, elle ressemblait à une chambre de palais.

« Je sens que quelque chose vous tracasse, dit Pakizê. Je le lis sur votre visage. »

Le docteur Nuri avait été piqué par les « mon pacha, mon pacha ! » que Bonkowski Pacha lui avait servis à peu près chaque fois qu'il lui avait adressé la parole. Abdülhamid l'avait fait pacha, en effet, car c'était la tradition quand on épousait une princesse sultane, mais le docteur Nuri, n'en ayant pas rencontré l'obligation, n'avait encore fait aucun usage de ce titre. Or à présent, à cause de ces « mon pacha, mon pacha ! », surtout lorsqu'ils lui étaient donnés par d'authentiques pachas d'âge vénérable, de grande réputation et de haut rang, il sentait qu'il ne méritait pas son titre et cela le troublait. Mais ils décidèrent que Bonkowski Pacha n'était pas homme à pratiquer ce genre de sarcasme, et ils oublièrent le problème.

Ils étaient mariés depuis trente jours. Longtemps ils avaient rêvé, l'un comme l'autre, d'épouser une âme qui s'accorde à la leur, puis l'espoir de jamais trouver une telle personne les avait quittés. Enfin, grâce à la prémonition et à la décision soudaine d'Abdülhamid, en deux mois ils avaient été présentés puis mariés, et la cause évidente du bonheur qu'ils connaissaient depuis était l'immense plaisir, auquel ni l'un ni l'autre ne s'était attendu, qu'ils prenaient dans l'amour physique. Depuis qu'ils étaient hors d'Istanbul, ils avaient passé l'essentiel de leur temps dans leur cabine, au lit, et cela leur était devenu naturel.

Les époux furent réveillés avant l'aube par l'espèce de gémissement plaintif émis par l'énorme bateau. Au-dehors, l'obscurité était encore totale. L'*Aziziye* s'approchait de la cité d'Arkaz, centre administratif et plus grande ville de Mingher, sa course parallèle à la ligne de crête des monts Eldost dont les hauteurs escarpées s'étendaient du nord au sud de l'île. Puis, quand le scintillement lumineux du Phare arabe fut visible à l'œil nu, il vira de bord et mit le cap à l'ouest, vers le port. Là, le temps d'un majestueux clair de lune qui colorait la mer d'une lueur argentée, les passagers aperçurent depuis leurs cabines la Montagne Blanche, le plus mystérieux des monts volcaniques de toute la Méditerranée, surgissant tel un fantôme au milieu des ténèbres qui assiégeaient dans son dos la Forteresse d'Arkaz.

Quand Pakizê vit apparaître les toits coniques des tours de la Forteresse, ils sortirent sur le pont et contemplèrent le paysage que baignait la lumière de la lune. Le temps était humide mais doux. Un frais parfum d'iode, d'algue et d'amande montait de la mer. Comme bien des petites cités littorales de l'Empire, Arkaz manquait d'un débarcadère et d'un quai dignes de ce nom, aussi le capitaine coupa-t-il les moteurs au large du port, passa la poupe à l'avant et attendit.

Un étrange et lourd silence s'installa. Les époux frissonnaient, envoûtés par la beauté de l'univers qui s'étendait devant eux. Il émanait de ce paysage énigmatique, des montagnes sous la lune et du silence, une sensation de merveilleuse et infinie profondeur. Les jeunes mariés semblaient vouloir découvrir d'où provenait réellement la lumière argentée qui les enchantait, imaginant une source plus mystérieuse et plus lointaine que l'astre lunaire. Longtemps ils contemplèrent ce paysage scintillant, comme s'il leur révélait la raison même de leur félicité. Puis ils aperçurent la lampe d'une chaloupe qui s'approchait dans l'obscurité, les mouvements lents de rameurs. Bonkowski Pacha et son assistant étaient apparus sur le pont inférieur, au pied des escaliers. Ils semblaient lointains comme dans un rêve. Les deux grosses chaloupes que le gouverneur avait dépêchées abordaient maintenant l'*Aziziye*. Ils entendirent des bruits de pas, des conversations en grec et en minghérien. La chaloupe prit à son bord le pacha et son assistant, et disparut dans l'ombre.

Le couple et quelques autres passagers restèrent encore un moment sur le pont, ou dans la vigie du capitaine, à admirer la Forteresse d'Arkaz et les superbes montagnes de cette île qui, semblant tout droit sortie d'un conte, avait tant excité la passion des voyageurs et écrivains romantiques. S'ils avaient jeté un regard attentif vers le fortin situé dans la partie sud-ouest de la Forteresse, ils eussent remarqué de la lumière à l'une des fenêtres. Une moitié de ce grand complexe minéral, dont la construction remontait à l'époque où les croisés tenaient l'île, et auquel les occupants suivants, Vénitiens, Byzantins, Arabes et Ottomans, avaient tous ajouté leur pierre, servait depuis des années de geôle. À cet instant, deux étages au-dessous de la lampe qui brûlait, dans une cellule vide, l'un des éminents personnages de ce secteur de la Forteresse, le veilleur, ou « gardien » dans les termes modernes, Bayram Efendi, agonisait.

CHAPITRE 3

Bayram Efendi avait senti les premiers signes de la maladie cinq jours plus tôt ; il ne les avait pas pris au sérieux. Il avait de la fièvre, son pouls s'accélérait, il sentit un frisson. Il avait dû prendre froid d'avoir passé la matinée dans les cours et les fortins venteux de la Forteresse ! Le lendemain après-midi, la fièvre lui vint en même temps qu'une grande fatigue et un manque d'appétit, il s'allongea un moment sur les dalles de la cour, et contemplant le ciel pensa qu'il allait mourir. C'était comme si on lui plantait un clou dans le front.

Depuis vingt-cinq ans, il était veilleur dans les geôles de la célèbre Forteresse d'Arkaz, sur l'île de Mingher. Dans ces cellules où ils étaient enchaînés, il avait connu les vieux condamnés pourrissant dans l'oubli, les forçats qu'à l'heure de la promenade on faisait marcher en rang dans la cour les mains menottées, et depuis quinze ans les prisonniers politiques qu'Abdülhamid leur envoyait. Aussi, parce qu'il n'ignorait rien de l'état rudimentaire ni des mœurs primitives de cette vieille geôle (qui à vrai dire n'ont pas changé), Bayram Efendi saluait, approuvait et soutenait de bonne foi tous les efforts de modernisation visant à transformer la geôle en vraie prison, voire en maison de correction. Et, même lorsque aucun argent n'arrivait d'Istanbul et que son salaire ne lui était pas versé depuis plusieurs mois, déroger à sa ronde nocturne lui était une idée insupportable.

Le jour suivant, la même fatigue brûlante que la veille le saisit au milieu d'un couloir de la prison, et il ne rentra pas chez lui. Le cœur cette fois lui explosait la poitrine. Il entra dans une cellule vide, s'étendit sur la paille dans un coin et commença à se tordre de douleur. À ses tremblements s'ajoutaient désormais des maux de tête insoutenables. La douleur partait du front. Il voulait hurler, mais comme d'autre part il croyait que ce mal étrange cesserait s'il avait le courage du silence, il serrait les dents et se taisait. Des presses et des étaux lui comprimaient le crâne.

Le gardien resta à la Forteresse cette nuit-là. Sa femme et sa fille Zeynep ne s'inquiétèrent pas ; il lui arrivait souvent de découcher, à cause de ses tours de veille, ou de bagarres, de flambées de révolte qui éclataient dans la prison, dont leur maison n'était distante que de dix minutes en calèche. Chez eux, les tractations autour du mariage de sa fille causaient chaque soir leur lot de disputes et de fâcheries, et soit la fille pleurait, soit c'était la mère.

Le matin, quand il se réveilla dans la cellule vide, Bayram Efendi, inspectant son corps du regard, découvrit un furoncle de la taille d'une patte de moineau en haut de sa cuisse gauche, dans le pli de l'aine. Il avait l'aspect d'un bubon. Lorsqu'il appuyait dessus avec son index, la douleur le lançait comme s'il était plein de pus, puis il reprenait son apparence normale dès qu'il retirait son doigt. S'il ne le touchait pas, la douleur le laissait en paix. Le soupçon s'empara pourtant de Bayram Efendi. Il se dit que ce furoncle n'était pas sans rapport avec son état d'épuisement, ses tremblements et ses accès de délire.

Que faire ? Dans pareille situation les chrétiens, les fonctionnaires, les soldats et les pachas iraient voir un médecin, ou se rendraient à l'hôpital s'il y en avait un. Parfois une épidémie de diarrhée ou une maladie fiévreuse se déclenchait dans un dortoir, et on le mettait en quarantaine. Si celle-ci créait des problèmes, on punissait quelques prisonniers, à cause des chefs du dortoir qui se plaignaient de la situation. En un quart de siècle passé à la Forteresse, Bayram Efendi avait vu cette partie du bâtiment, qui datait en partie de l'époque vénitienne et donnait sur la mer, servir non seulement de prison, mais aussi d'office des douanes et de poste sanitaire (on disait autrefois « lazaret »), ces questions ne lui étaient donc pas étrangères. Il comprit cependant que ces mesures préventives ne le protégeraient plus. Il se sentait tombé sous la griffe d'une puissance étrange, il avait peur, il dormait longtemps et délirait dans son sommeil. Puis la douleur revint le frapper par vagues, et au milieu de son désarroi il comprit que cette puissance-là était bien plus forte que lui.

Le lendemain il se reprit un peu. Il alla à la mosquée de Mehmed Pacha l'Aveugle se joindre à la foule des fidèles pour la prière du midi. Deux fonctionnaires qu'il connaissait le saluèrent, il les embrassa. Il s'efforçait d'écouter le prêche mais n'y comprenait rien. La tête lui tournait, il avait mal au ventre, il peinait à se tenir droit. Le prédicateur n'évoquait jamais les maladies, répétait sans cesse que tout venait d'Allah. Tandis que la foule se dispersait, Bayram Efendi perdit un instant conscience, il sentit qu'il allait s'évanouir et s'allongea sur les tapis et les kilims pour se reposer. Quand des hommes vinrent le réveiller, il réussit à trouver la force de se relever, mais il leur cacha qu'il était malade (peut-être l'avaient-ils compris).

Il sentait désormais qu'il devait bientôt mourir et cela lui paraissait une injustice, il aurait voulu demander pourquoi moi, pourquoi maintenant, et il pleurait. Quittant la mosquée, il se rendit dans le quartier de Ghermê trouver le cheikh qui distribuait des papiers de prière et des amulettes. Ce cheikh-là parlait de la peste et de l'heure de la mort avec tout le monde mais, en arrivant, Bayram Efendi constata que le gros homme dont il avait oublié le nom était absent. Entre-temps un jeune homme au fez cabossé et à l'air chaleureux lui avait donné (ainsi qu'à deux autres hommes qui, comme lui, sortaient de la mosquée) une amulette gravée et les deux papiers de prière qu'il lui restait. Bayram Efendi essaya de lire la prière, mais il n'y voyait pas. Alors il se sentit coupable et s'agita ; il comprit que c'était son péché qui le tuerait.

Quand le cheikh arriva, il se souvint l'avoir vu à la mosquée pendant la prière. Non content d'être gros, le cheikh avait une longue barbe et de longs cheveux blancs. Il adressa à Bayram Efendi un sourire aimable puis lui expliqua comment il devait utiliser ses papiers de prière : la nuit, quand le djinn de la peste lui apparaîtrait, il répéterait trente fois de suite chacun des trois noms suivants d'Allah, « le Vigilant », « le Détenteur », « le Permanent ». Et s'il brandissait le papier et l'amulette face au djinn, dix-neuf fois suffiraient à le repousser. Après avoir dit ces mots, le cheikh, voyant que la maladie rongeait Bayram Efendi, s'éloigna de lui. Ce geste n'échappa pas au gardien. S'il n'avait pas le temps d'énumérer les attributs, il pourrait se contenter de toucher avec l'index, qui était le doigt de la prière, l'amulette qu'il aurait passée autour du cou et il obtiendrait de bons résultats, lui expliqua encore le cheikh. Si le bubon de peste était du côté gauche du corps, il devait se servir de sa main droite, s'il était du côté droit, de sa main gauche. S'il commençait à bafouiller, il devait serrer l'amulette entre ses deux mains, mais à ce moment-là Bayram Efendi avait déjà oublié toutes ces consignes, et il rentra chez lui. Sa fille, la belle Zeynep, n'était pas là. Quand elle vit l'état de son mari, sa femme fondit en larmes. Elle tira le lit de l'armoire et Bayram Efendi s'allongea ; il tremblait comme une feuille et désirait parler, mais aucun mot ne sortait de sa bouche desséchée.

La tempête éclata sous son crâne. Il tressaillait frénétiquement, faisait des mouvements brusques, comme s'il était poursuivi, comme s'il avait peur et enrageait. Voyant ces gesticulations insensées, sa femme Eminé pleurait de plus belle et, quand il remarqua que sa femme pleurait, Bayram Efendi comprit qu'il allait bientôt mourir.

Au retour de sa fille le soir, il retrouva un instant ses esprits. Il dit que l'amulette à son cou le protégeait, puis se rendormit, toujours délirant. Il fit des rêves et des cauchemars étranges, il montait et descendait sur les vagues d'une mer déchaînée ! Il y avait des lions qui volaient, des poissons qui parlaient, des armées de chiens qui couraient au milieu des flammes ! Puis des rats se mêlaient aux flammes, des diables de feu rongeaient et dépeçaient des roses. Le treuil d'un puits, un moulin, une porte ouverte tournaient sans relâche, l'univers se rétrécissait. De la sueur semblait goutter du soleil sur son visage. Ses entrailles se nouaient, il voulait s'enfuir en courant, sa tête s'embrasait puis s'éteignait successivement. Le plus effrayant, c'était que ces rats, dont depuis deux semaines on entendait les couinements aigus résonner dans les geôles, dans la Forteresse et dans tout Mingher, et qui prenaient les cuisines d'assaut, dévoraient les nattes, les tissus, le bois, leurs hordes maintenant le pourchassaient dans tous les couloirs de la prison. Et Bayram Efendi, parce qu'il craignait d'avoir lu les mauvaises prières, fuyait devant les rats. Il vivait ses dernières heures et, pour se faire enfin entendre d'elles, hurlait de toutes ses forces vers les créatures qui hantaient son cauchemar, mais sa voix ne rendait presque aucun son. Sa fille Zeynep était effondrée à genoux et le regardait en essayant d'étouffer ses sanglots.

Ensuite, comme toutes les victimes de la peste, il retrouva sa lucidité pour quelque temps. Sa femme lui servit une écuelle de soupe chaude au fumet délicieux. C'était une soupe préparée avec du piment rouge, une spécialité des villages de Mingher (de toute sa vie, Bayram Efendi n'avait quitté l'île qu'une seule fois). Il but sa soupe à petites gorgées, comme un élixir, puis récita les prières que le gros hodja lui avait conseillées et se sentit mieux.

Il tenait à ce qu'il n'y eût pas d'erreur lors du comptage du soir dans les dortoirs de la prison. Le devoir l'appelait, mais il serait de retour bientôt. C'est ce qu'il se disait à lui-même en quittant pour la dernière fois sa maison, sans dire adieu à sa femme ni à sa fille, comme s'il allait aux lieux d'aisances. Elles, ne croyant pas à sa guérison, pleuraient dans son dos.

Bayram Efendi commença par descendre vers le bord de mer ; c'était l'heure de la prière du soir. Des calèches, des portiers et des messieurs à chapeau attendaient devant les hôtels Splendid et Majestik. Il passa le bâtiment des douanes, les agences des compagnies maritimes qui assuraient les liaisons avec Smyrne, La Canée et Istanbul. Arrivé au pont Hamidiye, ses forces le lâchèrent. Il crut un instant qu'il allait tomber et mourir. La vie pourtant était belle à cette heure, qui était la plus animée et la plus colorée du jour dans les rues ensoleillées, au milieu des palmiers, des platanes et des gens au regard bienveillant. Les eaux de la rivière Arkaz étincelaient sous le pont comme un diamant vert du paradis, en contrebas s'étendait le Vieux Bazar, et de l'autre côté, c'était la Forteresse, et les cachots sur lesquels il avait veillé toute sa vie. Il pleura en silence un moment. Puis la fatigue l'arrêta. Sous la lueur orange du soleil, la Forteresse semblait plus rose que jamais.

Rassemblant ses forces dans un ultime effort, il reprit le chemin du rivage, empruntant les rues poussiéreuses plantées de platanes et de palmiers qui bordaient l'hôtel des postes et télégraphes. Longeant des maisons d'époque vénitienne, il traversa le lacis des ruelles de la vieille ville pour arriver devant la Forteresse. Les témoins rapportèrent ensuite que le veilleur, cette nuit-là, avait compté les prisonniers du deuxième dortoir, puis était allé boire un verre de tilleul dans la salle des gardes.

Personne ne l'avait vu après la tombée de la nuit. Un jeune gardien avait bien entendu des gémissements et des pleurs venant d'une des cellules du bas au moment où l'*Aziziye* entrait dans le port, mais le silence était revenu et il avait oublié ce détail.

CHAPITRE 4

Le vaisseau impérial, après avoir laissé le premier chimiste d'Abdülhamid et son assistant sur l'île de Mingher, continua sa course en direction d'Alexandrie. La mission de la Délégation ottomane était d'apaiser la colère des musulmans de Chine et de leur enjoindre de ne pas se mêler à la révolte populaire qui avait éclaté contre les Occidentaux.

En 1894, le Japon avait attaqué la Chine, et l'armée japonaise, qui avait adopté l'armement, l'organisation et la tactique des armées occidentales, avait infligé à la très traditionnelle armée chinoise une défaite rapide, brutale et éclatante. Désemparée face à cette débâcle et abasourdie par les prétentions du vainqueur japonais, l'impératrice douairière de Chine, à l'image du sultan Abdülhamid II un peu moins de vingt ans auparavant, après sa défaite face aux bien plus modernes armées russes, avait fait appel aux puissances occidentales. Ainsi les Anglais, les Français et les Allemands protégèrent-ils la Chine contre le Japon. Mais cette fois les puissances (les Français au sud, les Anglais à Hong Kong et au Tibet, les Allemands dans le nord du pays), s'octroyant d'importants privilèges commerciaux et juridiques, entreprirent de se partager la Chine en diverses colonies d'exploitation, en même temps qu'elles accroissaient leur influence politique et spirituelle par l'intermédiaire des missionnaires.

C'est alors que le peuple pauvre de Chine, notamment ses franges conservatrices et religieuses, se révolta. Des émeutes éclatèrent contre les Mandchous au pouvoir et les « étrangers », c'est-à-dire surtout les chrétiens et les Européens. On brûla des églises, des magasins, des restaurants, des bureaux de poste, des banques et des commerces appartenant aux Occidentaux. On commença à traquer et à assassiner en pleine rue les missionnaires et les Chinois christianisés, qu'on appelait les « chrétiens du riz ». Derrière cette révolte qui s'embrasait comme une traînée de poudre se trouvait une société secrète surnommée les « Boxers », dont la force reposait sur les rites mystérieux des arts martiaux et de la magie traditionnelle chinoise. Non seulement le gouvernement de l'Empire, écartelé entre les conservateurs et le parti libéral, ne parvenait pas à mater les insurgés, mais ses soldats rejoignaient peu à peu les rangs des rebelles. L'impératrice elle-même finit par s'associer à la révolte. Ainsi, en 1900, les légations étrangères de Pékin se retrouvèrent assiégées par les troupes chinoises, tandis que le peuple laissait libre cours à sa colère, pourchassant les chrétiens et massacrant les étrangers à travers la capitale. Au cours de ces combats de rue, alors que la petite armée des puissances occidentales résistait tant bien que mal, le baron von Ketteler, chef de la légation allemande et partisan d'une ligne offensive, fut assassiné.

La réponse du Kaiser Guillaume II fut d'une fermeté extrême : il envoya en Chine ses meilleures unités écraser la révolte. Souhaitant bonne route à ses soldats réunis dans le port de Brême, il leur ordonna d'être « durs » comme « Attila l'empereur des Huns », et de ne faire aucun prisonnier. Les journaux occidentaux regorgeaient de descriptions des atrocités commises par les Boxers et leurs alliés musulmans, dont ces gazettes n'avaient pas assez de mots pour qualifier la primitivité, la sauvagerie, la barbarie.

Dans le même temps, le Kaiser télégraphiait à Istanbul pour demander l'aide d'Abdülhamid. Car les soldats qui avaient tué le légataire allemand à Pékin venaient de la province chinoise du Gansu et ils étaient musulmans. Le Kaiser entendait que le sultan Abdülhamid, en sa qualité de calife, commandeur de tous les musulmans du monde, entreprît quelque chose pour apaiser la furie de ces mahométans qui massacraient aveuglément des chrétiens, par exemple envoyer des troupes qui se joindraient aux alliés occidentaux pour écraser l'insurrection.

Abdülhamid ne pouvait guère dire non aux Allemands et à leur

Kaiser, qui s'était toujours comporté en ami et qu'il avait même reçu à Istanbul en grande pompe, pas plus qu'aux Anglais qui le protégeaient des Russes, ni aux Français qui agissaient de concert avec eux en Chine. Le sultan savait également très bien que, si elles venaient à s'entendre, ces puissances n'auraient besoin que d'un seul assaut coordonné pour mettre à genoux l'Empire que le Tsar Nicolas, quarante ans plus tôt, avait appelé « l'homme malade de l'Europe », avant de se partager ses terres et de les fragmenter en une myriade de petits États dont chacun parlerait une langue différente.

C'était donc avec un sentiment partagé qu'Abdülhamid voyait, un peu partout dans le monde, des musulmans se soulever contre les « grandes puissances ». Outre la rébellion des nombreux musulmans de Chine, il suivait avec intérêt, pour ce que les rapports qu'il recevait lui permettaient d'en connaître, l'insurrection menée en Inde contre les Anglais par Mirza Ghulam Ahmad. Il regardait aussi d'un bon œil la révolte du « Mollah fou » en Somalie britannique, et encore d'autres mouvements islamiques qui se dressaient face aux Occidentaux en Asie comme en Afrique. Dans certains cas, le sultan dépêchait sur place des attachés spéciaux chargés de missions d'observation, dans d'autres il cherchait à soutenir en sous-main les rebelles, sans que l'administration ni l'armée ottomanes en fussent informées (les espions étaient partout). Le sultan pensait en outre que favoriser les musulmans (c'était *de facto* sa politique) des territoires ottomans dispersés dans les Balkans et les îles méditerranéennes, où les orthodoxes gagnaient du terrain, lui attirerait la sympathie des autres États et peuples musulmans du monde et, s'il ne les convertissait pas ouvertement à la cause antioccidentale, du moins était-ce un avertissement envoyé aux puissances. En fait, donc, le sultan Abdülhamid inventait ce que nous appelons aujourd'hui l'« islam politique ».

Mais ce souverain qui aimait l'opéra et les romans policiers n'était pas un islamiste sincère, ni convaincu, ni cohérent. Il avait ainsi compris dès le premier jour que la révolte nationaliste d'Urabi Pacha en Égypte était autant dirigée contre les Anglais que contre tous les étrangers, c'est-à-dire aussi les Ottomans et, comme il détestait ce pacha islamiste, il avait souhaité le voir écrasé au plus vite par les Anglais. Quant à la révolte du Mahdi, qui avait chassé les Anglais du Soudan et au cours de laquelle Charles Gordon, un général très aimé des musulmans qui l'appelaient Gordon Pacha, avait trouvé la mort, le sultan la considérait avec mépris comme une « émeute de la crapule » et, sous la pression de l'ambassadeur britannique à Istanbul, il s'était rangé contre elle du côté des Anglais.

Abdülhamid avait fini par trouver une solution intermédiaire qui préservât l'équilibre entre deux nécessités contraires, celle de ne pas provoquer la colère des puissances occidentales, et celle de se présenter à tous les musulmans du monde comme leur calife et suprême souverain : il lutterait contre les révoltes musulmanes, mais n'enverrait jamais un seul soldat ottoman tirer sur ses coreligionnaires. Aussi était-ce en tant que calife, non comme sultan, qu'il allait dépêcher en Chine une Délégation chargée de dire aux musulmans de ce pays : « Ne faites pas la guerre aux Européens ! »

De cette Délégation, Abdülhamid avait choisi lui-même le chef, un major général, homme d'expérience et pratiquement insomniaque dès qu'il était en bateau, auquel il avait adjoint deux hodjas qu'il connaissait intimement et estimait tout autant que le major général, l'un professeur d'histoire islamique, l'autre un mufti capable et réputé, qui avaient l'un la barbe noire, l'autre la barbe blanche. Les deux hodjas passaient leurs journées dans le grand salon de l'*Aziziye*, attablés devant l'immense carte de l'Empire accrochée au mur, et se disputaient sur le moyen de rallier à leur cause les musulmans de Chine. Le premier, l'historien, soutenait que leur véritable devoir n'était pas d'apaiser la colère des musulmans chinois, mais de leur enseigner la grandeur de l'islam et de son calife Abdülhamid. Le mufti à la barbe blanche, qui était plus prudent, expliquait quant à lui que cette guerre ne pourrait mériter le nom de djihad que si elle avait le soutien du roi de ce pays, or l'impératrice de Chine avait cessé de soutenir les rebelles. D'autres membres de la Délégation, des traducteurs, des soldats, se joignaient parfois à leurs discussions.

L'*Aziziye* continuait sa course vers Alexandrie au clair de lune, et le docteur Nuri, ayant vu que la lumière brûlait encore dans leur cabine, invita son épouse dans le grand salon où ils se retrouvèrent face à l'immense carte. Celle-ci montrait l'état actuel de l'Empire que les ancêtres de Pakizê avaient fondé six cents ans plus tôt. Abdülhamid avait fait réaliser cette carte à l'automne 1880, quatre ans après être monté sur le trône à l'âge de trente-quatre ans, lorsque, à la suite du congrès de Berlin, il avait pu récupérer grâce aux Anglais une partie des provinces d'abord abandonnées aux Russes. À peine Abdülhamid couronné, la guerre avait éclaté et l'Empire ottoman, rapidement défait, avait perdu d'immenses territoires (la Serbie, la Thessalie, le Monténégro, la Bulgarie, les provinces de Kars et d'Ardahan). Après cette grande dépossession, Abdülhamid, croyant sincèrement que ce serait la dernière, avait décidé que son empire ne se réduirait plus d'un pouce et, plein d'optimisme, avait commandé cette grande carte, qu'il avait fait parvenir jusqu'aux coins les plus reculés de l'Empire, dans les légations, les sandjaks, les garnisons, en train, en bateau, en charrette, à dos de chameau. Les membres de la Délégation plénipotentiaire étaient donc familiers de cette carte qu'ils avaient vue affichée aux quatre coins d'un État qui s'étendait de Damas à Jannina, de Mossoul à Salonique, d'Istanbul au Hedjaz, et chaque fois ils étaient saisis d'admiration et de respect devant la grandeur de l'Empire, bien que la carte leur rappelât aussi, et c'était cruel, qu'elle ne cessait de s'étioler, à un rythme de plus en plus rapide.

À propos de cette carte, je voudrais mentionner ici une rumeur que la princesse Pakizê entendit au palais de Yıldız et qu'elle confia à son mari, avant de la rapporter à sa sœur dans une lettre. La rumeur disait qu'Abdülhamid, entrant un jour par hasard dans la chambre de son fils aîné, le prince impérial Selim, qu'il aimait beaucoup, fut tout heureux de voir que le prince, âgé alors de dix ou onze ans, se trouvait en contemplation devant une version miniature de la carte que le sultan avait fait spécialement réaliser pour lui. En s'approchant un peu, le sultan découvrit que certains pays avaient été peints en noir, comme dans un livre de coloriage pour enfants. S'approchant davantage, Abdülhamid s'aperçut que les pays ainsi barbouillés étaient exactement ceux qui avaient été perdus sous son règne, ou bien cédés à l'ennemi sans livrer bataille, quoique encore formellement sous bannière ottomane (mais figurés comme territoires impériaux sur la carte), et il en conçut aussitôt une haine féroce pour ce fils félon qui tenait son père pour responsable de l'anéantissement progressif de l'Empire. Pakizê, qui était l'objet d'une détestation semblable de la part de son oncle, écrit que la haine du père envers son fils se trouva encore augmentée lorsque Abdülhamid, dix ans plus tard, découvrit que la cousine d'une femme du harem qu'il convoitait était amoureuse de Selim Efendi.

Pakizê avait souvent entendu parler de ces pertes de territoires, elle avait été le témoin direct de l'émoi suscité par ces catastrophes qui commencèrent à frapper l'Empire immédiatement après que son père, Mourad V, eut été détrôné. Elle se souvenait de l'époque où les soldats russes aux uniformes vert et bleu campaient à San Stefano, à quatre heures seulement du palais d'Abdülhamid, et où les rues et les jardins d'Istanbul étaient envahis par les tentes que l'armée donnait à ces musulmans à la peau claire et aux yeux verts qui, dans leur fuite devant les armées russes, abandonnant leurs maisons incendiées, avaient tout perdu, et l'Empire, avec eux, en l'espace de quatorze mois, une grande partie de ces Balkans qu'il tenait depuis quatre siècles.

Les jeunes époux, retenant leurs larmes, se souvinrent d'autres désastres qui avaient rythmé leur enfance : l'île de Chypre, un peu à l'est de celle de Mingher qu'ils venaient de quitter, était passée avec ses orangeraies parfumées, ses foisonnements d'oliviers et ses mines de cuivre sous domination anglaise en 1878, avant même la fin du congrès de Berlin. L'Égypte, elle, contrairement à ce qu'indiquait la carte, n'était plus ottomane depuis longtemps. Au moment de la révolte d'Urabi Pacha, les Anglais, prétextant de la menace qui pesait sur les chrétiens d'Alexandrie, avaient d'abord tenu la ville sous le feu de leurs navires de guerre, avant d'occuper le pays en 1882. (En ce temps où son anxiété proverbiale virait doucement à la paranoïa, le rusé Abdülhamid soupçonnait que la révolte menée par le pacha avait été fomentée par les Anglais pour leur servir justement de *prétexte* à une invasion de l'Égypte.) Enfin, en 1881, les Français avaient pris possession de la Tunisie. Il ne manquait plus aux grandes puissances qu'à s'entendre entre elles, et le patrimoine de « l'homme malade » qu'elles tenaient dans la paume de leur main serait définitivement dépecé.

Mais ce qui préoccupait le plus les membres de la Délégation qui passaient leurs journées devant la vieille carte d'Abdülhamid n'était pas visible sur celle-ci : c'était que les pays européens qui soutenaient l'agitation nationaliste et séparatiste des sujets chrétiens de l'Empire ne lui étaient pas seulement supérieurs d'un point de vue militaire, mais aussi économique, administratif et démographique. En 1901, la population de l'Empire, sur cet immense territoire, n'était que de dix-neuf millions d'habitants. Dont cinq millions de non-musulmans qui, comme ils payaient plus d'impôts que les musulmans, réclamaient la « justice », l'« égalité », des « réformes », et la protection des États européens. La Russie, le grand ennemi du nord, comptait soixante-dix millions d'habitants, et l'Allemagne, avec qui l'Empire avait noué des relations d'amitié, en avait presque cinquante. Quant à la production industrielle des pays européens, Angleterre en tête, elle était en volume vingt-cinq fois supérieure aux maigres capacités ottomanes. En outre, les musulmans des campagnes, sur qui pesait tout le poids du service militaire et administratif, étaient sur le point d'être marginalisés économiquement par la classe montante des commerçants grecs et arméniens. Les gouverneurs des provinces faisaient la sourde oreille aux revendications libérales de cette bourgeoisie non musulmane en pleine ascension, et les pachas, face aux révoltes des chrétiens qui réclamaient l'égalité fiscale avec les musulmans et le droit d'administrer eux-mêmes leurs terres, ne savaient pas répondre autrement que par l'incendie, la destruction, le massacre, la torture et la déportation.

« Vous avez de nouveau cet air sombre ! dit Pakizê à son mari lorsqu'ils eurent retrouvé leur chambre. À quoi songez-vous donc ?

— Au bonheur de tout laisser derrière nous pour un temps, et à notre beau voyage en Chine ! » répondit-il.

Mais à son expression, elle comprit qu'il pensait à Bonkowski Pacha, à Mingher et à la peste.

CHAPITRE 5

Bonkowski Pacha et le docteur Élias à son bord, la chaloupe en bois de pin de Turquie et à la proue effilée, typique de Mingher, se rapprochait du rivage, longeant les hautes murailles de la Forteresse. On n'entendait que le grincement des rames et le chuintement des vagues qui venaient doucement mourir au pied des énormes rochers sur lesquels le monumental édifice se dressait depuis bientôt sept cents ans. Aucune lampe ne brûlait, hormis à quelques fenêtres, et pourtant la ville d'Arkaz, sous cette lune enchantée, apparaissait dans l'ombre comme un mirage rose et blanc. Bonkowski Pacha avait beau être un positiviste convaincu, imperméable à toute forme de superstition, il ne put réprimer, devant ce paysage, la sensation d'un funeste présage. C'était la première fois qu'il venait à Mingher, quoique Abdülhamid, autrefois, lui y eût octroyé le privilège de la culture des roses. Et le pacha, durant toutes ces années, s'était figuré son arrivée sur l'île comme une sorte de fête, charmante, joyeuse et solennelle. Jamais il n'eût imaginé qu'il y débarquerait en pleine nuit, presque clandestinement, comme un voleur.

La chaloupe entrait dans la petite baie, les rameurs ralentirent leur rythme. Une brise fraîche soufflait depuis le rivage, apportant un parfum de tilleul et d'algues desséchées. Évitant le débarcadère des douanes où abordaient les transports de passagers, l'embarcation vira à gauche derrière le Phare arabe, vestige de la domination sarrasine, pour accoster dans le vieux port de pêche d'Arkaz. L'endroit était encore plus sombre et reculé. Le gouverneur Sami Pacha, appliquant les ordres du sultan, qui voulait à tout prix garder secrète la visite de son premier chimiste et de son assistant, avait choisi ce point de débarquement non seulement parce qu'il était désert, mais aussi parce qu'il était le plus éloigné du palais du gouverneur, aussi appelé Vilayet.

Bonkowski Pacha et le docteur Élias confièrent leurs valises aux deux secrétaires en veste noire qui les avaient accueillis sur le quai, puis, le col de leurs manteaux rabattu sur le visage, les suivirent jusqu'à la calèche envoyée par le gouverneur, dans laquelle ils montèrent sans être vus de personne. C'était son landau personnel que Sami Pacha mettait à la disposition de ses hôtes secrets, celui qu'il utilisait quand il voulait échapper à la foule, aux cérémonies et à sa propre fonction. Son prédécesseur, un gros pacha d'humeur inquiète, l'avait fait blinder ; prenant très au sérieux les lettres de menaces que lui envoyaient les anarchistes grecs romantiques qui voulaient arracher l'île à la souveraineté ottomane, et conforté dans ses craintes par la série d'attentats anarchistes qui visaient alors les grands de ce monde, l'ancien gouverneur avait pris sur le budget de la province, toujours déficitaire, pour faire réaliser par le meilleur forgeron d'Arkaz, Köse Kudret, cette carapace métallique qui recouvrait désormais la voiture officielle.

Conduit par Zakaria, le cocher du gouverneur, le landau remonta le quai en longeant les hôtels aux lumières éteintes, passa le bureau des douanes puis, sans emprunter l'avenue d'Istanbul, la plus célèbre artère d'Arkaz, bifurqua à gauche pour s'engouffrer dans les petites ruelles. Par la fenêtre ouverte, le grand chimiste et son assistant humaient un parfum de pin et de chèvrefeuille, et regardaient défiler les maisons avec leurs portes en bois, leurs fenêtres grillagées, leurs toits de tuile rose, leurs façades de vieille pierre à l'odeur d'algue. Après quelques raidillons tortueux, la voiture arriva sur la place Hamidiye, où ils virent la tour de l'Horloge encore en chantier, monument dont la construction, quoique bien avancée, n'avait malheureusement pas pu être achevée à temps pour le vingt-cinquième anniversaire de la montée sur le trône de son altesse, le dernier jour du précédent mois d'août. Ils remarquèrent aussi, à la lumière des réverbères qui brûlaient devant le collège grec et la poste, autrefois dite Hôtel des télégraphes, la présence des sentinelles que le gouverneur Sami Pacha avait fait poster à chaque coin de rue depuis que se propageaient les rumeurs de peste.

« Son excellence le gouverneur est un curieux personnage, dit Bonkowski Pacha à son assistant lorsqu'ils furent seuls dans leurs appartements. Je dois pourtant avouer que je ne m'attendais pas à trouver sa ville aussi florissante, aussi tranquille, aussi débonnaire. Si l'obscurité ne nous a pas trompés, c'est une prouesse, et le mérite lui en revient. »

Le docteur Élias, grec d'Istanbul, était le bras droit du chimiste du sultan depuis neuf ans. Ils avaient parcouru ensemble tout l'Empire à la poursuite, ou plutôt la rencontre, des épidémies qui y sévissaient, ils avaient connu les chambres d'hôtel, les annexes des hôpitaux et des palais des gouverneurs de province, les casernes. Cinq ans auparavant, ils avaient sauvé Trébizonde du choléra en désinfectant toute la ville à l'aide de solutions pulvérisées dont ils avaient chargé un bateau entier. Une autre fois, en 1894, pour endiguer l'épidémie de choléra qui se répandait à Ismid et à Brousse, ils avaient couru toute la province presque village par village, passant leurs nuits sous la tente militaire. Bonkowski Pacha s'était habitué à cet assistant qu'Istanbul lui avait d'abord collé un peu au hasard, il lui faisait toute confiance et ne lui taisait rien. Aussi les deux hommes, en raison de leur érudition et à force de battre les ports, les villes et les campagnes pour arrêter des épidémies qu'effectivement ils arrêtaient, étaient-ils surnommés « nos savants sauveurs » par une partie des bureaucrates et des administrateurs sanitaires de l'Empire.

« Il y a vingt ans, Sa Majesté Impériale me dépêcha à Alexandroúpolis, en Thrace, pour mettre un terme à l'épidémie de choléra apparue en cette ville, dont je rencontrai le préfet : c'était notre Sami Pacha. L'homme nous avait froidement reçus, il se moquait de moi et des jeunes hygiénistes que j'avais amenés d'Istanbul, ce qui nous fit perdre un temps précieux et causa davantage de morts, choses que je mentionnai dans mon rapport au sultan. Le pacha dut l'apprendre et s'en souvenir. Aussi ne serais-je pas étonné qu'il se montre mal disposé à notre égard. »

Bonkowski Pacha avait dit ces mots dans un turc qui ressemble assez à celui que nous écrivons aujourd'hui, et qu'il employait chaque fois qu'il parlait des affaires de l'État. Mais entre eux, parce qu'ils avaient étudié à Paris l'un la médecine, l'autre la chimie, le docteur Élias et Bonkowski Pacha préféraient souvent le français. Ainsi, lorsqu'ils entrèrent dans la chambre où aucune lumière ne brûlait, le chimiste de soixante ans, tâtonnant dans le noir en essayant de comprendre où était l'armoire, où la fenêtre, où les choses et où les ombres, s'écria en français, comme au milieu d'un rêve : « Tout cela ne me dit rien qui vaille ! »

Un bruit les réveilla au milieu de la nuit. Ça ressemblait au trottinement d'un rat ; ils en perdirent le sommeil. À Smyrne, la lutte contre la peste s'était plus ou moins résumée à une chasse aux rats. Et ils s'étonnèrent qu'ici, à Mingher, dans les appartements mêmes où le gouverneur recevait ses hôtes, aucun piège n'eût été posé. La capitale avait pourtant envoyé un nombre incalculable de télégrammes aux gouverneurs et aux autorités sanitaires des provinces pour leur rappeler que c'était par les rats, via les puces que ceux-ci transportaient, que se propageait la peste.

Le matin, ils décidèrent que le bruit qui les avait réveillés venait des mouettes qui marchaient sur la gouttière de leur résidence, un bâtiment en bois, grinçant et à moitié en ruine. Le gouverneur Sami Pacha, pour les soustraire à la curiosité des journalistes, aux ragots des commerçants et à la malveillance des consuls étrangers, avait en effet décidé de loger le célèbre chimiste et son assistant non dans la suite réservée aux hôtes dans le palais du gouverneur, mais dans ce bâtiment désaffecté que le directeur des fondations pieuses avait fait préparer en un jour, et où l'on avait posté à la hâte un ou deux domestiques et quelques sentinelles.

Le gouverneur rendit à ses invités secrets une visite matinale et informelle ; il tenait à s'excuser pour l'état du logement. En le voyant pour la première fois après tant d'années, Bonkowski Pacha sentit aussitôt qu'il pouvait faire confiance à Sami Pacha. Avec son torse large et presque majestueux, sa barbe grisonnante, son nez fort et ses gros sourcils broussailleux, l'homme dégageait une sorte de puissance, de solidité.

Mais Sami Pacha ne tarda pas à décevoir le grand chimiste et son assistant : il réagissait à l'épidémie comme tous les gouverneurs et préfets du monde.

« Il n'y a jamais eu d'épidémie dans notre ville ! commença le gouverneur. La peste, Dieu nous garde, il n'y en a pas, mais le petit déjeuner que nous vous servons, lui, vient de la garnison. C'est simple, si le four n'a pas été désinfecté, nos soldats ne touchent pas au pain. »

Bonkowski Pacha eut un sourire de gratitude en découvrant le pain cuit par les soldats, le fromage de chèvre, les noix, les pommes grenades et les olives qu'on avait disposés sur un plateau dans la pièce voisine. « Musulmans ou orthodoxes, nos habitants ont la langue bien pendue, dit Sami Pacha tandis qu'un domestique coiffé d'un fez leur servait le café. Ils répandent toutes sortes de mensonges, ils disent "la maladie est là" quand il n'y en a pas, et "il n'y en a pas" quand elle est là, puis vous verrez imprimé partout dans leurs journaux "Bonkowski Pacha a dit", et vous verrez que, comme à Smyrne, ils vous rendront la tâche impossible. Le but, c'est évidemment de monter les musulmans et les chrétiens les uns contre les autres, de semer le désordre sur cette brave île, et de l'arracher aux Ottomans comme ils ont fait en Crète. »

Rappelons ici qu'à la suite de combats entre chrétiens et musulmans qui l'avaient ravagée quatre ans plus tôt, l'île de Crète, sous la tutelle des puissances internationales qui prétextèrent de ces heurts pour intervenir, avait obtenu son autonomie.

« Et comme le peuple de Mingher est pacifique, ils vous sortent l'excuse de la peste ! lança Sami Pacha en guise d'explication.

— Mais à Smyrne, mon pacha, il n'a jamais été question de grecs, d'orthodoxes, de musulmans ou de chrétiens ! rétorqua Bonkowski Pacha au gouverneur dont il était de six ans l'aîné. Que ce soit l'*Amaltheia*, le journal des grecs, ou l'*Ahenk*, le journal des Turcs, et même les artisans qui commercent avec la Grèce, tous ont pris les mesures au sérieux, tous se sont pliés aux restrictions quarantenaires. C'est à ces bonnes dispositions de la population que nous devons notre succès.

— Nous aussi recevons les journaux de Smyrne, même quand le bateau des Messageries a du retard. Aussi permettez-moi de vous dire : les choses ne se sont pas exactement passées ainsi, mon cher pacha Inspecteur. Pas un jour ne s'est écoulé sans que tous les consuls, grecs et français en tête, se plaignent des mesures prises à Smyrne. Et à force de s'épancher dans leurs gazettes, ces mécontents ont semé la zizanie. Moi, gouverneur, j'interdirai formellement aux journaux de Mingher de publier ce genre de funesteries.

— Non, détrompez-vous, dès que les habitants de Smyrne ont vu que les mesures sanitaires étaient non seulement nécessaires mais utiles, ils ont fabuleusement collaboré avec les autorités et le Conseil sanitaire. Son excellence le gouverneur Kâmil Pacha transmet d'ailleurs à votre grandeur ses plus vives salutations. Lui aussi aura dû être informé de ma venue.

— J'étais son ministre des Fondations pieuses voici quinze ans, à l'époque où Kâmil Pacha était grand vizir, dit le gouverneur en se remémorant les succès extraordinaires de sa jeunesse avec une pointe de nostalgie. Son excellence Kâmil Pacha est un homme merveilleusement capable, infiniment distingué, aussi parfait que son nom[1].

— Or son excellence Kâmil Pacha a laissé aux journaux de Smyrne toute liberté de parler de l'épidémie, et il a bien fait, dit Bonkowski. Ne serait-ce pas plus sage que ceux de Mingher les imitent ? Effrayez la population, insinuez la peur de la mort chez les boutiquiers, et vous verrez qu'une fois la quarantaine proclamée, ils y obéiront de leur plein gré, et même de bon cœur !

— Je gouverne cette île depuis cinq ans, voyez-vous. Les gens de Mingher, orthodoxes, catholiques et même musulmans, sont au moins aussi civilisés que ceux de Smyrne. Ce que l'État veut, ils l'entendent, ils l'appliquent. Mais puisqu'il n'y a pas officiellement d'épidémie de peste, l'annoncer ne ferait que semer une panique inutile.

— Dans ce cas, ordonnez justement aux journaux de parler de

1. « *Kâmil* » signifie « parfait » en arabe.

peste, de morts, de quarantaine. On vous écoutera d'autant mieux, dit Bonkowski Pacha d'une voix détendue. Il est fort difficile de gouverner l'Empire sans l'aide de la presse, mon cher pacha, et vous le savez bien.

— Mingher n'est pas Smyrne ! s'écria le gouverneur. Nous n'avons pas d'épidémie ici. Voilà pourquoi son altesse tient votre venue secrète. S'il y avait la peste, elle vous aurait ordonné d'instaurer la quarantaine pour l'arrêter, comme à Smyrne. Or les médecins sanitaires qui ont répandu la nouvelle de l'épidémie sont tous orthodoxes, ils ont partie liée avec la Grèce, et Sa Majesté Impériale se méfie de la fourberie des consuls, elle vous a même défendu de rencontrer les membres du Conseil sanitaire de Mingher.

— Nous avons d'autres informations, mon pacha.

— Ce sont ces vieux médecins grecs qui ont fabriqué la rumeur, qu'ils se sont bien sûr empressés de faire placer dans les journaux d'Istanbul. Voyez-vous, mon pacha, beaucoup d'hommes rêvent de faire de cette île une seconde Crète, et les consuls ne sont pas les derniers à mettre de l'huile sur le feu. D'abord ils veulent la ruiner, ensuite ils nous l'arracheront. Traitez-moi de fou, mais le monde nous regarde, faites attention ! »

Était-ce une sorte de menace ? Les trois fonctionnaires impériaux, un musulman, un catholique et le troisième orthodoxe, se dévisagèrent un moment en silence.

« Au demeurant ce n'est pas à vous, qui êtes inspecteur sanitaire, de décider de ce qui s'écrira dans les journaux de Mingher, mais à moi, le gouverneur ! s'écria Sami Pacha dans un élan de courage et d'orgueil. Vous, en revanche, consignerez dans vos rapports tout ce qui a trait à la vérité médicale et scientifique, où je n'ai pas à intervenir. D'ici ce soir, avant que le *Badgad* des Messageries maritimes ne parte pour Smyrne, vous aurez la possibilité de voir trois malades, deux musulmans, un orthodoxe. Nous avons aussi un gardien en retraite qui a rendu l'âme hier, seulement nous n'avons même pas su qu'il était malade. Si vous le permettez, je vous donnerai une escorte.

— En quoi serait-ce nécessaire ?

— C'est petit ici, vous aurez beau vous cacher, si vous allez visiter des malades on saura que vous êtes médecin, et les gens parleront, dit le gouverneur. Cela ruinera leur bonne humeur, brisera leur moral. Personne ne veut entendre parler d'épidémie. Et tout le monde sait qu'une quarantaine signifie la fermeture des échoppes, l'arrêt du commerce, les médecins et les soldats qui forcent la porte des maisons. Or vous savez mieux que moi le sort qu'on réserve au médecin chrétien qui essaie de pénétrer à la force des baïonnettes dans la demeure d'un musulman. Si vous insistez pour dire qu'il y a la peste, les boutiquiers vous traiteront de calomniateur, et le lendemain ils diront que c'est vous qui l'avez apportée. Elle n'est certes pas très peuplée, notre île. Mais ils ont le crâne dur, et chaque caboche y va de sa chanson.

— De combien exactement est la population ?

— Lors du recensement de 1897, on comptait quatre-vingt mille habitants, dont vingt-cinq mille à Arkaz. La proportion de musulmans et de non-musulmans est à peu près égale. En réalité, on peut affirmer que les musulmans sont majoritaires depuis ces trois dernières années, à cause de l'arrivée des réfugiés de Crète, mais comme cette affirmation serait aussitôt contestée, je n'insiste pas et ne donne aucun chiffre.

— Et combien compte-t-on de morts à ce jour ?

— Quinze selon les uns, davantage selon d'autres. Certains cachent leurs morts par peur que la police sanitaire vienne fermer leurs maisons, leurs commerces, et brûler leurs affaires. D'autres encore disent de chaque nouveau mort que c'est la peste qui l'a tué. Chaque été nous avons une épidémie de diarrhée. Le directeur du Conseil sanitaire, le docteur Nikos, un vieillard, veut télégraphier à Istanbul pour annoncer le choléra. Je l'arrête et lui dis d'attendre. Lui envoie les pompiers armés de pulvérisateurs désinfecter les marchés, les caniveaux, les fontaines, les quartiers pauvres, et ce qu'il appelle épidémie disparaît. Si je télégraphie "choléra" à Istanbul, c'est une épidémie et les consuls s'en mêlent ; si j'envoie "diarrhée estivale", tout le monde oublie et l'on n'en parle plus.

— La population de Smyrne est huit fois plus nombreuse que

celle d'Arkaz, mon pacha, et pourtant le nombre de morts sur cette île est déjà plus élevé qu'à Smyrne.

— Vous découvrirez vous-mêmes pourquoi, répondit le gouverneur d'un air mystérieux.

— J'ai vu quelques cadavres de rats çà et là. À Smyrne nous les combattions.

— Nos rats n'ont rien à voir avec ceux de Smyrne ! s'écria le gouverneur avec une espèce de fierté patriotique. Les rats des montagnes de l'île sont bien plus sauvages. Il y a deux semaines ils sont descendus en ville et dans les villages, on les a vus s'attaquer aux maisons, aux cuisines, aux garde-manger. Quand ils ne trouvaient rien de comestible ils dévoraient les lits, le savon, la paille, la laine, le lin, les kilims, tout ce qu'ils trouvaient, jusqu'au bois. Toute l'île était terrorisée. Puis Allah a eu pitié et il les a détruits. Mais ce ne sont pas ces bêtes-là qui ont apporté ce que vous appelez une épidémie.

— Et qui est-ce donc, mon pacha ?

— Mais il n'y a pas d'épidémie ! répondit le gouverneur.

— Mon pacha, écoutez-moi. À Smyrne aussi tout a commencé par des rats morts. Or, comme vous le savez, il est désormais scientifiquement et médicalement prouvé que les rats et les puces qu'ils transportent sont les vecteurs de la peste. Nous avons donc fait venir des pièges d'Istanbul. Nous avons aussi offert une récompense de vingt piastres d'argent à qui rapporterait dix rats morts. Nous avons demandé l'aide du club des chasseurs de Smyrne. Le peuple a chassé les rats dans toutes les rues de la ville, traque à laquelle le docteur Élias et moi-même nous sommes joints de bon cœur, et ainsi avons-nous vaincu l'épidémie.

— Il y a quatre ans, deux de nos vieux riches, les efendis Mavrogenis et Karkavitsas, parce que c'était la mode à Londres, m'ont demandé de les aider à fonder un club comme celui de Salonique, seulement notre cité est petite, l'affaire échoua… Quant à un club de chasseurs, notre modeste île n'en compte évidemment aucun. Mais vous n'aurez qu'à nous enseigner comment chasser vos fameux rongeurs, et nous serons tous libérés du fléau de la peste ! »

L'attitude désinvolte du gouverneur inquiétait les deux médecins ; mais ils n'en laissèrent rien paraître et préférèrent lui exposer les derniers résultats de la science médicale en matière de microbes et de maladies contagieuses : durant l'épidémie de peste asiatique de 1894, Alexandre Yersin avait identifié le microbe qui tuait les rats comme étant le même que celui de la peste qui emportait les hommes, découvrant ainsi le bacille pestilentiel à l'origine de la maladie. Yersin était l'un de ces médecins et bactériologues qui, dans la lignée des découvertes de Louis Pasteur, avaient remporté des succès décisifs dans la lutte contre les maladies infectieuses, du point de vue de la connaissance scientifique comme sur le terrain, dans les hôpitaux des colonies françaises et les grandes villes pauvres d'Asie. Bientôt complété par les recherches de l'Allemand Robert Koch, cet essor médical remarquable allait permettre à l'Europe de trouver, en l'espace de quelques années, avec les microbes qui en étaient responsables, le vaccin contre toute une série de maladies tels la typhoïde, la diphtérie, la lèpre, la rage, la vérole, la syphilis, ou encore le tétanos.

Un autre de ces brillants docteurs que l'institut Pasteur semblait susciter dans son extraordinaire train de découvertes, Émile Rouvier, spécialiste de la diphtérie et du choléra, avait été invité à Istanbul par Abdülhamid deux ans plus tôt. Après avoir ébloui le sultan et les gens du palais par un bref et délicieux exposé sur les microbes et les maladies infectieuses et en leur offrant une boîte de sérum contre la diphtérie qu'il avait apportée de Paris, le bactériologue français, installé dans le laboratoire de Nişantaşı, avait inventé un ensemble de procédés qui permettaient d'y produire son sérum antidiphtérique en grandes quantités et à bas prix. Quand il vit que toute cette science effrayait son interlocuteur, Bonkowski Pacha prit un air d'extrême gravité. Le moment était venu d'aborder le sujet décisif.

« Mon pacha doit cependant savoir que, malgré la découverte de nombreux vaccins, et bien que les laboratoires ottomans soient désormais en mesure d'assurer la production de certains d'entre eux à un rythme soutenu, nous n'avons toujours pas, à l'heure où je vous parle, de vaccin contre la peste, dit-il au gouverneur. Ni les Français ni les Japonais ne l'ont encore trouvé. Si nous avons vaincu la peste à Smyrne, c'est grâce aux vieilles méthodes, les cordons sanitaires, l'isolement des malades, les pièges à rats. Il n'est pas d'autre médicament contre cette maladie ! Malgré tous les efforts des médecins, l'hôpital sauve rarement la vie d'un pestiféré, c'est tout juste si l'on peut alléger les souffrances du malheureux condamné. Encore que nous n'en soyons même pas certains. Le peuple de cette île est-il prêt à se plier aux rigueurs de la quarantaine ? Vous comprendrez, mon pacha, qu'il s'agit d'une question de vie ou de mort, et pour les Minghériens, et pour l'Empire.

— S'il vous aime et vous croit, le peuple de Mingher, grec comme musulman, sait être le plus accommodant et le plus arrangeant du monde ! » répondit le gouverneur, puis, comme si c'était son dernier mot, sa tasse de café pleine toujours à la main, il se leva d'un bond. Il marcha jusqu'à l'unique fenêtre de la pièce, d'où il contempla la ville et la Forteresse, ses yeux se repaissant du bleu de la mer qui inondait le petit salon comme une sorte de bonheur.

« Qu'Allah nous protège, nous, notre île et ses habitants, dit-il. Mais avant de protéger le peuple et l'État, il nous faudra vous protéger vous.

— Et de qui nous protégerez-vous donc ? demanda Bonkowski Pacha.

— Le contrôleur général Mazhar Efendi va vous l'expliquer », répondit le gouverneur.

CHAPITRE 6

Mazhar Efendi était à la tête du vaste et complexe réseau d'espions, d'indicateurs et de policiers en civil du gouverneur. Il avait été envoyé dans l'île depuis Istanbul quinze ans plus tôt, avec une mission bien différente, engagée à l'instigation des puissances occidentales, pour ne pas dire sur leur demande expresse : transformer la vieille structure policière locale en une organisation de police et de gendarmerie moderne. Tandis qu'il menait ces réformes avec succès (il s'agissait par exemple de créer un dossier individuel pour chaque délinquant et de les classer par ordre alphabétique), il avait épousé la fille de Hadji Fehmi Efendi, s'alliant ainsi à l'une des vieilles familles musulmanes de l'île et, comme beaucoup d'hommes qui découvraient Mingher la trentaine passée, il s'était épris de ses habitants, de son climat, de tout. Pendant les premières années de son mariage, il avait organisé des excursions à travers l'île avec d'autres amoureux de Mingher, et même un temps désiré apprendre la langue de l'antique peuple minghérien. Plus tard, à l'époque du gouverneur suspicieux, celui qui fit cuirasser son landau, la création d'un poste de contrôleur général, qui n'existait dans aucune autre province ottomane, permit à Mazhar Efendi de renforcer considérablement son réseau d'informateurs, et, tirant profit des relations qu'il avait nouées depuis son arrivée dans l'île, de prendre en filature, ficher et faire jeter en prison les indépendantistes et nationalistes de l'époque avec une efficacité remarquable.

Le grand chimiste et son assistant trouvèrent Mazhar Efendi bien moins majestueux que le gouverneur Sami Pacha qui venait de les quitter. Le contrôleur général était un bureaucrate au regard doux, à la moustache fine et la veste élimée. Il leur expliqua aussitôt, de sa voix de bureaucrate, que grâce à ses espions infiltrés il avait une oreille et un œil dans quasiment chaque groupe religieux, politique, corporatiste et nationaliste de l'île. Selon lui, les consuls étrangers, les nationalistes turcs, grecs, et encore d'autres séditieux qui s'inspiraient plus ou moins de l'exemple crétois ne désiraient rien tant que de voir cette maudite histoire de peste et de quarantaine prendre les dimensions d'une affaire internationale. Il y avait en outre, indiqua Mazhar Efendi, une secte de villageois musulmans, de vrais fanatiques, qui voulait s'en prendre au gouverneur pour se venger d'un vieil incident qu'on appelait « la Révolte du bateau du hadj ».

« À cause de tous ces dangers, vous utiliserez le landau blindé pour vos visites aux malades.

— Mais est-ce que ça n'attirera pas l'attention ?

— Ça l'attirera. Les gamins de l'île adorent courir derrière le landau et asticoter son cocher Zakaria. Mais on ne peut pas faire moins. N'ayez crainte, dans chaque quartier, chaque maison où vous irez, vous trouverez des agents du gouverneur, des espions déguisés en marchands ou d'autres de nos hommes qui veilleront sur vous. Nous ne vous demandons qu'une seule chose : si vous les remarquez autour de vous, restez calmes. Et si vous trouvez leur présence trop encombrante, ne tentez pas de fuir… Vraiment, vous ne fuirez pas loin, nos venimeux limiers vous rattraperont… Je vous demande aussi de ne pas suivre ceux qui vous diront : "Excellences, très honorés pachas, nous avons un malade chez nous, venez, par pitié, entrez donc !" Surtout ne les écoutez pas… »

Le landau blindé du gouverneur commença par emmener l'Inspecteur général de l'Administration sanitaire et son assistant, tels deux Européens en voyage d'étude, à la Forteresse d'Arkaz, dont la célébrité égalait celle de Mingher tout entière. Afin de tenir ses mystérieux visiteurs éloignés des médecins locaux, le gouverneur les avait annoncés au directeur pénitentiaire comme deux nouvelles recrues de l'Administration sanitaire de l'île. Les prisonniers observaient le directeur, Bonkowski Pacha et le docteur Élias par les meurtrières percées dans les épais murs de la forteresse. Les trois hommes traversèrent des couloirs et des cours obscures jusqu'aux fortins extérieurs et, après avoir descendu un vertigineux escalier de pierre qui donnait sur un à-pic rocheux balayé par le vol tourbillonnant des mouettes, ils s'arrêtèrent devant la porte d'une cellule.

Dès qu'ils entrèrent dans la petite pièce plongée dans la pénombre, Bonkowski Pacha et le docteur Élias comprirent que le gardien Bayram était mort de la peste et que l'épidémie était sur l'île. C'était la même pâleur extrême, les mêmes joues creuses, comme aspirées de l'intérieur, les mêmes yeux exorbités de terreur et les mêmes doigts serrés sur les bords chiffonnés de la tunique dans un geste poignant, qui semblait vouloir arracher la douleur, et qu'ils avaient déjà vu, au moins trois fois, sur les cadavres de Smyrne. Les vomissures, les taches de sang, l'odeur aussi étaient identiques. Le docteur défit soigneusement les boutons de la tunique du gardien pour découvrir son torse. Le cou et les aisselles étaient vierges de bubons. Mais quand ils déshabillèrent entièrement le mort et découvrirent ses jambes, ils virent, au-dessus de l'aine gauche, le bubon de la peste. Sa forme et sa grosseur ne laissaient aucun doute. En le pressant légèrement du bout du doigt, ils sentirent qu'il avait perdu sa dureté initiale, et en conclurent que la maladie avait au moins trois jours et que le mort avait dû souffrir atrocement.

Tandis que le docteur Élias nettoyait avec un liquide désinfectant la seringue et le bistouri qu'il venait de sortir de son sac, Bonkowski Pacha retourna vers la porte en chasser les curieux. Si le malade avait été encore en vie, incisant le bubon pour le vider de son pus, ils seraient parvenus à alléger un peu ses souffrances. L'assistant enfonça la pointe de la seringue dans le bubon pour y prélever quelques gouttes d'un liquide gélatineux et jaunâtre. Il étala ensuite délicatement le liquide sur une plaque de verre colorée, la déposa dans une boîte en aluminium qu'il plaça dans son sac, et leur travail dans ces geôles fut terminé. Ils devaient encore envoyer l'échantillon à Smyrne pour avoir confirmation que c'était bien la peste, non le choléra.

Après avoir ordonné qu'on brûle tous les vêtements du mort, Bonkowski Pacha, profitant qu'on ne le regardait pas, découpa d'un coup de bistouri le cordon de l'amulette que le gardien portait autour du cou. Il la désinfecta et la glissa dans sa poche pour l'examiner plus tard, puis il sortit retrouver la lumière du jour. Il savait désormais, au vu de ce cadavre, que la peste se répandrait rapidement, qu'il y aurait encore des morts, beaucoup de morts, et cette idée était si accablante qu'il sentit la douleur l'étrangler de la gorge à l'estomac.

Dans les rues étroites et tortueuses de la vieille ville, Bonkowski Pacha et son assistant le docteur Élias regardèrent les marchands de cuivre ouvrir leurs échoppes, les forgerons et les menuisiers commencer leur journée de travail ; la vie suivait son cours ordinaire comme si de rien n'était. Un restaurant, sourd aux rumeurs, tenait sa porte grande ouverte et servait à boire et à manger aux artisans. La pharmacie de Kogias Efendi était ouverte elle aussi, et le chimiste pacha, passant devant cette vitrine qui ressemblait plus à celle d'un vendeur d'épices, fit arrêter la voiture. Il descendit et entra dans l'échoppe.

« Avez-vous de l'*acide arsénieux**? demanda-t-il avec sang-froid à l'homme derrière le comptoir.

— Nous n'avons plus d'arsenic, je le crains », répondit Kogias Efendi, le propriétaire de la boutique. Il comprit aussitôt qu'il avait affaire à des gens importants et se raidit.

Bonkowski Pacha jeta un œil aux présentoirs ; il remarqua, outre toutes sortes d'épices, pigments, graines, tisanes et grains de café, des électuaires, des onguents, des baumes et autres médecines de bonne femme. C'est que Bonkowski Pacha, même lors de ces épuisantes journées qu'il passait à courir d'un bout à l'autre de l'Empire dans son costume d'Inspecteur général de l'Administration sanitaire, n'oubliait jamais qu'il était d'abord chimiste et pharmacien. Aussi reconnut-il sur les étagères de la petite boutique certaines lotions qu'on trouvait dans les plus célèbres pharmacies d'Istanbul et de Smyrne. Combien de discours enflammés sur la pharmacie moderne n'avait-il pas tenus, dans sa jeunesse, à ces apothicaires qui vendaient des recettes de grand-mère dans leurs villes de province ! Mais ce n'était pas le moment.

La foule grandissait autour de la petite baie, le long du port, dans les hôtels du bord de mer et les tavernes aux auvents colorés, les jardins des restaurants, et les gens étaient heureux. Le landau avait quitté les petites rues à l'odeur de tilleul et, dépassant les villas des riches familles grecques, il entrait dans l'avenue Hamidiye. Les pêchers étaient en fleur, un doux et ondulant parfum de rose embaumait l'air. Des messieurs en chapeau, d'autres portant le fez, des paysans en babouches se croisaient sous les platanes et les acacias de la large rue. Sur l'avenue d'Istanbul, la vie semblait s'écouler comme un grand fleuve qui descendait vers les maisons serrées le long de la rivière, en amont du bazar, vers les entrepôts, les hôtels, les carrioles à cheval, les conducteurs somnolents, les douanes, le port, et le chimiste et son assistant, devant ce spectacle, n'en croyaient pas leurs yeux. Des élèves affluaient vers le collège grec où les cours avaient commencé, les agences de voyages avaient sorti leurs pancartes, les compagnies maritimes installé leurs réclames. Et, contemplant depuis le perron de l'hôtel Majestik la ville sur laquelle les couleurs rose, jaune et orange semblaient régner, Bonkowski Pacha éprouva une sorte de remords à l'idée que toute cette pimpante gaieté s'évanouirait bientôt ; il se sentait coupable de ne pas l'ignorer et la culpabilité lui pesait si fort qu'il songea que peut-être il s'était trompé.

Mais il ne s'était pas trompé, et le sut bien vite. On les fit d'abord entrer, lui et son assistant, dans une maison en pierre située au milieu des oliviers, dans le quartier grec de Hagia Triada. Un homme du nom de Vassili, qui conduisait depuis quinze ans sa voiture à cheval dans toutes les rues de la ville, était couché sur une paillasse, ahuri de douleur, à moitié évanoui, un énorme bubon sur le cou. Bonkowski Pacha avait eu plusieurs fois l'occasion d'observer, à Smyrne, comment les malades, sous l'effet dévorant, ahurissant, abrutissant du microbe de la peste, étaient réduits à cet état de prostration totale ou de convulsions frénétiques. Quand ils avaient atteint ce stade, la plupart mouraient, très peu survivaient.

Sa femme, les yeux gonflés de larmes, saisit le malade par le bras pour le tirer de sa torpeur. Vassili revint à lui, essaya de dire quelque chose. Mais sa bouche était sèche et ne s'ouvrit qu'à peine, il n'en tira qu'un bégaiement inaudible.

« Que dit-il ? demanda Bonkowski Pacha.

— Il parle en minghérien », dit le docteur Élias. La femme du charretier éclata en sanglots. Le docteur Élias tenta alors le traitement qu'il avait employé à Smyrne sur les cas les plus désespérés. Il incisa délicatement avec son bistouri le bubon, qui était dur, donc récent, pour en vider patiemment tout le pus, nacré, jaunasse, l'essuyant avec un morceau de coton à mesure qu'il jaillissait. Les mouvements brusques et désordonnés du malade firent tomber la plaquette d'échantillonnage, elle se brisa par terre. Ils n'avaient certes plus aucun doute que ce fût la peste, mais il fallait tout de même envoyer le prélèvement à Smyrne, aussi le docteur Élias prit-il une autre plaquette et y étala soigneusement quelques gouttes de pus.

« Qu'il boive de l'eau bouillie en quantité, à laquelle vous adjoindrez du sucre et, s'il peut manger, qu'on lui donne du yaourt », dit Bonkowski Pacha en sortant. Il ouvrit en grand la porte et la petite fenêtre de la pièce obscure. « Le plus important : renouvelez l'air en permanence, qu'il circule abondamment, et lavez son linge en le faisant bouillir. Qu'on ne le fatigue pas, et surtout qu'il dorme. »

Bonkowski Pacha avait la sensation que ces paroles tant de fois répétées aux malades grecs de Smyrne, des commerçants relativement fortunés, ici ne serviraient à rien. Il était pourtant fermement convaincu, et sa conviction s'appuyait sur les derniers progrès de la bactériologie européenne, qu'un air propre et un environnement paisible aidaient « un peu » le malade de la peste à vivre, et préservaient même l'espoir qu'il en guérisse.

Après avoir laissé derrière lui la Jetée de pierre, tant aimée des peintres romantiques (à l'arrière-plan, les cimes escarpées des montagnes noires et blanches), le landau blindé s'enfonça parmi les maisons pauvres du quartier de Tachçîlar, où il s'arrêta devant la porte d'un jardin. Le factotum que Mazhar Efendi leur avait donné comme guide expliqua à Bonkowski Pacha et à son assistant que l'endroit était habité par de jeunes musulmans qui avaient fui la Crète après les événements survenus dans cette île trois ans plus tôt. Les trois garçons vivaient de vagabondage et des petits métiers du port, où ils travaillaient parfois comme portefaix, et causaient malheureusement des difficultés au gouverneur qui, selon le factotum, avait pourtant fait œuvre de charité en les installant ici.

L'un des jeunes était mort trois jours plus tôt. Un autre était malade depuis la veille, il avait des maux de tête à se tordre de douleur, quoique son corps demeurât vif, nerveux, ses mouvements secs et brusques. À Smyrne, deux personnes sur cinq ayant contracté la maladie étaient mortes. D'autres avaient été infectées sans tomber malades ni même s'en rendre compte. On pouvait encore sauver le jeune homme, pensa le docteur Élias, et il entra pour le soigner.

Il lui administra d'abord une piqûre pour faire tomber la fièvre. Un homme qu'ils appelaient son oncle l'aida ensuite à déshabiller le garçon de son vêtement jaune pâle. Le docteur examina attentivement les aisselles, les cuisses, les jambes, ne découvrant aucun bubon, charbon, ni tumeur. Puis il trempa ses doigts dans un liquide désinfectant et commença à tâter le corps du garçon, sans remarquer de dureté ou de mollesse suspectes autour des glandes thyroïdes ni des aisselles. S'il n'était pas familier de cette maladie, jamais un médecin, devant ce patient au pouls en survitesse, à la peau asséchée par la fièvre, aux yeux rouges et pris de bouffées délirantes, n'eût pu diagnostiquer qu'il s'agissait de la peste.

Bonkowski Pacha vit que les habitants de la maison suivaient attentivement ses gestes, et lisait sur leurs visages que la peur de la mort, légitime depuis celle du premier garçon, ne leur laissait pas de repos. Aussi était-il confiant : leur terreur les ferait écouter le médecin sanitaire. Il s'étonna cependant de voir les deux jeunes hommes qui avaient appelé le docteur porter sur eux les hardes de leur camarade mort.

À ces gens-là comme à tous ceux de l'île, il ne restait en réalité qu'une chose à dire : « Partez, courez, fuyez ! » voulait leur hurler Bonkowski Pacha. Des confrères européens lui avaient raconté qu'en Chine l'épidémie avait déjà fait des dizaines de milliers de morts, en certains endroits des familles, des tribus, des villages entiers avaient été éradiqués en quelques jours, sans même avoir eu le temps de comprendre ce qui leur arrivait. Il avait peur que l'apocalypse ne s'abatte sur cette petite île paisible, et ne la détruise.

À Arkaz, le microbe, comprit-il, travaillait « en souterrain », se diffusant lentement, sans se faire remarquer, et dans ce logement, par exemple, même en le désinfectant de fond en comble avec des pulvérisations de chlore, on n'en viendrait pas à bout. La seule solution était de vider les maisons infectées de leurs occupants et, s'ils s'y opposaient, alors il faudrait faire comme on faisait des siècles auparavant, les condamner sans pitié, avec leurs habitants à l'intérieur, à l'aide de planches, de marteaux et de clous. Une autre de ces antiques et saines options était de brûler les maisons contaminées avec tous leurs meubles.

L'après-midi, dans une maison du quartier de Tchitê, ils trouvèrent des furoncles à l'aine et sur le cou d'un apprenti barbier de quatorze ans. Quand la fièvre et les maux de tête commençaient à lui monter par vagues, le garçon se tordait et hurlait si fort que sa mère éclatait en larmes, tandis que le père fuyait chaque fois au jardin dans un mouvement de désespoir, puis, ne le supportant pas, revenait aussitôt. Ils s'aperçurent plus tard que le grand-père couché sur le divan dans un coin de la pièce était malade lui aussi. Mais personne ne s'intéressait au vieillard.

Le docteur Élias incisa le bubon, dur mais peu suppurant, sur le cou du garçon, puis essuya la plaie avec une solution désinfectante. Ils virent alors le père s'approcher avec un papier de prière à la main, qu'il tenait dirigé vers le corps de son fils. La longue expérience de Bonkowski Pacha lui avait souvent fait rencontrer ces gens qui, face à l'épidémie, dans l'angoisse de la mort et par l'intermédiaire de ces papiers de prière, mettaient tous leurs espoirs dans la miséricorde d'Allah. Certains chrétiens aussi espéraient une aide semblable de talismans confiés par leurs prêtres, cela s'était vu. En sortant de la maison, Bonkowski Pacha demanda au factotum du contrôleur général qui était l'homme qui distribuait ces amulettes.

« De tous les hodjas de l'île, celui dont le souffle, la puissance d'invocation et de récitation sont les plus respectés, c'est assurément Hamdullah Efendi, le cheikh du couvent des Halifi, dit le factotum. Mais lui, contrairement à certains cheikhs malhonnêtes, il ne donne pas ses amulettes à n'importe qui en échange d'argent. Aussi on trouve des imposteurs qui imitent ses papiers. Celui-là devait venir de chez eux.

— C'est donc qu'ils ont eu vent du fléau.

— Ils savent que c'est la peste, oui, mais l'horreur du mal leur échappe un peu, dit le factotum. Ils continuent d'écrire des prières pour l'amour, ou pour que les tremblements cessent, d'autres pour vous protéger du mauvais œil… Mais grâce à nos espions, le gouverneur Pacha serre de près tous les cheikhs de l'île, il surveille tous les hodjas qui donnent des amulettes, du plus efficace au plus malhonnête, et pareillement les chrétiens qui font le même genre de besogne dans leurs monastères. Le pacha leur envoie de faux clients, de faux disciples et même de faux derviches. Ça nous permet de savoir ce qui se dit chez les vrais.

— Où se trouve le couvent du cheikh Hamdullah ? J'aimerais visiter ce quartier-là aussi.

— Si vous allez là-bas, les gens vont jaser, répondit le factotum. D'ailleurs le cheikh sort très peu.

— Que les gens jasent, cela ne doit plus nous effrayer. À l'heure où nous parlons, la peste est dans votre ville, et il est indispensable que tous le sachent », lui rétorqua Bonkowski Pacha.

Le docteur Élias remit en personne leurs échantillons à l'équipage du *Bagdad*, qui partait pour Smyrne le soir même, puis ils télégraphièrent deux fois à leurs confrères de cette ville. Bonkowski Pacha avait demandé au gouverneur Sami Pacha une entrevue urgente dans l'après-midi, mais ils ne le trouvèrent devant la porte de son bureau qu'à l'heure de la prière du soir.

« Nous avions donné à son altesse notre parole d'honneur que votre visite resterait secrète ! dit le gouverneur d'un air qui semblait dire qu'elle ne l'était plus pour personne.

— Ce secret était d'une importance capitale tant que les rumeurs qui circulaient dans la vingt-neuvième province de notre sultan n'étaient pas confirmées. Car l'affaire pouvait être politique et il était impératif d'empêcher le mensonge de se répandre. Mais, après ce que nous avons vu aujourd'hui, je suis au regret de vous annoncer que la peste est là. Et elle avance. L'épidémie qui sévit à Mingher, nous pouvons le dire avec certitude, est la même qu'à Smyrne, en Inde et en Chine.

— Quoique le *Bagdad* ait à peine quitté le port avec vos prélèvements…

— Excellence, dit Bonkowski d'une voix calme, pour les résultats définitifs il nous faudra certes attendre jusqu'à demain et le télégramme de Smyrne. Néanmoins je puis vous assurer, en ma qualité d'Inspecteur général de l'Administration sanitaire et d'ancien premier chimiste du sultan, fort de quarante ans d'expérience des épidémies, et avec l'approbation de mon plus brillant confrère ici présent, que ceci est la peste. Rien ne saurait nous en faire douter. Auriez-vous oublié ? Quand, il y a vingt ans et quelques de cela, peu avant la guerre avec la Russie, nous faisions connaissance à Alexandroúpolis, dont vous étiez le préfet. À l'époque aussi c'était peut-être une diarrhée estivale, ou peut-être un petit choléra !

— Comment ne m'en souviendrais-je pas ?! se récria le gouverneur. Le grand discernement de son altesse et votre fabuleuse clairvoyance nous avaient permis de saisir le mal à la racine, et nous avions sauvé la ville. Le peuple d'Alexandroúpolis chante encore vos louanges.

— Vous allez immédiatement convoquer toute la presse, leur annoncer que la peste est en ville et que les mesures de quarantaine seront rendues publiques demain.

— Réunir le Conseil sanitaire prendra du temps, dit le gouverneur.

— N'attendez pas les analyses du laboratoire de Smyrne pour leur annoncer que la quarantaine a été proclamée. Faites-le sans tarder », lui répondit Bonkowski Pacha.

CHAPITRE 7

Le lendemain matin, le Conseil sanitaire de Mingher ne put être réuni. Ses membres musulmans étaient prêts, mais le consul de France était en Crète, le docteur Nikos n'était pas chez lui, et le consul anglais, qui avait la confiance et l'amitié du gouverneur, demanda à être excusé en raison d'un empêchement imprévu. Le gouverneur invita Bonkowski Pacha à quitter la résidence désaffectée, dont des policiers gardaient la porte, pour le rejoindre dans son bureau. « Nous avons pensé qu'en attendant que le Conseil sanitaire se réunisse, il vous plairait de revoir votre vieil ami pharmacien d'Istanbul, votre ancien associé, ce cher Nikephoros, dit le gouverneur à Bonkowski Pacha.

— Il est ici ? Les télégrammes que je lui ai envoyés sont restés sans réponse... »

Le gouverneur jeta un coup d'œil à Mazhar Efendi, que les autres découvrirent alors tapi dans un coin de la pièce telle une ombre insignifiante. « Nikephoros est sur l'île et il a reçu vos deux télégrammes, nous le savons ! dit le contrôleur général, sans émotion particulière dans la voix, car persuadé que le chevronné Bonkowski Pacha ne trouverait guère anormal qu'un gouverneur intercepte et lise tous les télégrammes qu'on envoyait dans sa province.

« S'il ne vous a pas répondu, c'est qu'il craignait que vous ne l'entreteniez d'histoires de monopole sur la rose et autres brouilles pécuniaires du passé, reprit le gouverneur. Mais votre vieil ami est dans sa pharmacie et il attend votre visite. En quittant Istanbul pour s'installer dans notre île, l'homme est devenu riche, très riche. »

Bonkowski Pacha et le docteur Élias marchèrent vers la pharmacie. Les ruelles qui montaient vers la place Chrysopolitissa leur apparurent encore plus étroites qu'elles n'étaient, du fait des auvents à franges bleus, blancs, verts, que les commerçants tiraient pour protéger du soleil matinal les tissus colorés, les dentelles, les confections de Salonique et de Smyrne, les chapeaux melon, les ombrelles à la mode européenne et les chaussures qu'ils exposaient dans leurs vitrines. Dans ces rues commerçantes, le chimiste et son assistant eurent l'occasion d'observer ce qu'ils avaient déjà constaté dans la plupart des villes au début d'une épidémie : les passants n'éprouvaient aucune gêne à se frôler, se toucher, ils ne manifestaient aucune crainte d'attraper la maladie dans la rue. Les mères sorties en courses avec leurs enfants, les vendeurs ambulants de noix, de biscuits, de citrons et de gâteaux à la rose de Mingher, le barbier qui rasait en silence son client élégant, les gamins qui vendaient les journaux d'Athènes fraîchement débarqués du dernier bateau, tous semblaient affirmer que la vie continuait telle qu'on l'avait toujours vécue. À voir la relative prospérité de ce quartier dont l'opulence flatteuse des boutiques reflétait celle de la bourgeoisie grecque d'Arkaz, Bonkowski Pacha se dit que les affaires de son vieil ami devaient bien se porter.

Bonkowski avait fait la connaissance de Nikephoros vingt-cinq ans plus tôt, à l'époque où celui-ci, natif de Mingher, tenait une petite pharmacie dans le quartier de Karaköy à Istanbul. À l'arrière de ce local situé dans une rue de traverse donnant sur la Banque ottomane et dont le fronton annonçait fièrement « Pharmacie Nicéphore », le pharmacien avait transformé une cuisine délabrée qu'on appelait la « chaufferie » en laboratoire industriel. Il y produisait de la crème pour les mains parfumée à l'eau de rose et des pastilles contre la toux au menthol, vertes et sucrées, que grâce à la politique de chemins de fer d'Abdülhamid il vendait jusque dans certaines provinces reculées de l'Empire.

Les deux jeunes pharmaciens s'étaient rapprochés à l'occasion de la refondation de la Société de pharmacie de Constantinople, en 1879, alors qu'Istanbul vivait encore au rythme des pauvres réfugiés des Balkans et dans la douleur des pertes territoriales consécutives à la débâcle de la guerre russo-turque de 1877-78. Édifiée sur les ruines de l'ancienne, créée en 1863 et disparue au bout de quelques années, la nouvelle Société compta bientôt un peu plus de quatre-vingts membres, des grecs pour la plupart. La puissance organisationnelle et l'ardeur pédagogique de la Société attirèrent l'attention du jeune sultan Abdülhamid, qui confia au jeune Bonkowski, dont il connaissait le père militaire, une série de missions telles que l'analyse des eaux potables d'Istanbul ou l'écriture de rapports sur les microbes.

C'est à cette époque qu'Abdülhamid, tout à son rêve de transformer la production artisanale de l'Empire en organisation manufacturière et industrielle moderne, s'attaqua sérieusement à une question décisive, la production d'eau de rose. Les familles d'Istanbul en fabriquaient depuis des siècles, cueillant les roses de leurs jardins pour en tirer quelques gouttes d'une eau parfumée qu'ils destinaient à leur usage quotidien, dans les confitures, les gâteaux. Était-il donc impossible aux Ottomans, qui avaient de ce produit raffiné grande expérience et noble tradition, d'en produire dans des quantités bien plus importantes, et pour ce faire de cultiver d'immenses surfaces de roses qu'on transformerait ensuite dans des fabriques à l'européenne construites pour l'occasion ? Le sultan Abdülhamid II commanda au chimiste Bonkowski Bey, l'homme de tous les succès, un rapport sur la question.

En un mois, Bonkowski Bey réalisa les plans et établit le budget d'une fabrique capable de produire de grandes quantités d'eau de rose à Istanbul, en précisant également que le seul endroit où il serait possible de cultiver les tonnes de roses nécessaires à l'alimentation de cette fabrique, outre les serres du sultan à Beykoz, était le vingt-neuvième district de l'Empire, l'île de Mingher. Il est certain que l'avis et le conseil de son ami minghérien Nikephoros, qui produisait sa crème pour les mains avec les roses de cette île, jouèrent un rôle dans la conclusion à laquelle était parvenu Bonkowski. Peu de temps après, le sultan convoqua Bonkowski Bey et le pharmacien Nikephoros au palais, où il leur demanda si ces roses de Mingher, qui comme il était écrit dans le rapport avaient un arôme particulier, étaient grasses et lourdes, mais sucrées et parfumées, possédaient un véritable potentiel, après quoi le sultan, ayant entendu de la bouche des deux pharmaciens, l'un catholique, l'autre orthodoxe, qui tremblaient en face de lui comme deux feuilles, la réponse affirmative qu'il attendait d'eux, quitta la pièce et s'en alla.

Quelque temps plus tard, un courrier de l'administration d'Istanbul annonça à Bonkowksi Bey que son altesse avait accordé aux beys Bonkowski et Nikephoros le privilège de la culture et de la vente des roses dans le district de Mingher, à destination de la fabrique d'eau de rose que le sultan ferait bientôt édifier à Istanbul. Les détenteurs de ce privilège étaient exonérés d'impôts.

Nikephoros prit bien plus au sérieux que Bonkowski le privilège accordé par le sultan. Il fonda, dès l'année suivante, une société de production d'eau de rose sur l'île ; Bonkowski, qui avait investi, en tant que membre associé, dix livres d'or dans la société, était en charge de la réclame et des relations avec le ministère du Commerce et de l'Agriculture à Istanbul, et la première année d'exercice fut un grand succès. Bonkowski trouva également un paysan des Balkans qui s'était réfugié à Istanbul après la guerre russo-turque et connaissait les subtilités de la culture des roses, et il l'envoya sur l'île avec toute sa famille.

Mais tous ces efforts et ces investissements furent interrompus lorsque Bonkowski Bey tomba soudainement en disgrâce auprès d'Abdülhamid. Il semble que son péché fatal fut d'avoir un jour confié à deux médecins et un pharmacien qui tuaient le temps à ses côtés, un livre sur les genoux, dans la salle d'attente de la Pharmacie Apéry d'Istanbul, où se trouvaient aussi un espion et deux journalistes d'opposition, que son altesse souffrait de problèmes au rein gauche. (Abdülhamid devait effectivement mourir d'une insuffisance rénale trente-huit ans plus tard.) Ce n'était pas tant que Bonkowski fût au courant de son problème rénal qui offensa le sultan, mais qu'il en parlât de manière si informelle et décomplexée.

Le véritable crime de Stanislas Bonkowski était en réalité le succès inattendu de la société de pharmacie moderne qu'il avait fondée. Les herboristes traditionnels, qui continuaient de vendre les électuaires, épices, herbes, racines, poisons, opiacés et autres drogues héritées de leurs pères, subissaient désormais de plein fouet la concurrence de ces pharmaciens modernes dont les affaires progressaient de concert avec l'enseignement académique de la médecine. Sur la suggestion de Bonkowski, et avec le soutien initial d'Abdülhamid, on institua un nouveau code de la pharmacie, qui interdisait aux herboristes de vendre leurs poudres nocives, leurs narcotiques et leurs philtres, même sur ordonnance.

Les herboristes de la vieille école, des musulmans pour la plupart, voyant leurs revenus s'effondrer lentement, se révoltèrent. Ils expliquèrent à Abdülhamid qu'on mettait l'artisan musulman au supplice, ils lui envoyèrent des centaines de lettres de dénonciation, signées ou non. Qui sait quelles intentions malfaisantes se cachaient derrière l'engouement des pharmaciens grecs pour les drogues et les poisons ! Abdülhamid fut un peu déconcerté, il ne savait plus que penser, et cessa pour un temps de donner du travail au jeune Bonkowski Bey, bien qu'à notre avis ce fût surtout pour le punir de son caquetage indiscret, mais quand les lamentations des plaignants, cinq ans plus tard, se firent moins bruyantes, il le rétablit dans ses bonnes grâces et lui commanda de nouvelles études, sur la composition des eaux du lac de Terkos, les causes de l'épidémie de choléra qui apparaissait chaque été à Adapazarı, et d'autres choses encore. Le chimiste pardonné écrivit donc une kyrielle de rapports divers et variés, comme la liste des plantes des jardins du palais de Yıldız susceptibles d'entrer dans la fabrication de potions médicamenteuses, ou celle des derniers produits européens capables de purifier à bon marché les eaux de la source de Zamzam.

Pendant ces cinq années de disgrâce, Bonkowski avait rompu avec son ami le pharmacien de Karaköy, lequel avait fermé sa boutique pour retourner s'installer sur l'île de Mingher où il était né et avait grandi.

Découvrant l'opulence de l'immense pharmacie qui donnait sur la place Chrysopolitissa, Bonkowski Pacha se réjouit pour son ancien ami. Celui-ci avait fait peindre, au centre de la vitrine qui portait l'inscription « Nikephoros Ludemis – Pharmacien », un grand fez composé de roses. C'était l'emblème de la maison depuis l'époque d'Istanbul, imaginé pour attirer les analphabètes et les illettrés qui ne savaient pas lire leur ordonnance mais cherchaient une pharmacie. Ils virent aussi les gracieuses fioles d'eau de rose de Nikephoros, des bocaux d'huile de poisson, des flacons de camphre et de glycérine. Des boîtes de médicaments, des tablettes de chocolat suisse, des conserves et des eaux minérales de marques Vittel et Évian importées de France, l'eau purgative de Hunyadi Janòs, les eaux de Cologne de la marque anglaise Atkinson, des plaquettes d'aspirine commandées en Allemagne et toute une série d'articles venus d'Athènes complétaient le tableau coloré qui s'épanouissait sous la grande enseigne.

Le propriétaire des lieux, voyant ces deux hôtes de marque admirer sa vitrine, sortit sur le pas de la porte. Prenant garde à ne pas trop s'approcher, Nikephoros les invita à entrer, leur offrit de s'asseoir et ordonna qu'on apporte du café. Les deux vieux amis échangèrent des paroles charmantes, comme s'ils s'étaient quittés la veille, et évoquèrent leurs souvenirs.

« Le gouverneur Sami Pacha n'a-t-il pas dit que vous ne souhaitiez pas me voir ?

— Le gouverneur ne m'aime pas.

— Rassurez-vous, votre serviteur n'est pas venu vous entretenir du privilège que Sa Majesté Impériale jadis nous accorda, dit Bonkowski Pacha d'un ton suave.

— Mais je vous en prie, jetez donc un œil aux produits de la société que nous avons fondée vous et moi », répondit Nikephoros.

Il leur montra d'abord les élégants et délicats flacons contenant l'eau de rose qu'il faisait distiller à Istanbul. Puis ils passèrent en revue des crèmes, des savons colorés et des vaporisateurs de parfum à poire, tous à l'eau de rose.

« Après celle d'Edhem Pertev, notre marque de pommades et d'onguents est la plus prisée de tout l'Empire ! Notre crème pour les mains a un succès fou à Istanbul, et pas seulement dans les pharmacies grecques : les dames musulmanes se l'arrachent ! »

Les propos échangés au cours de cette entrevue dans la pharmacie de Nikephoros nous sont connus grâce à la retranscription fidèle qu'en fit un espion du contrôleur général qui se trouvait dans la pièce voisine. Après avoir narré les exploits commerciaux de ses cosmétiques dans les cités portuaires de toute la Méditerranée orientale, Nikephoros expliqua, la voix vibrant de fierté, comment il menait l'affaire qui avait fait, grâce au privilège accordé par Abdülhamid, sa véritable fortune : plus de la moitié des cultivateurs de l'île de Mingher vendaient leurs roses à l'entreprise Nikephoros et fils. Theodoris, l'aîné des deux garçons du pharmacien et de sa femme Mariantis, une grecque de Mingher qu'il avait épousée à Istanbul, était à la tête de l'exploitation agricole, située dans le village de Pergalos. Le cadet, Apostol, dirigeait les ventes depuis la filiale athénienne de l'entreprise.

« Mes félicitations, en cultivant la fine fleur de Mingher pour en exporter le parfum et en récolter le fruit, vous enrichissez l'île, dit

Bonkowski Pacha. Comment le gouverneur Sami Pacha pourrait-il ne pas vous aimer ?

— Autour du village de Pergalos, dans le nord de l'île, une guerre fait rage entre bandes chrétiennes et bandes musulmanes. Il y a des bagarres, des escarmouches, des razzias, ça n'en finit jamais. Et quand ce bandit grec du nom de Pavlos, très aimé des gens qui vivent dans ce coin montagneux, descend à la ferme où nous produisons les roses pour exiger un tribut, mon fils ne peut guère lui dire non. S'il le faisait, trois jours plus tard notre ferme ne marcherait plus, ou elle aurait brûlé, ou bien on retrouverait des cadavres. Tout le monde sait que rien n'excite tant le cruel Pavlos que de tuer des fonctionnaires turcs, ou de descendre dans les villages musulmans pour enlever des filles, disant que ce ne sont que "des grecs qu'on a islamisés de force" et, quand il s'énerve, ce sont des yeux qu'il arrache et des oreilles qu'il découpe.

— Et le gouverneur Sami Pacha ne peut pas arrêter ce Pavlos ?

— Son excellence le gouverneur », dit Nikephoros en faisant à ses hôtes un clin d'œil assorti d'un geste gracile vers la pièce voisine pour montrer qu'il savait que quelqu'un était en train d'y écouter tout ce qu'ils disaient, « son excellence, pour lutter contre cette brute de Pavlos, a choisi de soutenir le cheikh du couvent des derviches Terkaptchî, dans le village musulman voisin de Nebiler, et avec lui le bandit Memo, que ces gens-là font manger. Le Memo est aussi brutal que l'autre Pavlos, et en plus c'est un religieux fanatique.

— Mon Dieu, mon Dieu ! s'écria Bonkowski Pacha avec un sourire qui s'adressait au docteur Élias. Mais que fait-il donc, ce Memo ?

— Eh bien, pour l'exemple et la gloire il s'en va au bourg de Dumanlî éduquer à coups de cravache le marmiton qui aura ouvert sa gargote à midi pendant le ramadan.

— Et les autres musulmans de Mingher, les fonctionnaires, les vieilles familles, acceptent sans broncher ce genre d'indignités ?

— Et quand bien même ils broncheraient, dit Nikephoros d'un

air las et indifférent. Peut-être que dans leur for intérieur de bons musulmans, ça leur fait honte, oui… Mais ce Memo les protège du Pavlos, et le temps que les troupes de notre cher pacha arrivent dans ces montagnes… Tout ce que fait le gouverneur, c'est noter les noms et les coordonnées des villages de rebelles grecs où l'on pratique ce type de calamités, et l'été venu d'inviter les cuirassés *Mahmudiye* et *Orhaniye* à les bombarder depuis le large. Dieu merci, la plupart du temps les invités se désistent.

— Vos affaires sont fort complexes, en vérité ! dit Bonkowski Pacha. Mais grâce à Dieu votre boutique, elle, est fabuleuse !

— Il y a trente ou quarante ans, pendant un quart de siècle, ce fut l'âge d'or du marbre de Mingher, une pierre rose connue dans le monde entier ; vous avez dû en entendre parler ! Nous chargions des bateaux entiers avec notre marbre rose, on en vendait jusqu'en Allemagne, en Amérique ! Pendant les rudes hivers des années 1880, des villes comme Chicago, Hambourg ou Berlin ont refait tous les trottoirs de leurs boulevards avec ce marbre extrait dans nos montagnes et qu'on dit résistant au gel. À l'époque, le commerce avec l'Europe passait par Smyrne. Mais ces vingt dernières années, avec le déclin de la demande en marbre et grâce au soutien de la Grèce, c'est plutôt vers Athènes que partent nos produits. Les dames d'Athènes et d'Europe aiment étaler délicatement notre crème à l'arôme de rose sur leurs jolies mains blanches, elles l'utilisent presque comme un parfum, un parfum cher et luxueux. Tandis qu'à Istanbul l'eau de rose n'est jamais qu'un petit jus qu'on sirote à la cuiller au comptoir du crémier, et qui ne coûte rien. Mais je comprends que le privilège de l'eau de rose ne vous intéresse pas. Si donc ce qu'on dit est vrai, c'est pour arrêter la peste que vous êtes ici.

— L'épidémie s'est répandue parce qu'on en a caché l'existence, dit Bonkowski Pacha.

— Ça explosera d'un coup, comme les rats morts, répondit Nikephoros.

— Vous n'avez pas peur ?

— Nous sommes au seuil d'une terrible tragédie… Seulement voyez-vous, cher ami, comme je ne réussis pas à me la figurer réellement, je me dis que je me trompe et n'arrive même plus à y penser. Mais le gouverneur a tellement cajolé ces hurluberlus des confréries que maintenant, à cause de ces imbéciles de cheikhs pourris gâtés, faire respecter la quarantaine va devenir une tâche impossible, voilà ce dont j'ai peur. Ces petits cheikhs vont noyauter les mesures sanitaires avec leurs papiers de prière, leurs grigris et leurs machins, ils feront tout pour nous ruiner. »

Bonkowski Pacha sortit l'amulette qu'il conservait dans sa poche. « Voici ce que j'ai trouvé sur le corps d'un malade ! dit-il en la tendant à Nikephoros. Ne vous inquiétez pas, je l'ai désinfectée.

— Très cher et bien-aimé Stanislas, dites-moi une chose, vous qui la savez mieux que moi. A-t-on nécessairement besoin d'un rat et d'une puce pour attraper la peste ? Ne peut-elle pas se transmettre d'homme à homme sans l'intermédiaire du rongeur ? Ou de cette amulette à moi, par exemple ?

— L'an passé à Venise, aucun médecin sanitaire, même parmi les plus illustres et les plus savants, ne se risquait à dire qu'un contact d'homme à homme ne saurait transmettre la peste, ni même que les postillons et la salive ne peuvent être responsables d'une infection. Ce qui signifie que les vieilles méthodes, isolement, quarantaine et chasse aux rats, demeurent la seule solution. Aucun vaccin n'existe encore contre ce fléau. On dit que les Français et les Anglais le cherchent, nous verrons.

— Alors que notre Seigneur Jésus et la sainte Marie nous viennent en aide ! » conclut le pharmacien.

Midi commençait de sonner au clocher de l'église voisine. « Avez-vous du poison contre les rats ? demanda Bonkowski Pacha. Quels raticides utilisez-vous sur l'île ? L'arsenic ?

— On trouve les mélanges à base de cyanure des pharmacies Artisoteles et de Grande-Bretagne à Smyrne. Ils ne coûtent pas cher. Une boîte vous dure sept à huit semaines. Mais ici, celui qui a des rats chez lui achète les poisons arsénieux de l'herboriste et s'en débrouille. Vous pouvez aussi utiliser les solutions qui arrivent de Grèce à la pharmacie Pelagos par le dernier bateau de la compagnie Pantaleon, et celles qui sont livrées chez Dafni depuis

Salonique. Celles-là sont plus phosphoreuses. Mais c'est vous le chimiste, vous connaissez les poisons mieux que moi. »

Les deux amis de jeunesse se sondèrent mutuellement du regard, comme s'ils voulaient percer chez l'autre un secret enfoui en profondeur. À cet instant, Bonkowski Pacha sentit que plus rien ne le liait à son ancien ami et que sa fidélité, désormais, allait tout entière au sultan et à l'État ; les lecteurs des lettres verront cependant que ce n'était pas exactement le cas. Il ne comprenait pas les sentiments de Nikephoros ; à vrai dire il n'arrivait pas à accepter que le pharmacien eût complètement tourné le dos à Istanbul, et au souverain.

« Quand les rats, reprit Nikephoros, ont commencé à disparaître d'eux-mêmes après avoir ravagé la ville, personne ne s'est plus soucié de mort-aux-rats. Aujourd'hui, avec cette rumeur de peste, et après les nouvelles de la chasse aux rats à Smyrne, on a vu la belle-fille de la riche famille grecque des Yanboydakis acheter deux pièges fabriqués à Salonique. Et le jardinier des Frangiskos a demandé deux pièges à tendeur à notre menuisier Christos.

— Dites à votre Christos de fabriquer tous les pièges qu'il peut ! s'écria vivement Bonkowski Pacha. Si vous les commandez en Crète ou à Smyrne, combien de temps leur faut-il pour arriver ?

— Depuis les rumeurs de quarantaine, le nombre de liaisons régulières a chuté, mais il y a davantage de mouvement au port. Certaines familles riches ont crié "la quarantaine arrive, on va être bloqué", et elles ont fichu le camp. Certaines, du reste, ne sont même pas venues de l'année. Pour la mort-aux-rats, comptez une journée depuis la Crète, deux jours depuis Smyrne.

— Vous pouvez assez imaginer, vous qui êtes un homme de l'art, ce qu'il se passera bientôt sur cette île : tout le monde sera contaminé, l'hôpital n'aura plus un seul lit de libre, les médecins crouleront sous les malades, les croque-morts sous les enterrements.

— Pourtant à Smyrne vous avez arrêté la peste, promptement et sans difficultés.

— À Smyrne nous avons réuni les deux plus gros pharmaciens de la ville, le grec Lazarides et le musulman Chifâ ; il s'agissait de couper court aux accusations réciproques, et les deux hommes ont pris les choses en main. Qu'avez-vous de mieux sur l'île en termes de solutions désinfectantes ?

— Les soldats produisent la leur dans le four à chaux de la garnison. Le gouvernement de la province en fait venir par barils depuis la capitale en passant par Smyrne, quant aux hôtels et à certains restaurants, ils se fournissent chez Nikolas Aghapides à Istanbul. Quelques-uns font des fumigations, on y renifle un parfum de lavande qui a l'air du propre, mais est-ce que les solutions qu'ils utilisent ont assez d'alcool pour tuer le microbe, est-ce que ces médications qui fleurent bon le printemps donnent des résultats, je n'en sais rien. Mitsos, le patron de la pharmacie Pelagos, siège aussi au Conseil sanitaire, et croyez bien que les hôtels à qui il refourgue sa mixture à bon prix auront la quarantaine douce et légère.

— Vous avez du sulfate de cuivre ?

— Ici ils appellent ça "pierre à œil"... Donnez-moi un jour et j'apporte à Votre Grandeur autant de désinfectant que tous les autres pharmaciens pourront en produire. Mais je crains que la politique de restrictions qui frappera l'île ne nous empêche d'assurer une livraison continue. »

CHAPITRE 8

Bonkowski Pacha était impressionné par la façon qu'avait Nikephoros de savoir exactement où trouver quel produit sur l'île de Mingher à l'instant où ils parlaient. « Ce Mitsos ne peut pas être le seul pharmacien à siéger au Conseil sanitaire, vous devriez en être, assurément.

— Votre bienveillance nous honore et nous flatte, mon pacha, répondit Nikephoros. Moi, j'aime Mingher de tout mon cœur. Mais ces consuls qui ne savent rien faire d'autre que vendre des billets de croisière, trafiquer et se tirer dans les pattes, je ne peux plus les voir. D'ailleurs, il n'y a pas un seul consul là-dedans, seulement des vice-consuls. Et de toute façon, avec ces cheikhs que le gouverneur a pris sous son aile, tenir la quarantaine sera une prouesse.

— Lequel de ces cheikhs est le plus farouchement hostile aux entraves sanitaires ?

— Sachez que nous autres, grecs orthodoxes, avons pour habitude et principe de ne jamais nous mêler de la foi de nos concitoyens musulmans. Mais voyez, cette île est comme un bateau, et nous sommes tous à bord. Les flèches de la peste se moquent de savoir qui est musulman ou chrétien. Si les musulmans n'observent pas les restrictions, ce sont aussi des chrétiens qu'ils entraîneront avec eux dans la tombe. »

Il était temps de partir, et Bonkowski Pacha, voulant l'indiquer poliment, se leva de sa chaise et commença d'étudier les articles à base d'eau de rose exposés dans les vitrines des étagères.

« *La Rose du Minguère** et *La Rose du Levant** sont nos articles les plus demandés ! » s'exclama Nikephoros. Il ouvrit la vitrine pour en sortir un joli flacon élancé et un bocal de forme trapue qu'il tendit à Bonkowski Pacha.

« La Rose du Minguère est notre célèbre crème pour les mains, La Rose du Levant notre meilleure eau de rose. Vous souvenez-vous, mon pacha, que ces noms, nous les avions trouvés ensemble, un soir à Istanbul, il y a plus de vingt ans ? »

Bonkowski Pacha ne put réprimer un sourire nostalgique, car en effet, il se souvenait très bien de cette nuit stambouliote. Les deux jeunes hommes, fraîchement dotés d'un privilège inattendu, s'étaient retrouvés dans l'arrière-boutique de la pharmacie de Nikephoros à Karaköy, où ils avaient bu du raki toute la nuit en élaborant les plans qui devaient faire d'eux des hommes riches. La première étape serait d'embouteiller l'eau de rose de Mingher, puis d'en faire de la crème pour les mains. Les années 1880 étaient l'âge d'or de ces médications que les Européens appelaient *spécialités pharmaceutiques**. Les herboristes et leurs boutiques pittoresques, bigarrées, parfumées, étaient passés de mode, et les pharmacies qui fabriquaient les médicaments prescrits, avec leurs murs blancs et leurs étagères vitrées, avaient soudain emporté le marché. Elles commencèrent à importer de l'étranger des médicaments contre les maux d'estomac, les cals, les ampoules, des cires pour la barbe et les cheveux, de la pâte à dents, des baumes réparateurs. Certains pharmaciens, à Istanbul, à Smyrne, vendaient même des eaux de toilette et des purgatifs à l'eau pétillante. Aussi, notant la vogue de ces articles européens, quelques pharmaciens intelligents commencèrent à en assurer eux-mêmes la fabrication. Bonkowski Bey lui-même fonda sa petite société de production d'« eau purgative de Constantinople » et d'« eau charbonnée et fruitée ». Il découvrit alors que les flacons, les couvercles, les boîtes et les étiquettes des médications et des boissons, même « locales », étaient tous fabriqués en Europe, à Paris essentiellement. Et ces gens de Paris touchaient des droits sur les illustrations imprimées sur les étiquettes. Bonkowski Bey fit donc appel à Osgan Kalemdjian, son ami peintre.

« C'était cet Osgan, votre ami le peintre, qui avait dessiné l'étiquette de nos flacons d'eau de rose. Nous n'avons rien changé. Mille unités furent imprimées d'emblée chez le seul imprimeur d'étiquettes et de cartes de visite d'Arkaz, et aussitôt collées sur nos premiers flacons d'eau de rose.

— Osgan était à la fois pharmacien, chimiste, et le peintre de réclame le plus demandé de l'époque, dit Bonkowski Pacha. Il dessinait les boîtes et les catalogues illustrés de grands hôtels et de quelques boutiques célèbres, à commencer par celle de Lazzaro Franco, sans compter, bien sûr, ceux des pharmacies.

— Regardez-moi ça ! » dit Nikephoros en tirant Bonkowski Pacha à part, avant de lui confier à voix basse : « Le plus féroce adversaire des mesures sanitaires, c'est le cheikh des Rifa'i. Le gouverneur devrait s'en méfier comme de la peste… Ce n'est pas officiel, mais le bonhomme a le soutien du cheikh Hamdullah.

— Dans quel quartier de la ville sont ces couvents ?

— Allez à Vavla et à Ghermê. Vous souvenez-vous de l'emblème de notre Rose du Levant ? La symbolique en est plus parlante. On y voit une des tours pointues de la Forteresse, reconnaissables entre mille, la Montagne Blanche et une rose de Mingher.

— Oui, je m'en souviens ! dit Bonkowski Pacha.

— Sachez que je fais parvenir à son excellence le gouverneur des échantillons de nos produits ; c'est son propre landau qui en assure la livraison, dit Nikephoros en désignant un panier qui contenait deux flacons de la Rose du Levant. Eh bien, j'ai fait coudre l'emblème de notre célèbre crème sur un grand calicot que j'ai accroché en vitrine pour la réclame, mais son excellence le gouverneur, hélas, aura interprété nos intentions de travers et il a fait enlever ce calicot, qu'il ne m'a toujours pas restitué. Je n'accepterai donc de siéger au Conseil sanitaire que si l'on me rend d'abord ma toile, et à cette condition seulement. Ce calicot occupe une place essentielle dans l'histoire de notre entreprise. »

Une demi-heure plus tard, Bonkowski Pacha entrait dans le bureau du gouverneur Sami Pacha, bien décidé à lui transmettre le souhait du pharmacien : « Mon vieil ami Nikephoros accepte de siéger au Conseil sanitaire. À une seule condition ! Que nous lui rendions son calicot.

— Il a donc été jusqu'à vous raconter cette vieille histoire ! Nikephoros est un type louche, un homme ingrat. Il doit son immense fortune au privilège de son altesse, sans quoi pas de roses, ni d'eau de rose ni rien. Mais, une fois la fortune en poche, il s'est mis à la botte du consul de Grèce et de son ministre du Commerce, et n'a plus fait que trahir notre sultan. Si je le voulais, je pourrais lui envoyer l'Inspecteur des impôts, je lui ferais payer des taxes et des amendes, je pourrais le détruire d'une pichenette, moi, son empire d'eau de rose !

— Gardez-vous-en bien, excellence ! dit Bonkowski Pacha sur un ton d'extrême humilité. L'épreuve de la quarantaine nous oblige à l'union. C'est moi qui l'ai convaincu d'entrer au Conseil sanitaire, et la tâche ne fut pas simple. »

Le gouverneur passa dans une petite pièce contiguë à son bureau, aux murs tapissés de vert, souleva le couvercle d'un coffre et en sortit un morceau de tissu couleur rouge et rose de Mingher qu'il déplia en l'air comme un drap.

« Voyez, ça ferait un joli drapeau !

— Je comprends votre inquiétude, mon pacha, mais ceci n'a rien d'un drapeau, c'est le dessin qui a toujours illustré les étiquettes des produits de l'entreprise pharmaceutique que Nikephoros et moi avons créée dans notre jeunesse. C'est l'emblème des flacons de la maison ! »

Il ajouta aussitôt : « Je vous en prie, faites demander encore une fois au bureau du télégraphe s'ils n'ont rien reçu ! » Ce n'était pas que Bonkowski Pacha voulût changer de sujet, mais il ne pouvait pas croire que le télégramme de Smyrne ne fût pas encore arrivé. Peu après, son assistant et lui retournèrent à pied à leur résidence délabrée. Le docteur Élias rappela à Bonkowski Pacha, qui était comme un lion en cage, qu'il ne devait pas se rendre seul au bureau du télégraphe.

« Et quel est le danger ? Qui voudrait qu'une épidémie de peste éclate sur cette île ? Ici comme partout ailleurs, la peste leur fera déposer les armes, les factions rivales feront la trêve.

— Certains voudront s'en prendre à vous par pure bravade, mon pacha. Souvenez-vous, à Andrinople, vous aviez maté l'épidémie de choléra en un mois. Et pourtant, au moment de quitter la ville, il s'en trouvait encore pour prétendre que c'était vous qui aviez apporté la maladie.

— Mais c'est une île chaude et verdoyante, ici ! s'exclama Bonkowski Pacha. Les gens y sont doux comme le climat. »

Comme le gouverneur les laissait sans nouvelles du télégramme, l'Inspecteur général de l'Administration sanitaire de l'Empire et son assistant finirent par quitter leur résidence sans avertir personne. Profitant d'un moment où les policiers et les gardes qui étaient à la porte s'étaient réunis un peu plus loin, ils filèrent dans leur dos et se rendirent à la place du Vilayet. C'était une chaude après-midi de printemps, le ciel était dégagé, on voyait l'horizon. Le panorama, lumineux, mouvant, plein de vie, à main gauche la magnifique Forteresse, à main droite l'abrupte et légendaire Montagne Blanche, émut Bonkowski Pacha. Ils marchèrent dans l'ombre des colonnades qui ceignaient la place. Quelques pompiers équipés de pulvérisateurs de solution désinfectante étaient postés à l'entrée de chez Dafni, la manufacture chic de la ville, et devant la poste. Hormis leur présence, rien n'indiquait que la peste était en ville. Les chevaux sommeillaient devant les calèches, les cochers bavardaient entre eux en attendant le client.

À l'entrée de la poste, un commis les aspergea d'une solution au lysol qui sentait la rose. Bonkowski Pacha avisa un vieil employé du télégraphe qui comptait des papiers en trempant ses doigts dans une eau vinaigrée, et s'approcha de lui.

« Le télégramme que vous attendiez est arrivé avec celui attendu par le Conseil sanitaire ! » dit l'employé avant de se replonger dans ses papiers.

Bonkowski Pacha avait télégraphié personnellement au directeur du bureau sanitaire de Smyrne pour lui demander les résultats. La réponse confirmait son sentiment : la peste était « officiellement » sur l'île.

« En attendant la réunion du Conseil sanitaire, je vais aller faire un tour du côté de Vavla et de Ghermê, dit Bonkowski Pacha au docteur Élias. Un médecin sanitaire doit tout voir de ses propres yeux. »

Le chimiste avait noté que la porte de la salle des colis, derrière le comptoir du bureau télégraphique, était ouverte. À l'autre bout de cette pièce, une autre porte était entrebâillée, par laquelle on apercevait le vert foncé d'un jardin.

Bonkowski Pacha remarqua les coups d'œil interloqués que lui lançait son assistant. Mais il les ignora. Il se faufila derrière le comptoir de gauche, traversa tranquillement l'espace jusqu'à la porte (le directeur des postes Dimitris et son employé étaient penchés sur un papier et lui tournaient le dos) et entra dans la salle des colis, qui était vide. Il continua sans se presser jusqu'à la porte entrouverte sur le jardin, la tira délicatement et sortit de la poste.

Jamais le docteur Élias n'aurait lâché son maître d'une semelle en pareille situation. Mais tout était allé si vite, il était certain d'avoir l'Inspecteur derrière lui quand il le vit filer sous son nez.

Une fois dans le jardin, Bonkowski Pacha réalisa avec bonheur qu'il venait d'échapper provisoirement à la surveillance des espions du contrôleur général. Il sortit dans la rue et commença à gravir la pente. On ne tarderait pas à envoyer des hommes à ses trousses aux quatre coins de la ville, et sans doute le retrouverait-on. Mais pour l'heure, le célèbre chimiste était ravi du petit tour qu'il venait de leur jouer du haut de ses soixante ans.

Deux heures plus tard, le cadavre sanglant de Bonkowski Pacha était découvert en bordure d'un terrain jouxtant la pharmacie Pelagos de la place Chrysopolitissa. Ce que fit l'Inspecteur général de l'Administration sanitaire de l'Empire pendant ces deux heures, quand et par qui le chimiste en chef d'Abdülhamid II fut enlevé et assassiné, la question continue d'être un objet de dispute entre les historiens de Mingher, quoique de plus en plus épisodiquement et sans susciter de réel engouement.

La rue dans laquelle Bonkowski Pacha s'était engagé au hasard et dont il remontait lentement la pente était bordée d'un côté par un mur au crépi effrité que recouvraient les treilles d'une vigne sauvage, des branches de saules et de micocouliers, et de l'autre par un terrain ouvert où des femmes suspendaient leur linge entre les arbres en riant, au milieu d'enfants et de bébés à moitié nus. Plus loin, le pacha aperçut deux lézards qui s'accouplaient sur le lierre. Dans le lycée de filles Marianna Theodoropoulos, les cours continuaient mais la moitié seulement des étudiantes semblait encore y assister. Marchant dans l'ombre du mur, l'Inspecteur regardait à travers les barreaux de fer les jardins du lycée comme on regarde dans une prison et, l'œil guidé par sa longue expérience des épidémies, sur les visages de ces élèves, qui tuaient le temps dans ces classes où leur nombre diminuait de jour en jour et où leurs parents, bien qu'on parlât d'« épidémie », et parce qu'ils n'avaient pas le loisir de rester chez eux ni assez de ressources pour les nourrir, continuaient pourtant de les envoyer, tantôt pour une écuelle de soupe, tantôt pour un morceau de pain, il lisait l'angoisse.

Bonkowski Pacha entra ensuite dans la cour de l'église Hagia Triada. Deux cortèges funéraires venaient de la quitter avec leurs cercueils en direction du cimetière orthodoxe situé sur les hauteurs du quartier de Hora, et la cour était maintenant presque déserte. Bonkowski Pacha se souvint des polémiques suscitées par la construction de cette nouvelle église, vingt ans plus tôt, qui avait défrayé la chronique jusqu'à Istanbul. À cet endroit se trouvait autrefois un cimetière, ouvert à la hâte pour les morts de l'épidémie de choléra qui avait durement frappé la ville d'Arkaz en 1834. Les grecs de l'île, enrichis par le commerce du marbre, avaient souhaité, pour conjurer le souvenir de ces jours tragiques, édifier à cet emplacement une grande église. Le gouverneur de l'époque avait fait traîner l'affaire, arguant des problèmes sanitaires que causerait l'ouverture d'un chantier sur un terrain infesté de cadavres du choléra, puis Abdülhamid avait demandé son avis au jeune chimiste qui se débattait alors avec le problème des eaux potables d'Istanbul, et le permis de construire fut enfin délivré. Soixante ans plus tôt, à la suite des réformes des Tanzimat, le droit de bâtir des coupoles avait été accordé aux chrétiens, et celle de la nouvelle église orthodoxe de Mingher, comme toutes celles construites dans l'Empire à cette époque, était énorme. Ajoutée au clocher attenant, la taille de cette coupole indisposait beaucoup les gouverneurs, qui trouvaient que leur île, vue depuis l'entrée du port, donnait maintenant l'impression d'être grecque. La coupole de la Yeni Djami, le plus grand édifice musulman de l'île, avait beau être plus imposante, elle apparaissait désormais bien moins spectaculaire !

Bonkowski Pacha pressentit que, s'il entrait dans l'église, le pompier qui se tenait à l'entrée avec son pulvérisateur et les fidèles qui étaient à l'intérieur ne le laisseraient pas en paix, il quitta donc la cour et continua le long des murs. Quelques boutiques bordaient la rue. En face se trouvait un lycée musulman rattaché à une fondation pieuse. Bonkowski Pacha se souvint des cours de chimie qu'il donnait, trente ans plus tôt, dans divers lycées d'Istanbul ; combien il aurait aimé aujourd'hui enseigner la chimie, les microbes, la peste, à tous ces jeunes sots désœuvrés qui tuaient le temps derrière leurs grilles.

En s'éloignant de l'église, il remarqua un vieillard grec élégant, à qui il demanda en français le chemin de Vavla. Ce vieillard qui lui avait répondu en bégayant (et qui était un cousin éloigné du riche Aldonis), parce qu'il n'avait pas attendu deux heures après la découverte du cadavre de Bonkowski Pacha pour informer les policiers qu'il l'avait rencontré et qu'ils avaient échangé quelques mots, fut ensuite longtemps victime de mauvais traitements, comme s'il était lui-même suspect dans cette affaire, ce dont il témoigna dix ans plus tard dans un journal d'Athènes.

Le chimiste passa ensuite devant quelques échoppes d'épiciers, de vendeurs de fruits, de légumes, certaines fermées, d'autres ouvertes, et devant le fournil de Zofiri, fabricant de biscuits aux amandes, qui, à l'heure où nous écrivons ces lignes, en 2017, existe toujours. Tandis qu'il descendait la montée de Fait-Braire-l'Âne, Bonkowski Pacha se trouva nez à nez avec un petit cortège funéraire qui suivait un énorme cercueil, et il s'écarta pour le laisser passer. Le barbier Panayotis, dont la boutique était située au croisement de la montée et de l'avenue Hamidiye, fut directement témoin de ce mouvement du pacha. Le cortège funéraire étant parti, et le suivant pas encore réuni, la mosquée, construite en 1776 par Ahmed Ferid Pacha, ancien grand vizir et Minghérien célèbre, était déserte. Bonkowski Pacha traversa la cour, côté mer, de cette mosquée à la coupole plus modeste, puis s'engagea dans des rues étroites qui embaumaient le tilleul. En apercevant l'hôpital Hamidiye (bien qu'encore en chantier, il avait accueilli ses premiers malades le matin même), il jugea que les hommes du contrôleur général pourraient l'y chercher et, bifurquant vers la droite, il s'enfonça dans les quartiers de Kadirler puis de Ghermê.

Dans ces rues qui avaient déjà payé un lourd tribut à l'épidémie, Bonkowski Pacha s'arrêta un moment en contemplation devant le cloaque qui coulait au milieu de la chaussée, le ballet des enfants qui couraient pieds nus, le spectacle de deux frères qui se cognaient dessus pour une raison inconnue. Il passa ensuite devant le domicile du cheikh qui avait donné à Bayram Efendi l'amulette qu'il avait dans sa poche. Ces détails, nous les connaissons grâce au rapport du policier en civil qui était toujours en faction dans le quartier.

Mais ce policier qui l'avait repéré ne savait pas qui était

Bonkowski Pacha. Dans son témoignage, il déclara cependant l'avoir vu plus tard aux abords du couvent faire la rencontre d'un jeune homme, et avoir plus ou moins saisi le début de la conversation suivante :

« Docteur Bey, il y a un malade chez nous, venez, je vous en prie.

— Je ne suis pas docteur... »

Ils discutèrent un moment. Mais le policier n'avait pu entendre ce qu'ils disaient. Puis, en une seconde, il les avait perdus de vue.

L'inspecteur sanitaire et le jeune homme nerveux marchèrent d'un pas pressé pendant quelques minutes avant d'entrer dans un jardin entouré de murets. Bonkowski Pacha, comme dans un rêve, cherchait en vain une porte à ouvrir. Il sentait pourtant que, même s'il en trouvait une, elle ne lui serait plus d'aucun secours.

Puis la porte d'une maison s'ouvrit et ils entrèrent. L'air était chargé d'une odeur de sueur, de vomi et de mauvaise haleine, comme dans toutes les maisons de pestiférés. Sentant qu'il attraperait la peste si l'on n'ouvrait pas immédiatement les fenêtres, Bonkowski Pacha retint sa respiration. Mais personne n'ouvrait les fenêtres. Où était le malade ? Tous ceux qui étaient là, au lieu de lui montrer le malade, le toisaient d'un air accusateur ; ces regards de haine le mettaient mal à l'aise, un instant il crut étouffer.

Un homme aux cheveux châtains et aux yeux verts s'avança. « Vous avez encore apporté la peste et la quarantaine pour nous ruiner ! s'écria-t-il. Mais cette fois vous ne gagnerez pas ! »

CHAPITRE 9

Deux jours après avoir laissé Bonkowski Pacha à Mingher au milieu de la nuit, l'*Aziziye* et la Délégation plénipotentiaire arrivaient à Alexandrie, où ils furent chaleureusement accueillis par l'ambassadeur de l'Empire allemand. On avait réuni la presse et organisé une cérémonie de bienvenue à laquelle devait participer, avec d'autres mais au premier rang, le consul d'Allemagne à Alexandrie, car son pays était encore sous le coup de l'émotion et de la colère de l'assassinat de von Ketteler en Chine. Le but de cette manœuvre était que les journaux égyptiens de langue anglaise, tels *The Pyramids* ou l'*Egyptian Gazette,* rendent publique la mission de la Délégation ottomane, afin que la presse indienne et la presse chinoise (notamment musulmane), relayant celle d'Égypte, s'en fassent à leur tour l'écho. Le Kaiser Guillaume, voyant dans l'écrasement de la révolte chinoise une formidable opportunité de montrer sa puissance, voulait ainsi affirmer à la face du monde, avant même que la Délégation eût posé le pied en Chine, que le calife de l'islam, le sultan Abdülhamid, était du côté des Occidentaux, et non des rebelles musulmans.

Pakizê et son mari avaient passé leurs journées et leurs nuits dans leur cabine. Quand le navire fut amarré le long du nouveau quai d'Alexandrie et qu'elle vit les portefaix bédouins, vêtus de djellabas, pieds nus, grimper sur le pont comme on monte à l'assaut, pour en décharger cantines et malles sans rien demander à personne, Pakizê se réjouit que sa qualité de princesse sultane lui interdît de quitter le navire. Elle savait aussi que la Chancellerie avait ordonné au major Kâmil, l'officier en charge de sa sécurité, de ne pas la lâcher d'une semelle à chaque escale dans un port ou une ville étrangère.

Le premier soir à Alexandrie, contemplant le crépuscule depuis le pont de l'*Aziziye,* Pakizê parla à son mari de son père, le sultan déchu, et de la vie de prisonnier qu'il menait dans le palais de Çırağan. Elle lui raconta que son père, ses sœurs et elle, malgré l'impressionnante maisonnée, y étaient souvent seuls, et qu'ils jouaient du piano ; son père, dit-elle encore, était un homme fin et sensible, franc-maçon mais pour la bonne cause, ce que malheureusement, le secret ébruité, on avait mal interprété. Une fois, tandis qu'elles regardaient une carte de l'Afrique dans un atlas, leur père était entré dans leur chambre et avait raconté à ses filles le voyage qu'il avait fait en Égypte, vingt ans plus tôt, lorsqu'il était encore prince impérial, avec le sultan de l'époque, son oncle

Abdülaziz, et celui qui devait lui succéder, son petit frère, le prince Hamid Efendi. (Ils voyagèrent ensuite en Europe, à Paris, Londres, Vienne.) En Égypte, le sultan et ses deux successeurs – Mourad V et Abdülhamid II – avaient non seulement vu les pyramides, le temps d'une excursion à dos de chameau, mais également pris le train pour la première fois, et tous s'étaient exclamés : « Si Dieu veut, un jour le chemin de fer parcourra aussi l'Empire ottoman ! » Et, tandis qu'elles contemplaient la carte de l'Afrique, leur père racontait à ses filles combien les souverains ottomans étaient aimés du peuple égyptien. Lorsqu'il apprit, plus tard, dans le palais où il était prisonnier, que les Anglais avaient conquis l'Égypte, il fut meurtri de chagrin et pleura.

La princesse Pakizê était la troisième fille de Mourad V, le sultan déchu. Trois mois après son accession au trône, en 1876, les pachas les plus influents parmi les bureaucrates de la Sublime Porte, arguant qu'il était déséquilibré, sinon fou, avaient destitué Mourad V pour mettre à sa place l'actuel sultan, son frère Abdülhamid. Trois mois plus tôt, c'était son oncle, soit le grand-oncle de Pakizê, Abdülaziz, qui avait été détrôné par un complot des mêmes pachas félons, avant d'être assassiné, une semaine plus tard, son meurtre ayant été maquillé en suicide. Il était donc naturel, dit Pakizê, que son père, après ces événements affreux, eût perdu le contrôle de ses nerfs. Lorsque, à la suite de ces péripéties, le prince impérial Abdülhamid, le second dans l'ordre de succession, aussi peu aimé que son frère aîné, fut brusquement promu sultan, la paranoïa s'empara de lui dès le premier jour du règne et ne le lâcha plus ; vivant dans la peur d'être à son tour destitué, voire assassiné, il avait aussitôt fait enfermer le sultan déchu, Mourad V, son frère, qu'il condamna à une vie de prisonnier à perpétuité.

Pakizê vint au monde pendant la quatrième des vingt-huit années de réclusion forcée de son père, et longtemps elle ne connut pas d'autre lieu que le palais qui leur servait de prison. (Sa sœur chérie Hatidjê, elle, était née dans le pavillon de Kurbağalıdere, son père n'étant pas encore sultan et, quand il le fut, son oncle Abdülhamid la berçait dans le palais de Dolmabahçe.) Pour interdire à Mourad V tout retour sur le trône, comme la moindre entrevue avec des groupes d'opposants, Abdülhamid leur avait défendu, à lui et ses enfants, de sortir du palais où il les tenait strictement coupés du monde, comme c'était l'usage avec les princes impériaux.

La question du mariage de ses filles, qui ne connaissaient rien d'autre que cette vie recluse, était pour leur père, Mourad V, le sultan déchu, un sujet d'inquiétude, et ne lui laissait pas de paix. Abdülhamid acceptait que ses nièces se marient, mais à la condition préalable qu'elles quittent leur père pour s'installer près de lui au palais de Yıldız. Car l'anxieux et cruel sultan ne voulait pas que des visiteurs étrangers, fût-ce pour d'impeccables raisons, comme les préparatifs d'un mariage, aillent et viennent dans le petit palais où il avait enfermé Mourad. Celui-ci fut très chagriné par l'exigence de son petit frère, avec qui il s'était si bien entendu dans leur enfance. Il expliqua cependant à ses filles que, même si Abdülhamid était un tyran et que séparer des enfants de leurs parents était le plus grave péché qui fût, il n'était dans la vie pas de plus grand bonheur que de se marier et avoir des enfants. La meilleure solution était donc que les princesses sultanes quittent leur père pour un temps, qu'elles montrent leur bonne volonté en se réconciliant avec leur oncle, et qu'elles trouvent à Yıldız des époux à la hauteur de leur beauté et de leurs vœux.

L'aînée des sœurs, la princesse Hatidjê, qui approchait de ses trente ans, et la cadette, la princesse Fehimê, acceptèrent ces conditions, mais Pakizê, alors âgée de dix-neuf ans, refusa d'être séparée de son père et de sa mère. Tout s'arrangea deux ans plus tard lorsque Abdülhamid finit par trouver, au dernier moment, un époux à Pakizê, « va pour un médecin », et les trois sœurs furent mariées le même jour à Yıldız. Du reste, contrairement à ses sœurs, Pakizê était heureuse avec son mari (parce qu'elle n'était pas aussi belle ni exigeante qu'elles, disaient certains).

Ils passaient leur temps dans leur cabine, bavardant, apprenant à se connaître, et chaque fois qu'elle regardait la peau couleur de blé mûr et le gros corps gras et couvert de poils du docteur Nuri, Pakizê éprouvait un plaisir tel qu'elle n'en avait encore jamais rêvé. Voir la sueur couler sur le front de son mari quand il se lançait dans un récit exalté, ou simplement l'entendre respirer bruyamment par le nez quand il s'essoufflait procurait à la princesse sultane, ce qu'elle confia dans ses lettres à sa sœur Hatidjê, un bonheur extrême. Et quand il arrivait au docteur de se lever du lit pour aller chercher une carafe d'eau, c'était avec une sorte de ravissement béat qu'elle contemplait ses pieds ridiculement petits pour un homme, ses grosses jambes potelées et son énorme derrière.

Les époux passaient l'essentiel de leur temps au lit, à faire l'amour. Le reste du temps, ils se contentaient de rester couchés côte à côte dans la cabine chaude et humide, sans échanger un mot, tout à leur précieux bonheur d'échapper pour quelques heures aux assauts des moustiques. Parfois ils abordaient un sujet délicat, à leurs yeux important, et, tout en redoutant chacun les réponses de l'autre, mettaient certaines choses au clair. D'autres fois ils sortaient du lit, s'habillaient le plus convenablement du monde et poursuivaient leur discussion, mais évitant alors les thèmes périlleux.

Pour Pakizê, le thème le plus périlleux était à l'évidence sa haine d'Abdülhamid et ses années de séquestration au Sérail. Le docteur Nuri comprenait le désir qu'avait son épouse de s'épancher à ce sujet mais, comme il avait peur que cela n'abîme leur bonheur, il réfrénait sa curiosité et ne la pressait pas. Aussi, quand son épouse se lançait dans ces récits larmoyants, le médecin sanitaire éprouvait à son tour le besoin de lui confier ses propres histoires, ce qu'il avait vu dans le Hedjaz, les souffrances des pauvres pèlerins du hadj, quoiqu'il n'osât pas franchement en parler, craignant de choquer la princesse sultane et même de la dégoûter. Il aurait pourtant aimé dire tout ce qu'il avait sur le cœur à cette femme, et à elle plus qu'à personne d'autre, car elle était intelligente et lui faisait confiance. Il voulait, oui, que son épouse sût ce qu'il se passait dans ces districts perdus aux confins de l'Empire et qui s'en détachaient les uns après les autres, et comment les hommes tombaient telles des mouches durant les épidémies, toutes ces choses-là.

Le matin du troisième jour après leur arrivée à Alexandrie, le docteur Nuri quitta le bateau et sortit en ville. Il se rendit chez un horloger grec d'Istanbul, dont la boutique était située dans la même rue que l'hôtel Zizinia (des désinfecteurs armés de pompes en gardaient la porte) où logeaient les médecins et les fonctionnaires anglais, juste derrière la place Ali Pacha. Après lui avoir demandé des nouvelles d'Istanbul, l'horloger, comme c'était son habitude, raconta au médecin turc comment les navires de guerre anglais, sous prétexte d'écraser la révolte nationaliste, antioccidentale et antiottomane d'Urabi Pacha, avaient bombardé la ville pendant des heures, et combien le bruit des canons était effrayant, et comment il s'était retrouvé, lui, au milieu de la place où plus un bâtiment ne tenait debout, pris dans un énorme nuage de poussière blanche, et qu'enfin les quartiers des Français et des Anglais avaient été attaqués à leur tour. Il rappela ensuite que les musulmans et les chrétiens s'étaient armés et avaient commencé à se massacrer réciproquement dans les rues de la ville, et que pendant un temps, dans les faubourgs éloignés, les chrétiens ne pouvaient même plus sortir de chez eux en chapeau. Les incendies et les pillages terminés, il avait eu le privilège de rencontrer Gordon Pacha en personne. Puis, après avoir raconté pour la seconde fois que Gordon Pacha, le jour où il fut tué par les soldats musulmans du Mahdi soudanais, à Khartoum, portait au poignet la montre de marque Thêta qu'il avait lui-même réparée, l'horloger résuma son point de vue général : « Mon avis c'est que ni les Français, ni les Ottomans, ni les Allemands ne peuvent gouverner l'Égypte ; seuls les Anglais sont à la hauteur ! »

Le docteur Nuri, comme il l'avait souvent fait dans d'autres rencontres de ce type, s'apprêtait à corriger les inexactitudes du discours de l'horloger, par exemple en lui assénant que « non, les Ottomans n'ont pas abandonné l'Égypte, et d'ailleurs ils ne la gouvernaient pas ! Et les Anglais l'ont prise par traîtrise ! », ou bien en lui faisant poliment remarquer que les chrétiens massacraient des musulmans bien avant que les Arabes commencent à s'en prendre aux chrétiens, mais comme l'horloger, lâchant le mot

« sultan » ou « Abdülhamid », venait de mentionner l'homme dont il venait à peine d'épouser la fille du grand frère, il s'interdit de faire devant lui la moindre remarque de ce genre, et de parler de politique en général.

Sa visite laissait le docteur frustré, mécontent, il n'avait trouvé aucun agrément ni à la conversation de l'horloger, ni à la ville d'Alexandrie soumise au régime des restrictions sanitaires. Enfin, une nouvelle vie l'attendait, mais il était incapable de dire laquelle. Il retourna bientôt au port, plein de nervosité et d'impatience.

À l'instant où il retrouvait le pont de l'*Aziziye*, le garçon de cabine lui annonça que la compagnie Thomas Cook avait reçu deux télégrammes cryptés qui lui étaient adressés.

Au départ d'Istanbul, un secrétaire de la Chancellerie lui avait donné la clef du chiffre que le sultan lui avait spécialement attribué. C'était l'une de celles qu'Abdülhamid faisait distribuer à tous les ambassadeurs, chefs de tribus et autres espions nationaux ou étrangers avec lesquels il souhaitait établir une communication étroite et directe sans passer par les bureaucrates de la Sublime Porte.

Le docteur Nuri embrassa son épouse, l'informa de la situation, sortit la « clef », un petit manuel, du fond de sa valise et commença à décrypter le premier télégramme, lettre par lettre, chiffre après chiffre. Il feuilletait le manuel en comparant les lettres et mots inscrits dedans aux chiffres du télégramme, une opération pénible qu'il effectuait pour la première fois depuis longtemps, et qui l'épuisait. Comme elle lui tournait autour, curieuse et impatiente, il demanda à son épouse de l'aider. Ils finirent par comprendre que certains nombres à deux chiffres correspondaient aux mots les plus usuels, et en peu de temps les télégrammes furent retranscrits.

Le premier venait directement de la Chancellerie. Consécutivement à la mort de Bonkowski Pacha, le docteur Nuri était chargé de reprendre en main le combat sanitaire contre la peste qui sévissait dans la ville d'Arkaz et la province de Mingher, où il lui était ordonné de se rendre toutes affaires cessantes. Un télégramme parallèle commandait au capitaine russe de l'*Aziziye* de faire rembarquer la princesse Pakizê, le docteur Nuri et le major, eux uniquement, pour les conduire sur l'île de Mingher sans perdre un instant. Dans le second télégramme, émanant également de la Chancellerie mais exposant cette fois les instructions directes du sultan, on indiquait que la mort de Bonkowski Pacha pouvait être un « attentat », et exigeait par conséquent du gendre impérial qu'il participe « comme un détective » à l'enquête menée par le gouverneur Sami Pacha.

« Je vous avais bien dit que mon oncle nous gâcherait le voyage ! s'écria Pakizê. Pauvre Bonkowski Pacha, il l'a fait assassiner, cela ne fait aucun doute.

— Allons, ne dites pas aussi vite une chose pareille ! se récria son mari. Laissez-moi d'abord vous parler de l'organisation sanitaire internationale, vous jugerez ensuite ! »

Ainsi l'*Aziziye* quitta sans attendre le port d'Alexandrie avec ses trois passagers et mit le cap au nord. Peu après la tombée de la nuit, lorsque de violentes rafales de vent de borée obligèrent le navire à ralentir sa marche, le docteur Nuri résolut de faire entendre à son épouse que ce n'était sans doute pas son oncle Abdülhamid qui avait commandité l'assassinat de ce pauvre Bonkowski Pacha, mais peut-être une autre puissance, du moins que c'était une possibilité à ne pas écarter. Pour ce faire, il commença à lui révéler les dessous politiques du système sanitaire international.

En l'an 1901, les puissances qui exerçaient sur le monde une domination militaire, politique et médicale presque sans partage, les Anglais, les Français, les Russes et les Allemands, s'accordaient pour dire que la peste et le choléra s'étaient répandus en Europe et dans le monde depuis Médine et La Mecque. Et que c'étaient les musulmans affluant dans le Hedjaz pour le hadj, le pèlerinage rituel, qui rapportaient ces maladies en territoire occidental (en Asie, en Europe méridionale, en Afrique du Nord). Les foyers d'origine de la peste et du choléra se trouvaient certes en Chine et en Inde, mais la province ottomane du Hedjaz était l'épicentre de la contagion. Et les médecins sanitaires et hygiénistes des quatre coins de l'Empire, qu'ils fussent chrétiens, musulmans ou juifs, savaient malheureusement que cette allégation était, médicalement parlant, tout à fait fondée et parfaitement incontestable. Mais certains d'entre eux, en particulier les jeunes médecins musulmans, pensaient cependant que cette allégation était volontairement exagérée, à des fins politiques, par les puissances occidentales, qui s'en servaient de prétexte pour opprimer les nations et les États non occidentaux, à la fois intellectuellement, spirituellement et militairement. Quand les Anglais déclaraient « vous n'êtes pas capables de protéger des épidémies les pèlerins indiens, qui sont nos sujets, alors que nous, nous savons les protéger », ce n'était pas seulement une marque d'arrogance médicale, c'était également une menace d'ordre militaire, tous les Ottomans en avaient conscience, Abdülhamid le premier. Aussi Abdülhamid (« votre oncle ! », avait dit le docteur Nuri, et en regardant sa femme droit dans les yeux) avait-il dépensé des sommes énormes pour améliorer le contrôle sanitaire du Hedjaz. Il avait fait construire sur l'île de Kamaran, qui fermait la mer Rouge en face de la côte yéménite, de nouveaux bâtiments, des casernes et des débarcadères, et dépêché là-bas ses meilleurs médecins.

Le lazaret de l'île de Kamaran, dans la province du Yémen, était en ces années-là, aussi bien en termes de capacité d'accueil qu'en termes de superficie, le plus grand poste sanitaire du monde. Et, racontant comment il y avait été envoyé, sept ans plus tôt, pour combattre une épidémie de choléra qui s'était brusquement déclenchée en plein milieu de la saison du hadj, le docteur Nuri ne cachait pas son émotion. Les premières années, ses yeux s'emplissaient chaque fois de larmes devant l'atroce misère de ces pèlerins entassés les uns sur les autres, jusque dans la soute, sur ces bateaux délabrés, moyenâgeux, qui battaient pavillon anglais pour la plupart, et sur lesquels ils avaient fait la route depuis l'Inde, parfois depuis Java. Mais tous les bateaux venant des ports indiens, il le découvrirait plus tard, étaient dans cet état désastreux, sinon pire encore.

Les agences de Karachi, Bombay et Calcutta avaient beau

vendre les billets aller-retour pour le hadj à certaines conditions, un pèlerin indien sur cinq, dans ces années-là, mourait pendant le voyage, et ne revenait jamais.

Malgré le prix élevé du billet, c'était parfois mille à mille deux cents candidats au hadj que le docteur Nuri avait vus empilés les uns sur les autres, comme une cargaison de poissons, sur ces navires qui faisaient le trajet entre Bombay et Djedda, et dont la capacité officielle n'excédait pas quatre cents passagers. Certains capitaines particulièrement vénaux entassaient les pèlerins dans les endroits les plus impraticables, les plus dangereux, contre le bastingage, voire sur le toit de leur cabine, et dans une promiscuité telle que celui qui trouvait un coin où poser le pied ne pouvait plus espérer s'asseoir, tandis que ceux qui avaient réussi à s'asseoir ou, mieux, à s'allonger n'osaient plus faire un geste et restaient figés durant tout le trajet, de peur de perdre leur place. Et le docteur Nuri s'assit par terre pour imiter la façon dont se tenaient les candidats au hadj.

Quand il s'approchait, à bord du vaisseau du poste sanitaire, de ces bateaux rouillés, cuits de soleil, qui semblaient devoir bientôt couler sur place comme des épaves, et qu'il découvrait ces centaines de têtes d'hommes qui l'observaient depuis le pont, à travers les hublots, par le moindre interstice visible, le docteur Nuri était saisi de stupeur et même de terreur. En montant sur le bateau avec les soldats pour l'inspection sanitaire, il comprenait immédiatement que cette foule monstre qu'il voyait sur le pont était trois fois plus nombreuse dans les entrailles du bateau, que tous ces candidats au hadj venus d'Inde étaient dans un état de fatigue et d'épuisement terrible, et que plus de la moitié d'entre eux étaient déjà infectés par la maladie.

Le docteur Nuri raconta ensuite qu'il avait parfois eu recours à des soldats en armes pour parvenir à se frayer un chemin jusqu'au capitaine à travers la masse des pauvres pèlerins entassés. Puis, répondant à une question de sa femme, il dit que la plupart de ces bateaux étaient en réalité des cargos où rien n'était aménagé pour accueillir des passagers. Quand il descendait dans les soutes sans hublots ni fenêtres, dans le noir le plus complet, dans une puanteur de cadavre, il sentait la présence humaine et les frémissements de centaines de pèlerins figés dans une terreur sans fin, il en entendait certains gémir, d'autres prier, et voyait dans l'ombre des yeux inquiets se poser sur lui et le suivre. L'obscurité dans les soutes était si épaisse qu'il était interdit aux médecins sanitaires d'y descendre après la tombée de la nuit. « Mais je ne vous en dirai pas davantage, cela assombrirait trop votre humeur ! dit le docteur Nuri.

— Non, je vous en prie, ne me cachez rien ! » répondit Pakizê.

Son épouse, sentait-il, regarderait désormais ces hommes comme misérables et désespérés, fait qu'il voulut corriger, car il ne correspondait pas exactement à la vérité. Les candidats au hadj, dans les pays d'où ils venaient, comptaient parmi les riches. Certains avaient vendu leurs terres et leur maison pour pouvoir s'offrir le voyage, d'autres avaient épargné pendant des années, d'autres encore, malgré le coût et les difficultés de l'entreprise, le faisaient pour la seconde fois. La baisse conjointe du prix des bateaux à vapeur et de celui des billets avait multiplié le nombre de pèlerins venant dans le Hedjaz au cours des vingt dernières années, ils étaient maintenant presque un quart de million chaque année. De Java à Fès, des hommes musulmans du monde entier, pour la première fois dans l'histoire, se retrouvaient tous ensemble dans le même lieu sacré, et ils faisaient connaissance, ils nouaient des contacts. Un jour de fête où il s'était trouvé devant l'immense campement de tentes et de parasols des pèlerins, le docteur Nuri avait songé que « votre oncle », comme il dit à son épouse, qui voulait tant faire de l'islam et du califat une carte maîtresse de son jeu politique, aurait été enchanté d'assister à ce spectacle extraordinaire.

« Je me réjouis que vous vouliez me faire aimer mon oncle ! répondit Pakizê. Vous remboursez par vos louanges la dette de notre rencontre, n'est-ce pas ?

— Votre oncle nous envoie à Mingher pour résoudre un crime. Il n'est pas juste que vous disiez qu'il a fait assassiner Bonkowski Pacha.

— Très bien, alors je ne le dirai plus ! Vous, en revanche, pouvez me raconter toutes vos histoires de choléra, même les plus dures et les plus effrayantes !

— Mais je crains qu'ensuite vous ne preniez peur de moi et ne m'aimiez plus.

— Non pas, au contraire ! Je vous aime tout spécialement pour ces combats que vous menez dans les lieux les plus âpres du pays. Maintenant, racontez-moi la plus terrible de vos aventures ! »

Ils sortirent sur le pont. Là, le docteur Nuri entretint son impériale épouse des latrines des pèlerins. Sur ces bateaux où les hommes s'entassaient comme du poisson dans un filet, les latrines étaient en nombre dérisoire, bricolées à la va-vite, collées au bastingage, et toutes étaient soit impraticables, soit, à cause de la demande et de l'ignorance, bouchées dès le premier jour. Les ingénieux capitaines européens tentaient de combler ce manque en installant de chaque côté du pont des lieux d'aisances supplémentaires sur des plates-formes branlantes, amarrées au bateau par des câbles, suspendues au-dessus de la mer. Sur chaque bateau allant d'Inde au Hedjaz, la file d'hommes devant ces latrines ne désemplissait jamais, il y avait des bagarres ; les nuits de forte houle, des pèlerins en train de faire leur affaire sur ces toilettes suspendues tombaient dans la mer, et les requins les dévoraient. D'autres, dans les soutes, plus prudents et expérimentés, se servaient de pots de chambre et de seaux qu'ils avaient emportés avec eux avant de partir, dont ils vidaient ensuite la saleté dans la mer par les hublots. Mais les jours de tempête les hublots restaient fermés et les seaux, les pots de chambre, à force de tangage, débordaient, se déversaient sur le sol. Dans les ténèbres de la soute, l'odeur d'excréments se mêlait alors à la puanteur des cadavres de pèlerins morts du choléra, dit le docteur Nuri, puis il se tut un long moment.

« Continuez votre histoire, je vous en prie ! » dit Pakizê après un temps.

Ils retournèrent à leur cabine, et le gendre impérial, estimant que ce serait un sujet moins affligeant, parla à son épouse des pèlerins venus d'Afrique du Nord. Ceux-là s'embarquaient à

Alexandrie ou à Tripoli, dans les festivités et les prières, passaient par le canal de Suez et étaient dans l'ensemble plus calmes, plus sereins. Cependant, la familiarité débonnaire et l'atmosphère de promiscuité joyeuse qui régnaient sur ces bateaux arrivant du nord favorisaient tout autant la contagion, le docteur Nuri avait pu l'observer. Il avait vu, sur le pont de ces navires relativement plus opulents, des pèlerins arabes, servis par les domestiques qu'ils emmenaient avec eux, faire de véritables dîners, d'olives, de fromage, de pains farcis, et certains même, particulièrement bons vivants, installer des braseros au milieu du pont et y faire cuire des brochettes. Il raconta encore à son épouse qu'il avait vu, à Alexandrie, lors d'une inspection du bateau, un officier sanitaire anglais jeter par-dessus bord, avec l'assistance de soldats, les braseros, les brochettes, les ustensiles. Une bagarre s'était ensuivie.

« À présent, ma chère, dites-moi je vous prie, qui est fautif dans cette histoire, quelle attitude était la mauvaise ?

— Il est certain qu'on ne mange pas de fruits et de légumes sans permission sur un navire en quarantaine ! répondit Pakizê, qui avait très bien saisi le sens de la question.

— Mais un fonctionnaire anglais n'a aucunement le droit de jeter par-dessus bord les affaires de quiconque ! dit le docteur Nuri en détachant bien les mots comme un professeur. La tâche d'un médecin sanitaire ne consiste pas seulement à faire appliquer le règlement à la force des baïonnettes, il s'agit aussi de persuader les gens qu'ils ont intérêt à l'observer de leur plein gré. En jetant à la mer ses grillades, ce rustre et implacable Anglais fait du pèlerin son ennemi. Le pèlerin s'effarouche, s'obstine et n'écoute plus rien, et la quarantaine tombe à l'eau elle aussi. C'est à cause de cette morgue brutale et méprisante des Anglais qu'une révolte a éclaté à Bombay. On a jeté des pierres sur les voitures transportant les malades, des médecins ont été agressés, des fonctionnaires anglais assassinés en pleine rue. Depuis, les Anglais, craignant de nouvelles émeutes, se gardent bien de dire que le choléra vient des eaux du Gange.

— Si c'est ainsi, je vous propose qu'après Mingher nous allions directement en Chine, sans passer par Bombay ! » conclut Pakizê.

CHAPITRE 10

Ils s'endormirent tendrement enlacés. À l'aube, l'inlassable bruit de piston des machines s'atténuant un peu, ils sortirent sur le pont. À tribord, sur l'horizon bleu nuit, l'ombre noire de l'île de Mingher apparaissait avec les premières lueurs du jour. Une brise légère mouillait leurs yeux. La silhouette sombre et verticale de l'île s'approchait.

La lumière de l'aurore colorait maintenant de rose le flanc oriental de l'île, du sommet de la Montagne Blanche jusqu'aux contreforts abrupts et aux rocs escarpés qui en dessinaient le profil en saillants, tandis que les collines regardant à l'ouest semblaient peintes dans un mauve foncé, tirant presque sur le noir. Cette vision, si chère aux peintres qui avaient commencé de fréquenter l'île dans les années 1840, et que les guides de voyage décrivaient avec tant de lyrisme, prit un tour merveilleux quand l'*Aziziye* s'approcha encore de l'île.

Une fois le Phare arabe visible à l'œil nu, le capitaine barra vers le port, et la célèbre vue, « tout droit sortie d'un conte » pour les uns, « mythique, voire effrayante » pour les autres, se dévoila entièrement.

La superbe Forteresse, avec ses pierres blanches et roses de Mingher, ses curieuses tours coniques, à l'arrière-plan les bâtiments, les ponts de même pierre, semblaient peu à peu gagner en profondeur et en beauté. Ils virent le vert au-dessus des rocs, les murs blancs aux tuiles rouges, toute la ville leur semblait baigner dans une lueur étrange.

Le major attaché à la garde rapprochée de la fille du sultan les avait rejoints sur le pont, il contemplait le spectacle à leurs côtés.

«Je suis ému, messeigneurs, moi qui suis fils d'Arkaz ! s'exclama-t-il soudain.

— Quel hasard merveilleux, commenta le docteur Nuri.

— Le hasard peut-être pas, dit le major en regardant seulement le docteur Nuri, car il ne voulait pas indisposer le mari en s'adressant directement à sa femme. Peut-être que notre altesse sublime Sa Majesté Impériale savait que j'étais de Mingher, voilà pourquoi on m'aura détaché auprès de la Délégation.

— La curiosité de son altesse est insatiable, elle apprend sans cesse et se souvient de tout ! dit le docteur Nuri.

— Qu'est-ce que vous aimez le plus dans l'île ? demanda Pakizê.

— J'aime tout, répondit le major avec diplomatie. Ce que l'île a de plus beau, telle que je la connais, à mes yeux, c'est tout Mingher, messeigneurs ! »

Les rayons du soleil éclaboussèrent un petit îlot rocheux sur lequel était juché un joli bâtiment blanc, d'époque vénitienne, que les habitants surnommaient la tour de la Princesse et qui, un temps, avait servi de lazaret. De la plus grande et plus célèbre ville de Mingher, Arkaz, on distinguait maintenant les collines, les toits, les murs roses, les maisons, et même les points verts des palmiers. Témoignant de son passé vénitien, byzantin et ottoman, trois coupoles se détachèrent lentement sur le tissu de la cité. Elles étaient toutes sur la même ligne, à l'est la coupole de l'église Saint-Antoine (catholique) et celle de Hagia Triada (orthodoxe), et sur les hauteurs de la partie occidentale de la ville, légèrement plus basse, celle de la Yeni Djami, la plus grande de toutes ses mosquées. Le regard des passagers qui approchaient de la ville était absorbé par la rondeur volumineuse de ces trois coupoles dont les peintres occidentaux avaient tant de fois immortalisé les marquantes silhouettes. Mais l'élément qui dominait la cité et le paysage, après la Montagne Blanche, était la Forteresse construite jadis par les croisés. Se dressant sur son promontoire en avant de l'île comme pour couper la route aux navires qui faisaient route dans ce coin du Levant, la Forteresse aux murs roses rappelait à qui la contemplait que sur cette île, en des temps très anciens, antérieurs encore à ceux des mythes et des légendes, des hommes avaient vécu, bâti, œuvré, qu'ils s'étaient fait la guerre et entre-tués sans pitié.

On distinguait maintenant les immeubles, les maisons, certains arbres de la charmante ville d'Arkaz, on sentait battre la vie de ses rues, ses allées, ses places. On reconnut bientôt le balcon à colonnades du palais du gouverneur, non loin le nouvel immeuble des postes, le lycée grec, la tour de l'Horloge toujours en construction. Le capitaine réduisit l'allure, le silence se fit, et les passagers de l'*Aziziye* sentirent que l'énergie du soleil, le vert des palmiers et des figuiers, le bleu de la mer, ici étaient autres, un tout autre bleu, un tout autre vert, une autre puissance. Et Pakizê, enivrée par le parfum des fleurs d'oranger, eut la sensation que cette ville, loin d'être le futur théâtre d'une épidémie de peste et d'affrontements politiques sanglants, était une petite bourgade de bord de mer, paisible, qui paressait au soleil depuis des siècles, et dont c'était le seul destin.

La ville semblait calme dans la lumière de l'aurore. Les fenêtres des maisons en pierre rose et des grandes villas qu'on voyait s'aligner sur le flanc des collines boisées à l'aplomb du rivage étaient encore fermées, les persiennes tirées. Nul navire remarquable ne mouillait dans le port, hormis deux bateaux de marchandises, l'un français, l'autre italien, parmi quelques voiliers de petite taille. Le docteur Nuri ne vit aucun pavillon de quarantaine sur les bateaux, ni sur la rive d'indice que des mesures aient été prises contre l'épidémie. Il remarqua cependant, du côté gauche du port, vu de l'*Aziziye,* une zone plus pauvre, faite de débarcadères à l'abandon, de quais désaffectés, et derrière les deux bâtiments des douanes, l'un ancien, l'autre récent, de ruines, d'hospices pour les indigents et de maisons délabrées, et il nota dans un coin de sa tête que ce serait sans doute là le foyer de la contagion.

À côté de lui sur le pont, sa femme, elle, le regard penché audessus des eaux turquoise où elle découvrait, émerveillée, les récifs sous-marins, le ballet de poissons grands comme la main qui fusaient telles des flèches, les algues vertes et mauves pareilles à des fleurs gracieuses, semblait contempler la mer comme on plonge dans ses souvenirs. Le miroir lisse des eaux reflétait la ville et ses maisons, blanches et roses, certaines d'un orange tirant sur le jaune ; toutes les nuances de vert des arbres, les tours pointues de la Forteresse, les coupoles gris plomb des églises et des mosquées. Le docteur et Pakizê entendaient la mer chuinter sous la proue effilée de l'*Aziziye*. Puis il y eut un instant de silence, un silence tel qu'ils purent entendre le chant des coqs en ville, les aboiements des chiens, et même un âne braire.

Le capitaine envoya deux coups de sifflet. Dans cette île où n'abordaient chaque semaine qu'un bateau en provenance d'Istanbul et deux autres arrivant de Smyrne, d'Alexandrie ou de Salonique, ce sifflet inconnu éveilla la curiosité. Son écho se répercuta d'un versant à l'autre des deux collines de la ville. Le major sentit un mouvement parcourir les rues de son enfance. Une calèche passait sur l'avenue du Rivage, longeant les hôtels, les agences de voyages, les restaurants, cafés et cabarets qui bordaient les quais ; plus haut, sur l'avenue Hamidiye, où étaient la poste et le palais du gouverneur, un drapeau ottoman flottait au vent entre les arbres. Quelques hommes descendaient l'avenue d'Istanbul, dont la courte montée reliait ces deux avenues parallèles à la mer. À la vue des chapeaux et des fez, le major sentit la joie l'envahir, quoiqu'il ne les aperçût que de loin. Les panneaux de la Banque ottomane et de l'agence Thomas Cook qu'il avait vus lors de sa dernière visite dans l'île étaient toujours en place, au même endroit, inchangés. Il découvrait en revanche le nom « Splendid Palas », en lettres immenses sur le toit d'un hôtel. La maison où il avait passé toute son enfance était invisible depuis le port, mais il reconnaissait le minaret tronqué de la petite mosquée Sofu Saïm Pacha, en haut du raidillon qui descendait vers le bazar.

La petite baie où se déployait le port d'Arkaz avait la forme presque exacte d'un croissant. À la pointe sud-est, perchée sur un roc imposant qui s'avançait au-dessus de la mer, on trouvait la superbe Forteresse construite par les croisés ; comme celles de Malte ou de Bodrum, elle constituait jadis une ville à part entière. Malgré sa taille spectaculaire, et malgré le port naturel que constituait la baie, on n'avait pu y construire un quai capable d'accueillir les grands navires modernes. Les docks bâtis à la hâte trente ans plus tôt, à l'âge d'or du commerce du marbre de Mingher, quand chaque jour plusieurs bateaux quittaient l'île à destination de Smyrne, de Marseille ou de Hambourg, étaient trop petits pour les vaisseaux de croisière d'aujourd'hui. L'entrée dans le port était d'ailleurs interdite aux navires de transport de passagers, dont la taille augmentait constamment, depuis qu'un petit bateau russe, sept ans auparavant, s'était échoué sur les rochers.

Comme tous les navires de son type, donc, l'*Aziziye* jeta bruyamment l'ancre à l'extérieur de la baie, et l'attente commença. De toute son enfance, c'était le moment que le major préférait. L'arrivée des « vapeurs », comme on appelait ces bateaux, signifiait l'arrivée sur l'île de nouvelles lettres, de nouvelles têtes, de nouvelles histoires, de nouvelles marchandises, c'était un moment de fièvre et d'enthousiasme. À l'instant où le navire jetait l'ancre, les chefs d'équipage envoyaient leurs haleurs et leurs portefaix récupérer les passagers qui voulaient débarquer. Chaque équipage de porteurs et de rameurs était lié à un patron, et tous rivalisaient pour charger le plus de personnes et de bagages possible sur leurs chaloupes, afin de récolter le maximum de pourboires.

Quand il était encore élève au collège militaire, Kâmil, fils de Mahmoud, dès qu'il entendait le sifflet du navire de croisière, dévalait vers les quais avec ses amis, à vrai dire avec tous les gamins et adolescents de l'île, pour assister au départ des chaloupes. Les enfants, au fait de la compétition féroce entre les équipages, les imitaient et pariaient entre eux pour savoir quelle barque atteindrait le navire en premier, ils misaient des biscuits aux amandes de chez Zofiri, des gâteaux à la rose ou aux noix. Parfois la mer était si agitée, les vagues si énormes qu'on les voyait engloutir les chaloupes, et tout le monde prenait peur, puis l'embarcation émergeait d'entre les vagues et repartait de l'avant. Sur les quais, les parents, les familles, les domestiques, les porteurs des passagers qui arrivaient sur l'île, tout le monde se mêlait aux voyageurs en partance. Plus tard, à cause des garçons d'hôtel, des guides, des commis, et même des escrocs qui assaillaient les nouveaux arrivants, aussi des porteurs de valises non autorisés, et de la flopée de cochers, de voleurs à la tire et de mendiants qui essayaient de s'employer dans le port à l'heure où les chaloupes déchargeaient leurs passagers, le gouverneur Sami Pacha prit la décision d'y envoyer aussi des policiers. Leur présence ne changea pas grand-chose ; la confusion et les bagarres continuaient d'aller bon train sur le quai.

Caressant d'un côté ces tendres souvenirs, le major suivait de l'autre la princesse sultane tandis qu'elle descendait l'escalier menant à la chaloupe de l'*Aziziye*, au bras de son mari, mais avec courage tout de même, et il songeait que la foule, la poussière et le tumulte des quais pourraient incommoder la princesse. À son époque le port était peuplé de sales gosses qui, détournant leur attention par le spectacle de leurs pitreries, cherchaient à détrousser les voyageurs européens et les riches Arabes. Eux aussi pourraient incommoder la princesse. Mais la chaloupe s'approchait du rivage et le major s'étonna de le découvrir anormalement calme et ordonné ; il comprit qu'on avait préparé une réception extraordinaire pour la fille de l'ancien sultan.

Le gouverneur avait beau ne pas avoir quitté l'île depuis trois ans, il suivait attentivement les derniers potins d'Istanbul, par l'intermédiaire des journaux et aussi de quelques bons amis qui avaient la chance de faire la navette, sources qui nécessitaient d'être croisées mais grâce auxquelles, avec un peu de retard, il parvenait à savoir quel pacha venait de tomber en disgrâce et à cause de quelle bourde, par quelle ruse tel ministre avait gagné les faveurs d'Abdülhamid, qui venait d'être nommé dans telle ambassade, laquelle des filles de Sa Majesté Impériale était en passe de se marier avec qui, ou encore quels étaient les derniers fantasmes du sultan en matière de complots contre sa personne. Il était donc au courant du fait qu'Abdülhamid, un mois plus tôt, avait fait convoler d'un seul coup les trois filles de son frère aîné, le sultan déchu Mourad V, qui était « fou » et vivait prisonnier dans une aile du palais de Çırağan, avec des hommes quelconques et de rang misérable, il avait lu à ce sujet des bulletins illustrés dans les journaux. Le gouverneur savait également que le docteur qui avait épousé la troisième fille de Mourad V était un médecin sanitaire, spécialiste de la quarantaine ; l'information n'était pas tombée dans l'oreille d'un sourd.

Le gouverneur voulait une cérémonie digne de la première princesse sultane de l'histoire à quitter Istanbul, et il avait demandé à la fanfare de la garnison de jouer sur le quai. L'état-major militaire, à Mingher, était essentiellement composé de vieux soldats dits « sortis du rang », sans diplômes ni études, et même analphabètes pour certains. À la suite de la fameuse Révolte du bateau du hadj, résultat d'une politique de quarantaine ayant viré au désastre, Abdülhamid avait renforcé la garnison de l'île par l'envoi de deux compagnies de soldats venus de Syrie, qui ne parlaient pas turc. Deux ans auparavant, pour tuer son ennui, un jeune sous-officier exilé sur l'île à cause d'une faute disciplinaire avait créé une fanfare militaire, comme à Istanbul, quoique en beaucoup plus modeste, laquelle fanfare, après le retour en grâce et à Istanbul du sous-officier, avait été reprise en main par Andreas, le professeur de musique du lycée grec, à la demande du gouverneur Sami Pacha, qui préparait alors les festivités du vingt-cinquième anniversaire de la montée sur le trône du sultan.

Ainsi, posant le pied sur l'île, Pakizê et son époux entendirent-ils d'abord la « Marche Médjidié », que le sultan avait fait composer en l'honneur de son père, puis la « Marche Hamidiye », qu'il avait commandée en son propre honneur. Les entendre réchauffa les cœurs, ces cœurs que l'angoisse de la peste affligeait. Tous ceux qui étaient descendus au port pour assister à l'arrivée du bateau, chômeurs, curieux, portefaix, et les cochers qui regardaient la cérémonie de loin, les commerçants, les négociants, les télégraphistes, les spectateurs à leurs fenêtres, tous sentirent leur âme se gonfler de joie. Les Européens et autres voyageurs, et même quelques riches insulaires, abandonnèrent le thé qu'ils sirotaient dans les jardins, aux terrasses des hôtels du bord de mer ou de la vieille ville, qu'ils quittèrent un instant, pressés de savoir quelle était cette musique militaire qu'on entendait sur le port. Ce faisant, on attaquait déjà la troisième marche. C'était la « Marche de la Navale », plus légère et entraînante, que le préféré des huit fils d'Abdülhamid, celui que le sultan gardait toujours à ses côtés, le prince impérial Burhaneddin, génie du piano, avait composée quand il n'était qu'un enfant.

Après une longue période de paix et de tranquillité, l'île de Mingher et la ville d'Arkaz vivaient depuis deux ans au rythme d'affrontements armés, de meurtres et de troubles qui épuisaient la population, l'éreintaient, et maintenant, pour couronner le tout, il y avait cette rumeur de peste. Aussi la tendresse, la douceur, l'émotion qu'il lisait dans les regards des gens, toutes religions confondues, pendant que la fanfare jouait, étaient pour le gouverneur Sami Pacha un signe d'optimisme : oui, ce peuple, ce peuple qui voyait la situation politique virer peu à peu à la guerre entre chrétiens et musulmans, comme dans toutes les autres îles méditerranéennes de l'Empire, il n'en voulait pas, de cette guerre, ce peuple, et il attendait que son île demeure sous la souveraineté de l'État et l'autorité du gouverneur.

Le gouverneur Sami Pacha se présenta au docteur Nuri sur le quai. Avec la princesse sultane, il hésitait quant à l'attitude à adopter, car il craignait de réveiller la paranoïa de l'oncle Abdülhamid ; puis il pensa que le mieux était de calquer son comportement sur celui du mari.

Depuis son mariage avec une femme de la dynastie impériale, le damad Nuri Pacha s'était habitué aux cérémonies officielles extravagantes, aux louanges et aux flagorneries interminables. Aussi ne fut-il pas étonné d'entendre une fanfare se mettre en marche au moment où il descendait de la chaloupe ballottée par les vagues, bien que ce ne fût pas la tradition, de même qu'il n'accorda aucune importance aux félicitations très prolongées que lui adressa le gouverneur pour son mariage. Une foule se forma rapidement autour d'eux, on entendait parler grec, français, turc, arabe, minghérien. Le gouverneur avait fait atteler pour eux le landau blindé, celui déjà prêté à Bonkowski Pacha et son assistant, auquel il avait adjoint une escorte de gardes chevronnés. Ces gardes moustachus, de souche rugueuse, attiraient immédiatement l'attention, et les hôtes, remontant l'avenue du Rivage depuis le port, s'aperçurent que tous les hommes, en fez comme en chapeau, les observaient avec curiosité. Dans les provinces ottomanes, même dans les plus grandes villes, à l'exception de Smyrne, Salonique et Beyrouth, l'homme qui se promenait en cravate et chapeau était forcément un chrétien. Et le docteur Nuri, qui savait cela d'expérience, comprit que son épouse, qui n'en avait aucune, l'avait immédiatement saisi. Ils comprirent aussi que les musulmans, sur l'île, n'habitaient pas autour des grandes artères et des hôtels, mais ailleurs, derrière. Le docteur Nuri vit la ville bientôt ravagée par la maladie, théâtre de scènes apocalyptiques, mais il garda cette vision pour lui, comme un secret.

Les époux regardèrent avec curiosité les immeubles à l'européenne, les hôtels, les tavernes, les agences de voyages, les bureaux, les magasins qui défilaient sur l'avenue d'Istanbul, puis, dans la partie orientale de l'avenue, les tailleurs, les drapiers, les chausseurs, les merciers, la librairie (la seule librairie de Mingher, Mêdit, vendait des livres en grec, en français et en turc), les boutiques de meubles et d'ustensiles de cuisine importés de Smyrne et de Salonique. Des auvents colorés, ornés de franges et de galons, s'étendaient au-dessus des trottoirs, protégeant les vitrines du soleil. Ils furent frappés par la profusion, la variété des plantes, et par la profondeur des jardins verdoyants, plantés de palmiers, de pins, de citronniers et de tilleuls. La tête leur tournait du parfum de mille roses, lilas, mauves, rouges, blanches et roses. Ils s'émerveillaient de toutes ces ruelles en escaliers qui grimpaient d'un côté en torsades sur le flanc des collines, et de l'autre plongeaient vers la rivière et le dédale de la ville basse. Ils découvraient avec fascination les petites églises et mosquées qui surgissaient çà et là sur leur chemin, et les maisons de vieille pierre, aux encorbellements en bois, recouvertes de vigne vierge, les bâtiments vénitiens aux fenêtres en ogive, les arcades byzantines en brique rouge. Et voyant les chats et les vieillards qui paressaient sur le seuil des maisons, aux fenêtres, en regardant la vie qui passe, Pakizê et son mari conçurent que c'était un monde bien plus familier que la Chine dont ils avaient rêvé. Mais l'étroitesse inhospitalière des rues, l'aspect miniature de chaque chose, et la peur qu'ils avaient de l'épidémie, donnaient à la cité l'air de sortir tout droit d'un conte.

Le gouverneur avait fait apprêter à la hâte les appartements de son palais qu'on réservait aux hôtes officiels. Il invita les jeunes mariés à s'y installer, tout en leur précisant qu'il avait fait préparer un autre lieu, au cas où celui-ci ne serait pas à leur goût. Eux se sentirent rassurés par la proximité du gouverneur, de l'État.

Le palais du gouverneur de Mingher avait été construit sept ans plus tôt, en 1894, grâce à une subvention spécialement allouée par le sultan, à l'époque où il réprimait dans le sang les révoltes arméniennes. C'était un bâtiment spectaculaire, à l'allure imposante et au style néoclassique, qui s'élevait sur deux étages, orné de colonnades, d'arcades, d'encorbellements et de balcons. Il était apprécié aussi bien des riches efendis à chapeau qui parlaient grec et faisaient leurs courses dans le centre-ville que des désœuvrés que la fermeture des carrières de marbre de Mingher avaient mis au chômage, qui tuaient le temps en flânant le long du port ou sur l'avenue Hamidiye, et des paysans de la montagne qui descendaient en ville. Devant les torsades élégantes de sa façade, la blanche colonnade et le large escalier de l'entrée, le grand balcon propice aux discours à la foule, on se laissait convaincre que l'Empire en voie de dislocation était encore un État puissant, et on sentait qu'un effort sincère avait été fait pour donner à l'édifice une apparence à la fois moderne et musulmane.

Lorsque Pakizê entra dans la suite et qu'elle aperçut, dans un coin de la seconde des deux pièces communicantes qui, comme elle le nota aussitôt, « embaumaient le bois et le savon à la rose », une table près d'une fenêtre qui offrait une vue splendide sur la Forteresse, le port, la ville, les jardins, elle se souvint de la promesse qu'elle avait faite d'écrire à sa sœur Hatidjê quand celle-ci, peu avant le départ d'Istanbul et après tant d'événements familiaux qui, pour une fois, étaient heureux, lui avait offert un coffret contenant des enveloppes, du beau papier à lettres et un magnifique stylo en argent. « Ma petite Pakizê, voilà que tu t'en vas pour la Chine, et qui sait quelles aventures tu vivras dans ces mondes lointains, ces pays enchantés ! Promets-moi de me raconter tout ce que tu verras et entendras ! » avait dit Hatidjê à sa petite sœur chérie au moment de se séparer d'elle, en lui remettant le précieux coffret. « Vois, je te donne deux liasses de papier, c'est pour que tu écrives tous les jours à ta sœur Hatidjê ! » Et Pakizê avait promis à sa sœur bien-aimée de lui écrire tout ce qu'elle verrait, entendrait et ressentirait durant son voyage. Puis elles s'étaient embrassées en versant quelques larmes.

CHAPITRE 11

Le corps de Bonkowski Pacha reposait deux étages au-dessous de la fenêtre devant laquelle la princesse Pakizê écrirait ses lettres, dans un dépôt, recouvert de glace qu'on avait fait venir des cuisines. Il avait d'abord été emporté à l'hôpital Theodoropoulos, mais quand les fonctionnaires virent que celui-ci était plein de pestiférés, un nouvel ordre du gouverneur le leur fit rapporter et cacher au palais. En conservant la dépouille de l'Inspecteur général loin des regards, le gouverneur voulait à la fois tenir à distance les opposants de l'île, autant qu'Abdülhamid et la bureaucratie d'Istanbul, et intimider les auteurs du meurtre.

Le gouverneur s'était rendu sur la place Chrysopolitissa dès qu'il avait reçu la nouvelle. La vue du cadavre sanglant de Bonkowski Pacha, bestialement lacéré, le visage si tuméfié qu'il en était méconnaissable, l'avait profondément choqué ; à peine rentré au palais, il envoyait les mandats d'arrêt. Dans les deux jours qui précédèrent l'arrivée du docteur Nuri sur l'île, une vingtaine de personnes appartenant à trois factions différentes avaient été arrêtées sur ordre du gouverneur.

Il était justement en train d'en parler avec le contrôleur général Mazhar et le docteur Nuri, dans son bureau, où ils attendaient la réunion sanitaire qui devait bientôt débuter, conformément aux ordres d'Istanbul.

« Ma conviction est la suivante : ce crime est un complot, dit le gouverneur. Nous n'arrêterons pas cette épidémie sans avoir d'abord élucidé le meurtre de Bonkowski Pacha, c'est-à-dire retrouvé l'assassin et ceux qui se cachent derrière. Sa Majesté Impériale n'a pas raisonné autrement en vous chargeant de l'une et de l'autre mission. Du reste, si vous ne gardez pas l'œil ouvert sur l'aspect politique de l'affaire, les consuls vous mèneront par le bout du nez.

— La moitié de notre travail sanitaire dans le Hedjaz était politique.

— À la bonne heure, dit le gouverneur. Une chose qui n'a rien de politique au premier abord sait cacher les pires manigances, les plus malveillantes intrigues. Permettez que je vous raconte le problème auquel je fus confronté dès le premier jour de mon arrivée sur cette île. À cette époque, chacun des équipages de porteurs et de haleurs qui accueillent les navires dans le port dépendait d'une compagnie maritime étrangère. La Lloyd, par exemple, employait exclusivement Akelos la Grosse Moustache et ses hommes ; le bureau de la Pantaleon ne voulait travailler qu'avec Kosma Efendi et son équipe de porteurs, et ne confiait ses affaires qu'à eux. Les Theodoropoulos, l'une des vieilles familles grecques de l'île, qui représentent la plus importante de toutes les compagnies, la Thomas Cook, n'embauchaient que Stepanos Efendi et ses hommes.

« Or tous ces riches grecs qui détiennent les concessions des compagnies maritimes étaient en même temps les vice-consuls d'une puissance étrangère. Andon Hampouris, grec de Chypre et représentant des Messageries maritimes, était consul de France ; il l'est d'ailleurs toujours. L'agent de la Lloyd, Monsieur Frangoulis, grec de Crète, est consul d'Allemagne et d'Autriche-Hongrie. Le gérant de la compagnie Fraissinet, Monsieur Takelas, est vice-consul d'Italie. Et ces gens-là, qui se pavanent avec de grands airs en voulant qu'on leur donne du “consul”, ont mis au ban le patron des haleurs musulmans, Seyid, sous prétexte que c'est un mufle, entre autres excuses qui visent à ne jamais embaucher ni lui ni ses hommes. Pourtant, et quand bien même ce ne serait pas la bannière sacrée d'Osman qui flotterait sur ce port, et du reste elle y flotte, le travail de déchargement des navires devrait être réparti équitablement entre tous les haleurs et portefaix. Donc les musulmans ne trouvaient guère de travail et vendaient leurs barques pour survivre. Et quand j'ai pris des mesures pour protéger les équipages musulmans, savez-vous ce qu'ont fait les autres ? Ils ont écrit à Sa Majesté Impériale et à la Chancellerie pour me dénigrer. "Si l'État fait des discriminations entre les communautés et qu'il en favorise une aux dépens des autres, l'Empire se disloquera", écrivaient-ils dans leurs gazettes. Quel crédit donnez-vous à cette opinion ?

— Je lui en donne un peu... Tout est une question de mesure.

— Mais eux favorisent ouvertement les chrétiens ! Et n'est-ce pas un fait hautement significatif que son altesse n'ait pas prêté attention aux lettres qui me calomniaient, et que malgré les changements d'affectation perpétuels des gouverneurs, elle m'ait maintenu dans mon poste et ma fonction ? Sa Majesté Impériale a jugé que dans pareilles circonstances il convenait de ne pas écouter le bavardage des consuls. Le meurtre du chimiste pacha est une réponse à cela, et au malheureux épisode du bateau du hadj.

« Ma conviction, c'est que derrière le crime se cache Ramiz, le beau-frère du cheikh Hamdullah, ainsi que son homme de main, Memo l'Albanais, qui terrorise des villages grecs dans la montagne. Ces deux-là sont prêts à tout pour provoquer une guerre entre chrétiens et musulmans, à commencer par s'en prendre aux médecins chrétiens. Ce que ces crapules n'imaginent pas, même une seconde, c'est que si cette guerre qu'ils désirent tant devait éclater, c'est pour les musulmans surtout qu'elle pourrait être désastreuse. Qui a commandité le crime, qui l'a exécuté, quelle idée ces imbéciles avaient derrière la tête, nous saurons tout cela très vite. Mazhar Efendi les fera parler un par un, chacun dans sa cellule, et croyez-moi qu'ils ne mettront pas longtemps avant de se dénoncer entre eux.

— Excusez, mon pacha, mais il me semble que vous avez déjà décidé qui était coupable !

— Sa Majesté Impériale veut que l'affaire soit résolue sur-le-champ. Si nous ne punissons pas immédiatement les commanditaires et les auteurs de cet acte barbare, on dira que l'État est faible, partant nous échouerons à faire appliquer les mesures sanitaires.

— Il faut toutefois que ceux que vous condamnerez soient les véritables coupables du meurtre, ou du moins ses instigateurs !

— En tout cas, j'en arrive logiquement à la conclusion que ça ne peut pas être un coup des nationalistes grecs ! renchérit le gouverneur. Car ils ne veulent pas que les grecs de l'île meurent de la peste. Ils souhaitaient donc que Bonkowski Pacha gagne sa lutte contre l'épidémie, et jamais il ne leur serait venu à l'esprit de le tuer. Vous êtes un jeune médecin éminent qui a su gagner la confiance de Sa Majesté Impériale. Aussi, dans l'intérêt de l'Empire d'Osman, je ne tournerai pas plus longtemps autour du pot : son altesse a d'abord envoyé un chimiste chrétien. Ils l'ont tué. Et je l'ai sur la conscience. Maintenant elle envoie un médecin musulman. Donc je ferai tout ce qui est en mon pouvoir pour vous protéger, rien ne sera laissé au hasard, je prendrai toutes les précautions nécessaires. Mais vous, prêtez l'oreille à ce que je vous dis !

— Mon oreille est à vous, pacha !

— Il n'y a pas que les consuls ! Les journalistes, grecs comme musulmans, s'ils vous abordent sous un prétexte quelconque, par exemple demain lors des funérailles, ne leur accordez pas d'entretien, jamais ! Au demeurant, les journaux publiés en grec, tous sans exception, marchent aux ordres des consuls. Le but de la Grèce est de déclencher un affrontement qui lui permette de récupérer l'île, avec l'aide des puissances étrangères, ou du moins de la détacher de l'Empire, comme cela qu'il s'est passé en Crète. Ils écrivent les pires affabulations. Et si je dis “ils publient des mensonges, ils nous insultent” et demande des comptes, les consuls s'empressent de télégraphier à Istanbul pour se plaindre aux ambassadeurs, et les ambassadeurs font remonter les plaintes à la Sublime Porte et jusqu'à la Chancellerie. La Chancellerie les fait mariner un peu, ensuite de quoi elle m'envoie un chiffre qui dit “libérez les journalistes grecs”. Et moi je vois les journaux que j’ai fait fermer reprendre leur publication, chez le même imprimeur, avec les mêmes bonshommes, sous un nom différent, et je dois faire semblant de n’avoir rien vu !

« Mais notre île n’est pas dure comme Salonique, Smyrne ou Istanbul. S’il m’arrive de croiser un de ces journalistes, on se taquine, “partie remise”, je leur dis, on sympathise, même. Du reste, nous avons des informateurs dans tous les journaux qui publient en turc. Mais si par hasard le sujet tombe dans la discussion et qu’un consul vous dit qu’ici les orthodoxes sont majoritaires, refusez de le croire ! Notre île compte à peu près autant de musulmans que de chrétiens. C’est d’ailleurs le grand-père de votre conjointe, feue son altesse l’illustre Abdülmecid de noble mémoire, à l’époque où notre île n’était qu’une modeste subdivision du pachalik de l’archipel, qui accorda à Mingher, par le firman des Tanzimat, le statut de circonscription provinciale. Et tandis que dans toutes les autres îles on trouve un musulman pour dix chrétiens, ici nous sommes à parité avec eux. La raison en est que nos ancêtres eurent un jour l’idée de capturer toute une série de tribus rebelles et autres confréries indociles des quatre coins de l’Empire, de les mettre sur un bateau et de les exiler sur l’île, où elles furent installées dans les vallées montagneuses du nord. Cette tradition de peuplement forcé, qui dura deux siècles, aura marqué de son sceau l’histoire et le destin de l’île. Les Anglais et les Français, qui voulaient justement que l’Empire abandonne cette pratique, furent les premiers étonnés quand en 1852, Abdülmecid, par une décision subite, changea le statut de l’île. Évidemment, les habitants se réjouirent de voir leur petite île devenir soudain une province de l’Empire à part entière. Les orthodoxes restaient certes un peu plus nombreux que les musulmans, mais ça ne faisait rien. Car orthodoxes et catholiques ont leurs racines sur l’île, sous l’occupation byzantine déjà ils parlaient mingherien. Et la plupart le parlent toujours. La véritable fortune de notre île, c’est que cette langue est encore pratiquée dans beaucoup de foyers, sur les marchés, et que ses habitants, comme l’a indiqué Selim Sahir Bey, un archéologue venu faire des fouilles dans les grottes de l'île, semble-t-il à la recherche de statues, soient les descendants des anciens Minghériens, une peuplade venue s'établir ici, il y a des milliers d'années de cela, après avoir quitté son foyer primitif situé sur la rive sud de l'actuelle mer d'Aral. Pour ces orthodoxes-là, ceux qui parlent minghérien chez eux, le désir d'un rattachement à la Grèce est bien faible, voire inexistant. Non, ce qui m'inquiète, ce sont plutôt les vieilles familles de grecs qui parlent grec chez eux et s'accrochent à leur identité depuis Byzance, ainsi que la jeune génération de Grecs modernes qui nous arrive d'Athènes. Les deux groupes se sont entendus. Ces derniers mois, dans l'euphorie des succès remportés en Crète, on a vu des bandes se former, certaines de Crétois, d'autres directement venues de Grèce. Ils s'infiltrent dans les villages chrétiens du nord de l'île, ils veulent cesser de payer l'impôt à Sa Majesté Impériale pour se le partager entre eux ; en somme, ils causent des problèmes. Vous les verrez demain aux obsèques, je vous les montrerai tous un par un.

— Mon pacha, est-il vrai que vous avez jeté en prison l'assistant de Bonkowski Pacha, le tout aussi éminent docteur Élias ?

— Nous avons placé en garde à vue et le docteur Élias et le pharmacien Nikephoros ! s'exclama fièrement le gouverneur. Qu'ils soient innocents, j'en suis sincèrement persuadé. Mais Bonkowski Pacha a eu une longue entrevue avec le pharmacien le matin même de sa mort. C'est une raison suffisante pour le mettre au frais.

— Si vous provoquez la colère des grecs, c'est l'annonce de la quarantaine que vous mettez en péril, mon pacha.

— Le docteur Élias était à la poste avec Bonkowski Pacha quand il l'a vu disparaître. Il ne peut pas être le coupable, assurément. Mais le bonhomme est tellement épouvanté que si je le lâche, il va s'enfuir à Istanbul dans la minute. Or c'est notre témoin numéro un. D'autre part, s'il tombe entre leurs mains, ils le tueront lui aussi. Ils l'ont déjà menacé au cas où il parlerait.

— Qui ça, “ils” ? »

Le gouverneur Pacha lança un regard entendu au contrôleur général. Puis il expliqua au docteur Nuri qu'à cause des consuls qui traînaient des pieds, la réunion sanitaire était ajournée au lendemain. « D'ailleurs ce sont tous des vice-consuls, les sujets ottomans ne pouvant pas être consuls de pays étrangers, mais si vous le leur rappelez, ils deviennent tout rouges et s'énervent. C'est cette petite troupe de boutiquiers ignorants, qui ne respectent rien et fourrent leur nez partout, qui a monté en épingle les commérages sur l'épidémie, et ce dans la seule intention de me nuire. »

Le gouverneur avait tout de même ordonné l'ouverture de l'hôpital Hamidiye, dont l'inauguration aurait dû avoir lieu l'année précédente, à l'occasion du vingt-cinquième anniversaire du couronnement du sultan, mais qui était toujours en construction et où le matériel manquait cruellement. Le pharmacien Nikephoros et le docteur Élias seraient libérés le lendemain matin, ajouta négligemment le gouverneur comme si c'était sans importance. Le docteur Nuri, accompagné du docteur Élias, pourrait donc rendre visite aux malades, comme il le souhaitait, le lendemain.

CHAPITRE 12

Pakizê avait accepté le fait que sortir dans les rues, à cause de l'épidémie, était dangereux. Aussi demanda-t-elle au major, dont elle n'avait plus besoin puisqu'elle ne quittait pas le palais du gouverneur, de rester avec son mari, de le suivre partout. Ici, racontant l'histoire du major, dont le destin devait faire de l'île de Mingher la « scène de l'Histoire », il nous arrivera de répéter ce qui est écrit dans les manuels d'histoire de Mingher, et parfois de les corriger.

Le grade du major, né en 1870, était hélas passablement médiocre pour son âge. Il avait fréquenté l'école militaire de la ville, un bâtiment en brique rose qu'on voyait depuis le port. Arrivé troisième de sa classe de cinquante-quatre élèves, il fut pris au lycée militaire de Smyrne. Un été qu'il revenait sur l'île, il apprit la mort de son père. (Chaque fois qu'il y revint ensuite, il se rendait sur sa tombe dès le jour de son arrivée, et cette fois-là ne fit pas exception.) Deux ans plus tard, lors d'une nouvelle visite estivale, il découvrit que sa mère s'était remariée, mais son mari, le gros et superficiel Hamzî Bey, lui déplaisait ; il resta deux étés de suite à Istanbul en attendant qu'il meure puis, dès sa visite suivante, jura à sa mère de venir la retrouver chaque été. Ses exploits militaires étaient minces, si l'on excepte la médaille qu'il avait obtenue quatre ans plus tôt, après la guerre contre la Grèce. Quand elle le vit apparaître dans la cuisine par la porte du jardin, sa mère, qui n'attendait pas le retour de son fils avant le début de l'été, eut d'abord très peur, puis elle aperçut la médaille et pleura.

En dehors de ses heures au palais du gouverneur ou aux côtés du docteur Nuri, le major Kâmil passait le plus clair de son temps dans les rues de son enfance ou dans la maison familiale, avec sa mère. Le premier jour, elle lui fit une synthèse de tous les potins de l'année écoulée, lui expliquant notamment qui se marierait avec qui, et pourquoi. De temps en temps, elle interrompait son récit pour demander à son fils s'il était décidé à se marier, oui ou non.

« Ma décision est prise ! s'exclama enfin le major. Mais y a-t-il une fille pour moi ?

— Oui, il y en a une ! répondit sa mère. Mais, bien sûr, il faut d'abord qu'elle te voie et que tu lui plaises.

— Assurément. Qui est-ce ?

— Ah, tu dois être bien seul, mon petit lapin ! » dit Satiyé Hanîm, ravie de constater la détermination de son fils, et elle vint l'embrasser.

Si l'on avait posé la question au major dix ans plus tôt, il se serait déclaré un farouche adversaire des mariages arrangés. Tels beaucoup d'officiers diplômés de l'École de guerre, il était idéaliste et s'opposait à ce qu'on couvre trop le visage des femmes comme chez les Arabes. Il détestait les pieux aghas à quatre épouses autant que les vieux riches mariés à des filles plus jeunes. Comme beaucoup de jeunes officiers, il pensait que ces traditions néfastes et attardées étaient la cause de l'effondrement rapide de l'Empire face aux Occidentaux, après des siècles de victoires. Le fait qu'il soit minghérien, méditerranéen, et qu'il ait grandi dans le voisinage des orthodoxes, jouait certainement un rôle dans la formation de cette opinion plus ou moins européenne. À l'École de guerre, le major lisait les brûlots que les étudiants révolutionnaires écrivaient contre le sultan. Il avait également lu en une nuit la biographie de Napoléon qui y circulait de main en main, il avait compris ce que voulaient dire les héros de la Révolution française quand ils s'exclamaient « *liberté, égalité, fraternité** », et à l'occasion leur avait même donné raison.

Mais dans les moments de crise, pendant ces innombrables nuits de solitude et d'alcool où, en proie au désespoir d'une garnison de province, il souffrait atrocement du manque d'une femme à embrasser, avec qui faire l'amour, il lui était arrivé d'oublier certaines de ces grandes idées. Et comme beaucoup d'officiers, il n'avait pas attendu la fin de sa vingt-cinquième année pour tendre l'oreille aux annonces du genre « il y a une veuve qui pourrait t'aller, elle est très correcte ».

Il avait même, résultat d'un semblable conseil, épousé à l'âge de vingt-trois ans, à Mossoul, une veuve arabe de douze ans son aînée et qui parlait trois mots de turc, mariage qu'il avait caché à sa mère. C'était l'un de ces mariages dont les officiers et les fonctionnaires savaient qu'ils l'oublieraient le jour même où ils quitteraient la ville au cri de « je te répudie ». Et les femmes qui avaient un peu d'expérience le savaient aussi. Le major répudia donc sa beauté arabe sans trop de remords le jour où il fut muté à Istanbul, même s'il dut ensuite, pendant des années, beaucoup regretter les grands yeux d'Aïcha, ses regards tendres et aimants, son beau corps plein de vigueur.

À cette époque, le souci le plus immédiat des soldats célibataires qui prenaient leurs nouveaux quartiers dans une ville de province était d'apprendre où se trouvaient les femmes, de faire attention à la syphilis et à la chaude-pisse, et de se lier rapidement d'amitié avec des médecins. Les officiers, préfets et autres serviteurs de l'État qu'on envoyait en province et dont le seul rêve, avant même d'arriver, était déjà de retourner à Istanbul, se reconnaissaient tout de suite entre eux dans ces bourgades. Ces fonctionnaires errant de ville en ville au gré des caprices de la bureaucratie ottomane formaient un peuple à part et, dans cet univers de la solitude, le mariage était une solution. Mais l'accablant désarroi dont souffrait le major ne se réveillait pas seulement quand on évoquait le sujet du mariage, il revenait aussi chaque fois qu'il surprenait (et ça faisait beaucoup de fois) le délabrement, la décrépitude, la laideur des immenses provinces ottomanes. La mission des gens comme lui était de faire avancer le bateau de l'État, or le bateau coulait, et l'en empêcher était quasiment perdu d'avance. Et quand le bateau aurait définitivement sombré, ce seraient eux, les esclaves de l'État, qui s'abîmeraient le plus bas. Ainsi, à l'instar de tous ceux qui n'avaient plus le cœur de regarder la grande carte de l'Empire, nombreux étaient les bureaucrates et les militaires qui n'arrivaient pas à se représenter la fin de l'État ottoman ; c'était au-dessus de leurs forces.

Le mariage était certainement l'un des meilleurs moyens qu'avaient les soldats de se recréer un bonheur personnel, cependant le major, dans son incessante course d'est en ouest, d'un continent à un autre, de guerre en guerre, avait rarement rencontré un officier heureux en ménage. D'un autre côté, et même si le bonheur ne devait pas être toujours au rendez-vous, il rêvait souvent d'une amie avec qui partager sa vie, faire l'amour et discuter de tout, avec douceur et compréhension, comme ses parents autrefois.

La mère et le fils restèrent un long moment côte à côte sur le divan sans rien dire. Ils ne se levaient que lorsqu'ils entendaient croasser des corbeaux qui se posaient dans les arbres du jardin, pour les en chasser. (Une manie que le major Kâmil avait gardée de son enfance.) Puis, son fils lui ayant redit que sa décision était arrêtée, la mère du major lui annonça qu'elle pensait à Zeynep, la fille du gardien de prison qui avait rendu l'âme cinq jours plus tôt.

Satiyé Hanîm ayant coutume de dire « elle est très belle ! » à propos de n'importe quelle jeune fille, l'interminable éloge que sa mère fit de la candidate laissa d'abord le major assez froid. Mais par la suite, comme sa mère lui racontait une nouvelle histoire tournant autour de cette Zeynep chaque fois qu'il venait la voir, il commença à s'y intéresser.

Il écoutait d'abord sa mère, puis il lisait, rêveur, un vieux livre de Mizancı Mourad sur la Révolution française et la Liberté, imprimé en turc à Genève et introduit secrètement à Istanbul, et qu'il relisait à chacune de ses visites estivales. Sa vie risquant d'être intégralement ruinée si on le prenait en possession d'un tel ouvrage, il ne l'emportait jamais hors de l'île, et ne parlait à personne des idées qu'il contenait.

CHAPITRE 13

Dans le landau blindé qui le conduisait au bureau sanitaire de Mingher, le docteur Nuri avait l'impression d'assister non pas au début d'une épidémie de peste, mais à une journée ordinaire en province. Il écoutait le pépiement d'oiseaux nichés quelque part dans les jardins que de hauts murs séparaient de l'étroite ruelle descendant vers la mer, il humait un parfum d'anis et de laurier, et goûtait, ce qui le frappait le plus, l'ombre énorme des arbres, les plus immenses qu'il eût jamais vus dans une ville ottomane.

Il y avait plus de dix ans que le docteur Nuri était membre du Haut Conseil de santé de l'Empire ; au signal de l'épidémie, il partait précipitamment pour des bourgades, des villes, des provinces entre lesquelles la distance se comptait souvent en semaines. En théorie, c'était aux bureaux sanitaires locaux d'alerter Istanbul dès les premières manifestations d'une épidémie. Or la plupart du temps, ce n'étaient pas les hommes de l'administration sanitaire qui se chargeaient de cette tâche décisive, mais des médecins grecs qui avaient leur propre cabinet privé, et visitaient les malades dans les petits hôpitaux et cliniques du lieu, parfois dans les pharmacies. Car les membres des bureaux sanitaires, étant fonctionnaires de l'État et sachant qu'ils porteraient seuls la responsabilité d'une nouvelle qui déplairait à Istanbul, ne se pressaient pas.

À Mingher, cependant, le docteur Nikos, directeur du Conseil sanitaire de l'île, avait fait son travail, il avait averti Istanbul sans perdre un instant. Le gouverneur ayant d'abord réagi à l'alarme avec la plus grande indifférence, le docteur Nikos, passant outre, avait ensuite continué d'envoyer ses télégrammes, ce qui avait fini par décider Istanbul, et Bonkowski Pacha avait été dépêché sur l'île. Quand il eut vent de ces télégrammes, le gouverneur décréta que le directeur sanitaire voyait le mal partout parce que c'était un grec de Crète, et même un nationaliste aux ordres de la Grèce, qui profitait de chaque diarrhée estivale pour lancer des accusations grandiloquentes contre l'incurie ottomane.

Dès qu'il vit le vieil homme légèrement bossu, à la barbe de chèvre, qui l'attendait devant la portière du landau, le docteur Nuri reconnut le docteur Nikos. « Nous nous sommes déjà rencontrés, vous et moi, il y a neuf ans, à Sinope, quand tous les troupiers de la garnison étaient couverts de poux, dit-il avec un sourire. Et vous étiez aussi à Üsküdar pour l'épidémie de choléra, il y a sept ans… »

Le directeur sanitaire salua le gendre impérial Nuri avec excessivement de déférence. Ils s'installèrent dans une pièce aux murs blancs et au plafond voûté. « Nous avons exercé comme médecin et directeur sanitaire d'abord à Salonique, ensuite en Crète, puis nous nous sommes établis ici, dit le docteur Nikos. Nous ne sommes pas de l'île, nous ne parlons pas minghérien, la langue aura résisté à nos tentatives d'apprentissage, mais nous aimons beaucoup Mingher. »

Le bureau sanitaire de l'île était logé dans un petit bâtiment de style gothique vieux d'un peu plus de quatre siècles, vestige de l'époque vénitienne. C'était à l'origine une extension du palais construit pour le Doge. Au début de la période ottomane, entre le XVIIe et le XVIIIe siècle, il avait également servi d'hôpital militaire.

« Comment avez-vous appris le minghérien, et pourquoi avez-vous échoué ?

— Je n'y ai pas réussi… Impossible de trouver un professeur…

Le contrôleur général fait surveiller tous ceux qui s'intéressent à cette langue, sous l'accusation de nationalisme… Le minghérien est une langue difficile, très ancienne, mais quelque peu primitive. »

Le silence s'installa. Le docteur Nuri fut impressionné par le soin, la propreté, l'ordonnancement des dossiers et des armoires. Il n'avait jamais vu un bureau sanitaire aussi excellemment tenu, dit-il au docteur Nikos.

En guise de réponse, celui-ci lui fit visiter le petit jardin botanique que son prédécesseur, un médecin d'Edirne, avait aménagé à l'arrière du bâtiment historique pour tuer l'ennui. Il lui décrivit avec un sourire amusé comment cet homme, aux périodes heureuses, sans épidémie, sans fléau, s'en allait avec un drôle de seau à bec, accompagné du portier, arroser ses plantations de lys, de mimosas, de jacinthes, ses tamarins et ses dattiers, et les palmiers nains qu'il cultivait dans des pots en terre cuite. Puis il sortit pour lui quelques dossiers soigneusement rangés. Les deux dernières années ayant été relativement calmes, il en avait profité pour classer méticuleusement, tel un authentique bureaucrate ottoman, les archives des lettres et télégrammes envoyés de Mingher à Istanbul. Ainsi, le cœur gonflé par la dévotion qu'inspirait tant de méticulosité et de labeur, le docteur Nuri, qui connaissait l'indigence et le délabrement de presque toutes les administrations sanitaires provinciales de l'Empire, resta-t-il un moment à lire, comme on lit les strophes éparses d'une longue élégie, ces documents souvent écrits en français, dont la compilation offrait un portrait saisissant de l'île au cours des neuf dernières années de son histoire, des accidents mystérieux aux morts dont les causes et les raisons demeuraient obscures, des maladies qui décimaient les animaux aux épidémies qui frappaient les hommes, de la situation sanitaire d'Arkaz à celle des bourgs et des villages.

Les mesures d'hygiène quarantenaire avaient commencé d'être introduites dans l'Empire ottoman soixante-dix ans plus tôt, en 1831, au moment de la première grande épidémie de choléra qui frappa Istanbul. Le peuple musulman s'étant assez vite montré hostile à certaines de ces mesures, notamment les visites des médecins aux femmes et l'enfouissement des morts sous la chaux, leur application suscitait de nombreuses rumeurs infondées, controverses, disputes et autres querelles. En 1838, le sultan progressiste Mahmoud II obtint du cheikh'ül-islam (le plus haut dignitaire religieux de l'Empire) une fatwa assurant que les mesures de quarantaine étaient compatibles avec la religion islamique, la fit publier dans le *Takvim-i Vakayi*, le journal officiel, à côté d'un texte expliquant l'utilité de ces mesures, puis il invita des médecins européens à Istanbul. Il créa aussi une commission sanitaire où siégeaient les ambassadeurs occidentaux, dont le sultan aimait recueillir l'opinion dès qu'il s'agissait de réformes. Cette commission sanitaire stambouliote, essentiellement composée de bureaucrates et de médecins chrétiens, servit de base au premier Haut Conseil de santé, ou ministère de la Santé, de l'Empire ottoman. Des bureaux dépendant de cette commission furent bientôt créés dans toutes les provinces, en particulier côtières, et ainsi se constitua, en l'espace de soixante-dix ans, une véritable bureaucratie sanitaire.

Le docteur Nuri, qui ne manquait pas d'expérience en la matière, avait immédiatement compris que le docteur Nikos était la fine fleur de cette bureaucratie à laquelle il ne cachait pas son orgueil d'appartenir. Il pouvait l'interroger avec franchise : « Qui l'a tué, selon vous ?

— Celui qui a assassiné Bonkowski Pacha connaissait l'histoire du docteur Jean-Pierre, répondit prudemment le directeur du Conseil sanitaire. Selon moi, ce crime est l'œuvre de quelqu'un qui veut qu'on dise : “Ce sont ces primitifs de musulmans hostiles à la quarantaine qui l'ont assassiné.” »

Tous les médecins sanitaires de l'Empire, qu'ils fussent chrétiens, juifs ou musulmans, connaissaient la tragique histoire du docteur Jean-Pierre. Depuis un demi-siècle, on la racontait en guise d'exemple de tout ce que ne devait surtout pas faire un médecin chrétien, ou juif, quand il se rendait dans un quartier musulman lors d'une épidémie. En 1842, quand la peste se déclara à Amasya, le jeune sultan Abdülmecid envoya dans ce bourg de province un célèbre médecin de Paris, afin qu'il y mette en application les mesures sanitaires modernes que son père, Mahmoud II, avait importées d'Europe. Le jeune docteur Jean-Pierre, lecteur enthousiaste de Voltaire et de Diderot, avait sur la religion un point de vue critique. Si le genre humain se défaisait de ses préjugés pour se laisser guider par la raison, l'égalité régnerait enfin parmi les hommes, disait-il aux secrétaires musulmans qui l'accompagnaient et dont il était manifeste qu'ils nourrissaient des idées et des convictions globalement similaires. Aussi ne voyait-il pas leurs sourires narquois, et ignorait leurs plaisanteries. Il fut certes étonné d'entendre les habitants déclarer « nous voulons un docteur musulman ! » tandis qu'il préparait l'organisation de la quarantaine avec le gouverneur et ses hommes, mais ne se découragea pas pour autant. « Il n'y a plus de chrétiens ni de musulmans pour la science et la médecine de notre temps ! » s'exclamait-il solennellement, et il donnait des leçons, insistait pour visiter les femmes malades.

Les riches et les chrétiens ayant quitté la ville, les commerces et les fours à pain étant fermés, il ne restait à Amasya que des musulmans en proie à la famine et à la colère, qui refusaient d'ouvrir leurs foyers et de montrer leurs malades. Comme la contagion s'étendait, le docteur Jean-Pierre, balayant les dernières réticences, commença à entrer chez les gens en faisant enfoncer leur porte par des soldats, à séparer de force les enfants des mères, à placer des sentinelles devant les maisons suspectes, à contraindre les familles à l'isolement, à faire enfouir les morts dans des fosses sous de la chaux, et même à faire arrêter ceux qui ne respectaient pas les restrictions sanitaires. Quand les musulmans se plaignaient, il répondait qu'il agissait sur l'ordre et avec l'autorisation du sultan Abdülmecid, mais eux ne l'écoutaient pas. Enfin, un soir de pluie qu'il marchait dans un quartier excentré d'Amasya, il s'évapora comme par enchantement et fut « porté disparu ».

Les médecins sanitaires savaient parfaitement que le docteur Jean-Pierre avait été assassiné mais, lorsqu'ils se racontaient cette histoire entre eux, un sourire douloureux illuminait leurs lèvres, comme si le jeune médecin idéaliste pouvait encore surgir au milieu de la pièce.

« Aucun médecin sanitaire chrétien n'entrera plus dans un quartier musulman de l'Empire à moins d'avoir un revolver à la main, conclut le docteur Nikos.

— Y a-t-il des médecins musulmans sur l'île ? demanda le docteur Nuri.

— Nous en avions deux. Le premier est reparti à Istanbul il y a deux ans, désespéré par la lenteur des travaux de l'hôpital Hamidiye. S'il avait trouvé une femme sur l'île, celui-là serait resté. Le second, Ferid Bey, doit être dans ce même hôpital à l'heure où je vous parle. »

À l'image de beaucoup d'institutions fondées au cours du dernier siècle avec d'excellentes intentions et suivant les idées européennes dans le but de résoudre un problème spécifique à l'Empire ottoman, et qui assez vite ne résolurent rien du tout, le Haut Conseil de santé était devenu lui-même une partie du problème. On élargissait le recrutement du personnel provincial aux secrétaires, gardes, huissiers et autres supplétifs, on engageait des hommes, puis on payait ces fonctionnaires une fois sur quatre, notamment les médecins, et ces médecins se débrouillaient pour gagner leur pain en violant les lois, offrant des consultations dans les pharmacies et chez les herboristes, ou en faisant un tout autre métier.

En 1901, l'Empire ottoman comptait officiellement deux cent soixante-treize médecins privés, grecs pour la plupart. Les régions musulmanes souffraient particulièrement du manque de médecins, et ceux qu'on y trouvait ne voulaient pas s'occuper des épidémies, la tâche nécessitant de faire preuve de courage, de bravoure, sinon d'héroïsme. De médecin à la fois expérimenté et musulman capable d'aller dans les quartiers pauvres pour convaincre de pieux musulmans pleins de préjugés et fanatiquement hostiles à toute sorte de quarantaine d'enterrer leurs morts sous de la chaux et de laisser visiter leurs femmes et leurs filles, il n'en existait à peu près aucun. Du reste, tous ceux qui intégraient l'institution sexagénaire du Haut Conseil de santé comprenaient bien vite que la première chose, la plus importante, que le sultan et le ministère des Affaires étrangères attendaient d'eux n'était pas de mettre un terme à l'épidémie de choléra, mais de faire taire les rumeurs disant qu'il y en avait une. La dimension politique internationale était d'ailleurs si prégnante que le Conseil était rattaché, dès l'origine et directement, au ministère des Affaires étrangères plutôt qu'à celui de la Santé.

« Trois grandes épidémies de choléra a connu Mingher ! s'écria le directeur sanitaire comme s'il voulait changer de sujet. 1838, 1867, et celle, plus légère, de l'été 1886. Les routes commerciales s'étant éloignées de notre île, aucune épidémie ne l'a frappée depuis dix ans, mais pour cela Istanbul nous a oubliés. Nous avons beau écrire tant que nous voulons, l'Administration sanitaire ne répond pas à nos demandes. À la fin ils nous envoient un télégramme, “le jeune docteur musulman Machin Bey est dans le bateau !”, alors nous courons au port tout heureux, et personne ne sort du bateau des Messageries maritimes. Car le jeune médecin en question vient soit de démissionner et reste à Istanbul, soit de s'arranger pour que ses amis du Palais et de la Chancellerie fassent annuler sa mutation au dernier moment.

— Vous avez parfaitement raison, dit le docteur Nuri. Mais voyez que son Altesse a finalement envoyé ce fameux médecin musulman jusqu'à vous, et votre serviteur est sorti du bateau !

— Imaginez un peu, vous n'y croirez pas, que nous n'avons même pas l'argent pour produire notre propre chaux ! continua le docteur Nikos sans s'arrêter. Tantôt je dois en demander à notre gouverneur Pacha, et à force de supplications notre pacha qui commande la garnison finit par nous en donner, tantôt nous devons augmenter les taxes de quarantaine et, avec cet argent pris sur notre propre budget, tenter de trouver *nous-mêmes* le matériau et les produits nécessaires. »

Les bureaux sanitaires avaient en effet le droit, en accord avec les réglementations internationales, de prélever une taxe aux navires et aux voyageurs qu'ils contrôlaient. La logique de la quarantaine, concept à l'origine italien et signifiant « quarante jours », consistait à isoler les malades pour empêcher que l'affection dont ils étaient porteurs ne contamine d'autres personnes. L'expérience séculaire des épidémies en Méditerranée et en Europe avait d'abord permis de réduire la durée de quarante à quatorze jours, pour la faire ensuite tomber à quelques jours seulement, selon la nature de la maladie et le type de l'épidémie. La découverte de l'existence des microbes par le Français Pasteur avait grandement contribué à cette diversification des modalités de quarantaine. Les règlements sanitaires concernant des ports, navires, marchandises et passagers frappés par la maladie étaient en constante évolution, de même que la pratique de hisser un drapeau jaune pour signaler un bateau « infecté », ou encore le nombre légal de jours d'isolement et le montant des taxes de quarantaine.

Cet ensemble de règles strictes et détaillées n'empêchait pas les médecins qui montaient à bord de faire preuve d'une certaine autonomie de jugement. Un fonctionnaire sanitaire tel que le docteur Nikos pouvait très bien, lorsqu'il inspectait – flanqué de soldats – le bateau de la Lloyd battant pavillon impérial allemand, oublier de voir un passager fiévreux en échange d'un pot-de-vin, laisser le navire repartir vers Istanbul avec cinq jours ou une semaine d'avance, et ainsi sauver de la faillite un négociant ; ou bien, à l'inverse, guidé par l'infime soupçon que non seulement les passagers mais toute la cargaison du navire qui s'approchait du port étaient contaminés, écrire un rapport et faire en une seconde couler une centaine de commerçants.

Ou bien encore, devant un pèlerin qui avait épargné pendant des années et vendu sa maison pour s'offrir le voyage sacré au bout duquel, après deux mois de traversée infernale, il arrivait enfin, le médecin, ignorant toutes ses dénégations, menaces, crises de larmes et bouffées de colère, pouvait le séparer de ses camarades d'un seul geste de la main, le faire descendre du bateau, jeter sous une tente dans un camp, et le priver du hadj. Il arrivait aussi à certains inspecteurs sanitaires affectés au contrôle de petits ports perdus et désolés, qui devaient se débattre chaque jour avec des problèmes de survie matérielle, et avec l'existence en général, le docteur Nuri en avait été témoin, d'utiliser leur pouvoir pour se venger, intimider les riches, sentir qu'ils les dominaient, voire châtier un peu quelques commerçants prospères. Ce pouvoir, néanmoins, était l'unique moyen que ces hommes avaient de gagner leur pain.

Mais le docteur Nuri, plutôt que de poser au docteur Nikos la question qui lui venait naturellement en tête – à quand remontait sa dernière paie –, préféra assumer le grand style qui sied aux gouverneurs, médecins et fonctionnaires qui se plaignent des carences et de l'indigence de l'État.

« Nous, dans le Hedjaz, quand la chaux venait à manquer, nous nous en tirions en aspergeant les latrines et les eaux usées avec de la poudre de charbon.

— Est-ce une méthode qui convient encore à ce siècle ? répliqua le docteur Nikos. Je préfère encore l'eau de chaux, si nécessaire, et diluée dans vingt à trente fois son volume d'eau, plutôt que dix.

— Qu'avez-vous comme solutions désinfectantes ?

— Ici les gens appellent la pierre à œil "zinc de Chypre". Je la tiens cachée ; nous avons aussi un peu de sulfate de cuivre. On en trouve également chez le pharmacien Nikephoros. Mais cela ne suffira pas pour une épidémie. Il reste aussi un peu de phénol, et de ce sublimé corrosif qu'à Istanbul on appelle "chlorure de mercure". Chez les musulmans, peu importe combien on a d'or et d'argent, la conscience microbienne et épidémiologique en est restée au niveau des massages au vinaigre. Au mieux, on acceptera les fumigations de soufre et d'azote. Dans les quartiers de Tchitê et de Bayîrlar, on emploie ces fumées inutiles exactement comme les amulettes de son excellence le cheikh Efendi, en s'en barbouillant le visage. Il nous faudra du désinfectant en quantité.

— Envoyer des médecins et les hommes chargés de la pulvérisation dans les quartiers musulmans sera une tâche délicate, après le meurtre de Bonkowski Pacha, dit le docteur Nuri, qui voulait revenir au sujet principal.

— J'ai assisté aux cours de Bonkowski Bey à l'école de médecine, en chimie organique et chimie minérale. Il était inspecteur médical civil quand j'étais au Liban, un immense érudit. Tuer un homme comme lui ! Mais vous aussi, quand vous ferez vos visites, ne croyez pas que dire “je suis musulman” suffira à vous sauver, il vous faudra un garde comme ce major.

— Ne vous inquiétez pas, je serai prudent. Mais si le but est de *saboter* l’action de la quarantaine, vous devriez vous méfier vous aussi. Seulement, qui est cette mauvaise âme dont nous devrions nous garder ?

— Le gouverneur Pacha a bien fait d’expédier au cachot ce Ramiz, le beau-frère du cheikh Hamdullah. À dire vrai, de tous les cheikhs des couvents, c’est celui-là que notre gouverneur craint le plus. C’est pour cela que le Ramiz s’est cru tout permis. Et, selon moi, celui qui a tué ce pauvre Bonkowski Pacha escomptait justement qu’on mette le meurtre sur le dos de Ramiz.

— Cependant il y a dans cette affaire une part de hasard : vous savez comme moi que c’est de sa propre initiative que Bonkowski Pacha s’est enfui de la poste. Ni Ramiz ni personne ne pouvait anticiper un tel geste.

— Mais quelqu’un peut l’avoir croisé par hasard et avoir pensé que, s’il le tuait, on ferait porter le chapeau aux musulmans. Car il existe des médecins grecs, pas toujours sur notre île, mais ailleurs, qui vont jusqu’à refuser de parler turc avec les musulmans.

— Les musulmans sont dans leur droit quand ils se plaignent de ces médecins chrétiens qui sont si durs, grossiers, méprisants, dit prudemment le docteur Nuri. Comme vous le disiez à l’instant, c’est véritablement par pure ignorance qu’il arrive aux musulmans de se plaindre des entraves sanitaires.

— Oui, cela leur arrive, tout le temps. Mais s’ils se plaignent d’un côté, ils ont aussi peur de la peste. Et ils donneront raison à qui saura les convaincre qu’il les protège de la contagion. Cependant, entre se plaindre et tuer quelqu’un, il y a une montagne. Bonkowski Pacha et son assistant le docteur Élias allaient dans ces quartiers pour de simples visites médicales. Ils n’avaient pas avec eux un seul soldat qui casse les portes, force les maisons et cause des problèmes. Bonkowski Pacha ne donnait aucune peine aux musulmans. Pourquoi les musulmans l’auraient-ils tué ? Et pourquoi celui qui l’a tué devrait-il être musulman ? Tenez, je peux déjà vous donner une conclusion excellente à votre enquête !

— Et laquelle ?

— Qui est le meurtrier, son nom, je n'en sais rien… Mais cet homme qui se moque que le peuple de Mingher s'entre-déchire, qu'il disparaisse et sombre dans l'oubli, c'est un homme sans cœur. Moi, j'aime les Minghériens de tout mon cœur. Je ne peux accepter qu'on leur fasse du tort.

— Alors selon vous, les Minghériens sont réellement un peuple ? demanda le docteur Nuri.

— Si le contrôleur général savait que vous avez posé une question pareille, il serait déjà en train de chercher un prétexte pour pouvoir vous jeter en prison et vous torturer avec des étaux ! dit le directeur sanitaire. Oui, une partie des gens de l'île parle encore cette vieille langue en famille, mais tout juste de quoi faire les courses au bazar. »

CHAPITRE 14

À son retour au palais, le docteur Nuri croisa le major devant la porte de leur suite. L'officier s'en allait poster la première lettre de Pakizê, qu'elle venait à l'instant de finir.

Ce soir-là, pour la première fois depuis leur mariage, les époux prirent leur dîner seuls, en tête à tête. Ce fut un repas simple. Le cuisinier du palais leur avait laissé un plateau avec des böreks et du yaourt. Ils étaient tous deux d'humeur inquiète ; c'étaient la rigueur des restrictions, l'angoisse d'être contaminés par la peste, la présence de pièges à rats dans leur chambre. Ils comprirent que les jours de plaisir insouciant qui avaient suivi leur mariage étaient révolus. Jusqu'à vingt-deux heures, des becs de gaz illuminaient faiblement le palais du gouverneur, l'avenue Hamidiye, les hôtels et le port. Quand les rues furent englouties dans l'obscurité, ils contemplèrent Arkaz, la ville enchantée, depuis leur fenêtre, et écoutèrent le murmure des vagues qui léchaient doucement le rivage, le froissement des herbes au passage d'un hérisson dans les jardins du palais, le chant des cigales.

Le lendemain matin, le docteur Élias, qu'on venait de libérer aux aurores, retrouvait le docteur Nuri au bureau sanitaire.

« J'étais plus proche de Bonkowski Pacha que de mon propre père..., dit l'assistant. Faire de moi un suspect, me jeter au cachot, comme s'ils voulaient donner l'impression que je puisse être responsable de son assassinat. Ont-ils songé aux conséquences ?

— Allons, vous n'y êtes plus, dans ce cachot !

— Mais les journaux d'Istanbul auront écrit que j'y étais. Il faut impérativement que je rentre à Istanbul pour clamer mon innocence. Sa Majesté Impériale a-t-elle été informée de mon arrestation ? »

Jusqu'à sa promotion au grade d'assistant de Bonkowski Pacha, le docteur Élias, stambouliote de naissance, n'avait été qu'un interne comme tant d'autres et personne ne s'intéressait guère à lui. Sa carrière avait pris un tour nouveau aux côtés de l'Inspecteur général, il avait couru l'Empire et connu la célébrité, il écrivait des articles dans les journaux, sur les épidémies, l'hygiène et la santé. Son salaire était énorme. Cinq ans plus tôt, il avait épousé Despina, la dernière fille d'une riche famille grecque d'Istanbul. Abdülhamid, qui songeait alors à la donner à Bonkowski Pacha, l'avait décoré de la médaille de l'Ordre du Medjidié. À cette existence d'aventure, de bonheur privé et de succès mondains, le meurtre de son maître venait de mettre un terme brutal.

L'espace d'un instant, le docteur Nuri songea que le docteur Élias, accompagné de Bonkowski Pacha, avait dû se trouver de nombreuses fois en présence du sultan, peut-être même davantage que lui-même. (Il n'avait vu que trois fois l'homme qui lui avait donné sa nièce en mariage.)

« Sa Majesté Impériale désire certainement que vous restiez sur l'île afin de nous aider à confondre ceux qui se cachent derrière ce crime infernal. »

Cette après-midi-là, le docteur Élias reçut un billet anonyme lui annonçant qu'il était le prochain sur la liste.

« Ce sont les commerçants opposés à la quarantaine qui ont écrit cela, ma conviction est faite, et c'est la bonne », commenta le gouverneur. Et pour rassurer le docteur Élias, que ce nouvel épisode avait achevé de terroriser, il le fit déménager de la ruine où le billet lui avait été envoyé, pour le reloger dans l'appartement d'hôtes de la garnison. L'endroit, plein de pièges à rats, offrait une meilleure protection contre la peste, il était éloigné des meurtriers potentiels, il était sûr.

Ce jour-là, le docteur Nuri et le docteur Élias commencèrent par une visite aux hôpitaux, à bord du landau, suivant les instructions du gouverneur et du directeur sanitaire. Il y avait deux hôpitaux en ville : l'hôpital Hamidiye, celui des soldats et de l'élite musulmane, pas encore officiellement en service, de taille modeste et néanmoins mal équipé, et l'hôpital Theodoropoulos, construit par la communauté grecque. Ce dernier établissement, fondé dans les années où le commerce de la pierre qu'on appelait « marbre de Mingher » faisait la fortune de l'île, et grâce aux dons d'une famille que ce commerce avait enrichie, les Theodoropoulos de la branche Stratis, grecs de Smyrne, comptait trente lits. Comme l'hôpital Hamidiye, le bâtiment servait d'hospice pour les pauvres, les orphelins et les parias, et les insulaires, du fait de ses embaumants jardins plantés de citronniers et du sublime panorama qu'il offrait sur la Forteresse, le tenaient pour un lieu reposant, pour ne pas dire agréable. La contagion s'étendant, quelques musulmans désemparés, n'ayant pas trouvé de médecins à l'hôpital Hamidiye, avaient pris eux aussi le chemin de l'hôpital Theodoropoulos.

Quand il arriva sur place, escorté par le major et les hommes du gouverneur, le docteur Nuri trouva l'endroit très animé. Une foule en panique se pressait devant les portes de l'hôpital. Trois jours plus tôt, les pestiférés commençant à affluer en nombre, le grand dortoir avait été divisé en deux au moyen de paravents, afin de les séparer des malades ordinaires. Mais la partie réservée avait rapidement été débordée, et les uns étaient maintenant mêlés aux autres. Les insomnies bavardes des pestiférés, leurs vomissements, les gémissements, les hurlements que leur arrachaient parfois leurs atroces maux de tête, et les longues divagations délirantes dans lesquelles ils s'épuisaient avant de mourir dérangeaient fortement les autres malades. La plupart des pauvres, orphelins, nécessiteux et vieillards avaient d'ailleurs quitté les lieux au cours de la semaine écoulée. Le docteur Nuri et le docteur Élias apprirent même de la bouche du docteur Michalis, le directeur de l'hôpital, que des bagarres avaient éclaté entre les familles des malades ordinaires, qui souffraient d'asthme, de problèmes cardiaques ou d'autres de ce genre, et les pestiférés, nerveux et désespérés, notamment à propos des lits.

Le docteur Michalis, après avoir chaleureusement reçu les docteurs Nuri et Élias, confessa que, jusqu'au dernier moment, il n'avait pas cru que c'était la peste. Au début, dans l'attente du rapport microbiologique du laboratoire, il avait sérieusement pensé, vu les symptômes, fièvre, nausée, pouls, fatigue, épuisement, qu'il s'agissait du choléra. Sept ans plus tôt, il avait vécu l'épidémie de choléra d'Ismid, raconta-t-il au docteur Nuri sur un ton de cataclysme et presque d'épopée. Il souffrait à la tâche, mais l'expression de son visage, qui semblait dire « ne vous bilez pas, tout va s'arranger ! », était si avenante que les malades lui faisaient confiance, ils exhibaient pour lui les tumeurs pleines de pus qu'ils avaient au cou, à l'aine, aux aisselles, et le réclamaient à grands cris. Un autre médecin se trouvait également dans le dortoir à ce moment-là, le docteur Alexandros, de Salonique, qui était jeune et fronçait les sourcils.

Ce dernier fit observer au docteur Nuri que la vieille dame qui dormait tout le temps et qui, lorsqu'elle se réveillait quelques minutes, se mettait à gémir et pleurer, était pêcheuse de son métier (la jetée et le quartier des pêcheurs de Mingher étaient situés près de la Jetée de pierre) et qu'elle était à l'hôpital depuis deux jours. Cette vieillarde à moitié évanouie, qui glissait lentement dans la mort, n'était pas la femme de l'homme assis à côté d'elle, les yeux mouillés de larmes, mais sa sœur, et le premier jour elle n'avait pas cessé de vomir puis, la veille, comme beaucoup de pestiférés, elle avait déliré toute la journée, lui dit le gardien du dortoir. Fièvre et bouffées délirantes s'observaient chez tous les malades. L'un d'eux, portefaix au port, s'étant levé de son lit, tenta de marcher, fit quelques pas en crabe, comme un ivrogne, avant de s'effondrer en arrière sur le lit. Le docteur Élias consacra beaucoup de temps à ce malade combatif, et pour l'exhorter à l'optimisme, à la vie, au grand air, montrant la vue splendide par la fenêtre, lui fit remarquer la forme un peu naïve, enfantine, des tours pointues de la Forteresse.

Tous les malades, tôt ou tard, avaient les yeux injectés de sang, ils étaient saisis de tremblements étranges et de maux de tête insoutenables. Certains étaient comme sidérés d'inquiétude, d'angoisse, de terreur, d'autres étaient pris de mouvements convulsifs, obsessionnels, comme secouer sans cesse la tête de droite et de gauche (le fonctionnaire des douanes près de la fenêtre) ou ruer brusquement, l'air de vouloir bondir hors du lit, pour y retomber aussitôt (le maître potier aux yeux humides, qui avait sa boutique sur l'avenue Hamidiye). Sur la plupart on observait, soit au cou, derrière l'oreille, soit sous les aisselles, soit encore à l'aine, la présence de cette chose que les Européens appelaient « *bubon** », une pustule, un furoncle gros comme une demi-patte de moineau. Mais le docteur Nuri entendit les médecins lui dire qu'on trouvait également des malades sans bubon ni charbon dont la fièvre montait, qui sombraient peu à peu dans la même torpeur léthargique, lentement s'épuisaient, puis tout à coup mouraient (ou bien se remettaient).

Un pestiféré malingre, la peau sur les os (c'était un briquetier), avait la bouche si desséchée qu'il ne pouvait plus parler, il tremblait convulsivement. Certains malades, ceux qui le pouvaient, se plaignaient avec violence d'un problème particulier, et le médecin essayait de comprendre les souffrances de chacun. Oui, inciser les bubons pesteux pour les vider de leur pus aidait les malades à trouver un peu de repos, à reprendre quelques forces. Tous réclamaient cette opération, même ceux qui n'en avaient aucun besoin ; et ce n'était pas un traitement. Pour ceux que le délire tenait éveillés, la douleur les transperçait parfois tellement qu'ils s'agrippaient à leurs draps trempés de sueur, maculés de vomi, les froissant si bien que leur peau et les draps semblaient ne plus former qu'un seul et même suaire chiffonné. Les gémissements, les hurlements de douleur et les râles de fatigue se fondaient parfois en un grand bourdonnement qui assourdissait le dortoir. Certains malades étaient constamment assoiffés, raison pour laquelle les médecins avaient pu confondre leur mal avec le choléra. De l'eau bouillait dans une marmite à l'entrée du bâtiment, des nuages de vapeur se mêlaient à l'air morbide et au bourdonnement du grand dortoir.

Lorsqu'il avait découvert, dans le Hedjaz, l'ignorance et la misère des pèlerins d'Asie, indiens, javanais, dont il faisait le décompte aux côtés des Anglais, le docteur Nuri s'était senti coupable d'avoir fait des études et de parler français. Aujourd'hui, devant ces pauvres malheureux qui se savaient contaminés par un mal mortel, il avait honte de n'avoir rien d'autre à leur offrir que quelques mots de consolation hypocrites, et honte de savoir que les jours à venir seraient pires encore.

À l'hôpital Hamidiye où ils se rendirent ensuite, la situation était identique. Le gendre impérial fut impressionné par le docteur Élias. Malgré la peur, malgré la souffrance, il prenait le temps de visiter les malades un par un, et avait pour chacun des paroles sincères.

« Mais cela ne durera guère, lui dit le docteur Élias quand ils furent seuls. Ils me tueront moi aussi. Je vous prie de ne pas oublier que Sa Majesté Impériale a exprimé le souhait de me voir rentrer à Istanbul le plus tôt possible ! »

Sur le chemin de la pharmacie Nikephoros, les docteurs Nuri et Élias, suivis par le major et les hommes du gouverneur, demandèrent au cocher du landau de prolonger le trajet, car ils voulaient avoir un aperçu général de la situation en ville. Durant ce petit tour, ils s'étonnèrent de constater que la vie à l'européenne, dans le voisinage des hôtels et les rues qui descendaient vers le port, continuait exactement comme à l'ordinaire. Ils étaient stupéfaits par la tranquillité des Minghériens attablés dans les cafés, les restaurants, chez le barbier, les uns blaguant et riant, les autres dissertant d'astuces de pêche ou élaborant des stratégies commerciales. Dans le quartier de Vavla, devant le spectacle des enfants débraillés qui couraient, insouciants et joyeux, au milieu de la poussière et de la crasse des ruelles descendant vers la mer, le docteur Nuri se crut dans une ville d'Orient, chaude et lointaine.

Le pharmacien Nikephoros évoqua d'emblée le fait que Bonkowski Pacha – paix à son âme – ne lui devait aucun argent dans l'affaire de la concession et des roses.

« Qui et à quelles fins, d'après vous, pouvait avoir intérêt à tuer Bonkowski Pacha ? lui demanda tout aussi directement le docteur Nuri.

— Tous les crimes ne sont pas commis dans un but précis, répondit Nikephoros. Certains naissent de l'injustice, du désespoir, parfois les hommes deviennent meurtriers par hasard, dans la fièvre de l'instant, sans préméditation. Depuis l'épisode du bateau du hadj, les habitués du couvent des Terkaptchî et les villageois de Çifteler et de Nebiler que le gouverneur Sami Pacha a fait jeter en prison vouent une haine féroce aux médecins sanitaires et aux médecins tout court. Il se peut que l'un d'entre eux, venu vendre ses œufs en ville, ait croisé par hasard Bonkowski Pacha dans le quartier de Vavla, et qu'il l'ait entraîné dans une maison. J'avais suggéré à mon très cher ami, mais vraiment comme ça, une fraction de seconde, au détour de la conversation, d'aller jeter un œil du côté de Vavla et de Ghermê. Ils le savaient et c'est pourquoi ils sont venus déposer le corps ici, ils ont cherché à faire de moi un suspect !

— De fait, vous êtes sur la liste des suspects ! répondit le docteur Nuri.

— Mais c'est un complot ! s'écria le pharmacien en se tournant vers le docteur Élias.

— J'avais averti Bonkowski Pacha de ne pas se rendre seul dans ces quartiers, dit le docteur Élias. Dans les provinces où nous appelaient les épidémies, s'il n'était pas satisfait de ce que lui montraient les guides du gouverneur ou les médecins du bureau sanitaire, Bonkowski Pacha leur faussait compagnie et faisait sa promenade tout seul.

— Pourquoi donc ?

— À la vérité, aucun gouverneur, ni préfet, ni artisan, ni riche commerçant, personne ne veut de la quarantaine. Personne ne peut accepter que la belle vie qu'il a toujours connue prenne fin du jour au lendemain, et encore moins l'idée de mourir. Alors on s'acharne à démentir les faits qui ruinent votre tranquillité, on nie les morts, on en veut aux mourants. Mais quand on se retrouve face à face avec le célèbre Inspecteur général de la santé et son assistant, on comprend tout à coup qu'Istanbul prend l'affaire au sérieux. Seulement, ici cela n'a pas eu lieu. Ici personne n'a demandé à nous voir.

— C'était une précaution imaginée par son altesse elle-même, et elle y tenait, répondit le docteur Nuri.

— Oui, et la précaution incommodait Bonkowski Pacha plus que quiconque, lui qu'on a débarqué sur l'île clandestinement, au beau milieu de la nuit, il y a cinq jours, dit le pharmacien Nikephoros. Préparer à des mesures de quarantaine une île qui cache ses morts et refuse l'épidémie est une tâche périlleuse. D'autant plus s'il existe une force déterminée à assassiner les médecins sanitaires. Nous avons tous peur d'un attentat maintenant, et nous avons raison d'avoir peur. Notre vie est en jeu !

— Ne vous alarmez pas ! » répondit le docteur Nuri. L'inquiétude mortelle de Nikephoros et du docteur Élias le mettait mal à l'aise, à vrai dire il en éprouvait une forme de culpabilité. Car si le drame épouvantait ces deux grecs davantage que les musulmans, c'était précisément parce qu'ils étaient chrétiens. Et puisque notre livre est en dernier lieu un livre d'histoire, nous ne voyons pas d'objection à anticiper un peu la suite des événements : nos lecteurs verront que les sombres pressentiments du docteur Nuri étaient, hélas, parfaitement fondés, et qu'en effet, pour des motifs politiques, le pharmacien Nikephoros, comme le peintre Osgan et le docteur Élias devaient mourir assassinés.

Tandis qu'il exposait dans le moindre détail les propriétés extraordinaires de chaque article du paquet-cadeau qu'il avait préparé, Nikephoros montra au docteur Nuri les emblèmes de la Rose du Minguère et de la Rose du Levant, et la conversation, comme il l'avait prévu, porta sur le peintre Osgan Kalemdjian, ami de jeunesse de Bonkowski Pacha, et le calicot confisqué par le gouverneur.

« Le gouverneur Pacha aura mal compris la signification de ce bout de tissu, il a cru que c'était un drapeau ! »

Le jour même, dans son bureau où les médecins le rejoignirent après leur visite au pharmacien, le gouverneur Sami Pacha déclara lapidairement qu'il restituerait son calicot à Nikephoros quand le Conseil sanitaire se réunirait. Puis la discussion fut interrompue par l'annonce du décès brutal d'un secrétaire du palais.

Les funérailles de Bonkowski Pacha eurent lieu le soir même, dans la petite et charmante église Saint-Antoine. Malgré les télégrammes du sultan et les nombreux éloges funèbres qui parurent dans la presse d'Istanbul, les journalistes grecs ne vinrent pas et la cérémonie fut modeste. Du reste, la famille de l'Inspecteur général assassiné n'avait pu se rendre sur l'île à cause de la peste. En dehors de quelques vieillards de la communauté catholique, on vit dans l'église le fils d'un officier polonais passé jadis de l'armée polonaise à celle de l'Empire, et qui vivait à Mingher. Le plus ému, le plus triste de tous était le docteur Élias, qui pleurait en silence dans le petit cimetière du jardin de l'église, devant la tombe entourée de roses rouges.

CHAPITRE 15

Ici, pour rendre notre récit et l'histoire plus intelligibles, il nous faut revenir trois ans en arrière et raconter un événement dont le gouverneur continuait de payer les conséquences politiques, et qui, plus personnellement, ne cessait de le hanter : la Révolte du bateau du hadj.

Dans les années 1890, l'une des mesures réclamées par les « grandes puissances » pour arrêter les épidémies de choléra qui arrivaient avec les bateaux des pèlerins, et se répandaient ensuite dans le monde entier, via Médine et La Mecque, était d'imposer une quarantaine de dix jours, dans son pays d'arrivée, à tout navire revenant du hadj. Les empires ayant des colonies en terre musulmane étaient les premiers à insister sur la nécessité de cette seconde quarantaine. Les Français, par exemple, qui n'avaient aucune confiance dans la quarantaine organisée par les Ottomans dans le Hedjaz, imposèrent aux passagers du *Persépolis*, de la compagnie des Messageries maritimes, une quarantaine obligatoire à leur retour en Algérie, alors colonie française, avant de les autoriser à regagner leurs villes et leurs villages.

Les Ottomans, n'ayant pas plus confiance que les Européens dans leur propre administration sanitaire au Hedjaz, commencèrent à leur tour d'appliquer ces mesures. Pour une brève période, une commission sanitaire spéciale, sise à Istanbul, imposa cette « quarantaine de sûreté » à tous les navires de pèlerins revenant du hadj, partout dans l'Empire, même quand le drapeau jaune n'était pas hissé et qu'il n'y avait aucun malade à bord.

Pour ces hadjis harassés, souffreteux, revenant d'un long voyage déjà marqué par la mort de beaucoup d'entre eux, devoir subir une nouvelle quarantaine de dix jours, dans leur propre pays, était un motif d'indignation, de colère et de révolte. (À Bombay et Karachi, personne ne s'étonnait si un pèlerin sur cinq ne revenait pas vivant du hadj.) Des soldats étaient appelés en renfort, les médecins réclamaient souvent l'aide de la police ou de la gendarmerie locale. Dans les petites îles et les ports excentrés, comme Mingher, le bureau sanitaire étant généralement trop petit, ou les bâtiments trop vétustes pour contrôler efficacement les villageois rentrant du hadj, on se servait de barges délabrées, parfois de véritables épaves, louées à la hâte en visant au moins cher, comme de postes sanitaires flottants où placer les hadjis à l'isolement. Dans certains cas, à Salonique, Chios ou Scalanova, par exemple, on envoyait ces barges mouiller dans une crique écartée, loin de la ville, ou bien accoster sur un coin de rivage désert, sous la surveillance des soldats qui installaient leurs tentes tout autour.

Cette quarantaine exaspérait les hadjis, qui ne désiraient qu'une chose : rentrer enfin chez eux. Certains, revenus sains et saufs du long voyage, mouraient pendant ces dix jours-là. Frictions, disputes et bagarres étaient monnaie courante entre les hadjis et les médecins grecs, arméniens et juifs. En outre, non contents de devoir la subir, les hadjis devaient payer pour la quarantaine. Quelques hadjis habiles et fortunés donnaient quelques pièces de plus aux médecins et ils étaient libérés dès le premier jour de quarantaine, ce qui ne faisait qu'exaspérer davantage ceux qui restaient.

Mais ce fut sur l'île de Mingher, trois ans plus tôt, que ce genre de maladresses engendra la plus grande explosion de colère contre les mesures de quarantaine, le plus tragique de tous les événements similaires qui se produisirent dans l'Empire ottoman. Conformément aux instructions télégraphiées par Istanbul, le navire *Persia,* qui battait pavillon anglais et revenait du Hedjaz, eut interdiction de mouiller dans le port d'Arkaz. On transborda les quarante-sept hadjis dans une barge en calamiteux état que le docteur Nikos, directeur du Conseil sanitaire, avait trouvée pour l'occasion, puis la barge fut acheminée jusqu'à une petite crique du nord de l'île, où elle jeta l'ancre. Entourée de parois rocheuses et d'à-pics vertigineux, cette crique désolée formait une prison naturelle, idéale pour la quarantaine. Ces mêmes escarpements, néanmoins, allaient compliquer le ravitaillement des pèlerins en nourriture, eau potable et médicaments.

Un orage retarda l'installation du campement qui devait accueillir les médecins, les soldats et le matériel sanitaire. La tempête dura cinq jours, cinq jours que les hadjis de Mingher, coincés sur leur barge ballottée par les vagues, passèrent sans manger, sans boire, plus misérables que jamais. Puis ce fut un soleil brûlant. Ces hadjis, dont le pèlerinage avait été pour la plupart le premier voyage hors de l'île, étaient des paysans d'âge mûr, barbus, des cultivateurs d'olives, de petits fermiers. Il y avait aussi des jeunes, très pieux, barbus également, qui aidaient leurs pères, leurs grands-pères. Presque tous venaient des villages de la montagne, tels Çifteler et Nebiler, dans le nord de l'île.

Trois jours plus tard, le choléra se déclara brutalement sur la barge bondée. Chaque jour, la maladie tuait un ou deux de ces pèlerins déjà épuisés, accablés, trop affaiblis par le voyage pour lui opposer aucune résistance. Même les vieux hadjis commençaient à fulminer de ne pas voir arriver les fonctionnaires et les médecins qui les avaient abandonnés là, dans l'isolement le plus complet et, malgré le nombre de morts qui augmentait quotidiennement, continuaient de ne pas se montrer.

Les deux médecins grecs qui avaient fini par atteindre, après trois jours à dos de mulet dans les montagnes, le campement au-dessus du rivage, n'étaient pas pressés de monter à bord de la barge infestée de microbes pour y examiner les hadjis enragés. Ils sentaient qu'elle s'était transformée en nid à saleté et à maladies. Quant aux pèlerins, s'ils ne comprenaient pas pourquoi on les retenait prisonniers dans cet endroit, ils sentaient en revanche la mort venir. Et les vieux hadjis épuisés, à l'heure de rendre leur dernier souffle, n'avaient pas envie d'être aspergés de solution au lysol par des médecins chrétiens à la barbe de chèvre et aux lunettes bizarres. Du reste, les deux pulvérisateurs acheminés à dos de mulet s'étaient trouvés hors d'état de fonctionner dès le premier jour. Des disputes commençaient à éclater entre les hadjis à propos des morts. Ceux qui disaient « jetons les cadavres dans la mer ! » se heurtaient à ceux qui répondaient « ce sont nos parents, nos martyrs, nous les enterrerons au village ! », et ils épuisaient leurs dernières forces en querelles intestines.

À la fin de la première semaine, la contagion se répandant toujours, et les cadavres, ceux qui n'avaient pas été jetés à la mer et dévorés par les poissons et les mouettes, continuant de s'accumuler sur la barge, la révolte éclata.

Les hadjis en colère commencèrent par attraper les deux soldats en faction sur le pont pour les balancer par-dessus bord. À l'annonce que l'un des deux soldats, qui ne savait pas plus nager que les pèlerins eux-mêmes (et à vrai dire pas davantage que l'immense majorité de la population musulmane souveraine de l'Empire), était mort noyé, le gouverneur Sami Pacha et le lieutenant de la garnison décidèrent de lancer une opération de représailles spectaculaire.

Pendant ce temps-là, les jeunes hadjis avaient levé l'ancre mais, avant qu'ils réussissent à faire accoster l'épave, celle-ci dériva vers le large, tanguant de droite et de gauche comme un ivrogne. Au bout d'une demi-journée d'errance, le bateau du hadj atteignit enfin la terre ferme un peu plus à l'ouest, dans une autre crique. Mais les pèlerins étaient trop épuisés pour quitter la barge qui prenait l'eau de partout, et regagner leurs villages. S'ils l'avaient fait, l'affaire en serait peut-être restée là et, malgré la mort d'un soldat, on l'eût oubliée. Mais ils restèrent entassés dans l'épave encombrée de cadavres dont l'odeur devenait de plus en plus affreuse, luttant contre les vagues, incapables de se résoudre à abandonner leurs derniers bagages, les cadeaux, leurs bouteilles d'eau de Zamzam contaminées par le choléra.

Peu après, l'escadron de gendarmes que le gouverneur Sami Pacha avait chargé de surveiller le bateau depuis la côte prit position au sommet des rochers qui fermaient la crique. Les pèlerins furent avertis qu'ils étaient cernés, qu'ils devaient se rendre, obéir aux règlements de quarantaine, rester dans le bateau et ne pas mettre un pied à terre.

Il nous est difficile de savoir comment ces annonces furent reçues. Les hadjis furent pris de panique : ils avaient compris qu'une nouvelle quarantaine les attendait et qu'ils n'y survivraient probablement pas. La « quarantaine », dans leur esprit, était une ruse de Francs, une invention diabolique uniquement faite pour opprimer, dépouiller et tuer les pèlerins musulmans.

Enfin, quelques hadjis, ceux qui avaient encore quelques forces et un peu de lucidité, comprenant que la mort les prendrait s'ils restaient plus longtemps sur ce bateau, décidèrent de tenter une percée.

Voyant les pèlerins qui essayaient de s'enfuir, chancelant au milieu des rochers, commençant à escalader la paroi comme des chèvres sauvages, les soldats, pris de panique, ouvrirent le feu. Ils tiraient avec ferveur, comme s'ils mitraillaient une armée ennemie venue envahir l'île de Mingher. Certains avaient en mémoire leur camarade jeté à la mer. La fusillade dura au moins dix minutes, puis le silence revint. Beaucoup de hadjis, touchés, moururent. Quelques-uns abattus dans le dos. D'autres, tels de courageux patriotes se lançant à l'assaut du feu ennemi, offrirent leur poitrine aux balles des soldats ottomans qui les tuaient sur le sol de leur île.

Le gouverneur Sami Pacha ayant interdit toute publication dans la presse, et même la moindre forme d'allusion détournée à cet événement, nous n'avons, encore aujourd'hui, aucun moyen de savoir combien exactement de hadjis furent tués ce jour-là, ni combien purent rejoindre leur village.

Étant donné sa responsabilité dans ce drame historique, le gouverneur ne put échapper aux critiques, aux sarcasmes et aux procès d'intention. Il s'attendait à endurer le châtiment d'Abdülhamid, au lieu de quoi ce furent le vieux lieutenant de la garnison et les soldats qui se retrouvèrent dégradés et envoyés en exil. Dans un rêve, Sami Pacha vit un personnage qui semblait vouloir lui lancer « ô toi, grand gouverneur, n'as-tu pas de conscience ? », mais l'homme à la barbe blanche restait muet. Aux critiques, le gouverneur répondit qu'envoyer des soldats barrer la route des hadjis pour protéger l'île du choléra était la bonne décision, et ajoutait qu'on ne saurait faire preuve de tolérance envers des bandits coupables du meurtre d'un militaire ottoman et qui, par ailleurs, avaient volé un navire de l'État, même s'il précisait chaque fois, il y tenait, que ce n'était pas lui qui avait donné l'ordre d'ouvrir le feu, c'était une faute professionnelle due au manque d'expérience des soldats.

Enfin le gouverneur Sami Pacha se persuada que la meilleure défense, dans cette affaire, était d'attendre qu'elle fût oubliée. Il se montra donc particulièrement attentif à ce qu'aucun journal n'en parle, et son succès en la matière, quoique provisoire, fut bien réel.

Pendant cette première période, la stratégie du gouverneur était de faire entendre que ces pèlerins morts durant le hadj, comme notre religion le commande, étaient officiellement des « martyrs », et qu'il n'était pas de plus grande dignité ni de plus insigne honneur. Quand les familles des morts venaient à Arkaz lui présenter leurs demandes de compensations financières, il les recevait dans son bureau, commençait par parler du « lieu privilégié du paradis où reposent ceux qui ont goûté au sorbet du martyr », puis déclarait qu'il était de leur côté pour les dédommagements, il ferait tout ce qui était en son pouvoir pour les aider, mais il ne fallait surtout pas en parler avec les journalistes grecs, ces factieux se feraient une joie de monter l'incident en épingle.

Quand l'événement fut un peu oublié, le gouverneur Sami Pacha déclencha discrètement la deuxième phase de sa stratégie : il envoya la gendarmerie arrêter dans leur village dix hadjis qu'on avait repérés comme étant les meneurs, les jeta en prison, leur demanda des comptes pour la mort du soldat et le bateau volé, avec une agressivité extrême, prenant des airs de despote. Il rejeta également les demandes de réparation des familles des pèlerins. La colère suscitée par ces événements tragiques finit par exploser et les villages de Çifteler et de Nebiler, d'où étaient originaires la plupart des hadjis, se soulevèrent contre l'autorité du gouverneur. Ils prêtèrent allégeance au bandit Memo, qui terrorisait depuis deux ans les villages grecs du nord de l'île avec le soutien du couvent des Terkaptchî. Beaucoup suspectaient le cheikh Hamdullah, qui était à la tête de la plus puissante confrérie de l'île, la Halifiye, d'être secrètement derrière ce couvent.

L'autre élément qui aggrava les affaires du gouverneur fut que l'incident, à l'origine d'une tenace et récurrente discorde entre le pouvoir et la population musulmane, commença de servir de poil à gratter aux journalistes nationalistes proches de la Grèce. Ainsi le gouverneur, dans un entretien qu'il accorda au journal grec *Neo Nisis,* avec lequel il était en bons termes, eut-il le malheur d'employer, parlant de certains hadjis qui avaient fait édifier une fontaine dans leur village, l'expression de « pauvres hadjis ». À la vérité, le mot était banal, personne n'aurait dû le relever. Mais c'était compter sans le journaliste grec Manolis, qui s'en empara pour écrire, sur un ton de grande polémique, que les hadjis n'étaient pas pauvres du tout, bien au contraire, c'étaient les musulmans les plus riches de l'île, ceux qui avaient fait fortune dans le commerce et s'habillaient à la dernière mode, qu'on voyait partir pour le hadj, la plupart pour tomber malades et mourir pendant le voyage. Or ne serait-il pas plus judicieux, sur cette île où le niveau d'éducation des musulmans était largement inférieur à celui des orthodoxes, que les riches musulmans, au lieu d'aller dépenser stupidement leur argent dans des déserts lointains et sur des navires anglais, l'investissent dans la construction d'une école sur l'île, ou sinon du moins, pour commencer, dans la réparation des minarets croulants de leurs mosquées ?

Le gouverneur attachait lui-même beaucoup d'importance aux écoles, plus qu'aux mosquées, du reste, et pourtant la lecture de ces lignes le mit dans une rage telle qu'il crut s'en étrangler de colère.

Certes, la façon qu'avait ce péroreur de Manolis de prendre les musulmans de haut était énervante, mais ce qui faisait enrager Sami Pacha plus que tout, c'était que le thème de la Révolte du bateau du hadj, dont il n'espérait plus rien que son enterrement définitif, avait été remis sur la table et pis, par un journaliste grec.

CHAPITRE 16

Le matin du jour où devait avoir lieu la réunion du Conseil sanitaire, le docteur Nuri se rendit de bonne heure à l'hôpital Hamidiye, où il découvrit, devant le portail, une famille musulmane en train de se disputer avec un fonctionnaire qu'on croisait souvent au palais du gouverneur ; grâce à son intervention, le malade, un maréchal-ferrant, put occuper le seul lit vide d'un dortoir déjà bondé.

En trois jours, le nombre des malades qui se présentaient à l'hôpital avait été multiplié par deux. Les médecins, qui jusque-là notaient comme raison du décès « diphtérie, coqueluche », n'hésitaient plus, désormais, à écrire « peste ».

Les lits supplémentaires apportés par les soldats deux jours auparavant étaient presque tous occupés. Le docteur Élias et le docteur Ferid Bey, le seul médecin musulman de l'île, faisaient des pansements, incisaient les bubons, couraient d'un lit à l'autre.

Un jeune homme qui connaissait le docteur Nuri de réputation l'appela au chevet de sa mère. Mais la vieille femme, qui délirait, suante de fièvre, ne remarqua même pas la présence du médecin. Il ouvrit la fenêtre, laissa entrer l'air, puis comme tous les médecins qui soignaient les pestiférés, il se demanda si c'était bien utile. Certains d'entre eux, penchés au plus près de leurs souffrances, assistaient les malades avec héroïsme, pensa-t-il.

Entre deux patients, les médecins se retrouvaient pour discuter dans le coin du dortoir où l'on avait placé les réserves de liquide désinfectant dont ils s'enduisaient régulièrement les doigts et les mains. « Je sais que ça ne sert à rien, pourtant je continue de l'utiliser ! » disait le docteur Ferid, avec un vague sourire, en montrant au docteur Nuri un bocal rempli de vinaigre. Puis il lui raconta que leur jeune confrère de Salonique, le docteur Alexandros, s'était trouvé fiévreux la veille au soir, qu'il tremblait, qu'on l'avait renvoyé chez lui en lui enjoignant de ne pas revenir le lendemain si la fièvre n'était pas retombée.

Le docteur Nuri, pour l'avoir vu à l'hôpital Theodoropoulos, savait que le jeune Alexandros se dévouait corps et âme aux malades, sans peur, ni sans maintenir avec eux aucune distance. « Les médecins et les infirmiers connaissent le choléra, mais pour la peste, ils ne savent pas comment s'en protéger, commenta le docteur Élias. Le pestiféré vous tousse une fois au visage et vous êtes infecté. Il est indispensable que les médecins observent des règles strictes. »

Avant la réunion du Conseil sanitaire, partant pour l'hôpital Theodoropoulos dans le landau blindé, ils traversèrent Arkaz d'un bout à l'autre sans dire un mot, comprenant aux visages inquiets et aux silhouettes prostrées qu'ils croisaient dans les rues que les malades et les morts étaient bien plus nombreux que ce qu'ils avaient cru. La peur de la mort envahissait lentement la ville, mais ce n'était pas encore la panique effrénée à laquelle les deux médecins avaient été confrontés lors des épidémies sérieuses. Le fournil de Zofiri, célèbre pour ses biscuits aux amandes et ses gâteaux à la rose, était vide. Démosthène, le restaurateur, était lui à sa place, sur une chaise en rotin, chez le barbier

Panayotis où il venait se faire raser tous les matins. Sur l'avenue et la place Hamidiye, cafés, tavernes et boutiques étaient ouverts comme à l'ordinaire. En approchant de la place ils aperçurent, à l'angle d'une ruelle perpendiculaire, un garçon très brun qui pleurait à chaudes larmes dans un jardin, puis, plus loin, des femmes vêtues de noir, réunies pour un deuil, qui s'embrassaient.

La foule qui se pressait devant l'hôpital Theodoropoulos les épouvanta. Pas de doute, la contagion gagnait du terrain, et bien plus vite qu'ils ne l'avaient imaginé. En outre, l'assassinat de Bonkowski Pacha, de même que l'envoi par le sultan d'un nouveau spécialiste de la quarantaine sur l'île, avait achevé de lever les derniers doutes sur la nature de la maladie. C'était la peste, tous le savaient.

Le docteur Nuri fut frappé par le désordre, l'affolement qui régnaient dans les dortoirs débordant de nouveaux malades. La vieille femme qui, l'avant-veille encore, dormait tout le temps était morte et déjà enterrée, de même que le haleur du port. Une femme grecque l'avait remplacé, deux autres femmes et un homme étaient à son chevet.

« Qu'on interdise aux familles et aux proches d'entrer dans l'hôpital ! » ordonna le docteur Nuri.

Le docteur Michalis avait convoqué les médecins dans un sous-sol du bâtiment, où le docteur Nuri leur expliqua que les gestes brusques des malades, leurs toussotements, régurgitations, crachats, au moment où l'on incisait leurs bubons, avaient causé, en Chine, la mort de beaucoup de médecins. Il raconta ensuite une anecdote que lui avait rapportée un médecin anglais pendant la Conférence de Venise : à Bombay, un pestiféré qu'on avait à tort diagnostiqué comme diphtérique avait, au moment de l'ultime « delirium » qui précéda sa mort, craché quelques gouttelettes de salive dans l'œil de l'infirmier qui s'occupait de lui. Celui-ci s'était aussitôt rincé l'œil en abondance avec du sérum antidiphtérique, mais trente heures plus tard la maladie se déclarait, et quatre jours plus tard, délirant comme le malade, il était mort.

Les médecins débattirent pendant neuf heures : combien de temps s'écoulait entre l'infection par le microbe et l'apparition des premiers symptômes, fatigue accablante, tremblements et maux de tête, fièvre et vomissements ? À Smyrne, le délai variait d'une personne à l'autre, disait le docteur Élias. Les malades ignorant qu'ils étaient contaminés, et donc contagieux, l'épidémie allait se répandre très rapidement, en silence, sourdement, sans qu'on remarque rien. Alors on verrait les insulaires mourir tout à coup en masse, aux quatre coins de la ville, comme les rats.

« C'est bien la situation, hélas ! » dit le docteur Nikos.

Dans cette remarque, le docteur Nuri perçut une nouvelle critique, non seulement du manque de réactivité du gouverneur et d'Istanbul, mais de ses propres confrères.

« S'il en est ainsi, il faut fermer les commerces, le bazar, tout ce qui peut l'être, dit le docteur Élias.

— Je vous donne raison, répondit le docteur Nuri, toutes les mesures d'isolement sont bonnes à prendre. Mais quand bien même ils respecteraient les entraves en vigueur, des gens continueront à mourir chez eux, car le microbe s'est répandu. Alors ils s'écrieront que “les interdictions ne servent à rien”.

— Ne soyez pas si défaitiste », rétorqua le docteur Élias.

Tous se mirent à parler en même temps. Les lecteurs des lettres de Pakizê verront que c'est à ce moment-là, dans les sous-sols de l'hôpital Theodoropoulos, que se dessinèrent véritablement les contours de la politique sanitaire, sans attendre la réunion du fameux Conseil. Les médecins présents réclamèrent le soutien d'Istanbul, l'envoi de médicaments, de matériel, de renforts – musulmans de préférence.

L'un d'eux, soulignant qu'il serait très difficile d'arrêter la contagion à présent qu'elle s'était diffusée, et en particulier, c'était l'évidence, dans les quartiers de Vavla et de Ghermê, demanda au docteur Élias quelles mesures aurait prises Bonkowski Pacha, paix à son âme.

« Feu Bonkowski Pacha était un partisan de la quarantaine dure et de l'isolement radical, répondit le docteur Élias. À ses yeux, faire la guerre aux rats ne suffisait pas. Il savait également qu'en cas de pénurie de solution désinfectante, la meilleure solution était d'envoyer les soldats vider les maisons, puis de brûler celles-ci. Son altesse aura scruté de près la façon dont fut endiguée, voici sept ans, l'épidémie de choléra à Üsküdar : en incendiant les maisons les plus infectées, enfin en réduisant le quartier à un tas de cendres. »

Le nom d'Abdülhamid étant tombé dans la discussion, et personne ne voulant être la victime d'un indicateur, le silence s'installa et la réunion fut terminée.

CHAPITRE 17

La poste centrale de la province de Mingher avait été inaugurée vingt ans plus tôt, lors d'une grande cérémonie dont le major, âgé de dix ans à l'époque, gardait un souvenir impérissable. (Au cours des festivités, un professeur grec tomba à l'eau et mourut noyé.) Autrefois, le bureau du télégraphe, lieu cliquetant et mystérieux, était installé dans une salle de l'ancien palais, tandis que la vieille poste, qui traitait surtout les colis, occupait un bâtiment délabré, contigu à celui des douanes. Le petit Kâmil n'avait jamais mis les pieds ni dans l'un ni dans l'autre.

Mais une fois la poste centrale ouverte, il demandait à son père de l'y emmener au moindre prétexte, du moins de s'en approcher suffisamment pour pouvoir admirer la majestueuse entrée de l'édifice. À l'intérieur se trouvaient encadrés les tarifs et les horaires, des enveloppes et des timbres de toutes les couleurs, des échantillons de cartes postales affranchies avec des timbres aussi bien impériaux qu'étrangers, et la carte de l'Empire qui offrait un aperçu de toute cette complexe logistique. La carte, hélas, ne correspondait plus exactement à la réalité géographique de l'Empire, ce qui avait occasionné, entre autres, une dispute entre un homme qui prétendait s'acquitter du tarif « intérieur » indiqué par la grande carte et l'employé qui lui réclamait le tarif « étranger ».

Le ministère des Postes ottomanes et la direction du Télégraphe avaient fusionné trente ans plus tôt, dans ces mêmes années 1870 où, sous le règne d'Abdülaziz (dont on disait qu'il n'aimait pas l'île), l'Empire, alors beaucoup plus vaste, avait commencé de voir fleurir les postes centrales réunissant les deux services, mais la construction de celle de l'île ne débuta que sous Abdülhamid. Aussi n'est-il pas exagéré de dire que les habitants de la province de Mingher aimaient Abdülhamid, le sultan qui leur avait donné un hôpital, des casernes, un pont, une poste centrale et une école militaire.

Même à présent, chaque fois qu'il apercevait de loin le grand portail de la poste, à chaque marche du perron qu'il gravissait, le major Kâmil goûtait la même émotion que dans son enfance. À cette époque-là, le moment le plus important de la semaine était celui où arrivaient les sacs débarqués des bateaux d'Istanbul, de Salonique ou de Smyrne. Les abords du bâtiment grouillaient alors d'efendis qui attendaient une lettre, de boutiquiers guettant la livraison des malles et des paquets qu'ils avaient commandés, et de tous les fonctionnaires, secrétaires, apprentis, bonnes et domestiques qu'on avait envoyés « voir à la poste ». En théorie, les lettres cachetées étaient distribuées à domicile par les facteurs mais, comme le cachet coûtait cher et que cela prenait plus de temps, on préférait faire récupérer le courrier directement à la poste. (En ce temps-là on était assez fantasque dans le libellé des adresses, et certains, voulant s'assurer que la lettre arrive à bon port, recopiaient des prières sur l'enveloppe.)

La foule qui se pressait devant la poste était en bonne part composée de curieux et d'enfants. Ils scrutaient avec passion l'arrivée des sacs et des paquets par la porte arrière du bâtiment, leur ouverture éventuelle par les fonctionnaires des douanes, enfin la distribution aux destinataires. Il arrivait que le courrier, quand la livraison était volumineuse, fût transporté par une voiture à cheval qui remontait péniblement les rues depuis le port et derrière laquelle les enfants couraient en riant. À la grande époque du commerce du marbre, un navire italien, le *Montebello,* assurait la liaison avec Trieste, desservant beaucoup d'îles en chemin. Le major aimait beaucoup ce bateau qui avait ses tarifs spéciaux, ses propres timbres et sa propre diligence qui s'en allait livrer le courrier jusque dans les villages reculés des montagnes.

En général, la distribution se faisait ainsi : le vieux secrétaire grec sortait sur le parvis au-dessus duquel trônait le sceau d'Abdülhamid, il lisait les noms un par un à haute voix, remettait les lettres à leurs destinataires, faisait un rappel pour les enveloppes qui n'avaient pas trouvé preneur, puis criait à la foule : « Allons, faites-vous connaître, les lettres sont là, qu'on vienne les prendre ! », puis, une fois tout le courrier distribué, annonçait à ceux qui restaient les mains vides : « Rien pour vous aujourd'hui, prochaine livraison mercredi matin par le bateau de Salonique ! », et retournait à son bureau.

Comme la contagion s'étendait, un employé équipé d'un pulvérisateur de lysol avait été placé à l'entrée de la poste. Une fois à l'intérieur, le major fut enchanté de constater que la grande horloge de marque Thêta était toujours suspendue au mur, comme dans son enfance.

Écoutant ses pas résonner dans la grande salle, il balayait du regard la foule devant les guichets, les comptoirs où s'accumulaient les documents, les lettres, les paquets. Il remarqua aussi, sur les tables basses qui flanquaient les hauts piliers, des écuelles remplies de vinaigre, qui répandaient dans la salle un parfum agréable. Le major, d'après ce qu'il avait compris des dires du docteur Nuri, croyait que c'était une mesure préventive contre le choléra. C'était d'ailleurs la seule mesure notable qui ait été prise. (Nous signalons à nos lecteurs qu'au moment où il formait ces pensées, le major se trouvait *par hasard* à l'endroit exact où s'était tenu Bonkowski Pacha juste avant de disparaître par la porte arrière du bâtiment.)

Dimitris Efendi, le directeur des postes, comme tout le monde dans la province, savait que le major était arrivé sur l'île à bord de l'*Aziziye*, de même qu'il n'ignorait rien des bruits qui couraient sur le mariage des trois filles de Mourad V. Et, lisant l'adresse indiquée sur la lourde et gracieuse enveloppe sigillée qu'il était en train de peser, il comprit qu'il avait entre les mains la lettre d'une fille de sultan, une lettre envoyée par une princesse sultane à une autre princesse sultane, et il se montra d'un soin extrême.

Le major avait envoyé beaucoup de lettres à Istanbul, depuis toutes sortes de cités portuaires de l'Empire. De port en port, un timbre à dix sous collé sur une vulgaire enveloppe faisait très bien l'affaire. Dans les gares des bourgades les plus reculées (au mont Athos, à Véria, à Elassóna), quand le fonctionnaire des postes n'avait plus de timbres à dix sous, il découpait délicatement un timbre à une piastre pour en coller la moitié sur l'enveloppe. Après avoir regardé la grille des prix, Dimitris Efendi demanda au major, en plus du tarif normal de vingt sous, un supplément d'une piastre pour le cachet recommandé de la lettre de Pakizê, et un autre d'une piastre également pour le certificat de réception.

Le major était intimement persuadé que l'épidémie serait bientôt sous contrôle et qu'ils ne tarderaient pas à remonter à bord de l'*Aziziye* pour poursuivre leur voyage vers la Chine : c'est ce qu'il expliqua à Pakizê afin de justifier qu'il n'avait pas jugé utile de payer pour un certificat de réception. Cet aveu plein d'ingénuité démontrera aux curieux qui auront le bonheur de lire les lettres de la princesse sultane que le jeune officier, à cet instant-là, était loin d'avoir la plus infime conscience du rôle éminent dont l'Histoire allait prochainement l'investir.

Le major Kâmil trempa le pinceau dans un bocal de glu qu'il étala ensuite délicatement au dos du timbre à une piastre, où le sceau d'Abdülhamid voisinait avec un croissant étoilé et d'élégantes arabesques bleues, et le colla sur l'enveloppe. Puis, Dimitris Efendi ayant mis deux coups de tampon sur le timbre, le major se dirigea vers l'horloge.

Il songea, s'en approchant, que c'était elle surtout qui l'attirait en ce lieu, et que chaque fois qu'exilé dans des villes lointaines il avait pensé à son île, la première image qui lui venait était toujours celle de l'horloge de la poste. Il ne savait pas très bien pourquoi. C'était peut-être que la première fois qu'il était entré ici, vingt ans plus tôt, son père, après lui avoir fait admirer le sceau d'Abdülhamid, l'avait conduit devant l'horloge de marque Thêta, un cadeau du sultan, avait-il expliqué sur un ton vibrant d'admiration et de gratitude, et lui avait montré que les chiffres sur le cadran, comme sur les timbres ottomans, étaient écrits à la fois en caractères arabes et en caractères européens. Car contrairement aux musulmans qui désignaient par le chiffre « douze » l'heure du lever du soleil et celle de son coucher, avait expliqué le père, les Européens situaient la douzième heure du jour à midi, quand le soleil était au zénith, comme on pouvait le lire sur l'horloge. Cela, le petit Kâmil le savait déjà, grâce aux cloches des églises, mais il ne savait pas qu'il le savait, et c'est sans doute pourquoi cette découverte lui causa un trouble qu'on pourrait qualifier de « métaphysique ». Deux horloges différentes pouvaient-elles désigner par deux chiffres différents le même instant du jour ? Et pourquoi le sultan, qui avait passé tout son règne à ériger des tours de l'horloge dans chaque province de son Empire, s'il voulait que toutes ces horloges indiquent partout la même heure, y faisait-il inscrire à la fois des chiffres arabes et des chiffres européens ?

Ce trouble « métaphysique » que le major Kâmil avait ressenti dans son enfance, il l'éprouvait à présent en lisant et relisant, comme chaque été, les pages jaunies de son vieux volume sur la Révolution française et la Liberté. En retournant au palais du gouverneur où il devait assister à la réunion sanitaire, le major Kâmil marcha longtemps dans les ruelles autour de la tour de l'Horloge, qu'on n'avait pas achevée à temps pour célébrer le vingt-cinquième anniversaire de la montée d'Abdülhamid sur le trône, errant là, comme quelqu'un qui s'est égaré, dans un état de torpeur abrutie et parfois d'enchantement.

CHAPITRE 18

La réunion du Conseil sanitaire de Mingher débuta le 1er mai, à quatorze heures, en présence de ses dix-neuf membres et de son président. Aucune épidémie digne de ce nom n'ayant frappé l'île depuis vingt-cinq ans, c'était la première réunion officielle de ce

Conseil dont l'existence, en temps normal, était purement virtuelle. Le chef de la communauté grecque orthodoxe, le très barbu Konstantinos Laneras, également pope de l'église Hagia Triada, et le haletant Istavrakis Efendi, pope de l'église Hagios Yorgos, avaient revêtu leurs plus belles soutanes, coiffes et étoles de cérémonie, et portaient chacun un énorme crucifix sur la poitrine.

La vie de l'île avait déjà donné l'occasion aux docteurs Élias et Nuri de rencontrer la quasi-totalité des membres du Conseil. Le gouverneur les réunissait dans cette même salle chaque fois qu'une querelle entre les communautés, à propos d'une fille par exemple, nécessitait d'écouter les doléances des deux parties, ou bien quand il s'agissait de sermonner quelqu'un à qui l'on voulait éviter la prison, ou encore lorsqu'il fallait couper des arbres pour prolonger les lignes du télégraphe jusqu'aux villages et que le gouverneur, jugeant nécessaire que les insulaires contribuent au budget, convoquait ces gens autour de son vieux bureau en bois et leur tenait un discours émouvant sur l'amour du sultan.

Les chefs des différentes communautés, les pharmaciens, les consuls, les officiers de la garnison, le gouverneur Pacha, tous étaient d'accord pour dire que les quartiers musulmans de l'ouest de la ville, du port jusqu'au sommet des collines, étaient complètement envahis par l'épidémie, et qu'il était nécessaire, si l'on voulait endiguer la contagion, d'isoler les quartiers de Ghermê, Tchitê et Kadirler par des cordons sanitaires, et ils le disaient ouvertement. Quatre à cinq personnes mouraient chaque jour dans ces quartiers-là, et pourtant les contaminés continuaient de se promener librement en ville.

L'autre sujet qui faisait l'unanimité, c'était que le meurtre de Bonkowski Pacha était un crime politique. Presque tous le *sous-entendaient,* mais aucun ne se risquait à montrer quiconque du doigt, personne n'accusait personne. Seul le consul de France, Monsieur Andon, en attendant le début de la réunion, avait déclaré aux autres consuls, aux secrétaires et aux popes qu'il s'agissait d'une attaque en règle des bigots fanatiques contre la médecine, la science et l'Occident. Si le gouverneur ne retrouvait pas les auteurs du crime et ses commanditaires dans les plus brefs délais, l'affaire serait perçue comme une provocation à l'égard des États européens, avait ajouté le consul de France sur un ton vindicatif.

Le détail des mesures que devait prendre le Conseil sanitaire de Mingher avait été télégraphié depuis Istanbul dans la nuit par le ministère de la Santé, lui-même instruit par la Commission sanitaire internationale de ces mesures dont la liste changeait et s'allongeait chaque jour. Il ne restait plus au Conseil qu'à les adapter à la situation de l'île, à les annoncer officiellement et à les faire appliquer.

Les vacances furent décrétées pour toutes les écoles, sans susciter le moindre début de polémique. Du reste, la plupart des familles n'envoyaient plus leurs enfants en classe. Seuls les gamins des familles pauvres et oublieuses traînaient encore dans les cours et les jardins. Quant à savoir quels services administratifs resteraient ouverts, lesquels réduiraient leur activité, on laissait cela à la discrétion des chefs de section des administrations concernées. On décida aussi qu'à compter du surlendemain matin de la réunion, tous les navires en provenance d'Alexandrie, d'Afrique du Nord, du canal de Suez, des îles voisines et de l'Orient en général seraient placés en quarantaine. Les passagers des bateaux qu'on considérait comme « infectés » attendraient cinq jours avant d'être autorisés à poser le pied sur l'île. Une quarantaine de cinq jours serait également imposée à tout navire voulant quitter Mingher.

Établir puis voter la liste des produits et articles qui seraient interdits d'importation et de vente sur l'île (comme on faisait pour le choléra) prit un temps fou. « Mon pacha, décrétons une interdiction en bloc, dit le taiseux Frangoulis, consul d'Allemagne, plus la liste des choses prohibées sera longue, plus vite l'épidémie sera endiguée. »

Le gouverneur s'étonna un instant de l'espèce de jouissance que les membres du Conseil, semblables en cela à beaucoup de bureaucrates et d'hommes d'État de sa connaissance, paraissaient trouver dans l'édiction d'interdits. Il en eut un haussement de sourcils. « Ne vous inquiétez pas, Frangoulis Efendi ! dit-il. Quand nous aurons couvert la ville d'affiches proclamant ce qui est défendu, les gens seront pris d'une telle peur qu'ils obéiront sans qu'il soit besoin d'envoyer la troupe, ni même le moindre policier ! »

La décision d'enterrer les morts sous le contrôle de la municipalité après les avoir recouverts de chaux suscita en revanche une vive polémique. Le vieux docteur grec Tasos Bey arguait que la mesure serait difficile à faire accepter, notamment chez les musulmans pauvres et fanatiques, il y aurait des empoignades, il faudrait faire escorter les médecins musulmans qui iraient dans ces quartiers-là non pas par les hommes de la police sanitaire, mais par les soldats de la garnison. Ainsi le médecin fut-il le premier à mettre sur la table la question d'un recours à l'armée. Étant lui aussi d'avis qu'un État incapable d'assainir une maison contaminée et de chauler un cadavre était un État impuissant, un État qui n'arrêterait jamais aucune épidémie, le gouverneur ne dit rien.

On décida que les effets personnels des morts seraient aussitôt désinfectés, ce qui, du reste, était un ordre d'Istanbul. Le prix du sublimé qu'on utiliserait pour la désinfection serait fixé par la municipalité, afin de prendre de court le marché noir. Il serait interdit de toucher les affaires des morts, de les récupérer, de les utiliser et de les vendre avant le passage des inspecteurs sanitaires, de même qu'il serait défendu d'entrer dans les maisons des morts avant qu'elles aient été désinfectées. Tous les fripiers devraient fermer boutique après stérilisation.

« Mais aurons-nous assez de pompiers ? de fonctionnaires ? de lysol et de produits désinfectants ? » demandaient, suspicieux et las, les consuls et les médecins, mais le pacha, faisant la sourde oreille à leurs questions comme à leurs objections, ordonnait aux secrétaires de continuer à enregistrer les interdictions sans se préoccuper des bavardages. On décida d'encourager la chasse aux rats, d'importer des pièges et des poisons de Smyrne, Salonique et Istanbul, et que la municipalité offrirait six piastres pour chaque cadavre de rat.

Quand il vit, à cette dernière annonce, les regards perplexes des membres du Conseil, le docteur Nuri déclara : « Empêcher la circulation des rats est un impératif absolu. » En Inde, leur expliqua-t-il, la vitesse de propagation de l'épidémie n'était pas tant liée à la rapidité avec laquelle les gens désertaient leurs villages qu'à celle des rats qui les suivaient dans leur fuite. Dans les régions où existait le chemin de fer, les rats montaient dans les trains avec leurs puces et la contagion s'étendait d'autant plus rapidement. À l'inverse, là où le peuple veillait scrupuleusement à se maintenir à distance des rats, où il se joignait à la traque menée par les autorités et où les navires étaient dératisés, la peste ralentissait sa marche et finissait par disparaître.

Le docteur Nuri leur rappela un autre fait : on avait découvert le microbe de la peste, mais le vaccin n'existait pas encore. Et les injections plus ou moins massives de sérum antipesteux qu'on avait commencé de pratiquer cette année sur les malades des hôpitaux de Bombay n'avaient donné aucun résultat réellement probant. Soit le patient infecté survivait (certains n'avaient même aucun symptôme), soit il mourait dans les cinq jours, tout dépendait de sa constitution. On avait en outre constaté que la maladie se transmettait aussi en l'absence de rats, la contagion se faisant alors d'homme à homme, par la salive, le sang, les expectorations, quoique ces cas fussent plus rares. Aussi, devant l'incertitude et l'horreur de la situation, et faute de médicament efficace, les médecins sanitaires même les plus savants, les plus modernes, étaient forcés d'avoir recours au vieux système du lazaret, imaginé par les Vénitiens quatre cents ans plus tôt, aux postes sanitaires, aux mesures d'isolement et aux sages préceptes de leurs pères. C'est pourquoi les Anglais, qui déclaraient la quarantaine et les cordons sanitaires « inutiles » à Londres, les avaient imposés à Bombay, à la force des baïonnettes.

Sentant que personne n'y comprenait plus rien, le docteur Nuri décida de leur faire une petite démonstration. Le gouverneur venait de se servir d'un fumigateur pour désinfecter une lettre apportée par un secrétaire. L'objet, un vieux modèle, passait de main en main ; le docteur Nuri s'en saisit et fit mine de l'utiliser (il en possédait lui-même une version raffinée, acquise des années plus tôt à Paris, dans la célèbre galerie Colbert).

« Voyez, comme tout le monde je soumets aux fumigations le papier qui arrive de la poste, le journal que j'achète, et parfois la monnaie que j'ai dans ma poche, dit le docteur Nuri. Or la dernière Conférence sanitaire internationale de Venise a décrété l'inutilité de désinfecter ou de fumiger le papier, les lettres et les livres, quand bien même ils proviendraient d'un lieu infecté. Mais aux malades, aux désespérés qui hantent les cours des hôpitaux, à tous ceux qui veulent garder espoir, jamais je ne dirai : "Vos fumigations ne servent à rien !" Et je vous prie, messieurs, de ne jamais le dire ! Si vous le faisiez, ils ne croiraient plus à la désinfection. » (« Ils ne croient qu'à leurs papiers de prière et à leurs amulettes ! » s'exclama quelqu'un en français.)

Pour illustrer l'incertitude glaçante dans laquelle la médecine se trouvait sur ces questions, le docteur Nuri leur raconta l'effroyable histoire d'un médecin chinois de Hong Kong : l'homme, voulant démontrer que les rats et les puces étaient les seuls vecteurs de la peste et qu'il n'existait aucun autre moyen d'être contaminé, avait passé une nuit entière dans le dortoir des pestiférés de l'hôpital Tung Wah et, malgré l'absence de rats et de puces dans cet hôpital réputé « propre », il était mort de la peste trois jours plus tard.

Le docteur Nuri vit l'effroi et le désespoir se graver sur les visages. « Je pense aussi que plonger les pièces de monnaie dans du vinaigre ne sert strictement à rien, reprit-il. Néanmoins, certains médecins de Hong Kong continuaient de tremper le bout des doigts dans le vinaigre avant de prendre le pouls des malades. Toutes ces précautions ne sont pas entièrement inutiles, et elles redonnent de l'espérance aux malades comme aux médecins. Là où l'espoir a disparu, vous aurez beau envoyer tous les bataillons que vous voulez, non seulement vous ne réussirez pas davantage à faire respecter les interdictions, mais pis, vous découragerez la population de croire aux bienfaits de ces mesures, et la quarantaine ne pourra jamais s'appliquer. Notre tâche n'est pas d'inculquer la quarantaine au peuple contre son gré, elle est de lui enseigner l'art de se protéger de lui-même.

— Les soldats ne servent donc à rien, dites-vous ? s'exclama le consul d'Allemagne d'un ton moqueur. Est-ce qu'un peuple écoute s'il n'entend pas tonner le fusil ?

— S'il n'a pas peur des soldats, le peuple ne respecte rien, renchérit le consul de France. Sans imposition féroce des cordons sanitaires et des interdictions, les gens de Tchitê, de Ghermê ou de Kadirler agresseront le premier médecin chrétien qui passera devant leur porte – pourvu que ledit chrétien n'ait pas eu l'intelligence de cacher son sac de médecin. Vous avez très bien fait de jeter Ramiz en prison. Ne l'en faites plus jamais ressortir ! »

Le gouverneur pria les consuls de ne pas juger hâtivement un couvent, une communauté ou même un individu (il avait dit « jugement hâtif » en français), puis leur assura qu'il ne servait à rien de s'affoler, que toutes les mesures nécessaires seraient prises.

« Eh, dans ce cas vous auriez déjà dû bloquer les quartiers de Kadirler, Tchitê et Ghermê, reprit le consul de France. Ils sortent de chez le pestiféré habillés avec les hardes du mort et s'en vont gaiement se mêler à la foule sur l'avenue Hamidiye, les ponts, au bazar, dans les boutiques, le long du port… Si vous n'y mettez pas sur-le-champ un cordon, dans une semaine on ne trouvera plus un habitant de l'île sans le microbe de la peste !

— Peut-être l'avons-nous tous déjà, ce microbe », dit le pope Istavrakis Efendi, et il se signa en commençant à marmonner une prière.

« Le cheikh Hamdullah ne distribue ni papiers de prière ni amulettes ! Contrairement aux faux hodjas, lui n'a jamais barbouillé les mains et le torse d'un pauvre malade avec un pinceau, soyez-en sûrs ! » s'écria le gouverneur indigné.

Puis il leur affirma qu'il contrôlait étroitement le cheikh, et les consuls furent un peu rassurés de l'entendre partager avec eux ce lourd secret. « Demain, lorsque les mesures seront proclamées, vous aurez le plaisir de voir le peuple se plier de bon cœur aux entraves de la quarantaine, reprit le gouverneur. Six personnes sont mortes hier, cinq musulmans et un grec. Mais notre politique fera bientôt baisser ce chiffre. Comme à Smyrne.

— Et que se passera-t-il, excellence gouverneur Pacha, si le peuple n'observe pas les règlements, s'il n'obéit pas aux consignes ? Les soldats lui tireront-ils dessus comme sur les hadjis ? » demanda le consul de France.

Le gouverneur Sami Pacha profita de l'occasion pour communiquer à l'assemblée le contenu du billet qu'il avait reçu à l'instant, celui qu'il s'était amusé à fumiger longuement (ainsi avait-il voulu cacher la triste nouvelle) :

« Messieurs, je suis au regret de vous annoncer que votre très cher et estimé confrère de Salonique, le jeune docteur Alexandros Bey, est tombé malade et vient de rendre l'âme. La cause de sa mort…

— C'est la peste, évidemment…, le coupa Nikos, le directeur sanitaire.

— Et si vous aviez accepté que c'était elle depuis le début, le médecin sur lequel vous versez maintenant vos larmes ne serait peut-être pas mort ! s'exclama le consul de France.

— Eh quoi, messieurs, ce n'est pas de la faute de l'État si la peste existe ! » rétorqua le gouverneur.

Les disputes n'en finissaient plus. « Je vous propose que nous continuions demain matin ! » dit le gouverneur, désireux de mettre fin à la réunion que la panique était en train de gangrener, puis il se leva brusquement de son siège, s'éloigna de son pas court, quoique vif, et sortit par la grande porte.

CHAPITRE 19

En quittant la salle, le gouverneur jeta un œil à la collation qu'on préparait dans la pièce voisine, où les huissiers du palais, devinant que la réunion se prolongerait jusque tard dans la nuit, avaient sorti des lampes à gaz qu'ils coiffaient de globes en forme de poire, finement ciselés de motifs floraux et végétaux, tandis qu'on disposait pour les membres du Conseil les pains aux olives et au thym que le lieutenant de la garnison avait fait cuire par ses soldats. En bas des escaliers, une foule de secrétaires, gendarmes, attachés consulaires, gardes, journalistes, soldats et jeunes popes patientait dans la cour intérieure. Certains étaient assis sur les chaises alignées le long du mur, les autres attendaient debout, tout nimbés du nuage de chlorure de carbone que des pompiers un peu trop zélés pulvérisaient allègrement sur les hôtes.

Une fois installé dans son fauteuil, le gouverneur parcourut les notes que les secrétaires avaient laissées sur son bureau ; plusieurs personnalités appartenant à l'élite de l'île, musulmane comme chrétienne, imploraient son aide pour trouver une place libre sur les navires qui quittaient le port. Le gouverneur en déduisit que les billets étaient épuisés, les bateaux pris d'assaut, qu'une véritable émigration était en cours, et la panique l'envahit. Les quémandeurs se pressaient déjà dans la cour, domestiques des notables, portiers, commis, concierges, ils étaient tous là, à sa porte, réclamant des tickets de départ.

Le gouverneur consulta ensuite le télégramme posé sur son bureau. Il n'eut pas besoin de le faire déchiffrer pour deviner de quoi il s'agissait : c'était sa femme, elle annonçait son arrivée prochaine sur l'île. Mais comment la nouvelle de la mort de Bonkowski Pacha et celle de l'épidémie avaient-elles pu parvenir aussi vite jusqu'à Üsküdar ? Ou bien voulait-elle, sa femme, drapée dans une posture héroïque, le convaincre qu'elle n'abandonnerait pas son mari seul au milieu de la tourmente ? L'espace d'une seconde, le pacha revit le calme et doux visage de son épouse.

Il avait été nommé gouverneur de Mingher cinq ans auparavant. D'origine albanaise, Sami Pacha, dans sa jeunesse, avait atterri par hasard en Égypte, où il avait connu une ascension rapide et habile en se mettant au service de la famille du khédive, exerçant entre autres les rôles de secrétaire, aide de camp, traducteur (il parlait français), puis il avait été appelé à Istanbul pour être recruté comme fonctionnaire de l'État ottoman, et envoyé faire le sous-préfet, le préfet puis le gouverneur dans diverses provinces, dont celles d'Alep, Antioche et Beyrouth. Quinze ans plus tôt, à l'époque du premier vizirat de Kâmil Pacha, son amitié avec le haut dignitaire d'origine chypriote lui avait permis d'entrer au gouvernement, puis, brutalement tombé en disgrâce pour une raison dont il ne réussit jamais à percer le mystère, il avait été démis de toutes ses fonctions ministérielles et commencé d'être envoyé en province. Mais comme il était persuadé que le sultan finirait par pardonner l'énigmatique péché qui avait causé sa déchéance et que ce n'était qu'une question de temps avant qu'on le rappelât à Istanbul pour lui confier un poste important, le pacha, comme beaucoup de gouverneurs ottomans coutumiers de ce genre d'humiliations en cascade, à chaque nouvelle affectation à l'autre bout de l'Empire que lui infligeait la Chancellerie, se disait que cela tenait moins à son manque de réussite dans le poste précédent qu'au fait qu'Abdülhamid avait purement et simplement oublié son existence.

Quand Sami Pacha fut nommé gouverneur de la province de Mingher, sa femme Esma refusa de le suivre. Leur couple était déjà éprouvé par ses mutations à répétition. Les emménagements, les déménagements, les départs de dernière minute alors que la nouvelle maison venait à peine d'être meublée à grands frais, la tristesse et la solitude de la vie dans une ville perdue où l'on parlait à peine turc, tout cela avait fini par épuiser Esma et, quand l'heure fut venue de se rendre à Mingher, elle déclara : « De toute façon ils nous enverront ailleurs avant même que nous soyons arrivés », et resta à Istanbul. Le pacha, étonnamment maintenu dans son poste pour la cinquième année consécutive, avait senti se creuser la distance qui le séparait de son épouse et, comme il ne supportait pas la solitude, il avait entamé une liaison avec Marika, veuve et professeure d'histoire au lycée grec, liaison « secrète » qui alimentait les ragots de toute l'île.

Le gouverneur envoya à sa femme et ses deux filles un télégramme crypté leur rappelant qu'elles lui manquaient terriblement et qu'en aucun cas elles ne devaient venir sur l'île. Seul dans son bureau, il attendit que la nuit tombe. Le port et les quais grouillaient de gens en quête de billets, d'un bateau pour quitter l'île. Après avoir patienté encore jusqu'à être certain que la foule et les calèches s'étaient dispersées loin de la place du Vilayet, il quitta le palais par la porte de service. Les rues sentaient le crottin de cheval frais. (Comme la plupart des insulaires, le gouverneur aimait cette bonne odeur.) Du fait de la nonchalance proverbiale des employés de la municipalité, les becs de gaz n'étaient toujours pas allumés sur l'avenue ; même s'ils l'avaient été, personne ne l'eût reconnu dans la pénombre.

Le pacha croisa des femmes qui ramenaient leurs enfants à la maison, des vagabonds qui faisaient la manche devant les bazars, des marcheurs solitaires qui se parlaient à eux-mêmes, des vieillards avec les yeux comme des fontaines, qui pleuraient toutes les larmes de leur corps. Sur la porte de chez Dafni, un panonceau indiquait que les pièges à rats commandés à Smyrne étaient arrivés, mais le magasin n'avait pas ouvert de la journée. Le pacha ne s'étonna pas du nombre impressionnant d'échoppes qu'il découvrait plongées dans le noir, la porte fermée à clef ; il savait par ses mouchards que certains commerçants rusés, bouchers ou épiciers, avaient vidé leurs boutiques avant l'arrivée des médecins sanitaires, ou que d'autres, typiquement les vendeurs de tapis et les merciers, cachaient leur marchandise en lieu sûr. Les gargotes en revanche restaient ouvertes, diffusant dans les rues un parfum de bouillon de viande et d'huile d'olive. Les quais étaient envahis par une foule ordinaire de badauds, chômeurs, vieillards désœuvrés, comme si la faune du port, ignorant ce qui agitait le reste de la ville, devait ne jamais rien changer à ses habitudes. Ou peut-être était-ce la peur qui les rassemblait, mais de panique le gouverneur ne vit aucune trace. La présence des deux gardes qui le suivaient l'avait trahi, il était reconnu. On savait que le pacha aimait se promener en ville à cette heure du soir où la nuit n'est pas encore noire.

Une calèche ordinaire l'attendait dans l'ombre sur la place Chrysopolitissa, conduite par Zakaria, le vieux cocher du gouverneur. La pharmacie de l'intrigant Nikephoros était fermée. Un policier en civil surveillait la place, le gouverneur en était certain, mais où le diable d'homme était-il passé ? Le contrôleur général Mazhar Efendi, bureaucrate talentueux et loyal, avait très bien éduqué ses policiers et ses espions. C'était grâce à lui, Mazhar Efendi, l'homme qui châtiait les bavards, que le scandale inouï de sa relation avec Marika n'avait pas encore viré à l'incident diplomatique international, et le gouverneur le savait. Parfois, il imaginait que Mazhar Efendi était en contact télégraphique direct avec la Chancellerie, sinon avec Abdülhamid lui-même.

Le pacha monta dans la calèche au coin de la place. En vérité, le trajet était si court qu'il était strictement inutile de prendre une voiture. Mais en hiver, quand la pluie transformait les rues en champs de boue, la veuve interdisait au pacha d'entrer avec ses bottes, et ainsi l'habitude de venir chez elle en calèche s'était-elle étendue à l'été. La voiture tourna à l'angle du domaine des Mimiyanos, une des riches familles grecques de l'île, pour continuer dans les petites rues du quartier de Pétalis, mais au lieu de s'arrêter au coin protégé des regards par l'ombre des châtaigniers, comme à l'ordinaire, elle se gara sur la place bordée de tavernes, face à la mer, où le gouverneur descendit.

La Romantika et deux autres tavernes étaient fermées, on aspergeait d'un mélange au lysol les clients qui entraient chez Bouzoukis. Il marcha jusqu'à la maison de Marika sans prêter attention aux regards qui l'avaient reconnu.

L'espace d'un instant, songeant à la gravité de l'épidémie de peste, aux jours tragiques qui les attendaient, à la proximité terrifiante de la mort, le pacha sentit la mesquinerie, l'infamie même, qu'il y avait à se cacher comme un voleur pour protéger une liaison « secrète » dont il supposait, à juste titre, qu'elle ne l'était plus pour aucun habitant de l'île. Ensuite, comme à son habitude, il entra par la porte du jardin, à l'arrière de la maison, sentit qu'on l'observait depuis le poulailler à peine replongé dans le silence après une brusque et courte cacophonie caquetante qui disait la peur du renard, puis, au moment où il s'approchait de la maison, la porte de la cuisine, comme d'habitude, s'ouvrit d'elle-même sans un bruit. L'odeur de pierre mouillée, de moisi et d'humidité qui saisissait ses narines chaque fois qu'il entrait dans la cuisine de

Marika choquait toujours un peu le gouverneur. C'était l'odeur de l'amour et de la culpabilité.

Ils s'embrassèrent fougueusement. Puis ils passèrent dans la pièce voisine et commencèrent à faire l'amour dans la pénombre. En général, dans l'acte charnel, le gouverneur Pacha éprouvait une sorte de gêne à s'abandonner, cela lui semblait excessif, il éprouvait le besoin de ralentir le rythme, de se sentir maître de la situation, tel un homme d'État. Or ce soir-là, il serra Marika de toutes ses forces, comme un enfant qui retrouve sa mère après l'avoir perdue dans la foule ! Au terme d'une journée pareille, ce n'était plus la débauche qui l'effrayait, c'était la solitude. Il fit longtemps l'amour avec Marika, il y mit toute son âme.

« Beaucoup de familles d'Ora et de Flizvos ont fermé leur maison et sont parties, dit Sami Pacha quand ils s'installèrent à table. Le fils de Nadji Pacha, celui qui est à Smyrne, avait demandé à l'intendant de leur ouvrir la maison des Hauts de Turunçlar, il a envoyé un télégramme pour annuler. Même son de cloche chez les Angélos, qu'on voit à chaque printemps. Maintenant, ils veulent des billets pour leurs neveux. Le magnat de la pierre, Sabahaddin, lui aussi veut partir, il réclame après son ticket. »

Marika lui raconta alors l'histoire de la bru des Karkavitsas, une riche famille de Salonique qui exploitait une carrière de pierre deux rues plus haut : comme chaque année, elle s'était installée dans la somptueuse villa, un véritable palais, qu'elle faisait ouvrir pour elle à l'approche de Pâques, puis elle était descendue en ville avec son majordome et sa sœur pour faire des courses chez les vendeurs d'épices du Vieux Bazar, dont elle raffolait, ainsi que chez Arif, le célèbre herboriste, et Zofiri, le pâtissier. Mais après être entrée chez un volailler et avoir découvert le patron qui somnolait, prostré dans un coin de sa boutique, l'air abruti, avec un énorme bubon sur le cou, elle était remontée en courant dans son quartier, avait fermé sa maison et le lendemain matin, elle était sur le bateau pour Salonique.

« Elle n'a pas pu partir, dit le gouverneur. Je le sais parce qu'ils m'ont demandé de l'aide, ils ne trouvaient plus aucun billet, ni chez la Lloyd, ni auprès des Messageries. Et pourtant ces familles sont en bien meilleurs termes que moi avec les consuls. »

Ils se turent un moment. Il y avait chez Marika une sorte d'ingénuité solennelle. Grande de taille, la quarantaine passée, elle avait le teint pâle, comme la mère du gouverneur, mais ses cheveux étaient bruns, longs et bouclés. Son nez était racé, droit, fin, un nez bien à elle. Parfois Sami Pacha regardait seulement son beau nez.

« Le poulet et les prunes sont du jardin, dit Madame Marika en posant devant le pacha l'assiette qu'elle avait gardée à part, et la farine a été livrée du fournil de la garnison il y a plus de dix jours. Les brioches de la garnison sont merveilleuses. La peste se transmet-elle aussi par la nourriture, mon pacha ?

— Je n'en sais rien ! répondit le gouverneur. Dommage que tu aies découpé le poulet ! » ajouta-t-il, tel un sage au soir d'une journée trop sanglante. Puis, avec une franchise dont il fut le premier étonné, il confia à la femme ce qui lui trottait dans la tête.

« Dans quelques jours commencera notre quarantaine. Si nous y renonçons, les Anglais et les Français exigeront cinq jours d'isolement pour tous les passagers, toutes les cargaisons des navires qui entreront et sortiront du port, comme ils ont fait à Smyrne, on peut en être certain. Après quoi quitter l'île deviendra une affaire autrement compliquée, et coûteuse. Une fois la quarantaine instaurée, les compagnies réduiront le nombre de navires. Au demeurant, ceux qui pensent comme moi ont déjà pris les agences d'assaut, on ne trouve plus un seul billet à vendre. Mais j'ai pris trois places pour toi, ton frère et ta sœur, sur le bateau pour Salonique. Il part demain midi. »

En réalité, il n'avait réservé aucun billet, mais on en trouvait toujours trois ou quatre qui traînaient.

« Je ne comprends pas, mon pacha.

— Madame Marika, si demain est trop tôt, un autre bateau partira dans deux jours, je crois, le dernier avant la quarantaine.

Si tu veux, je me procure tout de suite des billets pour celui de la Pantaleon.

— Mais vous, mon pacha ? Quand nous rejoindrez-vous ?

— Enfin, qu'est-ce que tu dis ! C'est moi le pacha ici, et je le resterai jusqu'au bout ! »

Il profita du silence pour essayer de lire l'expression de son visage, mais dans l'ombre il ne voyait pas bien.

« Ma place est à vos côtés.

— Allons, ce n'est pas une plaisanterie ! s'écria le gouverneur. Ils ont tué le grand Bonkowski Pacha.

— Qui l'a tué, d'après vous ?

— Bien sûr, il peut toujours s'agir d'un malheureux hasard. Mais ceux qui espèrent que la peste se répandra et que les musulmans et les chrétiens se taperont dessus, pour ensuite passer à l'action, ces salauds-là existent, et la preuve c'est qu'après Bonkowski Pacha ils menacent maintenant le docteur Élias. Le pauvre homme ne se sent plus en sécurité en ville.

— Moi je n'ai pas peur quand je suis avec vous, mon pacha.

— Eh bien, tu devrais ! dit le gouverneur en posant sa main sur le genou de son amante. Les consuls, les commerçants, nos hodjas, tous vont s'opposer aux mesures sanitaires. L'épidémie grandira, je le vois bien. D'un côté il faudra lutter contre la peste, et de l'autre faire la chasse aux assassins.

— Ne soyez pas pessimiste, mon pacha. Moi j'obéis à vos décrets, je prends garde à ce que je mange. Ma porte est fermée à clef, je ne fais entrer personne, tout ira bien.

— Mais tu laisseras entrer le livreur de pain, le porteur d'eau, ton frère, ta nièce, celui qui apporte quelques prunes, l'autre qui amène trois cerises, et si ce n'est pas eux ce sera le gamin des voisins parce qu'il te fait pitié. Et moi, me feras-tu entrer ? La peste peut passer la porte avec moi !

— Mon pacha, la maladie qui vous contamine, je la veux aussi. Plutôt mourir que de vous fermer ma porte dans un mauvais jour !

— Ce sera peut-être l'apocalypse, ce jour-là, dit le pacha sur un ton impitoyable. Le jour de l'apocalypse la mère ferme la porte à son fils, la fille à son père, l'épouse à son mari, c'est écrit dans le saint Coran…

— Je ne suis pas loin de regarder votre véhémence comme une insulte, mon pacha.

— Ah, je savais que vous diriez cela.

— Alors pourquoi tenez-vous tant à me briser le cœur avec vos sous-entendus ? »

Dans cette dernière phrase, le gouverneur se rassura d'entendre, moins que de la colère, l'annonce d'une des petites chamailleries dont ils avaient l'habitude. Si Marika avait été musulmane, il aurait pu en faire son épouse locale, sans même en informer la première restée à Istanbul, comme c'était l'usage chez certains préfets de province. Mais le pacha occupait un rang élevé dans la bureaucratie ottomane. D'autre part, et plus essentiellement, les plaintes des consuls et des ambassadeurs à propos des chrétiennes converties « de force » se multipliant depuis quelques années, leurs protestations croissantes avaient transformé le sujet en un problème politique qui ne laissait pas d'indisposer Istanbul et, par conséquent, d'effrayer le pacha.

« Ah, mon pacha, que deviendrons-nous ? Quel péché avons-nous commis ? Et que faire ?

— Écoutez ce que je vous dis, écoutez la voix de l'État, et obéissez. Ne croyez pas les rumeurs. L'État est maître de la situation.

— Si vous saviez tout ce qu'ils racontent…, soupira opportunément Marika.

— J'écoute ! répondit le gouverneur d'un air militaire.

— Que c'est Bonkowski Pacha qui aurait apporté la peste. Et que maintenant, parce qu'il a été assassiné, la peste erre en ville comme un enfant abandonné. Que des gens vont mourir encore.

— Quoi d'autre ?

— Certains, hélas, s'entêtent à dire qu'"il n'y a pas de peste". Même des grecs.

— Cela m'étonnerait, à présent. Quoi d'autre ?

— Il y en a qui disent que la peste est arrivée avec l'*Aziziye* ! Les rats ont sauté dans la chaloupe.

— Quoi d'autre ?

— La fille du sultan serait très belle ! Est-ce vrai ?

— Ma foi, je n'en sais rien ! dit le pacha comme s'il se refusait à divulguer un secret d'État. D'ailleurs, aucune femme n'est plus belle que vous. »

CHAPITRE 20

Le lendemain matin, au début de la réunion, Sami Pacha leur présenta la petite salle de travail qu'on avait décidé d'ouvrir la veille au soir. Cette pièce attenante au bureau du gouverneur serait dédiée, comme l'exigeait l'épidémiologie moderne, au recensement quotidien des morts et des maisons infectées, avec une carte pour en reporter l'emplacement, devant laquelle on déterminerait quels quartiers, quelles rues devraient être isolés par des cordons sanitaires.

Le pharmacien Nikephoros en profita pour demander au gouverneur, avec une politesse extrême, qu'il lui restituât enfin la bannière de sa pharmacie. « Je suis présent aux réunions et ne m'y déroberai pas, comme vous le vouliez, vous avez ma parole, dit-il.

— Vous faites décidément un bel entêté, Nikephoros Efendi, répondit le gouverneur en ouvrant l'unique armoire de la petite pièce. Et voilà ! s'exclama-t-il en dépliant le calicot devant les membres du Conseil. Regardez-moi ça ! »

Le docteur Nuri, le major, le contrôleur général, les popes, tous regardèrent un instant le drap rouge rosé sur lequel se détachait une rose de Mingher finement brodée. Le gouverneur scrutait leurs réactions.

« Tout le monde semble aimer votre étendard, Nikephoros Efendi ! conclut-il en repliant le calicot.

— C'était aussi le cas de Bonkowski Pacha, répondit le pharmacien.

— Vous récupérerez votre toile, tout est consigné dans les archives du registre fiscal. Mais, même si je le voulais, je ne pourrais vous la rendre aujourd'hui. J'attendrai le jour où nous célébrerons notre victoire sur la peste, et vous la restituerai alors en mains propres, devant la foule réunie. Nos hodjas, nos popes et nos soldats ici présents m'en sont témoins.

— Comme il vous plaira, excellence, soupira Nikephoros.

— Ce calicot vous appartient, en effet... Mais la rose de Mingher est celle de tout un peuple. »

Les historiens se disputent âprement pour savoir si, par l'expression « tout un peuple », le gouverneur Sami Pacha entendait l'ensemble des habitants de l'Empire ottoman, ou bien seulement les insulaires.

Après avoir remis le calicot dans l'armoire, le gouverneur Sami Pacha s'assit à la place qu'il occupait habituellement dans les réunions et se dépêcha de faire inscrire et voter les diverses résolutions prises par le docteur Nuri et le docteur Élias. Une partie de la Forteresse – une grande cour et une aile du bâtiment – serait transformée en poste de quarantaine, de nouveaux cimetières seraient créés à l'extérieur de la ville, on prendrait des dispositions pour protéger les maisons vidées de leurs habitants, entre autres mesures. Certaines de ces décisions prises à la hâte bouleverseraient le destin des quartiers d'Arkaz, elles auraient une influence décisive sur l'histoire de l'île. Le jour de l'annonce officielle, la prohibition des « rassemblements publics » et l'interdiction d'être « plus de deux personnes côte à côte », notamment, devaient provoquer la stupeur de la population.

« Interdit-on aussi les prières du vendredi, et les sermons de ces prédicateurs tant aimés des foules ? demanda le consul russe Mikhaïlov.

— C'est en notre pouvoir, néanmoins il est trop tôt pour trancher, répondit le gouverneur. Quel médecin, quel prétexte, je vous le demande, pourra arrêter le croyant qui va seul à la mosquée, fait correctement ses ablutions et prie sans effleurer personne ?

— Ces vieux tapis sont un nid à maladies de toutes sortes ! » s'exclama une voix, d'un ton à moitié moqueur, à moitié indigné.

« Si cela est nécessaire, la communauté grecque orthodoxe suspendra les messes dominicales, dit le pope Konstantinos Efendi. Les fidèles l'accepteront. »

Depuis le début de l'épidémie, les églises étaient encore un peu plus désertes que d'habitude. Les mosquées, en revanche, étaient plus bondées que jamais. Et les enterrements rassemblaient des foules énormes.

« Mais si la maladie sévit du côté de la Jetée de pierre, dans les baraques des réfugiés de Crète, pourquoi fermer ma boutique de linge à Eyoklima ? demanda le consul de France, Monsieur Andon.

— Parce que tu es à deux pas de la garnison ! » s'écria quelqu'un, mais personne ne réagit et le sujet fut clos.

Les consuls profitaient de la réunion pour s'informer auprès des secrétaires de la situation commerciale et sanitaire en ville. Les nombreuses incompréhensions entre les membres du Conseil, encore alimentées par les accusations, les griefs, les rancunes des commerçants, dont la susceptibilité outrancière déformait tout en rumeurs infondées, se propagèrent instantanément dans toute la cité.

On débattait surtout de ce que les pauvres, les musulmans et les réfugiés de Crète, bien qu'ils eussent, et de loin, le taux de décès le plus élevé, continuaient de cacher leurs morts par crainte que les médecins sanitaires ne débarquent chez eux, ferment leurs maisons et confisquent leurs marchandises, voire y mettent le feu.

« Les musulmans sont très soucieux de leurs morts et, comme vous l'avez noté, très à cheval sur leurs funérailles, dit le gouverneur pour contrer l'hostilité à l'égard de ses coreligionnaires. Jamais l'insulaire n'enterrera un parent en pleine nuit comme un voleur, sans avoir lavé le corps ni fait dire de prières.

— Si son excellence veut bien faire apprêter son landau blindé, je la conduis sur-le-champ du côté de la Jetée de pierre, en contrebas du collège militaire, elle verra ! lança le consul de France.

— Nous sommes au courant, merci, répondit le gouverneur. Vous y étiez en promenade hier soir avec Leonidis, le vice-consul de Grèce. Mais ceux dont vous parlez sont des expatriés, pas des insulaires.

— Avez-vous vu le Crétois qui sort la nuit semer la peste avec son panier rempli de rats morts ? » lança le consul anglais, Monsieur George, dont l'ironie était fameuse et ne capitulait jamais. (Il était vraiment anglais et vraiment consul.)

« Tant de gens y croient que je finirai volontiers par y croire.

— Nous savions que la peste était l'œuvre du diable, mais nous ignorions qu'il était crétois !

— Autrefois, lorsque la peste se déclara à Florence et à Marseille, dit le docteur Nuri, les notables de ces villes, jeunes comme vieux, constatant l'impuissance et la passivité des princes, des gouverneurs, de l'État, se portèrent volontaires pour sauver leur ville, et ils allèrent eux-mêmes inspecter chaque maison. Ces hommes héroïques, prêts à se sacrifier non pas pour leur propre salut, mais pour celui de toute leur cité, ces héros, disais-je, l'île de Mingher en compte aussi.

— Comme le docteur Alexandros de Salonique, par exemple ?

— Des hommes prêts au sacrifice, nous en avons peut-être, oui. Mais personne ne se portera volontaire dans un tel climat d'hostilité.

— Le gouverneur peut bien faire ce qu'il veut, on aura du mal, aujourd'hui, à trouver un musulman qui se sacrifie pour un chrétien, ni de chrétien se sacrifiant pour un musulman. Qu'y songent ceux qui nous ont mis là, qu'ils y songent bien !

— Les volontaires musulmans iront dans les quartiers musulmans, les grecs dans les quartiers grecs, répondit calmement le consul anglais.

— La deuxième solution, c'est celle que les Anglais appliquent en ce moment avec succès en Inde.

— Les Anglais ont triomphé de la peste en Inde ? Nous sommes heureux de l'apprendre…

— C'est qu'ils recrutent les volontaires à la baïonnette !

— Non, Monsieur, rétorqua le docteur Nuri, en souriant, au consul Mikhaïlov. C'est que là-bas, ce ne sont pas des volontaires qui inspectent les maisons, mais les soldats. »

Il y eut un silence. « Nos troupiers arabes n'entreront dans aucune maison », reprit le consul de Russie.

Après l'épisode du bateau du hadj, Abdülhamid avait démobilisé les quatre compagnies de l'île et leurs officiers pour les disperser aux confins de l'Empire, et envoyé à leur place deux compagnies de la Cinquième Armée, basée en Syrie, composées de soldats arabes qui ne parlaient pas turc. Le lieutenant qui commandait ces hommes avait pour ordre de ne pas se mêler de la politique insulaire ni des mesures sanitaires, seulement de traquer les bandes grecques qui écumaient la montagne.

« Ne soyons pas si pessimistes ! s'exclama le gouverneur. Il ne s'agit en aucun cas que les soldats pénètrent dans les maisons. Leur rôle est seulement de monter la garde dans les rues, fusil à l'épaule, et de s'interposer en cas d'émeute. Mais nous leur fournirons de la poudre, nous leur donnerons des munitions !

— Et que se passera-t-il si ces soldats, qui ne parlent que l'arabe, se mettent eux aussi à canarder la foule par erreur ? s'écria le consul de France.

— C'est précisément dans le dessein de transformer le contingent de volontaires sanitaires de la province de Mingher en une véritable organisation militaire que son altesse, dans sa grande clairvoyance, a dépêché sur l'île le major Kâmil ! dit le gouverneur en désignant ce dernier d'un geste emphatique. Ce jeune et courageux officier est désormais parmi nous ! »

Le major, qui était assis dans un coin le long du mur, au milieu des secrétaires et des soldats, se leva une seconde de sa chaise pour saluer le Conseil sanitaire, tout rouge de gêne. Son grade était décidément bien misérable pour son âge, songea-t-il un instant. Il se rassit avec celui de Commandant de la brigade sanitaire de

Mingher. Étant donné l'urgence de la situation, on décida de procéder sur-le-champ au recrutement de cette unité spéciale.

« Istanbul a déjà prévu les subsides qui paieront la solde de notre armée de volontaires ! mentit le gouverneur.

— Mais ces subsides, excellence, vous savez comme nous qu'ils n'arriveront jamais ! » répondit courageusement Monsieur George. Ce faisant, il venait de dire tout haut ce que les participants à la réunion pensaient tout bas. Car personne n'en parlait ouvertement, mais tous avaient le sentiment qu'Istanbul et, hélas, son altesse en personne, ne pensaient d'abord qu'à eux-mêmes. Le gouverneur, sentant croître l'inquiétude et la défiance, tenta de les évacuer en quelques paroles solennelles. « À la vérité, messieurs, empêcher que la maladie, transportée par les passagers qui quitteront la province de Mingher sur les navires réguliers comme sur les bateaux spécialement affrétés, ne s'étende demain à Istanbul, dans tout l'Empire et même jusqu'à l'Europe, telle est la responsabilité humaine et sacrée qui échoit au peuple de cette île et à laquelle nul d'entre nous ne saurait se soustraire ! »

Il n'avait pas fini son discours que le gouverneur sentait déjà une sorte de protestation émaner du silence qui l'accueillait. À vrai dire, lui-même protestait en son cœur, quoique sans en avoir tout à fait conscience. Non, il fallait se rendre à l'évidence, ce n'étaient pas les Minghériens que les restrictions sanitaires prônées par Istanbul voulaient protéger en premier lieu, mais bien l'État.

Le gouverneur faisait souvent les frais de la sourde colère qui couvait contre Istanbul. Néanmoins, ce jour-là, et malgré l'insistance des consuls et des médecins, la réunion ne parvint pas à lui arracher la mise sous cordon sanitaire des quartiers musulmans, ni des rues les plus infectées, celles où vivaient les réfugiés de Crète. La cause en était sans doute, ainsi pensaient les membres du Conseil sanitaire, la peur que le gouverneur avait du cheikh Hamdullah, dont il avait jeté en prison le beau-frère Ramiz, de sa colère et de ce qu'il sabotât la quarantaine.

Istanbul leur rappelait également qu'il était nécessaire, en cas de manque de produits désinfectants, de brûler les logements les plus contaminés. Le gouverneur nommerait donc un comité de sept membres, choisis parmi les fonctionnaires de la direction des finances de Mingher, et qui serait chargé de déterminer les indemnités à verser aux habitants dont on détruirait par le feu les maisons, les affaires, les meubles. Ainsi fixé par le comité, le montant des compensations, proportionnel à la valeur des biens détruits et incendiés, ne souffrirait aucune contestation.

« À condition qu'il reste dans le budget de quoi rembourser les pauvres dont on fait flamber la masure ! s'écria le consul d'Allemagne.

— Un État qui n'a pas le courage de former un cordon sanitaire aura-t-il celui d'incendier la demeure du musulman ? J'en serais bien surpris, renchérit le consul de France.

— L'assistant de Bonkowski Pacha – paix à son âme –, le docteur Élias ici présent, nous le disait encore pas plus tard qu'hier : il y a de cela sept ans, lors de l'épidémie de choléra qui ravageait Üsküdar et Edirne, son altesse a reconnu scientifiquement que la destruction par le feu des lieux les plus gravement infectés était le seul moyen d'arrêter la contagion.

— Mais hier vous déclariez que le choix de brûler les habitations contaminées était une initiative de son altesse elle-même, et que Bonkowski Pacha en avait reçu l'ordre du sultan en personne ! lança le docteur Nikos en toisant le docteur Élias.

— Non, ce n'est pas ce que j'ai dit ! s'exclama l'apostrophé.

— Vous l'avez dit, et maintenant vous vous dédisez. Auriez-vous peur ?

— Ce n'est pas un problème de courage, c'est une question de mesure, dit le docteur Nuri pour venir en aide au docteur Élias. En ce moment même, dans les villages des environs de Bombay, brûler les maisons, les décharges et les dépôts d'immondices suffit à arrêter la contagion. Mais dix kilomètres plus à l'ouest, dans le centre de Bombay, seule la mise en place de cordons sanitaires autour des immeubles les plus touchés par l'épidémie permet d'en ralentir la marche. »

Le docteur Nuri s'interrompit un instant, le temps d'essayer de lire sur les visages l'impression que laissait son discours, puis il reprit : « Toute mesure d'hygiène est fonction du lieu où elle s'applique. En Arabie, dans le Hedjaz, et à présent en Chine ou en Inde, on continue de brûler les effets des morts, entre autres objets contaminés. Mais si la lutte contre le choléra, dans ces régions, passe par l'incendie des quartiers pauvres, des taudis miséreux, en même temps que les vagabonds, les nomades, les éclopés, les faibles, les désœuvrés sont chassés loin des ports et du centre des villes, c'est aussi par opportunisme édilitaire, car ces incendies sont l'occasion de rebâtir les cités suivant les règles de l'urbanisme moderne, avec de grands immeubles, de larges avenues, des parcs aérés.

— Nous ne voulons pas de cette chose ! commenta le gouverneur.

— Mais notre épidémie ne disparaîtra pas d'elle-même comme les petites poussées de choléra estivales que nous avons connues par le passé, dit le docteur Nikos.

— Mais, Monsieur, comment se fait-il que l'affaire ait pu tourner à la guerre entre les Anglais et la population locale ? Est-ce vrai qu'on assassine des officiers et des médecins anglais en pleine rue ?

— Le fait est regrettable, mais la dureté des officiers coloniaux anglais n'aura rien arrangé, dit le docteur Nuri. Sonner la cavalerie contre des paysans ignorants qui n'entendent rien aux microbes ni à la peste, et envoyer des étrangers fouiller les maisons en bafouant la pudeur et la religion de leurs habitants, voilà qui est malheureux. Et pendant qu'ils séparent les familles, placent les suspects en quarantaine et envoient les malades à l'hôpital, les Anglais n'expliquent même pas ni pourquoi, ni où, ni à quelle fin ils emmènent ces gens. Aussi le peuple s'imagine-t-il qu'on conduit les siens à l'hôpital pour les empoisonner, et que la maladie n'est qu'un prétexte pour les torturer, les égorger et les écarteler.

— À l'évidence cependant, l'inculture et la primitivité des populations jouent leur rôle, et il arrive aussi qu'on *sabote* tout par pure haine des Anglais, rétorqua le directeur sanitaire. "Nos mosquées sont nos hôpitaux !", voilà ce qu'ils clament !

— Et vous souffrez de tels propos ? demanda Mikhaïlov, le consul russe. Les médecins renonceront-ils à exercer leur métier au motif que ces gens-là sont des barbares qui refusent la science ?

— Si dans leur rage les Indiens assassinaient les médecins qui venaient les visiter, c'est d'abord parce qu'ils étaient blancs et européens, dit le docteur Nuri. Dès lors, les restrictions ont été assouplies. Les révoltes se sont calmées, mais la peste, elle, s'est propagée de plus belle. Car les Anglais, pour ne plus susciter d'émeutes, appliquent désormais la logique suivante : puisque les Indiens se rebellent contre la quarantaine, nous ne ferons plus rien à moins qu'ils viennent eux-mêmes implorer notre aide… À Calcutta, cela a eu pour effet d'accélérer la contagion.

— Un instant, je voudrais parler », dit soudain Konstantinos Efendi, le pope de l'église Hagia Triada et chef de la communauté grecque orthodoxe. Tous les regards se tournèrent, avec déférence et curiosité, vers le vieux prêtre qui avait à peine dit un mot depuis deux jours. Il s'appliqua à énoncer distinctement le discours qu'il avait préparé : « Notre île de Mingher n'est point l'Inde, messieurs ! Fort incertaine est cette analogie. Le merveilleux peuple de notre île, qu'il soit de confession orthodoxe ou de religion islamique, est un peuple instruit et civilisé, et en ces jours de plaie c'est avec discipline et loyauté qu'il écoutera les ordres de notre sultan, c'est dans l'obéissance et la dévotion qu'il consentira aux interdits par lesquels notre gouverneur Pacha cherche avec tant de zèle à protéger notre île.

— Bravo !

— Si nous ne nous soumettons pas aux lois de la médecine par crainte des querelles, par peur que les fanatiques ne se révoltent, alors la véritable apocalypse nous emportera, reprit le pope Efendi. Les grecs de l'île s'enfuient, la maladie épouvante les nôtres. Il s'en trouve même pour dire que cette rumeur d'épidémie n'a été inventée que pour chasser les grecs de l'île et les réduire à un statut de minorité qui les empêchera de réclamer l'indépendance.

— Messieurs, notre île n'est ni une vassalité de l'Empire ni la colonie de quiconque, déclara le gouverneur. Le peuple de Mingher, à majorité musulmane, est une part inaliénable de l'État ottoman, et ici, chrétiens comme musulmans sont indéfectiblement attachés à Sa Majesté Impériale. »

Ces paroles semblant compter pour rien, les débats sur « Mingher n'est point l'Inde » se prolongèrent, puis le docteur Nuri raconta que trois ans plus tôt, dans la panique de la peste, presque un tiers des habitants de Bombay avaient fui la ville.

« Si vous n'isolez pas les couvents infectés de Ghermê et de Kadirler par des cordons sanitaires, la communauté grecque fuira l'île dans de semblables proportions, si ce n'est dans son entier, dit le pope de l'église Hagia Triada. D'ailleurs, hélas, l'exode des grecs a déjà commencé. »

CHAPITRE 21

La réunion n'était pas encore terminée que les agents des compagnies maritimes du port et de l'avenue d'Istanbul savaient déjà, grâce aux secrétaires qui avaient éventé l'information, qu'à compter de dimanche, minuit, tous les navires au départ de l'île seraient soumis à une quarantaine de cinq jours. Seuls deux bateaux étaient officiellement annoncés avant cette date. Mais d'ici là une véritable émigration était à prévoir.

Les compagnies maritimes de l'île télégraphiaient pour demander des navires, on loua des embarcations supplémentaires. Une foule énorme se pressait sur les quais, les chasseurs de billets se mêlaient à ceux qui avaient déjà fermé leur maison et arrivaient avec leurs bagages, ceux qui voulaient se rendre compte de la situation au port avant de se décider, et ceux qui, n'ayant pas l'intention de partir, étaient venus tout de même, par pure curiosité (ceux-là très nombreux). La plupart des familles dont la maison était déjà fermée, les valises et les malles faites, comme pour quitter l'île avant la fin de la saison, appartenaient à la bourgeoisie grecque de Mingher. Il y avait ainsi les Aldonis, dont la fortune remontait à l'âge d'or du négoce du marbre ; les Christos, nouveau nom à la hausse dans le commerce de l'huile d'olive, ainsi que Tomadis Efendi, le propriétaire de Dafni, qui importait de Salonique les meilleures broderies, nappes et toiles de coton qu'on trouvait sur l'île. (Il avait fermé sa boutique dans la nuit et mis sa marchandise en sécurité hors de la ville, de peur qu'elle ne soit ruinée par les aspersions de médicaments.)

Quelques fils de famille musulmans étaient aussi sur le port, tel Fehim Efendi, fonctionnaire des douanes, qui descendait en droite ligne de Mehmed Pacha l'Aveugle, ou encore Ferizâde Djelâl, qui vivait à Istanbul mais se trouvait sur l'île pour superviser des réparations dans sa maison. Dans l'ensemble néanmoins, cette première vague de panique laissa la majorité des musulmans assez froids. Nous nous garderons cependant, contrairement aux orientalistes, d'expliquer ce phénomène par le « fatalisme » dont feraient preuve les musulmans face aux épidémies. C'était simplement que la population musulmane de l'île était bien plus pauvre, moins instruite, et davantage coupée du monde que les chrétiens.

Au moment où la réunion se dispersait, une pluie violente trempa les participants. L'orage venait d'éclater. De lourds nuages noirs écrasaient la ville jusqu'au ras des tours de la Forteresse, le ciel rugissait comme une menace de mort. Un éclair vert s'abattit au large du Phare arabe, évoquant un lointain souvenir aux condamnés qui regardaient la mer par les meurtrières de leurs cachots. Puis la pluie se mit à tomber sans discontinuer, un « déluge » dont les résonances symboliques n'échappèrent à personne.

Tandis que les trombes d'eau du ciel, inondant les gouttières, les caniveaux, les avenues, se mêlaient aux eaux du cloaque pour dévaler vers le port, les secrétaires du gouverneur remettaient la liste des mesures à deux journaux chargés de les publier, l'un en turc, l'autre en grec. On imprima des affiches sur lesquelles, au milieu de ladite liste, les mots PESTE et QUARANTAINE se détachaient en grosses lettres, et qui furent placardées sur les murs de la ville. Une autre annonce officielle, plus séduisante, faisait savoir que la municipalité donnerait six piastres d'argent pour chaque cadavre de rat.

Grâce aux dénonciations, le gouverneur et le directeur du Conseil sanitaire savaient qu'un grand nombre de boutiquiers avaient mis leur marchandise à l'abri pour la sauver de la destruction par les désinfectants. La moitié des boutiques du Vieux Bazar étaient déjà vides. Deux pompiers, durs au mal et costauds, les plus adroits en fait de désinfection, furent envoyés par le docteur Nuri chez les deux fripiers de la porte des Selliers, à l'entrée du Vieux Bazar. Ces échoppes devaient servir de dépôt pour les affaires qu'on brûlerait ailleurs, mais on y vendait les effets des morts de la peste, toutes sortes d'objets (vieilles montres, icônes, pipes), des chemises, des pantalons, des draps, des lits et des rouleaux de laine infectés par le microbe. On trouvait aussi sur ces étals, pour trois fois rien, des hardes, des kilims, des couvertures, des lainages infectés que les voleurs qui s'introduisaient dans les maisons désertées par leurs habitants, et parfois les vidaient entièrement, embarquaient dans leur périple mortel. Le gouverneur considérait ces échoppes tenues par des grecs de Crète comme des nids à maladie, des foyers de crasse et de misère, et songeait depuis longtemps à les faire fermer, quoique hésitant encore sur le prétexte à invoquer.

Les fonctionnaires de la quarantaine, le visage couvert d'un masque, les mains de gants, ne mirent pas longtemps à charger toute la marchandise des deux fripiers, et aussi celle des quelques échoppes semblables des rues avoisinantes, sur une grosse charrette qu'ils conduisirent lentement, remontant le long de la rivière, jusqu'au sommet de la colline de Dikili. Les hommes de la municipalité y avaient creusé deux grandes fosses dans lesquelles on brûlerait puis chaulerait les habits des malades et des morts, les draps, la laine, le lin, tout ce qui était infecté.

Cette coutume qui remontait aux plus anciennes épidémies avait sa raison d'être. En l'absence de quantités suffisantes d'acide carbonique et de lysol pour désinfecter, avant restitution aux familles, les affaires des morts dont les gens, tremblant de peur, se débarrassaient auprès des fonctionnaires, il était plus simple et plus économique de les détruire par le feu.

En général, les fonctionnaires sanitaires ignoraient les lamentations des boutiquiers avides, des marchands grippe-sous. Des lettres de dénonciation indiquent cependant que quelques-uns bénéficièrent de traitements de faveur. Les hommes du comité des dommages et indemnités (les fonctionnaires de la direction des finances) se montrant parfois très généreux dans l'évaluation des préjudices subis lors de la saisie des marchandises, de l'évacuation et du chaulage complet d'un local, certaines opérations ne faisaient l'objet d'aucune contestation. Ailleurs, comme chez les cordonniers et les maroquiniers du Vieux Pont, les artisans se rebellèrent, mais à part se plaindre, protester, hurler, ils ne pouvaient rien faire. « La quarantaine est un moyen de nuire aux chrétiens, d'ailleurs ce sont les pèlerins musulmans qui ont amené l'épidémie sur l'île », pouvait-on entendre.

Avec leurs bombonnes dans le dos, leurs masques et leurs immenses capes en toile cirée, les agents de la désinfection avaient une allure terrifiante. Les neuf premiers de ces hommes qui allaient hanter longtemps les cauchemars des enfants étaient en réalité des pompiers spécialement formés à cette tâche. Des années auparavant, lorsque la nécessité de pulvériser du produit désinfectant dans l'air, c'est-à-dire d'utiliser ce type de pompe à bras, s'était imposée pour la première fois, une escouade de pompiers spécialisés avait été envoyée à Mingher, puis les pompiers réguliers avaient hérité du travail de pulvérisation d'eau médicamentée et de la désinfection en général. Rappelons au passage qu'après la découverte des bactéries, aussi appelées microbes dans la langue populaire, la mode s'était répandue de ces engins chics, pompes, pulvérisateurs et autres « pschitt-pschitt », comme on disait, qui permettaient de nettoyer n'importe quelle chose suspecte en l'aspergeant d'un liquide dont l'efficacité restait plus ou moins douteuse. Kyriakos Efendi, le propriétaire du luxueux « *Bazaar de l'Îsle** », avait commandé à Salonique deux modèles différents de ces pompes désinfectantes, pour son usage domestique.

Depuis le début de l'épidémie, de nombreux bâtiments publics étaient flanqués d'hommes chargés de pulvériser un mélange d'eau et d'acide carbonique, ou de lysol, ou d'autres mixtures destinées à désinfecter l'air, comme le faisaient déjà les portiers des grands hôtels, notamment le Splendid et le Levant. Ces premières mesures, dont nous savons aujourd'hui qu'elles n'avaient aucune utilité, incitaient d'un côté la population à la prudence et à l'hygiène, mais, de l'autre, donnaient l'impression trompeuse que la peste n'était qu'un danger tout relatif dont l'aspersion de liquide parfumé suffisait à se protéger, et l'on se disait « ne t'inquiète pas, va, tout ira bien ! ».

Le peuple d'Arkaz avait déjà eu l'occasion de voir, durant les épidémies de diarrhée estivale qui frappaient surtout les taudis autour du port, à Ghermê et Tchitê, un vieux pompier au pas lourd arroser d'un liquide vert sombre les latrines, les eaux fangeuses et les flaques à moustiques ; le spectacle était familier et les enfants souffrant de coliques ne craignaient pas le brave homme, au contraire, ils le suivaient et l'escortaient dans ses tournées. Quand le vieux pompier disait « ouvre », les habitants et les commerçants ouvraient, quand il leur disait « montre », ils montraient le coin ou le trou en question, et tout le monde se prêtait de bon cœur au jeu de la désinfection.

Or cette fois, on se tenait à distance des pompiers armés de pulvérisateurs. Comment expliquer ce nouveau sentiment ? Était-ce à cause de leurs grands masques noirs, ou de leurs cirés qui étincelaient dans la lumière du soir, ou encore de leur nombre, car ils ne se déplaçaient jamais à moins de cinq ? Les enfants ne plaisantaient plus avec les fonctionnaires masqués, ils les fuyaient, terrorisés, comme devant un terrible cyclope qui répandrait la peste en aspergeant les fontaines et les poignées de porte. Quant aux épiciers, bouchers, glaciers, restaurateurs, marchands de boissons ou de fruits et légumes, l'idée de collaborer avec eux ne les effleurait pas un instant, ils ne pensaient qu'à mettre leur boutique et leur marchandise à l'abri dès qu'ils les apercevaient au coin de la rue.

Mais tout le monde n'était pas aussi « alerte ». Un vendeur du marché imagina qu'il lui suffirait, pour se sauver, de jurer, signe de croix à l'appui, que ses laitues et ses concombres venaient de son jardin. (On découvrit plus tard, en le torturant, qu'il était lié à des nationalistes grecs.) Voyant les deux pompiers aux cirés noirs asperger tout son étal, l'homme entra dans une colère folle. Le sympathique Kostis Efendi, qui vendait les meilleurs sorbets d'Arkaz, crut pareillement qu'un peu de bonne volonté suffirait à le tirer d'affaire. Lorsque les médecins et les hommes au masque noir entrèrent dans sa célèbre boutique, un paradis pour les enfants de la ville, maître Kostis leur présenta des coupes vides, les remplit devant eux de sorbet à l'eau de rose, à l'orange, au citron et à la cerise, avant d'avaler d'un trait, l'une après l'autre, les quatre coupes de quatre couleurs, comme pour leur faire passer le message : « Voyez, mes sorbets sont propres ! » Mais les officiers sanitaires et les pompiers renversèrent toutes les carafes à sorbet du présentoir, avant de noyer la boutique dans un nuage de gouttelettes acides et charbonneuses. Une autre équipe vint ensuite y répandre de la chaux, puis ils scellèrent la boutique en clouant la porte et lui interdirent d'ouvrir jusqu'à la fin de l'épidémie.

« Les dégâts sont pour moi ! Mais que va-t-on manger nous autres, de quoi va-t-on vivre ? » gémissait Kostis.

Lorsqu'on lui rapporta les paroles du fabricant de sorbets, le gouverneur, qui suivait l'évolution de la situation minute par minute depuis son bureau (tel Abdülhamid gouvernant tout l'Empire depuis son palais de Yıldız), envoya un nouveau télégramme à Istanbul. Le gouverneur réclamant toujours les mêmes choses, toujours dans le même style et avec les mêmes mots, le secrétaire du chiffre transcrivait ses paroles de mémoire, sans prendre la peine de consulter le manuel. Solution désinfectante, tente, étuve, argent, médecin et volontaires, tel était le lexique de base de ces télégrammes.

Le docteur Nuri avait déjà eu l'occasion de voir comment certains pompiers, tels ceux d'Istanbul jadis, passaient subitement, au cours d'une épidémie, de la bonté et de la politesse la plus extrême à la grossièreté, la brutalité la plus impitoyable. Certains maniaient le pulvérisateur avec grâce et légèreté, comme on s'arrose d'une eau florale. D'autres déboulaient chez le marchand avec l'air de vouloir lui faire crier pitié à genoux. Mais les « n'en mets pas là, je t'en supplie ! » des marchands éplorés savaient aussi amadouer le pompier le plus chevronné, qui en avait le cœur fendu et changeait alors de cible. Parfois, c'était exactement l'inverse : le docteur Nuri avait assisté de loin, depuis une des portes latérales du Vieux Bazar, à l'altercation entre un artisan et un pompier sanitaire. Le fonctionnaire, après avoir mitraillé de liquide la peau rosâtre des poulets et des dindes, la moindre cuisse, les carcasses, les abats, le plan de travail couvert de sang, avait continué d'agiter le bout de son tuyau sous le nez du volailler et de son apprenti, comme une arme, avec un air de menace, ce qui avait provoqué l'empoignade. Et le docteur Nuri, qui dans les villes d'Arabie avait dû s'interposer plus d'une fois entre des soldats ottomans et des épiciers ou chameliers arabes, savait qu'il était crucial, pour la réussite de la quarantaine et le salut de l'île, d'étouffer ce genre de frictions avant qu'elles ne dégénèrent.

Le gouverneur Sami Pacha prépara la désinfection du couvent du cheikh Hamdullah avec un soin tout particulier. Il commença par se faire remettre un plan des lieux, procuré par ses espions. Ses secrétaires instruisirent les pompiers, leur montrant où dormait le cheikh Hamdullah, où les cérémonies avaient lieu (endroit à éviter absolument), où étaient les dortoirs des hôtes, l'atelier de filage de la laine, la chambre du trésor, la cuisine, les latrines dans le jardin, les cellules des derviches.

« N'attendez pas qu'on vous donne la permission d'entrer, montrez l'ordre de quarantaine, puis mettez-vous au travail sans attendre. S'ils essaient de vous barrer le chemin, ne leur tapez pas dessus, retirez-vous immédiatement dans le jardin. Et ne cédez pas aux provocations. Quoi qu'il arrive, surtout pas de dispute, encore moins d'accrochage ! »

Douze soldats bien corpulents attendaient au garde-à-vous dans la cour du palais du gouverneur, fusil à l'épaule. Leurs uniformes étaient vieux et élimés, mais propres. On avait choisi ces hommes de la Cinquième Armée parmi ceux qui baragouinaient quelques mots de turc, et mis à leur tête un officier sorti du rang, de Sinope, analphabète comme eux.

Avec ses gros soldats en armes, ses pompiers masqués et ses fonctionnaires chargés d'offrandes – une dizaine de pièges à rats fraîchement usinés –, la petite délégation avait des airs de fière armée de la quarantaine. Le major, dépêché par le docteur Nuri en qualité d'observateur, marchait quelques pas en arrière de la troupe. C'est grâce à son rapport, transmis au docteur Nuri, puis répété par celui-ci à Pakizê, que nous connaissons en détail les événements qui se produisirent dans le couvent ce jour-là.

L'équipe de désinfection y entra d'un pas martial, pour ne pas dire hostile. Avant même que les veilleurs, les quelques disciples et derviches qui étaient au jardin eussent le temps de comprendre ce qu'il se passait, les pompiers, fidèles au plan qu'on leur avait donné, s'attaquèrent à leurs objectifs principaux, noyant sous une pluie de lysol à l'odeur prononcée la chambre des ballots de laine, la cuisine et les cellules qui donnaient sur la cour.

La bousculade commença lorsqu'ils se dirigèrent vers les cellules et la petite mosquée du bâtiment principal. Les derviches préposés à la sécurité du couvent renversèrent un vieux pompier, qu'ils bastonnèrent avec des gourdins prévus à cet effet. Alertés par les cris et les hurlements, les disciples se levèrent d'un bond, les autres derviches quittèrent leurs cellules, certains à moitié nus, d'autres complètement chauves, d'autres encore avec un maillet à la main, et tous coururent se joindre à la bagarre.

Le chef des soldats arabes, comprenant qu'une bataille rangée s'était déclarée, ordonna alors à ses hommes de taper dans le tas, d'instinct et sans se souvenir des mises en garde du gouverneur.

Au même instant, la voix du cheikh Hamdullah retentit au-dessus de la mêlée. « Soyez les bienvenus, honorés visiteurs ! » Quand ils reconnurent la voix du cheikh, qu'ils croyaient malade ou en train de faire la sieste, les disciples cessèrent aussitôt de se battre. Le cheikh s'adressa ensuite en arabe aux soldats de la Cinquième Armée. Personne ne comprit rien à ces versets tirés de la sourate du saint Coran dite des appartements et qui rappelait que les « croyants sont des frères », mais l'arabe et la sincérité du cheikh suffirent à convaincre tout le monde que les querelles étaient vaines et impies.

Pendant ce temps, quelques pompiers particulièrement zélés recommençaient déjà à passer les cellules au lysol. À en croire certains, la colère du cheikh Hamdullah ne venait pas tant de l'arrestation de son beau-frère Ramiz (le cheikh croyait sincèrement que son beau-frère serait blanchi) que du fait qu'après son discours poignant, et alors que tout le monde s'était calmé, ces pompiers eurent brutalement enfoncé la porte de la chambre des laines, qui renfermait le trésor secret du couvent pour y répandre, avec une rage sanguinaire, des nuages de lysol qui puaient le cadavre.

Asperger de lysol le « sanctuaire caché » était pour le couvent une offense si inacceptable que certains vieillards, fronçant les sourcils comme s'ils entendaient une calomnie, nièrent farouchement qu'une telle chose se fût jamais produite. C'était également l'avis du gouverneur, qui craignait, lui, les répercussions calamiteuses de l'événement. Mais d'autres soutenaient que le sanctuaire sacré avait bien été souillé, le couvent humilié. Les consuls et les persifleurs (les journalistes grecs, notamment) prétendirent quant à eux que la désinfection du couvent, sciemment épargné par le gouverneur Pacha, avait été parcimonieuse et très insuffisante.

Leurs allégations se fondaient sur le témoignage d'un vieux pompier qui avait découvert, au cours de sa tournée de désinfection des cellules, deux disciples pestiférés, ce qu'il comprit aussitôt en voyant l'expression démente et abrutie de leurs visages dévorés de fièvre, et le bubon qu'ils avaient au cou. Certains consuls, s'appuyant sur les dires du pompier, firent pression sur le gouverneur pour que non seulement le couvent, mais l'ensemble du quartier soit isolé par un cordon sanitaire, et ils envoyèrent des télégrammes à Istanbul dans ce sens, tandis que le gouverneur, jugeant qu'une telle opération mettrait le cheikh Hamdullah hors de lui, décida que le meilleur parti était de faire taire les rumeurs et d'attendre, comme avec le bateau du hadj. On s'accorda néanmoins pour dire que les soldats de la Cinquième Armée de Syrie, qui ne parlaient ni turc ni minghérien, ne devaient plus jamais participer à ce genre de mission.

Le gouverneur et le docteur Nuri demandèrent donc au major de redoubler de zèle dans la tâche qu'on lui avait confiée : former une brigade de soldats, voire une véritable petite armée, exclusivement dédiée à la police sanitaire. Dans les trois jours qui avaient suivi sa promotion au grade de commandant de cette petite armée, sa brigade personnelle, le major, abattant un travail de deux semaines, était parvenu tant bien que mal à enrôler quatorze « soldats ». La brigade sanitaire prendrait ses quartiers dans un baraquement situé derrière le fournil de la garnison, et le bâtiment, qui servait jusque-là de remise, commença d'être vidé le matin même. La grande pièce au rez-de-chaussée du petit immeuble de la conscription des armées de Mingher, situé sur les quais, fut provisoirement affectée à la brigade sanitaire. On y installerait un bureau pour le major, qui recruterait ici les volontaires. Le directeur du Conseil sanitaire, le docteur Nikos, rappela que les insulaires étaient très attachés à ce bâtiment charmant qui datait de l'époque vénitienne, et que si on les payait et leur accordait le droit de rentrer dans leurs foyers le soir, beaucoup de Minghériens, sans distinction de religion, s'engageraient dans cette armée provisoire, cela ne faisait aucun doute.

« Ayant leurs quartiers à la garnison, les soldats de la brigade sanitaire, comme le veut la tradition ottomane, seront recrutés parmi les musulmans de l'île, lui rétorqua fermement le gouverneur. Son altesse a entrepris toutes les réformes pour lesquelles elle s'était engagée auprès des grandes puissances, France et Angleterre en tête, et, tels son oncle et son grand-père, elle a mis tant de zèle et de bonne grâce à résorber toutes les inégalités existantes entre chrétiens et musulmans qu'aujourd'hui à Mingher, comme partout en terre ottomane, les chrétiens surpassent les musulmans en matière d'instruction, de métier et de richesse. Mais la seule concession que notre sultan n'a pas accordée aux grandes puissances, c'est d'ouvrir la carrière de soldat aux chrétiens. La question est donc réglée, inutile de nous lancer dans une énième polémique qui ne flattera que les consuls, nous avons suffisamment de pain sur la planche avec la quarantaine ! »

CHAPITRE 22

Le gouverneur fit convoquer le rédacteur en chef du *Neo Nisis* – celui de l'*Adekatos Arkadis,* l'autre journal grec d'Arkaz, était sous les verrous –, à qui il dicta le compte rendu de la désinfection du couvent du cheikh Hamdullah. « Le nouveau modèle de machine à étuve est arrivé ! » lançait parfois le gouverneur, entre deux autres mensonges inutiles, comme si c'était une épidémie de choléra, à ce jeune journaliste idéaliste qu'il avait déjà jeté une ou deux fois en prison, et il lui offrait des prunes séchées, des noix et du café. En le raccompagnant à la porte, il lui rappela, sur un ton de menace et avec le sourire, qu'ils traversaient une crise colossale, une catastrophe immense, un drame inouï, que le sujet était très sensible pour Istanbul et le monde entier, et que la mission de la presse, en conséquence, était de soutenir l'action de l'État et de ne pas se fourrer dans des ennuis en écrivant n'importe quoi.

Le lendemain, son premier secrétaire lui apporta le *Neo Nisis* du jour, fraîchement sorti de chez l'imprimeur, puis un second secrétaire lui lut à haute voix l'article qu'on venait de faire traduire en turc.

Tout ce que Sami Pacha avait dit au journaliste de ne pas écrire, le journaliste l'avait écrit : il racontait dans le détail, sans économie de lyrisme, la façon dont les pompiers et les derviches s'étaient crêpé le chignon à coups de poing, de latte et de gourdin, et dont la chambre des laines, le sanctuaire sacré du couvent, avait été souillée d'aspersions, dégageant une odeur ignoble qu'on pouvait sentir jusqu'à l'autre bout de l'île. L'article allait enflammer les rumeurs, le pacha le savait, et ce serait surtout chez les musulmans que l'incendie se propagerait. Ces charlatans de hodjas à amulettes, les paysans qui les vénéraient, les jeunes réfugiés enragés de Crète, enfin l'ensemble des musulmans, même les plus « éclairés », tous feraient bloc contre la quarantaine et le gouverneur.

Il n'en était pas à sa première péripétie avec Manolis, l'auteur de l'article. Trois ou quatre ans auparavant, le courageux journaliste avait tenté de flétrir le gouverneur et la bureaucratie ottomane en dénonçant les turpitudes de la municipalité, la saleté des rues, de prétendus pots-de-vin, la paresse et la bêtise des fonctionnaires. Le gouverneur, piqué au vif mais voulant s'épargner les accusations d'intolérance, avait encaissé le coup en serrant les dents, tout en faisant comprendre par quelques intermédiaires qu'à moins d'un changement d'attitude radical de ses rédacteurs le journal serait suspendu. Manolis s'était calmé.

Mais quelque temps plus tard, lorsqu'une campagne de presse « planifiée et systématique » commença d'accuser le gouverneur et les médecins sanitaires d'être à l'origine de l'« incident » du bateau du hadj, Sami Pacha, prétextant un motif quelconque, fit jeter le journaliste en prison. Il dut ensuite le libérer, sous la pression des ambassadeurs de France et d'Angleterre et des télégrammes de la Chancellerie.

Ce qui chagrinait à présent le gouverneur, c'était de constater que la chaleureuse sympathie qu'il avait témoignée à Manolis après sa libération avait été vaine ! Une fois, le croisant dans le hall de l'hôtel Splendid, il avait confié au journaliste tout le bien qu'il pensait de son superbe article sur les conflits entre les portefaix et les cochers, l'avait félicité pour la qualité de ses sources, et lui avait même proposé d'écrire pour le *Havadis-i Arkata*, la gazette officielle, offrant de prendre sur le budget de la province pour lui payer deux articles. Une autre fois, le croisant par hasard dans le restaurant Dégustation, le pacha avait traité le journaliste avec les plus grands égards, l'invitant à sa table au vu de tous, lui offrant une soupe de mulet aux oignons et clamant à haute voix que son journal était le plus digne d'estime de tout le Levant.

C'était du passé. Le pacha décida de faire jeter au cachot l'ingrat Manolis, à la fois pour lui faire goûter de nouveau aux joies humides de la cellule et pour découvrir quels commanditaires se cachaient derrière ses articles sur le couvent et sur le bateau du hadj. Les policiers en civil chargés d'arrêter Manolis ne le trouvèrent ni dans les bureaux du journal, dont ils saisirent tous les exemplaires, ni dans sa maison du quartier de Hora, mais en train de lire un livre (le *Léviathan* de Hobbes) dans le jardin de son oncle, chez qui il se cachait. Ils le conduisirent directement en prison. Enfin, le pacha sentit son cœur s'adoucir ; il exigea qu'on plaçât le journaliste dans la partie ouest des geôles, plus tranquille, plus sûre et mieux protégée de l'épidémie.

Ce soir-là, après avoir retrouvé Marika et lui avoir fait l'amour avec plus de routine que de passion, il l'écouta raconter les dernières rumeurs. Marika commença par la plus invraisemblable.

« Des garçons grecs et musulmans, orphelins à cause de la peste, auraient formé une bande. La nuit, ils vont frapper aux portes des braves gens sans histoires, et qui leur ouvre doit leur donner à manger, car ceux qui les nourrissent, disent-ils, seront protégés de la peste et ne pourront en mourir.

— Je savais pour les enfants, j'ignorais pour les portes ! dit le gouverneur.

— Ces petits seraient insensibles à la peste. Imaginez qu'ils n'ont pas attrapé la maladie alors qu'ils dormaient dans le même lit que leurs parents, qui eux en sont morts !

— Est-ce qu'on a recroisé l'homme au sac, celui qui jette des cadavres de rats dans les rues la nuit ? Et que tu disais avoir aperçu de ta fenêtre…

— Excellence, j'ai vraiment vu ce diable, je vous le jure, mais grâce à vos mises en garde, mon pacha, je n'y crois plus. D'ailleurs on en parle moins depuis qu'il y a ces désinfecteurs avec leurs masques.

— Eh quoi, nos pompiers ont fait fuir votre cyclope !

— Cela vous ennuiera, mais maintenant tout le monde croit que la peste est sortie du bateau qui a amené la fille du sultan.

— Et toi tu crois ces balivernes rien que pour me faire de la peine ! dit Sami Pacha dans un élan de susceptibilité dont il s'étonna lui-même.

— Mon pacha, peut-on réellement se convaincre d'une vérité à laquelle on ne croit pas ?

— Veux-tu dire que tu crois à ces mensonges ?

— Tout le monde y croit !

— Mais c'est par malveillance qu'ils y croient ! Son altesse a envoyé son meilleur médecin sanitaire au secours de l'île, détournant son propre vaisseau qui faisait route vers la Chine, et voilà que les nationalistes grecs, dans le seul but de nuire à sa splendeur impériale et à l'État ottoman, racontent que c'est ce bateau-là qui a apporté la peste ! Ne soyez pas le jouet des factieux !

— Pardonnez-moi, mon pacha… Certains disent aussi que la maladie viendrait de ces hadjis enragés qui avaient fui la quarantaine.

— Mais la maladie apportée par les hadjis il y a trois ans c'était le choléra, pas la peste ! s'écria le pacha.

— Mon pacha, les agents de la municipalité diraient aux commerçants que "pour cinq livres d'or on vous autorise à ouvrir la boutique".

— Ah, les salauds !

— À Kofounia des gamins auraient vu des gens entrer dans les maisons vides. Ils l'ont dit à leurs parents, mais personne n'est venu, ni fonctionnaire, ni policier, ni garde, personne.

— Eh, ils viendront, pourquoi ne viendraient-ils pas ?

— On dit que c'est le chaos dans l'administration, que les fonctionnaires et les policiers débauchent quand ça leur chante.

— Quoi d'autre ?

— Que beaucoup de bateaux seraient prêts à emmener ceux qui veulent quitter l'île, mais que vous leur refusez l'autorisation.

— Et pourquoi la refuserais-je ?

— Pour que la maladie se répande et que les grecs s'en aillent définitivement… J'ai aussi entendu, une fois ou deux, que les Anglais et les Français prépareraient un débarquement dans le nord, à Kefeli.

— Pourquoi le nord, pourquoi Kefeli ? Ils débarqueront ici, à Arkaz.

— Je ne comprends pas, excellence…

— Sept personnes sont mortes aujourd'hui, sept ! s'exclama le gouverneur.

— Mon pacha, l'associé de mon frère n'a pas pu trouver de billet pour le *Bagdad*, ni pour le *Persépolis.* Il vous admire beaucoup, il vous vénère pour de vrai. C'est un homme orgueilleux et, si ce n'était une question de vie ou de mort, jamais il ne serait venu me demander…

— Et le bateau de la Pantaleon, celui avec la cheminée rouge, est-ce qu'il pointera le bout de son nez ? J'aimerais voir ça. Pour ne rien dire de ces vautours d'agents qui vous vendent trois billets pour un siège.

— Il y a encore un bruit qui court partout, mais celui-là vous énervera tellement que je n'ai pas osé en parler. Il se peut d'ailleurs que ce soit vrai…

— Quoi donc ?

— Une bagarre aurait éclaté entre les derviches et les pompiers qui désinfectaient le couvent du cheikh Hamdullah. Certains grecs ont quitté l'île en l'apprenant. On dit que les gens des couvents ne respecteront pas la quarantaine, que l'épidémie ne sera jamais arrêtée. Mon pacha, sans grecs cette île n'est plus l'île. Comme elle ne le serait pas sans ses musulmans !

— Absolument, dit le gouverneur. Mais ne t'inquiète pas, nous allons remettre ce cheikh à sa place. Il est très bonne pâte, en vérité. »

Le lendemain matin, tandis qu'en compagnie du docteur Nuri et du docteur Élias il marquait sur la carte l'emplacement des maisons des sept morts de la veille, ainsi que les lieux potentiellement infectés, le gouverneur mit le sujet sur la table d'un air déterminé. « Si les caprices du cheikh Hamdullah continuent de trouver le soutien d'Istanbul, il sera difficile d'instaurer sérieusement la quarantaine et de s'assurer que les musulmans en respectent les entraves. Et si les musulmans ne s'y plient pas, les chrétiens ne s'y plieront pas non plus, et cette satanée peste nous massacrera pendant des années encore, comme en Inde. Ah, mon cher docteur, comment les choses ont-elles pu en arriver là ? Comment se fait-il que tout soit si noir, si négatif ? »

En réalité, lui répondit le docteur Nuri, les mesures portaient leurs fruits. Le seul problème avait été l'arrestation d'un gros marchand de foin qui fournissait les cochers, mais hélas, elle s'était avérée nécessaire. Après la mort de l'apprenti du marchand, qui avait lutté contre la peste au milieu des cris de douleur et des larmes que tous versaient sur ce garçon qui n'était qu'un enfant, les médecins jugèrent que désinfecter le foin ne servirait plus à rien, il fallait tout brûler. Quand il vit arriver la voiture de la municipalité, le propriétaire du dépôt entra dans une rage folle, il se coucha sur les ballots de foin et les habits souillés, et entreprit de s'immoler, non sans quelque succès. Puis il se redressa, attaqua les fonctionnaires et chercha à les infecter, motifs qui lui valurent d'être arrêté.

Aux yeux du gouverneur, l'enjeu fondamental était que le peuple « obéisse » aux interdictions de la quarantaine. Le procès de Ramiz, le beau-frère du cheikh Hamdullah, s'ouvrirait cette après-midi-là. « Quand ce bandit et ses comparses aux mains sanglantes se balanceront au bout d'une corde en place du Vilayet, je vous assure que même les plus impudents coquins comprendront qui tient le bâton sur cette île !

— Nous ne sommes pas des consuls, nous autres, rien ne nous oblige à réclamer que l'État traite également les chrétiens et les musulmans ! dit Nikos, le directeur sanitaire. Sur notre belle île, comme en Europe, et précisément pour qu'elle ressemble à l'Europe, on n'a encore jamais pendu personne en place publique, mon pacha. Ce serait un événement, et gageons qu'il ferait ravaler leur morgue à ces crapules. Mais si cela servira la cause de la quarantaine, je ne saurais le dire.

— Cela ne servira à rien du tout, excellence, intervint le docteur Élias. Bonkowski Pacha disait toujours que bastonner des hommes, les entasser dans des cachots et les pendre au bout d'une corde ne suffisait pas à être moderne ou occidental, ni à mener à bien une quarantaine.

— Vous alors ! D'un côté vous vous terrez à la garnison par peur des menaces, de l'autre vous défendez les fanatiques qui vous menacent !

— Ah mon pacha, si seulement j'étais certain que les menaces viennent d'eux ! rétorqua le docteur Élias.

— Eh bien, j'en suis certain, moi. Si quelque chose arrive à l'un d'entre nous, je mets ma main à couper que ce Ramiz et ses sbires seront à la manœuvre.

— Mais accusez quelqu'un sans preuve et condamnez-le sans justice, vous ne ferez qu'attiser l'instinct de désobéissance et de révolte ! rétorqua le docteur Nikos.

— Je m'étonne du nombre de partisans que cette vile et insolente canaille, parce qu'elle est le frère d'un cheikh, arrive à réunir dans cette pièce ! » dit le gouverneur en tournant son regard vers le major.

Mais le major ne dit rien. Une heure plus tard, le trouvant seul dans son bureau, le docteur Nuri vint parler au gouverneur.

« Vous savez que son altesse ne m'a pas envoyé sur l'île uniquement pour instaurer la quarantaine, mais aussi pour retrouver l'assassin de Bonkowski Pacha.

— Absolument.

— Vous n'ignorez pas non plus, mon pacha, que la commission d'investigation que dirige votre serviteur ne dispose d'aucune preuve permettant d'incriminer Ramiz. Nous savons par ailleurs que, entre le moment où Bonkowski Pacha a quitté la poste par la porte arrière et la découverte de son corps place Chrysopolitissa, Ramiz a été vu d'abord dans un jardin derrière le port de pêche, ensuite chez le barbier Panayotis (où il s'est fait faire la barbe), puis attablé avec des amis dans les jardins du casino de l'hôtel Levant.

— Vous seriez moins hâtif dans vos conclusions si vous vous demandiez un instant pourquoi un gaillard comme Ramiz, qui passe sa vie à se cacher, s'est donné en spectacle dans les endroits les plus fameux et les plus fréquentés de l'île précisément le jour où l'on assassinait Bonkowski Pacha, lui répondit le gouverneur avec un sourire moqueur. Mais vous verrez, quand le gibet trônera sur la place du Vilayet, vous verrez si quelqu'un ose encore se moquer de la quarantaine ! »

CHAPITRE 23

Le major tendait l'oreille chaque fois qu'on parlait de Ramiz : les récits de sa mère avaient fini par susciter son intérêt pour Zeynep, l'ancienne fiancée de Ramiz. C'était la témérité de cette fille, bien plus que les tirades élogieuses de Satiyé Hanîm, qui avait piqué sa curiosité, et notamment le fait qu'elle eût rompu ses fiançailles avec Ramiz.

Le père de Zeynep, le gardien, avait négocié le mariage avec Ramiz, empoché une partie de l'argent qu'il avait aussitôt redistribué entre ses deux fils, et arrangé les préparatifs de la noce dans le moindre détail. Mais comme il était mort de la peste, Zeynep avait renoncé au mariage, deux jours avant la date. Le scandale était d'autant plus éclatant que le futur gendre était un frère, quoique seulement beau-frère, du cheikh du plus puissant couvent de l'île.

À en croire la mère du major, Zeynep voulait rapidement se marier avec un homme qui lui permette de quitter l'île, seul moyen de se tirer de cette situation délicate. Voyant de l'autre côté son fils beau, gradé, mais triste et seul, la mère avait aussitôt imaginé la solution. L'occasion était trop belle, elle fut saisie.

Cette histoire d'amour romantique, la plus légendaire, la plus populaire de l'histoire de Mingher et, partant, la plus déformée par les fabulations, nous lui accorderons la place qu'elle mérite. Nous chercherons toutefois à distinguer, dans l'histoire d'amour du major et de Zeynep, ce qui relève de la vérité historique et ce qui tient de la légende « romantique ». En règle générale, plus l'histoire est « romantique », moins elle a de vérité, et plus elle est « véridique », moins – hélas ! – elle est romantique.

À l'origine de toutes les divergences d'interprétation, cette question : pourquoi Zeynep avait-elle refusé d'épouser Ramiz ? D'après ce que la mère du major racontait à son fils, elle y avait renoncé dans la seconde où elle avait appris que Ramiz avait déjà une première épouse (c'était même la deuxième, disaient certains) dans le village de Nebiler, au nord de l'île. Le major voulait croire à cette version, mais il ne pouvait ignorer les quelques langues bien pendues qui avançaient, elles, ceci : Zeynep était parfaitement au courant de l'existence de cette femme, mais elle avait trop peur de son père et de ses frères pour s'opposer au mariage. Mais, après la mort de son père, elle n'avait plus hésité à affronter la réalité, dont elle n'ignorait rien. Car le père avait réparti le « prix de la fiancée », ainsi qu'on appelait la dot du marié, entre Hadid et Medjid, et les jumeaux n'avaient rien reversé à leur petite sœur. Cela avait ravivé la colère de la jeune fille, qui n'avait désormais plus qu'une idée en tête : quitter l'île et s'enfuir à Istanbul, où elle n'était jamais allée. Notons que, pour une fille musulmane de dix-sept ans, dans une ville de province ottomane, en 1901, le simple fait de rêver d'une telle entreprise était en soi une preuve de hardiesse considérable, et que c'est précisément ce qui fit tourner la tête au major.

Du côté des partisans de Ramiz, c'était le gouverneur qui, pour de basses raisons politiciennes, avait séparé les fiancés qui s'aimaient à la folie. Il s'agissait d'une part d'humilier Ramiz, pour montrer au cheikh Hamdullah qui avait le dernier mot sur l'île, d'autre part de mettre « le charisme et l'autorité » du major – suivant la mâle expression d'un historien – au service de son propre pouvoir.

Eminé Hanîm, la mère de Zeynep, habitait un autre quartier que celle du major, mais les deux femmes, depuis cinq ans, étaient amies. Satiyé Hanîm connaissait donc la fille d'Eminé Hanîm depuis que la petite perle avait douze ans. Elle avait toujours été très jolie, mais le major allait-il s'en enticher, et Zeynep en pincerait-elle pour le major ? Ils ne s'étaient jamais vus.

Chez Zeynep l'heure était aux larmes, et en ville – mais un peu moins – à la peste ; le moment était mal choisi pour parler noces et mari idéal. Aussi la mère du major imagina-t-elle qu'on pourrait commencer par une visite de condoléances, même tardive, dans le foyer du défunt. Quant à Eminé Hanîm, elle ne jurait que par un départ de sa fille loin de l'île, seul moyen de laver son honneur et celui de sa famille. Elle songea donc, elle la première, qu'un mariage avec ce héros de la guerre contre la Grèce, ce bel officier à médailles tout droit tombé des cieux sultanesques, serait le ticket de sortie idéal, ce dont elle tâcha de convaincre sa fille.

Mais Ramiz était vraiment fou amoureux de Zeynep, et le major, qui le savait, s'en trouvait mal dans son uniforme d'officier. Ce n'était pas la première fille qu'il rencontrait sur l'insistance de sa mère. À peine diplômé de l'École de guerre, elle l'avait envoyé se présenter dans une bicoque croulante du quartier de Vefa, à Istanbul, où demeurait la fille d'une famille « de l'île comme nous ! ». La fille n'était pas belle. Au mur pendait quelque chose qu'il n'avait jamais vu dans un intérieur stambouliote, un tableau représentant la mer, et pendant des années, ce paysage marin lui était resté gravé en mémoire.

Zeynep habitait dans la partie ouest de Bayîrlar, derrière le cimetière musulman. À l'époque de son enfance, les gamins de ce quartier livraient une guerre féroce à ceux d'Arpara, où vivait le major. Ils s'envoyaient des pierres et des figues vertes à la fronde, ils se battaient à coups de bâton comme des armées lancées dans un furieux corps-à-corps à la baïonnette. Parfois, ils se joignaient aux enfants du quartier adverse pour former un bataillon commun, une escouade musulmane, puis franchissaient la rivière et lançaient des raids sur les quartiers orthodoxes de Hora et Hagia Triada, volaient des prunes, des cerises. En hiver, la traversée de la rivière devenant périlleuse, chacun se retirait dans son quartier.

Le major croisa un cortège funéraire qui montait de Bayîrlar vers le cimetière. Ils étaient une vingtaine, des hommes uniquement, marchant en silence. La moitié portait le fez, l'autre était composée d'enfants ; des chiens les suivaient. Il vit aussi un garçon qui pleurait silencieusement, de honte, comme s'il avait commis un crime, tout seul devant la porte d'un jardin. Puis il aperçut, derrière le muret du même jardin, les faces pudiques et apeurées de gens qui contemplaient la rue. Le rêve d'épouser une belle femme semblait le tenir à distance de la peur.

Le plan concocté par sa mère était très simple : quand les cloches de l'église Hagia Triada sonnèrent midi, le major, comme convenu, entama sa montée.

Au même instant, sa mère, qui était déjà chez Zeynep, devait dire « Ah, ce qu'il fait chaud ! », ouvrir un carreau de la fenêtre en baie et, appelant la mère et la fille pour un motif quelconque, leur montrer son fils qui remontait la rue. Elle pourrait aussi l'appeler depuis la fenêtre, s'étaient-ils dit.

Le major avait cru que la fierté empêcherait son cœur d'exploser. Il portait son uniforme aux boutons dorés, celui qui impressionnait les filles, sa médaille, ses décorations. Mais quand il s'engagea dans la pente, il sentit son cœur battre à tout rompre et s'en étonna. Voilà, sa mère avait ouvert la fenêtre, un rayon de soleil frappait le carreau. Elle l'avait vu en bas de la rue, elle l'invitait à monter. Le major ralentit le pas.

Quand la porte s'ouvrit, le major jeta un œil enthousiaste à l'intérieur, croyant qu'il allait enfin voir la belle Zeynep.

Un petit garçon le fit entrer. À l'étage, sa mère était assise sur un sofa avec celle de Zeynep, Eminé Hanîm. Celle-ci pleura un peu. Puis elle se reprit et déclara que mon Dieu comme il était beau dans son costume d'officier. Elles parlèrent un moment de rats. Dix jours plus tôt, les deux dames avaient noté qu'on ne pouvait plus descendre au quartier tant la rue débordait de rats morts. Puis la mère de Zeynep leur raconta l'histoire à laquelle le major, et sa mère, grâce à lui, ne croyaient pas une seule seconde : toutes les nuits, un pope vêtu d'une pèlerine noire, coiffé d'un chapeau melon et les yeux injectés de sang, se glissait discrètement hors des quartiers chrétiens pour venir répandre la peste chez les musulmans, à l'aide de cadavres de rats qu'il sortait de sa hotte et jetait dans les rues, les jardins, et il enduisait les poignées, les murs, les fontaines d'une pâte à la peste. Une nuit, un gamin du quartier de Kadirler l'avait surpris, et avait découvert que le pope était un cyclope. Il en avait tremblé de terreur pendant deux jours. Eminé Hanîm prit alors une amulette du cheikh Hamdullah

Efendi et expliqua à ses hôtes que si on la brandissait bien droite en direction du diable de la peste à tête de cyclope, il s'enfuirait sans avoir le temps de tirer un seul rat de sa hotte.

La jolie fille dont avait parlé sa mère n'était pas là. Le major, tel un enfant qui s'ennuie de la conversation des adultes, regardait le bleu de la mer par la fenêtre, les dernières maisons d'Arkaz, les oliveraies aux arbres clairsemés. L'émotion lui desséchait la gorge, il avait soif comme un malade au milieu du désert.

Sa mère s'en aperçut. « Béchir te donnera à boire en bas », lui dit-elle.

Le major descendit les escaliers de pierre, il entra dans une cuisine sombre, attenante à l'étable.

Sentant qu'il ne trouverait jamais la jarre et la timbale dans une obscurité pareille, il alluma une seconde la lampe à gaz. Dans ce souffle de lumière, une femme, une ombre chuchota en minghérien : « *Akva nukaru !* » (L'eau est là !)

Mais ce fut Béchir qui souleva le couvercle en bois de la jarre, y plongea la timbale et la tendit au major. Quand il remonta à l'étage après avoir bu son eau au goût de poussière de plâtre, il remarqua la mine étrange de sa mère et comprit alors que la fille qu'il avait vue en bas, furtivement, était Zeynep. Elle était belle, se dit-il. Zeynep ne monta jamais les rejoindre.

Voilà comment Pakizê, dans ses lettres, résume la première rencontre entre les deux amants. Nous croyons que cette « version » est la vraie. L'histoire selon laquelle le couple se serait longuement entretenu en minghérien est une légende qui fut inventée plus tard, par le major lui-même, avant d'être reprise et alimentée par les historiens officiels, les manuels scolaires et la presse ultranationaliste des années 1930, si populaire à l'époque de Hitler et Musssolini. Or en 1901, la langue de Mingher, hélas, était bien trop peu développée pour supporter des expressions aussi complexes et profondes que « nous aurions dû nous rencontrer plus tôt ! », ou encore « reprenons tout du début dans la langue de notre enfance ! », comme on allégua qu'ils en usèrent.

Du reste, dans l'Empire ottoman, en 1901, un officier de province qui voulait impressionner une fille ne s'adressait pas à elle dans le dialecte local, mais au contraire dans ce turc qu'il avait acquis de haute lutte. La même chose vaut pour Zeynep. Les deux mots qu'elle prononça en minghérien ce jour-là (« *akva nukaru* ») durent lui échapper par réflexe, sans préméditation aucune, « *akva* » (eau) étant le plus ancien et le plus beau des mots de la sublime langue de Mingher, mot qui passa ensuite du minghérien à toutes les langues occidentales, à commencer, bien sûr, par le latin.

CHAPITRE 24

À Mingher, comme partout dans l'Empire, les procès opposant des citoyens étrangers entre eux se réglaient dans les consulats. Celui qui avait opposé Monsieur Marcel, ressortissant français et propriétaire de la librairie Mêdit, à un citoyen anglais (Monsieur George, le consul), s'était ainsi tenu au consulat de France, Marcel étant le plaignant. Les procès entre citoyens étrangers et ottomans se déroulaient devant les tribunaux ottomans, mais les consuls pouvaient y participer, en tant que traducteurs ou avocats. En revanche, dans les petits procès qui impliquaient des musulmans – petites offenses, dettes, litiges au sujet de terrains –, le gouverneur avait légitimement son mot à dire, sachant que sa décision pèserait dans la balance et, goûtant particulièrement ce pouvoir, il ne manquait pas de donner son avis au juge.

Les procès les plus spectaculaires, ceux dont se délectaient les journaux d'Istanbul, concernant les meurtres et les enlèvements de filles, et qui opposaient cette fois un citoyen à l'État, avaient été rapatriés à Istanbul, à la demande d'Abdülhamid, tout à son désir de contrôle. Trois ans plus tôt, l'implication des ambassadeurs avait donné un retentissement considérable au procès, tenu à Istanbul, du bandit Nadir, qui avait enlevé une jeune grecque et tué deux personnes. Ce procès démontra avec éclat que les vieux us despotiques ottomans perduraient dans l'Empire, malgré les réformes qu'on se targuait d'entreprendre : le meurtrier, déféré à la capitale sans que le gouverneur pût s'en mêler, fut condamné à mort et pendu, discrètement, en petit comité, dans la sombre prison de la caserne Selimiye, à Istanbul. Mentionnons aussi le procès retentissant, lui aussi délocalisé à Istanbul, un an plus tôt, de Ramos Terzakis, personnage fabulateur et versatile qu'on avait arrêté à Mingher, grâce à l'alerte donnée par l'archéologue Selim Sahir, en train de voler une statue de Vénus, et qui avait prétendu, faux documents à l'appui, travailler dans un consulat, alors qu'il était citoyen ottoman. (À la fin, Abdülhamid, qui recrutait ses nouveaux informateurs parmi ses anciens ennemis les plus dignes d'entrer à son service, en plus de gracier le voleur, le décora de la médaille de l'Ordre du Medjidié de troisième classe, et lui donna de l'or.)

Or, cette fois, et malgré la place importante que la mort de Bonkowski Pacha occupait dans les gazettes stambouliotes, Abdülhamid n'avait pas exigé que le procès se tînt dans la capitale. Le gouverneur s'expliquait cette entorse à la règle par la quarantaine et le risque de contamination sur les bateaux. Jugeant donc que la volonté du sultan était que les coupables fussent châtiés discrètement et l'affaire promptement oubliée, le gouverneur, sans attendre que la commission d'enquête eût remis son rapport au président du tribunal, organisa une réunion dans son bureau pour déclarer que son altesse avait exigé de clore le procès et d'exécuter les trois suspects dans les plus brefs délais.

Le jour même, dans l'après-midi, Ramiz et deux autres hommes furent transférés au palais du gouverneur dans un fourgon envoyé par la garnison, et enfermés dans le dépôt au sous-sol du bâtiment. Ils attendirent deux heures dans cette pièce obscure, à l'odeur ignoble, avant de comparaître devant le tribunal. Devant l'attitude fière et sévère de Ramiz, qui malgré les tortures subies durant l'interrogatoire n'avait jamais avoué le crime dont on l'accusait (chose rare), le juge arrivé d'Istanbul deux mois plus tôt éprouva une sorte de respect, en même temps qu'un profond agacement. La torture, étrangement, n'avait pas enlaidi le beau Ramiz, qui était de haute taille et avait les yeux verts.

L'acte d'accusation avait été monté à partir de vieux dossiers des espions du contrôleur général recensant les infractions commises par Ramiz contre le gouverneur et l'État ottoman au fil des années. Les liens entre Ramiz et les villageois enragés qui avaient participé à l'incident du bateau du hadj, ses outrages aux gendarmes, son soutien au bandit Memo qui opprimait les villages grecs (et que le gouverneur appuyait en sous-main), tout cela fut versé au dossier à titre de preuve que Ramiz, si besoin était encore de le prouver, avait le tempérament à commettre un attentat contre Bonkowski Pacha, et ce malgré sa présence attestée en d'autres lieux au moment des faits, présence qui n'avait pas été retenue comme un alibi valable. D'après l'accusation, les hommes de Ramiz avaient guetté le célèbre chimiste dans les rues menant au quartier des couvents, là où les papiers de prière faisaient fureur. Quant au mobile du crime soigneusement planifié par Ramiz, il était double : entraver l'application de la quarantaine d'une part, provoquer des affrontements sur l'île, de l'autre. Il espérait ainsi que les puissances occidentales, comme en Crète, interviendraient à Mingher pour arracher l'île à la souveraineté ottomane. Ramiz, qui soutenait les bandits attaquant les villages grecs précisément dans le but opposé, ne répondit même pas à ces accusations. Il n'ouvrit la bouche qu'après l'ultime question, pour déclarer :

« Toutes ces calomnies et ces tortures n'ont rien à voir avec la politique. Ce tissu de mensonges a été monté contre moi pour une histoire de fille, d'amour et de jalousie. »

« Par amour il entendait Zeynep ! » dit Pakizê à son mari quand il lui rapporta la phrase de Ramiz. « Le major était-il dans la salle ? »

Le major avait participé à la réunion préparatoire, répondit le docteur Nuri, mais on ne l'avait pas vu au tribunal. Pakizê se montrait particulièrement curieuse de l'amour du major pour Zeynep. La déclaration de Ramiz leur fit un choc à tous les deux.

Ils l'avaient imaginé comme un bandit cruel, un vagabond sans cœur.

Les époux, dans leurs appartements, débattaient de la méthode employée pour retrouver le tueur. Les membres de la commission d'enquête, sous la pression du gouverneur, avaient conduit des interrogatoires dans les cercles proches de Ramiz, parmi les disciples des couvents Terkaptchî et Halifiye, et chez les commerçants qui fréquentaient ces couvents, sans trouver le moindre indice concluant.

Les préjugés politiques du gouverneur, disait le docteur Nuri, le poussaient non seulement à écarter toutes les autres pistes potentielles, mais en plus à négliger certains détails pertinents. Bref, en fait de méthode, il n'en avait aucune. Si l'on suivait sa logique, continua le docteur Nuri, l'assassin de Bonkowski Pacha pouvait très bien être Leonidis, le consul de Grèce, lui aussi avait intérêt à ce que l'épidémie dure ! Ce pouvait encore être n'importe lequel des consuls, puisqu'ils escomptaient justement que tout le monde mette le crime sur le dos de Ramiz ou d'un de ses semblables.

La princesse Pakizê et son mari, tels deux héros de ces romans de détectives dont raffolait le sultan, déployèrent beaucoup d'énergie et d'intelligence pour essayer de résoudre l'énigme du meurtre de Bonkowski Pacha. Parfois, à cause de la haine qu'elle avait de son oncle, la logique de la princesse sultane se laissait égarer par ses sentiments, chose tout à fait indigne de Sherlock Holmes, et elle était alors certaine, à l'instinct mais certaine, que c'était son oncle, le malveillant Abdülhamid, qui avait fait assassiner Bonkowski Pacha. Et quand son mari écartait son hypothèse au motif que non, impossible, et la preuve c'est que votre oncle nous a engagés comme détectives, elle trouvait son raisonnement stupide, humiliant, et à la fin le fit savoir.

« Que vous n'ayez toujours pas compris que cet homme s'arrange chaque fois pour charger les autres de ses propres crimes, comme ce fut le cas après l'assassinat de Midhat Pacha, cela – permettez-moi de vous l'avouer – je le trouve admirable ! lui dit-elle. Vous êtes fort candide, en vérité. »

Pour la première fois depuis qu'ils étaient mariés, un mot de sa femme venait de lui briser le cœur. Le docteur Nuri quitta aussitôt la chambre. Il voulait goûter le plaisir de marcher seul au hasard des rues, plongé dans ses pensées, tendant l'oreille à l'étrange silence de la ville, scrutant les signes de l'épidémie, les symptômes de la maladie sur le visage des gens, notant les dernières trouvailles qu'ils avaient inventées pour s'en protéger. Tout le monde avait peur, on le sentait au bruissement des feuillages. Dans certaines maisons, la porte du jardin était fermée à double tour, mais des fenêtres ouvertes ou éclairées au deuxième étage indiquaient que la vie continuait à l'intérieur. Un air lourd, pesant, un esprit presque, flottait sur les rues, mêlant l'odeur de la contagion au parfum du crime. Des ustensiles de cuisine, des bols, des cruches gisaient sur l'herbe de certains jardins. Plus loin, le docteur Nuri vit un père et son fils s'engager, l'air grave, inquiet, dans un travail de menuiserie. Ils se préparaient à l'épidémie, se dit-il, peut-être avaient-ils l'intention de se barricader avec des planches. Il n'y avait qu'en observant les choses les plus banales, celles que personne ne regardait, mais en réalité les plus significatives, les treuils des puits, les poignées des portes, les serrures, les lampes à gaz, un kilim sorti au soleil, il n'y avait qu'ainsi, songeait le docteur Nuri, qu'on pouvait réellement se faire une idée de l'état de santé de la ville malade.

Cette similitude frappante qu'il découvrait entre l'élucidation d'un crime et le traitement d'une épidémie, il aurait aimé pouvoir s'en ouvrir au gouverneur. Mais lorsqu'il lui rendit visite dans son bureau ce soir-là pour parler du procès, il ne réussit qu'à lui poser la question qu'il ne fallait pas. Il avait touché la corde morale, la corde sensible.

« Mon pacha, cette personne est-elle vraiment l'assassin ? Ou bien a-t-elle dit “oui c'est moi” pour abréger les souffrances de l'interrogatoire ?

— Vous savez sans aucun doute aussi bien que moi, commença le gouverneur, vous par les télégrammes adressés à votre excellence, et moi par ceux que je reçois du sommet de l'État, que Sa Majesté Impériale a exprimé le désir que le meurtrier soit retrouvé sur-le-champ. Au demeurant, c'est à cette fin qu'elle vous a dépêché ici. Un homme est assassiné dans une province, l'affaire prend de l'ampleur, Istanbul et son altesse s'en emparent, et le gouverneur doit se taire. Eussé-je le malheur de dire "je l'ai cherché mais ne le trouve pas" qu'on y verrait aussitôt l'aveu de mon incompétence, la suprême preuve de mon impuissance à faire régner l'ordre, et croyez bien qu'il n'en eût pas fallu davantage, autrefois, pour me faire destituer dans l'instant. Si tant est que certains sultans de jadis n'eussent pas compris ce "je ne le trouve pas" comme une volonté manifeste de protéger l'ennemi et la preuve d'un complot contre leur autorité, auquel cas c'était ma tête qu'on coupait !

— Ces temps-là sont révolus, mon pacha. Depuis les Tanzimat, ce n'est plus à la communauté, mais au citoyen lui-même de répondre de ses actes. Et c'est précisément pourquoi son altesse m'a envoyé ici.

— Non, dans une affaire aussi considérable que celle-ci, c'est à l'État et à l'État seul qu'il appartient de décider qui répondra de quoi. Renoncez-y et c'est la minorité des marchands, des boutiquiers et autres chicaneurs qui crie victoire. Or nous l'avons trouvé, ce meurtrier. Et il a même avoué son crime, de bout en bout !

— Ce n'est pas ainsi que son altesse souhaite que l'on confonde l'assassin de Bonkowski Pacha.

— Vous parlez comme si vous aviez des informations confidentielles sur ce que veut Sa Majesté Impériale, et quand et comment elle le veut !

— En effet, répondit le docteur Nuri. Sa Splendeur Souveraine veut que nous retrouvions le véritable meurtrier en nous fondant sur des preuves concrètes, en analysant chaque détail du crime, comme dans les histoires de Sherlock Holmes.

— Qui est ce Sherlock Holmes ?

— C'est un détective anglais qui élucide les crimes de manière moderne, d'abord en recueillant tous les indices possibles sur le terrain, puis en les interrogeant chez lui, suivant les lois de la logique. Voilà comment Sa Majesté Impériale veut qu'on résolve cette affaire, en remontant pas à pas la piste qui mène au meurtrier, comme font les Européens.

— Sa Majesté Impériale vante les succès des Anglais, mais elle ne goûte guère les siens. Vous trouverez la logique… »

La réplique du gouverneur, disons-le en passant pour piquer la curiosité du lecteur, avait quelque chose de prophétique.

CHAPITRE 25

Qu'entendait Abdülhamid par « comme Sherlock Holmes » ? Le docteur Nuri avait découvert l'expression pour la première fois peu avant son mariage, dans la bouche même du sultan. Ici, pour rendre toute l'histoire plus intelligible, nous commencerons par rappeler un fait qui n'a échappé à aucun spécialiste de l'histoire ottomane de la seconde moitié du XIXe siècle : le dernier des grands sultans, dont le règne devait durer trente-trois ans, était friand de romans policiers. Abdülhamid vivant dans la terreur de s'aventurer hors de son palais de Yıldız, il cherchait à se tenir au courant des idées nouvelles en s'abonnant à la plupart des bonnes revues et gazettes internationales. Les fonctionnaires du Bureau de traduction, installé dans la Chancellerie, traduisaient pour le sultan, outre des textes et des traités politiques, toutes sortes de livres et de bulletins qui recensaient les derniers progrès en matière de science, de technologie, d'industrie ou de médecine. En 1897, par exemple, trois livres avaient été traduits du français : un traité sur l'armée russe, un autre sur Jules César, un troisième sur les maladies infectieuses. Mais la principale occupation de ces hommes était la traduction de romans policiers.

En règle générale, soit le sultan s'enthousiasmait pour un écrivain à la gloire récente (Eugène Bertol-Graivil, Edgar Allan Poe ou bien Maurice Leblanc), soit son ambassadeur à Paris, Münir Pacha, l'avertissait de la publication du dernier roman d'un auteur qu'il appréciait déjà (Émile Gaboriau, Ponson du Terrail), et le livre était aussitôt envoyé à Istanbul (une des autres missions de l'ambassadeur à Paris, il le rapporte dans ses Mémoires, était d'aller au Bon Marché acheter des caleçons pour le sultan) où des secrétaires se chargeaient aussitôt de le traduire. Le futur mari de la princesse Hatidjê, la destinataire des lettres de Pakizê, avait lui-même eu l'occasion, étant secrétaire à la Chancellerie, de prêter sa plume à ce genre de traductions qu'on s'efforçait de bâcler à temps pour la lecture vespérale du sultan. S'il s'agissait essentiellement de romans français, on traduisait aussi de l'anglais. Un traducteur ayant un jour eu l'heureuse intuition de ne pas s'arrêter à la turquisation d'un article que la revue *Strand* consacrait à Abdülhamid (« sultan rouge », « tyran », etc.), mais de traduire également la nouvelle de Sherlock Holmes (« Le Pouce de l'ingénieur ») qui figurait, dans le même numéro, sur le feuillet suivant, le sultan fut charmé et commença de s'intéresser à l'écrivain Conan Doyle.

Quand les secrétaires de la Chancellerie n'étaient pas à la hauteur, ou n'avaient pas le temps, on avait parfois recours à des traducteurs professionnels, trouvés par l'entremise des libraires les plus réputés d'Istanbul. C'est ainsi que des Jeunes-Turcs, des révolutionnaires, des libéraux et des journalistes abominés d'Abdülhamid traduisirent pour lui, sans le savoir, des romans. Les mêmes opposants qui répétaient à longueur de journée que le sultan était un tyran qui ne savait qu'interdire, brimer, opprimer, censurer et jeter tout le monde en prison, les mêmes étudiants en médecine grecs ou arméniens qui l'appelaient « le sultan rouge » – et qui connaissaient très bien le français –, traduisaient pour le souverain, certains en devinant confusément l'identité du destinataire, d'autres en croyant de bonne foi qu'ils travaillaient pour le compte de Karabet, le célèbre libraire et éditeur arménien. Abdülhamid faisait également traduire dans leur intégralité certains classiques, tels *Les Trois Mousquetaires* ou *Le Comte de Monte-Cristo*, mais s'il découvrait, au cours de sa lecture du soir, que ces ouvrages comportaient un aspect licencieux, il en censurait lui-même certains passages, parfois le livre entier.

À l'époque de la République, ces livres qu'on publiait assortis de la mention « traduit pour Abdülhamid » reparurent dans leur version intégrale, en incluant les passages censurés.

Le roman policier ayant été inventé en France, avant de faire fortune en Angleterre précisément à l'époque du sultanat d'Abdülhamid II, période durant laquelle les traductions permirent à ces romans d'atteindre un lectorat presque mondial, il n'est pas inexact de dire que la petite collection de cinq cents livres traduits pour le sultan et aujourd'hui conservés dans la bibliothèque de l'université d'Istanbul offre un échantillon fidèle des « débuts du roman policier ».

Aujourd'hui, à l'heure où le gouvernement de la République de Turquie, un siècle et quelques années plus tard, redécouvre Abdülhamid – sultan tyrannique, certes, mais pieux, nationaliste et aimé du peuple, toutes qualités dignes d'éloges – et donne son nom à des hôpitaux, nous savons désormais, grâce aux historiens spécialisés, à peu près tout ce qu'il faut savoir sur la passion de leur cher sultan pour les romans policiers. On sait ainsi que les surprises mélodramatiques (comme dans *Les Mystères de Paris* d'Eugène Sue) n'étaient pas du goût du dernier grand sultan ottoman, qui n'aimait pas non plus quand une histoire d'amour reléguait l'intrigue policière et la logique au second plan (comme chez Xavier de Montépin). Ce qu'il goûtait le plus et préférait de loin, c'était lorsque le rusé détective, collaborant avec l'État et la police, parvenait à identifier le coupable à force d'éplucher attentivement les rapports transmis par différents informateurs.

Ces romans, Abdülhamid ne les lisait pas lui-même. C'était un page, un ancien du Sérail, pourvu d'une belle voix et de la confiance du sultan, qui lui faisait la lecture, le soir, derrière un paravent placé à quelques pas du lit du souverain. Ce rôle de lecteur avait un temps échu au premier habilleur du sultan, puis à des pachas de la Chancellerie. Quand il sentait qu'il était sur le point de s'endormir, Abdülhamid disait « suffit » depuis son lit, puis il fermait les yeux et sombrait dans le sommeil. Ou bien c'était le fidèle lecteur qui, de lui-même, déduisait d'un silence prolongé que le pilier de l'univers son altesse dormait à poings fermés ; il s'exfiltrait alors discrètement de derrière le paravent et s'en allait sur la pointe des pieds. À la fin de la lecture d'un roman, le secrétaire notait « lu » en bas de la dernière page, comme les empereurs de Chine frappaient d'un « vu » sigillé à l'encre rouge les dessins de paysages qui leur avaient plu. On avait recouru à cette pratique en se souvenant qu'Abdülhamid, qui comme tous les paranoïaques et les rancuniers était doué d'une mémoire prodigieuse, s'était jadis agacé d'un secrétaire qui voulait lui donner lecture d'un roman qu'on lui avait déjà lu sept ans auparavant, ce qui avait motivé le renvoi de la Chancellerie dudit secrétaire, puis son exil en Syrie.

Le docteur Nuri Bey avait toutes ces choses en tête le jour où il vint rencontrer, pour la première fois, le sultan au palais de Yıldız. En attendant d'être reçu, il s'entendit rappeler, de la bouche du fiancé de la princesse Hatidjê, la sœur aînée de Pakizê, que ses mérites avaient été vantés au sultan aussi bien par les grands hodjas français de l'école impériale de médecine, les professeurs Nicolle et Chantemesse, que par l'éminent Bonkowski Pacha – ce dont il se doutait –, partant qu'il avait eu, avec l'assentiment de Sa Majesté Impériale, l'autorisation d'entrer dans le harem pour y visiter la vieille femme de Mourad V, affectée d'une maladie qu'on croyait incurable, qu'en cette occasion il avait fait la connaissance de la princesse sultane Pakizê et qu'après examen des dossiers permission lui avait été donnée de l'épouser, que ce mariage avait même été vivement encouragé, enfin que le sultan, ayant commandé une longue enquête détaillée sur son cas, avait été fortement impressionné par sa science et son expérience en matière de maladies, de microbiologie et d'hygiène.

Ce jour où Abdülhamid devait le recevoir, le docteur Nuri fut donc accueilli à la Chancellerie par le futur époux de Hatidjê, qui après lui avoir raconté tout cela tint encore à lui rappeler que, contrairement aux idées reçues, Sa Majesté Impériale acceptait extrêmement peu de visiteurs, et que même les vizirs, le commandant suprême des armées et les ambassadeurs des plus grands États faisaient le piquet devant sa porte pendant des heures, que par conséquent elle faisait au médecin un immense honneur en lui accordant un peu de son précieux temps. Ce qui n'empêcha pas le docteur Nuri d'attendre toute une après-midi, enfermé dans une salle du palais. On finit par lui annoncer que Sa Splendeur Impériale ne pourrait le recevoir que le lendemain, aussi était-il recommandé qu'il passe la nuit au palais, et on le pria de prendre ses quartiers dans le pavillon des hôtes impériaux. Le docteur Nuri en eut l'esprit agité, d'un côté toujours grisé par son fantasme d'épouser une fille de sultan, de l'autre s'imaginant déjà, comme beaucoup de jeunes médecins qu'on convoquait à Yıldız pour les faire lambiner, qu'il pourrait être arrêté d'une minute à l'autre. Et ni sa mère, ni ses parents, ni ses collègues n'auraient été surpris d'apprendre qu'il était ressorti dans une cage, les menottes aux poignets, du palais où il était entré, tout rêveur, en promis de la nièce du souverain.

Finalement, un secrétaire de la Chancellerie entra pour annoncer que Sa Majesté Impériale attendait le docteur. Il suivit le secrétaire bossu le long d'un chemin légèrement pentu, puis dans un bâtiment de plain-pied. Il se retrouva au milieu d'une foule d'aides de camp, de scribes et d'aghas du harem. Mais, dans la salle où il fut conduit ensuite, il n'y avait plus que lui, le premier secrétaire de la Chancellerie, Tahsin Pacha, et son altesse Abdülhamid.

Le jeune médecin semblait avoir de la peine, sinon de la peur, à regarder le sultan en face. Une bonne moitié de son esprit lui répétait « oui, te voilà en présence de son altesse le grand, l'immense, l'immarcescible Khan Abdülhamid Sultan », l'autre ne pensait rien. Il salua le sultan en s'inclinant jusqu'à terre, puis baisa sa main, osseuse, petite, chaude. Des tapis foncés, de lourds rideaux couleur de naphte plongeaient la pièce dans la pénombre. Le docteur Nuri écoutait le sultan en se répétant en boucle « ne surtout pas commettre d'erreur, surtout ne pas commettre d'erreur ».

Abdülhamid déclara qu'il se réjouissait de la guérison de la concubine de son frère et de celle de sa petite-fille, qu'il se réjouissait encore davantage que son institut de bactériologie de Nişantaşı fût à l'origine de cette guérison, enfin qu'il se flattait infiniment que cette maladie eût été « l'occasion » d'un heureux événement. Pakizê, plus tard, n'aurait de cesse d'interroger son mari à propos de cette discussion qu'elle aimait se faire raconter encore et encore. Car ces paroles, d'après elle, prouvaient que le mariage de la troisième fille de son frère Mourad V était pour Abdülhamid une sorte de soulagement, la preuve donc qu'il se sentait coupable, si vague ce sentiment fût-il, de les avoir tenus vingt-cinq ans enfermés dans un palais minuscule.

Après s'être assuré que le docteur Nuri était satisfait du trousseau exposé à la Chancellerie et des divers préparatifs du mariage des trois sœurs, le sultan aborda le sujet qui l'intéressait vraiment : la Commission sanitaire du Hedjaz. Le docteur, qui lui avait consacré cinq ans de sa vie, raconta tout ce qu'il savait avec candeur, sans omettre un seul détail. Le sultan prit une contenance qui inspirait la franchise. Le regard d'Abdülhamid était doux, son expression lasse, son attention et son intérêt entiers. L'anxiété du docteur Nuri disparut peu à peu ; son cœur battait toujours aussi vite, mais la peur l'avait quitté. Il eut d'abord l'idée de lui parler des capitaines anglais qui transportaient les pèlerins depuis l'Inde, de leurs abus et de leur indécence. Emporté par son récit, il lui narra ensuite les turpitudes de l'enterrement des morts du choléra, puis lui raconta que les lieux, soi-disant hospitaliers, que le chérif de La Mecque et sa famille mettaient à disposition des pèlerins étaient des nids à maladies. Ensuite, après avoir songé un instant que cet homme, Abdülhamid, que la veille encore il tenait pour l'unique cause de tous ces maux, lui apparaissait maintenant comme le seul capable d'y remédier, il décida d'évoquer deux problèmes auxquels il fallait apporter des solutions de toute urgence, lorsque le sultan lui coupa la parole.

« On m'a beaucoup vanté votre personne, digne de si grands éloges ! » le complimenta le sultan, pilier de l'univers, comme si de tous ces désastres il ne retenait que l'opportunité d'apprécier un jeune médecin. « À présent, dites-moi ce que vous savez sur les microbes.

— Toutes les maladies proviennent des microbes », commença le jeune médecin. Et puisqu'il savait que le sultan dépensait des fortunes pour faire venir à Istanbul des spécialistes du choléra et de la quarantaine, et que par ailleurs il était extrêmement fier de l'institut de bactériologie qu'il avait fondé à Nişantaşı, le docteur Nuri n'oublia pas d'ajouter que ce laboratoire était, après celui de Paris, le meilleur du monde. Le sultan esquissa un sourire, fugace et vaniteux. Le docteur lui dit que « tous les médecins et étudiants en médecine ont énormément appris des docteurs Şantmes et Nikol », les deux Français qui donnaient des cours dans cet institut. Puis, comme il n'ignorait pas qu'on avait lu à Sa Majesté Impériale, trois jours plus tôt, un ouvrage traduit du français traitant des maladies infectieuses et dont le sultan avait même demandé qu'on lui relût certains passages, enfin que son altesse s'intéressait aux dernières découvertes et inventions médicales, à la science en général, il déclara : « Le secret, Votre Majesté, des maladies comme la rage, la fièvre jaune ou le choléra, ce sont assurément les microbes, les bactéries qui nous le révèlent. Or la *bactériologie** (il était persuadé de prononcer le mot comme un vrai Français), la *bactériologie**, disais-je, ne suffit plus à arrêter les épidémies. Aussi les Anglais ont-ils découvert une autre science, vaste et considérable, que l'on appelle “épidémiologie”. »

Voyant que le sultan l'écoutait toujours avec intérêt, et trouvant dans le regard de Tahsin Pacha confirmation qu'il n'avait encore commis aucun faux pas, le docteur Nuri, continuant sur sa lancée, raconta comment l'épidémiologie avait été inventée, quarante-cinq ans auparavant, lors d'une épidémie de choléra à Londres. Alors que tous les médecins, arpentant la ville rue par rue, se démenaient pour faire isoler les maisons contaminées et brûler les affaires des morts, un de leurs collègues entreprit quelque chose d'inédit : il rassembla toutes les informations qui leur parvenaient des quatre coins de la ville et les reporta sur une grande carte de Londres. « Les médecins ne mirent pas longtemps à s'apercevoir, grâce aux petites taches vertes sur la carte, que les foyers de choléra les plus importants se trouvaient tous à proximité des grandes fontaines publiques, continua le docteur Nuri, enthousiaste. Scrutant la carte avec attention, ils remarquèrent que tous les habitants de telle rue étaient contaminés, tandis que les employés d'une brasserie industrielle située une rue plus loin étaient indemnes. Les médecins firent leur enquête, et découvrirent que les employés de la fabrique de bière ne buvaient pas l'eau des fontaines publiques, mais celle de la brasserie, qu'on faisait préalablement bouillir. Ils en conclurent que la contagion, contrairement à l'idée communément admise, ne provenait pas du mauvais air humide des quartiers, ni du réseau d'égouts, ni même des puits privés des habitants, mais bien de la saleté qui avait contaminé les eaux de la ville et se diffusait par les canalisations et les fontaines publiques, dit l'aspirant gendre impérial. Ainsi n'est-ce pas, Votre Majesté, en arpentant la ville ni en traitant les malades que l'épidémiologiste perce le mystère de la contagion, mais en examinant une carte, sans jamais quitter son bureau !

— Exactement comme Sherlock Holmes ! » s'exclama Abdülhamid, qui ne quittait jamais son palais.

Cette exclamation, si décisive pour notre histoire, atteste que la pensée du sultan ottoman était, à cette époque, fortement influencée par les romans policiers qu'on lui lisait le soir. Il entendait par là qu'on ne réglait pas les problèmes en étant sur le terrain, mais au contraire à distance, loin du théâtre des opérations, dans un bureau, grâce au seul pouvoir de la logique.

Aussitôt après que Sa Majesté Impériale eut prononcé cette phrase cruciale, le premier secrétaire de la Chancellerie, Tahsin Pacha, vint dire un mot à l'oreille du sultan, et un page annonça au docteur Nuri que l'entretien était terminé. La portée de la phrase s'en trouva infiniment décuplée. Le docteur Nuri quitta la salle d'audience à reculons, se courbant et s'inclinant avec un zèle qui paraissait venir du cœur. Il resta longtemps marqué par la rencontre qu'il venait de vivre.

Mais qu'entendait donc Abdülhamid par « exactement comme Sherlock Holmes » ? Le jour de leurs noces et ceux qui suivirent, le docteur Nuri et Pakizê ne trouvèrent pas le temps de s'attarder sur la formidable formule du sultan. Après tout, l'un des traducteurs de ces romans policiers était sur le point de devenir l'époux de Hatidjê, c'est-à-dire son beau-frère. Mais il se pouvait aussi que le troisième damad ait été victime d'une boutade du sultan.

Quand il fut à Arkaz, mandaté pour lutter contre l'épidémie et confondre l'assassin du chimiste en chef du sultan, le docteur Nuri se souvint plus d'une fois de ce « comme Sherlock Holmes ». À l'évidence, Abdülhamid voulait qu'on retrouve le meurtrier de Bonkowski Pacha, qu'il aimait tant, à la manière de Sherlock Holmes.

Ce « comme Sherlock Holmes », ou plutôt la façon dont le docteur Nuri l'entendait, c'est-à-dire à la fois appliqué au meurtre de Bonkowski Pacha et dans un sens général, soit comme mode d'action concret mais aussi comme approche méthodologique globale, était devenu un sujet de dispute récurrent entre le gouverneur et lui, au motif principal que la voie choisie par le gouverneur dans la recherche du criminel bafouait allègrement ladite « méthode ». Le pacha avait préféré utiliser la torture pour arracher des aveux à l'un des trois hommes arrêtés en même temps que Ramiz. Sous l'effet combiné des coups de bâton, du supplice des tenailles, des insomnies et de la peur de mourir, le suspect, comme beaucoup de gens l'auraient fait en pareil cas, avait pris sur lui le crime et accrédité le mensonge selon lequel Ramiz en était le commanditaire, imaginant ainsi que le gouverneur lui accorderait sa grâce. Mais, même sans cette promesse de grâce (inventée par le tortionnaire et dont le gouverneur lui-même ne savait rien), le prévenu était dans un tel état de destruction physique et morale qu'en le poussant un peu, on lui eût fait avouer sans peine que c'était aussi lui qui hantait les rues la nuit pour maculer de peste les cours des mosquées, l'eau des fontaines, les murs, les tombeaux, sans oublier, bien sûr, les poignées de porte.

Pakizê a beau, dans ses premières lettres, se moquer gentiment du gouverneur, ironisant sur la raideur et l'affectation du personnage, on sent que le respect l'emporte néanmoins, le respect pour un homme travailleur, responsable, doué du sens de l'État. Mais, plus les jours passaient, plus le docteur Nuri redoutait que Sami Pacha, aveuglé par le plaisir qu'il y prenait, ne fît vraiment condamner Ramiz et ses hommes sans en avertir Istanbul, avec pour conséquence, encore plus redoutable, de faire du cheikh Hamdullah l'ennemi juré de la quarantaine et du gouverneur.

En 1901, le droit ottoman, occidentalisé sous la pression des grandes puissances, imposait que toutes les peines capitales prononcées dans l'Empire le fussent par la Haute Cour du tribunal d'Istanbul. Les exceptions, cependant, n'étaient pas rares : guerre, révoltes, communications coupées, manque de temps… Dans les provinces de l'Empire où l'armée était en permanence sur le pied de guerre, et où pendre des hommes était le seul moyen de mater les révoltes incessantes des minorités séparatistes, la pendaison pour l'exemple, sur ordre des gouverneurs et sans en référer à Istanbul, était presque une loi. Le tribunal d'Istanbul était ensuite obligé, pour ne pas donner l'impression d'un désaccord au sein même de l'État, de confirmer ces condamnations prononcées unilatéralement par les gouverneurs et exécutées à l'abri des regards, en pleine nuit. Beaucoup d'anarchistes et de bandits séparatistes grecs, serbes, arméniens et bulgares (les Arabes et les Kurdes viendraient ensuite) étant éliminés suivant cette méthode, c'est-à-dire condamnés à mort sans l'aval officiel d'Istanbul, Abdülhamid devait ensuite déclarer aux ambassadeurs français et anglais qui le rappelaient sans cesse à ses serments sur les droits de l'homme et des minorités, la liberté d'expression et la réforme de la justice, qu'il désapprouvait ces sentences injustes et barbares, et que le cruel gouverneur serait démis de ses fonctions dans l'instant, alors qu'en réalité ce système d'exécutions illégales, effectuées dans le dos d'Istanbul et du sultan, avait été imaginé par le sultan lui-même.

Les bureaucrates et les soldats ottomans constituant toujours, dans les provinces les plus éloignées, une infime minorité de la population, les exécutions avaient lieu discrètement, dans les cours des prisons, les cachots des casernes, en silence et sans public, et la population et les notables locaux n'en étaient informés qu'après coup. Or, cette fois, le gouverneur Sami Pacha, sans doute encouragé par le bonheur tranquille de savoir son île majoritairement peuplée de musulmans, parlait de dresser les trois potences au beau milieu de la place du Vilayet. Et l'on ne manquait pas de noter, le fait était frappant, que les trois premiers condamnés à la corde en place publique seraient des musulmans. Chaque fois qu'il entendait que le gouverneur inviterait les consuls à admirer le spectacle depuis son balcon privé, le docteur Nuri trouvait un prétexte quelconque pour remettre le sujet sur la table et redire au gouverneur qu'il faisait fausse route.

« Allah, Allah ! lui répondait celui-ci d'un air sarcastique. Toute la ville sait que nous avons attrapé l'assassin de notre cher Bonkowski Pacha. Si à présent nous libérons le malfaiteur pour sacrifier aux coutumes de votre détective anglais, ce Sherlock Holmes, qui prendra encore au sérieux le gouverneur, qui osera encore respecter les restrictions sanitaires ? »

CHAPITRE 26

Le dernier soir avant l'imposition de la quarantaine maritime, la foule sur les quais était si dense que les magasins de l'avenue d'Istanbul restèrent ouverts jusqu'à minuit. Certains historiens ont voulu voir dans cette foule la première manifestation d'une « conscience minghérienne », ce qui est une extrapolation sans fondement. D'après les descriptions de Pakizê, l'état d'esprit qui régnait au port ce soir-là n'avait rien d'un « sentiment national » ; c'était, bien au contraire, le chaos, l'angoisse. Les grecs et les musulmans lettrés de l'île avaient compris, quoique confusément, que l'île était au seuil d'une catastrophe.

D'autres avaient trop peu d'imagination pour avoir peur : chez ceux-là, la faculté d'envisager l'avenir était plutôt limitée, partant celle d'être heureux ou malheureux relativement faible, avançait Pakizê, elle qui pendant vingt et un ans n'avait fait que rêver le monde. Tandis qu'ils débattaient de ces grandes questions, les époux allaient parfois à la fenêtre pour observer la foule agglutinée autour du port. Dans cette immense masse humaine qui se pressait sur les quais, dans les rues descendant vers la mer, une minorité seulement désirait réellement quitter l'île. Le reste étaient des gens qui, sentant la catastrophe grossir, ne supportaient pas de rester chez eux.

« Regardez-moi ces idiots ! lança le gouverneur au docteur Nuri qui l'avait rejoint dans son bureau. Je finis malheureusement par croire que ces ahuris n'écouteront que le langage de la corde et du gibet ! »

L'île, ce soir-là, était divisée en deux. Il y avait ceux qui la quitteraient, et ceux qui resteraient. Les seconds, qu'ils fussent musulmans ou grecs, apparaissaient comme les *vrais* insulaires. Les autres, comme des déserteurs au jour de la guerre.

Le gouverneur invita le docteur Nuri et le major à prendre place à ses côtés dans le landau blindé, le temps d'une tournée en ville, pour avoir un aperçu de ce qu'il se passait sur les quais, d'en prendre la mesure, de saisir la nature du phénomène.

Les puissantes familles grecques des quartiers d'Ora et de Chrysopolitissa, tels les riches Aldonis, négociants en marbre, ou les Mimiyanos (dont les persiennes étaient tirées), originaires des villages du nord et bienfaiteurs d'hôpitaux, écoles et autres bonnes œuvres, avaient déjà quitté l'île. Le landau et les gardes qui le suivaient quittèrent l'avenue Hamidiye en direction des douanes. Ils virent les files d'attente devant les agences maritimes, la sourde panique qui régnait sur le port et dans les rues avoisinantes, mais aussi la sérénité des clients, toujours aussi nombreux, qui se bousculaient dans les jardins des hôtels et les cafés à l'européenne, où l'on relisait tranquillement les journaux de l'avant-veille. La pharmacie Pelagos, la plus grande des trois pharmacies modernes d'Arkaz, était fermée, faute de pouvoir encore satisfaire la demande : Mitsos, le patron, ne voulait pas en venir aux mains avec les clients exaspérés. Les hôtels Splendid et Levant continuaient d'asperger d'eau médicamentée les hommes en fez et en chapeau, mal rasés, qui passaient leurs portes. Ils revirent ces pulvérisateurs devant le luxueux restaurant Istanbul, ainsi qu'à l'entrée du Bazaar de l'Îsle, qui vendait des cigares, du chocolat, des meubles importés de Marseille en passant par Smyrne. Dans les quartiers plus éloignés du centre, semblable paysage : des commerces fermés, des maisons vides, portes closes, verrouillées à double tour.

Ceux qui voulaient se retrancher chez eux, ou bien se réfugier dans un lieu reculé, ou encore les épiciers et les grossistes qui avaient mis à l'abri des stocks de biscuits, de farine, de pois chiches, de lentilles, de haricots blancs, tout ce qu'ils pouvaient trouver – ceux-là ne se plaignaient pas. Beaucoup de denrées avaient été soustraites à la vente par les commerçants, qui par conséquent augmentaient leurs prix. Il était un peu tôt pour parler de marché noir, mais le gouverneur et ses compagnons débattaient de son apparition imminente. La fermeture des écoles était la véritable cause de l'atmosphère lugubre qui baignait la ville. De plus en plus de gamins musulmans, dont les parents avaient été emportés par la peste, erraient dans les rues, livrés à eux-mêmes. Au détour d'une ruelle en pente raide que le landau, conduit par le fidèle Zakaria, remontait lentement, ils entendirent une sonate de Chopin ; par une fenêtre ouverte, des effluves mêlés de rose de Mingher, de pin, de moisi, d'ail et de cyclamens leur parvinrent un instant, avant de s'évanouir.

Depuis cinq ans qu'il la gouvernait, le gouverneur n'avait jamais vu la ville frappée d'une telle tristesse. Le silence et le chagrin avaient balayé la joie habituelle des jours de printemps, de tous ces merveilleux printemps où les orangers étaient en fleur, où les rues embaumaient un parfum de rose, de tilleul et de chèvrefeuille, où l'air était soudain envahi d'un ballet d'oiseaux, d'insectes, d'abeilles, où chaque toit bruissait des accouplements farouches des mouettes. Les coins aveugles où les désœuvrés et les vagabonds se retrouvaient pour discuter, les cafés où les messieurs échangeaient des potins en riant, les trottoirs où les dames grecques et leurs servantes promenaient des enfants habillés en petits marins, les deux parcs à l'européenne de la ville, inaugurés par le gouverneur sous les noms de parc Hamidiye et de parc du Levant, tout était vide, tout était mort. Traversant la cité déserte, les trois passagers discutèrent longuement de tous les sujets, des mesures à prendre contre le marché noir à la sécurité des lieux de quarantaine, des foyers à ouvrir pour les orphelins, des voleurs qui s'introduisaient dans les maisons vides, des volontaires à trouver pour la troupe du major, et surtout de pourquoi diable le consul de France se mettait dans une rage pareille. Il faudrait fouiller toutes les maisons ; faire disparaître les insultes en turc et en grec qui recouvraient les affiches de la quarantaine ; brûler sans tarder les cadavres de rats qui s'accumulaient derrière le bâtiment de la municipalité ; désinfecter, avant la prière du vendredi, non pas à l'entrée de la cour, mais au seuil de la mosquée proprement dite ; et, ce qui ne serait pas mal non plus, mettre à la retraite l'autre mufle de pompier dont tout le monde se plaignait.

Le plus grand danger, cependant, était du côté de la foule qui se pressait sur le port dans l'espoir d'embarquer sur l'un des derniers bateaux qui quitteraient l'île, le soir même. Cette panique, aujourd'hui, nous semble légitime. Car nous savons qu'en 1901, date à laquelle les antibiotiques n'existaient pas encore, la meilleure réaction face à une épidémie de peste était de fuir le plus loin possible. Mais la piailleuse cacophonie orchestrée par les agences de voyages donnait à cette attitude raisonnable une tonalité étrange. « Sauve qui peut ! », tel était le mot d'ordre.

Les représentants des grandes compagnies maritimes siégeaient au Conseil sanitaire en leur qualité de consuls. En faisant repousser d'un jour le début de la quarantaine, soi-disant pour des raisons humanitaires, mais en réalité pour servir leurs intérêts, ils avaient dégagé quelques heures précieuses à leurs affaires. Dans toutes les agences, les petites comme les grosses, Messageries maritimes, Lloyd, Compagnie russe de transport et Hidiviye en tête, on télégraphiait aux ports voisins pour demander des navires supplémentaires, et on commençait à vendre les billets sans même attendre la réponse. Mais en réalité, aucune grande compagnie ne voulait que ses navires soient bloqués en quarantaine sur une île pestiférée, encore moins que son nom se trouve associé à cette tragédie dans les journaux.

Beaucoup attendaient l'arrivée du bateau chez eux. D'autres s'étaient installés dans un coin du quai avec toute leur famille et n'en bougeaient plus. Deux familles orthodoxes, certaines d'avoir acheté des billets valides, avaient fermé leurs maisons de

Flizvos et d'Ora, chargé sur une voiture tout ce qui leur servirait pour l'été, meubles, habits, couvertures, rideaux, sacs de noix, étaient descendues vers le port d'où elles croyaient bientôt embarquer pour rejoindre leurs cousins à Salonique puis, apprenant que le voyage était « repoussé », avaient dû s'installer dans le nouveau parc que le gouverneur avait fait aménager à côté des douanes, en attendant le moment de remonter chez elles, en grand équipage.

Une large foule faisait la queue avec malles et valises devant les baraques des haleurs qui partiraient vers les navires ancrés au large. Et les portefaix et les rameurs, obnubilés par l'appât du bakchich, excitaient encore ces gens en leur répétant qu'on verrait bientôt les bateaux tant attendus doubler la Forteresse. Les candidats au départ tuaient le temps comme ils pouvaient, certains dans les cafés du port, d'autres en refaisant la liste de ce qu'ils avaient pris en partant, envoyant parfois une bonne chercher la bouilloire qu'ils avaient oubliée. Quelques insensés continuaient de faire le tour des agences à la recherche de billets. D'autres, franchement désespérés, les achetaient tous sans discernement.

En vérité, les riches grecs cultivés mis à part, la grande majorité des habitants de l'île ne souhaitait pas la quitter. Presque tous les musulmans restèrent, même la petite minorité qui avait compris ce qu'était vraiment la peste. Aujourd'hui, à cent seize ans de distance, peut-on encore l'expliquer en invoquant des facteurs tels que le manque d'argent, l'impossibilité pratique, le détachement, le fatalisme, l'absence de peur, la religion, la culture ? L'écriture de ce livre n'a certes pas pour but d'« expliquer » ce phénomène intéressant, mais il faut bien noter que seule une poignée de musulmans qui avaient de la famille, des biens, des affaires à Istanbul ou à Smyrne quitta l'île. Si les insulaires ne s'enfuirent pas, c'est d'abord parce qu'ils n'avaient pas conscience de l'imminence du terrible drame historique que nous raconterons fidèlement ici. Ils n'y pensaient pas, tout simplement. Et, ne pouvant l'imaginer, ce drame, ils lui dégagèrent la voie, ils en précipitèrent la venue.

Le landau s'engouffra dans les ruelles du Vieux Bazar. Les fripiers et les marchands de primeurs enlevaient leurs étals. Dans le quartier de Tatlîsu, des gamins jouaient encore dans les rues à la nuit tombée ; derrière le couvent des Bektâchî, une odeur de cadavre se mêlait au parfum des tilleuls ; les patrouilles que le gouverneur avait envoyées prévenir les cambriolages étaient à pied d'œuvre ; en redescendant vers le port depuis le collège grec, le major expliqua à Sami Pacha qu'il avait commencé le recrutement des soldats de la brigade sanitaire. Il restait encore fort à faire, mais il souhaitait que le gouverneur leur rendît visite à la garnison, pour voir de ses propres yeux ces hommes et montrer à tout le monde que la nouvelle armée avait son soutien.

Un être humain, dans pareille situation, pouvait se convaincre que la catastrophe ne ferait dans un premier temps que s'amplifier, puis que comme toutes les épidémies elle perdrait peu à peu en puissance pour enfin disparaître, et que si, s'étant retiré dans un coin à l'écart, il patientait le temps qu'il fallait sans mettre le nez dehors, il ne lui arriverait rien. Des souvenirs, publiés par la suite, attestent de l'existence de ces quelques hommes qui, quoique n'ayant là-bas ni maison, ni amis, ni connaissances, quittèrent Arkaz pour les régions rurales de l'île où, chassés des villages comme des pestiférés, ou bien ne s'y risquant même pas, ils vécurent entre eux, tels des Robinson Crusoé, cachés dans les montagnes, les grottes, les bois.

Le *Bagdad* arriva à l'heure. Il prit à son bord mille deux cent cinquante passagers, soit exactement deux fois et demie les cinq cents passagers réglementaires. Aucun des cinq navires annoncés ensuite ne se montra. On continuait pourtant à répéter qu'ils viendraient. À un moment, un bateau s'approcha du port, trop lointain cependant pour qu'on pût identifier la compagnie, et sembla jeter l'ancre au large. Le gouverneur ordonna au cocher de s'arrêter sur la place à l'angle de l'avenue Hamidiye. Il plissait les yeux, cherchant à comprendre, depuis la lucarne du landau, quel était ce mouvement qui agitait le port. Une petite barque filait vers le navire au loin. Elle était chargée à ras bord, d'hommes, de malles et de cantines. La foule sur le quai la suivait du regard, dans les cris, les hurlements. Les protestations étaient vaines, la barque croisait déjà le Phare arabe, où les rameurs ralentirent, s'arrêtèrent, patientèrent, l'embarcation secouée par les vagues. Peu après, une voiture à cheval, hérissée de malles, de paniers, de valises, déboulant à toute allure de Sous-la-Forteresse, freina des quatre fers sur le quai, et une famille orthodoxe au grand complet, hommes en chapeau, femmes, filles, garçons, domestiques, gouvernantes, en descendit patiemment, comme s'ils venaient d'être avertis que la peste était en ville et qu'il fallait partir. Aussitôt, un agent armé d'un pulvérisateur s'approcha et commença à les asperger. Une dispute éclata, à laquelle se mêlèrent aussi le cocher, quelques porteurs.

« Le docteur Élias insiste pour quitter l'île, dit le gouverneur sans détacher son regard de ce qu'il voyait par le carreau. Il ne comprend pas que le problème dépasse ses histoires de billet ou d'organisation de la quarantaine. Mais Sa Majesté Impériale veut qu'il reste sur l'île. Au reste, il est tellement terrifié qu'il n'ose pas mettre un pied hors de la garnison. Je compte sur vous pour me ragaillardir le bonhomme, demain matin, quand nous inaugurerons votre petite armée.

— À la vérité, nous ne sommes pas opérationnels, ni en nombre, ni en équipement ! » dit le major avec une mine gênée. C'était lui qui avait voulu cette cérémonie, destinée à encourager ses soldats, tous des bleus, lui encore qui avait invité le gouverneur.

« Avez-vous pris le sergent Hamdi Baba, celui que je vous ai envoyé hier ? C'est une armée à lui tout seul. »

Le landau s'enfonça dans un dédale de ruelles et de raidillons déserts. Dans un coin qui paraissait désormais inhabité, ils virent deux rats morts, l'un au pied du mur d'un jardin, l'autre gisant au milieu de la rue, dans la poussière. Comment ces deux rats, manifestement tués par du poison, avaient-ils pu ne pas taper dans l'œil des gamins qui les vendaient à la municipalité ?

« Comment expliquez-vous cela ? demanda le gouverneur au docteur Nuri.

— Qui sait ce qu'il adviendra si la peste et les rats unissent de nouveau leurs forces ! »

Enfin ils rentrèrent au palais du gouverneur. Les disputes sur les quais se prolongèrent jusqu'au milieu de la nuit. Le docteur Nuri et Pakizê, depuis leur chambre, le gouverneur, depuis son bureau, entendaient distinctement les insultes, les cris, les braillements des rameurs, le tumulte des bagarres qui éclataient quand les chaloupes quittaient l'embarcadère en direction des derniers navires qui mouillaient à l'entrée du port. Quelques possesseurs de billets de la Lloyd, enrageant de rester à quai, allèrent demander des comptes aux agents, les agressèrent, des bagarres éclatèrent. On tabassa un des employés de la Lloyd, dont les nouvelles lunettes, achetées chez Essel à Salonique, furent brisées, puis la police arriva sur les lieux.

Il y eut aussi un incident au guichet des Messageries maritimes, la compagnie qui desservait le plus fréquemment l'île, sous le regard des photographies en noir et blanc de contrées exotiques, lointaines, qui ornaient les murs rouge et orange de l'agence. Le propriétaire, Monsieur Andon, commerçant ambitieux – et en même temps consul de France – issu d'une des vieilles familles grecques d'Arkaz, eut le courage de se rendre sur place pour s'adresser personnellement à la foule en colère. « Le navire est en route, c'est le gouverneur qui lui refuse l'autorisation ! » dit-il à ces gens.

Les mots nous manquent pour décrire l'effondrement psychologique que vivaient alors ces familles, qui depuis trois jours ne rêvaient que de s'enfuir en Crète, à Salonique, Smyrne, Istanbul, avec malles et bagages. Personne ne voulait rentrer chez soi au milieu de la nuit, retrouver la maison abandonnée la veille, toutes les portes fermées à clef, les volets scellés avec des clous. Rien chez eux n'était prêt pour un retour, les cuisines, les garde-manger, les placards hors d'atteinte des rats étaient vides, on n'avait fait aucune réserve de biscuits, de pâtes, de vermicelles, de truites séchées ni de sardines en saumure.

Les plus sereins étaient les rares analphabètes pauvres et misérables de l'île, soit qu'ils n'eussent rien remarqué, soit qu'ils fussent insensibles à la peur, à la mort. Aussi ne saurait-on se moquer de l'intérêt que nous portons à la détresse des familles les plus riches, celles des grands propriétaires fonciers de l'île (presque tous avaient confié la gestion de leurs terres et de leurs biens à des intendants, et résidaient à Istanbul ou à Smyrne). De ces familles qui attendirent cette nuit-là sur le quai, prostrées, désespérées, avant de rentrer piteusement chez elles à l'aube, la peste emporta de nombreux membres : tous les belliqueux Pangiris, la plupart des Sifiropoulos, au moins quelques-uns des Faros de Chypre.

La rumeur voulant que le gouverneur eût interdit l'accès du port aux navires spécialement affrétés pour l'évacuation s'était transformée, à son avantage, en rumeur selon laquelle l'entrée en vigueur de la quarantaine avait été ajournée justement pour permettre aux bateaux en retard de mouiller dans le port. Au même moment, un homme qui traînait seul au milieu de la foule et qui, sans malle, sans panier, sans billet, sans allure, ressemblait plus à un badaud qu'à un voyageur, s'écroula devant les douanes avant d'être secoué de panique, comme terrassé par une fièvre délirante. Il gisait là, silhouette imprécise sous la faible lueur des lampes à huile. Des pompiers qui circulaient parmi la foule coururent vers le malade, les gens se dispersèrent. D'autres au contraire, croyant qu'on avait attrapé et bastonnait le diable qui semait la peste en ville au moyen de cadavres de rats, accoururent au spectacle.

Le gouverneur, apprenant que quelques âmes fiévreuses s'étaient réunies au Café Sud de l'avenue d'Istanbul pour rédiger une pétition exigeant que la quarantaine soit ajournée jusqu'au départ des derniers navires, et que leur plan était de la faire signer dans la nuit par les patriarches des grandes familles, les patrons des agences, les consuls, enfin par quiconque voulait quitter l'île, avant de marcher sur le palais pour la lui remettre en mains propres, et d'ailleurs plutôt au docteur Nuri, le gouverneur donc, apprenant cela, envoya les pompiers dans ce café pour disperser la réunion dans un grand nuage puant d'eau lysolée. On arrêta plus tard les deux meneurs présumés, un jeune homme et son oncle, qui furent jetés en prison.

Vers vingt-trois heures, alors que l'agitation redoublait sur les quais, en partie du fait de l'incident, un événement heureux se produisit : le *Persépolis* des Messageries maritimes, dernier navire officiellement annoncé, apparut au large de la Forteresse. On ne distinguait pas nettement le bateau depuis le port, mais quelques lumières tremblantes trahissaient sa présence. Ce fut la ruée vers les malles, les valises, les familles. Sans perdre un instant, la première chaloupe de l'équipage Lazare s'élança sur la mer avec passagers et bagages. La deuxième chaloupe fut aussitôt prise d'assaut, il y eut une empoignade monumentale entre les candidats au départ, paniqués, vociférants, et les douaniers, policiers et pompiers. Puis la deuxième chaloupe de Lazare quitta le rivage et disparut dans une obscurité sans fin.

Ce fut un instant de solitude terrifiante. Les passagers restés à quai – cinq cents personnes, d'après nos calculs – comprirent que c'était bien fini. Le dernier bateau était parti et ils étaient seuls sur l'île avec la peste. Quelques familles attendirent les bateaux jusqu'au petit jour, victimes des rumeurs qu'elles avaient elles-mêmes inventées et qu'elles avaient fini par croire. D'autres restèrent seulement pour s'épargner un retour dans la nuit noire. La plupart, néanmoins, rentrèrent chez eux en silence, leurs affaires chargées sur une voiture, à pied pour ceux qui n'en avaient pas trouvé. (Étrangement, personne cette nuit-là ne croisa l'homme au sac, celui qui répandait la peste avec ses rats morts.) La nuit était froide, pour un début de mai. Le vent arrachait aux maisons vides de longs gémissements.

CHAPITRE 27

Deux coups de sifflet retentirent peu après minuit, et ce son étouffé, déchirant, se répercutait dans les montagnes de Mingher – le *Persépolis* avait quitté l'île. Le gouverneur était toujours dans son bureau, entouré du directeur pénitentiaire et du contrôleur général, ils réglaient les détails de l'exécution de la bande de criminels condamnés à mort. Le pacha hésitait encore, sans doute parce qu'il craignait les conséquences politiques d'une pendaison sans l'aval d'Istanbul, particulièrement celle de Ramiz. Les deux autres lui rappelèrent que Chakir, le voleur du quartier de Tuzla, était d'accord pour les exécuter un par un, mais qu'on ne pouvait pas lui faire confiance car il était toujours ivre, qu'on n'avait, de ce fait, guère de chances de le voir à la prison à l'heure de l'exécution, et qu'en outre il réclamait de l'argent.

« Dans ce cas, convoquez-le à la Forteresse dès demain, et retenez-le jusqu'au soir ! dit le pacha. Vous attendrez la nuit pour lui donner son vin. Dans quelle taverne se fournit-il ? » C'est à cet instant qu'ils entendirent le sifflet du *Persépolis* ; les trois hommes s'approchèrent de la fenêtre qui donnait sur le port. On discernait à peine les lumières du navire, mais suffisamment pour comprendre qu'il s'éloignait de l'île. L'air était lourd, ils sentirent comme un écrasement.

« Nous voilà seuls avec la peste ! soupira le gouverneur Sami Pacha. Bien, messieurs, nous reprendrons demain matin. »

Les autres participants à la réunion, qui n'attendaient que ce mot d'ordre, oublièrent aussitôt ce dont il venait d'être question, ce qui était le plan du gouverneur, et quittèrent le grand bureau sans éteindre les lampes à gaz. Dans les temps difficiles, le gouverneur laissait brûler les lampes du palais et de son bureau jusqu'à l'aube, afin de donner aux badauds l'impression que l'État ne dormait jamais, ainsi que pour égarer ceux qui voudraient l'assassiner.

Lorsqu'ils entendirent le sifflet du *Persépolis*, Pakizê et le docteur Nuri, comme beaucoup d'insulaires qui n'étaient pas descendus sur les quais, se précipitèrent à la fenêtre de leur chambre pour admirer ce spectacle romantique que tant d'autres, au même moment, contemplaient avec un sentiment de peur et d'abandon mêlé d'une étrange culpabilité. L'obscurité était totale ; seule la Forteresse se distinguait dans l'ombre. Dans ces lumières du *Persépolis* qui s'éloignait sur le velours noir de la nuit, Pakizê vit le signe que son époux et elle étaient seuls, définitivement seuls. Le docteur Nuri, pour sa part, ne se considérait pas comme « contaminé », ayant l'habitude de se désinfecter régulièrement les mains, le cou, les bras. Et c'est en historienne que nous mentionnons que le couple, cette nuit-là, fit l'amour avec bonheur.

Le docteur Nuri se réveilla peu avant l'aube. Il s'habilla, regardant d'un côté sa femme qui dormait paisiblement, et songeant de l'autre que la rumeur était donc vraie : le gouverneur Pacha, comme c'était l'usage dans les temps troubles, allait faire exécuter Ramiz et deux autres hommes dans le dos d'Istanbul.

Il descendit les escaliers sous le regard respectueux des gardiens de nuit, puis se dirigea instinctivement vers la cour intérieure. C'était dans ce genre d'endroits qu'on exécutait les condamnés à mort. Mais il n'y avait personne. Le monstrueux chien de berger qui, jusqu'à une date récente, veillait sur la cour et aboyait toute la nuit, attaché à une longue chaîne qui partait des cuisines, avait disparu au début de l'épidémie.

La place était plongée dans le noir, le docteur Nuri ne distinguait rien, pas même une ombre. Il se sentait comme un fantôme, marchant entre les colonnes et les voûtes. Il fit le tour de la place à pas lents, imaginant à chaque seconde qu'il buterait sur quelqu'un, mais la nuit semblait une chambre noire à deux dimensions ; rien de physique ne sortait de cette boîte obscure, seulement, parfois, l'ombre d'un arbre, ou un filet blême glissant en silence devant ses pas. Il longea les affiches de la quarantaine, les rideaux baissés des commerces, puis s'engouffra dans une ruelle et marcha longtemps, seul dans l'infini dédale de la ville pestiférée.

Dans chaque quartier il était accueilli par une meute de chiens différente, chiens qui aboyaient rageusement à son approche, mais dont aucun ne se risquait si près qu'il pût sentir son souffle ou entendre ses râles. Il s'engageait parfois dans une rue étroite, un raidillon qu'il remontait en écoutant les cris des mouettes et humant un parfum d'algue qui venait de la mer, puis bifurquait d'instinct, prenant sur sa droite une autre ruelle, qui embaumait la rose. Dans un jardin il surprit les voix d'un homme et d'une femme qui riaient en se chuchotant des choses en grec ; il écouta un hibou qui hululait longuement quelque part dans les nuages invisibles, puis peu après s'étonna de ne même plus entendre le bruit de ses pas. Où était-elle, cette rue au sol couvert de sable ? Il descendit des escaliers, dépassa l'hôtel Mingher, se perdit de nouveau. Se trouvant soudain nez à nez avec des volets fermés, il comprit qu'il avait quitté la rue pour entrer dans un jardin. Des coassements de grenouilles l'attirèrent, de loin on aurait dit une cascade, elles sautèrent dans l'eau quand il s'approcha, mais dans l'obscurité il ne put isoler ni le murmure du bassin, ni sa fraîcheur.

À un moment il entendit une voix qu'il crut être celle d'un voleur, se jeta de côté, sans réussir à voir personne dans la nuit noire, dense, épaisse comme un brouillard charbonneux. Il voulait retourner auprès de sa femme, mais tarda en chemin, croyant remonter vers la place du Vilayet quand il s'en éloignait.

Le matin, il raconta à son épouse qu'il était sorti en pleine nuit parce que les condamnations à mort l'empêchaient de dormir.

« Mon oncle souhaite que ce soient ses fidèles et habiles gouverneurs qui fassent pendre de leur propre initiative ses ennemis à lui, ceux qu'il châtie ou leur envoie en exil. Sans quoi il ne ferait jamais exécuter personne, encore moins un musulman. Il a autant de ruse que de prudence, c'est-à-dire énormément. »

Pakizê écouta ensuite son mari lui expliquer comment il s'était égaré dans les rues enténébrées d'Arkaz, quelle expérience métaphysique c'était, et elle, sitôt assise à la table où elle écrivait ses lettres, prit une feuille vierge en haut de laquelle elle écrivit « Les nuits de la peste », et nota mot pour mot tout ce qu'elle venait d'entendre. Ni l'un ni l'autre ne relevèrent le fait que cette nouvelle lettre n'atteindrait pas Istanbul et sa sœur Hatidjê avant longtemps, le dernier navire ayant quitté l'île dans la nuit. « Je ne sais à quoi me sert ce luxe de détails, mais vous, n'en omettez aucun, racontez-moi tout ! » dit Pakizê à son mari.

Le docteur Nuri retrouva le gouverneur devant la carte épidémiologique ; un secrétaire situait au crayon vert les huit morts de la veille, et déjà deux de plus ce matin, dit le gouverneur au médecin. Le major, continua-t-il, était resté à la garnison avec le docteur Élias, rapport à l'inauguration de sa brigade. Puis, après avoir vanté le zèle, le talent et la discipline du major, il ajouta que son mariage avec Zeynep serait une excellente chose pour l'île.

Le gouverneur connaissait chacun des huit morts de la veille. Un fonctionnaire de la direction des fondations pieuses qui avait annoncé, au début de l'épidémie, qu'il partirait pour son village mais, n'ayant apparemment pas mis son plan à exécution, s'était finalement enfermé avec sa famille dans leur demeure de Tchitê. Deux personnes y étaient mortes hier, on l'avait vidée et désinfectée. Un maréchal-ferrant des Carrières et un barbier de Turunçlar, le volubile Zaïm, très aimé des gens de ce quartier, étaient morts chez eux sans même avoir le temps d'aller à l'hôpital. On lui avait également rapporté la mort d'un vieux paysan déposé la veille à l'hôpital Hamidiye, d'une mère âgée dont l'agonie avait été rythmée par les pleurs qu'elle versait sur ses pauvres enfants, d'un homme dont le corps avait été retrouvé sans vie à l'aube dans le jardin de l'hôpital Theodoropoulos, et d'un garçon de café grec qui travaillait dans une taverne de Pétalis. La mort de ce dernier avait relancé le brûlant débat qui divisait les médecins : la peste pouvait-elle ou non se transmettre par la nourriture ? Car la prohibition des fruits et légumes, pastèques et melons, était une mesure qu'on appliquait contre le choléra, non la peste.

« Le docteur Élias – et avant lui le regretté Bonkowski Pacha, paix à son âme – a toujours répété que la contagion ne pouvait passer par les aliments, commenta le docteur Nuri. Nous lui demanderons à la garnison.

— Comment interprétez-vous la carte ? lui demanda le gouverneur.

— Je crois qu'il est encore trop tôt pour mesurer les effets des restrictions sanitaires.

— Eh, tant mieux ! Sans quoi on s'écrierait déjà qu'elles n'en ont eu aucun !

— Mon pacha, ce sont ceux qui ne les prennent pas au sérieux qui les rendent vaines. Et ils finissent par mourir à leur tour.

— Vous avez raison ! s'exclama le gouverneur dans un instant d'illumination. Mais nous ne mourrons pas ! On me répète partout que les soldats de la brigade sanitaire du major sont forts, résolus et capables. »

Ils montèrent dans le landau ; le gouverneur demanda au cocher Zakaria de prendre par la côte plutôt que par la montée de Kofounia. Passé l'église Saint-Antoine, ils longèrent le mur auquel était adossé le poulailler du jardin de Marika (comme ses persiennes étaient joliment ouvertes !) pour redescendre en lacet jusqu'à la côte. On n'entendait rien d'autre que le bruit des fers des chevaux, le grincement des roues et les « brssss » de Zakaria quand il freinait l'attelage dans les pentes les plus raides. Même les mouettes et les corneilles étaient muettes. Le silence semblait faire blêmir jusqu'à la mer, dont l'immensité pâle apparaissait entre les tavernes et les hôtels.

« Ils sont tous partis avec le dernier bateau des Messageries, l'île est déserte ! » dit le gouverneur d'un ton chagrin. Son visage était frappé d'une expression pure et enfantine que le docteur Nuri trouva charmante.

Les hôtels et les restaurants disparurent, le landau longeait à présent l'à-pic qui tombait dans la mer à leur droite. Comme elle était proche, qu'elle était blanche ! Le gouverneur aimait beaucoup cette route à flanc de coteau qui suivait le rivage vers le nord, montant et descendant sans cesse. Les longs virages qui épousaient la forme de chaque crique et les palmiers plantés au bord de la route lui procuraient toujours un certain bonheur. Il aimait l'odeur de rose qui embaumait au passage des riches villas, il aimait les nouvelles plages de sable et leurs cabines aux auvents effrangés, il aimait le petit ponton, les ruches où l'on récoltait le miel de rose. Et il suivait de près l'avancée des villas que se faisaient construire les nouveaux riches.

« Combien de fois, dans mes premières années sur l'île, n'ai-je pas répété aux chefs des grandes familles musulmanes et à leurs riches coreligionnaires des environs de la place Hamidiye : “Faites comme les grecs, faites-vous construire des pavillons, des kiosques, des villas le long de la route côtière qui part de Kadirler vers le nord, déménagez là-bas avec vos familles, l'avenir de la ville est au bord de la mer, de chaque côté de l'île ! Ne vous entassez pas dans la vieille ville autour de vos vieilles mosquées !" Mais ils ne m'ont pas écouté, sans doute parce que je leur disais "faites comme les grecs", ça ne leur a pas plu. Non, voyez-vous, ces chefs de famille, ces vieux patriarches qui prient cinq fois par jour, ils voulaient rester près de la mosquée de Mehmed Pacha l'Aveugle et de toutes les autres ! C'est ainsi que la Jetée de pierre, les ateliers des entreprises de marbre et les logements des ouvriers se sont transformés en repaires de chiens errants et d'araignées. Puis les réfugiés de Crète ont débarqué. C'était mon idée, je l'avoue, c'est moi qui ai incité ces pauvres Crétois apatrides, ces jeunes sans travail et sans vigueur à s'installer là-bas. Ils auront un toit, me disais-je, et en même temps ils ranimeront le quartier… Mais ils ont commencé à faire les vagabonds, la canaille, à se venger des grecs, les bandits… La peste nous donne enfin une saine excuse pour les déloger et brûler tout le quartier. Ce qui est malheureusement impossible, car les ateliers sont en bonne pierre de Mingher, la meilleure qui soit, allez faire brûler ça… Mais je maintiens, qu'on y mette le feu, et sans tarder… Enfin, moi qui voulais vous parler de cette route paradisiaque… »

Après avoir longé les plages désertes, la route montait de nouveau. À gauche se dressaient les majestueuses villas des riches familles grecques de Flizvos, que le gouverneur regardait toujours avec respect, sinon avec admiration. Avec leur architecture inspirée de la Forteresse, leurs toits crénelés, leurs tourelles pointues, leurs généreux belvédères contemplant l'immensité lisse et nue de la Méditerranée orientale, ces endroits étaient superbes, et quand on voyait de là-haut, aux premières heures du jour, le soleil émerger au Levant sur la mer infinie, oui, il n'y avait rien de plus sublime. Le gouverneur connaissait quelques-unes de ces familles aux mœurs européennes, il avait assisté à des réceptions dans ces résidences aux allures de palais. Et il avait fermé l'œil sur les jeux et les paris qu'on organisait dans leur club (le *Cercle du Levant**), club qu'il les avait aidées à fonder et où il était le seul musulman invité mais, lorsqu'il avait appris que le club, à l'approche du

Nouvel An, organisait une tombola et des tours de loto pour soutenir Pavlos, le bandit qui écumait les villages musulmans, ainsi que les nationalistes grecs emprisonnés à Arkaz, le gouverneur avait aussitôt fait arrêter le meneur, une espèce de dandy qui se trouvait être le fils du propriétaire du Bazaar de l'Îsle, au motif qu'il vendait de la marchandise non déclarée, et l'avait fait jeter dans la pire cellule de la prison, où le bellâtre avait passé quelques jours à méditer sur les hurlements des collègues qu'on torturait dans les cellules voisines, et pourtant les murs étaient épais. Ainsi le Cercle du Levant avait-il cessé de lui-même ses tombolas pour crapules anarchistes, sans qu'il eût été besoin de fermer le club, ni du moindre télégramme diplomatique. Le contrôleur général Mazhar Efendi était expert dans l'art de faire taire ce genre de trouble-fête, discrètement et sans scandale.

Tandis qu'ils gravissaient lentement la côte sinueuse du quartier de Dantela, le gouverneur tourna son regard vers une petite maison blanche à flanc de colline. Quand il aurait tout laissé tomber, c'est-à-dire quand Abdülhamid l'aurait fait sombrer en disgrâce, ce n'était pas à Istanbul, mais là, ici, dans cette maison, qu'il viendrait s'installer, pour vivre en cultivant des roses et en ami des pêcheurs grecs de la petite crique en contrebas.

La ligne de l'horizon se perdait dans les brumes de la mer, et le gouverneur eut l'impression que l'île s'était détachée de l'univers et qu'il flottait avec elle au milieu du ciel. Le silence, le soleil semblaient répandre sur les hommes un sentiment de solitude et d'étrange dérision. Le docteur Nuri ayant relevé la custode de cuir parce qu'il avait chaud, une abeille, nerveuse et bourdonnante, entra par la fenêtre de droite, qui était ouverte, pour se cogner contre le verre de l'autre, qui ne l'était pas, ce qui fit enrager l'insecte et paniquer les deux hommes. L'abeille finit par ressortir par où elle était entrée, mais les gigotements frénétiques de ses passagers avaient alerté le cocher, qui brida ses chevaux.

« C'était une abeille, Zakaria, elle a fichu le camp la bougresse, allez va, fouette tes chevaux, à la garnison ! » lui lança le gouverneur.

La voiture s'engagea sur l'étroit chemin de pierre qui reliait la crique de Tachlîk à la garnison. Le grincement métallique des roues et le claquement des fers résonnaient bruyamment sur les dalles, grossièrement débitées dans le marbre de Mingher, qui pavaient cette route escarpée. Elle avait été construite soixante ans plus tôt pour permettre aux renforts venus d'Istanbul d'atteindre rapidement la garnison depuis la côte, sans passer par la Forteresse, au cas où les nationalistes grecs attaqueraient les Ottomans depuis l'intérieur de l'île, mais personne ne l'avait encore jamais utilisée dans ce but. Quelques riches villas et de vieilles maisons de maître se détachaient sur le vert du coteau. Ils virent des lézards qui couraient sur les branches des arbres plantés au milieu des jardins, aux vastes frondaisons de feuilles étranges, drues, pointues, d'où jaillissaient les cris de perroquets insolents et par rares éclats le chant sublime d'oiseaux plus distingués. Leurs poumons s'emplissaient de l'air frais du coteau ombragé.

« Cocher, arrête, arrête ! » s'écria soudain le gouverneur, le regard fixé sur un jardin aux chatoiements d'émeraude et d'ardoise.

Le landau s'arrêta et glissa lentement en arrière dans la pente. Le gouverneur, comme à son habitude, attendit qu'on vînt lui ouvrir la portière. Le garde assis à côté de Zakaria descendit, ouvrit la portière, le gouverneur leur désigna un point, et ils virent, émergeant entre les branches tombantes d'un saule, deux garçons aux cheveux très noirs et aux habits élimés, qui les regardaient.

L'un des gamins lança une pierre dans leur direction d'un geste rageur, tandis que l'autre le retenait, comme pour dire : « Non, fais pas ça ! » Puis les deux déguerpirent en silence et disparurent. Tout s'était passé sans un bruit, comme dans un rêve ; ils avaient peut-être eu affaire à des fantômes.

Le gouverneur ordonna aux gardes de courir après les gamins. « Livrés à eux-mêmes, sans famille ni toit, ça tombe sous la coupe des brigands, ah ! dit-il en remontant en voiture. Ils viennent de la montagne, des villages, les crapules. Allez les attraper, leur inculquer la discipline ! Non, à la vérité, tenir ces vauriens est une tâche impossible !

— Si le docteur Élias était là, il vous rappellerait que Bonkowski Pacha aurait dit…

— Est-ce qu'il n'a pas un peu trop peur, celui-là ? »

Mehmed Pacha d'Edirne, le lieutenant de la garnison, avait organisé une petite réception solennelle. Ils longèrent d'abord quarante soldats arabes de la Cinquième Armée, triés sur le volet et qui les saluaient au garde-à-vous. Ils passèrent ensuite en revue la batterie que commandait le sergent d'artillerie Sadri et qui avait démontré sa puissance l'an passé, à l'occasion du vingt-cinquième anniversaire de la montée sur le trône d'Abdülhamid, en tirant vingt-cinq coups de canon à blanc. « J'ai assez de poudre pour en tirer cent de plus s'il le faut ! » déclara fièrement le sergent au gouverneur. Puis ils furent invités à s'asseoir autour de la belle table que le lieutenant de la garnison avait fait spécialement dresser pour eux. Les derniers numéros de la presse étaient disposés sur un coin de la nappe, non seulement le journal officiel, le *Havadis-i Arkata,* mais aussi le *Necm-i Cezire,* le *Neo Nisis* et l'*Adekatos Arkadis.* Le docteur Élias était déjà installé à table, il portait une redingote violette.

« Vos lumières nous ont manqué ce matin, devant la carte ! lui lança le gouverneur. Le nombre de morts augmente, la moitié des quartiers musulmans et des quartiers grecs est maintenant infectée. Est-on bien avisé de manger cela ? »

Un soldat venait de déposer sur la table une grande coupe pleine de grosses mûres noires qu'on récoltait sur le domaine de la garnison. Il y avait aussi quelques célèbres brioches aux noix et à la rose de Mingher, que le docteur Élias regardait goulûment.

« Faites-moi confiance, mon pacha, dit-il avec un grand sourire. Je goûterai le premier, vous mangerez ensuite. Pour les mûres je n'en sais rien, mais les brioches à la rose sortent tout juste du four. »

On entendit soudain des hurlements. Un cheval bai se cabra furieusement avant de s'enfuir en ruant. Deux soldats chargés des préparatifs de la réception lui coururent après, saluant au passage le gouverneur et les officiels d'un air penaud. Le gouverneur, incommodé par la chaleur, se leva pour suivre des yeux le cheval.

Puis il aperçut les soldats de la brigade sanitaire du major rassemblés un peu plus loin, s'en félicita et marcha vers eux sans attendre le café. Les gardes, les secrétaires et les officiers lui emboîtèrent le pas.

Le major avait fait dix-sept nouvelles recrues en deux jours. Hamdi Baba avait tenu le rôle de premier « conseiller » dans ce recrutement. D'un âge incertain, Hamdi Baba portait une grosse barbe et de longues moustaches. Après son service militaire, ne voulant pas être démobilisé, il s'était vu incorporé dans l'armée ottomane avec un rang moyen, bien qu'il sût péniblement lire et écrire, et il avait combattu sur de nombreux fronts. Originaire de Mingher, il avait réussi à être muté sur l'île et à ne plus la quitter. Hamdi Baba parlait à tout le monde avec une douceur égale et des manières impeccables, sans distinguer entre ses interlocuteurs, des Arabes aux grecs, des insulaires parlant minghérien aux familles turcophones, de l'homme de la rue aux fonctionnaires, et il savait convaincre n'importe qui de n'importe quoi.

Le gouverneur écouta solennellement le rapport que le sergent lui fit en gesticulant plus que de raison, puis scruta d'un œil attentif, avec un intérêt réel, la mise en rang quatre par quatre de la jeune troupe. Elle était essentiellement composée d'hommes de Bayîrlar et de Gülerenler, que Hamdi Baba connaissait pour avoir grandi dans ces quartiers, des hommes en qui il avait confiance, qu'il aimait et avait su convaincre de s'engager dans ce « volontariat » qui leur serait payé. Le fait de parler minghérien fut donc le véritable critère de recrutement des hommes de la brigade sanitaire, ainsi que tous les historiens de l'île l'ont noté. Mais contrairement à l'opinion communément répandue, l'idée ne venait pas du major.

Depuis trois jours, celui-ci se rendait toutes les après-midi à la garnison pour « instruire » ses soldats. Il ne s'agissait pas tant d'instruction militaire que de leur apprendre à agir rationnellement, à respecter les mesures d'hygiène, à porter des vêtements protecteurs, à se désinfecter convenablement, à écouter ce que disaient les médecins et, surtout, à toujours obéir à leur Commandant. Le docteur Nuri avait déjà assisté à l'une de ces séances d'exercice, il avait rencontré les soldats et les avait même accompagnés, avec le major, à Kadirler et Turunçlar, où ils avaient terrorisé avec succès deux maisonnées tellement rétives aux cordons et aux entraves sanitaires qu'elles préféraient en venir aux mains plutôt que de s'y soumettre. Ils avaient également réussi à mater une petite émeute provoquée par un jeune époux qui voulait être enterré avec sa femme enceinte, en usant seulement de paroles raisonnables et de sous-entendus menaçants tels que « le sultan vous l'ordonne ».

Le gouverneur trouvait que le major avait très bien choisi ses « soldats de la quarantaine », et les avait fort bien éduqués, en un temps record. Ces hommes étaient familiers des rues les plus frappées par la contagion, ils en connaissaient la mentalité, les fortes têtes, savaient qui écoutait et qui n'écoutait rien, ils connaissaient tout le monde. Grâce à eux, deux jours avaient suffi pour persuader les musulmans analphabètes de respecter les règlements sanitaires (mais cela représentait un très petit nombre de gens). Quand on apprenait, soit par les délégués de quartier, soit par les informateurs placés partout, qu'un malade s'était déclaré dans un foyer, on y envoyait d'abord Hamdi Baba. Et les gens, voyant débarquer ce gaillard en uniforme de soldat, mais barbu comme eux et qui parlait leur langue, se pliaient plus vite aux interdictions en vigueur.

Le gouverneur était fortement ému de découvrir les soldats du major, admiratif de la façon dont la cérémonie avait pu être organisée si vite et si bien, ce qui lui inspira un discours : l'armée ottomane, leur déclara-t-il, était le sabre de l'islam, mais ce sabre, cette fois, ne couperait pas les têtes des mécréants, mais celle de la peste, ce qui était une mission autrement plus humaine et sacrée.

Le ciel était bleu avec de lourds nuages blancs. Le gouverneur était en train d'expliquer aux soldats de prendre bien garde à ne pas se faire infecter par la maladie, et que leur Commandant était un soldat brillant et plein de bravoure, lorsque le contrôleur général Mazhar Efendi s'approcha pour lui murmurer quelque chose à l'oreille. Tout le monde retint son souffle, comprenant que la chose devait être grave, puisqu'elle méritait qu'on interrompît le gouverneur Sami Pacha, et peu cérémonieusement.

« Le docteur Élias se sent mal, mon pacha », lui avait chuchoté Mazhar Efendi.

Si la garnison était infectée, c'en était fini, tout serait hors de contrôle. Le gouverneur voulait continuer son discours, mais son esprit s'occupait déjà d'analyser la nouvelle situation. Le docteur Élias pouvait avoir contracté la maladie en bas, à l'hôpital, puis l'avoir ramenée ici ; l'envoyer à la garnison était une erreur depuis le début. Mais la peste peut aussi bien être arrivée avec moi, dans mon propre landau, songea le gouverneur, en proie à un étrange sentiment de culpabilité. Puis il reprit son discours comme si de rien n'était, expliquant aux soldats qui le dévisageaient qu'il n'était pas de plus noble fortune ni de plus grand bonheur que de servir dans l'armée de son altesse le pilier de l'univers. Mais il se disait aussi : « Non, le docteur Élias ne peut pas souffrir de la peste. Car n'était-il pas derrière moi il y a encore un instant ? »

CHAPITRE 28

Le docteur Élias avait assisté à la cérémonie de loin, fondu dans la foule clairsemée qui suivait le gouverneur, confiant dans son être, souriant, optimiste, et dégustant la brioche à la rose qu'il avait discrètement glissée dans sa poche en quittant la table. À présent il se tordait, brisé de douleur, étalé sur son lit, dans la modeste chambre d'hôte de la garnison, à cent mètres de là. Ses maux de ventre étaient si violents qu'il croyait défaillir, et pourtant il ne défaillait pas. Il s'était d'abord efforcé de réprimer sa nausée pour continuer de suivre la revue du gouverneur mais, n'en pouvant plus, il avait couru dans sa chambre, s'était jeté sur son lit et aussitôt mis à vomir. Il avait l'impression que quelqu'un d'autre vomissait à sa place. Tout son petit déjeuner lui sortait par la bouche sous forme de grumeaux blanchâtres.

Puis il sentit comme une vrille lui traverser les entrailles. Il sortit dans le couloir à la recherche de latrines pour soulager sa diarrhée. Il en revint à moitié évanoui et s'effondra avant d'atteindre sa porte. Un soldat le vit et le ramena jusqu'à sa chambre. Un petit attroupement se forma bientôt sur le seuil. Le docteur Élias se sentit épié comme s'il était le diable de la peste en personne ; lui-même ignorait la nature du mal qui le frappait.

Quand les tremblements commencèrent, il se vit tomber dans un puits. Le médecin de la garnison essayait de défaire les boutons de sa chemise, qu'il tenait par un bord d'une main précautionneuse. Puis le docteur Nuri arriva, aperçut le visage bleuâtre, presque métallique, du docteur Élias, et se dit que ce n'était peut-être pas la peste. Certes, le malade tremblait comme un pestiféré et régurgitait sans cesse, dans un état proche du « delirium », mais cela, normalement, avec la peste, se produisait plus tard. Il chercha un bubon sur son cou, aux aisselles, n'en trouva pas. Il n'osait pas regarder à l'intérieur de la bouche, qui dégageait une odeur fétide, ignoble, car le docteur Élias continuait de vomir. Les postillons qui flottaient dans l'air pouvaient être pestilentiels.

Le malade tenta de dire quelque chose, mais sa bouche ne rendait que des sons bizarres où l'on ne distinguait aucun mot. Le docteur Nuri le regardait dans les yeux pour l'encourager à parler – ces yeux étaient pleins d'impuissance et de désespoir. Puis il plongea sa main dans la poche du docteur Élias, en sortit un morceau de brioche et tout devint clair.

Le docteur Nuri bondit hors de la chambre, courut vers la table du banquet.

Les officiers, les secrétaires et le lieutenant de la garnison étaient sur le point de s'attabler. Car le gouverneur, dans un éclair de lucidité, avait décidé de ne pas révéler que la peste était arrivée dans la garnison. Il avait donc appelé au calme et prié tout le monde, la voix ferme et rassurante, de prendre place autour de la grande table. Pour donner l'exemple, il s'était assis le premier. On l'avait imité, quoique fébrilement. Le major, quant à lui, avait donné repos à sa troupe. Tandis qu'un des vieux soldats employés aux cuisines faisait le tour de la table avec une cafetière en cuivre, à long bec, pour servir un café bien noir, brûlant, au fumet délicieux, d'abord au gouverneur, puis aux autres, l'ordonnance du lieutenant mordait dans une brioche à la rose et aux noix.

« Arrêtez, c'est empoisonné ! cria le docteur Nuri qui déboulait à la seconde même. Ne mangez rien, ne buvez rien ! Le café et les brioches sont empoisonnés ! » Il était hors d'haleine.

Les analyses ultérieures montrèrent que le café qu'on leur avait servi ne contenait rien d'autre que du bon café moulu du Yémen et de l'eau puisée aux sources qui se trouvaient au nord d'Arkaz, juste à la sortie de la ville, enfin qu'il était hors de cause.

Le soupçon se reporta immédiatement sur les brioches à la rose et aux noix, qu'on suspectait d'être empoisonnées à l'arsenic, un raticide obtenu à partir d'une plante qu'on appelait « herbe à rats » dans la langue populaire. Il n'existait certes pas, en 1901, dans cette lointaine province de l'Empire ottoman, de laboratoire capable de prouver la présence du poison grâce à des analyses sanguines ou salivaires, mais comme au cours du dernier demi-siècle de nombreux insulaires avaient été empoisonnés, et parfois tués, à l'arsenic, les méthodes de grand-mère qui permettaient d'identifier le poison étaient pour ainsi dire familières.

L'ordonnance du lieutenant Mehmed Pacha prit alors une brioche et partit la lancer au hargneux chien de berger qu'on tenait enchaîné à un platane, derrière le bâtiment réservé aux hôtes. L'animal mourut en quelques minutes, sous les yeux du docteur Nuri et du contrôleur général.

Ce chien bruyant et insolent dont il songeait depuis longtemps à se débarrasser n'était pas le premier animal auquel Mehmed Pacha, le lieutenant de la garnison, à présent partagé entre la colère bouillonnante et la peur panique de la mort, avait fait jeter une brioche, il y avait eu aussi, peu avant, ce cheval dont la crise de folie, on le lui dit plus tard, avait failli causer la mort d'un soldat, et qu'il avait vu s'effondrer sur ses pattes avant, puis se tordre et ruer sur place. Il s'était éloigné sans prendre le temps de voir mourir la bête. Précisons pour nos lecteurs que le lieutenant de la garnison n'avait pas agi en ennemi des animaux (nous ne dirons certes pas non plus qu'il était leur meilleur ami), mais dans l'unique intention de prendre la mesure de ce venimeux complot qui avait tenté de décapiter d'un seul coup, dans une violence inouïe, toute l'élite politique et militaire de l'île. Car les brioches offertes ce jour-là, toutes sans exception, étaient pleines de poudre d'arsenic. Poudre qui, rappelons-le, ressemble à s'y méprendre à de la farine, qu'on vendait dans des sacs semblables aux sacs de farine et qui comme la farine est fade, inodore, indiscernable dès lors qu'elle est mêlée à d'autres ingrédients.

Notons cependant que de tous les empoisonnements à l'arsenic répertoriés dans l'Empire ottoman au cours du XIXe siècle, aucun ne fut aussi létal (c'est-à-dire dosé de façon à vous tuer instantanément), ni aussi agressif et expressément politique que l'attentat audacieux, sinon impudent, dont fut victime la garnison de Mingher ce jour-là. Du gouverneur au directeur sanitaire, du docteur Nuri au lieutenant de la garnison, tous les cadres dirigeants de l'île avaient été pris pour cible en même temps. Évidemment, la violence de la riposte n'aurait rien à envier à celle de l'attaque.

Les huit soldats qui travaillaient aux cuisines de la garnison furent arrêtés sur-le-champ. On en arrêta ensuite cinq autres, qui avaient dressé la table et servi les officiers, ainsi que l'intendant de la garnison et deux de ses hommes. Le gouverneur fit mettre aux fers les gradés dans la Forteresse, tandis que les troupiers des cuisines restèrent à la garnison, répartis dans les cellules du bâtiment sud, dans un coin qui servait de mitard, de lieu d'interrogatoire et de torture. Pour ne pas éveiller les soupçons des nouvelles recrues, Mehmed Pacha fit transporter les prisonniers non dans le fourgon habituel, mais dans la charrette qu'on utilisait pour livrer les pains et les brioches du fournil militaire. La charrette fut ensuite désinfectée, et l'apparence effrayante des deux pompiers appelés à cet effet fit traîtreusement croire aux soldats que leurs camarades avaient été jetés au mitard pour avoir apporté la peste à la caserne. Cette idée trompeuse et la rumeur fausse qui en découla furent sans doute alimentées par la manière suspicieuse dont on avait traité ces hommes, mis à l'isolement comme les pestiférés qu'on plaçait en quarantaine dans une aile de la Forteresse attenante aux cachots.

Le message envoyé par cet attentat – les personnalités éminentes qu'Istanbul dépêchait sur l'île seraient massacrées les unes après les autres comme des mouches – n'était pas seulement un défi à l'autorité ottomane et aux mesures sanitaires, mais un affront au gouverneur lui-même, qui ne pouvait diriger l'île qu'en la contrôlant dans ses moindres recoins. Or le gouverneur Sami Pacha, plutôt que de contre-attaquer publiquement, préféra cacher l'empoisonnement du docteur Élias aux Minghériens. S'il fallait rapporter l'incident, et il le faudrait bien, on dirait au directeur sanitaire et à Istanbul que la peste avait fait un mort de plus. Du reste, le docteur Élias n'était pas mort, il perdait conscience, délirait, parlait de sa femme à Istanbul, puis s'écroulant de fatigue en tremblant comme un pestiféré sombrait dans l'aphasie et le silence.

Après la publication des lettres de Pakizê, les historiens verront que la dispute théorique qui opposa le gouverneur au docteur Nuri lors de la réunion qui suivit se nourrissait de paradoxes politiques et philosophiques universels. Cette après-midi-là, au palais, le gouverneur et le docteur eurent une nouvelle fois l'occasion de comparer les mérites de deux méthodes : celle qui arrive à la conclusion en partant des faits (l'induction) – soit ce que sous l'influence d'Abdülhamid, ils appelaient la « manière Sherlock Holmes » – et celle qui, commençant par désigner un coupable hypothétique, s'attache à trouver les preuves qui confirmeront cette hypothèse (la déduction).

« La mort-aux-rats a été versée par poignées dans la farine des brioches, au beau milieu de la cuisine, à la barbe de tous. Les coupables sont tout trouvés… Quant à savoir qui leur a donné le poison, nous n'aurons pas à nous creuser la tête longtemps, ni moi ici, ni à Istanbul Sherlock Holmes et son altesse : dès aujourd'hui, le procureur et ses hommes iront à la garnison prendre les dépositions de chacun des soldats qui étaient aux cuisines. Et croyez bien qu'avec le contrôleur général et le procureur, ces bandits de nationalistes grecs ne tarderont pas à chanter comme des rossignols !

— Excellence, je crois pour ma part que l'assassin a agi seul, lui répondit le docteur Nuri. Est-il juste de torturer quinze hommes quand on n'en cherche qu'un seul ?

— Rassurez-vous, vos vœux sont exaucés. Pas besoin de torturer qui que ce soit, la peur a suffi, nos marmitons se sont tous mis à table ; ils racontent même ce qu'on ne leur demande pas. Votre Sherlock Holmes est-il aussi efficace ? »

Dans les affaires de vol ou de brigandage, les interrogatoires avaient lieu à la Forteresse, dans une section spéciale de la prison. On passait les suspects à l'épreuve de la falaqa, leur flagellant la plante des pieds avec un bâton, et leurs hurlements résonnaient dans toute la partie sud de la Forteresse. La même méthode était employée à la garnison, avec les nationalistes grecs et les bandes d'insurgés qui s'en prenaient aux soldats ottomans. Sachant que les militaires avaient la réputation d'être plus cléments que les fonctionnaires de la prison, le gouverneur avait ordonné à Mazhar Efendi de se joindre à l'équipe d'enquêteurs de la garnison. Le contrôleur général était maître dans l'art d'égarer l'esprit des suspects que la falaqa mettait au bord de l'évanouissement, de les confronter aux incohérences de leur discours et de poser les bonnes questions, celles qui conduisent aux aveux. L'homme qui se chargerait de ce travail sur les cuisiniers et les commis, ordonna encore le gouverneur, ne quitterait pas la garnison avant d'avoir obtenu des aveux en bonne et due forme.

Mais malgré les pieds broyés, malgré les ongles arrachés à la pince, on ne tira des commis aucune explication convaincante, pas la moindre information crédible. Non, aucun de ces hommes, tandis qu'on lui bastonnait les pieds, ne s'était exclamé : « Oui, je l'ai vu, c'est ce chauve de Rasim qui a mis la mort-aux-rats dans la farine des brioches ! » Ou bien sans y croire vraiment. Car l'officier de la garnison en charge des interrogatoires exigerait ensuite d'eux qu'ils montrent précisément, dans la cuisine, où et comment avait eu lieu ce qu'ils racontaient. Impossible donc d'échapper à la falaqa par un mensonge. On n'avait aucune preuve non plus que l'arsenic utilisé fût de la mort-aux-rats. Cette absence de résultats du côté de la garnison irritait le gouverneur, mais il ne se laissa pas démonter. Les brioches ayant été préparées et cuites le matin même dans le four de la garnison, cela signifiait nécessairement que l'intendant, ou l'un de ses vieux subalternes, qu'on avait enfermés, eux, dans la Forteresse, était derrière cette affaire.

Le gouverneur Pacha informa Sadreddin Efendi, le directeur pénitentiaire, qu'il lui rendrait ce soir l'une de ces petites visites nocturnes dont il était coutumier. Il fit d'abord télégraphier à Istanbul pour demander l'envoi d'un bateau de secours avec des médecins et du matériel. On lui avait aussi fait remonter, d'étage hiérarchique en étage hiérarchique et de plainte en requête, les protestations d'une famille de quatre membres que les soldats de la brigade sanitaire, après la cérémonie du midi, avaient placée de force en quarantaine dans la Forteresse. Le gouverneur n'y prêta aucune attention.

Il s'occupa ensuite un long moment d'une série d'affaires courantes sans rapport avec l'épidémie : une lettre accusait un agent de la Lloyd, également attaché consulaire, d'avoir introduit illégalement dans sa villa en bord de mer, en échappant aux douaniers au motif qu'ils contenaient des « cerises du jardin », des paniers chargés de vingt-cinq revolvers, lettre que le gouverneur fit suivre au contrôleur général ; un télégramme d'Istanbul (du harem, très probablement) ordonnait qu'on capture un couple de perroquets bavards mouchetés de vert, espèce d'oiseaux typique de Mingher, pour un envoi immédiat au Sérail ; on réclamait des subsides pour la réparation du pont de Maviaka, dans le nord de l'île, détruit par les pluies. Un autre grand sujet de plaintes et de dénonciations, sujet brûlant depuis des mois, était la désastreuse pagaille qui régnait dans les cuisines du palais. Il se trouve que le gouverneur, voulant éviter les papotages et les ragots, avait aboli la tradition du déjeuner commun des fonctionnaires du palais, laissant à chaque chef de section le soin de l'organiser pour ses hommes. Le directeur des finances déjeunait donc avec ses secrétaires, celui des cultes avec les siens, celui du courrier de même, chacun dans leur bureau. Le gouverneur se contentait de leur fournir le budget et les aliments nécessaires, à eux ensuite de se débrouiller avec la cuisine. Or les chefs de section, surtout quand Istanbul ne leur payait pas leur salaire, ce qui arrivait souvent, emportaient une partie de ces aliments chez eux, voire, comme le faisait le contrôleur général, l'audacieux Mazhar Efendi, remplissaient tout leur garde-manger avec les lentilles et les haricots des réserves du palais du gouverneur. Et le moment, hélas, était mal choisi pour tenter de recoudre cette plaie béante en appliquant la sympathique proposition du consul anglais, Monsieur George, d'organiser des déjeuners à tarif fixe, style table d'hôtes (mode qui se répandait jusque dans certaines casernes d'Istanbul), car cela ne ferait que favoriser la propagation de l'épidémie, en plus de faire enrager les chefs de section. Certains fonctionnaires, pour des raisons de santé, ne venaient plus au palais qu'à l'heure du déjeuner.

Mais le gouverneur, rêveur, songeait surtout à sa visite vespérale dans les cachots de la Forteresse. Quand le contrôleur général revint de la garnison, il lui exposa son plan. On installerait dès ce soir, pour l'exemple, trois gibets différents, un pour chacun des trois coupables du meurtre de Bonkowski Pacha, Ramiz en tête, et on les pendrait séparément. Pour ces trois crapules, le bourreau Chakir ferait très bien l'affaire, même s'il pouvait causer des problèmes. Car s'il devait les pendre un par un, l'affaire risquait de traîner en longueur.

CHAPITRE 29

La nuit venait à peine de tomber lorsque le gouverneur, regardant par la fenêtre, vit les gibets sur la place du Vilayet ; il partit retrouver Marika, d'un pas pressé, avec un entrain inexplicable. Comme chaque fois, à la vue des yeux noirs, du long nez fin de la femme, il oublia provisoirement ses soucis politiques, administratifs, il parvint à être heureux. Marika commença par lui rapporter la plus grosse rumeur du jour : le docteur Élias avait attrapé la peste dans l'enceinte de la garnison ; preuve supplémentaire que Bonkowski Pacha avait amené l'épidémie sur l'île.

« Le docteur Élias se cachait à la garnison parce qu'il avait peur, pas à cause de la peste ! » rétorqua le pacha.

Marika lui dit ensuite que le sultan, passant outre à l'avis des consuls, allait empêcher la pendaison de Ramiz !

« Allah, Allah ! Où vont-ils chercher ça ?

— Mais tout le monde, grecs comme musulmans, croit que Zeynep n'attendra pas Ramiz. Mon pacha, est-ce vrai que le garde de la fille du sultan est amoureux de Zeynep ?

— C'est vrai ! »

Le gouverneur rentra au palais à pied, sans escorte, un instant arrêté par des sentinelles qui ne l'avaient pas reconnu. Il jeta un nouveau regard aux potences qui se dressaient dans l'obscurité.

Trois télégrammes étaient arrivés dans la nuit, transmis par le premier secrétaire au responsable du chiffre, qui les avait transcrits et laissés sur le bureau du pacha. Le premier demandait qu'on attendît l'approbation d'Istanbul avant de condamner à mort les prévenus dans l'affaire Bonkowski. Le deuxième était une réponse à celui que le pacha avait envoyé dans la matinée : le vaisseau de secours *Sühandan* partirait bientôt d'Istanbul. Le troisième télégramme indiquait que les assassins de Bonkowski Pacha pourraient être graciés par son altesse moyennant aveux et repentance, mais la décision était suspendue à l'obtention d'excuses et d'éclaircissements en bonne et due forme. Aucun de ces télégrammes n'étonna le gouverneur. Il resta un long moment assis à son bureau, regardant les lumières de la Forteresse au loin.

Lorsque le gouverneur désirait faire taire journalistes et opposants, il avait l'habitude, tout en les effrayant d'un côté par les coups de bâton, l'arrestation et la prison, de veiller, de l'autre, à ménager un trou de sortie à ces serpents, au moyen de cadeaux et de propositions de collaboration que des secrétaires, ou d'autres intermédiaires, venaient leur présenter dans leurs cellules. (Procédé qu'il regardait comme une ruse de cette « clémence » dont Abdülhamid lui avait fourni le modèle.) Il aimait particulièrement se rendre dans les geôles en pleine nuit pour négocier la collaboration d'un prisonnier. L'apparition était insolite, frappante, elle réussissait souvent à amadouer le désespéré qu'on gardait aux fers. Le pacha pratiquait surtout ce genre de visites lorsque Istanbul faisait pression pour qu'on libère tel ou tel homme jeté au cachot.

Le directeur pénitentiaire était venu au palais faire son rapport au gouverneur. Dans le landau blindé qui les emmenait à la Forteresse, les deux hommes discutaient de la situation de l'institution. La prison de la Forteresse d'Arkaz, aussi connue sous le nom de « cachots de Mingher », était l'une des plus redoutées des politiciens et des intellectuels de l'Empire – après celles des forts du Fezzan en Libye, de Sinope et de Rhodes. Les conditions de vie y étaient bien plus terribles que dans la plupart des prisons ottomanes du même type. Ses dortoirs, rassemblant côte à côte le petit voleur à la tire et le tueur enragé, le malheureux calomnié et l'escroc de haut vol, étaient une sorte d'école du vice où le condamné même le plus candide, soumis à un apprentissage rapide de tous les crimes imaginables, ne tardait pas à manifester le désir enthousiaste de s'essayer aux pires.

Comme beaucoup d'hommes d'État réformistes de l'Empire, Sami Pacha s'intéressait de près à la question carcérale. Chaque fois que l'Inspecteur des prisons, le général de brigade en retraite Hüseyin Pacha, venait sur l'île, le gouverneur et le directeur de la prison échangeaient longuement avec lui au sujet de la « réforme pénitentiaire ». Comment évaluer et mettre un terme rapide à la débauche qui régnait dans les dortoirs, aux failles de l'administration, aux caprices des prisonniers ? Devait-on troquer le système des dortoirs contre des cellules individuelles, ne serait-il pas judicieux de remonter de quelques centimètres les trous des portes ?

L'autre scandale était celui de la dépravation des gardiens. Certains volaient les habits et l'argent que les condamnés les plus inoffensifs leur remettaient à leur entrée en prison, d'autres rançonnaient les prisonniers dont ils avaient repéré la faiblesse, voire leur soutiraient des « faveurs », en échange de promesses d'amnistie et de tranquillité. Quelques condamnés riches et puissants, s'attachant les aghas des dortoirs, le directeur et les gardiens par des pots-de-vin, passaient la plupart de leurs journées et de leurs nuits chez eux, et ne retournaient à la prison que de temps à autre. Le pacha voyait d'un mauvais œil que ces grosses huiles lourdement condamnées se promènent librement en ville tandis que le voleur de pain croupissait au fond d'une cave, il considérait que c'était faire injure à la justice. Dans ces cas-là, Faik Bey, son premier secrétaire, dont la principale mission était de rappeler au gouverneur certaines réalités existentielles que celui-ci, du reste, connaissait sur le bout des doigts, le premier secrétaire, donc, était là pour rappeler au pacha que les gardiens n'avaient pas reçu leur paie depuis cinq mois, et qu'Emrullah Agha, qui purgeait sa peine chez lui, soutenait économiquement les employés de la prison, que c'était lui qui avait fait installer des vitres aux fenêtres des cellules qui donnaient sur le port, qu'à chacun de ses retours à la Forteresse il ne manquait pas de distribuer des œufs, des figues séchées, des cruches d'huile d'olive de son village, enfin qu'il avait fait réparer les murs délabrés de l'entrée principale par ses hommes et sur ses propres deniers.

« Fort bien, je ne dis pas, mais que lui et ses gaillards ne se baladent pas sur l'avenue Hamidiye aux heures où il y a foule ! répliquait le gouverneur. Il faut qu'on le croie au trou ! »

Sur le chemin de la Forteresse, longeant la côte à bord du landau, le gouverneur et le directeur pénitentiaire croisèrent une famille grecque qui errait dans la nuit. Le père, le dos chargé d'un balluchon, reconnut la voix du gouverneur dans l'ombre. Il lui raconta longuement, dans un turc approximatif et avec une étrange émotion, qu'une personne infectée s'était introduite chez eux. Le pacha comprit que l'un des enfants de l'homme était fiévreux. Mais était-ce la peste, ou autre chose ? La femme éclata en sanglots. La famille disparut dans l'obscurité et le landau repartit. Ils traversèrent des rues raides et étroites, bordées d'ateliers de maroquinerie, de sellerie, de bourrellerie, de commerces qui appartenaient jadis aux janissaires. En passant le portail de la Forteresse, le pacha, comme chaque fois, et comme tous ceux qui franchissaient ce seuil, sentit qu'il entrait dans un lieu très ancien, immense et énigmatique.

Il voulut d'abord jeter un œil à la cour où l'on tenait les pestiférés potentiels en quarantaine. Ce secteur, moitié ouvert, moitié fermé, était situé côté port, dans la partie nord-est de la Forteresse, qui était un poème de fortins, de bastions, de tours, de murs élégamment enchevêtrés, dans le désassortiment des différents siècles qui les avaient vus s'ériger. Les hommes qu'on plaçait en quarantaine étaient visibles depuis la ville. Le secteur était fermé au sud par l'ancienne caserne des janissaires, à l'opposé des bâtiments vénitiens et byzantins de la partie sud-ouest, et notamment de la célèbre tour de Venise avec ses cellules humides qui servaient de cachots depuis plusieurs siècles. De son bureau, le gouverneur pouvait voir distinctement, de l'autre côté de la baie, les fenêtres de ce bâtiment, le plus gracieux de la Forteresse, et les silhouettes de ces hommes qui tuaient l'ennui, assis sur les rochers au bord de la mer, en attendant la fin de leur quarantaine. Cette nuit-là, c'était de près, et en sens inverse, qu'il découvrait l'endroit.

Plus de la moitié des gens placés en quarantaine venaient des quartiers musulmans. Quelqu'un était mort chez eux, ils risquaient d'être contaminés, on les amenait ici. Beaucoup enrageaient d'être séparés de force de leurs foyers, leurs familles. Mais ils essayaient de se faire une raison et d'accepter la quarantaine. Au total, trente-sept personnes avaient été parquées là depuis la promulgation des mesures sanitaires, cinq jours plus tôt. Ces « suspects » s'énervaient d'abord du traitement qu'on leur faisait subir, puis ils finissaient par se calmer, expliqua le directeur pénitentiaire au gouverneur. On prenait sur les rations des détenus pour les nourrir, mais cela ne suffisait pas, et le directeur demandait des crédits supplémentaires.

Dans les escaliers qui conduisaient au deuxième étage de l'ancienne caserne, le gouverneur, par une ouverture dans la paroi, huma l'odeur du port, les ténèbres de la mer, sa fraîcheur. Tout le monde attrapait des rhumatismes, dans cette forteresse. Saïm de Sinope, le célèbre poète bègue, qui avait écrit ses poèmes satiriques sur Abdülhamid pendant ses deux mois de détention dans la tour de Venise, avait presque sombré dans la folie à cause de ses rhumatismes. Les couchages manquant cruellement, beaucoup de prisonniers utilisaient les couvertures à tour de rôle, expliqua le directeur. La découverte du cadavre du gardien Bayram, cinq jours plus tôt, avait alerté le gouverneur et le directeur pénitentiaire du risque de contagion dans la Forteresse et, dans la hâte, l'inquiétude et l'effroi, ils avaient pris un certain nombre de mesures préventives.

On avait installé des pièges à rats aux quatre coins de la Forteresse. Le directeur ne se privait pas de rappeler que chaque rat piégé était récupéré avec des pinces et restitué à la municipalité. Cependant, contrairement aux rats de la ville, ceux de la Forteresse ne présentaient jamais de saignements au niveau de la gueule. On avait signalé qu'un criminel important, de ceux qui portaient le boulet, était atteint de fièvre délirante, tremblait et vomissait régulièrement, mais son compagnon de cellule, lui, ne présentait de symptôme d'aucune maladie. Cette impudente canaille d'assassin n'avait certainement pas la peste, jugeait le gouverneur, il faisait seulement son petit numéro. On pourrait certes passer le type à la falaqa pour lui faire avouer qu'il simulait, songeait le directeur pénitentiaire, mais il craignait que les gardiens ne fussent infectés au cours de la séance. Le gouverneur, quant à lui, pensait que la solution définitive au problème, si cette brute enragée venait à mourir de la peste, serait de jeter le corps à la mer en pleine nuit, sans que personne le voie et avant que la rumeur « la peste est dans les cachots » ne se répande. La peste tuait-elle aussi les poissons qui se repaissent des cadavres ?

Ils écoutèrent résonner leurs pas dans la vaste cour qui s'étendait entre la première enceinte de la Forteresse, construite par les croisés, et la seconde muraille, datant des Vénitiens, la traversèrent et entrèrent dans la prison par une petite porte latérale.

Le pacha se rendit d'abord devant le deuxième dortoir, celui des fortes têtes et des lourdes peines. C'était là que dormaient le père et le fils qu'il avait fait condamner dans l'affaire du bateau du hadj. Le pacha jeta un œil à l'intérieur par le trou de la porte, comme s'il pouvait espérer voir quelque chose dans l'obscurité totale de la cellule, puis il s'en alla. Il cherchait un prétexte pour faire libérer le père et le fils, craignant pour leur santé.

Parfois, quand le directeur pénitentiaire se plaignait d'un agha de dortoir un peu capricieux, le gouverneur, sa patience à bout, ordonnait au directeur de châtier l'agha pour l'exemple, et les gardiens le molestaient. Si par malheur ce criminel apprenait d'où venait l'ordre, c'était l'Empire d'Osman qu'on ne pourrait plus gouverner ! Quand l'ordre de bastonnade tombait, on sortait le prisonnier de son dortoir, l'une de ces salles que les croisés, les Vénitiens, les Byzantins après eux, utilisaient comme réfectoire, armurerie ou salle de garde pour le jeter dans une des cellules glacées de la tour de Venise, avec vue sur la mer, du côté sud-ouest de la Forteresse. Ce haut bâtiment aux murs épais, jadis tour de guet, puis reconverti en prison seulement cent soixante-dix ans après sa construction, soit quatre cents ans avant notre histoire, était, depuis, le noyau de la prison turque. Les petites cellules des étages inférieurs étaient particulièrement redoutables, les condamnés en bonne santé ne tardaient pas à y tomber malades, et ceux déjà vieux, fatigués, souffreteux, y mouraient en moins de deux ans. La pièce la plus saine, relativement aux conditions de la tour, donnait sur une cour étroite. Quand le prisonnier enfermé dans cette cellule, subissant tout le jour l'inlassable harcèlement des rats, cafards et moustiques, et sentant la présence des autres malheureux qui dépérissaient comme lui en attendant la mort, jetait un œil dans la cour où des condamnés, tels les galériens d'autrefois, tournaient en rond dans le soleil couchant, les mains lestées de chaînes, le corps écrasé de lourdeur, il comprenait que son sort pouvait être pire et l'inquiétude s'emparait de son être.

Le gouverneur Sami Pacha descendit dans la petite cour qui donnait sur la cellule de Manolis, le rédacteur du journal *Neo Nisis.* Un garde attendait la visite du pacha ; il lui dit que l'interrogatoire avait duré, que le détenu était épuisé et dormait. Le gouverneur leur avait ordonné de découvrir coûte que coûte qui avait dicté à Manolis l'article où celui-ci avait eu le front d'évoquer la funeste Révolte du bateau du hadj. Cet homme ou ces hommes, le pacha en était convaincu, étaient aussi celui ou ceux qui avaient fomenté l'assassinat de Bonkowski Pacha. Conviction qu'il se gardait bien de partager avec le docteur Nuri, le doux rêveur, qui croyait dur comme fer qu'on retrouverait le coupable à force d'indices dérisoires et sans intérêt. Mais personne ne devait savoir qu'on torturait le journaliste grec. Le gouverneur ne détestait rien tant que les pudeurs hypocrites de ce gratin ottoman qui faisait exécuter les basses besognes par ses sous-fifres, puis, s'en défaussant, prétendant ne rien savoir, leur faisait porter le chapeau, de même qu'il exécrait tous ceux qui voulaient se faire passer pour plus européens qu'ils n'étaient. Du reste, les exécutants du sale boulot étaient souvent les premiers à nier, farouchement et en toute bonne foi, que l'ordre venu d'en haut fût venu de tout en haut. Avec Midhat Pacha, grand vizir et gouverneur pro-occidental, le plus brillant bureaucrate de l'Empire, l'artisan de la chute de son frère puis de sa propre montée sur le trône, Abdülhamid avait procédé en deux temps, d'abord en l'envoyant au bagne de Taïf, en Arabie, puis en le faisant égorger dans sa cellule, d'une façon telle que personne n'identifia jamais l'auteur du meurtre. Et le gouverneur avait vu, dans la bureaucratie ottomane, nombre de fonctionnaires naïfs, crédules et imbéciles, qui tout en adulant le réformiste et parlementariste Midhat Pacha ne pouvaient sincèrement pas croire que c'était Abdülhamid qui l'avait fait assassiner.

Il y avait, dans ce secteur de la tour – le gouverneur y mettait au frais les bandits et journalistes partisans de la Grèce qu'il ne souhaitait pas faire cogner tout de suite –, un autre homme, en plus de Manolis. Ce fut le directeur pénitentiaire qui rappela au pacha l'existence de Pavlis Bey. Le gouverneur l'avait fait jeter en prison pour propagande mensongère – l'homme avait affirmé que la peste était en ville – puis il l'avait oublié. Pas complètement, certes, mais les événements s'étaient enchaînés si vite qu'il n'avait pas trouvé le temps de s'occuper de son cas.

La porte métallique s'ouvrit bruyamment, deux gardes entrèrent avec des torches.

« Pacha, mon pacha, excellence…, dit le journaliste en se redressant sur son tas de paille. Il y a vraiment la peste !

— En effet, Pavlis Bey. C'est pourquoi nous sommes là. Vous aviez raison, nous avons décrété la quarantaine.

— C'est trop tard, mon pacha ! La prison est infectée, on va bientôt tous crever ici…

— Allons, allons, ne soyez pas si pessimiste ! répondit le pacha au journaliste. L'État veille au grain, chaque problème aura sa solution.

— Vous m'avez jeté en prison parce que j'ai dit que la peste était là… Et maintenant la peste est là, et elle tue nos compatriotes… »

Le gouverneur rappela au journaliste qu'il n'était pas en prison pour avoir dit la vérité, mais parce qu'il n'avait pas écouté ses consignes.

« Ne crois pas qu'on va te relâcher sous prétexte que ton histoire d'épidémie est vraie ! continua le pacha en durcissant le ton. Quand ton procès s'ouvrira, ils pourront te condamner pour haute trahison. Pour l'empêcher, j'aurais besoin… Il faudrait que vous collaboriez avec le contrôleur général Mazhar Efendi.

— Nous sommes les plus grands serviteurs et adorateurs du gouverneur et du sultan, notre dévouement est sans faille ! répondit le journaliste.

— Le bandit Haralambo, celui qui est entre la baie de Menos et les montagnes de Defteros : nous savons qu'il a des appuis à Arkaz. Je te le dis par amitié, tiens-toi à distance de cette crapule-là !

— Mais ils sont dans les montagnes, et de toute façon je ne les connais pas…

— Non, ils ont des hommes à Arkaz, des cachettes, des soutiens. Nous savons tout, Pavlis Bey. Haralambo vient en ville, il séjourne dans le quartier de Hora, j'ai les preuves.

— Je n'en sais rien, mon pacha », répondit le journaliste, jetant au pacha un regard qui disait : et même si je le savais, je ne te le dirais pas.

Le gouverneur quitta la cellule précipitamment, s'assurant que ses secrétaires rédigeraient et feraient parvenir à la prison, le lendemain matin sans faute, un papier ordonnant la libération de

Manolis et de « l'autre type ». Puis il suivit le directeur vers le quartier où étaient enfermés Ramiz et ses hommes.

Le bruit de leurs pas résonnait dans la cour, les escaliers, et le pacha, dans ce silence dont leur raffut soulignait la lourdeur, sentait l'inquiétude muette des prisonniers qui, entendant claquer les portes au milieu de la nuit, devaient s'interroger, avec un peu de terreur, sur le motif de cette visite nocturne (une exécution dans la cour, une fouille des dortoirs qui finirait en falaqa ?). Il aimait la manière dont l'ombre de la torche du gardien se projetait, noire et immense, sur les dalles et les murs de la prison.

On avait préparé Ramiz à la visite du gouverneur. On l'avait conduit chez le directeur en début d'après-midi, on lui avait donné du ragoût de mulet et du pain, répété que sa peine pourrait être adoucie s'il se tenait correctement et parvenait à gagner la confiance du gouverneur, on avait aussi veillé à l'informer qu'un gibet était dressé pour lui en place du Vilayet, puis on l'avait renvoyé dans une cellule un peu moins misérable.

Comme à son habitude dans ce genre de visite, le pacha entra brusquement dans la cellule, toisa Ramiz et énonça posément ce qu'il avait prévu de lui dire.

« La commission judiciaire qui t'a condamné et moi-même avons les preuves de ta culpabilité. Néanmoins, face au mal de la peste, l'heure est au pardon et à l'obéissance, non à la guerre. Si donc tu réponds correctement à mes questions, que tu donnes ta parole d'honneur, avoues ton crime et déclares par écrit que tu le regrettes, Istanbul pourra intercéder en faveur de ta libération, à condition que tu ne remettes plus jamais les pieds à Arkaz. »

Ramiz semblait dans un état d'épuisement extrême, résultat des tortures qu'il subissait depuis trois jours, des insomnies, du froid glacial et de l'humidité de la cellule, mais le gouverneur vit que la flamme de la vie palpitait encore dans ses yeux. Était-ce la colère d'être victime d'une injustice, ou bien l'espoir suscité par la confiance qu'on lui accordait en haut lieu ? Le pacha posa à Ramiz une série de questions sur Haralambo, le consul de Grèce et les rumeurs d'importation illégale d'armes à bord des navires de la Pantaleon. Il prétendit qu'on savait que les Anglais avaient excité les mutins du bateau du hadj. Istanbul punirait comme il se doit ces ennemis du sultan, lui dit-il. À Ramiz de se tenir tranquille avec ces histoires de guerre contre les bandes grecques des villages du nord, et de ne pas chercher à retenir Zeynep, la fille du gardien. Le gouverneur ajouta sans ambages que son mariage avec le major était une excellente chose pour toute l'île, et que la « gamine » était amoureuse de l'officier.

« Si c'est la vérité, alors que je meure ! » soupira Ramiz en regardant par terre. À dire la vérité, il était plus beau que le major.

Le gouverneur prit un air vexé et quitta la cellule. Le lendemain matin, Ramiz et ses deux hommes embarquèrent à bord d'une chaloupe militaire ; après une demi-journée de voyage, ils arrivèrent dans une crique du nord de l'île, où ils furent relâchés. Ramiz ne bénéficiant de la protection d'aucun consul, le gouverneur avait jugé la méthode idéale. On lui avait fait signer à la va-vite une courte bafouille à valeur d'aveux et de repentance… Il était libéré en échange de son serment de ne plus remettre les pieds à Arkaz. Mais les deux parties savaient que la promesse ne serait pas tenue.

CHAPITRE 30

Le docteur Nuri, le docteur Nikos et deux médecins grecs tentèrent de trouver un antidote, de faire vomir le malade, en vain. Le docteur Élias cracha du sang, puis sombra dans le coma et, le lendemain du jour où il avait mangé la brioche empoisonnée, mourut. Pour ne pas donner cours à des supputations qui ruineraient la politique sanitaire, la cause de son décès fut cachée aux habitants de l'île. L'assistant fut enterré avec les pestiférés.

Ce crime et le « détail » de l'empoisonnement, pour reprendre son expression, occupent une place importante dans les lettres de Pakizê. Aidée de son mari, la princesse déploya beaucoup d'efforts pour comprendre et éclaircir cet événement obscur « comme Sherlock Holmes », c'est-à-dire de loin, sans quitter sa table d'écriture, comme son oncle Abdülhamid le désirait.

Lorsque son époux lui raconta pour la première fois l'empoisonnement du docteur Élias, sans omettre les épisodes du cheval bai et du chien, Pakizê lui répondit : « Voilà qui nous ramène encore à mon oncle et aux princes impériaux. » Car si le sultan Abdülhamid demeurait le premier sujet de discussions et de disputes entre les époux, la seconde place était tenue par ces fainéants de princes, toujours plus nombreux dans les palais d'Osman. Que le lecteur ne s'imagine donc pas que nous nous éloignons de notre sujet si nous en disons ici quelques mots.

La vie des hommes qui avaient épousé une princesse sultane et entraient ainsi dans la dynastie ottomane en tant que damads, ou gendres impériaux, ne tardait pas à ressembler à celle de ces princes désœuvrés, passifs et blasés. Même le docteur Nuri, qui ne voulait pas renoncer à la médecine, sentait que, quoi qu'il fît, il finirait à son tour, et dans un futur proche, par mener l'existence futile et superficielle d'un prince impérial.

Abdülhamid avait fait pacha chacun des trois époux de ses nièces arrachées à leur père, et offert à chacun d'eux une résidence palatiale aux frais de l'État, en plus de s'attacher leur fidélité par une rente élevée. La résidence de Pakizê et de son mari, comme celles de ses sœurs et des filles d'Abdülhamid, était située à Ortaköy, le long du Bosphore. Les maris des sœurs se détachaient peu à peu de leurs emplois à la Chancellerie, bientôt guère plus qu'une obligation formelle. Après un temps, ils finissaient par s'en libérer complètement. Leur place au sein de la famille impériale suffisait à leur donner la sensation du devoir, du travail, ou de toute autre responsabilité comparable. Derrière cette étrange coutume se trouve rien de moins que l'histoire ottomane elle-même.

Durant les cinq premiers siècles de l'Empire, l'éducation des princes impériaux se faisait en trois lieux et moments fondamentaux : l'école du Sérail, l'armée, le gouvernorat d'une province. Plus tard, l'éducation et l'armée s'étant occidentalisées, un nouveau système remplaça l'ancien, c'est-à-dire que le gouvernement des provinces était désormais confié à de hauts fonctionnaires, des militaires et des bureaucrates spécialement formés à cette tâche, et les princes impériaux se retrouvèrent dépouillés de leurs fonctions traditionnelles. Au temps des fondations de l'Empire ottoman, le pouvoir se transmettait de père en fils. À cette époque-là, les fils du sultan, l'un gouverneur à Trébizonde, l'autre à Manisa, pouvaient bousculer la hiérarchie des successeurs en accourant à Istanbul avec leur armée, afin de s'emparer du trône avant leurs frères aînés. La coutume ayant tendance à provoquer des guerres civiles, on se mit à retenir les princes à Istanbul. Cette nouvelle habitude suscitant à son tour des coutumes assez infamantes et de sinistre mémoire, comme lorsque Mehmed III fit égorger ses dix-neuf frères le jour de son accession au trône, il fut décidé que le sultanat ne se transmettrait plus de père en fils, mais de frère en frère. Or les sultans inquiets et suspicieux, tel Abdülhamid, par exemple, inaugurèrent bientôt une nouvelle tradition en faisant enfermer dans ce qu'on appelait les « appartements des princes » non seulement le premier et le deuxième héritier dans l'ordre de succession, mais tous leurs frères et neveux, pour les empêcher de rencontrer les opposants et de prendre part aux complots, les coupant ainsi totalement de la vie extérieure, d'Istanbul et du monde.

L'un des princes reclus les plus célèbres de toute l'histoire ottomane n'était autre que le grand frère de Pakizê, le prince Mehmed Selaheddin Efendi, alors âgé de quarante ans. Il avait été enfermé avec son père, Mourad V, trois mois après avoir eu le bonheur de le voir devenir sultan. Depuis, il n'avait plus quitté ce palais, soit vingt-cinq ans d'une existence de prisonnier. Comme son père et ses sœurs, il jouait du piano. Il noircissait des cahiers de pensées, de souvenirs, de compositions musicales. Contrairement aux autres princes, lui n'avait jamais été un inculte ni un fainéant. Il lisait des livres, assez peu certes, mais il en lisait, comme son père. Il admirait beaucoup ce dernier, du reste. Ses relations avec Pakizê était empreintes d'amitié et de tendresse. Et Pakizê, qui savait qu'il n'était pas un enfant gâté et paresseux comme les autres princes, remarquait l'expression de profonde mélancolie qui marquait souvent le visage de ce frère condamné à vivre reclus au milieu de ses sœurs, des sultanes du harem, des pages et des valets, et elle avait de la peine pour lui. Le prince avait son propre harem dans le palais (un peu plus de quarante femmes de classes et de rangs variés, belles, coquettes, rompues à la séduction) et sept enfants encore en vie.

Pakizê ne voulait surtout pas que son mari devînt un « sosie » de ces princes impériaux coupés du monde, ignorants, las et indolents. D'abord parce qu'elle était fière des succès professionnels de son médecin d'époux et de la considération, si mince fût-elle, dont il jouissait dans la communauté médicale internationale. Ensuite – c'était la raison qu'avançaient les rivales de la princesse – parce que Pakizê, moins belle et moins élégante que ses sœurs, s'était logiquement résignée à mener une existence simple et sans faste. Enfin, il y avait les histoires de princes que lui racontaient ses grandes sœurs.

Séparées de leur père bien avant Pakizê, les princesses Hatidjê et Fehimê vivaient au harem du palais de Yıldız, aux côtés des filles de leur oncle qui n'étaient pas encore mariées, et ne connaissaient que vaguement les princes impériaux. Mais les filles de la dynastie impériale en âge de convoler s'intéressaient de près à toutes les histoires qui couraient sur ces princes impériaux, infinis sujets de rumeurs et de racontars, comme l'étaient les pachas et les vizirs. Depuis l'abolition théorique de l'esclavage et les débuts de l'occidentalisation du harem et du palais, les princes candidats au trône, rompant avec une tradition séculaire, ne voulaient plus pour femmes ces esclaves ukrainiennes ou tcherkesses qu'on faisait venir des provinces reculées de l'Empire, mais des filles élevées au harem, dans les mœurs européennes, qui prenaient des cours de piano, connaissaient le français et lisaient des romans. Or de leur côté, ces filles cultivées, habituées aux manières occidentales, trouvaient les princes grossiers, incultes et stupides. (De fait, il y eut à cette époque très peu d'« unions » entre les filles de sultan et les princes impériaux.) Et comme il était exclu de blesser l'orgueil d'un homme dont le destin était potentiellement de monter sur le trône d'Osman et de devenir le calife de quatre cents millions de musulmans, on avait toutes les peines du monde à éduquer correctement les princes impériaux. Car, pour les Ottomans, la découverte que la discipline peut se passer de la cravache était fort récente.

C'était en riant, parfois aussi en s'indignant, que les sœurs de Pakizê se racontaient les anecdotes qui couraient sur ces princes impériaux qui, comme elles, vivaient enfermés au palais depuis des années et, par peur d'Abdülhamid (imaginaient-elles), n'osaient pas les demander en mariage. Il y avait par exemple le prince Osman Djêlaleddin Efendi, septième dans l'ordre de succession, qui vivait volontairement reclus dans sa garçonnière de Nişantaşı, où depuis vingt-trois ans il s'attachait à résoudre un problème à ses yeux bien plus crucial que l'accession au trône, celui de « se trouver soi-même » – enfin, il avait complètement perdu la tête. Le prince Mahmoud Seyfeddin Efendi, nettement mieux placé dans l'ordre de succession, découvrant un jour, pour la première fois de sa vie, après vingt-huit ans sans sortir de ses appartements du palais de Çırağan, un mouton dans la cour, avait hurlé « au monstre ! » et fait appeler la garde. (On racontait la même anecdote à propos de leur grand frère, Mehmed Selaheddin.) Le prince Ahmed Nizameddin, qui n'avait aucune chance d'accéder au trône et endurait les foudres d'Abdülhamid à cause des dettes énormes qu'il contractait auprès des usuriers qu'il promettait de rembourser et qui se plaignaient au sultan que son fils ne les remboursait jamais, était un personnage très imbu de lui-même. Le plus redouté et le plus déplaisant des princes impériaux était certainement le quatrième fils d'Abdülhamid, le petit Mehmed Burhaneddin Efendi. De cet enfant gâté, bien plus jeune qu'elles, qui avait composé la « Marche de la Navale » à sept ans et fut un temps le fils favori du sultan, l'accompagnant partout, à la mosquée, aux saluts du vendredi, toujours à ses côtés dans la calèche impériale, les sœurs de Pakizê craignaient la brutalité, l'humour cruel et les blagues malignes, et derrière la malveillance du fils elles devinaient la patte du père. Mehmed Vahdeddin Efendi, qui en échange d'argent, de terrains et de propriétés dénonçait à Abdülhamid les agissements des autres princes (ses frères et ses cousins) dans des lettres envoyées au palais, et qui devait monter sur le trône dix-sept ans plus tard, était un prince particulièrement falot et geignard. Il y avait aussi Nedjip Kemaleddin Efendi, amoureux des arts, extrêmement sensible et introverti, mais il avait le malheur de ne pas s'intéresser aux femmes. D'autres étaient d'une susceptibilité maladive, tels les princes Mehmed Hamdi et Ahmed Rêchid Efendi, qui, bien qu'ils fussent tout en bas dans l'ordre de succession et qu'on les laissât vadrouiller dans Istanbul à leur guise, prétendaient que le sultan les faisait suivre à la trace. Même ces princes-là, assurés de ne jamais monter sur le trône, persuadés que le sultan pourrait tenter de les empoisonner, évitaient scrupuleusement de faire leurs emplettes à la pharmacie impériale du palais de Yıldız.

« Êtes-vous déjà allée dans cette pharmacie ? demanda le docteur Nuri.

— J'ai séjourné un mois à Yıldız avant notre mariage. Mais nous quittions peu notre chambre, répondit Pakizê. Il y a d'ailleurs au palais une seconde pharmacie, uniquement réservée à mon oncle et aux nôtres. Car mon oncle, comme les princes, redoute les empoisonnements. Le mieux renseigné sur la question était évidemment Bonkowski Pacha, paix à son âme, puisqu'il avait la charge de cette pharmacie privée que mon oncle appelle son laboratoire.

— Alors le pharmacien Nikephoros doit la connaître aussi ! » s'exclama le mari.

Il dut attendre midi avant de pouvoir interroger Nikephoros, l'ami de jeunesse de Bonkowski Pacha.

Il se rendit d'abord au chevet du docteur Élias, à l'hôpital Theodoropoulos, où d'autres médecins et pharmaciens l'attendaient. Le malade relevait parfois la tête de son coussin en criant « Despina ! ». C'était le nom de sa femme. Les médecins lui administrèrent un antidote concocté par les pharmaciens. Pour un moment, la mixture sembla faire son effet.

Cinq minutes plus tard, le docteur Nuri rendait visite à Nikephoros dans sa pharmacie, à deux pas de l'hôpital.

« Vous disiez que Bonkowski Pacha, voici longtemps déjà, aurait écrit pour son altesse un rapport sur les plantes qui pourraient être cultivées dans le jardin botanique de Yıldız, notamment celles susceptibles d'entrer dans la fabrication de poisons ! lança le docteur Nuri, pressé d'entrer dans le vif du sujet.

— J'y ai pensé moi aussi quand j'ai su qu'on avait empoisonné le docteur Élias, répondit Nikephoros. Son altesse se méfiait pardessus tout d'un empoisonnement progressif à l'arsenic, à petites doses dans le déjeuner, parfaitement indécelable. Les journaux anglais ne parlaient que de ça. Avec le pauvre docteur Élias, c'est tout l'inverse, ils n'y sont pas allés de main morte sur l'arsenic, les bougres.

— Comment savez-vous qu'il s'agissait d'arsenic ?

— J'entends votre question, elle est légitime, et comme je fais partie des suspects, notre gouverneur Pacha appréciera que vous me l'ayez posée… Permettez donc que je vous réponde précisément, afin de balayer tous les soupçons qui pèsent sur ma personne.

— Détrompez-vous, Nikephoros Efendi, ma question n'avait rien d'accusateur.

— Bien. Vous me pardonnerez les détails inutiles, mais voyez-vous, nous autres pharmaciens sommes ainsi faits, nous pesons nos mots. Disons d'abord qu'il n'y a jamais eu de gros incidents à l'arsenic sur l'île de Mingher, pas au point de susciter d'enquête du procureur général ni de commission spéciale de la province ou de l'État, encore moins d'affoler l'opinion publique, comme c'est le cas en Europe. Mais j'ai pu me rendre compte, depuis le temps que je mène cette boutique, que le peuple de l'île est habile avec les poisons. Tuer quelqu'un à l'arsenic, lentement et sans laisser de traces, on sait faire, ici. Il y a vingt-deux ans, l'aîné des Aldonis, une des grosses familles grecques de l'île, a perdu sa première femme et, comme il n'avait pas d'enfants, il a fait des pieds et des mains pour se remarier avec une jeune et jolie insulaire, il a dépensé des fortunes, et avec tout ça il a fini par épouser la fille de Tanasis, un tavernier du bord de mer, dans le quartier d'Ora. Quelque temps après la noce, le marié vient me voir, il se plaint de maux de ventre et de vomissements, il veut des médicaments. Les médecins ne savaient rien diagnostiquer. Il avait des taches sombres sur les mains et le visage, des plaies au cou et aux doigts. Mais personne n'aurait jamais pu faire le lien entre tous ces symptômes, à moins bien sûr d'être un lecteur de romans français... Le bonhomme s'est effondré devant moi d'un seul coup, paf ! On l'a couché et il est mort, à quarante ans. Et personne n'a flairé l'embrouille quand, le jour de l'enterrement, où nous étions tous, on a vu la jeune veuve battre des records de sanglots, une vraie fontaine, la gamine. Mais trois mois après les funérailles, voilà que la même veuve éplorée solde tout l'héritage et file à Smyrne avec son amant, un gosse comme elle. Alors le bruit a commencé à courir : "Ce sont eux qui l'ont tué." C'est le pharmacien Mitsos (un amateur de romans français, il se les traduit lui-même en grec) qui m'a parlé le premier d'un empoisonnement à l'arsenic. Mais les carottes étaient déjà cuites. Nous sommes tous des citoyens ottomans, voyez-vous. Il y a vingt ans, et même encore aujourd'hui, aucune commission officielle de ce pays ne savait résoudre un crime à l'européenne, ni prouver scientifiquement qu'un bonhomme avait été empoisonné. C'est pourquoi ceux qui lisent les romans policiers européens dans les gazettes sont à la fois fascinés et scandalisés par ces histoires de poisons et de médecins diaboliques. À l'époque aussi, comme aujourd'hui d'ailleurs, la mort-aux-rats qu'on appelle arsenic blanc était en vente libre chez les herboristes. L'affaire n'a pas fait grand bruit dans les gazettes de l'île, mais dans la presse grecque et turque on parlait de ce genre d'empoisonnement sur le ton de "ces horreurs-là se produisent aussi en Europe".

« L'autre gros épisode venimeux que nous n'avons jamais éclairci non plus, c'est une gamine de seize ans, à moitié folle mais jolie, qui a empoisonné, je vous livre mes estimations, un peu plus de quarante personnes dans le quartier pauvre de Tuzla. Pendant que sa famille voulait la vendre en mariage, la fille, en l'espace d'un an, aura envoyé dans la tombe les tantes qu'on invitait chez elle pour évaluer son prix, les heureux candidats, les entremetteurs, les marieuses, ses parents, les curieux, tous ceux qui l'approchaient, en leur versant de l'arsenic dans le café, des petites doses, discrètes, pas mortelles, insoupçonnables, même, au début. Personne n'a rien vu. D'ailleurs le gouverneur de l'époque avait interdit qu'on parle d'empoisonnements dans les journaux. C'est une idée subtile, l'idée d'empoisonner quelqu'un à petit feu en lui saupoudrant son manger d'arsenic qui ressemble à de la farine, il faut être malin, il faut de l'imagination… Cela étant, la pratique ne s'est jamais trop répandue sur notre île. Alors soit quelqu'un aura donné un sachet de poison au cuisinier, soit le cuisinier lui-même aura entendu parler de la méthode. Nous, de notre côté, avons essayé de faire interdire la vente d'arsenic chez les herboristes de l'île, comme on a fait à Istanbul avec la Société de pharmacie.

— Et pourquoi n'y êtes-vous pas parvenus, à votre avis ?

— Soyez patient, je vous en prie, docteur Pacha… Peu après avoir pris son fauteuil, l'actuel gouverneur a levé l'interdiction de raconter l'histoire de la jolie sorcière aux doigts vénéneux. C'était aussi pour faire dire du mal de l'ancien gouverneur. Et on en a dit. C'est surtout dans les gazettes grecques que cette vieille affaire avait eu du succès, elle servait à se moquer de ces soupirants tout suants de désir qui envoient des bataillons de bonnes femmes faire le siège de leur belle, à pointer du doigt ces musulmans attardés qui ne savent pas conclure un mariage sans maquignonnage et sans marieuse. On ne lit pas de romans français, sur l'île, voilà pourquoi ils ne savent pas à quoi ressemble un empoisonnement à l'arsenic. Moi je le sais, parce qu'on m'a amené un malade qu'on avait intoxiqué à petit feu, le fameux Aldonis, tout ça à cause d'une malheureuse histoire d'amour romantique : on reconnaît le poison aux petits morceaux blanchâtres que le malade régurgite, comme des grumeaux. Aussi, au moment de l'agonie, le malheureux condamné se met à exprimer des remords, à confesser des choses, et la cause de sa mort par la même occasion. Les effets sont vraiment étranges… La douleur est affreuse. » Il y eut un silence. « C'est comme ça que se suicide cette stupide dévergondée de Madame Bovary, l'héroïne du célèbre roman français », ajouta le fin lettré et ancien ami de Bonkowski Pacha, supposant à juste titre que le docteur Nuri n'avait jamais entendu parler de cette femme.

De là où ils étaient assis, ils avaient vue sur les étagères vitrées de la pharmacie et leurs fioles de médicaments, les petites boîtes colorées de pastilles importées, les sachets et les pots de poudres cosmétiques, souvent sombres, en quantités variées. Dans la pièce voisine, c'étaient des flacons d'acide, des alambics, des ciseaux, des brosses, des briquettes de mortier. Trois clients entrèrent, examinèrent les produits, étudièrent les boîtes, firent leurs emplettes, puis repartirent, comme si la peste n'avait jamais existé.

« Sa Majesté Impériale avait donc commandé à Bonkowski Pacha, il y a au moins vingt ans de cela, un mémorandum sur les plantes susceptibles d'entrer dans la production de poison.

— Oui, en effet, répondit Nikephoros. Je savais que vous me poseriez la question. Je me suis donc creusé la mémoire, j'ai passé en revue mes vieux souvenirs. Et au fond, voyez-vous, cette histoire, c'est toute celle de la pharmacie européenne moderne, et à Istanbul, et dans l'île de Mingher. »

Il y avait d'un côté les jeunes pharmaciens comme Bonkowski ou Nikephoros, qui, revenant de leurs études à Paris ou Berlin, n'étaient prêts à aucune concession sur la « science pharmaceutique » et avaient fondé leur propre société, dont l'aile la plus « radicale » militait avec férocité pour l'interdiction des poisons (ou autres produits toxiques) et la prohibition de la vente de médicaments sans ordonnance. Face à eux, les grandes pharmacies qui vendaient de tout, de l'importé comme du local, en général installées à Beyoğlu ou autour de Beyazîd. Comme leurs adversaires, ces grands apothicaires-là étaient majoritairement chrétiens. Tout Istanbul se pressait chez les Anglais Canzuch Frères, ou à la pharmacie Reboul. On y vendait aussi ce qu'on trouvait chez les herboristes, en plus des derniers comprimés fabriqués en Europe, des crèmes, sirops, baumes, onguents à la mode, dans leurs jolies boîtes ou fioles, ainsi que des chocolats de luxe importés d'Europe.

Ses espions et informateurs avaient rapporté à Abdülhamid que les princes impériaux, craignant d'être empoisonnés, ne se fournissaient pas chez l'apothicaire du palais, mais dans ces grandes pharmacies de Beyoğlu. Le sultan comprenait parfaitement que les princes même les plus éloignés du trône préfèrent fréquenter ces pharmacies à la mode, soit parce qu'ils avaient peur de lui, soit par pure fanfaronnade, son principal souci était plutôt de savoir s'ils pouvaient s'y procurer des produits susceptibles d'entrer dans la fabrication de poisons. Et les lecteurs des lettres de Pakizê verront que le sultan avait demandé à Bonkowksi Pacha des informations extrêmement précises sur le sujet.

Abdülhamid ne voulait pas seulement contrôler la vente et le trafic de poisons, il tenait également à savoir tout ce que se disaient les médecins lorsqu'ils se retrouvaient dans la pharmacie Apéry de Galata (sur ce point, ses vœux furent exaucés). Toutes les grandes pharmacies étaient dotées d'un cabinet médical et d'une vaste salle d'attente. Le pharmacien Apéry, à Galata, avait transformé la sienne en une sorte de salon de lecture. Il était abonné à la plupart des revues médicales européennes, il commandait les derniers ouvrages de médecine. Tous les médecins d'Istanbul, grecs comme musulmans, fréquentaient ce salon, à la fois pour s'y cultiver et pour discuter entre confrères.

Le sultan soutenait les apothicaires musulmans, comme Hamdi, Edhem Pertev ou le propriétaire de la pharmacie Istikamet, il encourageait leur mode de production local et plaidait pour que Bonkowski Bey les inclût dans sa société. Mais ceux qu'Abdülhamid protégeait le plus, en même temps qu'il cherchait à les contrôler de près, étaient les herboristes traditionnels qui, tout en continuant de préparer les électuaires hérités de leurs ancêtres, vendaient aussi bien des poudres médicamenteuses et de la cannelle que de la mort-aux-rats. De loin les plus nombreux, ces herboristes étaient majoritairement musulmans, et Abdülhamid, qui désirait les soutenir pour cette raison, voulait en même temps leur interdire de vendre des poisons, et les deux politiques se contredisaient, ce que le sultan n'ignorait pas.

« Je crois, c'est mon humble avis, que les sentiments de Sa Splendeur Impériale sur la question sont partagés, comme sur tout sujet qui la passionne au plus haut point ! dit le pharmacien Nikephoros au docteur Nuri. D'un côté Sa Majesté Impériale, il y a vingt ans, soutenait les apothicaires musulmans, de l'autre, par sa "réforme" imposant l'emploi de méthodes européennes auxquelles ces boutiquiers n'avaient guère de chance de s'adapter, elle les mettait dans une situation critique. C'est pourquoi son altesse, quand elle a vu que ces nouvelles réglementations imposées sous la contrainte des Européens, et auxquelles elle-même ne croyait pas beaucoup, nuisaient aux musulmans, les a abandonnées. N'est-ce pas suivant la même logique que Sa Majesté Impériale a dissous le Parlement, au prétexte étrange que la Liberté laissait les musulmans sur le bord du chemin ? »

Le docteur Nuri nota avec quelle tranquillité le pharmacien avait tenu ce discours plein de sous-entendus et peut-être préparé à l'avance. Il s'empressa de le répéter à son épouse, quelques minutes plus tard, dans leur suite du palais du gouverneur. La principale conclusion qu'ils en tirèrent, c'était que le pharmacien Nikephoros avait parlé, dans le ton et le contenu, comme les gens qui étaient en communication secrète avec Abdülhamid, et plus précisément comme quelqu'un à qui le sultan avait donné un chiffre personnel.

Cinquante jours auparavant, lors des noces, profitant d'un moment de répit au milieu du tourbillon de fiacres et de valets, le vieux mari de sa sœur Hatidjê avait pris Pakizê à part et lui avait dit : « Méfiez-vous de ceux qui ont le cran de dire du mal de son altesse en public ! Ce sont tous des *provocateurs**. Dites-leur seulement "oui", ils vous dénonceront aussitôt à Sa Majesté Impériale. Et demandez-vous : "Comment se fait-il que ce type ose dire tout haut devant moi quelque chose que personne ne s'autoriserait même à penser ?" C'est que le type en question est un espion, voilà pourquoi il n'a pas peur. »

CHAPITRE 31

Quel rôle le « caractère individuel » joue-t-il dans l'Histoire ? Pour beaucoup, la question ne se pose même pas. L'Histoire, à leurs yeux, est une grande roue qui tourne en broyant les individus. D'autres historiens soulignent au contraire le rôle décisif que la personnalité de tel individu, de tel héros, put jouer dans certains épisodes de l'Histoire. Nous, comme eux, croyons que le tempérament et l'ambition d'un personnage historique ont, de temps à autre, le pouvoir de changer l'Histoire. Or c'est l'Histoire elle-même qui façonne cette personnalité dont elle recevra le choc en retour.

Oui, le sultan Abdülhamid était inquiet, suspicieux, et si maladivement que les Européens n'ont pas hésité à lui donner du « paranoïaque ». Mais cette anxiété confinant à la névrose trouvait sa cause dans l'Histoire même, les événements qu'il avait vécus ou dont il avait été le témoin. Enfin, Abdülhamid avait d'excellentes raisons d'être suspicieux.

En 1876, Abdülhamid, alors âgé de trente-quatre ans, était un prince impérial effacé mais estimable (économe, honnête, pieux), le deuxième dans l'ordre de succession. Le sultan était son oncle Abdülaziz. Or une nuit, un coup d'État fomenté par Midhat Pacha et le général des armées Hüseyin Avni Pacha détrôna Abdülaziz pour mettre à sa place son neveu Mourad V, le frère aîné d'Abdülhamid. Quatre jours plus tard, le sultan déchu Abdülaziz fut assassiné, ou poussé au suicide. Durant toute cette période, c'est-à-dire tandis que des soldats arabes de la Cinquième Armée encerclaient le palais de Dolmabahçe, que le sultan déchu était exfiltré dans une chaloupe puis assassiné quelques palais plus loin, Abdülhamid, désormais premier héritier du trône, cherchait à comprendre ces événements tout proches qu'il suivait depuis sa chambre, enfermé, terrorisé. La mort de son oncle l'avait choqué, il ne pouvait tolérer qu'en ces temps modernes un sultan pût être brutalement détrôné avant d'être assassiné, quelle horreur ! Trois mois plus tard, les soldats et bureaucrates qui avaient renversé Abdülaziz, toujours menés par Midhat Pacha, infligèrent le même sort à Mourad V (le père de Pakizê). Mourad V, déjà passablement traumatisé par la mort de son oncle (il n'avait plus toute sa tête), fut donc détrôné à son tour. C'est ainsi qu'Abdülhamid passa du statut de deuxième héritier à celui de sultan en l'espace de quatre mois, période durant laquelle il avait pu observer de près la puissance de Midhat Pacha et des autres pachas comploteurs, et compris que ce qu'ils avaient fait à ses prédécesseurs, ils n'auraient aucun mal à le lui infliger aussi.

Mais Abdülhamid n'avait pas attendu d'être sur le trône pour connaître ces peurs. Elles étaient plus anciennes encore : de même qu'en 1901 les princes impériaux craignaient d'être empoisonnés par le sultan Abdülhamid, trente ans et quelques plus tôt les princes Hamid Efendi et son frère Mourad Efendi avaient vécu dans la peur d'être empoisonnés par leur oncle le sultan Abdülaziz. Car celui-ci voulait avoir pour successeur son propre fils, le prince Yusuf Izeddin Efendi (il l'avait fait maréchal et commandant de l'état-major à quatorze ans).

À l'été 1867, le sultan Abdülaziz avait emmené le prince susnommé et ses deux neveux dans un voyage en Europe, voyage durant lequel la tension entre l'oncle et lesdits neveux, dont l'un était l'héritier légitime du trône, fut à son comble. Avant le voyage déjà, le prince Mourad passait l'essentiel de son temps dans son pavillon de Kurbağalıdere, loin du palais de Beşiktaş (aujourd'hui connu sous le nom de Dolmabahçe), précisément pour fuir cette tension. Si l'on en croit une lettre que la princesse Pakizê écrivit à sa sœur aînée au moment de la mort de leur père, bien des années plus tard, où elle rapporte ce que son frère, ses sœurs et elle auraient entendu directement de la bouche de Mourad V, la première friction importante entre les deux hommes eut lieu à Paris, lors d'une réception au palais de l'Élysée. Le prince héritier Mourad s'y était montré entouré de Françaises libéralement vêtues, badinant gaiement avec elles dans leur langue et dansant même le « quadrille » avec l'une de ces dames, ce qui lui avait valu les réprimandes sévères de son oncle.

Un peu plus tard, à Londres cette fois, lors d'une réception donnée à Buckingham Palace, ce furent l'intérêt et la sympathie sincères que la reine Victoria et son fils le dauphin Édouard, garçon à moitié débile que la reine tenait scrupuleusement à l'écart des secrets du Royaume, manifestèrent pour les jeunes princes Mourad et Hamid qui, à en croire lesdits neveux, rendirent leur oncle le sultan vert de rage et de «jalousie». Le lendemain, on sonna à la porte de la suite de Buckingham où séjournait le prince Mourad, la porte fut ouverte, l'aide de camp d'Abdülaziz entra, s'écria « avec les tendres salutations de son altesse ! », et déposa sur la table une coupe de raisins. S'étant aussitôt jeté sur les raisins, dont il se gava abondamment, Mourad fut bientôt pris de maux d'estomac terribles ; il courut retrouver son petit frère dans la chambre voisine, les larmes aux yeux. Le jeune Hamid, qui avait toujours du contrepoison sur lui (rappelons qu'il n'avait que vingt-cinq ans), en versa dans un verre d'eau, remua avec une cuiller, le fit boire à son frère, sans effet, appela des médecins en renfort et grâce à eux sauva l'héritier de l'Empire d'Osman. Ayant appris l'incident, la reine Victoria envoya le prince Édouard annoncer au prince Mourad et à son frère Hamid que s'ils croyaient *vraiment* qu'ils avaient été victimes d'une tentative d'empoisonnement *planifiée*, on pourrait leur offrir l'asile en Angleterre en attendant le dénouement de la succession à Istanbul. (Le destin des deux hommes allait demeurer assez lié, tous deux deviendraient francs-maçons, Édouard le premier, Mourad ensuite, ils s'écriraient des lettres, puis le prince Édouard, l'année même de notre récit, monterait sur le trône d'Angleterre.) Mais les deux princes impériaux préférèrent oublier l'épisode avant qu'il ne parvînt aux oreilles de leur oncle le sultan, songeant que cet incident, qu'ils avaient peut-être rêvé, risquait d'avoir des conséquences politiques déplorables s'il venait à faire les gros titres des journaux (les membres de la famille impériale ottomane s'empoisonnent mutuellement dans le palais de Buckingham !), enfin ils se persuadèrent que cette affaire de raisins était une chimère tout droit sortie de leur imagination.

Lorsque Abdülaziz, de retour à Istanbul, eut vent du scandale, il faillit s'étrangler de colère et décida de bannir pour un temps du palais de Dolmabahçe ce prince Mourad « qui nous fait honte ».

Les aventures des deux princes en Angleterre réapparurent dans les colonnes des journaux turcs à l'époque de la République, cette fois vues sous un autre angle, mais avec tout autant d'invraisemblance, à savoir que la reine Victoria, durant ce séjour à Londres, aurait proposé à Hamid et à Mourad d'épouser des princesses de la famille royale d'Angleterre, en attendant d'être sultans. Il paraît pourtant évident, pour quiconque est doué d'un minimum de bon sens, non seulement qu'une princesse de la famille royale anglaise n'aurait jamais accepté d'épouser un homme – quel qu'il fût – habitué à coucher avec quatre femmes et une flopée d'esclaves, et à traiter aussi mal les unes que les autres, mais encore que la reine d'Angleterre n'aurait jamais donné une femme de sa propre famille à ces hommes qui s'empoisonnaient entre eux et ne parlaient même pas un mot d'anglais, enfin que toute cette histoire était une farce grotesque, si absurde que nous avons de réelles difficultés à comprendre comment des lecteurs purent apprécier ces mensonges au point de les croire et de vouloir les relire, encore et encore, au gré des titres à peine changeants (« La reine Victoria souhaitait donner la main de sa fille à Abdülhamid ») sous lesquels on les leur resservit, trois ans durant, dans les rubriques « histoire » de la presse turque.

Quand Abdülhamid monta sur le trône, neuf ans après ce voyage en Europe, et après avoir vu son oncle être assassiné et son frère sombrer dans la folie, il avait eu le temps d'apprendre que le tendre contrepoison qu'il portait toujours sur lui, à l'image de beaucoup de rois et de souverains de son temps, en particulier dans les pays orientaux, était parfaitement impuissant à le protéger – chose que l'épisode londonien avait prouvé scientifiquement et que les neuf années suivantes avaient confirmé d'une autre manière. L'un des premiers rapports commandés à Bonkowski Bey par le sultan avait justement pour thèmes : les plantes du jardin de Yıldız « scientifiquement » susceptibles d'entrer dans la fabrication de poisons, les nouveaux poisons encore dépourvus d'antidote, les poisons indécelables lors d'une autopsie.

Le nom de Bonkowski Bey avait commencé à se répandre grâce à la Société de pharmacie de Constantinople, qu'il avait fondée en commun avec son ami le pharmacien Nikephoros. La jeune organisation était alors en guerre contre les autres associations de pharmaciens, guerre qui se traduisait par un procès dont elle voulait profiter pour attirer l'attention de l'État. L'enjeu du procès était de faire interdire les poisons et produits chimiques nocifs qu'on trouvait chez les herboristes traditionnels, qui vendaient pêle-mêle toutes sortes d'épices, de poudres, de crèmes, d'herbes et de racines. Or l'arsenic, l'herbe aux rats, la poudre d'orpiment jaune, le phénol (acide phénique), la codéine, la mouche espagnole (cantharide), l'éther diéthylique, l'éther sulfurique, l'iodoforme, la poudre des capucins (cévadille), l'huile de goudron de houille (créosote), l'opium, la morphine et autres substances semblables ne devaient pas être vendus chez les herboristes, mais dans les pharmacies modernes, à l'européenne, dans un cadre strictement réglementé, sous le contrôle d'inspecteurs, et uniquement sur prescription d'un médecin !

Abdülhamid, au même moment, devait déjà savoir qu'il était possible de réaliser des empoisonnements à base d'arsenic, aux effets progressifs, lents, pratiquement insoupçonnables ; il l'avait appris dans les romans policiers. Pendant ses lectures du soir, le sultan notait parfois les pages livrant des informations sur les poisons, ou bien sur la façon de ne pas laisser de traces, et se faisait relire certains passages. Quant à son obsession pour la culture de plantes toxiques dans le jardin botanique du palais, nos lecteurs doivent la comprendre ainsi : tels tous les empereurs modernes de l'Orient, Abdülhamid imaginait les jardins de son palais comme une version miniature du monde. La question que le sultan posait au jeune Bonkowski Bey était donc à vrai dire fort simple : quels poisons efficaces peut-on produire avec quelles plantes ?

Tandis qu'il rédigeait pour lui un rapport détaillé sur la question, Bonkowski Bey fut promu par le sultan à la tête de la pharmacie privée du palais de Yıldız, parfois appelée laboratoire de chimie. Et comme c'était aussi l'époque où Bonkowski Bey, travaillant d'arrache-pied pour la Société de pharmacie, faisait la guerre aux herboristes traditionnels, la conversation portait souvent sur les poisons et la proximité périlleuse, en des temps si modernes, du peuple avec ces substances dangereuses.

Abdülhamid n'ignorait pas que la plupart des poisons qui avaient tué à petit feu, sans laisser de traces, certains de ses ancêtres, notamment Mehmed le Conquérant, étaient *encore* disponibles chez n'importe lequel des herboristes qu'Istanbul comptait par centaines, où ils pouvaient être achetés par le premier venu. Et les registres conservés dans les archives du palais de Yıldız attestent que des fonctionnaires mandatés par la Chancellerie se rendaient régulièrement chez les herboristes du Nouveau Bazar de Beyazîd et du Grand Bazar de Fatih pour en rapporter des poisons qu'on analysait dans le laboratoire du palais.

Vers midi, rentrant au palais après son entrevue avec Nikephoros, le docteur Nuri fut appelé par le gouverneur dans son bureau.

« Je vais le faire couvrir de chaux et enterrer avec les pestiférés, de sorte que personne ne parlera plus d'empoisonnement, lui dit le gouverneur Pacha. Reconnaître que l'infortuné docteur Élias a été victime du même maudit complot que Bonkowski Pacha risquerait de laisser croire à la faiblesse de l'État sur l'île de Mingher. Il est donc fort possible, hélas, que ni Istanbul ni moi-même ne le reconnaissions publiquement. Si Sa Majesté Impériale apprenait qu'on a tué son assistant après Bonkowski Pacha, et que ni vous ni moi n'avons pu mettre la main sur le tueur, elle pourra nous soupçonner.

— Vous pensez donc que les auteurs sont les mêmes que ceux du meurtre de Bonkowski Pacha ?

— Eh, vous savez comme moi que nous n'en savons rien ! s'exclama le gouverneur. Mais si Istanbul devait insister jusqu'au bout, il nous faudrait quelqu'un qui avoue avoir mis le poison dans les brioches. À votre tour de le trouver. Et puisque vous mènerez votre enquête à la manière de Sherlock Holmes, l'affaire se fera sans torture ni falaqa. Vous débusquerez donc le coupable comme le détective préféré de son altesse, en interrogeant les herboristes, les pharmaciens. Bonne chance ! Des mesures ont été prises, les apothicaires vous attendent ! Nous verrons bien ce qu'ils nous chantent, cette fois. »

Tous les cuisiniers, commis de cuisine et autres suspects de la garnison qu'on avait passés à la torture étaient connus des propriétaires des grosses herboristeries où l'on vendait des raticides, mais ni ceux-ci, ni leurs employés, ni leurs apprentis ne se souvenaient en avoir vendu à aucun de ces hommes.

Le docteur Nuri commença par se rendre dans une petite boutique du quartier d'Eyoklima. Elle ressemblait à ces échoppes à l'odeur délicieuse que les juifs tenaient dans le quartier de Mahmoudpacha à Istanbul. Des sacs débordant d'épices de toutes les couleurs s'entassaient devant le comptoir. Il vit des pots remplis de divers fruits, poudres et médicaments. Au plafond pendaient des herbes, des bouquets, d'étranges choses spongieuses attachées à des ficelles. Derrière le comptoir, plutôt qu'un médecin attendant le patient, comme à Istanbul, il n'y avait que le propriétaire de la boutique en personne, Vasil Efendi, qui attendait le docteur Nuri, averti de sa venue par les hommes du gouverneur.

Vasil Efendi salua son impérial hôte en s'inclinant jusqu'à terre, lui baisa les mains, puis il répéta ce qu'il avait déjà dit lors de son interrogatoire. Aucun des cuisiniers n'était passé à sa boutique, du reste les ventes de mort-aux-rats avaient bien chuté, car les rongeurs se faisaient moins voir dans les maisons, les rues, contrairement aux premiers jours. Et puis la municipalité avait déversé du poison dans toutes les rues, gratuitement. Dans son turc approximatif, Vasil Efendi ajouta qu'en ce moment, si on voulait se procurer de la mort-aux-rats en grandes quantités, c'était plus facile de demander du côté de la municipalité. L'herboriste interrompait son histoire chaque fois que les yeux ou le nez du docteur Nuri s'approchaient des poudres contenues dans les fioles, les sacs et les bocaux des étagères, les épices dans leurs boîtes en bois, en fer-blanc, les instruments de mesure, les herbes, les pots en verre où des plantes à l'odeur délicate prenaient racine dans une poignée de terre, et il entrait dans des explications sur chaque chose, ici la moutarde, là le jasmin, la rhubarbe, le henné, la coca, le menthol, le mahaleb, l'herbe à poux, la cannelle. Il lui montra aussi le sac qui contenait la poudre d'arsenic : tout le monde n'avait pas le droit de s'approcher des substances toxiques, mais pour une préparation avec ordonnance, sa porte était toujours ouverte. À Smyrne, un herboriste avait expliqué à son apprenti comment faire la préparation prescrite, sauf que l'apprenti s'était trompé, il avait pris trois onces de poudre blanche dans le sac de droite au lieu de celui de gauche, et il était mort. Il connaissait cette histoire parce que la boutique de l'associé qui le livrait en saucissons, expédiés par le bateau des Messageries, était située dans la même rue, à Smyrne. Il était le seul commerçant de l'île à importer des saucissons de Smyrne.

L'herboriste Vasil Efendi se lança dans une préparation spécialement pour le docteur Nuri. Il commença par couper, écraser et mélanger ensemble huit noix de galle et une tranche de gingembre. Il ajouta de l'huile de genièvre et de la poudre de pois chiches qu'il lui fit d'abord sentir, écrasa le tout et obtint une mixture à la consistance pâteuse. Puis il y enfonça une cuiller et commença à débiter des sortes de pastilles. « Si toi diarrhée, un morceau tu prends dans ventre vide, ça coupe tout de suite », dit-il fièrement.

Chez tous les autres herboristes à qui il rendit visite ensuite, le docteur Nuri retrouva les mêmes sacs de pigments, de grains de café, de sucre et d'épices qu'il avait vus dans la boutique de Vasil. À l'entrée de celle-ci, un œuf d'autruche géant servait à indiquer la raison sociale aux porteurs d'ordonnance analphabètes. Un autre, dans le Vieux Bazar, avait mis devant sa porte une maquette du Phare arabe, un autre encore, à Vavla, une énorme paire de ciseaux. Dans ces deux minuscules échoppes, les produits les plus demandés étaient les pilules laxatives, celles contre les hémorroïdes et la toux, les baumes pour les plaies et les rhumatismes, des remèdes aux maux d'estomac. Le docteur Nuri nota que ces herboristes vendaient aussi certains médicaments et matières premières que leurs collègues d'Istanbul, grâce à la pression des pharmaciens, avaient interdiction de vendre, comme la stramoine ou trompette des anges, la cévadille, le genièvre noir, l'eau d'amande amère, substances sur lesquelles Nikephoros avait attiré son attention. Armé de la conviction que ces renseignements aideraient à confondre les instigateurs du complot qui visait les médecins sanitaires, le docteur Nuri remarqua également que fenouil, anis, cumin noir et marguerites entraient dans la préparation de décoctions contre les maux de ventre. L'herboriste à l'énorme paire de ciseaux en vitrine lui expliqua que la meilleure pommade contre la peste, celle qu'on prescrivait aux cheikhs qui donnaient des amulettes et des papiers de prière, était faite de soufre, de cire d'abeille, d'huile d'olive et de pétales de rose, et il lui en remit un flacon.

Pakizê déclara qu'elle voulait essayer ces liquides et ces poix, quoique sur le ton de la plaisanterie, mais son époux le lui interdit formellement. Il y eut des disputes, des bisbilles, des fâcheries, puis on mit les flacons de côté. Mais le docteur Nuri n'abandonna pas pour autant ses visites aux herboristes d'Arkaz.

CHAPITRE 32

La nouvelle s'étant répandue dans la presse grecque qu'un passager de l'*Odiyitis*, l'un des derniers navires ayant quitté l'île, était mort durant la traversée, et que le navire avait été mis en quarantaine à son arrivée à Athènes, les journaux européens s'en emparèrent pour dénoncer ces Ottomans incapables de contenir les épidémies importées en Europe depuis la Chine et l'Inde en passant par le Hedjaz et Suez ; il revenait aux Européens de faire le travail eux-mêmes. La formule de « l'homme malade de l'Europe », si populaire dans les colonnes du *Petit Parisien* et du *Petit Journal* de Paris, ou du *Daily Telegraph* de Londres, semblait reprendre du service. Les ports d'Europe occidentale obligèrent tous les navires en provenance d'Arkaz à hisser le drapeau jaune, on fit visiter les bateaux par les inspecteurs sanitaires, les passagers furent soumis à une quarantaine d'au moins dix jours à leur arrivée.

Toutes ces mesures avaient un arrière-goût de punition. Les grandes nations occidentales se plaignirent auprès d'Abdülhamid que le gouverneur de Mingher n'appliquait pas rigoureusement les règlements sanitaires et, comme à l'époque des épidémies de choléra dans le Hedjaz, elles mirent en garde l'État ottoman. Si le gouverneur de Mingher n'était pas en mesure de contrôler efficacement les navires quittant l'île, les vaisseaux de guerre européens qui croisaient dans les eaux méditerranéennes viendraient s'en charger eux-mêmes, tel était le message transmis à la Sublime Porte par l'intermédiaire des ambassadeurs.

La Sublime Porte et la Chancellerie relayèrent le message au gouverneur, le gouverneur se disputa avec le docteur Nuri à ce sujet, le docteur s'en ouvrit à son épouse, et Pakizê écrivit à sa sœur tout ce qu'elle avait entendu.

« La navette postale ne viendra plus jusqu'à nouvel ordre, vos lettres finiront entassées dans un panier à l'hôtel des postes ! lui dit un jour son mari. Ne serait-il pas plus judicieux de les conserver dans votre chambre ?

— Il me faut envoyer la présente pour pouvoir entamer la suivante ! lui répondit Pakizê. Le major aurait-il l'obligeance de me prendre une vingtaine de ces cartes postales ? »

Elle tenait dans sa main un bouquet de sept cartes postales imprimées à Istanbul, en noir et blanc (et recolorées à la main). La princesse adorait en lire les légendes en français à haute voix, comme on récite un poème : *Citadelle de Minguère, Hôtel Splendide Palace, Vue générale de la baie, Phare d'Arkad et son port, Ville vue de la citadelle, Hamidié Palace et bazar, Église Saint-Antoine et la baie**.

Plus jeune, Pakizê avait lu des romans français à son père, elle-même avait passé beaucoup de temps en compagnie des romans d'amour. Et c'était comme on lit un roman qu'elle suivait les aventures du major que lui racontait son mari et dont elle rapportait tout à sa sœur. Malgré l'exemple de son grand-père, son oncle, son père, sultans qui avaient chacun leurs sept ou huit femmes et un harem rempli de concubines, Pakizê s'opposait à l'idée qu'un homme eût plus d'une seule épouse. Ses sœurs et la plupart des autres princesses sultanes pensaient comme elle. Un effet, certainement, de l'éducation occidentale qu'elles avaient reçue au Sérail. L'autre raison majeure était que les époux des filles de sultan et autres princesses sultanes n'avaient pas le droit de prendre de seconde femme.

Quand elle apprit que Zeynep, la promise du major, avait rompu ses précédentes fiançailles le jour où elle avait découvert que le fiancé, imposé à elle par son père, avait déjà une épouse dans un village de l'île, Pakizê, n'accordant plus aucune importance aux témoignages contradictoires, fut prise d'une admiration soudaine et enthousiaste pour cette femme plus jeune qu'elle. Deux jours plus tard, son mari lui raconta que le major Kâmil avait rencontré Zeynep et qu'une étrange flamme s'était déclarée entre les deux jeunes gens. Les lecteurs des lettres de la princesse découvriront ainsi que la naissance de cette histoire d'amour si chère au cœur des Minghériens n'a tenu qu'au mince fil du hasard.

Ce jour-là, le major revenait de la poste ; il décida de flâner en chemin. Il traversa la rivière pour entrer dans les quartiers musulmans. Dans un jardin sec et ombragé qui donnait sur une rue déserte de Bayîrlar, il vit trois petits garçons qui pleuraient, deux en silence, l'autre à chaudes et bruyantes larmes, sous trois oliviers. Deux jardins plus loin, il entendit des commères voilées se disputer sur le seuil d'une maison, au son de « c'est toi qui as ramené la maladie, non c'est toi qui l'as ramenée ». À Tuzla, il fut témoin des tentatives malheureuses d'un ouvrier du port, très versé en matière de lutte contre l'épidémie, pour raisonner des femmes se partageant les vêtements d'une défunte. Dans la même rue, il apprit qu'un hodja du couvent des Zaïm faisait des amulettes contre la peste et que si, attendant en silence qu'il apparaisse devant la porte du jardin, on s'inclinait trois fois en sa présence, les bras croisés sur la poitrine et en répétant « je vous présente mes révérences ô maître », il vous faisait entrer. Dans chaque quartier il ressentait d'abord le silence de la mort et de la peur, la situation désespérée des médecins et des agents de l'État, puis, une ruelle, un jardin plus loin, il retrouvait l'indolence et la poussière des rues de son enfance et son cœur s'allégeait.

Il descendait une rue traversée en son milieu par un cloaque à ciel ouvert lorsqu'il vit un groupe de huit ou dix femmes et filles arrivant dans l'autre sens et, au milieu de ce groupe qui montait vers lui, Zeynep. Il leur emboîta le pas, à distance raisonnable, prenant garde que personne ne remarquât qu'il suivait ces femmes aux vêtements colorés, la tête enveloppée dans des foulards blancs. Mais il ne les suivit pas longtemps.

Zeynep et son escorte avaient subitement disparu. Le major partit à leur recherche, il erra un moment le long de jardins vides et broussailleux, entre les herbes hautes et des murs couverts de lierre. Dans un jardinet, une femme voilée semblait vivre la journée la plus ordinaire du monde, étendant du linge sur une corde tandis que ses deux fils, deux garçons aux pieds nus, se tapaient dessus.

Il s'engagea dans une rue poussiéreuse qu'il crut reconnaître de son enfance. Il marchait comme dans un rêve, extérieur à lui-même. Puis il s'en aperçut, comprit qu'il avait perdu la fille et retourna au palais du gouverneur.

Il rendit visite à sa mère dans l'après-midi. Dès qu'il la vit, il sut qu'il ne pourrait plus lui cacher qu'il était amoureux. Et, après tout, tant mieux, car le discours de sa mère suggérait que c'était la chose la plus naturelle du monde. « Tu l'as suivie ! dit-elle. Ça, elle a aimé, la fille. »

Le major fut stupéfait de la vitesse à laquelle les informations circulaient, cela lui plut assez, il eut soudain envie de s'écrier « va me la chercher ! », mais renonça, craignant d'effrayer sa mère par trop d'impatience. Peine inutile, du reste, car la mère lisait tout sur le visage de son fils. « Elle est exceptionnelle, la fille, dit-elle avec sang-froid. C'est une rose avec des épines, mais l'occasion ne se présente qu'une fois dans la vie, tu l'as compris maintenant, c'est bien mon fils, tu as fait des progrès. Est-ce que tu es prêt à tout pour elle ?

— Comment ça, tout ?

— Après tant de malheurs, la fille veut aller à Istanbul, elle veut se libérer de Ramiz pour de bon. Ce qui est certain, c'est que ses grands frères ne lui ont pas rendu l'or que le père avait pris de Ramiz, même pas une partie. Avec la confiance de son frère le cheikh Hamdullah, Ramiz fait toutes sortes d'insolences.

— Je n'ai pas peur de Ramiz, mais il y a la quarantaine, nous n'irons pas à Istanbul de sitôt. Dis-lui que je l'emmènerai en Chine, avec la fille du sultan !

— Si tu lui dis "je vais t'emmener à Istanbul", ça sera plus convaincant et efficace que la Chine ! rétorqua la mère. Ton Lami, il en dit quoi ? »

Par « ton Lami », sa mère entendait un ami d'enfance du major, un garçon qui connaissait tous les ragots de la ville. Le major rejoignit l'hôtel Splendid Palas en traversant des rues ensoleillées, embaumant la rose, à l'ombre des magnolias et des tilleuls en fleurs. Lami et lui s'installèrent sur des chaises en rotin, à une table de la terrasse de l'hôtel, sous un auvent rayé d'orange et de blanc. Ils avaient vue sur le port, respiraient un parfum de rose, de thym et de lysol. Lami avait un long visage, une mère orthodoxe, un père musulman. Quand ce dernier était mort, la famille avait quitté l'île et Lami avait grandi avec sa mère parmi les grecs. Vêtu d'un complet en lin marron et rouge, il était maintenant directeur du Splendid. Toutes les nouvelles importantes de Mingher étaient commentées et débattues ici, sur la terrasse et dans le hall du célèbre hôtel fréquenté par les riches grecs comme par les fonctionnaires turcs, les musulmans qui voulaient se donner de grands airs comme les petits secrétaires, les soldats en permission, autrefois les hommes d'affaires italiens qui dirigeaient les marbreries de l'île, et parfois le gouverneur.

Lami savait que Zeynep avait rompu ses fiançailles et craignait que Ramiz, profitant de son statut de frère du cheikh, ne reste pas sans réagir. L'homme était fou, avertit-il le major ; le gouverneur avait bien fait de le jeter au cachot. Quand il apprit qu'Istanbul avait ordonné de le libérer à la condition de ne pas reparaître à Arkaz, Lami s'exclama : « Le gouverneur ferait mieux de le remettre en prison ! » Mais ce ne serait pas facile, ajouta-t-il.

« Pourquoi ?

— Parce que le gouverneur Pacha a beau ne pas pouvoir sentir le cheikh Hamdullah, il sait aussi qu'on aura du mal à faire respecter la quarantaine sans sa bénédiction. »

Des historiens ont écrit que la crainte farouche que l'immense gouverneur avait du cheikh Hamdullah, et en général ses tergiversations face à ces provocateurs de cheikhs constituaient une « faiblesse » inconvenante et parfaitement injustifiable. Il est vrai que les pachas de Mingher, comme plus tard ceux de la République de Turquie, surpassaient les cheikhs en puissance, ce qui allait constituer une base solide pour la laïcité de la Turquie moderne comme pour celle de Mingher. Mais, rétrospectivement, les compromissions du gouverneur nous paraissent s'inscrire dans une stratégie politique réaliste et tout à fait fondée : il y avait une population à convaincre de respecter des lois d'exception auxquelles elle était rétive par tempérament.

« Toute l'île courait après cette fille, dit Lami. Tu auras des ennuis.

— Oui, mais je suis amoureux.

— La fille a deux grands frères, continua Lami. Des jumeaux, Hadid et Medjid, ils avaient une boulangerie, le Fournil des Jumeaux, mais c'est fermé maintenant. Prends-les dans ta compagnie de volontaires… Ils ne sont pas très futés, mais honnêtes. Le meilleur pain qu'on ait eu dans les cuisines du Splendid venait du Fournil des Jumeaux !

— J'aime tellement cette fille que même le métier de ses frères me paraît admirable ! » dit le major avec aplomb.

À la fin de cette conversation, l'idée d'une rencontre en ville entre le major, Zeynep et ses frères se précisa. Elle eut lieu trois jours plus tard, dans une loggia du Splendid qui donnait sur l'avenue d'Istanbul. Voir enfin Zeynep émut beaucoup le major, émotion qu'il confia au docteur Nuri sans fausse pudeur.

Les deux frères, Hadid et Medjid, s'étaient rasés de frais et portaient des chemises propres qui leur donnaient l'air urbain, mais leurs fez et leur façon de gigoter sur la chaise trahissaient une certaine gêne. Les mères s'étant entendues entre elles sur tout ce qui était prix de la fiancée, salaire, or, cadeaux, il n'en fut pas question. L'affiche de la quarantaine sur le mur du restaurant du grand hôtel vide, son papier déjà jauni, comme fané, semblait un vestige de temps très anciens, et cela, étrangement, rendait la peste encore plus effrayante.

« Nous nous offrons au danger en nous retrouvant ici..., finit par oser dire le major. À la vérité, les règlements sanitaires interdisent les rassemblements de plus de deux personnes.

— Notre destin est entre les mains d'Allah le Tout-Puissant ! s'exclama Medjid. Nous autres on croit que tout est déjà écrit, vous savez, alors on est tranquilles, ne vous inquiétez pas !

— Vous seriez encore plus tranquilles en croyant aux règles sanitaires et en intégrant ma brigade de volontaires. Entre hier et ce matin, onze personnes sont mortes de la maladie sur l'île. Et certains continuent de cacher leurs morts.

— Kâmil Bey, croyez-moi je vous en prie, l'interrompit Zeynep, moi ce n'est pas de tomber malade et de mourir jeune qui me fait peur, c'est de vieillir sur cette île sans avoir jamais vécu.

— La fermeté de votre volonté est digne d'éloges », répondit le major.

Comme ils étaient assis l'un en face de l'autre, leurs visages s'étaient beaucoup rapprochés et longtemps ils n'osèrent pas se regarder dans les yeux. Sentant qu'il pourrait tomber méchamment amoureux de cette fille aux yeux noirs dont le souvenir le hanterait à perpétuité chaque nuit qu'il passerait seul dans ses futures garnisons perdues, le major voulut l'épouser sur-le-champ.

C'est ainsi que Satiyé Hanîm, qui avait déjà mené en sous-main les tractations du mariage avec la mère et les frères de Zeynep, régla tous les derniers détails et conclut l'affaire. Elle s'était aussi assurée que le gouverneur ferait rempart aux forces hostiles qui menaceraient de ruiner la cérémonie de noces. Les proches de Ramiz faisaient courir la rumeur que le cheikh Hamdullah était très affecté par ce qu'on faisait subir à son frère, qu'il avait de la peine, qu'il bouillait de colère, c'étaient les bruits qui circulaient. Ramiz reviendrait en ville pour tenter un coup de force, tout le monde en était convaincu.

Le gouverneur avait fait de la réussite paisible du mariage entre le major et l'élue de son cœur une question d'honneur. On décida que la solution la plus appropriée, la plus sûre aussi, pour un officier ottoman fraîchement marié, serait de s'installer à l'hôtel Splendid. Ainsi le major accepta-t-il d'emménager avec sa future épouse dans une chambre située au dernier étage de l'hôtel, tel un riche Européen.

Le gouverneur, ne négligeant aucun détail, conseilla au major d'aller se faire raser chez Panayotis, le plus célèbre barbier de Mingher, en bas de la montée de Fait-Braire-l'Âne. Le mardi 14 mai, à midi, le barbier Panayotis, ayant d'abord flatté longuement le major en lui rappelant que tous les mariés d'Arkaz des vingt dernières années, chrétiens comme musulmans, étaient venus se faire raser chez lui, apostropha ainsi son client : « Je vois bien que tu es nerveux, mon Commandant, tu regardes ma petite boutique et mes outils et tu te demandes s'ils sont pleins de peste ! Eh bien, regarde, tous ces ciseaux, ces rasoirs, ces pinces que tu vois là, sache que je les passe longtemps à l'eau bouillante, exactement comme disent les médecins sanitaires. Pas parce que j'ai peur, non, mais parce que c'est ce que veulent les clients élégants comme toi !

— Pourquoi n'as-tu pas peur ?

— La sainte Marie et notre Seigneur Jésus nous gardent ! » dit le barbier en jetant un œil dans un coin de sa boutique.

Mais le major ne vit aucune icône, seulement des brosses, des écuelles, de la mousse, des couteaux, des rasoirs, des gobelets, des pierres ; la force du barbier venait de là. Il dit au major qu'il savait que le médecin qui avait épousé la fille du sultan était venu sur l'île pour arrêter l'épidémie, et que l'homme à qui il s'apprêtait à faire la barbe était leur garde du corps. Puis il commença à parler de l'attachement indéfectible qui unissait les Minghériens à leur sultan. Presque chaque été et chaque hiver depuis quarante ans, des révoltes éclataient dans les îles ottomanes de la Méditerranée orientale. Ceux qui provoquaient ces révoltes étaient des grecs qui voulaient leur rattachement à la Grèce et le départ des Ottomans, comme en Crète. Chaque été les vaisseaux *Mesudiye, Osmaniye*, ou bien le cuirassé *Orhaniye* avec sa nouvelle tourelle armée de canons, venaient bombarder les villages grecs de ces îles, en se basant sur les renseignements fournis par les préfets et les espions. Parfois, après les bombardements, les soldats ottomans sortaient de la garnison pour lancer une offensive sur les villages et arrêter des suspects. En général pourtant, c'était seulement par représailles qu'on bombardait les villages, les bourgs et les ports grecs d'une île. Mais en vingt ans, jamais le cuirassé *Orhaniye* avec ses nouveaux canons n'était venu à Arkaz pour bombarder les villages grecs, pas une seule fois !

Pourquoi ? Car Abdülhamid savait que le peuple de cette île lui était loyal, même les chrétiens et les réfugiés ! Car l'île de Mingher, il y a encore quinze ans, était la plus riche de la Méditerranée orientale, et presque la moitié de la population était musulmane. « Vous voyez, mon Commandant, continua le barbier Panayotis Efendi, cette crème à moustache et ces pinces en étau, aujourd'hui, à Istanbul, vous les trouvez chez un barbier sur deux. Mais moi ça fait déjà dix ans que j'ai fait venir le flacon de Berlin, et j'ai montré à tous les efendis et les beys de l'île comment s'en enduire les poils, les grecs comme les musulmans. À l'époque ils croyaient que pour faire la moustache Kaiser Guillaume, c'est-à-dire avec les bouts qui rebiquent, le milieu fourni et dru, il suffisait de tailler court au centre et puis d'entortiller les pointes avec les doigts. Alors qu'on y arrive beaucoup mieux en chauffant le bout des pinces pour donner à la moustache la forme qu'on veut, puis on masse le poil avec la cire, lentement, très lentement, jusqu'à ce que ça tienne. »

Le barbier donnait ces explications lentement, très lentement. Le plus important : ne jamais se servir des poils des joues et des pommettes pour renforcer la moustache. C'était vulgaire et laid. Malheureusement, certains barbiers de Berlin et d'Istanbul continuaient de le faire. À l'inverse, les maîtres barbiers modernes savaient qu'il fallait commencer par lisser deux fois tous les poils du visage avant d'attaquer le rasage. Et la firme française qui faisait au Kaiser ses moustaches spéciales, raides, droites, aux pointes effilées comme des couteaux, vendait toujours, dans sa boutique de Berlin, cette colle à la cire dont le secret était aussi jalousement gardé qu'un élixir. Mais quand son flacon s'était trouvé vide, le barbier Panayotis avait pris des glands verts de chêne et de la résine de pin de Mingher, il avait écrasé le tout dans un gobelet, avait ajouté de l'eau de rose qui provenait de la concession qu'Abdülhamid avait donnée au chimiste assassiné, plus de la poudre de pois chiches de chez l'herboriste Vasil, et il était parvenu au même résultat. Si le major le désirait, il pouvait lui faire les pointes plus dures et plus raides, mais gare, il ne fallait pas effrayer l'exquise et têtue promise.

En remontant l'avenue d'Istanbul vers le palais du gouverneur avec sa moustache aux pointes rebiquées à la Kaiser Guillaume, le major croisa un illuminé de la peste. Dans son enfance, il y avait déjà quelques fous à Arkaz, connus et acceptés de tous. Le major aimait la plupart de ces fous dont les enfants se moquaient et à qui certains vieillards et femmes grecques compatissants donnaient de l'argent, de la nourriture. Il y avait Dimitrios, le fou grec qui s'habillait toujours en femme, et Servet l'Enchaîné, qui se mettait soudain à hurler, à beugler en plein milieu du bazar. Quand ces deux fous se rencontraient, au marché, sur les ponts, dans la foule des quais, ils commençaient par s'insulter copieusement dans une langue obscène qui mélangeait le grec, le minghérien et le turc, puis ils se filaient des gifles et des coups de pied. Leurs empoignades étaient un spectacle très prisé, aimé des adultes autant que des enfants. Avec l'épidémie de peste, ces fous anciens avaient brusquement disparu, remplacés par les illuminés de la peste, plus déments encore, plus exubérants, et dont l'apparition éveillait en chacun la peur et la haine, bien plus que la pitié.

Erinli Ekrem était le plus fameux de ces nouveaux fous. Cet homme qui errait désormais de quartier en quartier et dont on disait qu'il avait été formé dans une madrasa d'Istanbul, était, avant l'épidémie, fonctionnaire de l'Administration des fondations pieuses. Un personnage effacé, discret, tout à fait ordinaire, si l'on exceptait sa passion des livres. Mais l'immense bonheur conjugal qu'il connaissait avec ses deux épouses ayant été brutalement interrompu par la mort de celles-ci, il s'était jeté dans la lecture du saint Coran et en avait rapidement déduit que l'heure de la « résurrection » était venue.

Lorsqu'il aperçut l'uniforme couvert de médailles du major, Ekrem Efendi, suivant sa nouvelle habitude, se planta au beau milieu de la rue et commença à réciter la « sourate de la résurrection » en s'accompagnant de gesticulations démonstratives. Sa voix était puissante, sincère, un peu nasillarde, comme s'il sanglotait. Le major s'arrêta pour écouter respectueusement cet homme de haute taille qui portait une redingote noire et un fez mauve. Arrivé au sixième verset de la sourate, il déclama « *yas'alu ayyana yawmu al-qiyamahi ?* » (quand donc viendra le jour de la résurrection ?) en regardant le major d'un air interrogateur et menaçant. Lorsque l'œil sera ébloui, lorsque la lune s'éclipsera, lorsque le soleil et la lune seront réunis, l'heure de la résurrection arrivera ! Le fou étendit alors le bras pour montrer un point dans le ciel. Le major regarda dans la direction indiquée par le doigt d'Ekrem Efendi, sans rien voir d'autre qu'un ciel de Mingher clair, net, propre. Mais pour éviter les chamailleries, il fit comme s'il avait vu.

Le fonctionnaire se lança alors dans la récitation d'autres versets expliquant qu'au jour de la résurrection il n'était de salut qu'en Allah. Les hodjas et les prédicateurs ayant pris l'habitude de réciter ces versets à la moindre occasion depuis que l'épidémie se propageait, tous les médecins musulmans et infirmiers sanitaires les connaissaient par cœur et ne négligeaient pas de les écouter religieusement, ni de montrer aux malades qu'ils les connaissaient.

Le gouverneur, un jour, ayant entendu dire que le vieil Ekrem critiquait les mesures sanitaires entre deux versets, avait pensé à faire enfermer ce cinglé, puis il y avait renoncé. Le major réussit à semer le fou et continua sa route, songeant derechef qu'il était le plus heureux et le plus chanceux des hommes. Et puisque nous écrivons l'histoire d'un petit pays dont le destin fut largement façonné par les émotions et décisions d'individus singuliers, nous nous permettons de souligner le bonheur du major.

Son mariage devait avoir lieu dans l'hôtel Splendid, mais pour des raisons de sécurité (Ramiz avait des hommes à lui dans ce secteur), on déménagea la cérémonie dans le grand salon du palais du gouverneur. Déjà légèrement troublés par ces changements de programme, les invités durent ensuite patienter longtemps à l'entrée du couloir du premier étage, où l'odeur de lysol était forte, puis ils furent soudain appelés au deuxième, et enfin admis dans la grande salle. Tout le monde était chic, propre et optimiste. Zeynep portait la traditionnelle robe rouge des mariées de Mingher. Ses deux frères avaient des redingotes et des bottes. Le major contemplait son mariage en spectateur distant, comme dans un rêve. Le promis et la promise se dévisagèrent de loin, pendant que Nureddin Efendi, l'imam de la mosquée de Mehmed Pacha l'Aveugle, inscrivait leurs noms dans le registre.

Le major répondit le premier aux questions de l'imam. Conformément aux lois, il indiqua la somme qu'il apportait dans ce mariage (en plus du foncier et du prix de la fiancée). Il précisa également combien il donnerait à cette femme en cas de séparation. Tandis qu'il accomplissait ces formalités, il regardait la promise dans sa robe rouge avec un mélange d'admiration et de désir, incapable de croire que la solitude qui l'avait fait souffrir affreusement toute sa vie était en train de prendre fin. Le premier témoin du major était Lami, le second le contrôleur général Mazhar Efendi, placé là sur l'insistance du gouverneur, qui voulait serrer l'événement de près. Pour une raison inconnue, le pacha quitta la salle au début des festivités, pour retourner à son bureau, où il resta. Au milieu de la cérémonie, la petite porte au fond du grand salon, côté port, s'ouvrit pour laisser entrer Pakizê et le docteur Nuri. Ils avaient beau l'apercevoir de loin, familles, parents, voisins et enfants coiffés de fez et revêtus de leurs tenues les plus chics, tous les hôtes furent émerveillés de voir la fille du sultan s'inviter à la noce. L'imam Efendi entama une longue prière, et tout le monde comprit que le mariage était célébré. Le major passa au poignet de sa femme le bracelet d'or offert par sa mère. Il serra la main de ses témoins et de quelques autres invités. Mais la peur de la maladie étant dans toutes les têtes, les saluts échangés furent modestes, froids, très peu démonstratifs, chacun ne pensait déjà plus qu'à rentrer chez soi.

Après cette cérémonie écourtée par l'absence des longues révérences, embrassades, courbettes et baisemains traditionnels, le marié et la mariée montèrent à bord du landau du gouverneur Pacha, et pendant le bref trajet jusqu'à l'hôtel Splendid où les conduisait le cocher Zakaria, leur bonheur fut immense. Quant au gouverneur, il était inquiet, il s'attendait à un coup de force de Ramiz et ses hommes. Dans une lettre à sa sœur datée du 14 mai 1901, lettre très personnelle, poignante, où elle décrit notamment le moment où le couple sortit du palais du gouverneur, Pakizê note que « malgré la catastrophe qui alourdissait l'air, les époux ne pouvaient cacher leurs sourires ni l'expression de félicité qui illuminaient leurs beaux visages ».

CHAPITRE 33

La félicité du major et de Zeynep rappela à Pakizê son propre mariage et celui de ses sœurs à Istanbul, certains regards moqueurs, certaines allusions blessantes.

« Parce que nous avons vécu enfermées comme des oiseaux en cage au palais, dans le harem, ils se moquent de nous, pis, ils rient de nous ! » s'indignait la princesse Pakizê dans une de ses lettres. « Et peut-être avaient-ils raison, ceux qui s'amusaient de notre condition, et pis encore, inventaient sur notre compte des histoires, des bons mots ! » continuait-elle ensuite. (Le jour où elles avaient quitté leur père et le palais de Çırağan pour rejoindre leur oncle Abdülhamid dans celui de Yıldız, ses sœurs avaient été littéralement terrifiées à la vue de l'énorme postérieur et de l'orifice logé entre les deux formidables fesses des chevaux de la calèche qui venait les chercher.)

« À ceux qui se moquèrent de nous, j'aimerais dire ceci, écrivait

Pakizê. Comme disait mon petit papa, lorsque notre ancêtre Mehmed III, contemporain de Shakespeare, avait livré au bourreau, le jour de la mort de son père, dix-neuf princes impériaux vierges de tout crime, dont cinq étaient encore des enfants, c'est-à-dire quand il avait fait assassiner tous ses frères (il devait avoir à peu près autant de sœurs), il ne toucha pas à un seul cheveu des princesses, au contraire il s'attacha à marier les filles de son prédécesseur, le sultan Selim II, à des serviteurs du palais de rang médiocre, contre un petit trousseau, exactement comme Abdülhamid avec nous. Aucune de ces sœurs, pas la moindre d'entre elles, n'avait son nom dans le *Registre d'Osman* – selon mon père. Autrement dit, dans l'Empire ottoman c'est le fait de ne compter pour rien, *même* quand on est fille de sultan, qui parfois nous sauve la vie. Les filles des filles de sultan, c'est-à-dire les Hanîm sultanes, recevaient de braves maris à leur tour, et ainsi leur lignée perdurait, et leur existence était agréable. Si elles avaient la chance de faire un bon mariage, ces princesses avaient même la possibilité, suivant leurs époux dans les provinces, de découvrir ce qu'on appelait autrefois "le pays". Aussi notre oncle Abdülhamid flattait-il avec une considération excessive les Hanîm sultanes Seniyê et Feriyê, les invitant aux réceptions de Yıldız, leur offrant des palais à Arnavutköy, comme si elles n'étaient pas les petites-filles de Mahmoud II, mais encore des demoiselles, et à ce titre, eu égard à leur grand âge, traitées en égales des princesses sultanes. Que nous, femmes, ne connaissions rien au monde n'avait de toute façon aucune espèce d'importance, puisque notre sort était à la fin d'épouser un vizir ou un pacha. Mais qu'un prince impérial destiné à monter un jour sur le trône du Âl-i Osman, dont aucune carte ne saurait enclore la multitude des pays, des terres, des îles et des montagnes, mais qui à cause de la névrose d'Abdülhamid n'avait jamais rien vu ni connu d'autre qu'un ou deux palais cernés de soldats et d'espions, et qui, apercevant pour la première fois de sa vie un mouton par la fenêtre du harem, criait au monstre et appelait la garde, n'était-ce pas, cela, pour l'avenir des Ottomans, un sujet autrement plus préoccupant que la condition des princesses sultanes ? »

Hatidjê et Fehimê avaient déménagé à Yıldız avant leur petite sœur. Leur oncle Abdülhamid les avait très bien traitées, il les invitait à toute une série de fêtes et de cérémonies plus ou moins intéressantes auxquelles se joignaient aussi ses propres filles, d'une part pour que ses nièces ne s'ennuient pas, ni ne regrettent trop leur père, d'autre part afin qu'elles y trouvent un mari potentiel, du moins qu'elles puissent rencontrer celui que leurs mères et tantes avaient choisi pour elles ; enfin, qu'elles ne restent pas demoiselles. Ainsi les princesses Hatidjê et Fehimê, les deux ans qu'elles passèrent à Yıldız, eurent-elles la chance de prendre part à beaucoup de divertissements et de galas, de rencontrer beaucoup d'autres femmes et de discuter beaucoup avec elles. Mais hélas, aucun futur gendre impérial ne se manifestait, personne ne semblait vouloir épouser ces filles merveilleuses. Car les aspirants damads, autant que leurs familles, avaient la terreur d'Abdülhamid. Et, dans ce milieu étouffant, on comprend pourquoi aucun fils de riche pacha n'osa demander la main d'une fille du frère prisonnier d'Abdülhamid, si belle et cultivée fût-elle. La chose se conçoit. Mais pour les sœurs, la désillusion était grande, elle était cruelle.

La rancœur des trois sœurs à l'égard de ces princes et autres fils de pachas tenait aussi certainement à la grossièreté, l'ignorance, la débauche et la futilité de ceux-ci. Nous racontons tout cela pour faire remarquer que la sage intuition de la sœur aînée, Hatidjê, fille de trente ans, belle entre toutes les belles, qui s'était installée à Yıldız précisément afin d'y trouver un bon mari, subit un démenti cruel et cinglant. Personne ne les demanda en mariage, ce fut finalement Abdülhamid qui se chargea de leur trouver des époux convenables.

Il commença par chercher parmi les fonctionnaires de la Chancellerie. Il y en avait de brillants et d'obéissants qui feraient très bien l'affaire. Au même moment, une nouvelle maladie se déclarait au palais de Çırağan, où Mourad V était enfermé avec sa famille. Le sultan décida d'y envoyer un médecin hygiéniste dont on lui chantait alors les louanges, lequel en profiterait pour jeter un coup d'œil à l'état sanitaire de tout le bâtiment (sous la

République, il abrita longtemps le lycée de filles de Beşiktaş). Certains, assez nombreux, soutiennent qu'Abdülhamid avait envoyé le docteur Nuri à Çırağan expressément pour qu'il rencontre Pakizê, la troisième fille, qui à l'époque refusait de se marier et vivait toujours avec son père dans une aile du palais. D'autres vont jusqu'à prétendre que c'était Mourad V lui-même qui, voulant trouver un bon mari pour sa fille, s'était entendu secrètement avec son « frangin » Abdülhamid, via des intermédiaires.

Mourad V, alors âgé de soixante ans, avait abandonné les rêves de retour sur le trône – soit par un coup d'État, soit en fuyant à l'étranger – qu'il nourrissait les premières années de sa destitution. « Que faire, la fortune m'a déserté ! » disait-il résigné. Il tuait ses après-midi en discutant avec le meilleur ami qu'il avait, son fils le prince Mehmed Selaheddin (ils n'avaient que vingt ans d'écart), en écoutant chacune de ses quatre filles (l'une devait mourir de la tuberculose), en lisant des livres, jouant du piano et composant, et ses soirées en s'alcoolisant copieusement. Le père et le fils avaient le vice de la boisson.

Chaque matin, l'ancien sultan rendait visite à sa mère, la sultane Şevkefza, dont la porte était juste en face de la sienne, pour lui « baiser les mains ». Celle-ci, une Tcherkesse au caractère ambitieux, avait passé les premières années de réclusion à imaginer une série de solutions pour rétablir son Mourad sur le trône (s'habiller en femme ; s'enfuir en Europe), et élaboré quelques complots (où même les égouts du palais jouaient leur rôle) dont elle discutait secrètement avec son fils en tête à tête. Après la mort de la sultane mère, certaines chambres du rez-de-chaussée de cette petite aile désormais vide furent repeuplées par un essaim de favorites ennuyées et souffrant des rhumatismes que leur causait la proximité de la mer.

Dans ce rez-de-chaussée, Mourad V et le prince Mehmed Selaheddin, son fils de quarante ans (lui-même père de huit enfants, six filles et deux garçons), avaient quarante-cinq odalisques à leur service – débutantes, servantes, maîtresses. Au moment du putsch d'Ali Suavi, Mehmed Pacha, l'homme d'Abdülhamid lancé à la poursuite des putschistes qui voulaient enlever le sultan déchu pour le rétablir sur le trône, était entré par hasard dans la chambre de ces « filles » qui, dans la chaleur de l'été, se trouvaient assez ou complètement dévêtues et, devant le spectacle imprévu de toutes ces beautés nues ou à moitié nues, certaines très jeunes, d'autres approchant la quarantaine, l'homme était resté pétrifié, s'appuyant sur son sabre pour ne pas défaillir. Dans les Mémoires de Filizten Hanîm, recueillis et compilés dans les années 1940 par l'historien populaire Ziya Şakir, et qui retracent avec une sensibilité exceptionnelle vingt-huit années de réclusion passées aux côtés de Mourad V, brossant notamment le tableau haut en couleur de la vie dans le dernier harem ottoman, la favorite de l'ancien sultan raconte qu'un des divertissements favoris des filles du harem, pendant des années, fut d'imiter Mehmed Pacha figé sur place comme une statue ; elles riaient beaucoup.

Le docteur Nuri fut introduit à l'étage supérieur, sans « tomber nez à nez » avec aucune créature issue de ces lieux bondés de filles et parfois de vraies femmes. Il était en train d'examiner les rougeurs étranges qui mouchetaient la peau d'une vieille servante et de la princesse Djelilê, l'une des petites-filles de Mourad V, lorsque s'ouvrit la porte de cette chambre qui donnait sur la mer, laissant apparaître Pakizê, avec qui il échangea un bref regard. La vieille servante dit à Pakizê que son père n'était pas là, et la princesse ressortit. Mais, l'espace d'un court instant, la très jeune fille et le médecin s'étaient regardés « longuement », comme on disait dans les premiers romans musulmans de l'époque. Deux jours plus tard, Pakizê acceptait d'épouser le beau docteur et rejoignait ses sœurs chez leur oncle, au palais de Yıldız.

On jasait beaucoup sur la médiocrité et la fadeur des époux qu'Abdülhamid avait choisis pour les belles et ardentes filles de Mourad V. Ces ragots visaient surtout les maris des deux aînées. Dans la période suivante, les journaux et les revues d'histoire dissertèrent abondamment sur le fait que ces époux étaient secrétaires (c'est-à-dire pas riches), qu'ils étaient « âgés » et n'étaient même pas beaux. Halit Ziya lui-même, l'un des plus grands romanciers turcs, qui occuperait plus tard le poste d'assistant du premier secrétaire de la Chancellerie, va jusqu'à noter, dans ses Mémoires intitulés *Quarante ans*, que les deux vieux gendres avaient été pensionnaires à l'orphelinat de Darüşşafaka, insinuant par là qu'en plus de tous leurs torts ils étaient d'extraction misérable. Pire encore, tout Istanbul bruissait de la rumeur selon laquelle Hatidjê, le soir de la nuit de noces, avait claqué la porte de sa chambre au nez de son époux, qui était très laid. « Et tandis que notre oncle offrait de riches et beaux maris à ses laiderons de filles, nous… », ainsi commençaient nombre de témoignages fantaisistes dont la presse turque de l'époque républicaine était si friande. Or rien, dans les lettres dont nous disposons, ne permet de supposer que les filles de Mourad V aient dit de la fille de leur oncle (leur cousine donc), la princesse Naïmê, qu'elle était un « laideron ». Du reste, le terme sied bien mal à l'éducation qu'avaient reçue ces jeunes filles !

Et puisque nous entrons sur ce terrain, il faut nécessairement reparler d'un sujet déjà abordé : à en croire les rumeurs, contrairement à ses sœurs Hatidjê et Fehimê, Pakizê n'était pas « belle » ! Ou pas aussi « belle » qu'elles. Voilà pourquoi Pakizê se tenait à distance des paroles empoisonnées que les langues de vipère d'Istanbul répandaient contre le Palais. Mais après avoir répété sur tous les tons les racontars selon lesquels Abdülhamid, n'ayant pas pu trouver dans le vivier de la Chancellerie un mari pour sa troisième nièce, qui n'était même pas belle, avait eu la miséricorde de lui dégotter, à la dernière minute, un médecin de « rang » nettement inférieur à celui d'un fonctionnaire du Palais, lesdites langues de vipère se désintéressèrent complètement de Pakizê, ce qui protégea la princesse, moins ambitieuse et élégante que ses sœurs, des ragots acides et malveillants des dernières heures du Sérail ottoman.

Le jour du mariage des trois sœurs, les fiacres arrivant de Yıldız et d'autres palais d'Istanbul, des résidences des vizirs et des pachas entraînèrent la foule chamarrée qu'ils transportaient vers les grandes villas que le sultan avait offertes à ses nièces le long du Bosphore, entre Ortaköy et Kuruçeşme. Pendant ce temps-là, le sultan rassemblait les vizirs et les pachas, les ambassadeurs et les princes impériaux que, profitant de l'occasion, il avait invités autour d'un vaste banquet diplomatique dans le pavillon de la Grande Chancellerie, à Yıldız. Abdülhamid, qui détestait les dépenses inutiles, ne s'était guère mis en frais pour la noce, et n'avait pas accueilli en personne, comme au mariage de sa fille Naïmê deux ans plus tôt, les gendres et les invités d'honneur de la Chancellerie au pied des escaliers.

Le sultan n'investissait plus autant de temps et d'argent dans les fêtes, les réceptions, les cérémonies qui avaient marqué les premières années de son règne, lui qui encore un an plus tôt, s'inspirant un peu du jubilé des soixante ans de règne de la reine Victoria, avait célébré par des dépenses colossales le vingt-cinquième anniversaire de son sultanat. Même le choix du coupé qu'il devait offrir à ses nièces lui avait fortement pesé, quoiqu'il se fût parfois montré avec elles aussi généreux qu'avec ses propres filles. On comprend du moins, en lisant la correspondance de Pakizê, que les deux sœurs aînées ne furent pas satisfaites du tout de la voiture qu'elles reçurent, soit qu'Abdülhamid ait été pingre, soit que les secrétaires de la Chancellerie qui s'en étaient chargés aient voulu faire une crasse aux gendres impériaux. Quant à Pakizê, la moins quémandeuse et la plus modeste des sœurs, ayant passé les premiers jours de son mariage sur un bateau en route pour la Chine et dans la province de Mingher, elle n'avait guère de raisons de s'intéresser aux défauts du coupé qu'on lui avait offert.

Dans ses lettres, Pakizê se moque de quatre princes impériaux en particulier ; ceux qu'elle avait croisés le jour de son mariage, apparaissant et disparaissant au milieu de la foule des convives, à la fois à Yıldız et dans les villas d'Ortaköy. Le fils d'Abdülhamid, le frivole et bruyant prince Mehmed Abdülkadir Efendi, qui vous assourdissait avec le violon qu'il portait toujours avec lui, était « stupide » ; le prince Abid Efendi était « abruti ». Seyfeddin Efendi, le fils du sultan que son père désirait marier à Eminé, la plus jeune fille d'Abdülaziz, était un « coureur » et la princesse sultane n'en avait pas voulu. Quant au « nabot » Burhaneddin Efendi, celui qui avait composé à sept ans cette « Marche de la Navale » que les passagers de l'*Aziziye* avaient eu l'honneur d'écouter en posant le pied sur l'île de Mingher, elle l'avait trouvé « capricieux ».

Avant de refermer l'enveloppe de la septième lettre écrite à sa sœur, Pakizê la lut à son époux. Ainsi se joignait-elle aux investigations de son mari, à la manière de Sherlock Holmes, et, en forme de réciproque, lui racontait la vie du Palais, seule existence qu'elle avait connue jusqu'à ce jour.

CHAPITRE 34

Le docteur Nuri écoutait avec intérêt les récits de sa femme, les cérémonies, les complots, ses colères et ses regrets, mais sans se hasarder à les commenter et répondant plutôt par ses propres histoires, étranges et terrifiantes, de médecin sanitaire. Et elles ne manquaient pas, car il était chaque jour à l'hôpital, au chevet des malades.

Il passait en effet son temps à courir d'une maison infectée à l'autre pour examiner les malades, en même temps qu'il essayait de comprendre les entorses ou résistances locales aux mesures sanitaires et d'y remédier. Il était difficile de trouver un compromis à la fois scientifique, raisonnable et réaliste alors que les habitants, tandis qu'on les délogeait pour des raisons d'hygiène, se rebellaient, hurlaient, voire en venaient aux mains, ce qui arrivait fréquemment. L'un voulait mourir entouré de sa famille, l'autre s'enfermait chez lui, un autre encore avait vu mourir sa femme puis sa fille en l'espace de trois jours et perdait complètement la raison, un dernier, jouant les fous de douleur, agressait les soldats qui voulaient l'emmener en quarantaine à la Forteresse. L'épidémie se propageant toujours davantage – on recensait désormais plus de quinze morts par jour –, les gens réagissaient soit par l'aphasie, soit par la colère, sinon la violence. Les bruits, les rumeurs et les enterrements à n'en plus finir avaient éteint en chacun toute logique et tout sang-froid. Les dénonciations des malades non déclarés, récompensées par une prime de cinq livres d'or, se multipliaient vertigineusement. Or plus des deux tiers de ces délations n'avaient rien à voir avec la peste. La majorité des musulmans continuaient de réagir à l'épidémie non par l'hygiène, mais par une surenchère de peur et d'accusations.

Un seul sujet parvenait à faire l'unanimité : ceux qui pensaient avoir contracté la maladie, soit à cause des rats, soit par une contagion humaine, ne sortaient plus dans les rues sans motif impérieux. Du reste, après le départ massif des grecs, toute une partie de la ville, à l'est et autour du port, paraissait complètement vidée de ses habitants. Beaucoup s'étaient barricadés chez eux comme dans l'attente d'une invasion étrangère, les verrous tirés, les serrures renforcées, et ils attendaient la fin de l'épidémie, retranchés au milieu des sacs, des paniers, des fûts, des cruches d'huile d'olive, des réserves de biscuits, de farine, de raisins secs, de mélasse et d'autres aliments semblables qui s'entassaient dans les cuisines et les caves. Quelle tentation pour les rats et leurs puces ! Les murs ne les arrêtaient pas.

Le vide des rues avait quelque chose d'étrange et d'effrayant, mais plus effrayante encore était la découverte d'une foule réunie derrière un mur, au fond d'un jardin. Car elle indiquait que quelqu'un était mort dans ce foyer, qu'un mort de plus gisait là, derrière la porte, au milieu des siens. Et ceux-ci, sachant que les fonctionnaires sanitaires ne tarderaient pas à venir les déloger, se disputeraient bientôt pour savoir s'il fallait signaler le décès maintenant ou plus tard, et des bagarres éclateraient peut-être autour du cadavre. Certains paniqueraient, ils imagineraient des planches de salut, ils feraient des projets, cohérents ou absurdes, les exposeraient à voix haute, les soumettraient à leurs proches, tandis que d'autres, s'enfonçant au contraire en eux-mêmes, se rétractant dans le silence, se mureraient dans la résignation.

La plupart des hommes – des mâles – enfermés chez eux s'ennuyaient assez vite, l'impatience et la curiosité les rongeaient, ils entrouvraient les grilles des balcons, s'accoudaient au rebord, hélaient çà et là un voisin, un piéton. D'autres, ouvrant la fenêtre en grand comme les chrétiens, passaient leurs journées entières à regarder les gens qui passaient devant leur porte. Quand il n'était pas avec ses hommes de la brigade sanitaire, soit généralement dans l'après-midi, le major jouait le rôle de garde du corps et de confident du docteur Nuri, comme Pakizê le lui avait demandé. Son uniforme d'officier en impressionnait certains, pendus à leur carreau, il inspirait la confiance, on le respectait. Un matin que le major marchait aux côtés du docteur Nuri dans une rue escarpée, agréablement parfumée, du quartier d'Eyoklima, un vieillard cria derrière ses jalousies : « Soldat Efendi ! » L'homme étant grec, il n'avait pas reconnu son grade. « Dites-moi, soldat, le bateau des Messageries est-il arrivé au port ? »

Le docteur Nuri fut témoin d'événements qu'aucune épidémie de choléra ne lui avait encore jamais donné l'occasion de voir. Des bandes de brigands s'introduisaient dans les maisons des vieillards solitaires et les cambriolaient. Certains voleurs, entrant dans une demeure qu'ils croyaient vide, y découvraient un cadavre de pestiféré, qu'ils cherchaient alors à faire disparaître pour ne pas alerter la brigade sanitaire, et ainsi ils attrapaient la peste, ce qu'ils confessaient ensuite au docteur Nuri sur leur lit d'hôpital. D'autres bandits plus ambitieux profitaient de l'anarchie et du chaos pour emménager dans les maisons qu'ils dépouillaient. Ces choses-là se passaient surtout dans les quartiers grecs excentrés de Dantela et de Kofounia, hors de portée de la brigade sanitaire et de la police.

Le docteur Nuri, épaulé par un jeune médecin grec, passa près de deux heures au chevet des malades de l'hôpital Theodoropoulos. Il leur donna des comprimés pour calmer la douleur et les remettre un peu d'aplomb, pansa leurs plaies, incisa leurs bubons et tenta de les rassurer. Il leur parlait d'une voix douce, patiente, tout en leur ordonnant de tenir les fenêtres toujours ouvertes et la pièce aérée.

De retour dans la suite du palais, il découvrit sa femme en train d'écrire une nouvelle lettre. Il y avait aussi une note d'Istanbul à son attention, chiffrée par la « très haute et sublime Volonté ».

Le docteur Nuri s'agita, et sa perspicace épouse, devinant sa curiosité rien qu'à la façon qu'il eut de l'embrasser, ne put s'empêcher de lui lancer avec un regard réprobateur : « Mais regardez donc ce que c'est ! » (Car un ordre de la « très haute et sublime Volonté » désignait un ordre du sultan, un message personnel d'Abdülhamid.)

« Je me chagrine de constater que votre fidélité envers le sultan est plus forte que votre loyauté à mon égard, dit Pakizê.

— Ces deux fidélités sont d'un ordre tout différent. L'une est un lien du cœur, dit le docteur Nuri avec une candeur qui lui parut à lui-même excessive, l'autre est un lien du sang.

— Le lien du cœur, je suppose que c'est moi. Mais en quoi seriez-vous lié à Abdülhamid par le sang ? Le sultan n'est pas votre oncle, c'est le mien.

— Ce n'est pas seulement à la personne de son altesse le souverain Khan Abdülhamid que mon sang me lie, mais à la chose immense que sa très haute instance incarne et représente, à l'État, à l'Empire d'Osman, à la Sublime Porte, à l'institution médicale, à la nation.

— Je m'étonne sincèrement que vous puissiez croire que la Sublime Porte, l'État et le peuple existent en dehors d'Abdülhamid... Ce que vous appelez "État" n'est rien d'autre qu'une clique de pachas et de secrétaires qui fait tout ce que lui demande mon oncle et dont la justice n'est jamais que celle qu'il ordonne. S'il en existait une autre, expliquez-moi comment mon père, mon frère, mes sœurs et moi aurions pu être enfermés comme des prisonniers à Çırağan pendant vingt ans. Et s'il existait une "nation" pour surveiller les agissements de l'État, de la justice et des pachas en question, comment mon père aurait-il pu être détrôné si facilement, soi-disant parce qu'il était fou ? Et d'abord, qui est cette "nation" dont vous parlez ?

— Vous me posez sérieusement la question ?

— Oui, je suis très sérieuse, parlez.

— Cette foule humaine que vos cousins et les autres imbéciles de princes impériaux regardent aller et venir avec ses petites pattes entre Kabataş et Beşiktaş, sous les fenêtres de leurs grands palais, voilà ce qu'est la "nation".

— À la bonne heure, mais voyez plutôt d'abord ce télégramme », répondit la princesse avec un mouvement d'humeur. Son visage était frappé d'une moue insolite, une expression que son mari ne lui avait encore jamais vue. Elle avait tenté de le moucher.

Le docteur Nuri ne savait pas quoi répondre. « Vous n'entendez rien à l'épidémie, à quel point elle est grave, comment elle se propage, qui elle infecte, et vous avez interdiction de sortir en ville ! lança-t-il pour se donner l'air dur.

— Eh, sachez que c'est une interdiction dont nous sommes coutumières ! » rétorqua la princesse avec orgueil.

Le docteur Nuri sortit le manuel permettant de décrypter le contenu du télégramme ; il s'installa dans un coin de la pièce pour le déchiffrer. Le sens du message mit un certain temps à lui apparaître : on indiquait simplement que le télégramme de Mingher qui demandait d'urgence l'envoi d'un vaisseau et de matériel de secours avait été « bien reçu ».

CHAPITRE 35

Le jeudi 16 mai, dix jours après le départ du dernier bateau, dix-neuf personnes moururent sur l'île. Le lendemain, au moment de reporter ces morts sur la carte épidémiologique, le gouverneur et le major songeaient que tous leurs efforts s'étaient révélés vains, sentiment qu'ils eurent l'occasion de partager lors de la réunion matinale.

Le docteur Nuri n'était pas si pessimiste. Les mêmes règlements pouvaient très bien arrêter l'épidémie dès le lendemain. Tout était question de mesure. Il s'agissait de ne pas céder à la panique, de scruter les faits de près et de comprendre pourquoi ils leur résistaient.

Les médecins ne se rendaient plus dans les maisons musulmanes sans être escortés par les soldats de la brigade sanitaire ; ils saisissaient les effets des morts, prenaient les dispositions nécessaires pour que les corps soient chaulés et enterrés au nouveau cimetière. Sur ce point-là, affirmait le docteur Nuri, la politique de quarantaine était un succès. Il rappelait néanmoins aux médecins que certains délégués de quartier continuaient à prendre par-dessus la jambe toute mesure préventive qui s'apparentait, de près ou de loin, à un cordon sanitaire. À Turunçlar et à Tchitê, on s'était assez vite heurté à une forme de mépris et de sarcasme, par endroits habillée de colère, attitude dont l'expression d'un garçon de dix ans, du nom de Tahsin, rendait le mieux compte ; l'enfant avait déclaré que la peste ne pourrait contaminer son père, car celui-ci, tout comme lui, « en portait ». Il faisait référence à un papier sur lequel étaient calligraphiés des versets, en lettres minuscules, comme des prières pour fourmis, qu'il brandissait fièrement devant le docteur Nikos. Le médecin avait confisqué le rouleau de papier et, voyant que l'enfant se mettait à pleurer, il avait envoyé sur place une escouade de médecins et de soldats.

Aux yeux du gouverneur comme de beaucoup des membres du Conseil sanitaire, cet épisode connu sous le nom d'« incident de Tahsin » fournissait une explication commode au fait que les mesures qui avaient fait leurs preuves à Smyrne se révélaient inefficaces à Mingher (les traditions, la religion, les cheikhs, l'ignorance du peuple !). Explication commode encore alimentée par le « panislamisme » d'Abdülhamid et la terreur qu'on avait, en Europe, en Afrique, en Asie, d'un soulèvement musulman contre l'exploitation coloniale, entre autres préjugés historiques. Cette crainte n'était cependant pas l'apanage des consuls et médecins d'origine grecque, on la retrouvait aussi chez la princesse Pakizê, qui avait reçu au Sérail une éducation encore plus occidentale et « rationnelle », ainsi que chez le docteur Nuri, qui avait étudié la médecine auprès de professeurs européens, et, dans une moindre mesure, chez le gouverneur.

Celui-ci fit analyser le papier de prière confisqué par le directeur sanitaire ; on découvrit qu'il avait été donné par le cheikh des

Rifa'i, dont le couvent était à Vavla. Dans quelle mesure ces textes religieux qui avaient pour fonction de consoler un peu le peuple nuisaient-ils au régime sanitaire ?

Le docteur Nuri, pour s'être beaucoup disputé à ce sujet avec les cheikhs arabes et les médecins anglais lorsqu'il combattait le choléra dans le Hedjaz, avait un avis sur la question : ces papiers de récitation et autres amulettes n'avaient certes aucune « valeur scientifique » mais, dans les temps difficiles, ils permettaient aux gens de ne pas sombrer dans le désespoir, leur redonnant même une certaine vitalité. Interdire frontalement leur circulation ne faisait que creuser le fossé entre les médecins et la population, en plus de conforter les croyances du peuple et d'attiser son hostilité à l'égard des mesures sanitaires. Mais ceux qui avaient foi dans ces papiers, c'était vrai aussi, tendaient à se persuader que « rien ne peut nous arriver », bientôt convaincus que leur seule proximité avec un couvent, un cheikh, leur conférait une force surnaturelle, en dehors et en dépit de toute médecine.

« Je pourrais vous fiche cet escroc des Rifa'i au trou, histoire de le terroriser un peu, après quoi je noierais tout son couvent, sa maison et ses sept aïeux sous des nuages de lysol, mais cela ne ferait qu'envenimer l'affaire ! » déclara un jour le gouverneur. Le docteur Nuri lui rappela qu'il avait déjà dit la même chose du cheikh Hamdullah. « C'est que, voyez-vous, toute atteinte aux couvents est aussitôt dénoncée à Sa Majesté Impériale. Et le lendemain, un chiffre d'Istanbul m'ordonne de libérer le cheikh en question. »

Une journée après que le docteur Nikos l'eut arraché des mains du petit Tahsin, le docteur Nuri s'en alla à Turunçlar restituer le papier de prière donné par le cheikh des Rifa'i pour lutter contre le djinn de la peste. Il fut bien accueilli par ces gens et ne remarqua chez eux aucune trace de l'épidémie. Leur maison était baignée d'une étrange lumière blanche, de sérénité et de résignation. Le père de l'enfant vendait des prunes, des coings et des noix dans une ruelle qui descendait vers le port. Le docteur Nuri devina aussi que Tahsin savait qu'il était le gendre de Mourad V, enfin l'époux de cette créature féerique qu'était la fille du sultan.

Ces jours-là, le Conseil sanitaire comme l'équipe d'épidémiologie du gouverneur perdirent un temps certain à débattre d'un théorème que le docteur Nikos prétendait avoir découvert. La découverte du directeur sanitaire avait eu lieu un matin, devant la carte : les rats, soit ceux qui avaient apporté l'épidémie depuis Alexandrie, soit l'espèce locale que ceux-ci avaient contaminée, se concentraient uniquement dans la partie ouest de la ville.

« Dans les quartiers chrétiens non plus, les points verts ne manquent pas ! lui rétorqua le gouverneur.

— La plupart de ces gens ont contracté le mal en descendant au port, puis ils sont morts chez eux, aussi considérons-nous ces quartiers comme infectés.

— Pourtant à Pétalis j'ai vu des rats morts, et aussi dans le jardin, que dis-je, le parc, la forêt de l'énorme villa des Karkavitsas de Salonique, je les ai vus de mes propres yeux ! »

La dispute se prolongea longtemps, de quoi étonner nos lecteurs. Le docteur Nuri entendait l'opinion audacieuse de son confrère, mais il ne la commenta pas, quoiqu'il la jugeât fausse. Les arguments du gouverneur, à savoir qu'on continuait de découvrir des cadavres de rats dans les quartiers chrétiens et que des enfants grecs misérables, pas plus tard qu'aujourd'hui, en avaient encore rapporté à la municipalité, n'infléchirent en rien le sentiment de « découverte » du docteur Nikos, qui avait beaucoup plus d'expérience avec le choléra qu'avec la peste. Il s'entoura d'un secrétaire et de deux médecins grecs, Philipos et Stefanos, avec qui il travailla à déterminer l'importance de la contagion dans les quartiers chrétiens situés le long de la rivière Arkaz, sans résultat.

Ils apprirent cependant que certains gamins grecs misérables allaient dans les quartiers musulmans récupérer des cadavres de rats, qu'ils revendaient ensuite à la municipalité. Les vendeurs étaient au nombre de trois, trois garçons ayant perdu père et mère, livrés à la rue ; ce fut la première bande d'enfants. Le gouverneur aussi avait entendu parler d'une guerre pour les rats morts qui faisait rage, à Hora, entre gamins grecs et gamins musulmans. Un temps, le pope de l'église Hagia Triada avait même songé à faire rouvrir deux écoles grecques, afin de tenir ces enfants à distance des microbes et des bagarres de rue.

Nous rapportons ces doux rêves (les deux tiers des professeurs et des surveillants avaient quitté l'île) et ces propositions parfois inventives non seulement pour attester du sentiment de désespoir qui régnait au palais du gouverneur, mais encore afin de restituer l'état d'esprit des élites cultivées de l'île vingt jours seulement après l'annonce de la quarantaine. À cette époque où tout le monde croyait que les découvertes scientifiques avaient le pouvoir de transformer la vie humaine de fond en comble, en ce temps-là aussi où l'Europe approuvait, presque unanime, les bénéfices matériels immenses qu'elle tirait de la colonisation, les classes supérieures un tant soit peu éclairées n'envisageaient les problèmes qu'au prisme de découvertes révolutionnaires et de solutions miracles, comme l'invention du télégraphe par Samuel Morse, celle de l'ampoule par Edison, ou encore l'élucidation des crimes par le génie de la méthode, à la manière de Sherlock Holmes ! Ainsi étaient-ce parfois des journées entières que certains pères de famille, ceux qui tentaient de vaincre la peste par eux-mêmes, chez eux, à l'aide de pulvérisations de vinaigre, de fumigations, de l'acide chlorhydrique qu'ils achetaient chez Nikephoros et des poudres qu'ils récoltaient chez les herboristes, passaient à caresser ce genre de rêves optimistes.

Or il faudrait attendre encore quarante ans avant la découverte du premier vrai vaccin efficace contre la peste. Dans les années 1900, l'empirisme prédominait chez les médecins, ainsi ceux de Bombay et de Hong Kong, qui tentaient de soigner les pestiférés en leur injectant du sérum microbien. Les échecs à répétition de ces tentatives hasardeuses empoisonnaient le moral du gouverneur autant que celui de la population, et minaient l'optimisme et la résolution nécessaires à l'application des mesures sanitaires.

L'insuccès de la théorie épidémiologique du docteur Nikos eut aussi pour effet, en retour, de faner un peu plus l'espoir de pouvoir retrouver, sur un coup de génie, grâce aux procédés occidentaux, les assassins de Bonkowski Pacha et de son assistant. « Les méthodes de l'Europe ne prennent pas toujours racine dans l'Empire d'Osman ! » en vint à lancer le gouverneur un jour qu'ils discutaient d'autre chose. Le docteur Nuri sentit que ces mots étaient dirigés contre lui. Mais s'il avait beau avoir compris que résoudre le crime comme Sherlock Holmes ne serait pas une mince affaire, il n'en continua pas moins ses visites aux herboristes, ses questions et ses interrogatoires.

Deux jours plus tard, dans la matinée, le gouverneur reçut un télégramme de sa femme. Affolée par les nouvelles de la propagation de l'épidémie sur l'île, Esma Hanîm annonçait qu'elle quitterait Istanbul avec le vaisseau de secours en partance pour Arkaz. Le pacha était certes au courant, par les télégrammes qu'il recevait, qu'un tel convoi était en préparation, mais comme c'était le genre d'affaire qui restait généralement lettre morte, il l'avait complètement oublié. La simple idée que sa femme, qui n'avait pas mis un pied sur l'île depuis cinq ans, s'embarque avec son frère sur ce fameux vaisseau de secours suffisait à plonger le pacha dans la plus extrême confusion. Il pensait ainsi : cinq années loin de ma femme m'ont changé, je ne suis plus le même homme. Et il ne voulait pas revenir à sa personnalité d'avant. Et quand bien même un changement de gouvernement aurait remis Kâmil Pacha le Chypriote au poste de grand vizir et que celui-ci lui proposerait un ministère, Sami Pacha n'était pas sûr de vouloir quitter Mingher pour retourner à Istanbul.

Le moral du pacha était aussi miné par un nouveau sujet de dispute avec Istanbul. On avait interdit aux bateaux de quitter le port sans quarantaine préalable. (Ordre que le pacha avait appliqué avec succès, celui-là.) Or un soir qu'il allait retrouver son amante Marika, le gouverneur avait découvert avec effarement que toutes les criques de la côte, à partir du petit port en contrebas de l'endroit où il avait garé son landau, étaient pleines de chaloupes qui embarquaient passagers et bagages pour les emmener vers des navires ancrés au large. Ainsi violait-on la quarantaine dans les ténèbres de la nuit. Le premier jour, toutes les compagnies maritimes avaient participé au scandale.

Les jours suivants, la Pantaleon et d'autres compagnies plus modestes, comme la Fraissinet, avaient continué d'accepter des voyageurs au mépris de toute quarantaine, pour des raisons politiques. Les jours de mer démontée, les équipages des rameurs grecs avaient bien du mal à acheminer leurs passagers clandestins jusqu'aux lointains navires tapis dans l'obscurité. Les espions du gouverneur lui rapportèrent plus tard que Kosma et ses hommes, ainsi que Zakaryadis, un batelier qui avait la protection du consul d'Italie, avaient gagné des fortunes grâce à ce trafic. Le patron Seyid, le protégé du gouverneur, était resté en dehors de l'affaire.

Le pacha songeait néanmoins, et l'inspiration était heureuse, qu'il avait eu vent de l'histoire trop tard pour que la Sublime Porte et le sultan, s'ils venaient à l'apprendre, ne le soupçonnent aussitôt soit de négligence, soit même de complicité. Il semblait avoir perdu toute sa clairvoyance, il ne savait plus comment réagir. Un instant, il imagina qu'il pourrait télégraphier à Istanbul et faire intercepter les fuyards par le *Mahmudiye*. Car ces bateaux clandestins étaient les mêmes qui avaient débarqué, deux mois plus tôt, des bandes de séparatistes grecs dans les criques du nord de l'île. Il nourrit aussi l'idée de faire arrêter les directeurs des agences maritimes, petites comme grosses, qui avaient pris ces passagers, et de les faire jeter en prison pour viol de la quarantaine maritime et infraction aux réglementations internationales. Mais ce serait excessif. Le pacha ne pouvait se décider, et le temps passait.

Quels que fussent le pays, l'île ou la cité (la Crète, Salonique, Smyrne, Marseille, Raguse) où ces bateaux arrivaient, ils étaient arrêtés et placés en quarantaine dans une crique déserte, exactement comme au début de notre récit le bateau des hadjis. L'échec de la quarantaine à Mingher jetait une honte universelle sur les diplomates ottomans, l'administration de l'Empire et le sultan.

Parfois, l'indomptable puissance de la peste apparaissait au gouverneur comme une grande vague surnaturelle au-dessus de laquelle il trouvait le sang-froid et la résignation de surnager, et il louait intérieurement le docteur Nuri, ses amis et lui-même pour leur courage et leur fermeté. Mais il arrivait aussi qu'il se laissât happer par des chamailleries de consuls d'une banalité confondante, des manigances politiques et diplomatiques qui n'aidaient en rien la lutte contre l'épidémie, des articles ineptes publiés dans des journaux que personne ne lisait, et ces paradoxes invisibles, ces révélations fracassantes de la duplicité des consuls épuisaient son temps et usaient son énergie.

Ainsi le concessionnaire des Messageries maritimes, Andon Hampouris, qui d'un côté réclamait des avantages et des privilèges en se plaignant que la quarantaine les empêchait de gagner de l'argent en transportant ceux qui voulaient fuir l'île, déclarait-il de l'autre, à voix basse, le même Monsieur Andon, que « la réponse du gouvernement français est que personne ne quitte l'île sans avoir effectué de quarantaine ! ». Les deux discours entrant en contradiction flagrante, il ne les tenait pas simultanément mais à la suite, et parfois, embarrassé par sa propre duplicité, adressait au pacha un sourire gêné. Sami Pacha saisissait d'autant mieux le dilemme que ce genre d'hypocrisie était le principe même de sa propre politique. « Tous les citoyens ottomans sont égaux, il n'est plus question d'infidèles ! » s'exclamait-il d'un côté, tout à son enthousiasme quotidien pour les innombrables réformes d'occidentalisation de l'Empire, tandis que, de l'autre, il favorisait les musulmans à la moindre occasion, croyant sincèrement que c'était le moins qu'il pût faire, et souffrant du remords de ne pas les favoriser davantage.

L'hypocrisie des consuls, néanmoins, avait fortement déplu au gouverneur. Certes, il ne pouvait s'en prendre directement au représentant des Messageries maritimes et à ses deux secrétaires, car ils étaient également attachés consulaires. Cela ne l'empêcha pas d'organiser une descente matinale dans une autre agence, dont il fit mettre aux fers quelques employés et sceller le guichet. Les bureaux de l'agence étaient pleins de billets illégaux et de preuves accablantes du même genre. En mettant également en prison Lazare Efendi, le patron haleur grec qui avait prêté assistance aux fuyards, le gouverneur fit preuve du même instinct qui l'avait poussé, les premières années qu'il avait passées sur l'île, à protéger les rameurs musulmans. À la vérité, dans l'Empire ottoman, aucun problème ne pouvait être résolu sans jeter quelqu'un en prison.

Le lendemain, après une protestation du marquis de Moustier, l'ambassadeur de France à Istanbul, et plusieurs télégrammes de la Chancellerie et de la Sublime Porte, le pacha fut obligé de libérer les employés de l'agence. L'un d'eux mourut bientôt, emporté par la peste qu'il avait contractée en prison, ce qui amena le gouverneur à exprimer une fois de plus l'idée dont il avait fini, en ces jours-là, par ne plus se départir : si le télégraphe n'existait pas, en deux semaines on en aurait fini avec l'anarchie et la peste sur l'île.

La Chancellerie avait aussi envoyé un télégramme à Nikos Bey, le directeur sanitaire, pour lui rappeler, dans un style très au fait des derniers progrès effectués par la science médicale et bactériologique en Inde et en Chine, que la peste ne pouvait pas se transmettre par le contact cutané des mains, via les papiers de prière et les amulettes, et qu'il convenait donc d'éviter tout comportement susceptible de provoquer la colère de la population, voire son éventuel soulèvement. Le télégramme provenant non du ministère de la Santé, mais de la Chancellerie, le gouverneur le soupçonnait d'avoir été *en vérité* envoyé par Abdülhamid lui-même.

Ces coups d'arrêt permanents imposés par les télégrammes d'Istanbul suscitaient une sorte de lassitude chez le gouverneur ; il sentit qu'il était vain d'essayer d'accorder la politique sanitaire à une quelconque justice. Aussi n'appliqua-t-on qu'à moitié l'ordre d'Istanbul qui, dans le but d'empêcher leur exode, interdisait aux habitants de sortir après la tombée de la nuit. Il est vrai que l'interdiction, bien réelle celle-là, de se promener avec une torche ou une lampe à huile avait fait son effet dans certains quartiers, où personne ne sortait plus la nuit. Mais l'expérience avait aussi montré que cela encourageait les cambriolages et la circulation des biens volés d'une maison à une autre. Or ces biens – tables, couvertures, linge de maison – ne transportaient-ils pas la peste avec eux ?

« En réalité, le départ de ces grecs qui fuyaient la peste à bord de chaloupes était loin de déplaire au gouverneur Pacha ! » ont écrit certains historiens grecs. Car les orthodoxes et les riches et puissantes familles grecques, si difficiles à gouverner, perdaient ainsi en nombre, et les musulmans devenaient majoritaires sur l'île. Mais on trouvait aussi des musulmans pour dire que les grecs qui avaient fui allaient attendre que la population musulmane soit décimée pour revenir en force sur l'île, où ils seraient désormais majoritaires, avant de réclamer l'indépendance puis le rattachement à la Grèce. D'autres pensaient qu'il n'était nul besoin d'un tel complot, la population de l'île étant déjà majoritairement grecque, et ils n'avaient pas tort.

À ce propos, s'il devait exister dans cette histoire un sentiment personnel caché dont la connaissance s'avérerait nécessaire à la compréhension de l'ensemble – et que le romancier aurait pour tâche de révéler –, ce serait bien la grande désillusion que Sami Pacha éprouvait vis-à-vis d'Abdülhamid. Le gouverneur n'acceptait pas, il ne pouvait accepter que la priorité du sultan fût, à l'évidence, d'empêcher la maladie d'atteindre Istanbul et l'Europe, bien plus que de sauver les Minghériens. Derrière ces affres de cœur déçu, c'est toute l'histoire, classique dans le monde ottoman traditionnel, de la désillusion de l'enfant oublié par son père, du serviteur esseulé souffrant du manque d'amour de ses puissants maîtres. Aux musulmans de Mingher, il arrivait parfois de croire sincèrement qu'Istanbul ne les aimait pas. C'était pourtant bien le sultan Abdülmecid qui, dans un acte de défi à l'Europe, avait fait de la petite circonscription de Mingher un *vilayet*, une province, preuve de l'intérêt et de l'amour qu'on portait à cette île.

CHAPITRE 36

Le major n'avait que très rarement l'occasion de rejoindre Zeynep durant la journée, son temps se divisant entre l'instruction de ses soldats, les rondes dans les quartiers, les inspections des maisons suspectes ou contaminées, et l'accompagnement du docteur Nuri dans ses visites aux malades ou simplement dans ses promenades en ville. Lorsqu'ils se retrouvaient enfin dans leur vaste chambre d'hôtel, les jeunes mariés discutaient en riant, faisaient l'amour et, ainsi, sortaient très peu. Après l'amour ils s'endormaient dans les bras l'un de l'autre. Leur bonheur dépassait tout ce qu'ils avaient vécu jusque-là. Le major écoutait la respiration de Zeynep, stupéfait par cette femme qui s'endormait entre ses bras, s'étonnant de son propre calme et de sa propre sérénité. La pudeur leur faisait fermer les persiennes à l'italienne des deux hautes fenêtres.

Pour la première fois de sa vie, Zeynep s'abandonnait entièrement à l'amour ; après trois jours elle faisait confiance au major Kâmil comme si elle le connaissait depuis vingt ans. Puis elle se mit à discourir, avec un débit furieux, comme ses frères, en braillant parfois. C'était le seul défaut que le major trouvait à son épouse : celui de parler un peu trop fort. Zeynep, un peu trop fort, parlait surtout d'aller à Istanbul.

L'après-midi, quand la lumière qui filtrait par les persiennes projetait sur le sol une ombre en forme de grille, le major embrassait sa femme et sentait qu'il n'oublierait jamais le miracle de cet instant, l'ombre qu'il voyait dessinée au pied du lit. Leur bonheur durerait cinquante ans. Il leur arrivait de rester couchés côte à côte sur les draps sans rien dire. Puis le major s'approchait d'elle par-derrière, empoignait ses seins en poire et ne bougeait plus. Parfois sa femme serrait sa main dans la sienne, et ils restaient ainsi, immobiles. De leur lit, à travers les persiennes, ils entendaient le murmure des quais, de l'avenue d'Istanbul et des ruelles. La ville était plus silencieuse que d'habitude ; rien ne leur parvenait que la rumeur lointaine du port et l'épisodique passage d'une voiture à cheval. La ville et toute chose s'enfonçaient dans le silence de la peste, ils n'entendaient plus que les moineaux qui chantaient dans les pins du jardin de l'hôtel.

Le major Kâmil avait du mal à croire à son bonheur. C'était aussi ce bonheur qui leur rappelait leurs craintes, le danger, l'importance de rester en vie. Le plus grand bonheur, découvraient-ils, réveille parfois les plus grandes peurs.

Mais le bonheur du mariage était plus fort que la peur et les poussait à commettre certaines « imprudences ». Le trousseau que sa mère avait cousu pour elle pendant des années était resté dans la maison de Zeynep, avec les vêtements offerts par sa belle-famille. Zeynep aimait contempler son trousseau et ses cadeaux de mariage, ses nappes ouvragées à la main, ses lampes, son service à café en porcelaine d'Italie, ses sucrières en argent (un peu noircies). Un jour, les jeunes mariés se rendirent à pied chez la belle-mère du major. Sur le chemin du retour, ils croisèrent un illuminé de la peste qui n'avait rien à envier à Erinli Ekrem : « C'est interdit de marcher à deux, vous avez pas entendu ? » leur hurla le gros homme qu'ils voyaient pour la première fois. Le major voulait interdire à sa femme de sortir en ville quand rien ne l'imposait, ce à quoi elle répondait que lui passait ses journées à se promener dehors et à entrer dans des maisons infectées par la peste.

« Je n'ai pas tellement peur, moi ! disait Zeynep. Et puis si c'est écrit, c'est écrit. »

Le major fut un peu choqué d'entendre sa propre femme confesser ingénument ce fatalisme que combattaient les médecins sanitaires, mais son bonheur conjugal était si grand qu'il oublia la chose sans s'alarmer. Ce qui le préoccupait surtout, c'était de savoir comment il retiendrait sa femme sur l'île quand les bateaux circuleraient de nouveau.

Le major, ces jours-là, sentait qu'il ne devait plus jamais quitter l'île. Allant et venant entre le palais du gouverneur, les hôpitaux, les maisons des gens, il traînait dans les rues d'Arkaz. Ses flâneries avaient beau lui faire sentir le décalage qui existait entre l'atmosphère de la ville et son propre bonheur, il n'en éprouvait aucune culpabilité. La création de sa brigade sanitaire (il disait parfois « mes soldats de la quarantaine »), si modeste fût-elle, la tendresse paternelle que lui montrait le gouverneur et l'amitié du docteur Nuri contribuaient aussi à ce sentiment de sécurité. Il voulut dire franchement au gouverneur que rien ne justifiait de craindre autant les cheikhs des couvents. Tous ces cheikhs-là, et tous les musulmans de Mingher avec eux, savaient très bien qu'en cas de lutte sanglante et décisive avec les chrétiens, comme cela s'était passé dans d'autres îles, l'armée ottomane serait leur seul protecteur.

Le major aimait par-dessus tout raconter à sa femme les provocations, les invectives, voire les moqueries déguisées en marques de respect qu'il subissait chaque jour en se promenant entre l'hôpital et le palais du gouverneur dans son uniforme d'officier ottoman.

« Ne dis à personne que nous sommes ici ! » l'implora une fois un homme effrayé, devant une remise au fond d'un jardin désert.

« Soldat ! » lui lança une autre fois un gaillard de son âge par la fenêtre, deux étages au-dessus de la rue. Il était musulman et parlait avec l'accent de Mingher. « Dis-moi, soldat, comment va finir toute cette affaire ?

— Comme le veut Allah, répondit le major. Obéissez aux règles de la quarantaine.

— Eh, on le fait déjà, et puis quoi ? On est coincés ici, nous autres ! Qu'est-ce qu'il se passe au port, en ville, sur les places ?

— Il ne se passe rien du tout ! Et toi, reste chez toi ! » lui intima le major comme on donne un ordre à un troupier. Sa propension à invecter les imbéciles et les ahuris l'entraînait dans toutes sortes de disputes, de querelles ; il finissait toujours par élever la voix. Pakizê a très bien saisi cette « moderne solitude » dont souffrait le major.

Il arrivait aussi au major de sentir qu'on l'épiait, plus ou moins en cachette, depuis le rebord d'une fenêtre, et il levait les yeux vers celui qui l'observait d'en haut, le dévisageait un instant, mais sans lui adresser la parole. Les premiers temps, ces regards lui semblaient lourds de peur, étranges, bizarres, presque sorciers.

« Qu'est-ce que tu regardes, salopard ! » lui hurla une fois un homme.

Même parmi les musulmans les plus pieux, la peur de mourir, virant rapidement à la panique, arrachait les êtres à leurs habitudes, leurs dispositions ordinaires, et leur personnalité changeait. Tout le monde devenait plus peureux, plus insensé et plus égoïste qu'il ne l'était déjà, pensait le major.

Dans les petits immeubles mitoyens du centre-ville, où presque toutes les portes étaient fermées à double tour, même celles des cours, verrouillées comme si elles ne devaient plus jamais s'ouvrir, on voyait pourtant des gens passer, furtifs, des enfants aller et venir dans les jardins attenants, au motif que « ce voyage-là n'est pas interdit ». Et ni le docteur Nuri ni les médecins grecs n'étaient au courant de ces faciles et innombrables infractions aux règlements. Ils ignoraient aussi que certains emménageaient dans les maisons vidées de leurs occupants, ou encore que d'autres, en quarantaine dans la Forteresse, s'en évadaient en pleine nuit à bord de barques. « C'est qu'ils ne sont pas nés sur l'île comme moi ! » se disait le major. Si les médecins et les soldats nés et élevés sur l'île avaient été à la tête de la lutte, jamais l'épidémie n'aurait pris une telle ampleur.

Tous les matins, avant de partir pour la garnison, le major se faisait un devoir de participer aux réunions qui se tenaient dans la salle d'épidémiologie, devant la carte d'Arkaz. Le zèle du docteur Nuri avait transformé le petit bureau, dont le centre était la carte, en une sorte de quartier général où l'on collectait toutes les informations les plus récentes sur l'épidémie. En vingt-cinq jours, on avait figuré sur la carte tous les terrains vagues, couvents, mosquées, églises, fontaines, villas, ponts, places, écoles, hôpitaux, postes de police et commerces d'Arkaz. Mais malgré le grand nombre d'habitants qui avaient fui la ville et l'île, celui des morts ne diminuait pas. La maladie se propageait, l'affolement augmentait, c'était la seule certitude.

La peste était entrée dans Arkaz par le port, du côté de la vieille Jetée de pierre. Le directeur sanitaire Nikos, retraçant la progression du microbe grâce à la carte, affirmait que la peste devait être arrivée d'Alexandrie avec la barge de transport *Pilotos*, qui battait pavillon grec. (Le fond plat de ce bateau lui permettait d'entrer dans le port et de s'amarrer aux pontons de bois.) Une fois sortie du bateau, la maladie s'était installée dans les quartiers musulmans voisins, notamment à Vavla, Kadirler, Ghermê et Tchitê. C'était dans ces quartiers qu'on avait recensé les premiers morts ; la carte en attestait. On pouvait aussi songer au hasard céleste qui avait justement mis là, à Vavla, l'hôpital Hamidiye – même s'il était encore en chantier. Pour un heureux hasard c'en était un, assurément, mais comme tout le monde tendait plus que jamais à lire dans chaque chose un signe, un présage, une prédiction, un oracle, une prophétie, nous ne nous attarderons pas sur ce hasard-là, peu extraordinaire.

En fait de hasard, le grand jeu était désormais de lire dans les étoiles, de tirer un présage, un sens, de la forme d'un nuage, de la direction du vent ; et notons que *tout le monde* se prêtait à ce jeu. Même aux jeunes médecins les plus farouchement positivistes, et même au gouverneur Sami Pacha et au docteur Nikos, il arrivait de prêter attention à ce genre de signes, sinon d'y croire un peu. Si on les questionnait, ils répondaient en souriant « je n'y crois pas, mais avouez que c'est étrange », ou quelque chose de ce genre, et, le même jour où ils prenaient sans trembler les dispositions les plus conformes à ce qu'exigeaient la science et la médecine, ils ne pouvaient s'empêcher de donner, plus tard dans la journée, un certain crédit à ces sornettes (par exemple : si un nuage violet apparaissait sur l'horizon au crépuscule et que les cigognes partaient plus tôt que d'habitude, ce fut le cas cette année-là, il y aurait moins de morts le jour suivant).

Même les gens les plus « éclairés », par désespoir, étaient sensibles à ce type de présages. Pakizê y croyait elle aussi, à un point assez désolant. Mais, si nous mentionnons ces fariboles, c'est parce qu'elles eurent une influence sur le cours des événements, notre livre le montrera. En revanche, s'agissant de l'intérêt du peuple pour le marc de café et les constellations, et même des exégèses prophétiques que le cheikh Hamdullah faisait des textes inspirés par l'école ésotérique des houroufis et des ouvrages de ses grands-pères sur la peste, nous considérons qu'au moment de l'épidémie leur influence sur le peuple ne fut pas déterminante. Et les préjugés nationalistes, pas plus que ces rumeurs, ne jouèrent guère de rôle dans la peste de Mingher. On avait beau, lors des réunions de l'état-major sanitaire, évoquer ce genre de pratiques à demi-mot, ou parfois franchement (bien qu'avec le sourire), c'était en se concentrant sur la carte et ses points, et rien d'autre, que les participants inquiets cherchaient à comprendre la marche de l'épidémie et, par là, le moyen de sauver leurs vies : les rats débarqués du bateau venu d'Alexandrie, le *Pilotos,* avaient d'abord transmis la peste à un portefaix qui habitait une petite maison en bois derrière la mosquée de Mehmed Pacha l'Aveugle. Personne n'ayant songé qu'elle pouvait être due à la peste, on ne s'était pas attardé sur sa mort. Les symptômes ressemblaient à ceux de la diphtérie, d'une pneumonie ou d'une autre maladie comparable.

Ce jour-là, le docteur Nuri expliqua une nouvelle fois à ses confrères et au gouverneur comment la contagion s'était étendue rapidement à partir du port, dans le sillage des rats. La carte montrait clairement que le collège militaire fréquenté jadis par le major était sur le trajet de l'épidémie. Les élèves-soldats ayant été envoyés en vacances deux jours avant l'annonce des mesures sanitaires, aucun d'entre eux n'avait été placé en quarantaine. L'infection étant lente, progressive, le docteur Nuri pensait que les premières contaminations d'élèves se déclareraient dans les jours à venir. Quant aux deux officiers formateurs de la garnison qui gagnaient trois piastres en donnant des cours au collège militaire, ils avaient reçu de l'état-major d'Istanbul, qui suivait la situation de très près, l'ordre de réintégrer leur régiment sitôt la quarantaine annoncée. On y voyait une nouvelle preuve qu'Abdülhamid, depuis la révolte et le scandale du bateau du hadj, était résolu à n'engager aucun soldat impérial dans les affaires sanitaires de Mingher – et ce malgré la gravité de l'épidémie –, preuve donc qu'il continuait de faire passer l'État ottoman avant l'île de Mingher et ses habitants.

Les faits qui se produisirent le mardi 28 mai dans le quartier de Ghermê illustrèrent bien l'indécision qui paralysait le gouvernement et les autorités sanitaires de Mingher. Cela se passait dans la maison d'un musulman qui cultivait de l'orge en lisière du quartier. La veille, son fils de douze ans était mort. En arrivant chez lui ce matin-là, les médecins jugèrent que la fille aînée était infectée, qu'il fallait la conduire immédiatement à l'hôpital et placer les parents en quarantaine à la Forteresse. Ils avaient aussi découvert deux rats morts derrière la maison, le museau ensanglanté. Mais pour les parents qui venaient de perdre leur fils aux yeux bleus, il était hors de question de confier aux médecins leur fille aux yeux bleus qui allait – très probablement – mourir à son tour ! La mère, pleurant à chaudes larmes, avait déjà alerté les habitants du quartier, pour qui pas un jour ne passait sans enterrement. Les soldats de la quarantaine n'avaient pas réussi à effrayer les enfants qui leur barraient la route ; ils se tournèrent vers le docteur Nikos pour demander « on fait quoi maintenant ? », mais celui-ci n'avait reçu aucune instruction précise du gouverneur. Ainsi une banale affaire d'évacuation sanitaire se transforma-t-elle en un chaos invraisemblable qui occupa le quartier une journée entière, dans les cris, les hurlements, les pleurs et les coups.

Promptement averti de l'incident, le consul de France envoya un télégramme à Istanbul, avec ce mot : « *les maladroits** ». Le pacha entra dans une rage folle contre Monsieur Andon, mais aux yeux du docteur Nuri les torts étaient entièrement du côté du gouverneur.

CHAPITRE 37

La fuite de gens contaminés, suspects de l'être ou déjà malades, surtout les jeunes, loin de leurs foyers, leurs familles et des autorités sanitaires, était un problème grandissant. L'état désastreux du secteur de la Forteresse dédié à la quarantaine était une des raisons majeures de l'inflation du nombre de fuyards. On avait transformé l'endroit en une prison sans échappatoire. Or les nouvelles normes internationales fixaient à cinq jours la quarantaine en cas de peste. Théoriquement, donc, si un homme mis à l'isolement ne déclarait aucun symptôme au bout de cinq jours, il devait être libéré. D'après nos derniers calculs, vingt-huit jours après l'instauration du régime sanitaire et le début des quarantaines, cent quatre-vingts personnes étaient retenues dans la Forteresse, la moitié depuis plus de cinq jours, bien que n'étant pas malades.

Pour les musulmans, être placé en quarantaine, parqué à la Forteresse sur ordre des médecins et avec l'aide de la police équivalait à peu près à une condamnation à perpétuité. Autrefois c'étaient les cadis, les juges, qui vous envoyaient dans ce trou noir, humide et sans issue, aujourd'hui c'étaient des docteurs. C'était la seule différence. En outre, l'« isolement » avait lieu dans un coin désert de la Forteresse, tourné vers l'intérieur et le port, dans des bâtiments ottomans, alors que les condamnés, eux, étaient dans la tour de Venise, au sud, avec vue sur la mer.

Un autre problème, irrésolu de même, était celui du contact entre les gens placés en quarantaine préventive et les pestiférés qui n'avaient pas encore été diagnostiqués. On avait pensé pouvoir l'éviter en divisant les lieux en différents secteurs, où les gens seraient placés en fonction de leur jour d'arrivée, leur niveau de contagiosité, mais la discipline carcérale et le système de dortoirs, on s'en rendit vite compte, étaient inapplicables ici. Même la surveillance de la partie réservée aux femmes, dans un coin reculé, à l'ombre, s'avérait difficile, car les hommes ne supportaient pas d'être séparés de leurs femmes et leurs enfants. Du reste, assez vite, les familles se regroupèrent, tout le monde s'entassait. Le docteur Nikos n'en contrôlait que mieux les différentes cours, et les suspects, passant leurs journées en famille, étaient plus heureux. Mais, comme l'épidémie faisait des progrès rapides, le périmètre de quarantaine se peuplait à vue d'œil et en réalité, au lieu de permettre d'endiguer la maladie, l'endroit, à présent bondé, ne faisait qu'accélérer sa diffusion. « En arrivant en quarantaine on n'a rien, une fois dedans on tombe malade », tel était le dicton, fondé, qui ruinait la quarantaine, les mesures sanitaires en général, et répandait en ville la rumeur qu'une nouvelle cité-prison, pire que l'autre, avait vu le jour dans la Forteresse.

Le gouverneur et le directeur sanitaire envoyèrent deux nouveaux télégrammes à Istanbul, pour demander des médecins. La peur de la prison se transformant en insoumission collective, les médecins comme les secrétaires du palais en venaient à penser que l'évacuation précautionneuse, sous contrôle médical, du périmètre de quarantaine ne serait pas une mauvaise politique. On manquait d'ailleurs de place, de lits, de matelas, de chaises, de couvertures. Face à l'urgence de la situation, la garnison avait d'abord apporté son soutien en envoyant des biscuits, des fèves sèches, du pain. Mais son lieutenant, Mehmed Pacha d'Edirne, qui ne croyait pas que la maladie pût se transmettre autrement que par les rats, se refusait à envoyer le moindre soldat ou cuisinier dans les hôpitaux, et il inventait diverses excuses pour refuser de mettre sa puissance alimentaire au service des quarantenaires de la Forteresse, enfin il suivait obstinément la ligne hamidienne du « ne vous mêlez pas de santé publique ! ». Depuis son bureau, le gouverneur pouvait voir, de l'autre côté du port, des silhouettes d'hommes qui tuaient le temps en pêchant à la ligne, assis sur des rochers, toujours plus nombreux.

Après quelque temps, sous la pression du gouverneur et du lieutenant de la garnison, on finit par faciliter l'« évacuation » du poste de quarantaine à présent surpeuplé. Mais pour ceux qui rentraient dans leurs foyers (à l'exception des rares chanceux qui retrouvaient leur famille comme ils l'avaient laissée), les problèmes continuaient. Dans certains quartiers on les croyait contaminés, on leur faisait subir de nouveaux examens médicaux, dans d'autres, où l'on se souvenait que des voisins n'étaient jamais revenus de la quarantaine, les relâchés étaient considérés comme suspects, quand on ne les tenait pas pour des informateurs du gouverneur. Le vrai drame était qu'une grande partie de ces gens, à leur retour de quarantaine, découvraient que leur famille avait disparu, laissant derrière eux une maison vide. D'autres avaient la mauvaise surprise de la trouver occupée par des inconnus. Des bagarres éclataient alors entre le revenant et les hôtes indésirables, ou bien, à l'inverse, le quarantenaire s'entendait avec eux, parfois même se réjouissait de cette nouvelle famille qui guérissait un peu sa terreur de la solitude et de l'abandon.

De toutes ces histoires tragiques, celle qui attrista le plus le gouverneur concernait six hommes qui, après avoir découvert leur maison vide à leur retour de quarantaine, et n'ayant plus de parent qu'ils aimaient, ni d'argent, ne trouvant nulle part où se réfugier, firent une demande officielle pour être repris en quarantaine à la Forteresse, quelques jours seulement après leur libération.

Deux jours plus tard, en reportant les morts sur la carte, les membres du Conseil furent chagrinés de noter que l'épidémie, loin de ralentir sa marche, avait désormais atteint les quartiers chrétiens les moins peuplés, les plus excentrés ; cette fois, ils durent regarder en face, collectivement, ce constat que chacun d'eux, dans son for intérieur, avait tant de mal à accepter : nos efforts, notre énergie, notre réactivité, la peine que nous nous donnons, le courage, l'héroïsme, tout cela ne pèse et ne pèsera jamais rien face à la violence et à la rapidité de l'épidémie. Le nombre de maisons infectées à la porte desquelles on n'avait toujours pas frappé augmentait lui aussi de jour en jour. Et seul un tiers des maisons contaminées où l'on avait réussi à pénétrer avaient pu être évacuées. La situation était si catastrophique, si effrayante que personne ne pouvait réellement se l'expliquer, ainsi que nous tentons de le faire, cent seize ans plus tard, dans notre livre. C'était aussi impossible que, pour un croyant, de voir Dieu, ou même simplement de s'en faire une image ! Seule la carte de la salle d'épidémiologie parvenait à matérialiser un peu l'épouvantable réalité. Les gens, eux, sentant que tenter de se représenter clairement le terrifiant spectacle auquel ils assistaient comme dans un cauchemar ne ferait qu'aggraver leur désespoir, se muraient dans le silence, ou bien racontaient des mensonges.

Le mensonge soulageait des existences abruties par la peur, des esprits hantés par la réalité de plus en plus violente de l'épidémie ; les fables que chacun s'inventait permettaient de ranimer la flamme de l'espoir, si ténue, si fugace fût-elle. La théorie émise par le docteur Nikos, deux semaines plus tôt, sur l'absence de rats morts dans les quartiers chrétiens était une de ces fables-là, fable qui même au gouverneur, qui n'y croyait pourtant pas, avait redonné de l'espérance, quelques jours durant. Certains matins, la chute du nombre de morts dans tel quartier, alliée au tripatouillage des chiffres, les autorisait à s'inventer un nouveau mensonge sur le recul de l'épidémie, mensonge auquel ils étaient les premiers à croire. Le départ prochain du vaisseau de secours affrété par Istanbul était un autre de ces mensonges, quoique alimenté par de vrais télégrammes, celui-ci. Et quand les fils ne chantaient plus, quand plus aucune nouvelle n'arrivait, le besoin d'espoir ne tardait pas à leur faire inventer autre chose.

Le docteur Nuri savait d'expérience qu'aux jours les plus sombres d'une épidémie, tout le monde, même l'homme le plus instruit et le plus occidentalisé, finissait par se réfugier dans ces formes d'espérance rêveuse. La religion aussi apportait ce genre de consolations. « Tiens donc, c'est la troisième fois aujourd'hui que cette calèche passe sous nos fenêtres ! » s'étonna une fois le gouverneur, et le docteur Nuri devinait qu'il cherchait à y lire un sens caché, à en tirer un signe favorable.

Celui à qui les mensonges quotidiens et la lecture des présages ne suffisaient pas à rendre l'espérance était bientôt envahi par un intense sentiment d'« abdication ». Sentiment que le docteur Nuri reliait assez à cet état d'esprit « fataliste » au sujet duquel il se disputait souvent avec son épouse, bien qu'à nos yeux le terme de « fatalisme » soit ici mal approprié. Car le fataliste connaît le danger, seulement il ne s'en protège pas, s'étant réfugié dans la confiance en Dieu. Alors que celui qui « abdique par désespoir » se comporte comme s'il ignorait le danger, ne se réfugie dans rien et ne fait confiance à personne. Il arrivait ainsi parfois au docteur Nuri de voir, après une longue journée de travail, le visage du gouverneur accablé par une expression qui disait « il n'y a plus rien à faire ». Ou peut-être restait-il une dernière chose à tenter, mais soit la force manquait, soit on abandonnait par avance. À cette heure, la seule chose à faire, l'unique chose capable de procurer un instant de bonheur et de consolation, le gouverneur, le major et le docteur Nuri le savaient, c'était d'enlacer tendrement l'être aimé dans la pénombre d'une chambre à coucher.

CHAPITRE 38

Sami Pacha, passant ses journées et ses nuits à lutter pour l'autorité de l'État et l'existence de l'Empire sur l'île, s'écœurait d'avoir encore à répondre aux télégrammes réprobateurs dont Istanbul ne cessait de l'abreuver, à ce harcèlement continu le sommant de rendre des comptes sur l'application des derniers ordres de la capitale. Son pouvoir de gouverneur se réduisait sous ses yeux comme peau de chagrin. Beaucoup de fonctionnaires avaient quitté la ville. D'autres ne sortaient plus de chez eux, on ne les voyait plus au palais du gouverneur. Les soldats de la garnison étaient tenus à l'écart du combat sanitaire. Et malgré tout cela, la Chancellerie exigeait du pacha une main de fer.

Le premier sujet d'inquiétude d'Istanbul était l'incapacité manifeste des autorités de Mingher à contenir les fuyards qui quittaient l'île sans se plier à la quarantaine. Le gouverneur avait bouclé les alentours de la Jetée de pierre et de la baie d'Arkaz, il y avait même envoyé un détachement de policiers, réduit mais suffisant pour intercepter les barques clandestines. Il avait aussi informé Istanbul que des passeurs opéraient dans les criques du nord de l'île, en pleine nuit, et demandé l'aide du lieutenant de la garnison. Celui-ci lui avait répondu que ses hommes postés dans le secteur, où ils pourchassaient les bandits, n'interviendraient dans les affaires sanitaires que si Istanbul lui en intimait l'ordre par un télégramme chiffré.

Les historiens de Mingher s'interrogent sur les raisons qui empêchèrent le gouverneur de prendre des mesures plus sévères pour endiguer le flot des émigrants clandestins, rassurer Istanbul et les États européens. Nous pensons que le gouverneur raisonnait ainsi : « Si vous ne me donnez pas les soldats de la garnison, je serai incapable de pourchasser les fuyards le long des falaises et des criques de l'île. » Les lettres de Pakizê nous indiquent aussi que le gouverneur, à ce moment, s'était laissé complètement happer par la guerre entre les patrons haleurs. Ses opérations coup de poing contre la vente frauduleuse de billets lui avaient permis d'écraser les patrons des agences de voyages (c'est-à-dire les consuls). Or c'étaient les mêmes compagnies, alliées aux mêmes patrons haleurs, ceux dont nous avons parlé au début de ce livre, qui organisaient le trafic dans le nord de l'île. Le pacha leur intenta donc un procès pour infraction aux lois maritimes et douanières.

Certaines riches familles de l'île qui n'avaient guère accordé d'importance aux règlements sanitaires au début de l'épidémie, ni su trancher la question d'un éventuel départ, avaient finalement décidé de quitter l'île (peut-être parce que leurs domestiques et cuisiniers étaient morts, ou déserteurs). Ces fuyards paniqués étaient une aubaine pour les patrons haleurs, qui leur réclamaient des fortunes, disaient les informateurs du gouverneur. Les malheureux payaient leur « billet » aux rameurs en pleine mer, au moment où ils atteignaient les navires clandestins, pour la plupart affrétés par de petits armateurs grecs et italiens. La moitié du prix du billet avait été réglée à l'avance dans les agences de l'avenue d'Istanbul. Découvrant cela, le gouverneur songea qu'il était temps de protéger les bateliers musulmans.

Ce favoritisme qui portait atteinte, de manière ponctuelle, sinon systématique, aux règlements sanitaires que le gouverneur avait lui-même édictés, les archives de la province de Mingher en ont gardé la trace, ce qui explique sans doute l'intérêt des historiens, souvent passionnés par ce genre de documents, du moins atteste de la confusion existentielle qui minait l'administration de l'Empire. Si un bureaucrate turc de l'époque, en l'occurrence un pacha gouverneur de province, dont la mission était de veiller à la quiétude de toute une province ottomane, pensait en priorité à protéger et soutenir les musulmans, il entravait l'application des mesures modernes et s'opposait ainsi, de façon objective, aux réformes que réclamait l'Empire. Mais dans le cas contraire, c'est-à-dire si le pacha considérait que la véritable priorité était de mettre en pratique les réformes, il favorisait indirectement la nouvelle bourgeoisie chrétienne dont l'essor rapide concordait avec celui de la liberté, de l'égalité et de la technique, et participait ainsi, de façon tout aussi objective, à l'affaiblissement des musulmans, relégués au second plan par l'occidentalisation de leur propre pays.

Devant la multiplication des départs illégaux d'insulaires, les États européens, inquiets que la peste de Mingher se propage sur leurs territoires, avaient commencé d'envisager des solutions. La France et l'Angleterre, nations que l'importante population musulmane de leurs colonies avait rompues au traitement des épidémies, choisirent d'abord d'intercepter un par un les petits navires non déclarés pour les forcer à une quarantaine dans leurs ports, avant de comprendre qu'il serait plus efficace de prendre le mal à la racine en bloquant toute l'île avec des navires de guerre. Les deux nations envoyèrent chacune un cuirassé vers le Levant, au large de Mingher, le *HMS Prince George* pour l'Angleterre, l'*Amiral Baudin* pour la France, sans attendre la fin des négociations avec la Sublime Porte. Le signal était clair, l'avantage psychologique était pris.

L'ambassadeur anglais proposa ensuite que des navires ottomans se joignent au blocus. Les archives du ministère des Affaires étrangères montrent qu'Abdülhamid fit tout pour ajourner la décision, cherchant à convaincre que l'épidémie n'était « ni violente ni préoccupante ». Mais, après les premiers arraisonnements, les premières confiscations et les premières arrestations de contrebandiers grecs, le sultan céda à la pression internationale et s'inclina.

Le jeudi 6 juin, le *Mahmudiye* devait se mettre en route pour l'île. Le gouverneur en avait été averti la veille par l'un de ses amis bureaucrates d'Istanbul ; la rumeur lui semblait fausse, mais elle lui fit affreusement honte. Oui, le monde entier était en émoi parce que lui, le gouverneur de Mingher, avait échoué à appliquer la quarantaine, qu'il n'avait pas réussi à endiguer l'épidémie, que ses administrés s'enfuyaient propager la peste en Occident et qu'il ne savait pas les arrêter. La culpabilité de « l'homme malade », voilà ce que ressentait le pacha. Même s'il détestait ceux qui employaient cette expression. Et maintenant, au comble du désastre, sa maladresse obligeait le sultan à envoyer le *Mahmudiye* foncer sur sa propre île, avec les Européens, comme on assiège un ennemi.

Ce panorama politique et militaire désespérait tellement le gouverneur qu'il n'arrivait pas à y penser, il ne pouvait y croire, comme pour la peste. Ce soir-là, après avoir vu un huissier du tribunal tomber raide mort sous ses yeux, comme foudroyé par l'ange de la mort Azraïl, au milieu du couloir du deuxième étage du palais, le gouverneur se retira dans son bureau, s'assit dans son fauteuil et resta un long moment immobile, à regarder par la fenêtre.

Sa méditation fut bientôt interrompue par ses espions, qui apportaient des nouvelles fraîches ; il dut les écouter. Comme on s'y attendait, Ramiz ne s'était pas tenu tranquille après sa libération ; il s'était réfugié dans le village des révoltés du bateau du hadj. Après l'arrestation du père et du fils supposément meneurs de la révolte, la répression militaire s'était abattue sur leur village de Nebiler, poussant les hadjis à passer dans le village voisin de Çifteler, où ils cherchaient à échapper aux amendes et aux taxes. Le village s'était organisé pour lutter contre les bandes de nationalistes venus de Grèce ; en somme, il s'était converti au banditisme à son tour. L'épisode du bateau du hadj avait endurci ces villageois conservateurs et pieux, ils s'étaient radicalisés et formaient maintenant une véritable armée, sur le modèle des bandes grecques. Ils lançaient des razzias sur les villages grecs comme les grecs attaquaient les villages musulmans ; les incidents tournaient parfois au pillage en règle, il y avait des morts. En général, le gouverneur fermait un œil sur les agissements des bandes musulmanes, car il les utilisait (notamment Memo) comme une milice civile contre les bandes grecques. Mais si ces villageois, peut-être fanatisés par des truands venus de l'extérieur, devaient perdre tout sens de la mesure et commencer à envahir vraiment les villages chrétiens, Istanbul ferait marcher le télégraphe et le gouverneur n'aurait plus le choix, il faudrait envoyer le lieutenant Mehmed Pacha les réduire au silence.

Le gouverneur savait que Ramiz séjournait de temps en temps dans ces villages dont il aidait les habitants à se fournir en armes, voire finançait en partie la construction d'un petit couvent. Un autre rapport indiquait que Ramiz était descendu à Arkaz en pleine nuit, escorté de quelques brutes intrépides recrutées dans ces villages, et qu'il avait même eu le culot de se réinstaller dans sa propre maison, à Tchitê ; le gouverneur, averti par le contrôleur général, avait programmé une descente le soir même. Pendant la fouille de la maison, qui, à part les deux domestiques qui la gardaient, était vide, le gouverneur avait exigé qu'on saisisse tout le matériel suspect qu'on pouvait y trouver, papiers, documents, livres et journaux s'il y en avait. Les soldats de la quarantaine du major s'étaient joints à l'opération, bien qu'elle n'eût rien à voir avec les mesures sanitaires.

Les hommes de la brigade sanitaire et tous ceux qui parlaient minghérien s'énervaient de l'échec de ces mesures. Leur colère couvait contre Abdülhamid, attisant en retour le nationalisme minghérien, nationalisme montant dont le gouverneur et le contrôleur général se contentaient d'observer et d'enregistrer les timides progrès. Le nationalisme des populations chrétiennes (grec, serbe, bulgare, arménien) avait beau demeurer le principal ennemi des autorités ottomanes, on assistait néanmoins aux premières manifestations d'un nationalisme musulman non turc (arabe, kurde, albanais) dont les administrateurs de l'Empire scrutaient l'évolution rapide. (Rappelons qu'en ce temps-là on parlait moins de « nationalisme » que de « problème des nationalités », selon l'expression consacrée.) Pour le gouverneur, que les soldats de la quarantaine parlent turc ou minghérien n'avait aucune importance, l'essentiel était qu'ils fussent musulmans. Car seuls des musulmans pouvaient comprendre les inquiétudes du peuple musulman. Le docteur Nuri était moins optimiste sur ce point, mais c'était avant d'entendre vanter les exploits des jumeaux Medjid et Hadid, les nouvelles recrues du major, à la fosse d'incinération.

CHAPITRE 39

Le jour même de son arrivée, Bonkowski Pacha avait conseillé au gouverneur de creuser un puits où brûler les cadavres des rats et les effets des pestiférés, laines, lits, paille, lin, habits, objets, matelas. L'intérêt, soutenait le chimiste, était également d'ordre symbolique, signalétique même, il fallait placer la fosse en un lieu visible de tous, comme on faisait autrefois, afin d'accoutumer les habitants aux règles d'hygiène et aux mesures de quarantaine. Cette fosse d'incinération figurait déjà dans le mémorandum sur la peste d'Orient que Bonkowski Pacha avait rédigé pour Abdülhamid.

La mort de Bonkowski Pacha en avait retardé le creusement. Quand les soldats de la quarantaine du major commencèrent à vider les maisons, tâche dont ils s'acquittaient avec succès, les lits, couvertures, kilims et autres affaires infectées s'accumulèrent dans les rues, formant de gigantesques tas. La proximité des bâtiments en bois interdisait d'y mettre le feu. Les places et les cours, désertées à cause de la peur, ne convenaient pas davantage. On manquait d'espace et de temps pour stocker et surveiller ces monceaux d'affaires, entre le moment de leur désinfection au lysol et celui de leur restitution aux propriétaires, le lendemain, comme ceux-ci l'auraient voulu. Du reste, tout ce qui n'aurait pas été brûlé serait sans doute revendu aux chiffonniers. Mais le gouverneur et le contrôleur général, à l'incitation du docteur Nuri, se souvinrent d'un replat surélevé en bordure de la ville, sur les Hauts de Turunçlar, derrière le nouveau cimetière, où deux trous désœuvrés allaient redonner du travail aux hommes de la municipalité. Le seul inconvénient de l'endroit était sa difficulté d'accès, au sommet d'un long raidillon escarpé qui sinuait à travers le quartier d'Arpara, où le major avait grandi et où sa mère habitait toujours.

Un soir, le gouverneur lança le premier brasier. Le spectacle des flammes, vingt jours après l'entrée en vigueur des mesures sanitaires, fut un événement. L'incendie dura toute la nuit, attisé par le pétrole qu'on déversait dans la fosse, un roulement de vagues rouges, énormes et lumineuses, des bouquets de flammes jaunes aux brusques explosions, colorant le ciel de mauve et de bleu, un immense nuage visible non seulement depuis la ville, mais dans toute l'île. Les jours suivants, on continua de brûler vêtements, tissus, lits, meubles, et les colonnes de fumée noire qui s'élevaient en plein jour au-dessus de la fosse terrifiaient les Minghériens. Elles leur faisaient sentir la présence d'Azraïl, l'ange maléfique ; leur sort était entre les mains de Dieu, ils étaient seuls. Un sentiment qu'éveillaient aussi, indique Pakizê dans ses lettres, l'accumulation et l'acheminement continus, dans toute l'île, jusqu'à cette colline, des affaires des morts, infectées et intouchables.

Medjid et Hadid, les frères de Zeynep, se dévouaient à leur travail avec abnégation au cimetière musulman de Turunçlar. La première règle de salubrité à observer par temps de peste était de ne jamais enterrer les cadavres sans les avoir recouverts de chaux, chose qui, étrangement, s'avéra plus problématique à Mingher qu'à La Mecque, lieu pourtant interdit aux observateurs internationaux et aux médecins chrétiens. C'était parce que l'île n'avait pas connu d'épidémie sérieuse depuis longtemps, expliquait le docteur Nikos, et que la population, c'était regrettable, peinait à se convaincre de l'importance des mesures d'hygiène. Et la bonne volonté du brave sergent Hamdi Baba n'était d'aucun secours, car lui-même était épouvanté par l'effroyable procédé. Mais quand les frères Medjid et Hadid, proposés pour le rôle par le gouverneur, commencèrent à monter la garde au nouveau cimetière, où l'on chaulait les morts, l'affaire put être gérée avec discrétion, sans politisation intempestive de ses aspects les moins ragoûtants, tel le fait de couvrir le visage des cadavres féminins avant de les chauler, de ne pas faire apparaître les parties intimes des corps nus, ou alors d'en laisser voir le moins possible, de ne pas « taper » la chaux trop brutalement avec la pelle et de ne pas en verser dans les yeux, la bouche, les narines du cadavre.

La charrette qui transportait les affaires contaminées jusqu'à la fosse était un ancien fourgon militaire, prêté par la garnison à la municipalité. Ce véhicule en tôle, vieux, large et lourd, subissait les assauts de toutes sortes d'opportunistes véreux, voleurs, chenapans et autres imbéciles chaque fois qu'il remontait les petites rues de la ville avec son chargement. Les assaillants cherchaient à dérober vieux tapis, matelas, draps et vêtements, soit pour leur propre usage, soit pour les revendre aux chiffonniers qui continuaient clandestinement leur activité, soit encore pour les distribuer gratuitement. Malgré les innombrables mises en garde du directeur sanitaire, beaucoup de gens persistaient en effet à réutiliser les affaires des morts, quoique de moins en moins. Il y avait, dans ce comportement fautif, quelque chose d'une révolte, d'un sarcasme, d'un défi à l'État, à l'occidentalisation, à la médecine moderne, aux castes internationales, voire d'une farce pure et simple.

La mystification, à en croire certains, résultait aussi de la considération excessive dont jouissaient les cheikhs et les hodjas. Le gouverneur avait désigné lui-même les deux brutes qui escorteraient la carriole. Bons manieurs de cravache, ces gardes durs et inflexibles empêchaient quiconque d'approcher le véhicule, en premier lieu les enfants. Ainsi disparurent peu à peu les insultes, les imprécations et les malédictions qu'on entendait sur son passage, progressivement remplacées par le lourd et funeste silence auquel les insulaires, en ces jours de peste, s'étaient lentement résignés. Il arrivait à la voiture de remonter les rues vides et muettes sans être remarquée. Quelques vieillards la confondaient avec la charrette de Fotis le fripier. Mais de temps en temps, quand même, certains gamins pleins d'intrépidité et d'insolence, ignorant les cravaches des gardes, grimpaient dessus pour faire les pitres et voler des habits. Plus tard, dans certains quartiers, notamment ceux de Bayîrlar, de Kadirler ou de Ghermê, son passage suscita l'écœurement, la colère, le dégoût, comme un corbillard, et les « fous le camp ! » pleuvaient avec les moqueries, les pierres lancées par les enfants et les aboiements toujours plus agressifs des chiens des rues, que les cravaches tenaient à bonne distance mais que rien ne pouvait faire taire.

Le docteur Nuri comprit le premier que ces accrochages entre les soldats et les habitants ne faisaient que cimenter l'hostilité à la quarantaine, ce dont il avertit d'abord le gouverneur, plutôt que le major. Peut-être fallait-il tout simplement éviter de faire circuler la charrette durant la journée.

L'épidémie s'aggravant, on commençait à déposer des cadavres anonymes sur le trajet du véhicule. Ceux qui se débarrassaient ainsi des corps, corps qu'il fallait évacuer au plus vite, étaient généralement les nouveaux occupants des maisons vides. L'odeur les indisposait, aussi avaient-ils peur que les troupes sanitaires n'entrent dans leur nouveau logis, désinfectent tout, les en chassent et clouent les portes. La solution la plus raisonnable était de charger ces cadavres sur la pile des choses à brûler, de les transporter jusqu'au cimetière sur la colline voisine, de les recouvrir de chaux et de les enterrer, sans cérémonie, sans éloge funèbre, sans prière, dans le carré de l'une ou l'autre religion, selon le quartier où ils avaient été ramassés. Mais cela nécessitait de la finesse, une certaine expertise, de l'expérience.

Le gouverneur proposa alors que les jumeaux Medjid et Hadid se chargent de l'enterrement des corps abandonnés devant la charrette municipale. Il réussit à convaincre le major, jusque-là indécis, en arguant que les deux frères étaient très appréciés, respectés même, dans les rues d'Arkaz, notamment celles où l'on parlait minghérien. Ce travail était à vrai dire indigne de la position sociale des deux frères, unanimement aimés de leur entourage, même si on les savait un peu niais, et qui, bien que n'étant pas riches et n'ayant pas de propriétés foncières, avaient été artisans. Ramasser des cadavres dans les rues, c'était un emploi à réserver à ces brutes imbéciles de réfugiés de Crète, contre forte rémunération ils y mettraient du cœur, eux, ces miséreux aux yeux noirs, telle était l'opinion la plus répandue.

Medjid et Hadid acceptèrent cependant le poste, et recrutèrent des novices pour les aider dans leur tâche. Ils imaginaient peut-être obtenir une récompense du major, l'homme qui avait épousé leur sœur, soit en salaire, soit en cadeaux ou autres indemnités. Or ils devinrent très vite la cible de la haine que le peuple vouait à la maudite charrette. Au début, ils ne portaient pas de cravaches comme les autres gardes. Ils avaient beau parler minghérien (et c'était précisément leur tort, selon certains), personne ne comprenait leurs paroles d'apaisement. Le gouverneur s'aperçut aussitôt de la déchéance qui menaçait les deux frères ; il prit une nouvelle décision : dorénavant, tout ce qu'on sortirait des maisons, boutiques, entrepôts ou écuries serait entassé sur place, devant la maison ou dans le jardin, confié à la garde de deux sentinelles pour éviter les vols, et récupéré à la nuit tombée, discrètement, par la charrette municipale, que les jumeaux escorteraient jusqu'à la fosse d'incinération, sous la protection de l'obscurité qui les rendrait invisibles aux habitants.

Les nuits étaient silencieuses, un étrange brouillard bleuté semblait presser la ville enveloppée de ténèbres effrayantes et mortelles. Les becs de gaz du port et de l'avenue Hamidiye ne brûlaient plus comme avant, aux temps heureux. La vie continuait, dans certaines maisons, mais les jardins n'avaient plus de lampions, les fenêtres plus de lumières ni d'ombres. Des gens étaient cachés là, peut-être, ou peut-être pas. Des chouettes de Mingher, oiseaux sages et funestes, se tenaient juchées sur les toits, dans les arbres des jardins. Certains, pour décourager les truands, les voleurs, laissaient brûler une lampe à huile devant la porte de leur maison vide.

Une semaine plus tard, soit le deuxième vendredi de juin, les jumeaux confièrent à leur sœur qu'ils voulaient démissionner. Leur aveu ne fit qu'ébranler davantage le major, déjà peu résolu, très indécis, comme nous l'avons dit. En sept jours de mariage, il était tombé sincèrement et aveuglément amoureux de sa femme ; leur bonheur serait immense, il en était certain. Zeynep, de son côté, lui rappelant sa promesse, répétait chaque jour à voix haute qu'elle partirait pour Istanbul à la première occasion, comme si la peste et la quarantaine n'existaient pas. Le major ne savait pas quoi faire. Quand Zeynep lui apprit que ses frères voulaient être relevés de leurs tâches au cimetière et avec la charrette, pour travailler comme secrétaires, dans un bureau, sa colère explosa. Ses frères et leurs assistants ne quitteraient pas la charrette tant qu'on n'aurait pas trouvé leurs remplaçants, répondit-il fermement.

Pour ce qui était d'Istanbul « à la première occasion », il avait donné deux fois sa parole. Mais le vrai problème, il le sentait dans le brouillard d'indécision qui lui encombrait le crâne, était autre : c'était que Zeynep et ses frères semblaient ne pas croire aux promesses du major. Tel était le revers inattendu de cette chose que sa mère lui avait tant vantée et qu'on appelait le mariage : ne pas réussir à satisfaire son épouse et craindre de la perdre !

Zeynep, profitant des moments qu'ils passaient ensemble dans leur chambre du Splendid à admirer la vue sur la Forteresse et le bleu éclatant de la mer Méditerranée, réussit à surmonter son agitation et confia à son mari, peu à peu, bout par bout, la décisive nouvelle communiquée par son frère Medjid. Celui-ci avait expliqué à sa sœur que Seyid et ses hommes conduisaient des passagers, de nuit, jusqu'aux navires qui attendaient au large de l'île, que ces navires, battant pavillon ottoman, emmenaient leurs passagers clandestins directement à La Canée, en Crète, et que de là on pouvait continuer jusqu'à Salonique ou Smyrne. La ligne venait d'être ouverte, mais elle risquait d'être fermée à tout moment. Il fallait se hâter.

Ce Seyid, rappelons-le, était le patron des rameurs musulmans, celui que le gouverneur Sami Pacha protégeait contre ses concurrents grecs. Les espions du gouverneur ne tarderaient pas à démasquer la filière clandestine, se disait le major, et comme il sentait l'impatience de son épouse, il décida d'un embarquement le soir même, pour rejoindre des parents que Zeynep avait à Smyrne.

Les lettres de Pakizê fournissent des informations de première main, absolument inédites, sur cet épisode qui ne figure dans aucune histoire de Mingher. Elles ne nous révèlent pas, toutefois, ce qu'en pensait réellement le major, et ici, plus que nulle part ailleurs sans doute, c'est en romancière que nous devons procéder. Car enfin, nous savons, comme tout le peuple de Mingher, que le major Kâmil n'imaginait pas sa vie ailleurs que sur l'île et son destin autrement qu'au service de son peuple. Il faudrait donc en conclure, en toute logique, que le major Kâmil ne voulait pas que sa femme quitte l'île.

« Mes frères m'ont dit que, si on voulait, Seyid pourrait nous emmener dans sa barque au bateau de Crète qui attendra ce soir au large », déclara Zeynep à son mari en plongeant ses yeux dans les siens.

Voulait-elle suggérer par là que le major l'accompagnerait dans son voyage ? Leur décision aussitôt prise, ils surent que c'était la bonne et qu'ils étaient heureux. Le sexe, leur camaraderie d'époux les enivraient d'une volupté inconnue. Ils s'aimaient et tout en s'aimant plaisantaient et riaient comme des enfants, dans la langue de leur enfance. Il serait cependant erroné d'affirmer, comme le firent plus tard les historiens officiels et les journalistes avides, qu'ils découvraient « les incommensurables beautés de la poétique langue de Mingher ». Certes, le minghérien avait une histoire ancienne, qui remontait aux plus antiques racines de ce peuple né dans les mystérieuses vallées du sud de la mer d'Aral, mais en 1901 cette langue, encore très loin de pouvoir atteindre l'esprit, la profondeur conceptuelle et le vocabulaire concret du monde moderne, et même des cultures catholique, orthodoxe et islamique, n'était plus parlée, en dehors de quelques quartiers d'Arkaz, et de façon résiduelle dans les villages des montagnes du nord de l'île où les occupations successives des Croisés, des Vénitiens, des Byzantins et des Ottomans avaient relégué ses locuteurs originels.

Zeynep versa quelques larmes en préparant sa valise dans la chambre du Splendid Palas. Son peigne en nacre de l'île, offert par sa tante et dont elle ne s'était jamais départie, était resté chez sa mère. Elle s'imaginait séparée pour longtemps de cet objet qu'elle croyait porte-bonheur et cela la chagrinait beaucoup. Le major proposa que l'un des gardes qu'on avait postés à l'entrée de l'hôtel pour empêcher toute irruption de Ramiz coure chez la belle-mère récupérer le peigne, mais les époux s'enlacèrent en silence et ne bougèrent pas. L'idée d'une séparation longue les terrifiait.

Ils firent l'amour une dernière fois ; le plaisir et la passion les emplirent de tristesse et de mélancolie. Les yeux embués de larmes de sa femme ébranlaient la volonté du major. Que faire ? D'un côté il voulait se convaincre qu'elle serait en sécurité, qu'il viendrait la chercher à Smyrne dès que l'épidémie serait terminée, enfin que oui, elle devait partir, fuir loin de la peste et des menaces de l'autre fou de Ramiz. Mais son départ, d'un autre côté, le condamnerait à revivre l'horrible solitude qu'il avait connue dans le Hedjaz et toutes les villes de province, solitude plus atroce encore d'être hantée du souvenir de tous ces jours heureux, du corps, du visage, du regard de Zeynep. Il la contemplait avec une intensité nouvelle, pour se repaître de ses yeux, pour les graver dans sa mémoire ; sur ce point toutefois, les lecteurs des lettres pourraient émettre quelques doutes sur l'absolue sincérité du major.

À la nuit tombée, le major passa des vêtements civils et mit sur sa tête un chapeau donné par Lami. C'était une exigence de Seyid et de Medjid, le frère qui avait arrangé l'affaire. La valise de Zeynep était prête, rien ne manquait du nécessaire, elle la confia au major. Ils quittèrent l'hôtel par la porte de service, en passant par les cuisines. Les rues étaient désertes et noires comme si la nuit elle-même subissait les ténèbres de la peste. Ils glissaient comme deux spectres à travers les ruelles, dans l'obscurité et le vide, en écoutant les feuillages frissonner sous le vent. Les portes des jardins étaient fermées, les bougies et les lampes éteintes aux fenêtres, aucune lueur n'illuminait les maisons. Ce n'était pas la peste, pourtant, qui hantait leurs esprits, c'était la peur de la séparation. Et tandis qu'ils marchaient en silence vers l'endroit où la barque de Seyid emporterait Zeynep, quelque chose leur disait qu'ils ne se sépareraient pas, ils le sentaient, ils le savaient. S'ils ne l'avaient pas su, peut-être n'auraient-ils pas quitté l'hôtel.

La cabane de pêcheurs à l'entrée de la crique de Tachlîk, la troisième anse au nord du petit port, existait depuis leur enfance.

Le trajet à pied dura bien plus longtemps qu'ils ne l'avaient imaginé. Le ponton apparut derrière la cabane, à peine visible au faible clair de lune. Le chuintement des vagues qui léchaient doucement les rochers et le frémissement des feuilles sous la brise légère donnaient comme l'impression d'une présence humaine, mais il n'y avait personne, ils étaient seuls. Ils s'assirent sur un rocher et attendirent sans un mot, serrés dans les bras l'un de l'autre. L'écume déposée par les vagues sur les galets au-dessous d'eux scintillait comme une tache blanche.

« Je t'enverrai un télégramme tous les jours », murmura le major.

Zeynep pleurait en silence. La mer, devant eux, était comme un mur noir. Medjid et Hadid arriveraient bientôt, ils remonteraient ensemble le ponton au bout duquel les attendrait la chaloupe de Seyid (il devait venir lui-même, sans ses hommes), mais rien ne se passait, tout était immobile. Quand ils eurent compris que personne ne viendrait, les montagnes s'illuminèrent un instant. D'étranges flammes roses, orange et rouges s'élevaient de la fosse où l'on brûlait les vieilleries. Le major vit les larmes qui coulaient sur les joues de Zeynep.

« Personne ! On ne se sépare pas, ni départ ni rien ! » s'exclama le major.

À la vérité, c'était le soulagement que chacun lisait sur le visage de l'autre. Ils attendirent encore un peu, puis ils rentrèrent à l'hôtel par le même chemin, sans être vus de personne. Tenant sa main en marchant, le major sentait son épouse heureuse.

Sur cette tentative de fuite, l'historien ne dispose d'aucune preuve ou document, en dehors du témoignage qu'en donne Pakizê dans ses lettres. Les historiens nationalistes de Mingher considèrent le sujet comme tabou et ne veulent même pas en entendre parler. Car ce serait reconnaître que l'homme qui devait bientôt bouleverser l'histoire de l'île songeait en réalité à éloigner sa femme de Mingher, soit à arracher le destin de sa famille à celui de son peuple.

À l'hôtel, ils tombèrent sur Lami. « Les navires de guerre encerclent l'île ! » leur dit-il d'un ton fébrile, excessivement ému, comme s'il avait annoncé « le sultan est mort ! ». Puis il ajouta : « On dirait que le monde entier s'occupe enfin de nous, ils vont arrêter l'épidémie, ça y est ! D'ailleurs Robert Efendi, qui a quitté l'hôtel hier, m'a déjà demandé de lui préparer sa chambre, la 33. »

Le major saisit immédiatement ce que signifiait le blocus de l'île par les grandes puissances : son sort était scellé, il n'échapperait pas à son destin. Mais il n'en laissa rien paraître et fit semblant de croire aux théories consolantes de Lami. Sa femme, elle, goba sans hésiter la profession d'optimisme de l'hôtelier. Leur vrai bonheur était de ne pas être séparés et de savoir que dans quelques minutes, quand ils auraient monté les escaliers et retrouvé leur chambre, ils feraient l'amour.

CHAPITRE 40

Les puissances internationales avaient décidé du blocus en accord avec Istanbul. Ou, plutôt, elles avaient mis Istanbul devant le fait accompli. Les chercheurs le déduisent d'un courrier de l'ambassadeur d'Angleterre conservé aux archives ; si la Sublime Porte n'envoyait pas de vaisseau de guerre, laissait entendre l'ambassadeur, le blocus, malheureusement, serait perçu dans l'opinion comme une offensive contre l'État ottoman. Une participation des navires ottomans, écrivait sir Philip Curry, permettrait en revanche de rejeter le discrédit non plus sur l'Empire, mais sur le gouverneur et le Conseil sanitaire de Mingher, seuls coupables du désordre qui régnait sur l'île. Le ministre de la Marine suggéra donc à Abdülhamid d'envoyer le cuirassé *Mahmudiye* (nouveau nom de l'*Orhaniye*).

Le lendemain matin, un télégramme informa le gouverneur Sami Pacha de la décision d'Istanbul. Il s'étonna de découvrir que ce blocus destiné à protéger les citoyens ottomans avait été mis en place à la demande du gouverneur de Mingher lui-même ; telle était l'explication officielle, celle qu'on servirait à la presse internationale.

Il apprit donc que la ville d'Arkaz, dès avant midi, se trouvait assiégée par des cuirassés russes, anglais, français, et un autre battant pavillon au croissant étoilé, le *Mahmudiye*, et que ce siège avait pour objet d'empêcher la fuite frauduleuse des habitants de l'île. Le nom de Mingher était partout et pourtant les Minghériens n'en tiraient aucune fierté. Car ce qu'on disait d'eux n'avait rien d'élogieux. Non seulement ils n'avaient pas su arrêter l'épidémie de peste, mais pire encore, ils l'avaient transmise au monde entier.

Les journaux des différents pays décrivaient leurs vaisseaux de guerre avec un luxe de détails (et un orgueil à peine dissimulé) : l'*Amiral Baudin*, construit en 1883, avait cent mètres de longueur ; le *HMS Prince George*, construit en 1895, une artillerie excellente. Le Kaiser Guillaume, craignant des troubles diplomatiques et soucieux de ne pas vexer Abdülhamid, n'avait pas envoyé de navire. Les Arkaziens ne pouvaient voir les bateaux des puissances à l'œil nu. On ne réussissait à les apercevoir que par beau temps, depuis les villages des montagnes, les monastères, le sommet des falaises. Quand le ciel était voilé, ils s'évanouissaient mystérieusement dans la brume, et le bruit courait alors qu'ils étaient partis, voire qu'ils n'étaient jamais venus.

Comme pour la quarantaine, on fit imprimer et afficher dans toute la ville, sur ordre d'Istanbul, un texte expliquant les raisons du blocus. D'après cette proclamation officielle, le blocus n'était pas dirigé contre le peuple de Mingher, seulement contre les bandes de brigands qui violaient les règlements sanitaires et les pirates des mers leurs complices.

Le siège ruinait le moral des habitants de la province de Mingher, il leur brisait le cœur. Ils y lisaient l'échec de la lutte contre l'épidémie sur leur île, ainsi qu'une déclaration du monde entier qui semblait leur jeter à la face : « Débrouillez-vous avec votre malheur et restez loin de nous ! » Les grecs orthodoxes, qui avaient toujours espéré la protection des Européens et des Russes, découvraient l'égoïsme de leurs protecteurs. Les musulmans se sentaient abandonnés par Abdülhamid. Ils s'empressaient d'inventer des mensonges pour oublier l'amère réalité : que le sultan avait envoyé le vapeur *Suhulet* chargé de soldats, de matériel et de médicaments ; qu'en vérité le nombre de morts diminuait ; qu'en Inde les Anglais avaient découvert un vaccin contre la peste, comme celui qu'on avait trouvé contre la rage, et que le blocus avait pour but d'accélérer la vaccination. Les plus énervés contre les Anglais et les Français étaient ceux dont le minghérien était la langue domestique, ou qui gravitaient autour des couvents et des hodjas. Eux n'en voulaient pas à Abdülhamid, ils savaient que le sultan agissait sous la contrainte.

Le ressentiment des musulmans envers les chrétiens se retournait parfois contre la bureaucratie ottomane, le gouverneur, les militaires. Tous partageaient une même impression : après cinquante années de mesures progressistes destinées à flatter les Européens, après un demi-siècle de réformes à moitié sincères, menées sous la pression de l'Europe et visant à instaurer l'égalité entre musulmans et chrétiens, voilà que les Européens, le jour du malheur venu, au lieu de nous aider, nous abandonnent à notre sort, tous autant que nous sommes ; ainsi pensaient beaucoup de musulmans. Or c'étaient les mêmes qui ne respectaient pas les mesures sanitaires ; leur opinion inquiétait le gouverneur bien plus qu'elle n'alarmait les grecs. La politique de quarantaine, parce qu'elle reposait sur la collaboration étroite entre les médecins, grecs pour la plupart, le gouverneur et l'organisation sanitaire, avait rapproché les musulmans cultivés des grecs cultivés, classes qui n'avaient en commun que l'exercice du commerce et le service de l'État. La Grèce, du reste, avait le droit de se préoccuper de la santé des orthodoxes de l'île, le gouverneur ne voyait là aucun opportunisme politique.

Il plut sans interruption pendant trois jours. Après ces pluies de printemps qui gonflaient les torrents, revivifiaient la végétation, les limaces et les pies, la rivière Arkaz entra en crue, ses eaux boueuses inondèrent les ruelles, et la baie fut baignée d'un jaune pâteux, tirant sur l'ocre, d'une consistance qui paraissait de la boza, la boisson à la cannelle. Depuis son bureau, le gouverneur contemplait les métamorphoses des couleurs marines, les eaux qui de verdâtres devenaient bleues au large de la Forteresse, viraient au violet devant le Phare arabe. Puis la Forteresse s'évanouissait dans le nuage de plomb d'une averse soudaine, et il divaguait, le regard par la fenêtre, en repensant pour la centième fois au problème qu'il avait à résoudre.

« Si nous envoyons davantage de soldats, plus de gens en prison et en quarantaine, ce sera l'insurrection, dit un jour le gouverneur au docteur Nuri. Aujourd'hui c'est quinze à vingt bonshommes que nous enfermons chaque jour, soit parce qu'ils ont peut-être la peste, soit parce qu'ils ont violé les interdits, sans compter les voleurs, les pillards et toutes sortes de crapules. »

Quand les pluies eurent cessé, le gouverneur et le docteur Nuri inaugurèrent des tournées à pied dans les quartiers les plus touchés par l'épidémie, Tchitê, Ghermê, Kadirler. Escortés par les gardes du pacha, le major et les soldats de sa brigade sanitaire, ils déambulaient dans Arkaz, vingt, vingt-cinq minutes chaque jour, pour voir de leurs propres yeux les dernières avancées de la peste, les disputes, les empoignades.

La ville sentait le lysol, elle était calme. Les arbres et tous les murs, en bois comme en pierre, ayant été recouverts de chaux jusqu'à hauteur du premier étage, le gouverneur avait parfois du mal à reconnaître sa ville. La désolation des rues accentuait encore l'impression d'étrangeté, nouvelle et troublante. Les gens allaient seuls, on ne marchait plus côte à côte. Chaque fois qu'il s'arrêtait au milieu du pont Hamidiye, ce pont qu'il traversait au moins trois fois par jour depuis cinq ans, et découvrait, en contrebas, la moitié des boutiques du bazar fermées, le pacha sentait un frisson lui parcourir l'échine.

Il voyait les échoppes closes, les chômeurs solitaires qui regardaient la mer, plantés sur les berges de la rivière ou les quais du port, les badauds qui se terraient, çà et là, dans un recoin ombreux, et il sentait le malheur. Même un étranger, devant ce spectacle, eût compris que les habitants de la ville vivaient tapis, cachés chez eux, à l'intérieur des appartements, dans les cours des maisons, derrière leurs grilles, leurs volets, à l'abri de leurs murs. Le mercredi 19 juin, où dix-sept personnes moururent, après les pluies, il put constater que presque toutes les boutiques étaient fermées, leurs portes scellées au moyen de planches et de clous. De nombreux commerçants s'en étaient chargés eux-mêmes, après les opérations de désinfection, pour empêcher les voleurs – et les microbes – d'envahir leurs locaux. Mais ces mesures prises avec entrain quand débutait la quarantaine se révélaient vaines un mois et demi plus tard, et pas un jour ne passait sans son lot d'étrangetés, de surprises bizarres.

Si la fermeture des habitations et des commerces à l'aide de planches et de panneaux en bois ne se justifiait à vrai dire plus tellement à l'époque des microbes et de l'épidémiologie, la mesure continuait cependant de s'imposer, cette fois à cause des vols, des cambriolages et des occupations illégales. La taxe qu'on avait imposée aux propriétaires pour payer les planches et les clous qui servaient à sceller leurs maisons et boutiques était une mauvaise idée. Elle fut progressivement abandonnée, et le nombre de bâtiments condamnés diminua d'autant. Le sujet – fallait-il durcir ou relâcher la pression ? – revenait souvent dans les discussions entre le gouverneur et le docteur Nuri. Le major les écoutait en silence, impressionné par la rigueur avec laquelle les deux hommes tenaient le « compte des mesures ». Les lecteurs des lettres de Pakizê verront d'ailleurs que le gouverneur était le premier à se plaindre de devoir constamment desserrer l'étau des mesures sanitaires, sous la pression des télégrammes inexplicables qu'il recevait d'Istanbul.

Quatre-vingt-deux personnes moururent dans les cinq jours qui suivirent le début du blocus. La population n'en fut pas moins choquée par la mort de Mehmed Pacha d'Edirne, le lieutenant de la garnison, emporté par la peste. Ah, il faudrait être poète, plus qu'historien, ou même romancier, pour mettre en mots le sentiment de désespoir qui écrasait la ville en ce milieu du mois de juin ! Un désespoir qui empêchait la prudence, brisait la réflexion, étouffait la résolution. C'était le sentiment du « quoi qu'il arrive nous sommes fichus ». Tout le monde ne mourait pas, mais tous se sentaient piégés sur l'île, tous savaient que la mort à la fin les coincerait, les trouverait, les tuerait.

Après les grecs, c'était au tour des musulmans de regretter de n'avoir pas fui l'île plus tôt. On vit alors de nouveaux bateaux rôder autour de l'île, petites barges de transport, grosses barques de pêcheurs bravant le blocus international qui barrait la route aux compagnies de voyage, et les rameurs reprirent leurs allers-retours nocturnes entre la côte et le large. Pour convaincre ces fuyards de la deuxième heure qui faisaient leur fortune, les patrons haleurs répandaient toutes sortes de mensonges, à savoir que le *HMS Prince George* et l'*Amiral Baudin* avaient levé l'ancre, qu'ils s'étaient repliés sur La Canée, que le passage était libre, la mer ouverte. Ce qui était vrai, c'est que deux parents et leur enfant, profitant du vent et des courants, réussirent à atteindre la côte crétoise à la rame en deux jours, mais sur le moment les insulaires n'en surent rien. Ceux que cette épopée pourrait intéresser liront les succulents Mémoires de l'enfant, publiés à Athènes en 1962, sous le titre *Les Rames aux ailes de vent.*

La nouvelle vague de départs fut d'abord très discrète. Elle s'accéléra bientôt, dès lors qu'on s'aperçut de la passivité remarquable avec laquelle les hommes du gouverneur et les soldats de la quarantaine toléraient ce second exode clandestin. C'est alors qu'un bateau trop chargé, par un jour de gros temps, coula avec ses passagers, ou bien fut coulé délibérément. Plus de quinze grecs de Mingher moururent noyés.

On traita d'abord le drame comme un accident, même si les habitants de l'île suspectèrent d'emblée une « mauvaise intention » d'être à l'origine du naufrage. Le sentiment d'abandon des Minghériens était à son comble, la suspicion était généralisée. Bien plus tard, dans les années 1970, des historiens soviétiques apportèrent la preuve que la chaloupe *Topikos* avec ses dix-sept passagers avait été coulée par un obus tiré depuis le cuirassé russe *Ivanov.* Constatant l'impuissance du blocus à endiguer le flux des départs clandestins, les puissances avaient en effet décidé, sur proposition anglaise, de couler l'une des barques qui quittaient l'île, pour l'exemple. Le plan, en réalité, était de sauver les passagers avant qu'ils ne se noient, pour ensuite les renvoyer sur l'île, mais c'était la nuit, les choses avaient mal tourné. La barque avait foncé droit sur le vaisseau russe. Le ministère des Affaires étrangères de ce pays songea d'abord à rédiger un communiqué expliquant que l'*Ivanov* avait été contraint de se défendre face à l'assaut, en pleine nuit, d'un navire « chargé de malades », puis l'idée fut abandonnée, il n'y eut aucune annonce officielle. Aujourd'hui encore, le drame demeure mal éclairci. Ses répercussions sur la psychologie des Minghériens furent immenses. La vue des cadavres gonflés d'eau qui s'échouèrent sur les côtes de Mingher imprima une terreur nouvelle dans l'esprit de la population. Plus que jamais, elle se sentait attachée à l'île, comme un forçat à son boulet.

CHAPITRE 41

Le samedi 22 juin (vingt morts ce jour-là), la brigade sanitaire comptait soixante-deux hommes, enrôlés et formés par le major. Plus de la moitié vivaient dans les quartiers de Turunçlar, Bayîrlar et Arpara. C'étaient généralement des amis d'enfance, chez qui on parlait minghérien en famille. Mais aux yeux des soldats de la brigade, c'étaient le quartier et les liens de l'enfance, bien plus que leur identité ethnique, qui leur avaient valu la chance et l'honneur d'avoir été recrutés. La moyenne d'âge était de trente ans, quoique le major eût aussi incorporé un père et son fils, originaires de Bayîrlar. Des crédits spécialement alloués par le gouverneur avaient permis de leur verser plusieurs paies d'avance.

Tous les matins, après la réunion dans la salle d'épidémiologie, le major montait dans le landau blindé du gouverneur pour se rendre à la garnison, où il entraînait ses hommes et inspectait leur tenue. Certains aimaient tellement leur nouvel uniforme qu'ils ne le quittaient jamais, même au quartier, même chez eux – un peu par vantardise, il est vrai. L'après-midi, on commençait à les envoyer aux endroits déterminés par le docteur Nuri et le docteur Nikos lors de la réunion matinale, avec des missions bien précises. Hamdi Baba et deux soldats eurent par exemple pour tâche de calmer la foule qui s'était massée devant une maison qui devait être évacuée près de la Jetée de pierre ; dans les jardins de l'hôpital Hamidiye, les frères Medjid et Hadid durent repriser le trou d'une tente par lequel un portier s'était enfui, tandis qu'un autre mourait à l'intérieur ; le père et le fils furent chargés d'expulser deux personnes qui avaient grimpé sur les échafaudages de la tour de l'Horloge (c'était plutôt le travail de la police, mais on disait que les individus perchés au sommet de la tour étaient contaminés, voire sévèrement fiévreux).

Pour le docteur Nuri, le fait qu'aucun des soldats de la quarantaine n'eût été infecté jusque-là constituait une preuve flagrante que la contamination se faisait par les rats, bien plus que d'homme à homme. Aussi le major, sur la suggestion du docteur Nuri, avait-il décidé de loger ses hommes à la garnison, dans un dortoir spécialement aménagé pour eux. La plupart vivant dans des quartiers très touchés par l'épidémie, la mesure s'imposait. Le major n'ignorait pourtant pas que c'était auprès de leurs femmes, leurs parents, leurs familles, que ses soldats désiraient passer la nuit, et non dans ce dortoir primitif, ni que certains, oubliant leur devoir et toute discipline, faisaient le mur pour rentrer dormir chez eux ; le fait avait été dénoncé, mais comme ils accomplissaient un travail remarquable, il n'avait pas le cœur à morigéner ses hommes.

Ce matin-là, le major Kâmil, ayant envoyé plus de la moitié de sa brigade s'acquitter de diverses missions en ville, garda avec lui les vingt soldats qu'il estimait le plus fidèles. Il leur donna à chacun trois balles que le lieutenant de la garnison avait fait mettre de côté pour eux. Il leur ordonna de charger les fusils. L'ordre les effraya un peu, mais ils obéirent et chargèrent leurs armes dans un cliquetis métallique. Le major confia le commandement de l'escouade à Hamdi Baba. Il réquisitionna aussi Mustafa de Bayîrlar, ainsi que Medjid et Hadid, lesquels travaillaient désormais dans un bureau. Depuis deux jours, le major instruisait de leur mission ces hommes triés sur le volet. Mais il fallait leur en dire encore un mot, songea le major, et il leur répéta qu'ils allaient œuvrer à défaire cette maudite maladie, qu'ils ne devaient pas avoir peur, qu'ils n'auraient même pas besoin de faire usage de leurs armes, que c'est à peine s'ils tireraient peut-être un coup de feu à la poste. La mission était décisive, il s'agissait de protéger le télégraphe, une étape nécessaire dans la lutte contre la peste. Et tandis qu'il leur expliquait encore une fois la manœuvre, il finit par ajouter que le gouverneur Pacha était au courant, ce qui était un mensonge.

Le major à sa tête, l'escouade quitta la garnison par le grand portail (ouvert pour eux par les sentinelles au garde-à-vous) et, d'un pas lent mais en ordre serré, commença à descendre le chemin escarpé qui, des années plus tard, porterait le nom de rue Hamdi Baba. La colonne progressait en silence dans le quartier d'Eyoklima, au milieu des bougainvillées mauves et des grands jardins verdoyants qui embaumaient le chèvrefeuille et le lysol et bourdonnaient d'abeilles. Ils arrivèrent derrière l'église Hagios Yorgos, franchirent le portique et la grande cour familière, tant de fois désinfectée, qui sentait la mort et l'amande, et continuèrent de descendre vers la mer. Deux mendiants désespérés et quelques autres ombres noires traînaient sur le parvis de l'église, là où certains jours les gens et les cercueils étaient si nombreux que des disputes éclataient entre les familles des morts.

Les soldats traversèrent le lacis familier des ruelles, dans l'odeur forte du lysol, passèrent devant le palais du gouverneur sans ralentir, arrivèrent avenue Hamidiye et, deux minutes plus tard, à la poste. Peu de gens avaient remarqué leur passage ; ceux qui les avaient vus se dirent qu'ils partaient mater une mutinerie contre la quarantaine.

Comme prévu, Medjid, Hadid et trois autres soldats se mirent en faction dans la cour derrière le bâtiment. Le major et sept hommes montèrent les marches de l'entrée principale. Huit hommes se postèrent en sentinelles sur la petite place où la foule attendait les paquets, du temps où les bateaux étaient moins rares, le dos tourné à la poste, indiquant ainsi aux curieux l'endroit de l'événement en cours. La foule était encore clairsemée, mais bien vite les passants de l'avenue Hamidiye, comprenant à la présence des soldats de la quarantaine que quelque chose se passait du côté de la poste, commencèrent à se rassembler sur la place.

Le major entra ; cinq clients seulement patientaient dans le grand hall, des domestiques dépêchés depuis les villas des riches, quelques messieurs élégants en redingote et chapeau. Ils venaient envoyer des télégrammes à Istanbul, Smyrne, Athènes. Le major les avait souvent vus, ces télégrammes, quand il venait poster les lettres de la princesse Pakizê, ils disaient généralement « nous allons bien », ou « la situation est terrible mais nous restons à la maison ». (Ceux chez qui on découvrait un mort étaient emmenés en quarantaine par les hommes du major sans avoir le temps de télégraphier la nouvelle.) Il n'y avait aucun musulman, nota-t-il, entre autres observations qui l'occupèrent un moment.

Enfin il s'approcha d'un employé à tête de crapaud ; le directeur descendit les escaliers, guidé par l'intuition que quelque chose d'extravagant se tramait en bas.

« Vous nous apportez la dernière lettre de la princesse ? » demanda-t-il avec un sourire bienveillant.

Avec le temps, une sorte d'amitié était née entre le major et Dimitris Efendi, le directeur des postes. L'homme était à Mingher depuis douze ans. C'était un grec de Salonique, qui avait travaillé dans le plus vieux poste télégraphique de l'Empire, puis à l'École des officiers télégraphistes de Çemberlitaş à Istanbul, où il avait pu parfaire, des années durant, l'art subtil de la rédaction de télégrammes en français et en turc. Aux premiers jours de la peste, quand il pesait et affranchissait les lourdes lettres de la princesse Pakizê, Dimitris Efendi aimait parler d'Istanbul avec le major ; il lui racontait ses cours en français avec les pionniers du télégraphe, décrivait l'Istanbul de cette époque et demandait au major des nouvelles de la ville aujourd'hui.

« Pas de lettre cette fois ! déclara le major. Je viens prendre le contrôle de la poste.

— Pardon ?

— La poste est fermée.

— Il doit y avoir une erreur, mon cher », lui répondit Dimitris Efendi.

Il avait prononcé cette phrase avec assurance et désinvolture, comme s'il s'agissait d'une erreur technique, d'une lettre ou d'un chiffre à corriger sur un télégramme ; le major sortit de ses gonds.

« Obéissez ! lui ordonna-t-il sèchement.

— Cela mérite pourtant quelques explications… »

Le major s'arracha au comptoir encore noirci par des fumigations vieilles de quarante ans, retourna à la porte et fit signe à Hamdi Baba et à ses deux hommes d'entrer. La théâtralité brutale de son geste était calculée ; Dimitris Efendi devait comprendre qu'il marchait sur des œufs, il fallait filer doux. Les employés des postes connaissaient bien Hamdi Baba et les autres soldats, ils les croisaient tous les jours en ville et savaient que les gaillards avaient le coup de poing facile, au besoin le coup de feu.

Le désordre qui régnait depuis quelques jours à la poste insupportait le major. Il s'agaçait des monceaux de lettres qui s'accumulaient dans les caisses, les sacs, sur les tables, le comptoir ; dans son enfance la poste était propre et étincelante comme la cuisine d'une bonne mère de famille. La quarantaine elle-même ne pouvait être la cause de ce désordre, puisque le dernier congrès sanitaire international avait aboli toutes les restrictions d'ordre hygiénique pour l'envoi et la réception du courrier, les papiers, documents et journaux envoyés par la poste ne pouvant être désinfectés. Si l'activité des postes se réduisait, c'était naturellement, du seul fait de la diminution du trafic postal et des employés qui débauchaient, terrifiés par l'épidémie. Le major envoya un soldat barrer l'accès à l'étage, et tout le monde comprit que l'opération avait été soigneusement planifiée.

Au même moment, un homme que son gilet brodé identifiait comme un vieux Minghérien coinça le directeur. Son précieux colis était parti pour Istanbul depuis un mois déjà, avec le *Guadalquivir* des Messageries maritimes, en recommandé, or on ne lui avait toujours pas remis l'accusé de réception d'Istanbul. Le directeur lui indiqua les démarches à suivre, démarches qu'il lui avait déjà expliquées de nombreuses fois. Depuis deux semaines, le vieillard, un jour sur deux, venait houspiller le guichetier avec un papier signé par l'administration provinciale qui stipulait que les sacs du courrier retourné devaient être ouverts pour voir si son précieux colis n'y était pas.

Sentant que la discussion en grec entre le vieillard et le directeur allait s'éterniser, le major jugea le moment venu de faire l'annonce frappante qui y mettrait un terme définitif.

« Suffit maintenant, arrêtez-moi vos histoires ! dit-il en turc. À compter de cet instant et jusqu'à nouvel ordre, toutes les activités de la poste sont suspendues ! »

Il avait parlé suffisamment fort pour être entendu de tout le monde. Le directeur murmura quelque chose en grec au vieillard au gilet brodé, puis lui indiqua la sortie. Les autres clients s'y dirigeaient déjà, apeurés par la présence des soldats en armes.

« Qu'entendez-vous au juste par "activités" ?

— Interrompez immédiatement toutes les opérations en cours ! Interdiction expresse d'envoyer et de recevoir des télégrammes ! » lui répondit le major, martial.

Dimitris Efendi désigna alors un panneau au mur. Accroché à la demande du gouverneur et du directeur sanitaire une semaine après le début officiel de l'épidémie, il résumait en trois langues, turc, français et grec, les nouvelles règles que les clients devaient observer : entrer dans le bâtiment des postes un par un, ne pas se tenir côte à côte ; défense de toucher les employés, autorisation pour ceux-ci de procéder à des fumigations, interdiction de refuser l'aspersion de produits désinfectants. Des panneaux similaires avaient été accrochés dans la plupart des commerces, hôtels et restaurants d'Arkaz, et même dans certains lieux ouverts, sur l'insistance du gouverneur et du docteur Nikos, et au détriment de la proportion de Minghériens qui ne savaient pas lire, quoiqu'elle fût faible : à peine un sur dix chez les musulmans.

« Envoyer des télégrammes aussi est interdit? demanda Dimitris Efendi. Quel rapport avec la maladie ?

— Ce n'est pas interdit, seulement soumis à un contrôle systématique et renforcé.

— Seul le gouverneur a le pouvoir de prendre un tel décret. Puis-je voir votre mandat officiel ? Vous êtes un jeune homme brillant et votre avenir l'est encore plus. Mais prenez garde…

— Hamdi Baba ! » s'écria alors le major, et le vieux soldat bien connu s'avança.

Hamdi Baba tenait son fusil Mauser. Indifférent à tous les regards posés sur lui, il ôta doucement la sûreté et fit glisser une balle dans le canon. Puis il épaula et se mit à viser.

« Assez, nous avons compris », soupira Dimitris, le directeur des postes.

Hamdi Baba rouvrit l'œil qu'il avait fermé, jeta un regard au major et en conclut qu'il fallait continuer, comme dans le plan.

Un télégraphiste un peu trop proche de l'arme se décala de quelques pas. Un homme en chapeau et un secrétaire qui étaient près de la porte se sauvèrent à toutes jambes.

Hamdi Baba appuya sur la gâchette. Il y eut un bruit d'explosion. Les gens se jetèrent par terre. Certains cherchaient à se cacher sous les tables, derrière les hauts piliers.

Hamdi Baba, comme pris de fièvre, tira encore deux coups.

« Cessez le feu ! » dit le major.

Les deux premiers coups de feu avaient atteint l'horloge suisse de marque Thêta ; la vitre avait volé en éclats. La dernière balle était venue se ficher dans le cadran en noyer, si bien qu'on crut qu'elle avait disparu par magie. Une odeur de poudre envahissait le grand hall.

« L'affaire est entendue ! Par pitié, ne tirez plus un seul coup de feu dans cette salle, supplia le directeur.

— À la bonne heure, vous m'en voyez ravi, répondit le major. Nous avons quelques suggestions qui nécessitent de coopérer en bonne intelligence.

— Je coopère toujours avec des soldats en armes… Je vous en prie, montons dans mon bureau. Nous y serons au calme pour écouter vos ordres. »

Le major sentit une pointe de sarcasme percer dans la voix du sagace Dimitris Efendi. Il envoya Hamdi Baba rassurer les gens qui se massaient devant la porte, alertés par les coups de feu. Aux questions qu'on leur posait, Medjid et Hadid répondaient que les communications télégraphiques avaient été suspendues, sur ordre du major. Les lettres et les colis, en revanche, seraient acceptés et distribués normalement. L'arrêt ne concernait que le télégraphe. Personne n'y croyant, le décret fut placardé sur la porte, en turc, en grec et en français. Mais la plupart des gens qui vinrent à la poste ce jour-là continuaient de vouloir envoyer des télégrammes.

CHAPITRE 42

Les événements que nous avons racontés au chapitre précédent passèrent à l'histoire sous le nom de « Coup du télégraphe ». Le coup ayant eu lieu à la poste, l'expression peut sembler erronée. Aux yeux de l'histoire, de l'État, de tout le monde, l'« Événement du télégraphe » aurait sonné le début du « réveil national » de l'île de Mingher. Et depuis cent seize ans, on célèbre, à la date du 22 juin, la « Fête du télégraphe », jour férié pour les administrations publiques et les écoles. Lors des célébrations, de vieux fonctionnaires des télégraphes, coiffés de casquettes, rejouent la descente des soldats de la brigade sanitaire en défilant à pied de la garnison à l'hôtel des postes. Les insulaires d'aujourd'hui auraient-ils oublié que ces « soldats » qui marchèrent sur la ville n'étaient pas des employés des postes mais bien des militaires ? Les « historiens » officiels nous expliqueront que cette *commémoration* qui « modernise » l'événement en le dépouillant de sa violence martiale correspond mieux au tempérament pacifique des Minghériens.

Son coup exécuté, le major s'assura que le directeur des postes appliquerait bien ses ordres, dans un premier temps du moins, après quoi il rentra au Splendid Palas pour être avec sa femme. Il resta deux heures dans leur chambre. Deux heures d'un bonheur fabuleux, immense, extraordinaire, ainsi qu'il le confia plus tard aux journalistes.

Quand les cloches de l'église Hagia Triada sonnèrent le premier coup de midi, le major quitta l'hôtel par la porte de service et se rendit au palais du gouverneur. La place Hamidiye, le parvis de la tour de l'Horloge et même les abords du pont Hamidiye, qui grouillaient d'ordinaire de policiers déguisés en fleuristes, en vendeurs de marrons ou autres, de mendiants et de colporteurs, tout était absolument vide. Le major passa ensuite devant la poste, où il eut la satisfaction de voir que ses soldats montaient toujours la garde. Le major, durant cette brève promenade, semblait se rapprocher à grands pas de ce que nous appelons l'Histoire.

Il entra dans le palais plein de confiance et de détermination. Il y avait en lui quelque chose de la satisfaction du joueur d'échecs qui, par un coup inattendu et magistral, vient de faire basculer la partie. On le fit entrer dans le bureau du gouverneur. Le docteur Nuri était également présent.

« Maintenant vous allez m'expliquer pourquoi vous avez fait ça, pour quels bénéfices, et comment vous comptez réparer, dit le gouverneur en colère. Voilà l'île coupée du monde en pleine épidémie !

— Excellence Pacha, n'était-ce pas vous-même qui répétiez "donnez-moi deux jours sans télégrammes d'Istanbul et je briserai toutes les oppositions à la quarantaine" ?

— Mais je ne parlais pas d'une telle farce ! »

Le docteur Nuri prit la parole. « Mon pacha, il suffit que vous l'ordonniez et la ligne sera rétablie dans la journée, alors nous pourrons continuer à recevoir les instructions d'Istanbul et de la Chancellerie. Ou bien, nous pouvons faire traîner les réparations… Auquel cas nous aurons les mains libres pendant un jour ou deux, comme vous le souhaitiez…

— Nous les avons déjà libres, en vérité… », répondit le gouverneur Sami Pacha. Puis il se tourna vers le major : « Je vous arrête. »

Le major n'opposa aucune résistance aux deux gardes. Le gouverneur lui dit un dernier mot, l'assurant qu'il veillerait sur sa femme et ses deux beaux-frères, puis le major fut conduit au rez-de-chaussée et enfermé dans une cellule. Sa détermination impressionna le pacha.

Il ne fait aucun doute que la confiance affichée par le major provenait d'une intime et profonde *sensation* de victoire. Et il est vrai que le Coup du télégraphe, avant même d'être officiellement baptisé ainsi, fit aussitôt renaître l'espoir. Tout le monde avait peur, même les « fatalistes » si méprisés des Européens, même les imbéciles et les insensibles qui se gaussaient des angoisses des autres. Le blocus maritime et le naufrage d'un bateau de fuyards volontairement coulé par les puissances avaient encore amplifié la sensation que les insulaires avaient d'être seuls au monde avec la peste. Autrefois, quand ils découvraient les affreuses nouvelles du monde dans les journaux, ces mêmes insulaires remerciaient Dieu de vivre sur une petite île perdue, loin des troubles, des guerres et des tragédies de cette terre. Le sentiment à présent s'inversait, l'isolement de leur île leur paraissait une malédiction.

La lumière crue qui aveuglait la ville en ce mois de juin, tantôt jaune pâle, tantôt blanche et blafarde, donnait à chaque habitant l'impression d'un enfer à sa mesure. Comme si la peste était dans ce jaune, dans le ciel, surveillant d'en haut les gens de Mingher et élisant parmi eux, au hasard, ses prochaines victimes.

Les Minghériens, nombreux, qui croyaient que la maladie était venue de « l'extérieur » se persuadaient que les forces obscures qui avaient apporté la peste étaient les mêmes qui l'assiégeaient maintenant avec leurs vaisseaux de guerre. Quelques chrétiens partageaient leur avis.

Le gouverneur fut le premier à saisir les sentiments confus qui agitaient le peuple. Ses indicateurs l'informèrent que le nom du major se répandait comme une traînée de poudre dans toute la ville, des artisans musulmans aux enragés de Vavla et de Kadirler et jusque parmi les grecs qui détestaient le gouverneur.

Le même jour, devant la carte épidémiologique, le docteur Nuri lui glissa : « À présent vous avez les mains libres. »

Sami Pacha lui répondit par une anecdote personnelle.

« Dans ma jeunesse j'avais coutume de retrouver certains soirs, après le travail, les collaborateurs de feu Fahreddin Pacha, qui fut un temps notre voisin, et les jeunes fonctionnaires du Bureau de traduction, de l'autre côté de la rue, et nous exposions nos rêves pour l'avenir de l'Empire. Un de ces soirs-là, donc, Nazillili Nedjmi posa à notre conversation la condition suivante : "Aujourd'hui, chacun va dire ce qu'il ferait pour le salut du pays s'il était grand vizir, enfin s'il avait le pouvoir de décision absolu."

— Et qu'avez-vous dit, mon pacha ?

— Eh bien, comme je me doutais que notre petit groupe était truffé d'espions et de dénonciateurs, j'ai fait comme tout le monde, j'ai commencé par une longue prière de louanges à son altesse Abdülhamid, après quoi, hélas, je me suis perdu en banalités insipides. Ah, si vous saviez combien j'ai regretté mes platitudes de ce soir-là ! "Je donnerais une place centrale à la science et à l'éducation, je ferais fermer les madrasas, je créerais des universités à l'européenne !", voilà ce que j'ai dit… Et aujourd'hui, des années plus tard, je me demande ce que j'aurais à dire de vraiment intéressant, de séduisant… Parfois la colère vous emporte et on ne songe qu'à châtier la canaille ! Parfois ce sont ces mollahs qui noyautent la quarantaine et tous ces charlatans de hodjas avec leurs amulettes contre la peste qui me mettent hors de moi. Pendant des années, c'est surtout aux consuls que j'en ai voulu. Mais vous savez, je crois qu'aujourd'hui, en vérité, la meilleure chose pour l'île serait d'en chasser tous les chrétiens.

— Et pourquoi donc, mon pacha ? Et s'ils ne veulent pas la quitter ? Que faire alors, tous les tuer ?

— Cela, quand bien même nous le voudrions – Dieu nous en garde –, nous ne le pourrions pas. Ce ne sont pas de mauvais bougres, pour la plupart. Des gens bien, intelligents, vifs, travailleurs. Seulement, voyez-vous, quand l'indiscipline, la désobéissance, la foi et l'ignorance unissent leurs forces pour nous laisser ces montagnes de cadavres, alors il n'y a plus rien à faire et c'est votre serviteur qu'on maudit. Vous les verrez, ces fripouilles de consuls, ils vont tous venir me voir, chacun avec une plainte, une menace, un mensonge différents, et ils me demanderont de faire rouvrir la poste… Il est grand temps de remettre ces canailles à leur place.

— Gardez-vous en bien, mon pacha ! Car ils se dresseraient à leur tour contre la quarantaine, et avec détermination. Annoncez plutôt que le télégraphe est en panne, et la liaison avec Istanbul provisoirement coupée. Quant aux consuls, rassurez-les en leur disant que vous avez mis le major en prison, et faites-leur comprendre qu'il est impossible que vous ayez donné votre approbation à sa petite forfanterie.

— Mais notre liaison avec Istanbul n'est pas coupée du tout ! Les fils du télégraphe chantent encore à la poste, croyez-moi. J'ai demandé au secrétaire du chiffre de continuer à décoder tous les messages qui nous arrivent. »

Le pacha avait lu les deux derniers télégrammes d'Istanbul : le premier annonçait que le vaisseau de secours *Sühandan* était en route pour l'île, information qui avait toute l'attention du gouverneur. Quant au second télégramme, il ne put en cacher le contenu au docteur Nuri : « Le Conseil sanitaire d'Istanbul exige qu'on prenne la température de tous les passagers qui voyageront sur les lignes intérieures, entre Arkaz et les villes secondaires de l'île, Zardost et Teselli. Mais nous n'aurons jamais assez de thermomètres ! Et quel est l'intérêt, d'abord ? »

C'était ce qu'on faisait en Inde, expliqua le docteur Nuri, dans les régions rurales où l'épidémie gagnait du terrain, dans le Cachemire et autour de Bombay. « Tout ce qui importe à Istanbul, c'est que la contagion ne s'étende pas au reste de l'île », tel fut leur commentaire dépité. Les deux jours suivants, le gouverneur désamorça des protestations fulminantes des consuls en leur annonçant que le major était en prison. Mais il ne fit pas remettre le télégraphe en service.

CHAPITRE 43

Le lundi 24 juin, le gouverneur envoya un secrétaire chez le consul d'Angleterre, George Bey, dans sa maison du quartier d'Ora, où la vue était sublime, pour l'inviter à le rejoindre dans son bureau. Le consul, intégré au Conseil sanitaire sur son ordre, n'était pas dans les meilleures dispositions à l'égard du gouverneur.

Sami Pacha aimait beaucoup George Bey. Parmi les consuls, l'homme détonnait. Lui n'était pas à Mingher pour représenter une compagnie maritime ou une firme commerciale britannique, mais parce qu'il aimait l'île et, étant vraiment anglais, c'était un vrai consul, pas un vice-consul. Quinze ans plus tôt, il avait débarqué à Chypre, jeune ingénieur d'une entreprise anglaise de travaux publics, s'était marié avec une Minghérienne de confession orthodoxe et, six ans plus tard, le couple avait quitté Chypre pour s'installer à Mingher. Contrairement aux consuls originaires de l'île, il ne profitait pas de ses privilèges diplomatiques pour contourner les droits de douane et s'enrichir sans vergogne.

Le pacha éprouvait le plus grand respect, un respect admiratif et sincère, pour l'égalité qui régnait entre George Bey et son épouse : George et Hélène sortaient en promenade ensemble, ils voyageaient à travers l'île, découvraient des coins secrets aux panoramas splendides, faisaient des pique-niques, discutaient de tout, partageaient tout. C'était grâce à eux que le gouverneur avait connu Marika, et son mari – paix à son âme. Les premières années, le pacha, tandis qu'ils buvaient du vin en contemplant la sublime vue qu'on avait sur la baie depuis leur terrasse, aimait raconter à Hélène et George comment il se battrait jusqu'à la mort contre les crapules qui voulaient arracher cette merveilleuse île de Mingher, joyau de la Méditerranée orientale, à l'Empire ottoman. Il avait beau sentir (mais peut-être se trompait-il) que ses hôtes trouvaient ses vues sur l'amour, le mariage, l'existence, grossières et prétentieuses, et qu'ils se fichaient un peu de lui par moments, le pacha recherchait l'amitié de George Bey.

Leur brouille n'en était que plus navrante, d'autant qu'elle trouvait son origine dans une vulgaire histoire, en tout point dérisoire et inutile, de livres et de liberté d'expression. À l'époque du sultan Abdülhamid II, chaque livre importé dans l'Empire par voie postale devait d'abord passer par le siège du gouvernement provincial, où un comité se chargeait d'« approuver » officiellement l'ouvrage, approbation sans laquelle il ne pouvait être remis à son destinataire. George Bey, consacrant une partie de son temps libre à l'écriture d'une histoire de Mingher, commandait régulièrement des livres d'histoire, journaux et Mémoires, à Londres et à Paris, livres qui tantôt étaient saisis, tantôt lui arrivaient avec des mois de retard. Les responsables de ces désagréments pénibles étaient les trois membres du comité d'examen des livres. (Trois secrétaires qui connaissaient un peu de français.) George Bey finit par demander à son ami le gouverneur de faire accélérer le travail du comité, et la requête, pour un temps, porta ses fruits. Mais quand l'examen des livres commença à reprendre sa lenteur habituelle, il décida cette fois de les faire expédier non plus à son adresse personnelle, mais à la « poste française » de Mingher, c'est-à-dire au bureau des Messageries maritimes, sur l'avenue d'Istanbul.

Mis au courant de la manœuvre, le gouverneur flaira l'intrigue politique, en même temps qu'une sournoise insulte à sa personne, et comme d'autre part il craignait de faire les frais des dénonciations rapportant à Abdülhamid que des livres dangereux circulaient librement sur l'île, il se débrouilla pour confisquer la dernière caisse de livres commandée par George Bey, deux mois avant notre histoire.

L'opération avait été complexe, le travail de ses espions remarquable. Dans un premier temps, le gouverneur apprit que le consul George se vantait auprès de différents amis de l'arrivée prochaine d'une caisse de livres en provenance d'Europe. Il alerta ses informateurs infiltrés au port et à la poste, fit surveiller la fameuse caisse durant son trajet du bateau à la poste française. Des policiers arrêtèrent ensuite la calèche qui transportait la caisse vers le domicile de Monsieur George, et celle-ci, au motif parfaitement fantaisiste qu'elle avait été volée par le cocher musulman, fut saisie. On l'ouvrit, on découvrit les livres, et le gouverneur chargea la commission de censure de les examiner un par un. Derrière et par-delà ce coup de force, ressurgissait le vieux débat qui avait souvent animé les discussions des deux hommes, à savoir « comment protéger l'État et le peuple de l'influence délétère des livres », thème cher au cœur du pacha, mais qu'à présent il regrettait d'avoir traité avec un peu trop de rigueur.

L'expression bienveillante et sereine qu'affichait George en entrant dans son bureau le rassura. Les cachotteries et les bisbilles de la veille semblaient bien loin. Le consul, d'une voix pleine de contenance, et en français, lui demanda quand la poste serait rouverte et le télégraphe remis en service.

« Nous avons un problème de panne technique, répondit le gouverneur. Le major n'en a fait qu'à sa tête, il est en prison.

— Les consuls pensent que vous l'avez poussé à agir.

— Et dans quel but je vous prie, pour en tirer quels bénéfices ?

— L'homme est un héros, maintenant, à Vavla, à Tchitê. Tout le monde a peur des soldats de la quarantaine. Vous connaissez mieux que moi les partisans de l'idée que le mal de la peste a été importé de l'étranger dans le but d'arracher l'île aux Ottomans, comme en Crète… Ceux-là, n'est-ce pas, applaudissent des deux mains le Coup du télégraphe. En bref, il se passe ici ce qu'Abdülhamid a toujours voulu éviter en Roumélie et dans toutes les îles : les relations entre grecs et musulmans se détériorent, elles se tendent.

— C'est la vérité, je le crains.

— Excellence Pacha, les auspices de l'affection m'obligent à vous mettre en garde, dit Monsieur George dans le beau français qu'il savait parler quand il était ému. L'Angleterre et la France ne veulent pas de cette maladie à leurs portes. En Inde, en Chine, contrées exotiques et lointaines, les puissances ont échoué à endiguer la peste. L'entreprise, là-bas, est pénible, les gens y sont barbares et n'en font qu'à leur tête. Mais ici, n'est-ce pas, l'épidémie doit impérativement être arrêtée, car elle représentera bientôt une menace pour l'Europe. Si vous et moi n'y parvenons pas, les Occidentaux s'en chargeront eux-mêmes, par la force si besoin.

— Son altesse n'autorisera jamais une telle chose ! répliqua le gouverneur avec courroux. Nous n'hésiterons pas à envoyer nos soldats arabes contrer les bataillons indiens des Anglais, nous nous battrons jusqu'au dernier. Moi aussi je me battrai !

— Mon pacha, vous savez comme moi qu'il y a longtemps qu'Abdülhamid a fait une croix sur cette île, comme sur Chypre, comme en Crète... », répondit Monsieur George avec un sourire.

Le gouverneur lança au consul un regard de haine. Pourtant il disait juste, et le pacha le savait. Abdülhamid avait donné Chypre en cadeau aux Anglais, pour les récompenser de l'avoir aidé à reprendre aux Russes une partie des territoires des Balkans perdus pendant la guerre de 1877-78, contre la seule et dérisoire exigence que le drapeau ottoman continuât de flotter sur l'île. Et le pacha songeait aux célèbres paroles du regretté Namîk Kemal : « Quel État abandonne son château sans combattre ? » C'étaient les mots du soldat Islam Bey, le tendre et ingénu héros de *La Patrie ou Silistrie.* L'État ottoman, depuis cent cinquante ans, ne faisait plus que reculer, abandonnant un à un ses châteaux, ses îles, ses provinces.

Le gouverneur, retrouvant soudain son énergie et son aplomb, demanda au consul George, avec sang-froid et sur un ton de sarcasme qui l'étonna lui-même : « Et que nous conseillez-vous donc de faire ?

— J'ai parlé hier avec le chef de la communauté grecque, son éminence Konstantinos Efendi... Le plus judicieux serait que les représentants des musulmans et des chrétiens, les hodjas et les popes, fassent une déclaration commune, car ce n'est qu'en enterrant les vieilles querelles pour lutter ensemble que nous vaincrons ce fléau. Et, n'est-ce pas, il faut remettre en service le télégraphe, dans les plus brefs délais...

— Si seulement tout était aussi simple que vos nobles intentions le suggèrent ! Venez avec moi, allons faire un tour avec le cocher Zakaria dans les endroits les plus infectés, les plus puants, vous verrez si vous ne changez pas d'avis.

— Le cadavre qui pue à Tchitê, toute l'île le sent, répondit le consul. Mais à qui la faute ? Cela étant, vous me voyez infiniment honoré d'avoir la permission de vous accompagner dans une tournée d'inspection à travers la ville, mon pacha. »

En général, chaque fois que le consul anglais prenait ce ton d'excessive politesse, qui était celle du diplomate et non de l'ami, le gouverneur s'inquiétait, il s'imaginait que l'homme cherchait à lui renverser des armoires dans le dos, mais cette fois, la perspective d'une promenade commune le réjouit. Après avoir donné au cocher des explications inutilement longues sur la route qu'ils prendraient pour aller à Tchitê, le gouverneur invita Monsieur George à s'asseoir non pas en face mais à côté de lui, et il ouvrit le carreau du landau.

Sur le chemin de la mosquée Yeni Djami, le pacha évalua un instant le vide des rues. Épidémie ou non, ne voir personne en ville l'attristait.

La plupart des échoppes des berges de la rivière étaient fermées. Autour du Bazar n'étaient ouverts que deux barbiers (hormis quelques « fatalistes », personne ne se rasait plus, et Panayotis, ce matin-là, avait fermé sa boutique) et quelques forgerons qui seraient morts de ne pas travailler. Les artisans n'ouvraient plus leurs commerces, délaissaient les marchés, le Bazar, leur mémoire encore marquée par la dureté des soldats de la quarantaine qui, les premiers jours, avaient pris à partie, sermonné, arrêté et envoyé à la Forteresse, en nombre, aussi bien les marchands grecs qui refusaient d'obéir que les petits patrons musulmans. Le pacha s'était opposé à cette méthode sauvage, ordonnant que la fermeture des commerces fût strictement encadrée, mais le Bazar s'était vidé de lui-même et s'enfonçait dans le silence.

Un petit marché s'était créé entre les jardins et le premier étage du collège grec, bourré de pièges à rats, grâce à la collaboration de la communauté, du docteur Nikos, des agents de la municipalité et de la police. Là, sous la surveillance vigilante des médecins sanitaires et des pompiers armés de pulvérisateurs à lysol, des gens des campagnes venaient vendre des œufs, des noix, des pommes grenades, du fromage aux herbes, des figues, des raisins secs et autres aliments « sans danger ». Le gouverneur tenait à montrer au consul George le bon fonctionnement et l'utilité de ce marché qu'on avait installé pour les habitants qui étaient confinés chez eux, ou ceux qui ne trouvaient rien à manger et couraient lentement à la famine. Le consul lui répondit qu'il connaissait bien ce marché, il y venait tous les jours, et c'était là, disait-il, qu'on se faisait l'idée la plus claire de la situation. Grâce à l'un de ces courageux vendeurs qui, à leur entrée en ville, une fois par semaine, devaient être examinés par un médecin, Monsieur George savait tout ce qu'il se passait dans les parties septentrionales de l'île et dans les villages aux alentours d'Arkaz. (À ces mots, Sami Pacha, âme inquiète, suspecta le consul de collecter des renseignements en vue d'un potentiel coup de force dans le nord de l'île !)

CHAPITRE 44

Le landau tourna dans l'avenue d'Istanbul. L'endroit, deux mois plus tôt encore le plus animé, le plus vivant d'Arkaz, était désert. Les agences de voyages (Messageries maritimes, Lloyd, Thomas Cook, Pantaleon, Fraissinet), le cabinet du notaire Zenopoulos, le studio du photographe Vanias étaient ouverts, mais vides. Au coin de la rue, un enfant grec que sa mère tenait par la main regardait la devanture de Lukas, le vendeur de pois chiches, mort de la peste. Quand elle vit le landau, la mère de l'enfant, toute vêtue de noir, le visage blême (elle s'appelait Galatia), se figea une seconde, comme pétrifiée, et cacha les yeux de son fils avec ses deux mains pour l'empêcher de voir la calèche du gouverneur. Ce garçon de onze ans, Yannis Kisannis, qui allait devenir, quarante-deux ans plus tard, ministre des Affaires étrangères de la Grèce et s'exposer à de violentes critiques pour avoir trahi sa patrie en collaborant avec les nazis, a su raconter avec une sincérité poignante les terribles souvenirs de la peste de 1901, dans ses Mémoires intitulés *Ce que j'ai vu* (*Ta Viomata Mu*).

Les idées aberrantes, les attitudes incompréhensibles, les excentricités navrantes auxquelles l'épidémie poussait les insulaires avaient depuis longtemps cessé d'étonner Monsieur George et le gouverneur ; aussi ne prêtèrent-ils aucune espèce d'attention, ce midi-là, au geste de la femme en noir. Plus inquiétant était cet homme qui, voyant passer le landau, s'allongea au milieu de la rue pour lui barrer la route, et, insensible aux matraques des gardes, se mit à demander, nerveux et hurlant, où étaient sa femme, ses fils, où étaient la femme et les fils qu'il avait perdus. Pour le gouverneur, il fallait punir sévèrement tous ceux qui, de façon manifeste, faisaient exactement le contraire de ce que les médecins et les soldats réclamaient. Oui, il fallait être sans pitié avec les rebelles, ceux qui s'en prenaient aux médecins et aux pompiers chaque fois qu'on vidait, désinfectait ou fermait une maison, voire qui essayaient de les contaminer.

Soudain, un énorme bruit d'explosion les fit sursauter. Quelque chose était tombé sur le toit du landau, une grosse pierre, une bûche peut-être. Zakaria, le cocher, eut la sagesse de fouetter ses chevaux pour accélérer jusqu'à l'angle de la prochaine rue, celle de la Fontaine-aux-Roses, dans laquelle il tourna et arrêta le landau. Il y eut un silence. Ils entendaient la respiration lourde des chevaux qui reprenaient leur souffle. Le gouverneur, cette fois, ne mit pas pied à terre. La veille, à Vavla, près du couvent des Rifa'i, des enfants avaient lancé des pierres ; les gardes qui suivaient le landau les avaient pourchassés. En cinq ans, c'était la première fois qu'on caillassait sa voiture.

« Voilà ce qui arrive lorsqu'on prend les cheikhs et les hodjas sous son aile », dit le consul George d'un ton pédant.

À la vue du convoi, l'espoir illumina une seconde les visages des médecins et des moribonds couchés sur les pelouses dans les jardins de l'hôpital Hamidiye, mais les chevaux s'éloignèrent, comme fuyant cet endroit qui de toute la ville était le plus infecté, le plus misérable. À la fourche qui marquait l'entrée de Ghermê, Zakaria choisit la moins étroite des deux voies, qui montait.

« Fotyadis, le cuisinier de l'hôtel *Regard à l'Ouest**, est mort dans son village, où il s'était réfugié au début de l'épidémie », dit le consul comme s'il parlait d'un vieil ami.

Le gouverneur l'apprenait, il en eut du chagrin. Autrefois, le consul et lui allaient une fois par mois au restaurant de l'hôtel, sur un piton rocheux à la sortie du quartier des Carrières, où le temps d'un déjeuner amical, ils passaient en revue les problèmes de l'île.

Ils n'oubliaient aucun sujet, de l'état indigent du port au réseau de canalisations d'Arkaz, trop limité pour être même utile, qui débordait toujours et salissait les rues, des combines minables de Leonidis, le consul de Grèce, aux difficultés de la culture des roses, en passant par le commerce du marbre de Mingher. L'admiration du gouverneur pour le consul anglais en ressortait chaque fois grandie.

Trois ans avaient passé. La vie sur l'île, à l'époque, était douce et paisible, préservée des turpitudes et des luttes nationalistes, et ces conversations politiques entre amis, dont personne à présent n'osait même plus rêver, encore possibles.

Ils progressaient dans le quartier de Tchitê quand un jeune homme que sa robe mauve identifiait comme un disciple du couvent de la Halifiye, voyant le landau, se retira brusquement dans l'ombre d'un mur, prit entre l'index et le majeur l'amulette qu'il portait autour du cou et la brandit en direction de la calèche, comme une tenaille, ainsi que les cheikhs le conseillaient. Le murmure qu'ils lurent sur ses lèvres n'étonna ni le consul ni le gouverneur : le garçon ânonnait une prière.

Ils furent aussitôt frappés par l'odeur. C'était l'odeur de la chair putréfiée, cette odeur de cadavre à laquelle les Arkaziens, depuis neuf semaines qu'elle hantait leur ville, ne s'habituaient toujours pas. Son intensité variait selon les moments. Tantôt elle était épaisse à vous brûler les narines. Tantôt elle s'évanouissait vaincue par le parfum des roses. Mais il suffisait d'un mort oublié dans une maison, un jardin, dans les lieux les plus improbables, et que le vent, ce jour-là, se levât sur Arkaz, pour la ressusciter. Les rapports des médecins indiquaient qu'on avait retrouvé certains corps presque à l'odeur, abandonnés loin du lieu où la peste les avait emportés, alors que d'autres, qui ne devaient rien à la maladie, étaient découverts tuméfiés, lardés de coups de couteau. Les cadavres qu'on retrouvait à leur puanteur étaient ceux d'hommes qui avaient choisi de mourir seuls, retirés, à l'écart de tous, dans le coin le plus secret, le plus difficile d'accès qu'ils connaissaient, en tête à tête avec la peste : des cuisiniers, des valets, des gardiens, des couples, entrés par effraction dans une maison désertée par ses propriétaires, et qui agonisaient et pourrissaient là, des jours durant.

À l'entrée de Tchitê, ils virent un enfant qui pleurait à chaudes larmes, complètement indifférent au landau du gouverneur. L'image était si douloureuse, si bouleversante que le pacha songea à faire arrêter sa voiture pour descendre consoler l'enfant. Le consul ressentait la même émotion. Derrière le lycée de filles Marianna Theodoropoulos, la communauté grecque avait transformé un bâtiment désaffecté, de style néoclassique, en une sorte d'orphelinat pour les enfants (dix-sept, d'après les derniers chiffres du gouverneur) dont la peste avait emporté pères et mères. Dans les quartiers musulmans de Tchitê, Ghermê et Bayîrlar, on recensait plus de quatre-vingts orphelins de la peste. Ces enfants étaient recueillis par des oncles, des tantes, des parents plus éloignés, parfois par des voisins ou de simples connaissances.

Le gouverneur avait décidé de placer dans l'espèce de pensionnat créé par les grecs certains des enfants musulmans « infectés » et « suspects », une vingtaine, qu'on avait mis en quarantaine à la Forteresse et qui n'y avaient pas trouvé de nouvelle famille. Une semaine plus tard, ses informateurs lui rapportaient que les Kadiri avaient fait une pétition pour protester contre la christianisation forcée des orphelins musulmans dans l'école grecque, pétition que les membres de la confrérie distribuaient autour de leur couvent, ce qui mit le gouverneur hors de lui. Il ordonna aussitôt de faire arrêter et mettre au cachot le derviche qui avait rédigé la pétition (un drôle de jeune homme, qui portait des lunettes !), pour infraction aux règlements sanitaires. Mais le derviche à lunettes avait disparu, et le docteur, relayant une proposition du directeur des fondations pieuses, avait suggéré de transformer le vieil immeuble vénitien de la rue de la Pépinière, près de la mosquée, en orphelinat musulman. Le pacha était d'autant plus déconcerté qu'à l'image de tous les bureaucrates ottomans de son époque, gouverneurs des provinces en tête, il avait intégré que c'était l'« atavique principe » de discrimination entre chrétiens et musulmans qui faisait le malheur de l'Empire et précipiterait sa fin. Et comme la mise en fonction de l'orphelinat musulman tirait en longueur, il continua d'envoyer des enfants musulmans chez les grecs.

Haut en couleur était peut-être le sort de ces enfants qui luttaient pour leur vie, livrés à eux-mêmes, habitants clandestins des maisons désertées, chapardant des noix, volant des citrons et des oranges dans les jardins, haut en couleur certes, mais certainement dramatique. Et l'on regrette que de nos jours encore, les manuels donnés aux écoliers et collégiens de Mingher racontent les aventures tragiques de ces orphelins comme une espèce de geste romantique dégoulinant de nationalisme, présentant comme d'indomptables héros de la liberté ces malheureux enfants qui erraient en bandes sauvages et dont la plupart allaient mourir de la peste. Certains manuels scolaires des années 1930 vont même jusqu'à faire de ces pauvres gosses les descendants les plus purs, les plus nobles et les plus authentiques de la vieille nation de Mingher qui avait quitté, un millénaire plus tôt, les rives de la mer d'Aral pour s'installer dans l'île. Pendant un temps, l'association des scouts de Mingher fut même rebaptisée les « Enfants immortels », du nom qu'on donnait à ces bandes d'enfants dans la langue populaire, avant que le Bureau mondial du scoutisme ne les pousse à préférer l'appellation de « Jeunes-Roses ».

Les bandes d'enfants se rebellèrent à leur tour lorsqu'un des leurs, envoyé en quarantaine à la Forteresse alors qu'il n'avait pas de bubon, seulement un peu de fièvre, y attrapa la peste. Ce qui terrifiait le plus ces enfants, disons-le, n'était pas la mort en soi de leur père, leur mère, voire de toute leur famille, ni d'être livrés à eux-mêmes, mais, d'après les témoignages qu'on rapportait au gouverneur – aussi bien des quartiers musulmans que des quartiers chrétiens –, d'avoir vu leur mère, leur tendre et douce mère se transformer, au seuil de la mort, en une espèce de fauve égoïste, désespéré et impuissant. Atroce et cruel spectacle ! Les enfants en devenaient fous ; certains, dès cet instant, perdaient tout espoir dans le monde et s'exilaient au loin, comme possédés par un djinn maléfique.

Quand le landau tourna à droite pour monter vers Turunçlar, le cocher se couvrit le visage d'un morceau de tissu, comme le faisaient les soldats de la quarantaine. Le gouverneur referma le carreau. L'odeur, depuis trois jours, était si épouvantable que plusieurs familles avaient fui le quartier pour se réfugier chez des voisins quelques rues plus loin. Un léger vent d'ouest, presque imperceptible, répandait l'odeur dans toute la ville, jusqu'au palais, jusqu'aux narines du pacha qui travaillait à son bureau (et à celles de Pakizê qui écrivait ses lettres), et cette puanteur exaspérait les habitants. Une rumeur voulait qu'elle provînt d'une fosse commune secrète, mais la rumeur n'était fondée sur rien.

Le landau fut arrêté par un attroupement de soldats de la brigade sanitaire, accompagnés de quelques fonctionnaires de la municipalité. Le docteur Nuri était parmi eux ; il reconnut les gardes du gouverneur, s'approcha du landau, jeta un œil à l'intérieur et s'étonna une seconde d'y trouver la tête sympathique et bonhomme du consul George.

Le gouverneur les avait déjà présentés l'un à l'autre ; il refit les présentations. Dans la dernière maison qu'ils avaient fouillée, raconta le docteur Nuri, on avait découvert, coincés entre deux poutres de l'étage, deux cadavres enlacés. Le décès remontait à une vingtaine de jours au moins. Étaient-ce des époux, des amants, ou autre chose, difficile à dire. Le jeune et brave Hayri s'était chargé de l'examen, car la tâche répugnait aux autres soldats du major, qui comme beaucoup de gens croyaient que la peste pouvait se transmettre par l'odeur, autant que par le contact des peaux.

La nouvelle de la découverte de deux corps méconnaissables dans une maison abandonnée se répandit en ville, et une foule de gens qui étaient sans nouvelles d'un frère, d'une sœur, d'un enfant, se pressa à Turunçlar. Le docteur Nuri proposa au gouverneur de sortir s'abriter dans le jardin attenant à la maison, à l'ombre des citronniers. Avec leur écorce rugueuse au milieu des feuilles, les citrons verts, dans cette odeur de cadavre, semblaient des fruits morts.

« Mon pacha, les cordons, les sentinelles et les soldats ne serviront plus à rien, ici. Il faut mettre le feu ! s'exclama le docteur Nuri dans une sorte d'explosion de sentiment. Le phénol et tous les désinfectants n'y suffiront pas. La contagion, dans pareils endroits, se passe sans doute très bien des rats et des puces.

— Mais vous disiez que Bonkowski Pacha a été assassiné justement parce qu'il voulait brûler les maisons infectées…

— Supputation, mon pacha, simple supputation quant aux mobiles du tueur. Ici, par contre, nous n'avons plus le choix, il faut le feu. »

Pour certains historiens, le docteur Nuri commit une « erreur » en optant pour l'incendie, une erreur inutile. Au même moment, en Inde, à Bombay, dans les campagnes surtout, on incendiait sans trembler les baraques infectées par la peste, les immeubles croulants, les taudis misérables, les dépotoirs. Dans le Cachemire, à Singapour, dans la province chinoise du Gansu, les médecins sanitaires, pour empêcher l'épidémie de s'approcher des grandes villes, n'hésitaient pas à détruire par le feu des maisons, parfois des quartiers, des villages entiers. Et dans ces plaines à demi désertiques, l'arrivée de la peste s'annonçait par des flammes jaunes et rouges, des colonnes de fumée noire qui s'élevaient à l'horizon d'immensités sans fin.

Le pacha ordonna au docteur Nikos de faire évacuer tout le voisinage avant de brûler la maison en bois des deux cadavres. Ils décidèrent en fait, d'un commun accord, que les soldats de la quarantaine et les pompiers à l'œuvre à la fosse d'incinération se chargeraient du travail, obligeant à un déplacement d'effectifs du haut de la colline vers le coteau de Turunçlar. Pour en discuter plus tranquillement, ils montèrent tous deux à bord du landau blindé, autour duquel les gens s'étaient massés, curieux d'approcher le gouverneur.

Le consul céda sa place au docteur Nikos et s'assit en face du pacha. L'odeur envahissait l'habitacle. Deux cadavres ne pouvaient pas être à l'origine d'une telle puanteur, c'était impossible. À l'instant où la voiture se mettait en mouvement, la porte s'ouvrit et le docteur Nuri monta avec eux.

Sur le chemin du palais, le consul George, le gouverneur, les docteurs Nuri et Nikos se turent un long moment. Le gouverneur avait les bras croisés et observait ses mains, comme pour faire comprendre qu'il en avait assez vu pour aujourd'hui. Le consul, lui, regardait par la fenêtre, l'air absorbé par le spectacle des rues, mais son visage restait immobile, les traits figés dans une expression qui disait « quelle tragédie, tout de même ! ».

Au détour d'une rue entre le couvent des Rifa'i et la mosquée Yeni Djami, la mer apparut brièvement aux passagers assis du côté droit, et le gouverneur, l'espace d'un instant, jeta un coup d'œil pénétrant vers le large – comme s'il pouvait y apercevoir les vaisseaux de guerre. « Monsieur George, vous savez que votre opinion nous est infiniment précieuse ! Dites-nous donc, que faut-il faire pour que les cuirassés de l'Europe lèvent l'ancre ? demanda le pacha.

— Excellence ! répondit le consul d'une voix suave, pleine d'humilité diplomatique et de vieille amitié. Il nous suffira, comme j'en exprimai tout à l'heure le souhait dans votre bureau, d'empêcher que la peste n'atteigne l'Europe.

— Sachez que nous avons pris toutes les mesures réclamées par Istanbul, même celles qu'on ne nous réclamait pas. Nous y avons mis tout le cœur, l'énergie et l'ardeur qu'il fallait, et pourtant le nombre de morts ne diminue pas…

— Si vous rétablissiez les lignes télégraphiques, n'est-ce pas, nous pourrions recevoir aide et secours. Il y a encore un point que j'aimerais soulever, avec votre permission : ce jeune homme en robe mauve, mon pacha… D'où vient qu'il soit si hostile envers vous, envers nous ? Il est évident que s'il en avait l'occasion, ce garçon ne se priverait pas de ruiner la quarantaine, ni même de creuser notre tombe à tous.

— C'est ce Halil, le jeune et fiévreux disciple du cheikh Hamdullah ! s'exclama le pacha. Les voilà, les vraies têtes de mule ! Tout le monde en a après les autres cheikhs, les charlatans, tout le monde ne parle que de leurs gribouillis de prière, mais pourquoi personne ne dit que le cheikh Hamdullah est derrière toute cette agitation ? Pourquoi l'épargne-t-on autant, pourquoi ne prononcez-vous jamais son nom ? Et maintenant, les soldats de la brigade sanitaire se plaignent que j'aie fait enfermer leur Commandant ! (C'était la première fois dans l'histoire de

Mingher que le terme fut employé dans ce sens.) Or ils sont les seuls à pouvoir intimider le cheikh et ses sbires... Je vais donc libérer le major et le renvoyer à la tête de ses troupes.

— Vous n'ignorez sans doute pas que le cheikh a la peste ! dit le consul George sans contester la libération du major.

— Comment ? Le cheikh Hamdullah, la peste ? »

À peine rentré au palais, le gouverneur Sami Pacha fit libérer le major, le convoqua dans son bureau, le mit en garde contre l'ivresse de la popularité, enfin lui recommanda de ne pas quitter ses hommes d'une semelle et de se faire discret en ville.

CHAPITRE 45

Le gouverneur fut plus que stupéfait, estomaqué d'apprendre que le cheikh Hamdullah avait la peste. Il le tenait, son ami des premières années, pour infiniment supérieur à la clique de dévots et de misérables qui gravitait autour de lui. Il se peut que lui-même ait cru à la sagesse et à la perfection de cet homme. Après avoir mené son enquête et appris que la rumeur, en effet, disait que le cheikh était malade mais qu'il refusait les soins au cri de « nous sommes entre les mains du destin et de la Providence divine ! », le gouverneur décida de lui écrire une lettre. Il lui dit qu'il savait pour sa maladie, qu'un grand spécialiste de la peste, le meilleur médecin de son altesse, était en ville, qu'il pourrait l'examiner sur-le-champ et lancer le traitement dans la foulée. Il convoqua ensuite Tevfik, le marin, fils aîné de la vieille famille ottomane des Ourgandjîzâde, qu'il avait rencontré cinq ans plus tôt dans l'entourage du cheikh, et lui confia le message.

Le lendemain matin, un vieux derviche à la barbe blanche et ronde, coiffé d'un bonnet de feutre en forme de cône (son nom était Nimetullah Efendi, mais il préférait qu'on l'appelât *naïb*, « l'intérimaire »), vint apporter la réponse du cheikh aux secrétaires du palais. En découvrant ainsi de bon matin, sous la belle et lisible écriture du cheikh, que celui-ci acceptait sa proposition et serait honoré de recevoir la visite du docteur Nuri, le gouverneur fut transporté d'une joie immense, comme s'il avait définitivement vaincu la peste.

Le cheikh posait néanmoins une condition : aucun des soldats de la quarantaine qui avaient souillé le trésor des feutres et la laine sacrée (il employait le mot « pure ») ne devait plus jamais mettre les pieds dans le couvent de la Halifiye.

Le gouverneur accepta. S'ensuivit aussitôt une discussion avec le docteur Nikos et le gendre Nuri.

« Quand le cheikh a senti venir la mort, il a compris que refuser les médecins serait une stupidité, commença le gouverneur.

— Le microbe ne tue pas tous ceux qu'il contamine ! lui rétorqua le docteur Nuri.

— Eh, pourquoi nous répondrait-il s'il ne meurt pas ?

— Mon pacha, combien n'en ai-je pas vu, dans les villes de province, de ces cheikhs qui se vantent d'accomplir des miracles et, par pure gloriole, font tous les ennuis du monde aux gouverneurs et aux préfets. Ils lancent les hostilités à coups de grands discours devant leurs pauvres, incultes et ignorants disciples, pour les convaincre qu'ils sont eux, leurs cheikhs, les meilleurs et les plus forts, ils font grossir l'affaire dans des proportions insensées, puis ils organisent des cérémonies pour réconcilier tout le monde, ce qui leur plaît le plus, et de loin. Il y a tellement de cheikhs, mon pacha, tant de couvents et de confréries. Faire connaître son nom, attirer l'attention, voilà ce qui importe. »

Rien qu'à Arkaz, on comptait vingt-huit couvents. Pour une ville de vingt-cinq mille habitants, dont la moitié de chrétiens, c'était beaucoup, c'était trop. Dans les premières années de la conquête de Mingher par les Ottomans, Istanbul, poursuivant une politique d'islamisation des chrétiens, avait soutenu à peu près toutes les confréries de l'île.

On trouvait toutes sortes de cheikhs à Mingher ; érudits respectables, escrocs notoires, croyants sincères et bibliophiles, dogmatiques tout pénétrés de sérieux et vêtus de tissus colorés. Un soldat originaire de Mingher, s'il faisait carrière à Istanbul et devenait pacha, voire vizir, reversait une partie des importants revenus qu'il tirait des provinces aux couvents et aux fondations pieuses de son île. (Ce fut typiquement le cas de Mahmoud Pacha de Mingher, le fondateur de la Yeni Djami.) Ou bien, si un insulaire vivant à Istanbul mais toujours attaché à son île devenait riche et influent, il offrait des cadeaux et de l'or au cheikh du couvent qu'il fréquentait, dont il se sentait le plus proche, et l'envoyait à Mingher fonder un nouveau couvent, ou transformer un vieux palais en sanctuaire, moyennant un salaire qu'il lui garantissait grâce à ses oliveraies ou aux taxes prélevées sur un ou deux villages de pêcheurs grecs, ou encore aux baux des commerces qu'il possédait en ville. Quand l'Empire commença de reculer en Europe, dans les Balkans, en Méditerranée, les revenus que les couvents de l'île tiraient de l'extérieur se tarirent peu à peu. Certains d'entre eux, trop appauvris pour ne pas se vider, se transformèrent en refuges pour les sans-abri, les indigents, voire les fripons et les voleurs, obligeant le gouverneur et le directeur des fondations pieuses à prendre les choses en main, sous peine de voir le mal empirer.

En tant qu'ils représentaient une force politique non négligeable, Abdülhamid s'intéressait aux innombrables couvents et sanctuaires dispersés aux quatre coins de l'Empire. Quelque temps après son accession au trône, il avait offert une horloge murale de marque Thêta aux Mevlevi, la plus ancienne, la plus riche et la plus puissante confrérie de l'île, mais comme il se brouilla peu après avec les cheikhs stambouliotes de la confrérie (car ils étaient amis du réformiste Midhat Pacha), il tenta d'exorciser son inquiétude en soutenant d'autres confréries, celles des Kadiri et des Halifi.

Ce soutien impérial expliquait la considération et la puissance dont jouissait le cheikh de la Halifiye, puissance versatile qui, dans le combat contre la peste, pouvait aussi bien bénéficier que nuire sévèrement à l'état d'urgence sanitaire. Le gouverneur convoqua une dernière réunion dans son bureau avant que le docteur Nuri ne partît rencontrer le cheikh. Le major, tout gonflé de l'assurance nouvelle que lui donnaient le Coup du télégraphe et l'expérience de la prison, se lança dans une description enthousiaste et détaillée du couvent, lieu qu'il avait beaucoup fréquenté dans son enfance. Il raconta ainsi au docteur Nuri, sans économies de temps ni de lyrisme, comment l'un des vieux cheikhs, trente ans plus tôt, l'avait pris dans ses bras, et comment il lui avait tiré sa grosse barbe blanche.

Au même moment, le gouverneur, contemplant la ville par la fenêtre, aperçut plusieurs panaches de fumée noire qui s'élevaient depuis les collines, la Yeni Djami, le couvent des Bektâchî et d'autres couvents. Ils se précipitèrent à la fenêtre comme un seul homme. Le prompt rapport d'un secrétaire leur permit de comprendre qu'il s'agissait de la maison de Turunçlar (celle des deux cadavres puants) à laquelle on avait décidé, la veille, de mettre le feu. Mais le nuage de fumée était si massif qu'on eût dit que ce n'était pas une seule maison, qui plus est petite, quoique intégralement en bois, mais un quartier tout entier qui flambait. Le bois étant très sec, il brûlait vite, en crépitant, et les flammes, immenses, s'étaient brusquement dressées sur le ciel, suivies par une épaisse fumée noire dans laquelle tous les habitants ne manquèrent pas de voir un funeste présage.

En voyant les flammes jaune et orange et la fumée noire, les Minghériens, habitués aux fumerolles bleutées qui s'élevaient au-dessus de la fosse d'incinération sur la colline, comprirent que cette fois quelque chose allait de travers. Le gouverneur, quant à lui, n'arrivant toujours pas à croire que l'incendie d'une seule maison pût produire un tel nuage, haut et noir à vous éclipser le soleil, jugea que le feu avait dû se propager, et il sortit sur le balcon. Les marins des grandes puissances, depuis leurs vaisseaux, avaient repéré la fumée, il en était persuadé. Ah, le monde entier était là, au spectacle, au chevet de la pauvre Mingher privée de télégraphe, incapable d'arrêter l'épidémie et d'éteindre ses incendies, et se penchait sur elle comme il regardait l'Empire ottoman, avec un mélange de compassion et de mépris ! Telle était l'impression du gouverneur.

Nous tenons à ajouter ici, en historienne, que l'impression de Sami Pacha était juste : une semaine plus tard, à Paris, le journal *Le Petit Parisien*, s'appuyant sur le témoignage d'un journaliste français embarqué à bord de l'*Amiral Baudin*, devait rendre compte de l'événement par une illustration fantasque et romantique, imprimée sur une page entière, qui montrait l'île ottomane de Mingher prise dans les griffes de la peste et ravagée par les flammes, au milieu des navires qui l'encerclaient.

À la porte du couvent de la Halifiye, le docteur Nuri fut accueilli par l'« intérimaire » au feutre pointu, qui le conduisit devant un bâtiment en bois à deux étages. Ils ne croisèrent personne, ni disciples, ni hodjas. La porte s'ouvrit et un homme grand, hagard, apparut. C'était le cheikh, comprit le docteur Nuri. Son visage était blême, il semblait épuisé, mais son cou était vierge de bubon.

« J'eusse aimé baiser votre vénérable main, éminence cheikh Efendi, mais je crains, hélas, que les règles d'hygiène ne me l'interdisent.

— Vous avez bien raison ! répondit le cheikh. Moi aussi, tel l'arrière-grand-père de sa grâce votre conjointe la princesse sultane, son altesse le sultan Mahmoud de noble mémoire, je crois fermement aux vertus de la quarantaine. Et je tremblerais comme devant Dieu d'être par mon péché responsable de la contamination de quiconque, qui plus est d'un gendre de padichah comme votre excellence. Damad Pacha, il y a trois jours, dans cette même pièce, j'ai chu à terre et me suis évanoui. En vérité, ce que j'ai vu alors de l'autre monde m'a beaucoup plu, mais les djinns ont tourmenté nos derviches, le chagrin a submergé leurs âmes, "notre cheikh a la peste", disaient-ils dans l'affliction, et ainsi le bruit s'est répandu. Mais je n'ai pas averti les médecins. Et, quoiqu'elle dût interrompre la contemplation sacrée dans laquelle je me suis retiré voici dix jours, l'insistance de son excellence le gouverneur Pacha à me proposer votre visite m'a extraordinairement ému. À Allah Tout-Puissant, à notre saint Prophète, au sultan et à notre gouverneur je rends grâce d'envoyer à moi le meilleur docteur sanitaire de l'Empire d'Osman, un musulman qui plus est. Dieu est grand ! Je n'aurai qu'une question, et une seule exigence.

— Dieu le veuille, éminence cheikh Efendi, j'écoute.

— Que signifient ces fumées noires qui s'élèvent jusqu'au

soleil, à deux rues de notre couvent, depuis une maison voisine qu'on a fait flamber comme du petit bois, justement quelques minutes avant votre venue en ce lieu ?

— Pur hasard.

— N'a-t-elle pas été brûlée par ces mêmes soldats qui nous ont aspergés de lysol, et ce major qui est leur Commandant ? S'agit-il de nous faire passer le message “tu as la peste, toi aussi on va te brûler” ? C'est ce qu'ont dit les secrétaires du gouverneur Pacha.

— Dieu nous en garde, éminence… Le pacha vous tient en immense estime.

— Parfait, dans ce cas j'aimerais vous raconter, avant que nous ne passions à l'examen, l'histoire centenaire de notre couvent, et ainsi vous expliquer pourquoi ce fléau ne nous atteindra jamais, d'où vous déduirez qu'il est inutile de nous mettre le feu, dit le cheikh Hamdullah. Le fondateur du couvent de la Halifiye était mon grand-père paternel le cheikh Nurullah Efendi de noble mémoire, mandaté à Mingher par les Kadiri de Tophane, à Istanbul », récita-t-il de la voix ferme et décidée qui sied à tout commencement. En réalité, ceux qui avaient envoyé son grand-père sur l'île voulaient qu'il devînt cheikh du sanctuaire des Kadiri, dans le quartier de Kadirler, avec mission d'éloigner les croyants des Rifa'i et de leurs cérémonies brumeuses qui contrevenaient, sur un mode dérisoire et presque sarcastique, aux règles sacrées des confréries de l'île. Mais après avoir constaté que les Rifa'i, soutenus et exhortés par le gouverneur de l'époque, ne mettaient aucun terme à leurs rites excentriques, le grand-père, rallié par quelques Minghériens mécontents, avait fondé sa propre confrérie et son propre couvent, dans le quartier voisin de Ghermê.

Le cheikh Hamdullah parla longtemps : il avait grandi dans cette rue, dans ce couvent, comme son père avant lui. Puis il était parti étudier à Istanbul, dans la madrasa de Mehmed Pacha, où naquit véritablement son intérêt passionné pour la religion, la poésie et l'histoire. Malgré l'insistance de son père, lui aussi cheikh, il resta un long moment sans revenir à Mingher. À Istanbul, il avait épousé la fille d'une famille pauvre de réfugiés de Roumélie, donné des cours dans une petite madrasa, publié un recueil de poèmes intitulé *L'Aurore*, et travaillé un temps au bureau des douanes de Karaköy. Une fois, assistant au salut du vendredi à Yıldız, il avait aperçu de loin le sultan Abdülhamid. (Il récita une longue prière à la gloire du souverain.) Dix-sept ans plus tôt, revenant à Mingher pour régler des questions d'héritage après la mort de son père, il avait senti dès sa première nuit sur l'île qu'il ne la quitterait plus et, après avoir fait rapatrier ses livres et ses meubles d'Istanbul, il s'était entièrement consacré à la prière, à la méditation et au couvent dont il était désormais le cheikh.

Il avait parlé avec ardeur, il était fatigué. « Nous allons maintenant vous montrer notre trésor le plus secret ! »

Le docteur Nuri sortit dans le jardin, suivant le cheikh qui ne pouvait marcher qu'appuyé sur un disciple. Il remarqua que toutes les têtes, du visiteur de passage au plus vieux derviche, étaient tournées vers l'incendie qui noircissait le ciel au-dessus du couvent. À gauche de la salle des conversations, le cheikh montra à son prestigieux hôte un spécimen d'insecte sacré de Mingher, enfermé dans la salle du sommeil, dont le cheikh voulait faire repeindre les murs en bleu. Pareille aux Minghériens que rien ne pouvait arracher à leur île, la créature à une seule aile ne s'envolait jamais au-dehors, malgré la porte grande ouverte. Ils virent ensuite la salle des peines. Le cheikh lui raconta qu'un derviche, dans cette pièce, la nuit de son quarantième jour de retraite, avait vu lui apparaître en rêve un bateau échoué au fond de la mer, et ce même bateau, quarante jours plus tard, avait surgi des flots devant le Phare arabe pour emmener le derviche en Chine, où il avait fondé le dernier couvent de la Halifiye.

Il lui montra ensuite avec fierté le bâton de son grand-père, en bois de dattier « comme le bâton de notre saint Prophète », puis celui de son père, au pommeau marqueté de nacre et « solide comme l'acier ».

Ils longèrent une série de portes alignées comme une rangée de soldats, qui ouvraient sur les cellules de jeunes derviches, chauves pour les uns, les lèvres roses, le visage pâle pour d'autres, le regard tantôt dur, tantôt doux, et le docteur Nuri songeait que si la peste entrait ici, la contagion serait d'une rapidité foudroyante.

Ils passèrent sous un noyer haut comme quatre hommes, puis entrèrent dans un bâtiment en bois, de construction récente, qui dégageait une forte odeur de vernis. Là, le cheikh ouvrit un coffre en bois et lui montra des bonnets verts, mauves et gris qu'on appelait « couronnes », des robes rayées de jaune et de bleu qu'on appelait « bures », des pierres dites d'« obédience », extraites du mont Adak, dans le nord de l'île, et que les derviches et les disciples portaient autour du cou en signe de reconnaissance, et deux ceintures en nœuds de corde que chaque cheikh portait comme il lui plaisait. C'étaient les objets sacrés de la confrérie ; dussent-ils être souillés par le noir lysol et les poisons des forces sanitaires, ses membres n'y survivraient pas. Disciples et derviches mourraient avec eux.

Les commentaires du cheikh étaient pleins de doubles sens, d'exagérations, de sous-entendus ; qu'il fût vraiment triste ou vraiment énervé, sa tristesse ou sa colère étaient si grossières que le docteur Nuri en était accablé, honteux, autant que s'il avait parlé avec un paysan ignare à qui il était même vain d'expliquer sa maladie.

Dans une pièce voisine, pleine de livres et embaumant la fleur de citronnier, le cheikh, tirant pour le docteur Nuri une série de volumes reliés, de parchemins calligraphiés, de brochures, de vieilles pages jaunies, entra dans le vif du sujet et lui dit qu'il avait commencé d'écrire un long poème répondant à toutes les interrogations des croyants sur la peste, en leur indiquant les différentes voies à suivre, dans le respect des préceptes de l'islam.

« Sur la peste et les épidémies, le monde islamique est tiraillé entre deux opinions rivales qui ne cessent, hélas, de se heurter avec une grande violence, commença le cheikh. La première dit : "La peste vient d'Allah et la fuir est vain, difficile et périlleux autant que de chercher à fuir le destin." Notre saint Prophète Muhammad disait en effet que "ceux qui proclament que la peste est contagieuse sont comme ceux qui espèrent de l'aide des signes des oiseaux, des chouettes, des serpents", ainsi les Houroufi, par exemple. La peste venue, le plus sage est de se recueillir en soi-même et d'attendre, sans paraître aux yeux du monde ni empoisonner son âme. Telle est l'attitude que les Européens, qui n'y comprennent malheureusement rien, nomment "fataliste". Quant à la seconde opinion, elle reconnaît le caractère contagieux de la maladie. Ses partisans s'appuient sur un hadith de notre saint Prophète, qui dit : "Fuyez comme vous fuyez les lépreux et les lions !" Si cependant la peste est déjà en nous, fermer sa porte ou fuir n'apportera rien. Seule la miséricorde d'Allah peut nous sauver. »

Six ou sept hommes massés devant la porte l'écoutaient parler. Toutes les paroles du cheikh, le docteur Nuri le devinait, seraient bientôt répétées et commentées, plus ou moins fidèlement, plus ou moins déformées, par les artisans du Vieux et du Nouveau Bazar, par les consuls, les secrétaires et les journalistes, et dans les rapports envoyés par les espions à Istanbul.

« Voyez cette salle, Efendi ! » dit le cheikh en ouvrant une nouvelle porte.

Le docteur Nuri découvrit, au milieu de monceaux de tissus et d'écheveaux de laine de toutes les couleurs, trois jeunes disciples qui filaient la laine dans un coin.

« Ainsi que l'avait désiré le fondateur de notre couvent, mon grand-père le cheikh Nurullah de noble mémoire, les culottes, chemises, tuniques, robes, coiffes dont nous nous vêtons sont toutes faites de la laine que nous filons nous-mêmes, de lin et de coton de notre propre confection, taillés selon l'art de nos ancêtres et teints avec les pigments que nous tirons des plantes de Mingher, ou que nos frères nous envoient de Chine. »

L'un des jeunes disciples qui écoutaient religieusement le cheikh ouvrit pour le docteur Nuri une armoire pleine de chemises, de tuniques, de coussins, de pelotes de grosse laine et de tissus colorés. Le cheikh reprit son souffle et poursuivit :

« Dites-moi, Efendi, à quel genre d'esprit humain viendrait-il à l'idée de réduire à l'état de bouillie puante ce trésor des laines hérité de nos ancêtres et qui est notre bien le plus sacré ? »

Le docteur Nuri comprit que le cheikh n'avait parlé que pour la foule des disciples qui buvaient ses paroles et, puisqu'il était désormais familier de la façon aigre-douce qu'il avait de blâmer tout le monde, il ne répondit pas à sa question.

« Même ces sauvages de Russes, durant la guerre, n'ont pas commis d'infamie comme ce lysol ! » rugit le cheikh dans une bouffée de colère, puis il s'affaissa d'un coup, plié en deux, en criant « aïe ! ». Il était tombé par terre, on le releva.

« C'est rien, c'est rien ! » dit-il sèchement, de sa voix de blâme coutumière, aux disciples qui s'étaient précipités pour le soutenir, mais le docteur Nuri avait déjà noté que pour le cheikh, marcher appuyé sur deux derviches était une habitude.

Quand ils revinrent à la première pièce pour passer à l'examen médical, le cheikh enleva sa bure, sa chemise et ses culottes sans faire d'histoires.

« Avez-vous régurgité, avant ou après être tombé ?

— Non, Efendi.

— Sentez-vous de la fièvre ?

— Non, Efendi. »

Le docteur Nuri sortit de son sac un pot de crème du pharmacien Edhem Pertev qu'on utilisait contre les bubons, puis il inspecta la boîte en plomb où il rangeait ses seringues. Il regarda un instant le petit flacon vert, s'interrogeant sur l'utilité d'administrer au patient des pastilles au pavot. Il ouvrit puis referma une fiole contenant de la teinture d'iode achetée à la pharmacie Istikamet d'Istanbul, puis une autre d'aspirine de Bayer, produit apparu sur le marché dix ans plus tôt (il la faisait venir de France et ne l'utilisait qu'avec parcimonie), et après s'être longtemps et soigneusement désinfecté les doigts avec du coton étuvé à l'eau lysolée qu'il cachait comme un élixir au fond d'un récipient violet, il s'approcha du cheikh.

L'homme semblait incommodé par sa nudité. Les bras malingres du cheikh, son torse étroit et son cou rachitique étaient d'une pâleur étonnante, presque enfantine.

Le docteur Nuri inspecta le cheikh de la tête aux pieds, patiemment, comme on examine le corps d'un vieillard dont les souffrances sont sacrées. Sa langue, rose et mobile, ne présentait aucune blancheur typique de la peste. Pressant le farouche organe avec une cuiller, il examina attentivement les amygdales du cheikh. (La peste « marquant » les amygdales, les médecins qui n'en connaissaient pas les symptômes l'avaient longtemps confondue avec la diphtérie.) Aucune rougeur dans les yeux. Il prit deux fois son poignet ; le pouls était normal. Pas de fièvre ; ni tremblements, ni délires. Le docteur Nuri apposa son stéthoscope sur la poitrine fourbue du cheikh, qui eut un frisson en sentant l'objet froid et métallique effleurer sa peau blafarde.

« Respirez profondément ! »

Après avoir jeté un bref coup d'œil aux oreilles poilues du cheikh, il lui tâta longuement les glandes du cou à la recherche d'un point douloureux, d'une dureté. Puis il examina les aisselles de la même manière et conclut à l'absence de symptômes.

Le docteur Nuri lâcha les aisselles du cheikh tout nu, se releva, rouvrit son sac et commença de se désinfecter les mains. « Vous n'avez rien, lui dit-il. Vous n'êtes pas malade.

— Ô Allah, je te demande le salut et le pardon dans l'au-delà ! s'écria le cheikh. Dites à notre gouverneur Pacha et à tous les consuls que grâce à Dieu je suis en bonne santé, faites-leur savoir que notre couvent est propre, de fond en comble irréprochable. Les infâmes qui ont répandu la rumeur que j'étais malade ne rêvent que de monter le gouverneur contre moi. Perfidie ! Ils veulent que notre couvent soit mis en quarantaine, ils veulent nous voir enfermés dans la Forteresse, nous nuire, nous ruiner, voilà ce qu'ils veulent, les lâches !

— Le gouverneur Pacha ne permettra jamais qu'on nuise à votre personne ni à votre couvent.

— Nous n'en doutons pas !

— Mais certains ne manqueront aucune occasion de fournir des armes à qui souhaite vous nuire. Les cheikhs des petits couvents, les fabricants d'amulettes, les vendeurs de papiers contre le djinn de la peste… Eux sapent la confiance dans les règlements sanitaires, ils encouragent la désobéissance.

— Ma parole a bien peu de prise sur ces cheikhs-là, répondit le cheikh Hamdullah. Je n'en connais que quelques-uns, et beaucoup souhaitent ma ruine.

— Éminence cheikh Efendi, à vrai dire c'est aussi en tant qu'ambassadeur de notre gouverneur Pacha que je viens à vous. Il souhaiterait que vous vous joigniez au chef de la communauté grecque, le pope Konstantinos Efendi, pour exhorter tous les insulaires à l'obéissance. Le message serait adressé au peuple depuis le balcon du palais. Aussi, le pacha a libéré Ramiz.

— Le pope Konstantinos Efendi est poète, comme moi. Je lui ai promis de lui offrir *L'Aurore* dès que le livre sera imprimé à Mingher… J'accepte de bon cœur l'invitation du gouverneur Pacha ! À une condition seulement.

— Je la transmettrai au pacha, vous avez ma parole et vous aurez mon appui, dit le docteur Nuri en récupérant son sac.

— Je veux faire le sermon ce vendredi à la Yeni Djami ! Istanbul et le ministère des Cultes ont déjà donné leur approbation. Malheureusement, le Conseil sanitaire m'en empêche, au motif que les rassemblements sont interdits. Voilà qui brise le cœur des croyants et leur fait détester la quarantaine.

— Croyez, éminence, que nous ne craignons rien tant que de fâcher le cheikh Efendi et ses fidèles.

— Très honoré docteur Nuri Pacha, savez-vous pour quelle raison essentielle je souhaite le succès de votre quarantaine ? » dit le cheikh Hamdullah en fronçant les sourcils. Il avait remis ses culottes, sa chemise, sa bure, et posé sur sa tête la coiffe de la confrérie. « Parce que si les musulmans refusent les mesures sanitaires, s'ils n'apprennent pas ces méthodes modernes dont les chrétiens d'Europe usent depuis quatre siècles pour se préserver des maladies, ils deviendront une minorité esseulée en ce monde. »

CHAPITRE 46

Le gouverneur se réjouit d'apprendre la participation du cheikh Hamdullah à la réunion durant laquelle les chefs des communautés musulmane et chrétienne s'adresseraient ensemble au peuple depuis le balcon du palais. Restait à fixer l'heure, les modalités, les détails ; les tractations commencèrent aussitôt.

Le cheikh chargea le derviche au feutre pointu de le représenter. Dans la négociation, qui fut âpre, tendue, Nimetullah Efendi se révéla « un diplomate-né », bien plus talentueux que les consuls, comme le reconnut le gouverneur, et de plus, contrairement aux consuls, un « idéaliste » parfaitement étranger aux motivations d'ordre matériel, ce qui faisait de lui un « gros morceau », une « noix dure à casser ». En parallèle, le gouverneur se disputait avec les consuls à propos de la future réouverture de la poste, en même temps qu'il essayait de savoir si les grandes puissances avaient réellement l'intention de débarquer leurs troupes sur l'île au prétexte d'arrêter l'épidémie.

La coupure des communications télégraphiques avait ôté aux consuls beaucoup de leur force rhétorique et de leur énergie. Le gouverneur s'en félicitait, et chaque jour qui passait le confirmait dans l'idée que cette interruption constituait une occasion inespérée à la fois de faire appliquer le régime sanitaire et de reprendre le contrôle de la ville. Les actes de désobéissance envers les soldats du major avaient fortement diminué. Les rouspéteurs frénétiques se taisaient enfin, en attendant leur heure.

La cérémonie qui aurait lieu deux jours plus tard, le vendredi 28 juin, devait se dérouler selon un programme concocté par le gouverneur, approuvé par tous, et qui était le suivant : après avoir dit la prière et le sermon du vendredi, le cheikh se rendrait au palais, il y retrouverait le gouverneur et les leaders des autres communautés, ils sortiraient tous ensemble sur le balcon, d'où ils exhorteraient le peuple rassemblé sur la place à l'unité, à la solidarité et au respect des règlements sanitaires. Une seconde cérémonie aurait ensuite lieu à la poste, pour célébrer la remise en fonction du télégraphe.

En cinq ans, Sami Pacha ne s'était encore jamais adressé à la foule depuis le balcon de son palais, quoique l'idée lui eût parfois traversé l'esprit. Il faut dire qu'un gouverneur infatué de soi au point de se livrer à des bains de foule avait peu de chances de plaire à Abdülhamid. Du reste, la coutume n'était guère répandue dans l'Empire ottoman. Le gouverneur demanda à son premier secrétaire qu'on annonce la cérémonie par voie d'affiches, comme pour la quarantaine, dans les mêmes quantités et le même type d'impression. On débattait fiévreusement des derniers détails de la cérémonie, où placer exactement le peuple qui écouterait sous le balcon, où les consuls, les journalistes et les photographes, quelle distance entre les participants, et le gouverneur, impatient de s'y voir parler, sortit sur le balcon contempler la place vide.

En retournant dans son bureau, il vit qu'on lui avait déposé un télégramme. Le secrétaire du chiffre l'avait décrypté et, constatant l'importance du message, l'avait immédiatement transmis au gouverneur.

Le télégramme provenait de la Chancellerie. Le cœur du pacha se mit à battre. Ce pouvait être une mauvaise nouvelle. Mieux valait ne pas le lire ! Mais il ne put réfréner sa curiosité et lut le télégramme.

Il était démis de ses fonctions de gouverneur de Mingher. On l'envoyait à Alep. Une douleur lui écrasa le cœur, il avait le souffle coupé. On ne lui laissait que dix jours pour arriver à Alep et y prendre ses fonctions de gouverneur, sans passer par Istanbul. Le cœur battant, il relut le télégramme. Des troubles étaient en cours à Alep, laissait-on entendre.

Ce n'est qu'à la troisième lecture que le gouverneur comprit que cette mutation était une punition. Son nouveau salaire serait inférieur d'un tiers à celui qu'il touchait actuellement, bien que la province d'Alep, dont dépendaient aussi les villes d'Urfa et de Marach, fût incomparablement plus grande et plus peuplée que celle de Mingher.

Et Marika ? Combien de fois n'y avait-il pas songé : quand bien même elle accepterait de l'épouser, c'est-à-dire d'abord de se convertir à l'islam, le scandale serait énorme, tous les ambassadeurs et les consuls s'engouffreraient dans la brèche pour protester contre ces pachas ottomans qui malgré les réformes des Tanzimat continuaient d'islamiser de force les belles chrétiennes de leur province afin d'en faire les deuxième, troisième ou quatrième épouses de leur harem ! Et puis Marika ne le suivrait jamais dans cette lointaine et désertique province qui grouillait de scorpions !

Sami Pacha (nous hésitons désormais à l'appeler « le gouverneur ») avait beau relire le télégramme, il ne se résignait pas à accepter les faits. Il avait dû y avoir une erreur à Istanbul ! D'ailleurs il était impossible de se rendre à Alep. C'était bien la preuve que son affectation (et sa destitution) était une fantaisie. Ceux qui voulaient l'envoyer en Syrie sous dix jours savaient-ils que toute personne quittant l'île devait observer cinq jours de quarantaine ? Et Marika ?

Il essaya de voir le côté positif de la chose : il était destitué, certes, mais pas mis à pied. Dans ses périodes de colère noire et d'anxiété maladive, Abdülhamid savait faire tourner en bourrique le gouverneur qu'il venait de démettre de ses fonctions, le laissant désœuvré, sans emploi, sans solde, avant de l'affecter ailleurs, parfois beaucoup plus tard. Ce n'était pas le cas ici. Abdülhamid, le despotique Abdülhamid lui-même ne lui avait pas infligé cela, il n'avait pas osé. Et Sami Pacha se souvint de l'histoire du pauvre Moustafa Hayri Pacha, mort d'un arrêt cardiaque en lisant le télégramme qui lui annonçait la destitution attendue depuis des années, histoire que tous les bureaucrates de la Sublime Porte se racontaient encore en se tapant les cuisses. Non, son sort à lui n'était pas si terrible.

La nouvelle digérée, Sami Pacha prit le parti d'accepter sa mutation, mais de tout faire pour la retarder. Un jour ils comprendraient qu'il était resté sur l'île pour continuer son héroïque combat contre la peste et son entêtement serait récompensé par la médaille de première classe de l'Ordre du Medjidié. Il savait d'autre part, étant un lecteur assidu du *Malûmat* et même du *Moniteur des consulats**, livrés par le bateau d'Istanbul et recensant tous les changements d'affectation des hauts fonctionnaires de l'Empire, que les ordres officiels de ce genre, *parfois*, étaient annulés, qu'un miracle était toujours possible. Il suffisait de bénéficier de protecteurs haut placés et de relations privilégiées avec Abdülhamid et la Chancellerie, l'affaire pouvait s'arranger. Parfois, un gouverneur en route pour son nouveau poste découvrait que l'ancien avait été maintenu, et lui rétabli dans le précédent. La fortune aidant, Sami Pacha aurait peut-être cette chance.

L'espace d'un instant, il imagina que le docteur Nuri pourrait envoyer un télégramme en sa faveur à Abdülhamid, ou du moins à la Chancellerie. Mais au vu des lettres de Pakizê, qui n'en font pas mention, il semble que Sami Pacha fut trop fier pour transmettre sa demande au gendre impérial.

Cette option écartée, Sami Pacha jugea que la meilleure solution, dans un premier temps du moins, était de continuer comme si de rien n'était. La seule personne sur l'île à être informé de sa destitution était le secrétaire du chiffre. En voyant la sérénité et le sang-froid du pacha, qui sait si cet homme-là n'en déduirait pas que l'ordre avait été finalement annulé. Peut-être fallait-il ne rien laisser paraître pendant au moins deux jours, jusqu'au fameux vendredi. Puis Sami Pacha fit exactement le contraire de ce qu'il avait envisagé et convoqua dans son bureau le secrétaire du chiffre pour lui dire que ce télégramme était un secret d'État et que s'il trahissait ce secret, le châtiment serait terrible, la punition impitoyable.

Ce jour-là, Sami Pacha ne vit ni le docteur Nuri ni le major. Il renvoya le docteur Nikos qui frappait à sa porte et s'enferma dans son bureau. Si je ne vois personne, se disait-il, personne ne saura que je suis déchu de mes fonctions. Bahaddin Pacha, le père d'Esma, son épouse, avait offert à son brillant gendre, en cadeau de mariage, une montre gousset à double cadran, l'un qui donnait l'heure *alaturka*, l'autre *alafranga*. Quand il se sentait seul et avait du chagrin, Sami Pacha prenait cette montre de fabrication belge entre ses paumes et éprouvait pour ainsi dire la sensation de tenir le monde entier, soudain léger et tolérable, dans le creux de ses mains. Mais ce jour-là, dans son bureau, même ce simple geste était au-dessus de ses forces.

Seule la présence de Marika pourrait lui redonner un peu de bonheur. La tristesse et l'obscurité des petites rues qu'il voyait défiler tandis que Zakaria conduisait le landau en silence lui donnaient tellement envie de pleurer que, mû par un sursaut d'humilité plus que d'orgueil, il se ressaisit en songeant qu'accepter la défaite était le seul moyen de ne pas céder au chagrin. Quand il fut descendu de voiture, il marcha vers la porte du jardin de Marika d'un pas grave et solennel.

Une fois à l'intérieur, il retrouva sa sérénité, sa lucidité habituelles et cette « *autorité** » dont la française sonorité lui plaisait tant. Qu'elle était belle, Marika ! Plus encore que belle, elle était bonne, et honnête. Le pacha semblait avoir déjà oublié sa destitution.

Le grand sujet du jour restait les deux cadavres enlacés et la fumée noire de la maison qu'on avait brûlée. « Le nuage de fumée était si gros, si sombre, ce serait la preuve qu'il y avait d'autres morts, dit Marika.

— Il faut toujours qu'ils inventent quelque chose !

— La graisse des corps rôtis fait noircir la fumée...

— Ces horreurs siéent bien mal à ta jolie bouche, gare à ne pas m'en dégoûter », l'interrompit le pacha. Puis, voyant qu'il avait vexé Marika et désireux de regagner sa tendresse, il lui raconta une curiosité qu'il avait découverte un an plus tôt dans un article traduit pour la revue *Servet-i Fünun*, « Trésor des sciences », et qui, par une sorte de miracle, lui était subitement revenu en mémoire : « Dans certaines religions d'Asie, on croit que la couleur et l'épaisseur de la fumée qui s'élève de la dépouille permettent de déterminer si le mort était innocent ou pécheur, un saint ou un diable.

— Vous savez toujours tout, mon pacha.

— Mais ce que tu sais toi a bien plus d'importance. Raconte !

— Ramiz est en ville, mon pacha. Vous savez sans doute qu'il a juré de se venger de ceux qui lui ont arraché Zeynep. Il a l'air d'être encore très amoureux d'elle. Mais le témoin de son serment n'était pas le cheikh son frère, c'était Rîfîk Melul, le cheikh du couvent des Rifa'i.

— La peste les a fait renaître, ceux-là, c'est étrange... Mais personne ne nous a rapporté l'existence d'un tel conciliabule.

— On dit qu'entrer dans le quartier de Tchitê est interdit à tous ceux qui n'ont pas les papiers de prière roses que le cheikh des

Zaïm, Şevket le Bigleux, distribue contre la peste. Un réfugié de Crète arrête les jeunes, il leur demande s'ils ont le papier, et s'ils n'en ont pas ils restent dehors.

— Eh, en voilà des gens raisonnables ! dit Sami Pacha. Seulement, ces choses-là ne peuvent avoir lieu que quand nous n'y sommes pas. Nous avons bien eu un ou deux truandages de la sorte, certes, mais une machination aussi complexe, impossible. Mes hommes de terrain ne permettraient jamais une telle infamie !

— Mon pacha, je vous en prie, ne vous fâchez pas contre moi à cause de ces rumeurs. Ce n'est pas moi qui les invente, je vous raconte seulement ce que les gens croient.

— Mais tu finis par y croire aussi !

— Eh bien laissez-moi vous dire… Vous aussi vous y croyez, seulement vous ne l'avouez pas ! Parce que vous avez honte d'y croire, et pourtant vous y croyez encore. Oh non, vos yeux ne mentent pas, quand je vous fais mon rapport je vois tout de suite quelles rumeurs vous croyez vraies, lesquelles vous jugez fausses. Le trafic clandestin vers la Crète a repris, ils partent de la crique qui est après Tachlîk.

— Cela, je veux bien le croire. Mais comment éviteront-ils les navires de guerre ?

— Certains disent que le cheikh Hamdullah ne viendra pas à la réunion au palais, mon pacha…

— Allons donc !

— Mon pacha, tout le monde sait que le cheikh aurait eu la peste et que le docteur Nuri Pacha est venu le voir.

— Eh, qu'ils le sachent…

— On dit aussi que le cheikh Hamdullah se serait vanté au docteur d'être insensible à la maladie. “La peste ne m'atteint pas !” aurait-il dit. Le mot plaît surtout aux enfants, mais tout le monde croit secrètement que c'est vrai. Les enfants aiment aussi le major, depuis le Coup du télégraphe c'est leur héros.

— Sais-tu pourquoi il y a tant de rumeurs, Marika ? Parce que les grecs ne connaissent pas les musulmans, et les musulmans ne connaissent pas les grecs. Les uns ignorent ce que les autres font dans leur mosquée, leur église. Si les Minghériens ne formaient qu'un seul peuple, toutes ces fables cesseraient sur-le-champ.

— Il y a aussi les visites du docteur Nuri chez les herboristes. La profession est inquiète. Ils ont peur d'être livrés au contrôleur général et puis jetés au cachot comme les cuisiniers de la garnison et qu'on les passe à la falaqa et après qu'on les envoie au tribunal pour avoir vendu des poisons… »

Entre tous ces racontars qui lui faisaient mal au crâne, Sami Pacha remarqua que l'histoire du cheikh Hamdullah, avec son fracassant « la peste ne m'atteint pas », le tourmentait particulièrement. Qui lui avait dit en premier que le cheikh avait la peste ? Le consul George. Et il l'avait aussitôt cru. À présent, il se demandait s'il n'avait pas été victime d'un piège. Et il songeait avec tristesse au docteur Nuri, ce naïf que les comploteurs avaient berné et manipulé comme lui. Ah, si seulement il pouvait se venger du cheikh et du consul, sa destitution serait annulée, il resterait gouverneur !

« Marika, j'aimerais un peu d'allégresse. Ne parlons plus de la peste pour aujourd'hui, veux-tu.

— Comme vous voulez, mon pacha, mais puisque tout le monde ne parle que de ça…

— Eh, cette maudite peste finira bien par disparaître un jour. Alors nous couvrirons notre belle Mingher d'arbres, des palmiers surtout, des pins du Bosphore, des acacias. Je ferai construire un quai immense qui accueillera les bateaux de croisière, et si Istanbul n'en veut pas, on se passera de ses subsides ! Nous ferons une collecte, nous demanderons leur contribution aux grecs comme aux musulmans. Pour cela il nous faudra obtenir l'aide des Theodoropoulos et des Mavrogenis, auquel cas les Koumachîzade de Smyrne et les héritiers de Tevfik Pacha donneront aussi.

— Personne n'aime cette île autant que vous, mon pacha ! Hélas, tout le monde vous accuse… », dit Marika.

Quelle bonne personne, cette Marika ! Jamais le pacha ne pourrait vivre sans elle. Son visage tendre et compatissant était comme le miroir de son âme : il l'aimait parce qu'elle était entière. Parfois il rêvait qu'elle fût musulmane, le lui disait en plaisantant à moitié et Marika, s'amusant à jouer les courtisanes du harem, se dandinait, frottait son corps magnifique et sa colossale poitrine contre le pacha qui riait de bon cœur.

La seule chose qui pouvait le sauver du désespoir, de la solitude, était de faire l'amour avec Marika, tout de suite. Il bouillonnait d'impatience. Or Marika ne détestait rien tant que cette hâte fiévreuse à courir au lit, le pacha le savait, mais quoi, son désir d'elle était plus fort que lui, il n'avait plus aucune envie de disserter encore, mi-plaintif, mi-sarcastique, des problèmes de la province et de l'État.

Il y eut un silence, puis Marika comprit ; elle sourit et passa dans la chambre. Le pacha lui fut reconnaissant. En faisant l'amour avec elle ce soir-là, ses sentiments naviguèrent entre la gratitude et l'adoration. Il était comme ivre sans avoir bu une goutte. Ses lèvres ne décollaient pas de l'énorme et vibrante poitrine de Marika, objet pour lequel il avait toujours montré une passion extrême, tandis qu'elle caressait les quelques cheveux clairsemés du pacha, lui rappelant sa mère et son enfance. Il aimait sentir les tendres seins de Marika caresser ses poils frisés. L'acte dura longtemps ; en se relevant, le pacha remarqua le moustique sur son dos en sueur.

« Il vous est arrivé quelque chose aujourd'hui, mais je ne vous interrogerai pas, lui dit Marika un peu plus tard. En vérité, moi aussi j'ai quelque chose à vous avouer.

— Parlez.

— Ils ont retrouvé un rat mort dans le jardin ce matin… Il était plein de sang. Les maudites bêtes étaient sous mon matelas hier, je les ai entendues.

— Allah châtie ces misérables ! » s'écria le pacha.

Il monta la garde jusqu'à l'aube. Tantôt il laissait tomber sa tête sur le bord du fauteuil et s'endormait, tantôt il se levait pour chasser les rats qui menaçaient le lit de la belle. Le lendemain matin, à son retour au palais, il envoya deux agents poser des pièges et du poison dans la maison de Marika ; il demanda aussi l'aide de la municipalité. Cependant, l'idée ne l'effleura même pas que Marika devait être placée en quarantaine, voire lui aussi, ou du moins passer un examen médical.

CHAPITRE 47

Ces jours-là, vingt à vingt-cinq personnes mouraient quotidiennement ; les pessimistes – tous l'étaient – disaient qu'il y en avait davantage. Certaines familles dissimulaient le mort pour éviter la visite des soldats de la quarantaine. Ailleurs, en l'absence de bubon ou d'un autre symptôme indubitable, on se persuadait que le défunt – un père, une mère, un grand-père – n'était pas mort de la peste mais d'autre chose. On oubliait alors la maladie, d'autres gens du quartier étaient contaminés, et bientôt on déplorait deux, trois, quatre morts de plus.

Le lendemain matin de la nuit qu'il avait passée chez Marika à monter la garde contre les rats, nuit d'insomnie mais heureuse, Sami Pacha apprit que le *Sühandan* avait quitté Smyrne, chargé de tentes et de médicaments, et faisait route vers l'île. Les télégrammes envoyés au directeur sanitaire recensaient dans le moindre détail, avec la précision et la méticulosité propres aux bureaucrates ottomans, la liste des objets, soldats et volontaires qui débarqueraient du navire. La fin du télégramme livrait une information complémentaire qui acheva de ruiner les espoirs du pacha : le nouveau gouverneur était à bord. Et Sami Pacha le connaissait bien, c'était Ibrahim Hakkî Pacha, un homme dont il avait un temps été l'ami et qu'il tenait pour insipide. Il l'avait connu à l'époque où il travaillait comme secrétaire préposé aux traductions. L'homme passait ses journées à faire des courbettes devant Abdurrahman Fevzi Pacha. Il devait être maintenant d'un rang équivalent à un sous-lieutenant. Comment pourrait-il donner des ordres au nouveau lieutenant de la garnison ? Personne, à la Chancellerie comme à la Sublime Porte, ne semblait plus être en mesure de raisonner correctement sur cette épineuse et essentielle question des titres et des grades. Ou bien ils agissaient par pure méchanceté, rien que pour humilier Sami Pacha !

Mais, malgré l'inquiétude et la colère qui troublaient sa réflexion, il s'efforça de garder la tête froide et, jugeant que la nouvelle de sa déchéance devait déjà s'être répandue et qu'il était trop tard pour y changer quoi que ce soit, il conçut un nouveau plan.

Après avoir reporté, comme tous les matins, les morts du jour, sept points verts sur la carte de la salle d'épidémiologie, Sami Pacha déclara : « Hélas, les secrétaires de la Chancellerie, croyant à l'échec de notre lutte sanitaire, ont décidé de me muter à Alep ! (Tout le monde savait que c'était Abdülhamid lui-même qui choisissait les gouverneurs.) Mais cette décision sera cassée. Et même si elle ne l'est pas, je répondrai à l'appel de mes responsabilités avec l'ardeur et l'intransigeance qui me sont coutumières jusqu'à ce que le nouveau gouverneur prenne officiellement ses fonctions, et vendredi je parlerai en place du Vilayet. N'oubliez pas que les passagers du vaisseau de secours devront se soumettre à une quarantaine de cinq jours à leur arrivée.

— La quarantaine n'est pas obligatoire pour les bateaux arrivant du nord et de l'ouest », dit le docteur Nikos.

Son commentaire était-il naïf, ou bien voulait-il laisser entendre que les ordres du pacha n'avaient déjà plus aucune espèce d'importance ? Le directeur sanitaire accueillait sa destitution avec un sang-froid étonnant.

« Ces nouveaux médecins et ce nouveau gouverneur ne sont au fait de rien, ils ne connaissent pas le peuple de l'île, vous verrez qu'ils balaieront nos efforts d'un revers de main, pour instaurer leurs propres règles et leurs propres méthodes, reprit Sami Pacha. Puis le temps fera son œuvre et ces nouvelles mesures, évidemment, se révéleront impuissantes. Il y aura encore des morts, des centaines de morts, pour rien.

— C'est du moins l'occasion de mettre en application les mesures voulues par Sa Majesté Impériale, à commencer par la quarantaine de cinq jours ! » dit le docteur Nuri.

Ici, les historiens s'accordent à dire que le soutien apporté à Sami Pacha par le docteur Nuri, lequel, confirmant la nécessité de mettre le *Sühandan* en quarantaine, abondait explicitement dans son sens, joua un rôle décisif dans le destin de l'île. Ce soutien, à en croire certains historiens, devait beaucoup à l'influence de Pakizê, qui détestait son oncle et se méfiait fortement du vaisseau « de secours » envoyé par Abdülhamid. Enfin, du côté des spécialistes d'histoire médicale, on juge que le docteur Nuri, d'un point de vue sanitaire, avait parfaitement raison.

Depuis l'annonce des mesures sanitaires, les passagers des navires provenant de ports infectés étaient envoyés en quarantaine sur l'îlot rocheux de la tour de la Princesse, pour une durée de cinq jours, qu'ils fussent fiévreux ou non. Mais aucun navire, à ce moment-là, n'arrivait plus par la ligne méridionale, celle d'Alexandrie. Les gens qui patientaient dans la tour de la Princesse, dans l'attente d'être enfin conduits sur l'île, étaient soumis à un régime d'isolement strict. Chaque matin et chaque soir, une chaloupe quittait le port pour la Tour, embarquant les soldats, médecins et fonctionnaires chargés de contrôler les voyageurs placés en quarantaine.

L'idée que les passagers du *Sühandan*, le vaisseau de secours, seraient d'abord retenus sur l'îlot de la Princesse, à bonne distance d'Arkaz, enchantait Sami Pacha. Il confirma la mesure, déclarée excellente, avant de convoquer Seyid, le patron haleur chargé de faire débarquer le navire, pour l'instruire longuement et précisément de la marche à suivre.

Le *Sühandan* arriva avec six heures de retard. Était-ce le résultat d'une conspiration internationale ? Quelques historiens, laissant libre cours à leur nature paranoïaque, ont pu le suggérer, quand ils ne l'affirmaient pas franchement. En réalité, le bateau, un vieil engin, avait dû réduire son allure à cause d'une tempête essuyée au large de Rhodes et d'une panne dans la machinerie éreintée. Lorsque sa silhouette fut visible depuis les quartiers supérieurs de la ville, comme Kofounia et les Hauts de Turunçlar, les gens commencèrent à descendre vers le port. Une heure plus tard, c'était une véritable foule, pleine de curiosité et d'espérance, qui se massait sur le quai, entre le pont Hamidiye, l'hôtel Majestik et le bureau des douanes. Quelques vieillards accourus de Vavla ou de Turunçlar se félicitaient bruyamment que le sultan eût enfin arraché le consentement des pachas d'Istanbul. Mais ceux-là étaient des naïfs, du genre à crier « vive le sultan ! » en toute occasion, sans se soucier des conséquences. À la fin dominaient l'indifférence, l'incompétence, le désintérêt du peuple, aussi la foule n'attendait-elle pas grand-chose du vaisseau de secours, comme elle n'avait rien attendu de la quarantaine. Pour certains enragés, d'ailleurs, descendre au port ce soir-là n'était pas une manière d'appeler à l'aide, ni de reprendre espoir contre la peste, mais au contraire l'occasion de provoquer, de chercher querelle – et ils hurlaient : « Qu'est-ce que vous foutiez ! » Sami Pacha avait dépêché tous les policiers dont il disposait sur les quais, et seize soldats de la quarantaine, sur ordre du major, s'étaient postés autour du ponton des chaloupes, sous le commandement de Hamdi Baba.

En arrivant à la hauteur du Phare arabe, le *Sühandan* lança plusieurs coups de sifflet, et ce son plein d'espoir qui rappelait les temps heureux et révolus des lignes régulières se répercuta en écho dans les montagnes qui entouraient la ville. Au même instant, devant les douanes, Seyid, le batelier, qui suivant le plan du gouverneur n'attendait que ce signal, lança sa chaloupe en direction du navire, sous les yeux de la foule dont les regards inquiets suivaient la progression de la frêle embarcation parmi les vagues. On trouvait à son bord : Nikos, le directeur sanitaire, le jeune docteur Philipos, quatre soldats de la quarantaine, des pompiers harnachés de bombonnes remplies de lysol.

Quand il les vit s'approcher, Leonardo, le capitaine italien du *Sühandan,* bien qu'il n'eût pas hissé le drapeau jaune – car son navire était propre et arrivait d'Istanbul en passant par Smyrne –, se montra coopératif : il était conscient qu'une épidémie frappait l'île dans des proportions terrifiantes, il savait que plus de vingt personnes y mouraient chaque jour. Il autorisa donc les médecins et les équipes de désinfection à monter à bord.

Le nouveau gouverneur, Ibrahim Hakkî Pacha, était plus nerveux. « Nos plaintes seraient sans doute malvenues, à l'heure où le Kaiser Guillaume lui-même patiente en quarantaine ! » déclara-t-il d'abord au docteur Nikos lorsque celui-ci entra dans sa cabine, sans se priver cependant d'ajouter que Sa Majesté Impériale souhaitait que la quarantaine ne servît pas de prétexte pour retarder son entrée dans ses fonctions. (Le sultan ne manquait jamais de convoquer personnellement chaque nouveau gouverneur ou ambassadeur avant son départ d'Istanbul.) C'est ainsi que les hommes de la chaloupe comprirent que Mingher avait un nouveau gouverneur et qu'il était arrivé sur l'île. Il fallait l'accepter : le pouvoir allait désormais appartenir à cet homme, même confiné en quarantaine dans la tour de la Princesse, et agir en conséquence. Mais ce ne fut pas le cas.

Les gens qui suivaient l'abordage depuis le quai sentirent que quelque chose clochait, qu'une dispute avait éclaté sur le *Sühandan*. Le nouveau gouverneur, Ibrahim Hakkî Pacha, refusait de quitter sa cabine et, à bon droit, de se plier à la quarantaine. Si les derniers ordres reçus d'Istanbul l'avaient bien informé des échecs de Sami Pacha et de la panne de télégraphe qui paralysait l'île, il était cependant loin d'imaginer que « quelque chose de bien plus gros se jouait en coulisse », pour parler comme les historiens passionnés de complots. Pendant ce temps, les pompiers étaient montés à bord, la désinfection avait commencé. Le pont était battu par le vent mais derrière les portes du navire, dans les cabines, les couloirs, les endroits à passer au lysol ne manquaient pas.

Le docteur Nikos nota qu'un des volontaires embarqués à bord du *Sühandan* était malade. On découvrirait plus tard que ce jeune homme, Yanis Hadjipetrou, étudiant en première année de médecine à l'école impériale d'Istanbul et dont le grand-père était de Mingher, était atteint de la diphtérie, et non de la peste. Mais, de même qu'on savait que certains malades, quoique présentant un bubon à l'aine, ne souffraient d'aucune fièvre et guérissaient naturellement en très peu de temps, on savait que d'autres, bien que vierges de pustules aux aisselles ou à l'entrejambe, étaient soudain pris de fortes fièvres et mouraient en deux jours. Le « diagnostic pesteux » de Yanis Hadjipetrou, qui était fiévreux, donnait une seconde excellente raison de placer en quarantaine, pour au moins cinq jours, tous les passagers du *Sühandan*.

Le nouveau gouverneur évita de se disputer aussi bien avec les soldats qui répandaient brutalement leur lysol qu'avec Nikos, le directeur sanitaire. Dans ses Mémoires, *Des îles à la Patrie* – ouvrage d'une extraordinaire honnêteté –, Hadi, l'attaché d'Ibrahim Hakkî Pacha, raconte que celui-ci, au milieu de l'émoi de l'arrivée et du chaos de la désinfection, se souciait essentiellement du sort de ses bagages, qu'il voulait voir arriver au complet et sans éraflures dans la chaloupe. Induit en erreur par un télégramme de la Chancellerie, il croyait en effet que Sami Pacha, son prédécesseur, avait déjà quitté l'île et faisait route vers Alep.

C'est ainsi que les volontaires du *Sühandan* – trois médecins grecs originaires de Mingher, deux jeunes médecins musulmans fraîchement diplômés et imposés par Istanbul, et une poignée de curieux qui avaient soif d'aventure – sautèrent tour à tour dans la chaloupe de Seyid ballottée par les vagues. Ces passagers, qui tout au long du voyage n'avaient fait que plaisanter et rire de bon cœur, comme si, loin d'aller affronter une terrible épidémie de peste, ils partaient en vacances, étaient à présent, à l'instant de descendre dans la chaloupe – et en réalité dès celui où ils avaient senti l'odeur du lysol et tâté de la rudesse des soldats de la quarantaine –, frappés de mutisme, pour ne pas dire mortifiés. (Deux des trois médecins grecs et un de leurs confrères musulmans devaient mourir de l'épidémie le mois suivant.)

Une fois assuré que ses malles et ses cantines étaient en sécurité, le nouveau gouverneur s'installa à son tour dans la chaloupe. Les hommes de Seyid commencèrent à ramer, non en direction du port, mais exactement à l'opposé, vers l'îlot de la tour de la Princesse. Ibrahim Hakkî Pacha s'en rendit compte, bondit et protesta : si les hommes qui venaient en aide à l'île devaient absolument être placés en quarantaine, n'était-il pas plus logique qu'ils le fussent quelque part sur la terre ferme, au port, près des douanes, ou ailleurs en ville ? Nikos Bey lui rétorqua qu'Arkaz était un lieu « périlleux », ce qui effraya le nouveau gouverneur. Or celui-ci, écrivent certains de ses défenseurs, n'avait accepté de monter dans la chaloupe que parce qu'il croyait débarquer directement en ville et, s'il avait su qu'il allait être, à un moment si chargé d'histoire, enfermé pendant cinq jours sur un îlot rocheux, il eût d'abord exigé une confirmation télégraphique d'Istanbul. D'autres vont plus loin et voient dans toute cette affaire un complot monté par les Occidentaux, les Anglais, voire les Grecs. Mais les plus perspicaces sont peut-être ceux qui soutiennent que le nouveau gouverneur, qui avait jadis été préfet de Zardost, dans le centre de l'île, était simplement terrorisé par la peste.

S'il est difficile de saisir en quoi toutes ces interprétations tendancieuses peuvent nous aider à imaginer ce que vivaient alors les habitants de l'île, nous pouvons en revanche dire avec certitude que le sermon du cheikh Hamdullah et la réunion au balcon du palais du gouverneur, ce vendredi-là, étaient attendus avec impatience par beaucoup d'entre eux.

CHAPITRE 48

À Mingher, suivant une tradition séculaire, les sermons prononcés le vendredi à la mosquée Sofu Saïm Pacha comme dans celle de Mehmed Pacha l'Aveugle étaient confiés à des prédicateurs approuvés par Istanbul. À certains moments particulièrement troublés de l'histoire, cependant, on autorisait les cheikhs des couvents des grandes confréries à monter en chaire dans la Yeni Djami, et une foule importante se pressait à la mosquée pour écouter ces hommes célèbres. Certains de ces cheikhs, experts dans l'art d'expliquer et d'éclairer pour le peuple, dans sa langue familière, les prières qu'ils récitaient en arabe, se montraient si persuasifs, si habiles à effrayer les croyants ou à les émouvoir qu'ils étaient ensuite invités à Istanbul pour y prêcher dans les grandes mosquées, entrant ainsi dans le cercle fermé des Minghériens qui marquèrent l'histoire.

Jusqu'à cette date, le cheikh Hamdullah n'était monté en chaire à Arkaz que deux fois, et déjà fort anciennes. Ses prêches d'alors traitaient de sujets savants, comme la maîtrise de la foi, du souffle divin, les pièges du démon. Il n'avait jamais rien dit d'original à propos de la vie de l'île, ni même cherché à y faire allusion. Il s'était contenté de faire de la théologie, en somme, et ses sermons, parce qu'ils ignoraient leurs peurs et leurs peines quotidiennes, n'avaient laissé aucune trace dans la mémoire des musulmans de l'île. Pendant les douze années qui suivirent, et quoique sa célébrité eût augmenté, le cheikh, souhaitant se tenir à l'écart des histoires de chaires attribuées par Istanbul et le ministère, n'avait plus jamais prêché devant la foule. Le sermon qu'il donnerait sur la peste ce vendredi-là était donc attendu avec une curiosité certaine, non seulement par les croyants, mais aussi par les consuls et les chefs de la communauté chrétienne.

Sami Pacha avait décidé de le surveiller à distance. Il redoutait que le cheikh, une fois son sermon terminé, trouvât un prétexte pour ne pas se rendre à la réunion, ce qui, à rebours des intentions affichées, risquerait d'être perçu comme un désaveu public de la quarantaine.

Le jeudi eut pour héros un personnage féroce et déterminé : Ramiz. Après sa libération, qu'il devait au télégramme d'Istanbul, l'homme s'était retiré dans le nord de l'île. Ne voulant pas allonger davantage notre livre, nous épargnons ici au lecteur le détail de ses conflits avec les réfugiés d'Arkaz et de ses manœuvres pour extorquer de l'argent au fils aîné du pharmacien Nikephoros. Mais Marika avait eu raison de mettre en garde Sami Pacha : Ramiz et sa nouvelle bande – sept hommes recrutés dans les villages de Çifteler et Nebiler – étaient à Arkaz, où ils se cachaient depuis une semaine, armés de couteaux et de fusils de chasse (soi-disant contre les rats). Et la rumeur, orchestrée par Ramiz, commençait de se propager, disant que le blocus des grandes puissances ne serait levé que lorsque le nouveau gouverneur occuperait son poste et que lui-même, Ramiz, aurait pris le commandement de la garnison et de ses bataillons arabes.

Dans la nuit du jeudi au vendredi, Ramiz et ses hommes se rendirent clandestinement sur l'îlot de la tour de la Princesse, à bord d'une chaloupe qui appartenait à Lazare Efendi, le protégé d'Andon Hampouris. Ils étaient onze hommes, les sept de sa bande et trois autres recrutés à Arkaz, tous armés. Ils débarquèrent en silence sur le ponton grinçant, mais furent aussitôt attaqués par les deux gros chiens nerveux qui, mieux qu'aucun homme, assuraient la garde de l'îlot rocheux. L'alerte était donnée, les sentinelles accoururent. Les assaillants montrèrent alors leurs armes et, après avoir prétendu qu'ils étaient envoyés par Sami Pacha et le docteur Nikos pour protéger le nouveau gouverneur des bandits qui voudraient l'enlever en pleine nuit, ils les désarmèrent une par une et leur attachèrent les poignets.

Ramiz eut plus de difficultés à vaincre la défiance d'Ibrahim Hakkî Pacha. Dans *Des îles à la Patrie*, les Mémoires pleins de sel et de vivacité de Hadi, l'attaché du nouveau gouverneur, celui-ci apparaît face à Ramiz et ses hommes un peu comme un prince impérial qui court se cacher dans le harem en voyant arriver les comploteurs venus le porter sur le trône. (Exactement la peur qui s'était emparée de Mourad V lorsqu'il avait vu surgir les putschistes qui, la veille, avaient détrôné son oncle Abdülaziz, ce dont le prince ne savait rien.) Ibrahim Hakkî Pacha, le nouveau gouverneur, refusa longtemps d'ouvrir sa porte à Ramiz. Déjà blessé de devoir croupir enfermé dans la tour de la Princesse sous prétexte de quarantaine, il se méfiait de tout et flairait un nouveau complot. Retranché dans sa chambre, il sortit son revolver Nagant de son étui et chargea le barillet.

Il fallut attendre minuit passé pour que le nouveau gouverneur, comprenant que Ramiz et sa bande avaient pris le contrôle de l'îlot et que personne ne viendrait plus à son secours, enfin qu'il était pratiquement l'otage du bandit, se rendît à l'évidence et sortît de sa chambre, revolver au poing. Ramiz l'assura de sa fidélité, lui répétant qu'il était le seul gouverneur légitime et qu'à ce titre il avait, plus que quiconque, le droit de porter une arme, puis il l'invita à les rejoindre dans la grande salle au rez-de-chaussée de la tour, où les retrouvèrent bientôt Hadi Bey, l'attaché personnel du nouveau gouverneur, son secrétaire et les médecins volontaires, puis tous les autres. Tandis que les ardents volontaires, qui ne rêvaient que d'en découdre avec la peste et ne décoléraient pas de s'être retrouvés, après un si long voyage depuis Istanbul, stupidement coincés en quarantaine sur un caillou perdu, s'apaisaient un peu à l'idée d'être enfin conduits en ville avec tout l'équipage du *Sühandan*, Ramiz, sensible à la théâtralité de l'instant, alluma les lampes à gaz, s'assura que tout le monde était là et le regardait, puis il s'inclina devant Ibrahim Hakkî Pacha, le nouveau gouverneur, et lui baisa cérémonieusement la main, comme on prête allégeance à un souverain. Ses hommes et lui, déclara-t-il, répondant fidèlement aux ordres du sultan, reconnaissaient Ibrahim Hakkî Pacha comme le nouveau et seul gouverneur de Mingher, qu'il jurait de porter au pouvoir dès le lendemain.

Dans ses Mémoires, Hadi indique clairement qu'Ibrahim Hakkî Pacha n'était pas dupe des paroles de Ramiz et qu'il n'avait fait semblant d'y croire que pour mieux manœuvrer le bandit. Sa véritable intention était de lui fausser compagnie à la première occasion, pour ensuite retrouver Sami Pacha, dont il venait d'apprendre qu'il était toujours sur l'île, afin d'examiner la situation avec l'ancien gouverneur.

Ramiz, quant à lui, pouvait être satisfait de son raid nocturne sur la tour de la Princesse. Le vendredi matin, aux premières lueurs du jour, le nouveau gouverneur et sa suite débarquaient en ville. Quand les pêcheurs grecs qui sortaient en mer ce matin-là virent la chaloupe de Lazare fendre lentement les eaux depuis la tour de la Princesse – vision toujours romantique et chargée de mystère –, ils crurent qu'on ramenait de nouveaux cadavres de la quarantaine et s'attristèrent. L'épidémie ne ralentissait pas, les mesures sanitaires n'étaient pas respectées, et même les hommes en bonne santé qu'on mettait en quarantaine étaient contaminés et finissaient par succomber.

Après avoir déposé sa nombreuse cargaison à la Jetée de pierre, la chaloupe de Lazare revint en silence à sa place habituelle, devant le bâtiment des douanes. Les espions de Sami Pacha avaient bien repéré l'embarcation, mais le temps d'atteindre la Jetée, Ramiz, le nouveau gouverneur et leur escorte avaient déjà disparu dans Vavla. S'ils l'avaient voulu, leur groupe aurait pu facilement se défaire des hommes de Sami Pacha, des veilleurs, des gardes qui leur barraient la route. Mais ils filèrent sans provoquer de heurts et s'évanouirent dans le lacis des ruelles.

CHAPITRE 49

Le cheikh Hamdullah passa son jeudi soir à potasser les traités que son arrière-grand-père et son grand-père lisaient à Istanbul aux heures de peste. Dans ces ouvrages, les mystères de la maladie étaient analysés et décryptés grâce à un système complexe basé sur la translation des signes, les équivalences numériques et la science alphabétique du soufisme houroufi. L'épidémie de peste qui avait frappé Istanbul quatre-vingt-dix ans auparavant avait été un tel choc que les musulmans les plus pieux, tétanisés par l'horreur du mal, s'étaient cloîtrés dans la religion, n'espérant plus d'aide que des présages, des papiers de prière et des amulettes. Et les aïeux du cheikh Hamdullah, déjà très curieux de ce genre d'ésotérisme – certains d'entre eux remplissaient des pages entières de poèmes cabalistiques, d'expressions hermétiques et autres calligraphies magiques –, avaient trouvé une certaine consolation dans la lecture de ces anciens traités. Mais le cheikh Hamdullah, vivant à une époque qui n'avait que les microbes et le lysol à la bouche, voyait bien que les grimoires de ses ancêtres ne résoudraient plus rien. Ces textes contenaient, au mieux, des prescriptions, mais pas de remède.

À la fin de la prière du vendredi, le cheikh Hamdullah monta en chaire. Une fois là-haut, il comprit aussitôt que la foule triste et dense qui s'agglutinait sous lui, prostrée dans son désespoir et sa foi primitive, n'aurait que faire des sages préceptes de la logique et ne désirait rien d'autre que porter le deuil, pleurer les morts et boire ses paroles, au milieu des larmes, en l'entendant invoquer le nom d'Allah. Oui, les fidèles inquiets, souffrants et terrifiés qui se massaient en contrebas des douze marches qu'il avait péniblement grimpées le plaçaient haut, très haut. Et le cheikh avait toujours aimé regarder dans les yeux, tandis qu'il leur parlait, les disciples anxieux qui attendaient les mots du cœur. C'était une façon d'oublier son être en se fondant dans celui de l'autre. Là-haut, du haut de sa chaire, il sentit que ce n'était pas la raison que la foule espérait de lui, mais du sentiment, de l'âme, un nouveau souffle. Une médecine contre la peur et la mort ne leur suffirait pas, il fallait des émotions. Cela, quand il était au couvent, ne lui était pas venu à l'esprit. Il aurait beau leur dire qu'on n'échappait pas au destin, ou bien leur expliquer à l'inverse qu'obéir à la quarantaine était un ordre du saint Coran, cela, pour les fidèles, ne ferait plus aucune différence. La peur et l'affolement étaient trop grands. Ils ne tendaient l'oreille que lorsque le cheikh parlait de la grandeur de Dieu, de Sa bonté, de Sa miséricorde. Seul le nom d'Allah, invoqué avec ferveur, parvenait encore à faire surgir une fugace lueur d'espoir et de consolation sur ces visages. Ainsi le cheikh comprit-il que dire des prières valait mieux qu'un long discours savant sur la quarantaine et le destin.

« *Rabbana wa la tuhammilna ma la taqata lana bihi !* » s'exclama-t-il soudain. C'était la sourate Al-Baqarah, dite de la génisse. « Seigneur, ne nous charge pas d'un fardeau que nous ne pouvons supporter ! » répéta le cheikh dans la langue commune. Puis, pris d'inspiration, il ajouta cette phrase sur la souffrance : « Ce n'est qu'en nous réfugiant en Dieu que nous pourrons supporter notre fardeau ! » Oui, les croyants n'avaient plus d'autre choix que de s'en remettre à Dieu, conformément à Ses commandements. Il avait dit ces mots avec une expression d'assurance, comme si, refermant un problème complexe, il venait de mettre fin à la confusion qui brouillait l'esprit des fidèles. Et ceux-ci, ne doutant pas du sens profond de ses paroles, y donnèrent grand crédit, quoiqu'ils fussent tous trop épuisés et terrifiés pour réfléchir.

Le cheikh Hamdullah connaissait la plupart des hommes barbus et fourbus qui buvaient ses paroles. Il les avait souvent croisés au début de l'épidémie, dans la cour des mosquées, devant un cercueil, près d'une tombe. Il avait beaucoup couru, en ces jours-là, d'une maison à l'autre, d'un mort à un autre. Cet homme aux cheveux clairs avait perdu sa femme et ses deux filles mais, loin de devenir fou, il avait démontré un sang-froid étonnant. Cet autre, Rîza, le maréchal-ferrant, semblait mourir chaque fois qu'un de ses voisins mourait. Un troisième, jeune réfugié de Crète, bien que s'étant habitué à voir périr les autres, n'arrivait toujours pas à envisager sa propre mort, et malgré sa présence au sermon ce vendredi-là son esprit était ailleurs, loin de tout. Mais ceux-là étaient peut-être des exceptions. Car la plupart des trois cents hommes qui remplissaient la mosquée étaient là pour être comme tout le monde, se sentir proches de Dieu, ne pas être seuls, avoir peur tous ensemble. L'atmosphère du sermon se transformait d'elle-même en une sorte de démonstration de solidarité avec les cheikhs, les hodjas et les couvents hostiles à la quarantaine.

Aux premiers jours de l'épidémie, avant de se retirer dans sa cellule, le cheikh Hamdullah avait visité, à leur demande, bien des foyers. Il avait rassuré nombre de croyants dont la foi flanchait devant la brutale et inextinguible puissance de la maladie, il en avait même ramené quelques-uns à la vie. Devant la pierre sur laquelle ils lavaient les corps et devant celle sous laquelle ils les enterraient, il avait consolé des croque-morts sur le point de perdre la tête, débordés par tous ces cadavres. Oui, en ces jours passés à courir d'une maison à la suivante, de jardin en cimetière, d'un marchand de cercueils à la cour d'une mosquée, le cheikh s'était senti très proche de tous ces gens qui l'accueillaient avec leur franchise et leur honnêteté proverbiales. À l'annonce qu'il avait attrapé la peste, tous avaient basculé dans le désespoir. Mais ensuite, le sachant sain, ils commencèrent à croire qu'il avait vraiment vaincu la maladie et que les flèches du mal ne pouvaient l'atteindre. Et le cheikh sentait qu'on attendait de lui, sinon qu'il révélât le secret de ce miraculeux pouvoir, du moins qu'il fît profiter la communauté, par ses prières, de son invulnérabilité. Son désir sincère était de donner quelque consolation à ces pauvres gens que n'unissaient plus, depuis des semaines, que le chagrin du deuil et la peur de la mort.

À l'évidence, la plus grande consolation était d'être musulman et de mourir en musulman. Aussi le cheikh, ayant à cœur de leur rappeler que les conversions de dernière minute ne servaient à rien et de leur décrire la souffrance des infidèles qui brûleraient en enfer, leur lut-il en arabe, avant de les expliquer, quelques versets de la sourate An-Nisa, dite des femmes : de même que Dieu fait d'un être vivant un mort, il redonnera vie au mort, et même à la terre, dit le cheikh. Qui craint la mort doit donc penser à la vie après la mort et il vaincra sa peur. Évidemment, s'il est pécheur, il a raison d'avoir peur… Mais pour qui ne l'est pas, inutile de trop s'en faire, ça ne peut que vous rendre fou. « Vous aurez beau craindre et fuir la mort, à la fin elle vous trouvera et vous frappera ! dit le cheikh. Même dans la plus solide forteresse, elle vous trouvera ! »

Ces paroles, comme l'expliqua ensuite le consul de France, étaient clairement « hostiles à la quarantaine ». Contrairement à ce qu'avait espéré l'ancien gouverneur, Sami Pacha, qui attendait la fin du sermon pour lancer la réunion, le cheikh n'eut pas un mot contre les papiers de prière, les amulettes et les invocations fantaisistes censées lutter contre la peste. Au contraire même, il parla de l'interprétation des rêves, de l'ombre projetée par les ailes d'un hibou et des étoiles qu'on avait vues filer dans le ciel au cours de la même nuit. Et tandis qu'il leur expliquait ce que cela signifiait d'attendre au seuil du tombeau, il sentit que la foule des croyants avait compris son message.

La vie, dans certains quartiers, se résumait désormais à courir d'un enterrement à un autre. Les habitants d'Arkaz regrettaient-ils de n'avoir pas fui l'île à temps ? Avaient-ils commis une erreur fatale en n'allant pas se réfugier loin de la ville, comme certains l'avaient fait, dans les villages, les montagnes, les grottes ? Qui méritait la consolation d'Allah, ceux qui, affrontant le péril de la noyade, avaient sauté dans une barque et fui au large, ou ceux qui, venant à la mosquée, cherchaient leur salut en Dieu ?

Les fidèles trouvaient le cheikh érudit et très sage, ses paroles justes et profondes. Il pouvait parler de la crainte d'Allah et de la peur de la peste tant qu'il voulait, ils l'écoutaient avec attention, ils y trouvaient même un certain réconfort. Lui, sentant leur émoi, leur répéta quelques versets tirés de la sourate dite de Joseph : « Ô Seigneur, créateur des Cieux et de la Terre, mon protecteur dans ce monde et dans l'autre ! déclama-t-il. Fais-moi mourir en musulman, et place-moi au nombre des vertueux ! »

Vers la fin de son sermon, qui dura longtemps, régulièrement ponctué de salves d'« amen ! » jaculatoires, le cheikh leur récita quelques passages de la sourate Al-Anbiya, dite des prophètes, dont le sens était que « toute créature goûtera à la mort », avec une telle émotion que certains, dans l'assistance, se mirent à pleurer. Ils mouraient, oui, mais malgré cela n'avaient pas su, hélas, se réunir comme une seule âme qui défierait la mort. Voilà pourquoi ils venaient à la mosquée, dans les couvents, le cheikh le lisait dans leurs yeux. Il regretta alors d'être resté cloîtré dans sa cellule tous ces derniers jours ; l'espace d'un instant, il se sentit coupable de n'avoir pas su consoler plus tôt ces hommes en détresse.

Pendant son discours, le cheikh s'interrompait parfois, profitant du silence pour plonger son regard dans ceux des fidèles rassemblés. La plupart étaient tristes, perplexes, terrorisés. Il y avait aussi des vieillards qui le regardaient d'un air béat et absent, comme si c'était un sermon du vendredi ordinaire et que la peste n'existait pas, d'autres qui ne comprenaient pas où ils étaient et s'émerveillaient de tout, d'autres encore qui hochaient la tête avec optimisme au moindre mot du cheikh. Lui aussi secouait constamment la tête, comme pour dire « eh bien, vous voyez ? ». Certains, ne le supportant pas, fuyaient son regard. Le cheikh avait aussi remarqué les espions de Sami Pacha qui s'étaient glissés dans la foule. Il savait depuis le début que son discours aurait une résonance politique, et depuis le début, s'efforçait de l'oublier.

Un vieux cocher, placé au premier rang et qui écoutait le cheikh pénétré d'une ferveur extrême, se vautra soudain de tout son long sur le tapis – soit parce que c'était trop d'émotion, soit parce qu'il était malade – et se mit à trembler en gémissant. Au bout d'un moment, le cheikh lui-même fut obligé de remarquer cet homme qui se contorsionnait par terre. Il interrompit son sermon.

Un mouvement parcourut les premiers rangs. Certains décidèrent que le prêche était terminé. D'autres, qui prirent aussitôt leurs jambes à leur cou, ou bien qui n'avaient pas vu le cocher en pleine crise de tremblements, crurent à un attentat. Sami Pacha et les consuls, de leur côté, avaient anticipé un coup de force de Ramiz pendant le sermon de son frère : la cour et les abords de la mosquée étaient bouclés.

On comprit cependant assez vite que l'incident n'avait rien à voir avec une attaque délibérée. La maladie, les souffrances atroces du vieux postillon au grand cœur, que beaucoup sinon tous connaissaient, au moins de vue, achevèrent de ruiner le moral de la communauté. Certains historiens de Mingher spécialisés dans l'interprétation de ce genre d'incidents vont jusqu'à avancer que si le vieux postillon ne s'était pas écroulé de douleur à la fin du sermon du cheikh Hamdullah, la face de l'histoire de l'île en eût peut-être été changée.

De fait, pour cette raison-là ou une autre, les hommes qui avaient assisté au sermon ne se rendirent jamais place du Vilayet, comme en avait rêvé Sami Pacha. Le cheikh ne les y avait pas incités, il ne leur avait d'ailleurs même pas mentionné l'existence de cette réunion importante. Une demi-heure après avoir proclamé qu'il n'y avait plus de salut que dans l'islam, et qu'il n'en existait d'ailleurs pas d'autre, il n'avait absolument pas l'intention d'être vu en compagnie de prêtres chrétiens au balcon du gouverneur. Son sermon compromettait aussi les annonces qui devaient être faites, à savoir l'interdiction d'entrer dans les mosquées (et les églises). Le cheikh ne se pressait pas pour se rendre au palais, comme il l'avait promis au gouverneur, et se laissait baiser les mains par les fidèles – au mépris de toutes les règles d'hygiène – avec un plaisir tel que les gardes postés par l'ancien gouverneur décidèrent de le « sortir » de la mosquée.

Sami Pacha savait que le cheikh Hamdullah risquait de traîner des pieds. Ayant également anticipé la présence potentielle de fauteurs de troubles et autres coupeurs de route entre la mosquée et le palais, il avait envoyé sur place le cocher Zakaria, avec une voiture et six gardes bâtis comme des armoires. Tandis que le cheikh, après son sermon, se laissait baiser les mains, les gorilles de l'ancien gouverneur l'empoignèrent par les bras et l'exfiltrèrent discrètement par la porte arrière de la mosquée, jusqu'à la voiture blindée qui attendait sous un tilleul. En cas de résistance, Sami Pacha avait ordonné d'enlever le cheikh de force, de l'enfermer dans la voiture, surtout de ne pas le laisser se fondre dans la foule, mais le cheikh ne s'était pas rebellé, croyant comme ses fidèles que les gardes déguisés en pieux musulmans étaient des hommes à lui, et il avait traversé la cour au petit trot, sans dire adieu à personne, avant de grimper docilement dans le landau blindé.

Après avoir enlevé à l'aube le nouveau gouverneur, son attaché et son secrétaire, Ramiz et ses hommes s'étaient cachés dans une maison abandonnée du quartier de Vavla, où ils restèrent jusqu'à la prière du midi. Leur cachette était un ancien palais ottoman qui donnait sur les jardins du collège militaire, à l'ombre de la mosquée de Mehmed Pacha l'Aveugle. L'endroit, sinistre et peut-être hanté, servait aux élèves de refuge clandestin, où boire du vin et parfois se battre. Au début de l'épidémie, on y avait retrouvé plusieurs cadavres de rats, avant d'y découvrir, au cours des deux dernières semaines, un puis deux cadavres humains, trahis par leur odeur. Le premier était un musulman que la mort de sa femme avait rendu fou. Il s'était enfui sans attendre les funérailles, puis il était tombé et mort dans les hautes herbes, non loin de sa maison, désormais vide.

Le second cadavre était plus suspect : c'était le corps d'un adolescent de Flizvos. Les fonctionnaires trouvèrent étrange qu'un jeune grec de ce quartier cossu vînt mourir à Vavla, chose qui ne s'était jamais vue, mais l'enquête fut abandonnée en cours de route. L'entrée du bâtiment et celle du jardin furent ensuite condamnées par les soldats de la quarantaine, comme c'était souvent l'usage. Et puisque ce genre d'interdictions faisait partie des rares qui étaient respectées, Ramiz et ses hommes avaient jugé l'endroit sûr.

Dans ses Mémoires, où toutes ces aventures sont retranscrites dans un style plein d'allégresse, Hadi, l'attaché du gouverneur, souligne clairement que les seuls mobiles qui guidaient Ramiz étaient l'amour et la vengeance, et qu'il serait parfaitement vain d'en chercher d'autres : désirant à tout prix se venger du major qui lui avait volé sa fiancée, et de Sami Pacha son complice, il avait pensé que le meilleur moyen d'y parvenir était de porter le nouveau gouverneur au pouvoir sans tarder. Quand les notables de l'île seraient réunis au balcon, une demi-heure après la fin de la prière, Ibrahim Hakkî Pacha serait dans la place. Ce plan, Ramiz devait ensuite répéter aux juges qu'il l'avait imaginé seul, sans l'aide d'aucun consul, ni de son beau-frère, ni de personne d'autre.

Celui qui eût pu le mieux expliquer quelle folie Ramiz avait en tête était le valet Nusret, homme bien informé, jadis fidèle de l'ancien gouverneur Sami Pacha et du contrôleur général ; or il devait mourir ce jour-là. C'était de lui, l'huissier du palais originaire de Çifteler, que Ramiz avait tiré tous les renseignements dont il avait besoin. En vérité, Nusret était depuis longtemps un agent double, qui dénonçait d'un côté à Sami Pacha les bandits musulmans qui razziaient les villages grecs (pas tous, seulement ceux qu'il détestait) et lui livrait de l'autre de précieuses informations sur les bandits grecs en lutte contre les premiers.

Peu avant le début du sermon du cheikh, un phaéton avait conduit la moitié des hommes de Ramiz jusqu'au palais du gouverneur. Là, Nusret les fit passer pour une escouade en civil chargée de sécuriser les lieux. Il les cacha ensuite dans une réserve de bois en face des cuisines.

Une demi-heure plus tard, un second phaéton déposait Ramiz, le nouveau gouverneur et trois autres hommes devant la petite porte du bâtiment, non loin du grand portail. Ils entrèrent tous sans difficultés, et sans même prendre la peine de dissimuler leurs armes. Nusret les conduisit jusqu'au premier étage par les couloirs et les escaliers de service.

Quand le cheikh Hamdullah entama son prêche, Nusret fit entrer discrètement Ramiz, le nouveau gouverneur et leurs hommes dans la petite pièce avec la carte, attenante au grand salon de réunion – celle que nous appelons parfois la salle d'épidémiologie –, et les y enferma à clef. À ce moment-là, le palais était relativement désert, du fait que Sami Pacha et tous ses espions se concentraient sur la mosquée et ses environs. La négligence était cependant si grossière qu'on ne manquerait pas d'y voir, par la suite, la preuve que des complicités existaient en haut lieu.

Les consuls, journalistes et autres invités avaient commencé d'affluer jusqu'au balcon personnel de Sami Pacha. Les hôtes ne se touchaient pas, on se saluait de loin. Les consuls, comme d'habitude, formaient un groupe à part. Les journalistes, les curieux, les autres, attendaient chacun dans leur coin, impatients de voir débuter puis s'achever sans encombre la fameuse réunion que Sami Pacha avait tant insisté pour organiser et dont ils pensaient tous qu'elle ne servirait à peu près à rien.

CHAPITRE 50

Nous commencerons ce chapitre par une question que les historiens de Mingher n'ont cessé de se poser : pourquoi le major avait-il choisi de porter, ce matin-là, à l'aube d'un jour qui devait se révéler funeste à l'Empire, son uniforme d'officier ottoman, sa médaille de la guerre contre la Grèce et sa décoration du Medjidié de troisième classe ? À cette question demeurée insoluble pour bien des historiens de l'île, nous répondrons sur-le-champ : le major, pas plus que Sami Pacha, n'avait absolument aucune idée de la nature, l'issue ni la portée des événements qui se produiraient ce jour-là. Certes, ils savaient que le nouveau gouverneur avait été enlevé, et leur colère contre Ramiz était grande. Le major pouvait assez bien imaginer que l'ancien fiancé de la femme qu'il aimait à la folie tenterait un coup de force visant à saboter la réunion tant espérée par Sami Pacha, et toute la quarantaine avec, c'était une possibilité avec laquelle il avait compté. Il avait donc pensé, à raison, que son uniforme et ses médailles auraient un effet dissuasif.

Ce matin-là, dans leur chambre du Splendid, Zeynep avoua à son mari que son attitude l'inquiétait davantage que ses médailles.

« Sois sans crainte, nous nous en tirerons sains et saufs, lui répondit le major. Pour ce peuple, l'heure du salut sonnera bientôt, crois-le ! Et celui-là ne me quitte pas », dit-il en montrant à Zeynep son revolver Nagant, mais elle n'y prêta aucune attention, comme si sa peur, étrangère à la frayeur des rixes, des combats et des armes, était de nature plus spirituelle, métaphysique.

Sami Pacha avait donné l'ordre à ses hommes d'agiter un drapeau blanc une fois le cheikh à bord du landau – signal qui devait être visible à la fois du palais du gouverneur et de l'hôtel Splendid –, puis de rejoindre le palais par les petites ruelles plutôt que par les artères principales. Il craignait que l'intenable et imprévisible Ramiz, ce bandit armé jusqu'aux dents, ne coupe la route au convoi qui transportait son frère, ne complote avec lui et même ne l'enlève. En chemin, le landau blindé s'arrêterait devant le Splendid pour prendre le major, un moyen de faire comprendre au cheikh Hamdullah que l'affaire était sérieuse et qu'il devait se tenir à carreau.

Le major aperçut le drapeau blanc, il étreignit sa femme. Zeynep lui redit qu'elle craignait un sale coup de Ramiz, elle l'exhorta à la plus grande prudence. Ils s'embrassèrent.

Le major descendit lentement les marches de l'hôtel désert. Quatre soldats de la quarantaine en armes l'attendaient dans le hall. Il se regarda un instant dans le grand miroir au cadre doré, écouta un de ses hommes lui rapporter qu'une méchante rixe entre deux familles musulmanes avait retardé leur travail dans le quartier de Tchitê, puis il sortit sur le perron, au moment où le landau blindé, tiré par des chevaux en sueur, épuisés, s'en approchait. Un fourgon suivait, rempli de gardes.

Par la fenêtre du landau, le major aperçut, à côté du cheikh, son fidèle serviteur Nimetullah Efendi Feutre Pointu. Nous signalons ici à nos lecteurs que Nimetullah Efendi, l'une des personnalités les plus éminentes du couvent de la Halifiye, en dépit de son allure modeste et effacée – ou peut-être précisément grâce à elle –, allait occuper de hautes responsabilités dans l'histoire de l'île.

Le cheikh fut surpris de voir le Commandant des soldats de la quarantaine monter à bord du landau. Il avait probablement une assez mauvaise opinion du major, l'homme qui, non content d'avoir ravi la fiancée de son beau-frère, avait ordonné à ses troupes de molester ses disciples et de noyer sous un nuage de lysol son couvent. Mais, lorsqu'ils virent son uniforme, ses médailles, son arme et son attitude déterminée, son intérimaire et lui saluèrent le major avec un sourire plein de déférence.

« Je savais que vous étiez un héros, lui dit le cheikh. Mais j'ignorais que ce héros fût si jeune. La médaille vous va à ravir, louange à Dieu ! »

Le major s'assit en face du cheikh et de Nimetullah Efendi. Il s'inclina en remerciant humblement.

« Le sermon de son éminence le cheikh Efendi était d'une grande puissance ! s'exclama Nimetullah Efendi. Les pieux croyants en ont pleuré de gratitude, ils n'avaient de cesse de lui baiser les mains. » Puis, après un silence, il ajouta : « Grâce au sermon de son éminence, la communauté sait maintenant la nécessité d'observer les règles de la quarantaine. »

C'était un mensonge, nos lecteurs les plus attentifs l'auront compris. Mais le major n'avait pas assisté au sermon.

En remontant vers la place Hamidiye par les petites rues désertes que le landau de l'habile Zakaria grimpait péniblement, ils furent émus par la vue d'une foule en deuil dans un jardin, puis par celle d'un garçon qui mangeait des raisins à côté de son frère en larmes. Le major sentit qu'il devait profiter du trajet – sept à huit minutes – pour dire au cheikh ce qu'il avait résolu de lui dire.

« Éminence cheikh Efendi, toute l'île vous tient en telle vénération que si vous, vous en personne, aviez soutenu sans réserve, dès le début, les médecins et les hommes de la quarantaine, l'île aujourd'hui n'aurait pas tant de morts, tant de chagrin, tant de désespoir.

— Nous autres, voyez-vous, sommes esclaves de Dieu et du Prophète. Ce qu'Allah commande, nous le faisons. Le reste vient ensuite. Dire que "seuls les médecins connaissent la maladie", ce serait renoncer à notre religion, à notre foi, à notre histoire, et nous ne le pouvons souffrir.

— Nous sommes tous esclaves de Dieu, répondit le major. Mais qu'est-ce qui est le plus important pour une nation : sa foi et son histoire, ou bien sa vie et son avenir ?

— Une nation sans religion et sans passé n'a ni vie ni avenir. Et d'abord, quelle est-elle, au juste, cette "nation" dont vous parlez ?

— Tous les habitants de l'île. Le peuple de cette province. »

Quand la voiture traversa le pont Hamidiye, le crissement brutal des roues sur les pavés les fit taire ; on eût dit qu'ils n'attendaient que cette occasion. Ils regardèrent au-dehors : à droite dominaient le bleu des eaux du port, le rose et le blanc de la Forteresse, à gauche c'étaient les pins, les palmiers, le Vieux Pont.

Ils remarquèrent aussi les policiers que Sami Pacha avait placés tout le long de l'avenue Hamidiye, quoique en petit nombre. Malgré les affiches officielles, les annonces dans les journaux et le zèle des fonctionnaires, la plus grande avenue de la ville était à peu près déserte. « Ils seront bientôt là ! dit Nimetullah Efendi, qui sentait le doute monter. Les fidèles viennent à peine de quitter la mosquée. » Il tendit sa tête par la fenêtre comme pour surveiller leur progression. Mais personne ne suivait le landau, excepté le fourgon des gardes. Des policiers et des hommes du major montaient la garde devant la poste, un spectacle désormais familier. La place du Vilayet était plus étroitement bouclée. Il y avait une petite foule composée d'employés des agences de voyages, de boutiquiers et des fonctionnaires à qui Sami Pacha avait ordonné de venir. Mais, loin de former la marée humaine dont il avait rêvé, ces hommes restaient éparpillés aux quatre coins de la place, à l'ombre des palmiers et des amandiers, d'où l'ancien gouverneur, qui les épiait d'en haut, depuis son carreau, désespérait de les voir jamais sortir.

L'arrivée du landau sur la place attira l'attention. Les chevaux exténués n'avaient pas encore marqué le pas qu'une nuée de gardes, de policiers et de secrétaires se pressait déjà autour de l'attelage. Un petit moment s'écoula encore avant que le cheikh, après être descendu de voiture grâce à un marchepied habilement dressé, s'arrachât aux baisemains de la foule et atteignît enfin l'entrée du palais du gouverneur.

« Je dois faire mes ablutions ! » dit le cheikh à Nimetullah Efendi une fois à l'intérieur.

Il y avait, en bas des escaliers, des toilettes *alafranga*, pourvues d'un robinet d'eau courante et installées là essentiellement pour les Européens et les hôtes occidentaux du palais (en particulier les consuls). Le cheikh y resta enfermé un bon moment (dix minutes, selon nos estimations), halte prolongée au sujet de laquelle on a pu faire toutes sortes de supputations, généralement fausses et fallacieuses, sous prétexte que ce délai spectaculaire, à en croire certains, aurait radicalement modifié le cours de l'histoire.

Or aucune de ces spéculations politiques grossières ne tient la route. À notre avis, la seule bonne interprétation de l'événement est la suivante : si le cheikh tint tant à faire ses « ablutions » dans ces toilettes, et y resta si longtemps, ce fut par curiosité, tout simplement. Car lors de l'inauguration du nouveau palais du gouverneur, sept ans plus tôt, tous les journaux de l'île, à commencer par le *Havadis-i Arkata*, avaient abondamment vanté la modernité de ses nouveaux bureaux, ses suites et ses balcons à l'occidentale, et les musulmans cultivés de l'île, entre autres débats sur l'occidentalisation des mœurs et l'enrichissement des chrétiens, avaient beaucoup jasé sur le fait que même les toilettes, dont les cuvettes étaient signées « Stohos, marbrier à Salonique », fussent à l'européenne.

CHAPITRE 51

Pendant que le cheikh Hamdullah faisait ses ablutions, le major remontait solennellement le grand escalier du palais, fameux dans toute l'île pour son marbre rose et blanc de Mingher. Comme d'habitude, il s'efforçait d'ignorer le mélange d'orgueil et de gêne qu'il éprouvait chaque fois qu'il portait ses médailles. Mais ce jour-là, en ce lieu, impossible d'y échapper. Il sentait peser sur lui, tandis qu'il montait les marches, les regards anxieux des huissiers, des valets et des secrétaires, et pour les éviter lisait les affiches de la quarantaine sur les murs (certaines vieilles de deux mois) comme s'il les découvrait pour la première fois.

Il entra dans le grand salon de réception. En découvrant la lumière éblouissante qui inondait la pièce, il crut un instant s'être trompé de porte – il avait toujours connu cette salle plongée dans la pénombre, les rideaux presque tous tirés, même lors des réunions du Conseil sanitaire. Près du balcon, il remarqua le docteur Nuri en grande conversation au soleil avec Monsieur Andon, le consul de France (cet homme l'agaçait) et, tournant les talons, il se dirigea vers la salle d'épidémiologie.

Il voulut ouvrir la porte verte, mais elle était fermée à clef ; au moment où il retournait vers le balcon, il entendit un craquement puis une voix étouffée dans son dos. Un secrétaire était-il en train de reporter les morts sur la carte ? Il se dit qu'on avait verrouillé la pièce par mesure de sécurité, ce qui était raisonnable, et que de toute façon les gens à l'intérieur ne tarderaient pas à sortir.

Le major se joignit à la discussion entre le directeur sanitaire et le vieux docteur Tasos, membre du Conseil : à Kofounia et Eyoklima, on avait de nouveau trouvé des rats morts dans les rues et les jardins. Les cadavres étaient frais, certains avaient le museau maculé de sang. Les fils Mavrogenis, une des vieilles familles grecques de l'île, deux gaillards solides comme des lions, avaient été conduits à l'hôpital ce matin, délirants de fièvre. Il y avait aussi un brocanteur, très aimé de tous, qui n'avait pas ouvert sa boutique.

Le major, tout en écoutant la conversation d'une oreille, scrutait la procession clairsemée des gens qui arrivaient sur la place du Vilayet depuis l'avenue Hamidiye. Une petite soixantaine de personnes était maintenant sur la place, dans l'attente de l'allocution qui serait donnée au balcon. On aurait beau retarder celle-ci tant qu'on voulait, une chose à présent était claire : la foule immense dont le pacha rêvait depuis des jours ne se montrerait jamais.

Le major s'approcha d'un secrétaire de Sami Pacha qu'il connaissait de vue et lui demanda d'ouvrir pour lui la salle d'épidémiologie.

« C'est Nusret Efendi qui a la clef. Vous le trouverez dans le bureau de son excellence », répondit le secrétaire à la fine moustache en jetant un regard vers la porte entrouverte du bureau.

Une seconde plus tard, Sami Pacha, son premier secrétaire et Nusret Efendi en sortirent, la mine sereine et résolue.

Au même instant, le major remarqua du mouvement à l'autre bout de la pièce, autour de la porte principale ; le cheikh Hamdullah faisait son entrée. Passant devant la salle d'épidémiologie, le major et le secrétaire entendirent qu'on donnait des coups répétés contre la porte. Les coups s'accéléraient, quelqu'un semblait vouloir défoncer la porte de l'intérieur.

Nusret, qui avait déjà faussé compagnie à Sami Pacha, comme s'il n'attendait que ce signal, se dirigea alors vers la porte, la clef à la main, décidé à l'ouvrir. Mais elle tremblait trop sous les coups, il n'y parvint pas.

« N'ouvrez pas ! » hurla soudain le consul de France. (Le mot, évidemment, devait passer à l'Histoire.) Un mauvais coup se tramait, c'était une certitude.

Un mouvement de panique agita la grande salle et le balcon. Quand il vit les deux gardes qui escortaient le cheikh s'approcher en chargeant leurs fusils, le major s'éloigna de la porte et se posta devant l'une des grandes fenêtres.

Tous les invités comprirent qu'ils étaient tombés dans un piège. Les putschistes étaient là, dans la salle d'épidémiologie, toujours verrouillée. On essayait de deviner la nature de l'attaque. Était-ce un coup de Sami Pacha ? Dans certaines provinces des confins de l'Empire, on tendait parfois ce genre d'embuscades aux chrétiens et aux mécontents, pour les intimider. Mais ici, tout se passait au beau milieu du palais du gouverneur, sous les yeux des journalistes.

Tandis que certains invités couraient se réfugier sur le balcon ou dans les escaliers, les gardes de Sami Pacha encerclaient la salle d'épidémiologie. On entendait des voix derrière la porte. « Ouvrez ! » hurlait quelqu'un. Ceux qui connaissaient sa voix dirent que c'était Ramiz. Une bagarre avait-elle éclaté à l'intérieur ?

L'indécision était encore totale, lorsque la porte verte s'ouvrit brutalement, laissant apparaître un des hommes de Ramiz, un paysan de Nebiler, chauve, moustachu. Il tenait son fusil pointé en direction de la foule, mais sans viser personne.

« Restez calmes ! » cria quelqu'un avec un fort accent grec – c'était Kyriakos Efendi, le propriétaire du Bazaar de l'Îsle – depuis le coin de la pièce où se terraient les riches et les journalistes grecs. Tous voulaient l'imiter et implorer : « Pitié, n'appuyez pas sur la gâchette, baissez votre arme ! » Mais ils avaient la gorge nouée, ou n'y croyaient plus.

« Ne tirez pas ! » lança une deuxième voix.

Ramiz alors s'avança jusqu'au seuil de la porte. Il avait le sang froid, le teint rose, le regard tranquille. Sa confiance en lui, même en cet instant, paraissait inébranlable.

« Vous feriez mieux d'attendre, pour lancer votre petite cérémonie, que notre nouveau gouverneur ait pris ses fonctions ! » dit Ramiz.

Ni Sami Pacha, ni les consuls ne purent voir comment le cheikh Hamdullah réagissait à l'impudente annonce de son beau-frère, car il était complètement cerné par les gardes. Peut-être le cheikh aurait-il su remettre son beau-frère à sa place, firent remarquer certains par la suite. Mais tout le monde nota avec quel aplomb, quelle morgue, quelle autorité ce truand sans grade, ce vaurien sans emploi, simplement parce qu'il était le frère du cheikh le plus respecté de l'île, se permettait d'humilier devant lui l'ancien gouverneur, quelques heures après avoir enlevé le nouveau en pleine nuit.

Qui tira le premier coup de feu ? Les écrivains ottomans et les écrivains turcs ne sont pas d'accord ; les historiens nationalistes de Mingher affirment une chose, ceux du reste du monde en avancent une autre. Dans ce genre de situation, le premier coup de feu est souvent l'œuvre d'un provocateur ou d'un imbécile que la peur fait maladroitement appuyer sur la détente, et il est vite identifié par les témoins. Or ce ne fut pas le cas, ce midi-là, dans le grand salon du palais de Mingher. Au contraire, tout le monde se mit à tirer sur tout le monde en même temps, comme si l'ordre, de part et d'autre, en avait été donné exactement à la même seconde. Du reste, tous avaient le doigt sur la gâchette. Dans les Mémoires de l'attaché du nouveau gouverneur Ibrahim Hakkî Pacha, il est écrit que celui-ci, sentant que la fusillade éclaterait dès que la porte s'ouvrirait, avait déjà dégainé son revolver Nagant, et qu'il fit feu le premier.

Un « deuxième front » fut ouvert par les hommes de Sami Pacha, par la seconde porte de la salle d'épidémiologie, qui donnait sur le couloir. L'ancien gouverneur, se fondant sur les informations fournies à la dernière minute par Nusret, l'agent provocateur, avait placé des hommes armés dans les escaliers et son bureau. Au moment où la fusillade éclata, l'ancien gouverneur n'avait pas moins de dix-huit hommes qui surveillaient les entrées et l'intérieur du grand salon. Certains étaient de vrais gardes en uniforme, ostensiblement armés, d'autres étaient entrés déguisés en secrétaires, en valets, en commerçants, le pistolet caché sous la tunique. (Yusuf, l'homme qui s'était abrité derrière la même colonne que le major, était l'un d'eux.) Dès que les premiers coups de feu retentirent, ils dégainèrent leurs armes et commencèrent à canarder l'ennemi à l'aveuglette, suivant les instructions de Sami Pacha.

Le matin même, il avait averti tous les hommes appelés au palais et sur la place que des ennemis du peuple et du sultan risquaient de vouloir profiter du moment historique de la grande réunion pour « saboter » la quarantaine, voire commettre un véritable attentat, et que dans ce cas, ordre leur était donné d'abattre les maudits traîtres, sans hésitation et sans pitié. (C'était donc au nom du sultan, et non pour une Mingher indépendante, que ces hommes appuyèrent sur la détente.)

Quand il avait appris l'existence du projet de putsch, Sami Pacha, désirant à tout prix maintenir son discours au balcon, avait nourri quelques rêves puérils, par exemple qu'on arrêterait le bouillonnant Ramiz et ses hommes un par un, sans avoir à tirer un seul coup de feu. Prendre à revers les putschistes par la porte du couloir était donc l'élément décisif de son plan.

Or c'est précisément ce plan, à notre sens, qui provoqua la folle « escarmouche ». D'un côté on tirait dans tous les sens sur l'« ennemi », de l'autre on se barricadait derrière tout ce qu'on trouvait, une table, une colonne, un fauteuil, un poêle, un pot de fleurs.

Les dix premières secondes de l'accrochage, à vrai dire, furent d'une intensité relativement faible. Les invités n'avaient pas encore exactement compris ce qu'il se passait, et l'entrée simultanée du cheikh et de Sami Pacha dans le grand salon avait un peu égaré l'attention. La stupeur et la panique du premier coup de feu n'en furent sans doute que plus grandes. Puis la véritable fusillade éclata, les balles se mirent à voler partout à la fois. Les détonations se répercutaient en écho dans la grande pièce garnie de boiseries et de lourds rideaux ; dehors on entendait un bruit étrange, puissant et saccadé.

Pendant les quelques minutes ininterrompues que dura la fusillade, les invités coincés dans le grand salon, prisonniers au milieu de ce vacarme de l'enfer, crurent devenir fous. Aucun d'eux, jamais, ne devait oublier ce qu'il avait vu et entendu ce jour-là, leurs mémoires resteraient à jamais hantées par le terrifiant fracas des armes, comme si ce bruit atroce surpassait en horreur le spectacle des soldats et des bandits tombés sous leurs yeux.

Quelques-uns s'étaient réfugiés sous la grande table autour de laquelle avaient lieu les interminables réunions du Conseil sanitaire ; d'autres se cachaient derrière des placards, des chaises, des guéridons ; la plupart s'étaient simplement jetés à terre.

Ils avaient assez vite compris qu'on ne les prenait pas pour cibles, mais quoi, les balles continuaient de pleuvoir ! Il y avait de la rage dans l'air ; tout le monde pouvait être touché, tout le monde sentait cette rage. On eût dit que c'était sur la peste qu'on tirait. Sur ce point en tout cas, témoins et historiens sont d'accord : pendant ces quelques minutes, cent cinquante coups de feu furent tirés.

Aux dix-huit hommes bien préparés de Sami Pacha, Ramiz n'en avait que dix à opposer, armés certes eux aussi, mais qui cherchaient surtout à se protéger, plus qu'à tuer.

Certains, bien que touchés dès les premières secondes, eurent la force de se replier derrière des abris avant de riposter. Vaillants, les nerfs d'acier, ils visaient bien et firent souvent mouche. Plusieurs personnes tombèrent dans la foule. Puis, après un moment, leurs armes se turent. Les hommes de Sami Pacha les faisaient reculer sous une pluie de balles, la curée était sonnée !

Deux furent touchés aussitôt après la tirade bravache de Ramiz, l'un au bras, l'autre à l'épaule. Ils comprirent tout de suite qu'ils n'avaient guère de chances de s'en tirer par l'autre porte de la salle d'épidémiologie : trois gardes de Sami Pacha la tenaient sous un feu nourri. Voyant qu'il était vain de tenter une percée, Ramiz revint vers la porte verte et continua de tirer sur les hommes qui faisaient feu depuis le salon. Au bout d'une ou deux minutes, tous ceux qui étaient dans la salle d'épidémiologie furent hors de combat.

« Que personne ne bouge ! » lança l'ancien gouverneur Sami Pacha.

Il y eut un premier long silence. On entendit deux mouettes qui se chamaillaient au-dessus de la place. Malgré les murs, le fracas des armes s'était répercuté dans toute la ville, son écho résonnait jusque dans les montagnes.

Le silence qui suivit fut plus singulier. Plusieurs hôtes commençaient de se traîner hors de leurs cachettes, les autres restaient couchés, immobiles. On entendait des cris de douleur, les plaintes des mourants.

Le major quitta la colonne derrière laquelle il s'était caché. Il risqua un pas dans la salle d'épidémiologie, complètement dévastée. Il vit d'abord quatre hommes de Ramiz et l'huissier Nusret, le provocateur, qui gisaient, morts. Le sang recouvrait tout, donnant au marbre rosé de Mingher une étrange teinte rouge. Ramiz était à terre, sur le flanc, mais il n'était pas mort, il bougeait encore, gémissait.

Un garde était assis, plié en deux par la douleur ; lui au moins pourrait être sauvé, songea le major. Quant au jeune garçon au visage pâle et poupon qui avait tiré avec les putschistes, il s'en était tiré sans une éraflure. Son corps tremblait de peur, mais la joie d'avoir survécu illuminait singulièrement son visage. Quand il vit le major s'approcher, son pistolet à la main, il leva les bras pour indiquer qu'il se rendait.

Ceux qui s'étaient réfugiés près de l'autre porte, celle criblée de balles, avaient été moins touchés, paradoxalement. Ibrahim Hakkî Pacha était à terre, une balle au milieu du front, mort. Le major aperçut ensuite quelques assaillants qui s'étaient rendus aux gardes, dont Hadi, l'attaché du nouveau gouverneur, qui pleurait son maître.

Quatre balles s'étaient fichées dans la grande carte sur laquelle le gouverneur Sami Pacha et le docteur Nuri, chaque matin depuis deux mois, notaient au crayon vert les morts, les lieux et les foyers contaminés. Une balle avait fait un trou dans la vitrine de la grande armoire laquée de noir, mais le verre avait tenu. Les vitres de celle en noyer, à côté, avaient toutes été brisées dans la bataille.

Lorsqu'il vit les hommes de Sami Pacha et les policiers sur le point d'entrer dans la pièce, le major tira légèrement le tiroir inférieur de l'armoire en noyer, ôta le couvercle qui n'était pas fermé, et, de dessous deux kilims bien pliés, sortit une toile semblable à une bannière, rouge profond et rose clair, sur laquelle figuraient, finement cousues sous l'inscription « La Rose du Levant », une rose de Mingher, la Montagne Blanche et les tours pointues de la Forteresse, les emblèmes de Mingher.

Il paraissait chercher un endroit bien éclairé où examiner le drapeau. Quand il eut fait deux pas en direction du balcon, il s'arrêta, comme s'il avait trouvé la bonne lumière, déplia le drapeau sous les regards des invités encore terrorisés par le fracas des armes et, l'espace d'un instant, tout le grand salon s'illumina de rouge.

Les journaux de Mingher, avant les livres d'histoire, ont beaucoup raconté, sans économie de lyrisme, l'espèce de stupeur émerveillée qui saisit les invités lorsque la lumière du soleil frappa le drapeau que le major tenait à la main : ici nous entrons dans le domaine de la passion nationaliste, où l'histoire ne se distingue plus de la littérature, la réalité de la légende, la couleur du mythe. Nous prendrons donc le temps d'examiner les faits d'un peu plus près.

CHAPITRE 52

On ne compte plus les aquarelles montrant le major qui s'avance vers le balcon, le revolver dans une main, le drapeau de toile rouge dans l'autre. Presque toutes reprennent celle du peintre grec Alexandros Satsos, cousin de Lami par sa mère, qui fut publiée dans l'*Adekatos Arkadis* pour le premier anniversaire de la « Révolution ». L'image est elle-même très largement inspirée de *La Liberté guidant le peuple*, le célèbre tableau de Delacroix, tant aimé des révolutionnaires du monde entier. Et nous-mêmes, disons-le, ne saurions faire totalement abstraction des sentiments romantiques qui nous étreignent chaque fois que nous évoquons, comme au chapitre précédent, ces événements qui ont bouleversé notre histoire. Jusqu'à la fin des années 1930, les boutiques de l'île regorgeaient encore de lampes, de statuettes et de bibelots imitant la *Liberté* révolutionnaire de Satsos-Delacroix.

Le major était au seuil du balcon quand il fut arrêté par le docteur Nuri. D'un geste très pur et très spontané, celui-ci posa une main sur l'épaule du major Kâmil. Il l'avait vu tirer sur les assaillants et voulut le prendre dans ses bras. Mais le major avait les mains prises par le drapeau et son revolver. Le médecin remarqua cependant quelque chose que ni le major ni nos lecteurs n'avaient encore noté.

« Vous êtes blessé ?

— Non ! » s'écria le major. Puis il vit le sang qui maculait son poignet au-dessus de la main tenant le drapeau. Il n'avait pas mal, mais l'entaille était réelle et le sang coulait en abondance. « Je n'ai rien senti, mon pacha, dit-il alors en s'adressant à Sami Pacha, qui venait de les rejoindre. Mais aucune balle ne nous empêchera plus d'accomplir ce que la nation attend de nous ! »

Le major avait haussé la voix de façon à être entendu de tous. Les invités se tournaient maintenant vers le pacha, curieux de connaître sa réponse. Mais Sami Pacha était las, indécis, et resta muet.

« Mon pacha, si nous ne proclamons pas la fermeture des églises et des mosquées, sur-le-champ et d'une voix commune, la quarantaine est condamnée. Si nous ne nous adressons pas à la nation maintenant, alors personne ne nous écoutera plus jamais, ni vous, ni moi ni mes hommes ! »

Le major s'étonnait d'oser parler si fort devant le pacha. Une photographie prise exactement à cet instant le montre pointant son revolver sur Sami Pacha. Celui-ci avait pourtant envoyé tous les photographes de l'île en bas, sur la place, afin d'être immortalisé dans les revues et les journaux en train de tenir son grand discours au balcon du palais, comme c'était le plan. Mais Vanias, le premier photographe de l'île, avait réussi à rester dans le grand salon. Dans la *Liberté* d'Alexandros Satsos, elle-même inspirée de Delacroix, certains détails, comme la posture et les habits du major, ont été directement copiés du premier cliché de Vanias.

Sur le second, on distingue dans un coin le cheikh Hamdullah, droit sur ses jambes, l'air solennel. Nous ignorons si le cheikh était au courant de la blessure de son beau-frère (que tout le monde croyait mort, du reste). Il avait toutefois assez d'expérience pour comprendre qu'après le putsch manqué et la fusillade, la cérémonie prévue prenait un caractère d'impératif politique auquel il était désormais impossible de se soustraire. Les hôtes retrouvaient peu à peu leurs esprits ; ils reconnaissaient déjà que le putsch de Ramiz était un coup de force contre les mesures sanitaires. Tous les hommes présents au palais ce jour-là, musulmans comme chrétiens, étaient unanimes : après un tel attentat, la seule chose à faire était de procéder aux proclamations comme si de rien n'était, et d'annoncer au peuple, d'une voix commune, la fermeture des mosquées et des églises.

Tous sentaient aussi que le major Kâmil (et non le gouverneur, encore trop ébranlé par sa destitution) était le véritable homme de la situation. Quand les popes, les imams et les journalistes sortirent sur le balcon, ils le trouvèrent presque en transe. Le jeune officier déclara à Sami Pacha que le nouveau gouverneur, Ibrahim Hakkî Pacha, avait reçu une balle dans le front et était mort, nouvelle que l'ancien accueillit avec une mine déconfite.

« C'est fini, personne ne nous écoutera plus ! s'exclama tristement Sami Pacha.

— Au contraire, mon pacha, lui dit alors le major, dans une réplique devenue célèbre. Si, au lieu de reculer, nous avançons d'un pas et annonçons la révolution, ce n'est pas un, mais deux pas que la nation de Mingher fera avec nous sur la voie du progrès. »

En 1901, pourtant, l'association des mots « progrès » et « révolution » – concepts incompréhensibles dans ce contexte pour les conservateurs ottomans comme les historiens turcs – ne faisait pas partie du vocabulaire de l'île. Aussi les Ottomans, puis les Turcs, ne pouvant accepter que l'île se soit détachée d'eux parce que la nation minghérienne existait réellement – et à cause de leur propre incompétence –, s'empressèrent-ils d'alléguer que d'autres causes et puissances mystérieuses se cachaient derrière les événements. La meilleure preuve en était que jamais un jeune officier de trente ans comme le major, qui avait été emprisonné et dégradé pour indiscipline du temps qu'il était lieutenant, n'aurait pu s'adresser avec autant de morgue et d'autorité à l'« ancien » gouverneur, bureaucrate de haut rang pourvu du titre de pacha et de plus de vingt ans son aîné.

Ce à quoi nous répondrons que l'un des principes fondamentaux de toute « révolution » est précisément de bouleverser les usages connus, inaugurant un processus où des choses encore jamais réalisées, ou dont on n'imaginait pas qu'elles pussent l'être un jour, voire dont on n'avait jamais osé rêver, se concrétisent peu à peu.

Le major n'était guidé que par son expérience, sa conscience, l'amour authentique qu'il portait au peuple de l'île. Son ingénuité et sa sincérité étaient tout ce qu'il avait à opposer à la pression, à la peur, au poids des médailles ottomanes qui décoraient sa poitrine. Lorsque les invités commencèrent à prendre place sur le balcon, comme le souhaitait Sami Pacha, le major lui déclara à haute et claire voix, de façon à être entendu du docteur Nuri et des autres :

« Excellence, tant que notre sultan son altesse le Khan Abdülhamid sera sur le trône, ni vous, ni moi, hélas, ne pourrons retrouver Istanbul et notre vie d'avant sains et saufs. Il n'est pas de retour possible. »

Après avoir prononcé ces paroles dont la princesse Pakizê et son époux auraient l'occasion de mesurer, des années durant, le caractère « prophétique », le major éleva encore davantage la voix et, avec toujours plus d'éloquence et de lyrisme, continua :

« Ne soyez pas triste, mon pacha, car notre consolation est grande. Car nous ne sommes pas seuls. Car le peuple de Mingher est avec nous. Et tous les habitants de cette île, toute la nation minghérienne sait que tant que notre loi nous sera dictée par le télégraphe d'Abdülhamid, la voie de la guérison et du salut nous sera toujours barrée, et l'île périra sous les coups de la peste. »

C'était la première fois dans l'histoire de l'île qu'on prononçait à voix haute, devant une foule, une injure à Abdülhamid, et l'expression « nation minghérienne ». Il n'en fallut pas plus pour effarer définitivement l'assistance.

Le major était arrivé jusqu'au garde-corps. « Prenons la situation en main sans plus tarder, sans attendre les télégrammes d'Istanbul, et la quarantaine vaincra, la maladie reculera et nous serons sauvés ! » dit-il en véritable homme politique.

Puis il se tourna vers la place et s'exclama de toutes ses forces : « Vive Mingher ! Vive les Minghériens ! Vive la nation minghérienne ! »

La place s'était un peu remplie. Cent quarante personnes étaient là, peut-être cent cinquante. C'étaient des curieux qui revenaient après la grande dispersion de la fusillade. Des cochers, des gardes, des vendeurs, qui avaient couru s'abriter dans les boutiques, derrière les colonnes, les arbres, et quittaient maintenant leurs cachettes en voyant le cheikh Hamdullah, le pope Konstantinos Efendi, l'ancien gouverneur et le docteur Nuri apparaître au balcon. Le major, pour les tenir en haleine, se tourna vers Sami Pacha et lui dit cette phrase passée à la postérité, phrase dont la véracité est confirmée aussi bien par les témoins que par les lettres de Pakizê :

« C'est à votre ardeur et à votre talent, mon pacha, que nous devons de voir ce jour. Vous êtes notre plus grand gouverneur. Dieu vous garde ! Or à compter de ce jour, vous n'êtes plus le gouverneur du sultan, mais celui de toute la nation ! Notre assemblée, à compter de cet instant, proclame l'indépendance de Mingher. À compter de ce jour, notre île est libre. Vive Mingher, vive les Minghériens, vive la Liberté ! »

En bas, sur la place, les photographes qui s'étaient glissés dans la foule mitraillaient le balcon. Ce sont ces clichés, pris le vendredi 28 juin 1901, montrant les personnalités importantes de l'île réunies au balcon, le visage empreint d'une sérénité notable, qui ornèrent les dépêches rendant compte de ce jour où l'île de Mingher, après tant d'attente, entra enfin sur la scène de l'histoire mondiale.

Le premier cliché à se frayer un chemin hors de l'île fut pris par Ahris Bey. Parvenu d'abord en Crète, puis en France, grâce au consul de France et à une bande de passeurs qui continuaient d'évacuer clandestinement des insulaires sur des bateaux de pêche, il arriva à Paris où il fut publié le lundi 1er juillet 1901, soit trois jours plus tard, en deuxième page du *Figaro,* le plus célèbre journal conservateur de France, au-dessus de l'article suivant :

*Révolution à Minguère**

> La charmante île de Minguère, perle des eaux méditerranéennes de l'Empire ottoman et célèbre dans tout le Levant pour son marbre et ses roses, vient de proclamer son indépendance. Depuis neuf semaines, une terrible épidémie de peste ravageait cette petite île dont les quatre-vingt mille habitants se répartissent équitablement entre chrétiens et mahométans. Devant l'impuissance des autorités sanitaires locales à endiguer le funeste mal et afin qu'il ne se propageât pas jusqu'en Europe, le gouvernement de Constantinople avait requis le secours des puissances occidentales, dont la France, qui répondirent à son appel en dépêchant quatre vaisseaux de guerre former un blocus autour de l'île. Trois ans auparavant, Minguère avait déjà connu une série de révoltes contre les rigoureuses mesures de quarantaine imposées aux pèlerins revenant des lieux saints d'Arabie ; sept pèlerins et un soldat perdirent la vie dans ces féroces combats. Au cours des événements révolutionnaires, des coups de feu furent entendus dans la cité d'Arkad, chef-lieu de la province, où l'on nota également la présence de soldats turcs dans les rues.

Cette dernière phrase était un peu exagérée. Nous manquons certes de place pour corriger toutes les affabulations de ce genre, mais disons seulement que cette information mensongère avait été sciemment glissée dans l'article par les Français afin de laisser l'impression que l'île demeurait toujours sous domination ottomane – c'est ce qu'il nous paraît et nous en resterons là.

Une autre interprétation intéressante veut que ce mensonge ait eu pour but de tromper la Sublime Porte et Abdülhamid. La ligne télégraphique étant coupée, les rares nouvelles de l'île n'arrivant que par l'intermédiaire des bandes de passeurs clandestins, qui se laissaient mal infiltrer par les espions du sultan, car pour la plupart composées de grecs, Istanbul n'avait en effet aucun moyen de savoir qui était maintenant aux commandes de l'île.

La photo publiée dans *Le Figaro* – trois quarts de page – était légendée ainsi : « L'indépendance de Minguère proclamée au balcon du palais du gouverneur turc ! » La semaine suivante, la revue *L'Illustration* diffusait la même image, cette fois sous forme d'une gravure en couleurs, assortie d'une légende similaire. À l'évidence, les journalistes français n'avaient aucune idée de qui étaient les personnages présents sur l'image. Listons-les donc pour eux, en historiens : le major Kâmil, le cheikh Hamdullah, le pope Konstantinos Laneras, chef de la communauté orthodoxe, l'ancien gouverneur Sami Pacha, le docteur Nuri, gendre impérial, tous les consuls, le contrôleur général Mazhar Efendi, cinq soldats et deux autres personnages dont l'identité demeure inconnue à ce jour. (Hadi, l'attaché du nouveau gouverneur, Ramiz et ses hommes étaient alors enfermés dans une cave du palais.)

Le lendemain de la parution de l'article du *Figaro*, le journal anglais *The Times* reprenait le même cliché, sous-titré par une phrase qui devait faire plus tard la délectation des historiens et s'élever au rang d'une sorte de mantra appris par cœur et répété à tout bout de champ : « L'indépendance de l'île de Mingher est proclamée d'une même voix par les chefs des communautés chrétienne et musulmane lors d'une allocution collégiale au balcon du palais du gouverneur. »

Le gouvernement d'Istanbul et Abdülhamid apprirent la nouvelle par des télégrammes des ambassadeurs en poste à Paris et à Londres, Münir Pacha et Constantine Anthopoulos, qui l'avaient lue dans les journaux. Une série de rumeurs fantaisistes et malveillantes coururent à ce sujet, racontant notamment qu'Abdülhamid, trop abasourdi pour croire aux faits, aurait voulu voir de ses propres yeux les pages du *Figaro* et du *Times* qui rapportaient l'événement, et qu'il aurait envoyé des espions en civil à la gare de Sirkeci pour saisir les ballots de courrier qui arrivaient d'Europe par le train. Mais dès lors que Mingher ne répondait plus à leurs télégrammes, on conçoit assez bien que le sultan et les bureaucrates de la Sublime Porte aient cherché par tous les moyens à savoir d'où sortait cette révolte nationaliste, et surtout qui était à sa tête.

CHAPITRE 53

Un bref silence suivit le discours du major. Hachmet, le doyen des huissiers du palais, en profita pour prendre le « drapeau » que le major tenait dans sa main ensanglantée, puis le noua habilement au gourdin qu'il portait au côté – son arme en cas de coup de force.

Ainsi le vieil huissier quasi analphabète, qui n'avait jamais mis un pied hors de l'île, entra-t-il dans l'Histoire. Des années plus tard, après l'occupation italienne, le nouveau gouvernement nationaliste de Mingher donnerait son nom à une école primaire inaugurée dans son village d'origine, l'école Hachmet Porte-Étendard. Pendant un temps, l'image du vieux laquais en train de nouer le drapeau au bâton fut très populaire. Mais elle disparut peu à peu de l'iconographie officielle, notamment des billets de banque, le ministère de l'Éducation ayant jugé plus approprié que l'étendard fût remis au Commandant Kâmil par deux jeunes filles plutôt que par le vieillard, si bien qu'à compter des années 1970 celui-ci fut complètement effacé des mémoires. Aujourd'hui, seuls les gens de son village se souviennent encore de lui.

Le « geste » du vieil huissier, admirablement saisi par les peintres, réveilla l'ardeur du major. Il déposa son revolver, empoigna le manche du drapeau à deux mains, dont celle maculée de sang, et commença à l'agiter au-dessus de la foule. Sa blessure le gênait, la charge était lourde, mais le Commandant Kâmil réussit à imprimer au drapeau trois belles vagues latérales. Une fois assuré que tout le monde avait vu la bannière rouge flotter au vent, il la rendit à Hachmet et répéta en français ce qu'il avait déjà dit en turc :

« *Vive Minguère, vive les Minguériens ! Liberté, Égalité, Fraternité !**

« La nation mingérienne est une grande nation, continua-t-il. Elle vaincra la peste et marchera sur la voie de la Liberté, du Progrès, de la Civilisation. Puissent notre honorable assemblée et notre noble gouverneur la guider ! Vive Mingher, vive les Minghériens ! Vive les soldats, vive les médecins, vive les soldats de la quarantaine ! »

Ce major pousse un peu le bouchon, pensaient les notables réunis sur le balcon. Mais puisqu'ils croyaient que c'était une espèce de théâtre manigancé par Sami Pacha, ils prenaient leur mal en patience et se taisaient. Le meilleur témoignage sur le sujet, nous le trouvons dans les Mémoires de la fille de Konstantinos Efendi, publiés à Athènes en 1932, sous le titre *Le Vent de Mingher*. D'après sa fille, le pope était très loin de se réjouir de l'indépendance de l'île. Il était même passablement inquiet et nerveux. Tandis que les discours se succédaient au balcon, on lui avait chuchoté que le gouverneur Sami Pacha avait été démis deux jours plus tôt, qu'Ibrahim Hakkî Pacha, le nouveau, était mort, son attaché blessé et, de retour chez lui, le pope passa sa soirée à répéter qu'on était à la veille d'une immense catastrophe, Abdülhamid ne laisserait jamais cette stupide révolte impunie. Chaque fois qu'une insurrection de ce genre s'était produite ailleurs, un cuirassé ottoman n'avait pas tardé à venir canarder allègrement l'île, ses villages et ses villes.

Le pope se rassurait cependant, ainsi le rapporte sa fille, en songeant que l'île était assiégée par les vaisseaux occidentaux, c'est-à-dire qu'Abdülhamid, dans cette affaire, avait obligation d'agir de concert avec les grandes puissances. Le sultan n'aurait jamais le cran de briser unilatéralement le blocus en envoyant le *Mahmudiye* ou l'*Orhaniye* bombarder l'île. Quant à ces histoires de liberté et d'indépendance, le pope pensait comme d'autres que c'était une trouvaille de l'ancien gouverneur, le rusé Sami Pacha, parfaitement au fait du contexte géopolitique et des audaces qu'il permettait. Autrement dit, à la question que se posait

Abdülhamid : « Qui est le cerveau de la révolte ? », Konstantinos Efendi eût répondu sans hésiter : « Sami Pacha. »

Le Coup du télégraphe et son emprisonnement avaient donné au major une gloire et un crédit immenses auprès des musulmans fâchés avec Istanbul et le gouverneur. Son nom était connu jusque dans les riches familles grecques qui ignoraient tout de la situation dans les quartiers musulmans, et d'ailleurs s'en fichaient pas mal. Les jours passant, de moins en moins de gens pouvaient croire que cet officier brillant, promis à de grandes choses, fût venu à Mingher en simple garde du corps d'une fille de sultan soi-disant en route pour la Chine avec une Délégation qui devait prétendument porter secours à des musulmans et dont personne n'avait jamais entendu parler ; non, on se laissait plutôt convaincre, et de plus en plus, avec la sincérité du désespoir, qu'il avait débarqué sur l'île chargé d'une mission secrète d'une tout autre importance.

Le sang qui coulait de la plaie à l'avant-bras gauche du major recouvrait maintenant tout son poignet, sa main, ses doigts. Ce thème du drapeau teinté de sang allait vite devenir un sujet de conversation brûlant, même chez les chrétiens – soit parce qu'ils y croyaient de bonne foi, soit au contraire par mépris de telles balivernes –, après l'avoir été pour les musulmans, les gardes et les fonctionnaires présents sur le balcon. Dans les années 1930-1940, où tout le discours sur l'identité nationale tournait autour de la question du « sang mingherien », l'événement fut célébré comme le moment le plus tragique du « combat pour la liberté », car c'était de ce sang qui coulait du poignet du fondateur de l'État sur le drapeau, la place et le sol de l'île, qu'était né le grand fleuve de la geste de Mingher, ainsi qu'on écrivait alors. C'était le sang même de la race des Minghériens, ce peuple immémorial à la langue si singulière, qui, voilà des millénaires, avait quitté les rivages méridionaux de la mer d'Aral pour s'établir dans l'île.

Voyant le major lâcher le drapeau, le docteur Nuri en profita pour attraper son bras, l'essuyer et tâcher d'examiner la blessure. Il avait déjà soigné des soldats et des officiers revenus gravement blessés du front, dans les dispensaires délabrés des provinces perdues de l'Empire, il savait comment s'y prendre. En quelques gestes adroits, il mit au jour la plaie du major et constata que la situation était grave, sinon désespérée.

On a pu insinuer que le docteur Nuri avait évacué le major pour le faire taire. C'est faux. Le docteur avait raison d'intervenir, il devait intervenir, la médecine l'exigeait. Sans lui, le major n'eût jamais pu affronter les dangers dans lesquels nous le verrons se jeter au cours des pages suivantes. Le docteur Nuri arracha donc à la politique le major qui se vidait de son sang, l'allongea à l'intérieur et lui prodigua les premiers soins.

En voyant disparaître son héros du balcon, la foule sur la place s'agita un peu. Deux hommes en fez crièrent : « Longue vie ! » C'étaient deux nigauds étourdis qui n'avaient pas cru au fracas des armes, persuadés qu'il s'agissait d'un coup monté par Sami Pacha. Les autres, la majorité, avaient compris qu'un événement extraordinaire était en cours, le déduisant non seulement des discours et du drapeau du major, mais d'abord de la fusillade et du lourd silence qui avait suivi. D'autres encore étaient surtout marqués par les « fières et délicates » ondulations de l'étendard chamarré au-dessus de leurs têtes.

C'est alors qu'on entendit ce cri inconcevable et proprement inouï :

« *À bas Abdul-Hamid !** »

Sami Pacha et les notables présents sur le balcon firent aussitôt de grands gestes montrant qu'ils désapprouvaient le trouble-fête. Le cri, venu d'en bas, avait passé le seuil du palais, mais les dirigeants musulmans, soldats, policiers feignirent d'être sourds, et les attachés consulaires, les journalistes ne dénoncèrent pas le crieur importun. Qui était-il ? Le mystère demeure – ce qui nous amène parfois à penser que ces déplaisantes paroles, en réalité, ne furent jamais prononcées. Pour Sami Pacha et tous ceux du balcon, s'indigner de l'injurieux outrage à Abdülhamid était un bon moyen de calmer leur terreur commune : « Le sultan sera fou de rage ! » Il y avait, dans l'attitude de Sami Pacha, quelque chose qui disait « faites-moi taire ce factieux ! ».

Aux journalistes et aux espions du sultan, les hommes au balcon laissaient entendre qu'ils n'entreprenaient rien contre lui, ni contre Istanbul. (Ce qui ne durerait pas.) La plupart étaient d'ailleurs convaincus que la réunion du gouverneur se déroulerait comme prévu, sans accrocs, malgré le putsch et malgré les fantaisies du major. Et l'Histoire nous enseigne que les hommes qui jettent le premier pas sur la voie menant aux pires désordres, aux révolutions et aux massacres, avancent généralement sans peur, animés par l'intime conviction de faire exactement le contraire de ce qu'ils sont en train de faire.

Ainsi se comporta Sami Pacha, aussitôt le major évacué du balcon : il annonça à la foule rassemblée (à peine un dixième de celle dont il avait rêvé) que pour faciliter le succès de la quarantaine, les mosquées et les églises seraient provisoirement fermées au public. Plus besoin non plus d'appels à la prière, ni de sonner les cloches. Encore pris par l'émotion de la fusillade, du sang, de la poudre qui continuait d'empester l'air, des blessés qui gémissaient toujours dans son dos, il n'avait pas le cœur à lire le discours plein d'emphase et d'éloquence qu'il avait préparé. S'agissant des couvents et des monastères, seuls les résidents permanents auraient le droit d'y entrer, continua-t-il. Dès la fin des annonces, des fonctionnaires feraient le tour des monastères et des couvents pour recenser les gens qui y séjournaient ; tous les autres s'en verraient barrer l'entrée. Sami Pacha attachait beaucoup d'importance à l'envoi de ces recenseurs, assurément le point le plus délicat de la loi contre les mosquées et les églises ; il avait donc minutieusement préparé, avec l'aide de son premier secrétaire, la liste de toutes les interdictions que ses hommes auraient la joie de devoir faire respecter. Et comme il tenait beaucoup à cette liste, il sortit son papier et commença à en donner lecture. Ce qui revenait à lire le fameux discours auquel il tenait tant.

Personne ne comprit vraiment le discours de Sami Pacha, ni sur la place en bas ni au balcon là-haut. D'une part la voix de l'ancien gouverneur ne portait pas assez, d'autre part tout le monde, essayant de s'expliquer ce qu'il disait, parlait en même temps que lui. On ne s'étonna même pas lorsque quelques vieillards et autres admirateurs d'Abdülhamid s'exclamèrent « vive le sultan ! vive notre sultan ! », car rien en effet, dans le discours si soigneusement rédigé de Sami Pacha, n'allait à l'encontre d'Istanbul ni du souverain.

Pendant que Sami Pacha parlait à la tribune, le contrôleur général ordonnait à Vanias de photographier la salle d'épidémiologie. La pièce à la porte verte étant relativement petite, les cadavres des putschistes y étaient tous entassés, baignant dans leur sang. Les tables étaient retournées, les chaises renversées, les vitres brisées, les lustres par terre, tout était dévasté, mais la grande carte épidémiologique, elle, était restée parfaitement en place. On peut même dire qu'elle était encore mieux fixée au mur, grâce aux quatre balles qu'elle avait reçues.

Ces clichés montrant, à l'arrière-plan, la carte de Mingher, et les corps ensanglantés des putschistes au premier plan furent publiés, trois jours plus tard seulement, dans l'*Efimeris*, un journal d'Athènes, assortis de la légende : « Les partisans d'Abdülhamid qui ont tenté d'empêcher la Révolution à Mingher sont vaincus ! » Et l'*Akropolis* disait, toujours à propos de ces cadavres qui baignaient dans leur sang : « Tragique fin pour le nouveau gouverneur et les bandits envoyés par Abdülhamid pour réprimer la Révolution de Mingher ! »

La publication de ces photographies et de leurs exégèses dans la presse grecque et européenne donnait un peu plus de corps à l'idée que l'arc de la révolution et de l'indépendance avait tiré ses flèches sur Mingher, qu'il avait atteint sa cible et qu'aucun retour en arrière n'était possible, ce à quoi même Abdülhamid devait consentir. Il ne lui restait plus qu'à passer le pouvoir aux nouveaux maîtres, leur léguant une bannière ottomane en souvenir, et abandonnant tout espoir de récupérer un jour l'île.

Certains ont avancé que ces clichés furent délibérément transmis à la presse grecque par Sami Pacha, dans le but de montrer aux musulmans et aux chrétiens de l'île qui craignaient l'indépendance et redoutaient le châtiment d'Abdülhamid que toute réconciliation avec Istanbul était exclue. Nous ne sommes pas de cet avis : l'unique but de Sami Pacha était au contraire de calmer le cours turbulent que le major avait imprimé aux événements, non de mettre de l'huile sur le feu. Photographies dans la presse grecque ou pas, il savait néanmoins très bien qu'Abdülhamid, quand il apprendrait le meurtre du nouveau gouverneur, le tiendrait pour responsable, un responsable d'autant plus coupable qu'il n'avait pas accepté sa destitution. Ainsi Sami Pacha, avant même d'avoir fini son discours au balcon du palais, avait-il déjà compris que ce n'était pas seulement la route d'Istanbul qui lui était définitivement barrée, mais celle de tout l'Empire.

À la fin du discours, conformément au plan du pacha, les chefs des communautés religieuses s'avancèrent sur le balcon et prièrent ensemble, chacun dans sa foi, pour que les politiciens et les médecins tiennent la quarantaine et que Dieu éloigne la peste de Mingher. On regrettera cependant que les clichés qui immortalisèrent ce moment historique, puissant symbole de la laïcité fraternelle qui avait toujours régné sur l'île (et que nous continuons de défendre), aient été légendés, quelques années plus tard, par la malheureuse et mensongère formule : « Les fondateurs de l'État minghérien prient pour la prospérité et la longévité de l'État, le bonheur et la paix de tous ses citoyens. »

Après la réunion, les invités qui quittaient le balcon, pris par un mélange de curiosité et de terreur, s'arrêtèrent un instant pour voir les cadavres que les gardes et les huissiers commençaient d'évacuer. Même le chef de la communauté orthodoxe, le pope Konstantinos Efendi, ne put résister à la tentation et se dirigea vers la porte de la salle d'épidémiologie, où il resta un moment à contempler en se signant les corps ensanglantés qui gisaient à terre, le front déchiqueté du nouveau gouverneur, son visage croûté de sang séché, avant de quitter la pièce en même temps que les dépouilles qu'on traînait vers la sortie. Sami Pacha raccompagna ses hôtes de marque, les cheikhs et les popes, jusqu'au pied des escaliers, où il les remercia longuement de leur soutien à la grande entreprise de la quarantaine. « Dieu soit loué, Dieu soit loué », leur disait-il, comme si tout s'était passé exactement comme prévu, qu'aucun putsch n'avait eu lieu, que personne n'était mort.

Plus haut, devant la porte du bureau, le docteur Nuri essayait de juguler l'hémorragie du major. Le vieux docteur Tasos, membre du Conseil sanitaire et commère devant l'Éternel, l'assistait dans cette tâche.

Revenu dans le grand salon, Sami Pacha eut un large sourire d'aise en voyant les consuls qui l'attendaient. Il sentait de nouveau bouillonner dans ses veines la force du grand gouverneur Sami Pacha, l'homme toujours maître de la situation. Car il était désormais le seul maître de l'île, et les regards apeurés des consuls ne démentaient pas cette éclatante réalité.

« Rien ne sera plus comme avant à Mingher, messieurs, sachez-le ! leur lança Sami Pacha avec son air moqueur et méprisant des grands jours. Nous châtierons comme ils le méritent les commanditaires de cet infâme complot qui a tenté d'anéantir et la mission sacrée de la quarantaine, et la vie et l'œuvre du peuple de Mingher ! Il se peut que les lâches soient parvenus jusqu'à cette porte grâce à certains passe-droits diplomatiques ! À compter de ce jour, toutes les autorisations d'entrer au palais, par nous généreusement accordées aux consuls, sont révoquées. Nous réexaminerons aussi un par un chacun des privilèges consulaires. Et le consul qui se cache derrière l'odieuse attaque, quel qu'il soit, sera châtié comme il le mérite, croyez-m'en ! Le ministre des Affaires étrangères vous donnera bientôt des précisions à ce sujet. »

Pour éviter toute question inutile, Sami Pacha expliqua aux consuls et aux journalistes qu'en effet, à compter de ce jour, le secrétaire anciennement préposé au renseignement intérieur était « ministre des Affaires étrangères ». C'est donc que le « gouverneur » Sami Pacha croyait au nouvel État et aux paroles du major.

« Mingher aux Minghériens ! » s'écria celui-ci. Mais la douleur et l'épuisement l'empêchèrent de poursuivre, sa tête retomba en arrière sur son coussin et il se tut.

Certains crurent voir dans les imprécations inaudibles, les

gesticulations abruptes et contrariées du major une ressemblance avec l'état d'un pestiféré. C'étaient les réalistes, ceux qui pensaient qu'une lutte ouverte avec Istanbul mènerait au désastre. Ils voulaient croire que le major, tels certains pestiférés, « délirait ».

Le major fut évacué hors du grand salon, loin de la foule, soutenu aux épaules et aux bras par plusieurs hommes, le docteur Nuri en tête. Le peintre Alexandros Satsos a tiré de cette scène une merveilleuse aquarelle, datée de 1927. Le peuple de l'île, malheureusement, ne connaît cette image que par les copies en noir et blanc qui parurent dans les revues et les journaux, l'original appartenant à la collection d'un millionnaire texan, magnat du pétrole et alcoolique. L'artiste, à nos yeux, a formidablement rendu, en plus du revolver et du drapeau, les yeux délicatement clos, le teint blême et l'espèce d'alanguissement gracile et presque féminin du grand héros de la Liberté et fondateur de l'État. Quant aux historiens de l'île, tous s'accordent à dire que le major Kâmil, en cet instant, ne souhaitait qu'une chose : se remettre sur pied et accélérer le cours de la révolution.

Tandis que la foule des derniers invités se dirigeait vers la sortie, Sami Pacha croisa le regard du consul de France. Il ne résista pas à donner à Monsieur Andon un avant-goût de la force nouvelle qui l'animait.

« À compter de ce jour, monsieur, vous perdrez la vilaine manie de vous plaindre de moi à coups de télégrammes à votre ambassade et à Istanbul chaque fois qu'on vous attrape la main dans le sac ! Du reste, grâce à notre Commandant, vous l'avez déjà perdue, cette méchante habitude. » Il fit un signe du menton vers la porte qui donnait sur la place, pour montrer qu'il faisait référence au major et au Coup du télégraphe.

C'est ainsi que le fondateur de l'État minghérien, le personnage que nos lecteurs connaissent comme le major Kâmil, reçut pour la seconde fois, de la bouche de Sami Pacha, ce nom de « Commandant » Kâmil que les Minghériens, depuis cent seize ans, invoquent avec ferveur, gratitude et dévotion. Nous indiquons donc à nos lecteurs – pour mémoire – que nous aussi, à compter de cette page, l'appellerons tantôt le major, tantôt le Commandant.

CHAPITRE 54

Dans ses Mémoires de diplomate, intitulés *L'Europe et l'Asie*, l'ancien ambassadeur Saïd Nedim Bey, personnage d'une fatuité considérable, traite l'épisode où la Sublime Porte apprend la perte de l'île de Mingher par les journaux français et britanniques comme un banal exemple parmi d'autres de l'invraisemblable incurie qui régnait dans la bureaucratie ottomane aux dernières heures de l'Empire. Nous ne partageons pas cette vision. La ligne télégraphique étant coupée, le réseau d'espions mis hors d'état par la peste et le blocus, il était logique qu'Abdülhamid et la bureaucratie d'Istanbul fussent sans nouvelles de l'île. Il fallait donc s'en remettre à la presse. Les ambassadeurs anglais et français d'Istanbul, eux aussi sans nouvelles de leurs consuls, étaient dans la même situation. Du reste, après la proclamation de la Liberté et de l'Indépendance (ces deux nobles concepts n'en feraient bientôt plus qu'un seul) en place du Vilayet, les consuls, qui avaient dû quitter le palais presque à coups de pied aux fesses, s'étaient retirés chez eux, où ils restèrent sagement confinés, suivant les événements de loin, sans même ouvrir leurs boutiques ni leurs agences, car ils craignaient, à juste titre, de subir les foudres de Sami Pacha au moindre geste suspect.

Sami Pacha, contrairement à certains fonctionnaires du palais, ne se laissa pas miner par l'indécision. Il avait compris que l'heure était grave, le cours des événements inéluctablement lié au sort de l'indépendance. Quelques historiens ayant disserté sur la « perte de Mingher » ont prétendu que Sami Pacha nourrissait en réalité l'espoir d'un retour dans le giron de l'Empire, symbolique tout au moins, quelque chose comme une bannière ottomane telles celles qu'Abdülhamid avait laissées flotter en Égypte et à Chypre après avoir piteusement cédé ces territoires aux Anglais vingt ans plus tôt, enfin que le gouverneur était toujours l'homme du sultan.

Il est néanmoins un point sur lequel les historiens sont unanimes : le Commandant Kâmil avait réellement frôlé la mort. Mais l'absence dans les archives de tout rapport médical sur la blessure que le fondateur de l'État reçut en ce jour si national et dramatique n'aura fait qu'encourager les extrapolations les plus fantasques et contradictoires. Ici, le plus raisonnable est sans doute de répéter ce que Pakizê rapporte des propos de son mari : la balle qui avait touché le major à l'avant-bras gauche avait laissé une blessure affreuse. Le docteur Nuri et le docteur Tasos s'appliquèrent d'abord à juguler le flot de sang qui coulait sans interruption, en quantités énormes.

Le major s'était à moitié évanoui pendant son transport. Le docteur Nuri fit préparer sa suite, jugeant que c'était le meilleur endroit où prodiguer des soins d'urgence. On attendit que Pakizê eût noué son voile, puis on amena le malade dans la petite pièce du fond. Le major à demi inconscient fut étendu sur un divan, comme dans les romans européens que la princesse lisait parfois. Puis le docteur Nuri referma la porte pour échapper aux regards des curieux qui se pressaient dans le salon.

Le major ouvrait de temps en temps les yeux, il regardait autour de lui, posait même parfois une question. (Il demandait Sami Pacha.) Mais le docteur Nuri lui interdisait de parler et même d'ouvrir la bouche. Le Commandant était livide, ses yeux étaient clos. Une fois l'hémorragie jugulée, les médecins se rassurèrent un peu.

Comparé à d'autres périodes de l'Histoire, le premier quart du XXe siècle fut une époque féroce, sauvage, prodigue en fusillades, en balles et en blessures. La raison en était l'invention concomitante – et la propagation galopante – des mitrailleuses automatiques et du nationalisme belliqueux qui poussait les hommes à courir frénétiquement au-devant de celles-ci. Mais la médecine de l'époque n'avait rien à voir avec celle que nous apprenons dans nos manuels, et le Commandant Kâmil, quoique seulement blessé à l'avant-bras gauche, mais sans doute touché à une grosse veine, perdait des litres de sang.

La princesse Pakizê, pressée par la curiosité, quitta le petit boudoir où elle s'était réfugiée. La nuit commençait de tomber. Dans la lumière du soir, elle découvrit le père de la Nation étendu sur un divan, dans son uniforme ottoman, avec ses médailles, ses décorations, son linge trempé de sang, le drapeau à ses pieds et, sans rien savoir de la fondation du nouvel État, elle trouva l'image délicieusement romantique. On l'avait informée que des cadavres gisaient dans la salle d'épidémiologie. Une épaisse odeur de poudre flottait dans tout le bâtiment. La princesse, elle aussi, eût voulu prodiguer à l'héroïque soldat la sollicitude et les soins dévoués dont l'entourait son mari, mais comment ? On décida néanmoins, sur sa suggestion, d'avertir la mère et l'épouse du major, et de les faire venir au palais.

Quand Zeynep arriva, on desserra un moment le garrot du Commandant Kâmil, par crainte de la gangrène. La femme poussa un cri en découvrant son mari allongé, le teint blafard et les yeux presque clos. Elle tomba à genoux et se serra contre lui. L'assistance se retira pour laisser le couple seul. Pakizê, à six pas de distance, les regardait ; elle n'oublia jamais cette image.

Pour la princesse, qui avait passé toute sa vie confinée dans un palais, la plus grande preuve de l'amour entre un homme et une femme se mesurait, au-delà de leur bonne entente, à la profondeur et à l'authenticité de leurs sentiments. Et c'était cette puissance d'émotion qu'elle voyait unir Zeynep et le major. Quarante-cinq petits jours de mariage avaient suffi à Zeynep pour comprendre qu'elle ne pourrait plus vivre sans Kâmil. Si notre lecteur, après ce roman, a encore la curiosité de lire les lettres de Pakizê, il y trouvera complété le tendre portrait que la princesse fit du couple du fondateur de l'État et de son épouse, portrait dont nous ne doutons pas qu'il figurera bientôt dans tous les manuels d'histoire.

Prise par l'enthousiasme de l'instant, la princesse Pakizê, peut-être malgré elle, eut un mot explicite en faveur des partisans de l'indépendance minghérienne :

« Joli coup, Commandant ! Vous avez prouvé que vous étiez un vrai insulaire !

— Mingher aux Minghériens… », murmura péniblement l'alité.

La princesse assista au départ du landau blindé qui devait conduire le Commandant Kâmil à la garnison, où il serait en lieu sûr. Tous les fonctionnaires du palais se pressaient autour de la voiture, devant le grand portail. Malgré la terreur de la fusillade, l'optimisme se lisait sur les visages, illuminés par un rêve de libération, l'espoir d'un salut.

L'image la plus fameuse de cette première nuit de l'Indépendance et de la Liberté est un tableau du peintre Tadjeddin, où l'on voit le landau blindé du gouverneur traverser les rues sombres et désertes d'Arkaz. Si le siège du cocher, sur ce fantastique tableau, apparaît vide, c'est parce que la peste frappa le pavillon des cochers dès le lendemain de ce jour historique. Zakaria fut sauvé par son absence, mais quatre autres cochers, de braves vétérans distingués et appréciés dans tout Arkaz, moururent en une seule journée ; on ne trouvait plus de calèche en ville. Après la mort de ses cochers bien-aimés, le peuple s'imagina qu'un landau fantôme parcourait les rues de sa ville, idée fantasque que Tadjeddin, le peintre, a admirablement saisie dans son tableau.

Seize personnes moururent de la peste le jour de l'Indépendance, un chiffre légèrement inférieur à la moyenne quotidienne. Sept de ces morts furent retrouvés à Kofounia et Eyoklima. Cette nuit-là, tandis que le landau blindé qui emportait le Commandant vers la garnison remontait l'étroit raidillon qui sépare les deux quartiers, un cortège d'éplorés venus présenter leurs condoléances dans un foyer qui venait de perdre un père et sa fille virent une traînée de lumière à la fenêtre. Les torches du landau illuminaient le quartier comme en plein jour. Les ombres des malades, des voleurs et des tristes gens s'allongeaient sur les murs comme d'immenses fantômes. Certains disent que les djinns, les rats de la peste au museau plein de sang et l'homme qui déversait la peste dans les fontaines fuyaient tous devant l'éblouissante lumière du drapeau qui flottait au-dessus du landau. L'annonce de la révolution et de la liberté avait redonné espoir aux habitants d'Arkaz.

Le lendemain, Sami Pacha était dans son bureau. En dépit des menaces et des responsabilités qui pesaient sur lui, il choisit la patience et se retint de prendre des mesures radicales. Il passa l'essentiel de la journée à superviser le nettoyage des dégâts de la veille.

Il reçut quand même Manolis. « Puisque la liberté est à l'ordre du jour, nous considérons que celle de la presse l'est aussi ! » lança le courageux journaliste avec fracas, ce à quoi Sami Pacha répondit :

« Dans une Mingher libre, la presse est libre, oui. Cependant n'allez pas écrire ce qui vous passe par la tête sur ces questions sans nous demander notre avis. Nos ennemis, voyez-vous, ces truands, ces bandits (il fit un geste vers la salle d'épidémiologie) pourraient déformer les propos que vous auront dictés la joie et l'enthousiasme, et cela se retournera contre la liberté et l'indépendance. Ayez patience, nous annoncerons bientôt la composition du nouveau gouvernement en même temps que les mesures sanitaires ! »

Sami Pacha s'assura ensuite qu'on avait bien transféré tous les putschistes blessés (en particulier Ramiz) de l'hôpital vers la prison, puis il renvoya en quarantaine à la tour de la Princesse les hommes du nouveau gouverneur restés indemnes et qui demandaient à le voir (en particulier Hadi), et, par facilité plus qu'autre chose, opposa une fin de non-recevoir à leur vœu d'assister aux obsèques du martyr Ibrahim Hakkî Pacha.

Le seul vrai problème que Sami Pacha dut affronter ce jour-là venait d'un petit couvent sans importance, celui de l'Ère de la Félicité (nommé d'après l'« âge d'or » de l'islam, quand le prophète Mahomet était en vie). C'était une confrérie mineure, pauvre, repliée sur elle-même. Les Éristes n'avaient aucun lien avec la politique, le commerce, les affaires – avec rien ni personne, en fait. Ils avaient décidé de refuser la loi sur les mosquées, quitte à se battre si nécessaire. Leurs adeptes étaient peu nombreux, et leur cheikh, Sadjit Efendi de Tatlîsu, à moitié fou.

Mais le pacha, voulant montrer la détermination du nouveau pouvoir, avait résolu de les mater. Il dépêcha immédiatement un escadron composé de ses meilleurs gardes au petit couvent de l'Ère de la Félicité, pour prendre les Éristes de court. Mais ceux-ci, êtres irritables et hargneux (alors que les hommes du gouverneur s'attendaient à trouver une bande de contemplatifs doux et placides qu'on pourrait rudoyer sans peine), étaient très remontés et fermèrent leur porte à l'escouade du gouverneur. Quand ils découvrirent qu'un mouchard avait dénoncé leur prière clandestine, ils s'énervèrent tout à fait. Ainsi l'État libre de Mingher connut-il son premier accrochage entre fonctionnaires et citoyens, une journée seulement après la proclamation de son existence par le « Commandant » Kâmil. Les disciples de l'Ère de la Félicité, escortés de leurs indigents et de leurs vauriens, se ruèrent sur les gardes de Sami Pacha, armés de lattes et de gourdins.

L'escouade battit rapidement en retraite. Le plus costaud et le plus vaillant des gardes du gouverneur, Kadir dit le Noir, eut l'arcade sourcilière éclatée, un autre perdit conscience. Sami Pacha demanda le renfort de la brigade sanitaire, reforma une nouvelle escouade, puis décala finalement le second assaut au milieu d'après-midi. Certains historiens n'ont pas manqué de pointer ces atermoiements pleins de lenteur, à leurs yeux révélateurs de la « force » du nouvel État, ou bien de sa faiblesse, c'est selon.

Sami Pacha se rendit à la garnison peu avant la tombée de la nuit. Il découvrit le Commandant Kâmil presque comme il l'avait quitté, étendu sur un divan dans la suite d'hôtes, Zeynep à ses côtés. Le Commandant se redressa aussitôt, fit mine de s'asseoir, reprit ses esprits et des couleurs. Son regard était bon. Il avait ôté ses médailles, mais gardé son costume de soldat. L'uniforme lui allait bien, il était beau, avec quelque chose de poétique et d'imposant. Nous souhaitons noter ici que notre héros, à cet instant, était enveloppé de l'espèce d'aura lumineuse dans laquelle baignent toujours les individus qui viennent d'entrer sur la grande scène de l'Histoire. Zeynep, ses frères, les médecins, les attachés, tous quittèrent la chambre en même temps. Sami Pacha referma la porte. Les deux hommes restèrent en tête à tête exactement une demi-heure. (Le docteur Tasos avait défendu à son patient de se fatiguer plus de trente minutes.)

Certains ont écrit que les deux hommes, le Commandant et le dernier gouverneur ottoman de l'île, pendant cette demi-heure-là, échafaudèrent un plan de cinquante ans pour le futur de Mingher. En réalité, le major et l'ancien gouverneur Sami Pacha gardèrent le silence sur le contenu de leur discussion jusqu'au jour, relativement imminent, de leur mort. Mais on a déjà beaucoup écrit à ce sujet.

Au moment où le landau du pacha quittait la garnison, le sergent artilleur Sadri lançait le premier des coups de canon annonçant l'Indépendance de l'île de Mingher. Le soleil venait à peine de se coucher. Une étrange lueur rose et mauve, inédite de mémoire d'homme, embrasait l'horizon, et deux lignes de nuages, l'une rouge vif, l'autre d'un orange irradiant, se fondaient lentement dans l'épaisse masse du ciel qui noircissait au-dessus d'eux.

Dans la voiture qui le ramenait à son palais au milieu des salves du canon, Sami Pacha songeait que seule Marika saurait calmer les orages qui déchiraient son âme, enfin qu'il avait besoin de la voir, de lui parler, de se confier à elle, mais il s'était promis de garder le secret jusqu'au lendemain et n'alla pas chez Marika. Au palais, il se réfugia dans sa chambre, scrutant par la fenêtre la ville sur qui tombait la nuit ; le canon tonnait toujours.

À chaque salve, un bruit terrible faisait trembler Arkaz, puis le vacarme, répercuté en écho par les abruptes montagnes, semblait en s'éloignant gagner en puissance. Beaucoup d'enfants d'Arkaz, lorsqu'on leur demanderait plus tard quel était le souvenir le plus effrayant qu'ils avaient gardé de la peste, répondraient – souvent en riant – que c'étaient ces coups de canon. Les insulaires crurent d'abord que les tirs venaient des cuirassés au large, que les puissances attaquaient l'île. L'espacement généreux et régulier des salves leur fit bientôt comprendre qu'il s'agissait d'autre chose. Vingt-cinq coups furent tirés par le même canon, pendant presque deux heures. Puis la canonnade prit fin, et la ville et le port retournèrent à l'extraordinaire silence de ces nuits sans muezzins et sans cloches.

Le lendemain matin, quand le landau envoyé à la garnison par Sami Pacha (Zakaria avait revêtu son plus chic uniforme) ramena le Commandant Kâmil sur la place du Vilayet, on savait déjà que les salves de la veille avaient pour vocation d'annoncer au monde entier que l'île de Mingher était désormais indépendante. À l'instant où le Commandant Kâmil, l'homme de l'Indépendance, l'enfant prodige de l'île, descendit du landau blindé, la fanfare de la garnison entonna l'air qu'elle connaissait le mieux, la « Marche Hamidiye », celle du sultan Abdülhamid. Des soldats de la quarantaine et des policiers formaient une haie d'honneur.

« Il faut trouver un Minghérien qui nous compose une marche nationale ! » s'exclama Sami Pacha quand ils furent seuls dans son bureau.

Il jeta un coup d'œil attentif au bras en écharpe du major, à son bel uniforme, encore plus parfait et majestueux sans les médailles qui l'encombraient.

« Ils sont tous là… Vous, vous présiderez en bout de table. Je passe devant vous.

— Non, allons-y ensemble, pas de cérémonies. »

Ayant dit ces mots, le Commandant Kâmil s'avança vers le grand salon, doublant Sami Pacha. Il y avait là, assis autour de la grande table, les fonctionnaires chargés de la quarantaine, une partie du Conseil sanitaire, les délégués des quartiers, les chefs de section du gouvernement de la province, le docteur Nuri, le docteur Nikos, quelques autres médecins. On avait espacé les chaises par mesure d'hygiène.

« Nous voulions convier davantage de monde, mais les circonstances…, dit Sami Pacha. Ne toussez pas sur votre voisin. Tout ce que nous faisons, nous le faisons pour arrêter l'épidémie, pour sauver les habitants de Mingher, pour notre salut à tous. La Révolution nous oblige, messieurs, et vous savez mieux que personne la dure tâche qui nous attend. »

Les participants à la réunion commençaient à comprendre que Sami Pacha exigerait d'eux quelque chose de lourd et de difficile, comme préparer une Constitution pour le nouvel État indépendant de Mingher, ou bien du moins voter en sa faveur. Deux secrétaires siégeaient à un bout de la table, prêts à rédiger les articles de la Constitution. Sami Pacha dicta :

« Un : la Nation minghérienne est formée des habitants de la Minghérie, en l'île de Mingher. Deux : la Minghérie appartient aux Minghériens. Trois : la République de Mingher gouverne la Minghérie, l'État libre et indépendant de Mingher, au nom du peuple souverain de Mingher. Quatre : tous les citoyens de la Nation minghérienne sont égaux devant la loi. Cinq : en l'attente que la Nation de Mingher, par la voix de ses représentants légitimes, se soit prononcée sur les sujets de la justice, des titres de propriété, des registres d'état civil, des impôts, du service militaire, des douanes, des postes, du port, de la pêche, de l'agriculture, du commerce et autres sujets d'intérêt général qui seront soumis à l'examen du législateur, les statuts, rangs, fonctions, monnaies, registres et documents officiels hérités de l'ancien État ottoman continuent de faire autorité. » Après avoir ainsi dicté les cinq premiers articles puis les avoir fait ratifier par la quarantaine de membres, pour la plupart musulmans, de l'assemblée qu'il commençait d'appeler « Parlement », Sami Pacha passa à la question de l'organisation du gouvernement et de l'administration.

Le directeur des fondations pieuses devenait « ministre des Cultes », le docteur Nikos, directeur sanitaire de l'île, « ministre de la Santé » (une loi d'exception confiait cependant au docteur Nuri le poste de ministre de la Quarantaine), le directeur des douanes « ministre des Douanes », le chef de la police « ministre de l'Intérieur ». Si l'on se débrouillait correctement, avec un minimum de bon sens, personne n'aurait même besoin de changer de bureau à l'intérieur du Ministère, anciennement palais du gouverneur. Le problème était avant tout de se mettre au travail et de faire appliquer les restrictions sanitaires. Les titres, les postes, les fonctions n'avaient aucune importance. L'île en déciderait bientôt elle-même.

Toute l'assemblée, à la fin de ce long discours, avait deviné que Sami Pacha se considérait comme le « Premier ministre » de son nouveau système. Mais le pacha, pour l'heure, se moquait assez des histoires de places et de rangs : deux jours entiers n'avaient pas passé depuis que le major avait brandi le drapeau au balcon. Sami Pacha entreprit plutôt, à juste titre, de rassurer ceux qu'effrayaient ou indignaient l'annonce d'une révolution et l'arrachement de l'île à l'Empire d'Osman, avant qu'ils ne se fassent trop bruyants.

« Vous mesurez comme moi, messieurs, quels jours extraordinaires nous vivons, commença-t-il. Tous ici sommes témoins de la lutte existentielle que le grand peuple de Mingher a menée et mène contre la peste. Et l'Histoire a voulu que nous soyons aussi, tandis que nous livrons ce combat acharné, les témoins involontaires et cependant comblés de l'entrée de la civilisation minghérienne sur la grande scène des nations. L'homme qui nous mènera à la victoire sur tous ces fronts, notre chef à tous, est le Commandant Kâmil. À présent, messieurs, j'en appelle à vos suffrages et vous propose d'élever le héros de l'Indépendance à la dignité de pacha de premier rang impérial. La proposition est acceptée. Permettez-moi à présent de vous soumettre la candidature de son excellence le Commandant Kâmil Pacha à la présidence de la République de Mingher. Que ceux qui la soutiennent lèvent la main. Bien, le Commandant Kâmil Pacha est élu premier président de la République de Mingher. Le résultat du présent scrutin sera annoncé ce soir par vingt-cinq coups de canon. »

Tous les regards se tournèrent vers l'heureux élu.

« Je remercie la grande assemblée de la nation minghérienne de sa confiance ! déclara le Commandant Kâmil. Je veux moi aussi proposer un article pour notre Constitution. Ce devra être le premier : "La langue de Mingher et du peuple souverain de Minghérie est le minghérien ! Les autres langues de l'État sont, à titre provisoire, le turc et le grec." »

Il y eut un silence. Le major vit Sami Pacha se décomposer.

« Bravo ! » s'exclama le docteur Tasos en applaudissant.

L'ajout d'un tel article à la Constitution du jeune État indépendant avait probablement pour but de lui attacher le soutien des grecs de l'île, le grec n'ayant jamais été une langue officielle dans l'État ottoman. La réunion, vécue jusque-là par ses participants comme une espèce de rêve ou la scène d'un conte, sombra brusquement dans les calculs d'épiciers, les comptes d'apothicaires, enfin dans la realpolitik, si l'on peut dire. Il apparaissait déjà évident que le turc comme le grec, subissant l'essor du minghérien, seraient marginalisés en quelques années. Mais les membres de l'assemblée ne prirent pas tellement au sérieux la promotion annoncée du minghérien au rang de langue unique, d'une part parce qu'ils jugeaient assez chimérique ce doux rêve linguistico-nationaliste, de l'autre parce qu'ils avaient des problèmes plus urgents à régler, à savoir la quarantaine. Même si les musulmans, à l'évidence, s'agaceraient grandement de voir le grec devenir langue officielle.

Le Commandant Kâmil sentit leur inquiétude et voulut l'apaiser : « Nous vivons sur cette île en frères depuis des siècles ! L'État doit traiter chacun de ses enfants équitablement, tel un père juste et bienveillant. Agir en frères, messieurs, est la première et impérative condition de notre victoire sur la peste. »

Le Commandant Kâmil marqua une pause, comme s'il voulait faire sentir aux hommes présents l'éternelle portée des paroles qu'ils allaient bientôt entendre. Il déclara : « Je suis un Minghérien ! Être minghérien est ma fierté, et même mon orgueil. Appartenir à la noble et fraternelle communauté des nations de ce monde, ma joie. Mais je veux que la grande assemblée fraternelle des nations respecte mon île, mon peuple, ma langue. Mon fils qui naîtra demain sera élevé dans la langue de Mingher, comme tous les habitants de cette île. Aussi, attendu que nous ne voulons pas que nos enfants, le jour où ils entreront à l'école, oublient ni renient la langue de leur foyer, et afin de préserver la nation minghérienne de la peste qui veut la détruire, c'est en notre âme et conscience et sous les yeux du monde que nous avons pris aujourd'hui cette grande décision ! »

Tous les citoyens de Mingher, tous ceux qui sont allés à l'école dans l'île connaissent ces mots par cœur, et leurs yeux se mouillent parfois de larmes lorsqu'ils les récitent. Et nombreux sont les insulaires, notamment quand ils se retrouvent en terre étrangère, qui continuent d'éprouver une grande fierté à se dire, cette fois en souriant : « Je suis un Minghérien. » Mais pointer les paradoxes criants de ce discours, fût-ce en plaisantant, est strictement interdit : personne ne se demande pourquoi – puisque nous sommes tous frères – le turc, le grec, et même l'arabe et l'italien, langues parlées par nos ancêtres pendant des siècles, devraient être d'une dignité inférieure au minghérien. En 1901, seul un enfant sur cinq nés dans l'île parlait minghérien à la maison ; la grande majorité des insulaires avait donc pour langue maternelle soit le grec, soit le turc. Malheureusement, le discours si poétique, si inspiré du Commandant Kâmil fut interrompu avant la fin lorsqu'un des majordomes au garde-à-vous dans le salon s'effondra bruyamment sur une chaise et, incapable de cacher plus longtemps le mal qui le rongeait, commença à trembler frénétiquement en gémissant de douleur, rappelant à l'assemblée stupéfaite les fiévreux symptômes d'une maladie qu'elle ne connaissait que trop bien.

CHAPITRE 55

Cette après-midi-là, tandis que les débats sur la Constitution se prolongeaient dans le grand salon, Sami Pacha, après avoir réglé – plutôt vite pour son habitude – les formalités nécessaires à son intronisation prochaine au poste de Premier ministre, et accordé sa rhétorique et sa prestance au nouveau rôle, prit une série de décrets.

Il fit incarcérer sept Éristes que les troupes sanitaires avaient arrêtés pendant la nuit au cours d'une seconde émeute, et en envoya le double en quarantaine à la Forteresse. Il fit également capturer, pour lui remettre les idées en place, le cheikh d'un autre petit couvent, surnommé « le Frisé » (il avait la barbe et les cheveux très bouclés), qui avait déclaré que « la fermeture des mosquées sous prétexte de la peste est une injure faite aux croyants et une barbarie contraire aux lois de l'islam ». Le Frisé fit amende honorable, s'excusa ; on le libéra avant son transfert à la Forteresse. Sami Pacha donna aussi l'ordre de perquisitionner plusieurs maisons de Tachçîlar et de Kadirler, dans le cadre du procès qui s'ouvrirait bientôt contre Ramiz et ses complices. Il interdit en revanche de fouiller une demeure située à Ghermê, l'endroit étant trop proche du couvent de la Halifiye.

Sami Pacha se montrait particulièrement attentif au sort de ce couvent. Il pensait être en termes corrects avec la confrérie et souhaitait le rester. Ramiz n'était pas mort, ce qui était bien, mais gravement blessé, ce qui était encore mieux : en plus de maintenir le Commandant en alerte, sa colère vivace et sa prudence intacte, cela pourrait s'avérer un précieux atout contre le cheikh Hamdullah. L'incarcération du frère de leur cheikh au terme d'un assaut sanglant qui avait emporté de nombreuses vies et dont il était le seul responsable avait semé le trouble chez les membres de la Halifiye, qui s'en terraient de honte. Le Premier ministre Sami Pacha ne savait même pas dans quel bâtiment ni quelle cellule le cheikh Hamdullah s'était retiré pour méditer. Sur ces questions, il ne prit pas la peine de demander son avis au Commandant : la Halifiye était son affaire, il savait comment procéder avec eux. Il lui avoua en revanche avoir donné au tribunal l'ordre de juger et de faire condamner Ramiz et ses hommes.

Dès la première heure, l'ancien gouverneur et nouveau Premier ministre Sami Pacha avait compris quels étaient les problèmes de Mingher dont il fallait entretenir le Commandant Kâmil, comment et jusqu'où, et lesquels il convenait de taire. Le Commandant ne s'intéressait guère aux questions d'ordre bureaucratique. Il avait vite saisi les enjeux d'affaires telles que le budget, la paie, le nombre de soldats, le rôle du bataillon arabe dans le maintien de l'ordre, et se contentait de superviser à distance. Mais certains sujets lui tenaient particulièrement à cœur et il exigeait l'action rapide du gouvernement.

Il s'agissait, par exemple, de fabriquer un carnet de timbres célébrant la naissance de l'État minghérien. Le Commandant en instruisit personnellement Dimitris Efendi, le ministre des Postes, dont la réponse, à savoir qu'aucun imprimeur de l'île, ni de

Smyrne ou de Salonique, n'était en mesure de réaliser un tel travail et qu'il faudrait commander les timbres à Paris, lui déplut fortement. Le ministre était sommé de se débrouiller avec ce qu'on avait à Mingher. Et si les imprimeurs s'étaient enfuis à cause de la peste, charge au ministre de l'Intérieur de les retrouver… Sami Pacha comprit bientôt que c'était son propre portrait, assorti de paysages minghériens, que le chef de l'État voulait voir figurer sur ces timbres.

Parmi les autres sujets qui avaient toute l'attention du Commandant, l'idée d'offrir aux membres du gouvernement et de l'assemblée un cadeau en forme de prime à son élection. Or il savait que les caisses de la province, c'est-à-dire désormais de l'État, étaient presque vides. Il imagina une solution : on offrirait à chacun de ses proches partisans un document officiel lui accordant la propriété d'un grand domaine agricole sur l'île, exonéré d'impôts. Aujourd'hui encore, le registre de ces « titres » et exemptions gracieusement attribués cent seize ans plus tôt ne peut être consulté qu'après en avoir fait la demande officielle auprès d'un tribunal, et sous réserve qu'elle soit acceptée.

La canonnade à blanc qui proclama le nouveau chef de l'État de Minghérie fut mieux accueillie que celle de la veille. Le nombre de morts ne diminuait pas, les vivres commençaient à manquer, mais les habitants d'Arkaz chérissaient leur jeune et intrépide Commandant, le héros du Coup du télégraphe, l'homme qui avait épousé une enfant de l'île. Organiser une nouvelle cérémonie publique, trois jours seulement après l'attaque sanglante de Ramiz, étant risqué et même impensable, on se contenta de rédiger une déclaration sur le modèle des annonces de la quarantaine, et toutes les rues de la ville, à peine la dernière salve tirée, furent recouvertes d'affiches proclamant que le Commandant Kâmil Pacha était le président de la République libre et indépendante de Mingher, aussi qu'il fallait obéir aux décrets du nouveau gouvernement et respecter les mesures sanitaires.

Au moment de la « Révolution de Mingher », moins de la moitié des cadres et fonctionnaires se rendaient encore à leur travail.

Certains ne sortaient plus de chez eux, d'autres avaient fui à la campagne, d'autres étaient morts. La plupart de ceux qui continuaient de venir au palais du gouverneur, désormais ministère, n'y allaient que pour déjeuner et s'assurer que leur paie n'était pas empochée par d'autres. Une poignée de fonctionnaires de rang moyen ou supérieur, doués d'un haut sens des responsabilités et tous venus d'Istanbul, se chargeaient des affaires courantes. Lorsqu'ils découvrirent les affiches en arrivant au travail ce matin-là, ces bureaucrates ottomans sentirent venir le jour prochain où, si les événements se confirmaient, on leur demanderait de choisir entre Istanbul et le nouvel État de Mingher. Ils en étaient inquiets et affligés. Tous savaient que Sami Pacha n'était plus le gouverneur légal, et que celui envoyé par Abdülhamid avait été assassiné.

Si Sami Pacha, dans sa jeunesse, avait été confronté à un soulèvement de la ville ou de l'île dont il était le sous-préfet, le préfet ou un simple administrateur subalterne, et qu'on lui eût alors demandé, comme on l'exigeait maintenant de ses hommes, de choisir entre l'île et Istanbul, il eût certainement choisi Istanbul. Et regardé comme des « traîtres » les collègues qui se seraient prononcés en sens inverse, quelles que soient leurs excuses. Aussi comprenait-il parfaitement que certains de ces bureaucrates ottomans, tel Nizami Bey, le directeur des fondations pieuses (jeune marié, l'épouse à Istanbul), ou Abdullah Bey, le secrétaire du directeur des finances (fâché avec l'île depuis le début), voulussent regagner Istanbul sur-le-champ. Pour inciter à la sédentarité, et pour l'exemple, il garnit la commission de rédaction de la Constitution d'hommes dont il jugeait la loyauté impeccable, comme Mehmed Fazîl Bey, secrétaire du chiffre, et le contrôleur général Mazhar Efendi (marié avec la fille d'une riche famille de l'île).

Les fonctionnaires d'origine grecque, ou insulaires de naissance, n'ayant pas grand-chose à redire à la Liberté et à l'Indépendance, étaient plus détendus. Ils plaisantaient volontiers sur leurs nouvelles fonctions et tous ces nouveaux titres dont ils tiraient orgueil sans en être trop dupes (ministre, secrétaire d'État, etc.).

C'était au moins une façon d'oublier, ne fût-ce que cinq minutes, la quarantaine et les sujets pesants. Mais y aurait-il des sanctions d'Istanbul ? Recevraient-ils un salaire ? Le nouveau grade figurerait-il sur le titre de propriété qu'on leur offrirait bientôt ? Sami Pacha leur promit l'argent.

Quant à ceux restés fidèles à Istanbul et l'Empire, ils ne prenaient pas ces titres au sérieux, pas plus qu'ils n'en riaient, ni ne pensaient à l'argent. Quoique la situation fût grave, tout leur semblait vague, irréel. Sami Pacha connaissait personnellement chacun de ces loyaux serviteurs de l'Empire, hommes à présent égarés, perdus, déboussolés, et derrière la mine maussade, le regard las et les épaules voûtées de chacun, il devinait la terreur du châtiment d'Abdülhamid et l'angoisse de ne jamais revoir Istanbul, un foyer, une femme, des enfants.

« L'État de Mingher est sage et juste, leur déclara-t-il avec un sourire compatissant. Nous n'avons pas l'intention d'arrêter ni de retenir quiconque. Tout le monde n'est pas tenu au service, voilà ce que vous direz à vos collègues. Ceux qui ne veulent pas collaborer avec le gouvernement de la Révolution, voire qui désirent quitter l'île et rentrer à Istanbul, nous les aiderons. La Minghérie est l'amie de l'Empire d'Osman. Enfin quoi, messieurs, un peu de patience, quand nous en aurons fini avec la peste, tout rentrera dans l'ordre ! »

Il avait dit ces mots d'un air affable, presque badin, comme s'il discutait d'une peccadille bureaucratique avec quelques collègues.

« S'il en est ainsi, alors c'est la patrie, le sultan et toute la communauté des croyants que nous trahissons ! s'écria Rahmetullah Efendi, le sous-préfet de Teselli, village du centre de l'île.

— Allons, en voilà des considérations ! » Sami Pacha regretta aussitôt d'avoir suivi l'imprudent conseil du Commandant et convié à la réunion cet homme qu'il connaissait à peine. Car il avait rêvé d'une réunion harmonieuse, qui leur épargnerait à tous des expressions aussi désagréables que « haute trahison » ou « qu'en dira Sa Majesté Impériale ? ». « Après tout vous savez, moi-même je ne suis pas de l'île…, reprit timidement Sami Pacha.

Mais ne vous inquiétez pas. Si par malheur nous vous faisons du tort, vous aurez un bon prétexte pour les pousser à l'invasion !

— Le mot d'"invasion" me paraît bien mal choisi, car c'est à son altesse notre sultan qu'appartient Mingher ! répliqua Rahmetullah Efendi.

— Mais si nous vous libérons, vous courrez à Istanbul et nous reviendrez en espions !

— Excellence, quinze à vingt personnes meurent chaque jour sur cette île. Tant que la peste sévira, personne ne bougera le petit doigt pour l'envahir. Ni même y placer des espions.

— Bien. Ceux qui auront décidé de poursuivre dans leurs fonctions recevront la paie prévue par leur ancien statut, suivie de près par leur nouveau salaire. Les autres, ceux qui déserteront leur poste par crainte de trahir l'Empire, toucheront aussi la paie due par celui-ci, mais après les premiers. »

Ce fut tout. Et s'il se trouvait encore quelqu'un pour penser « mais est-ce bien le moment de parler salaires ? », il le garda pour lui. Une lumière brunâtre entrait par la fenêtre, le vert des pins était d'un gris de plomb. Le mutisme des cloches et des muezzins semblait alourdir la masse des nuages qui écrasait la ville, comme si le bleu du ciel s'était dissous en même temps que le gouvernement des hommes.

On adhérera ici à l'opinion qui veut que Sami Pacha, après ce long débat, avait non seulement réussi à diviser les fidèles de l'Empire, mais également à s'attacher personnellement la loyauté d'un groupe d'hommes influent, hostile aux grecs, dont il avait besoin pour tenir l'île. Car ces fonctionnaires dont la langue maternelle était le turc avaient décidé que la meilleure solution, en attendant les navires et les soldats ottomans qui viendraient les sauver, était de fermer un œil et d'obtempérer. Le soir même, Sami Pacha faisait arrêter chez eux, par des policiers et des soldats sanitaires, les plus remuants et bruyants de ces hauts dignitaires partisans du retour à Istanbul, entre autres le sous-préfet Rahmetullah Efendi, le directeur des fondations pieuses Nizami Bey, et Abdullah Bey, secrétaire du Trésor. Tous furent envoyés à la tour de la Princesse. Ainsi la minuscule île de la quarantaine, avec sa charmante tour blanche comme surgie des flots, se transforma-t-elle en prison politique, où l'État de Mingher enfermait les citoyens ottomans restés fidèles à Abdülhamid et à la langue turque (on y jeta aussi deux grecs).

Ce soir-là, pour la première fois depuis le vendredi, jour de la Révolution, Sami Pacha sortit sur le balcon de son bureau. En bas, dans le port, une barque se détachait silencieusement du quai. Et au milieu du chant des grillons et des coassements des grenouilles tapies dans l'ombre des berges de la rivière Arkaz, Sami Pacha cherchait à distinguer le chuintement des rames qui emportaient les bureaucrates impériaux vers l'îlot de la Princesse.

CHAPITRE 56

Le président de la République Kâmil et son épouse Zeynep étaient en ces jours-là, sans l'ombre d'un doute, le couple le plus heureux de l'île. Quand le docteur Tasos, celui qui veillait sur le major, annonça à Zeynep qu'elle était enceinte, le monde des jeunes époux fut bouleversé.

À la garnison, Zeynep n'avait le droit de voir personne, même sa propre mère. Elle se sentait comme prisonnière. Ramiz et ses sbires étaient au cachot, il n'y avait plus rien à craindre d'eux. Aussi, la chambre d'hôtes de la garnison était indigne de la gloire et de la mission du chef de l'État. Ils décidèrent de retourner au Splendid.

Dès son arrivée à l'hôtel, le Commandant endossa son uniforme, épingla ses insignes de pacha (ils furent prêts en deux jours) et partit rendre visite à sa mère. Tous les Minghériens d'aujourd'hui connaissent la photographie qui fut prise ce jour-là, où l'on voit le Commandant baiser la main de sa vieille mère en fichu et en larmes, à la fois par les livres d'histoire, les billets de banque et de loto et, depuis les années 1950, par les célébrations de la fête des Mères. Le deuxième objet le plus important, au regard du nombre d'exposés faits par les élèves qui visitent la maison d'enfance du major Kâmil transformée en musée, est l'ouvrage de Mizancı Mourad sur la Révolution française et la Liberté, dans son édition en « ancien turc », écrit en caractères arabes.

Le major alloua tout le premier étage du Splendid aux soldats de la quarantaine, tandis que le deuxième était dévolu à son propre bureau (plus petit que celui de Sami Pacha, car ce n'était qu'une chambre d'hôtel) et à celui du contrôleur général Mazhar Efendi, détaché par le Premier ministre et désormais premier secrétaire de la présidence de la République. La suite des époux, à l'étage supérieur, demeura inchangée, même le futur berceau n'avait pas encore trouvé sa place.

On critiqua beaucoup le fait que les époux, pour décorer leur suite, aient fait main basse sur des meubles et des objets appartenant à la splendide villa de quatre étages, flanquée de tourelles et pourvue d'une superbe terrasse panoramique, que la riche famille des Mavrogenis possédait au-dessus de l'actuelle plage de Flizvos. Ce vil escamotage fit dire aux grecs de l'île qu'en termes de persécution des chrétiens le nouveau gouvernement ne valait pas mieux que l'ancien.

Le major (nous ne l'appellerons pas « président de la République » chaque fois) ayant décrété que l'enfant serait un mâle, il fit demander à l'archéologue Selim Sahir de lui trouver une liste de prénoms minghériens masculins. Son fils, il en était convaincu, serait un personnage exceptionnel. Les premiers mots qu'il entendrait et prononcerait devaient être dits en minghérien. Aussi le major désirait-il passer le plus de temps possible en tête à tête avec Zeynep, pour parler leur langue, mais ce vœu domestique et pieux s'accommodait mal avec la cavalcade quotidienne d'un chef d'État.

Les époux savaient qu'ils devaient leur tendre complicité, et la possibilité même du bonheur au milieu de tant de drames, à ces moments où ils se retrouvaient seuls dans leur chambre, au dernier étage du Splendid Palas. Parfois l'un des deux ouvrait la fenêtre et ils restaient là, enlacés, à écouter le silence immobile, au morbide parfum, de la ville pétrifiée. Parfois ils contemplaient, à l'autre bout de la baie, entre deux colonnes de fumée noire montant d'une maison en flammes, le ballet désœuvré des quarantenaires, suspects et malheureux qui tuaient le temps dans la cour de la Forteresse.

Au lit, ils avaient découvert un nouveau jeu : chacun concentrait son regard sur un point du corps nu de l'autre – parties les plus intimes exclues – puis serrait dans sa main ce qu'il voyait, épaule, oreille, doigt, nombril, pointe d'un sein, pour le faire ressembler à un fruit, un oiseau, un animal ou un objet. Ainsi apprenaient-ils à connaître et apprivoiser le corps de l'autre, sa nudité, leur désir. Quand ils approchaient leurs yeux au plus près de la peau, jusqu'à la frôler du bout du nez, ils découvraient des points et des taches étranges, piqûres, morsures, coupures, éraflures, ecchymoses. Ils avaient le cou et les jambes constellés de macules écarlates, à cause des moustiques qui les piquaient jour et nuit. Parfois l'un d'eux, devant une rougeur suspecte, un gonflement étrange, devenait nerveux et prenait peur. « Qu'est-ce que c'est ? » s'écria une fois Zeynep en découvrant une petite pustule sur le bord antérieur de l'aisselle du major. Mais elle se rassura aussitôt en comprenant, au minuscule trou du sommet et aux douces démangeaisons qu'il donnait à son époux, que ce n'était pas le début d'un bubon, seulement une piqûre de moustique.

Le major avait eu le temps d'observer, en deux mois sur l'île, comment la peur de mourir savait s'insinuer tel un démon entre le mari et l'épouse, la mère et le fils, le père et la fille. Une fois, escortant le docteur Nuri à l'hôpital Theodoropoulos, il avait vu une femme s'emporter violemment contre son époux alors que leurs enfants, dont elle se désintéressait déjà, venaient d'être attrapés par la peste. Une autre fois, dans une rue de Kadirler, non loin de la mer, il avait vu le transport vers l'hôpital d'un garçon dont le cou était frappé d'un énorme charbon pesteux virer à la contamination du père et à l'altercation avec les soldats de la quarantaine. Quand un bubon apparaissait dans une famille, les autres membres se mettaient à examiner fébrilement leur corps, traquant la moindre piqûre, la moindre rougeur, le plus petit bouton. Alors le major voyait sur les visages se peindre une expression d'immense solitude, qui disait l'irrésistible horreur de la mort.

Le jour de leur retour de la garnison au Splendid, tâtant le bandage qui entourait son bras blessé, il avait senti une dureté au niveau de l'aisselle droite. Sans rien dire à Zeynep, il avait pris un miroir pour examiner l'endroit qui le grattait, et découvert une sorte de tache rouge et gonflée. Mais en appuyant avec son doigt, il n'avait senti aucune douleur comme en ont les pestiférés, seulement une légère démangeaison. Le président ne sentait pas non plus de fièvre, ni de sensation d'épuisement, ni rien qu'on observe chez les malades à l'apparition du bubon. Cependant il toussait, oui, depuis deux jours. Chez certains, le mal se manifestait d'abord par la toux.

Et même si c'était la peste, pouvait-il le déduire de ces quelques symptômes, devait-il s'y résigner ? Le major Kâmil ne détestait rien tant que les pleutres et les lâches.

Kâmil, le jeune officier ottoman, sentait qu'il n'était plus le même depuis qu'il était le Commandant-président de la République de Mingher. Ses pensées, ses impressions, même ses rêves avaient changé. Ce changement ne lui causait aucune peine, mais il s'en étonnait. Il était plus « idéaliste », pensait davantage aux autres, voulait dédier son existence à son île, à son fils, à la nation minghérienne. Et chaque fois qu'il s'abandonnait à ces sentiments neufs, il se rendait compte de son bonheur, celui d'être devenu un homme meilleur.

Après avoir été propulsé Commandant-président de façon parfaitement inattendue, le major commença à se convaincre que c'était son destin. Comment se pouvait-il qu'un humble major, certes médaillé de la guerre avec la Grèce, mais enfin rien qu'un petit major, se retrouve en trois jours à la tête d'un État, et même aux commandes de l'île chérie où il était né et avait grandi ? Pouvait-il s'agir d'un simple hasard ? À l'École de guerre, le major s'était souvent dit que la chance était de son côté, que jamais aucun Minghérien n'avait été aussi bon en classe que lui. Il comprenait à présent que le hasard n'y était pour rien, et il voulait le faire savoir. Quand son fils aurait un peu grandi, il apprendrait quel excellent élève, quel étudiant brillant avait été son père.

Le lendemain matin, il reçut, tremblant d'émotion, la lettre que l'archéologue Selim Sahir lui envoyait en réponse à sa demande de prénoms mâles typiquement minghériens. Il était assis à son bureau et songeait à l'infinie tristesse de cette rue vide qui descendait vers la mer, ce quai et ce port dont il contemplait par la fenêtre du deuxième étage les désolations successives hachées de pins et d'acacias.

La lecture de cette lettre manuscrite aujourd'hui conservée aux Archives de la présidence de la République de Mingher mit quelque peu mal à l'aise le Commandant Kâmil. Il fit appeler Mazhar, son secrétaire, et lui ordonna de lire la lettre à voix haute.

« Vous avez déjà entendu ces noms, vous ? » lui demanda-t-il ensuite.

L'ancien contrôleur général s'était bien marié dans l'île, qu'il n'avait plus jamais quittée, mais il n'en était pas originaire et avait passé son enfance à Istanbul. Après avoir apporté ces précisions comme une sorte d'excuse, il expliqua qu'il aimait passionnément Mingher et aussi que tout le monde, surtout les musulmans, aimait passionnément l'Indépendance et la Liberté, puis il avoua enfin que non, il n'avait jamais entendu ces noms minghériens.

« Mais moi non plus je ne les ai jamais entendus ! » s'écria le président sans cacher son désarroi.

Il fit appeler un autre secrétaire, qui leur relut la lettre. Il butait souvent sur les quelques mots en français et les noms en vieux minghérien, les deux apparaissant en alphabet latin au milieu de la lettre écrite en caractères arabes. Peut-être était-ce son propre enthousiasme qui gênait le secrétaire, car il était natif de l'île. Le président s'agaça aussi de voir que l'archéologue lui donnait – ironiquement – du *commandant** en français et sans majuscule, au lieu du « *Komutan* » turc.

« L'archéologue Selim Sahir Bey devrait mieux connaître notre histoire ! Je vous charge de préparer un règlement sur ces questions, en collaboration avec les ministres des Postes et des Douanes. »

Le président de la République s'était rapidement fondu dans sa nouvelle fonction. Deux fois par jour, un secrétaire du Ministère venait jusqu'à l'hôtel lui communiquer le nombre de morts, car il n'allait plus aux réunions de la salle d'épidémiologie, de même qu'il ne commandait plus les soldats de la quarantaine. Il avait promu Hamdi Baba à leur tête, au cours d'une cérémonie indigente où le sergent reçut la première médaille de Mingher de l'histoire.

Les meilleurs tailleurs de l'île étaient tous grecs et presque tous partis pour Smyrne ou Salonique avec les derniers bateaux, mais le président de la République fit retrouver Yakoumis Efendi, lui commanda des costumes civils pour l'hiver et les grandes fêtes d'après la peste, ajoutant qu'il voulait d'abord voir les tissus et les modèles. Puis il reçut le docteur Nuri, avec qui il commenta le décompte et la carte des morts. Entre douze et quinze personnes mouraient chaque jour. La tendance était légèrement à la baisse, mais moins que ce qu'ils avaient espéré. Des gens, hélas, continuaient de violer les règles de la quarantaine, certains de sang-froid, par conviction, d'autres avec le courage de l'étourderie, par bêtise.

Le Commandant Kâmil marquait au docteur Nuri le même respect que du temps, pas si lointain, où il était son garde du corps. « Son altesse la princesse Pakizê est sous la protection du nouvel État de Mingher », déclara-t-il au gendre impérial. Celui-ci était venu dans le landau de Sami Pacha. Il proposa au Commandant une promenade en ville, pour se donner un aperçu de la situation, comme ils en avaient eu l'habitude.

« Ce n'est pas du haut d'une voiture blindée que je veux voir mon île, mais à pied, parmi les hommes ! » répondit le Commandant Kâmil Pacha.

Ils se mirent en marche. À leur émotion, leurs regards, bien souvent leurs mots – les « longue vie ! » criés par les fenêtres (pas moins de sept ou huit en trois jours) –, le Commandant comprit que les gens l'aimaient. Cet amour, il voulait le convertir en espérance, en un grand dessein commun qui protégerait l'île non seulement de la peste, mais de tous les malheurs du monde. Servir, protéger et sauver chacun de ces braves gens qui le reconnaissaient dans la rue et dont le visage, à sa vue, s'illuminait d'un sourire d'espoir : telle était la mission que Dieu lui avait confiée.

Il avait ordonné de prendre sur le budget de l'État pour fabriquer deux cents drapeaux minghériens (quitte à les faire de petite taille), or la tâche s'avérait délicate, car presque tous les drapiers, tisserands et tailleurs de l'île s'étaient enfuis à l'étranger et l'importation de lin et de coton était momentanément impossible. Ceci expliquait peut-être pourquoi de nombreuses familles, barricadées chez elles à cause de la peste, n'avaient encore jamais vu le nouveau drapeau, ni même eu vent du nouvel État. Il y avait aussi beaucoup d'indifférents, d'ignorants, de sots… Qu'elle était dure à apprivoiser, cette nation ! Mais le Commandant-président Kâmil ne se décourageait pas. L'État, il en était certain, vivrait bien plus longtemps que tous les êtres qui respiraient sur l'île à cette heure, très longtemps, des siècles peut-être. Tous lui disaient que les habitants avaient foi dans le nouvel État, qu'il avait redonné espoir au peuple, qu'on croyait qu'il saurait tenir l'épidémie sous contrôle. Marchant dans les rues, le major Kâmil, l'homme de l'espérance, se sentait ému, résolu, ardent. À cause de Pakizê, le peuple imaginait que le jeune Commandant était dans la confidence d'Istanbul, du palais, du sultan, puis le Coup du télégraphe avait suscité l'admiration générale, et lorsque, brandissant l'étendard, il avait lancé un défi à la face du monde, le peuple avait répondu à son appel et l'avait suivi.

Être né ici, songeait parfois le Commandant Kâmil, être un vrai Minghérien était un don de Dieu. Dans les sourires des gens qui croisaient son regard depuis leurs fenêtres, il lisait la reconnaissance, la gratitude. Car sa présence, son existence même, leur rappelait ce don que Dieu avait fait à chaque insulaire. Être nés ici était leur fortune à tous.

Les plus pauvres, ceux qui n'avaient jamais cru à l'épidémie et ne s'en protégeaient pas, connaissaient maintenant le pire sort, la misère et la faim. Le Commandant se sentait une responsabilité envers eux. Celui qui n'avait pas de jardin, de champs, de terrains ni d'amis en dehors de la ville n'aurait bientôt plus de quoi manger. En vérité, le gouvernement ottoman était seul responsable de leur misère, car il leur avait menti sur l'épidémie. Avec quelle conviction, quelle rage le gouverneur Sami Pacha avait d'abord nié la peste ! Le seul fou, c'était lui.

Le Commandant et sa nombreuse escorte prirent l'avenue Hamidiye (il faudrait changer tous ces noms ottomans). Ils s'engouffrèrent dans les rues pleines de marchands et d'échoppes qui s'étendaient entre la rivière Arkaz et l'église Hagia Triada. Plus de la moitié des commerçants qui assuraient la vente des produits de base, farine, patates, etc. n'ouvraient plus leur boutique, par peur de la contagion et des sanctions, et continuaient leur négoce ailleurs, parfois chez eux. Tous les aliments avaient vu leur prix tripler, des olives au fromage (si l'on en trouvait encore), des noix aux pruneaux (qu'on disait dangereux). Même les plus ordinaires et les moins coûteux, oignons, salades, pommes de terre, avaient disparu du marché officiel. Les boulangeries avaient réduit de moitié leur production de pain, de gâteaux et de brioche. Mais le Commandant ne s'en alarmait pas encore, car il avait entendu Sami Pacha dire qu'on avait caché des réserves de farine à la garnison, une consigne qui datait d'Abdülhamid. Bouchers et volaillers vendaient leur marchandise en cachette, au triple voire au quadruple. Du reste, la plupart des volaillers, poissonniers et tripiers avaient fermé pour raisons d'hygiène. On ne voyait plus aucun chat devant leurs boutiques.

La population de l'île, à cause des fuyards et des morts, n'avait cessé de se réduire, et pourtant les marchés, chaque jour un peu plus vides, ne suffisaient plus à nourrir les habitants. L'ayant constaté, Sami Pacha, désormais Premier ministre, redoubla d'efforts pour maintenir vivant le petit marché qu'il avait créé pour les pauvres et les indigents, près du collège grec, durant la période ottomane. Tournant à gauche en haut des rues commerçantes, le Commandant et sa suite redescendirent vers le lacis de la vieille ville. L'endroit, à vrai dire, n'était pas sans danger : tous les hommes étaient là, pendus à leur carreau et désœuvrés, au-dessus des étroites venelles aux sombres airs de coupe-gorge.

En réalité, l'approvisionnement d'Arkaz, c'est-à-dire d'abord la relance du commerce, ne pouvait être assuré qu'au prix d'une sévère entorse aux restrictions sanitaires. Car les gardes contrôlaient étroitement les entrées de la ville. Quant à ceux qui voulaient la quitter, ils devaient présenter aux soldats de la quarantaine un document lourdement signé et tamponné, ou bien, comme beaucoup faisaient, attendre la nuit et escalader à l'aveuglette les pentes caillouteuses, escarpées et venteuses, des Hauts de Hora ou de Turunçlar. Celui qui avait réussi à se terrer dans l'obscurité sans être pris par les chiens, les brigands, les malades déments, les rats et le djinn de la peste avait alors une chance de quitter la ville et gagner les campagnes. Mais dans l'autre sens, pour qui voulait venir en ville vendre ses produits, trois fois la semaine au plus, une autorisation spéciale était requise. Le nouvel État, sur ces questions, n'avait rien bouleversé.

Le maintien du marché du collège grec donna au docteur Nuri, à Sami Pacha et au Commandant une nouvelle occasion d'apprendre le paradoxe fondamental de toute politique de quarantaine (cruellement enseigné en son temps par la Révolte du bateau du hadj) : oui, il fallait être dur ; mais d'un autre côté, si cette dureté devenait excessive, alors les partisans du Commandant, ceux qui aujourd'hui le fêtaient en libérateur et lui souriaient dans la rue, risquaient demain de se changer en ennemis de la Révolution, voire de la Liberté et de l'Indépendance.

Si la famine n'avait fait encore aucune victime en ville, un nombre croissant de gens, parmi les plus misérables, les plus esseulés, ceux qui avaient tout perdu, leurs proches, leurs biens, parfois la raison, se trouvaient réduits à la mendicité. Mendiants débutants, authentiques, que Sami Pacha faisait chasser par la police, refouler hors de la ville, quand il ne les envoyait pas croupir dans une geôle de la Forteresse avec les criminels de droit commun, jusqu'au jour où il se rendit compte que les pauvres désespérés préféraient la cellule où l'on servait la soupe chaude plutôt que la famine et la mort des rues, d'où il conclut que la meilleure solution était de confier le problème à la brigade sanitaire. Hamdi Baba et deux gardes se chargèrent donc de les éloigner des grandes avenues, au titre du « règlement sanitaire », et ce fut tout. La décision en avait d'ailleurs été prise deux semaines plus tôt, à l'époque ottomane et, là encore, la politique ne fut pas bouleversée.

Le Commandant prit bientôt l'habitude d'effectuer au moins une fois par jour une longue tournée à pied dans les rues d'Arkaz. Ces promenades quotidiennes le portaient surtout là où les restrictions sanitaires avaient suscité des disputes, des troubles, des empoignades, et où il appelait le peuple à obéir aux soldats de la quarantaine. Il s'agissait aussi parfois de s'informer d'un problème plus spécifique, auquel cas on invitait un spécialiste à se joindre à sa tournée.

Le samedi 6 juillet, le président de la République, voulant envisager des solutions au problème grandissant du manque de vivres, emmena les frères mitrons Hadid et Medjid visiter un nouveau « marché paysan » qui se tenait sur une berge de la rivière Arkaz. Des garçons de la campagne à la moustache naissante y proposaient des truites et des cabèdes, qu'on appelait aussi mulets d'eau douce, de vieilles mères de famille grecques y vendaient des orties, de la mauve sylvestre, ou grande mauve, et encore d'autres plantes.

Ces herbes étranges qu'on cueillait dans les montagnes, puis mettait dans la soupe ou mangeait crues, étaient devenues l'objet d'un véritable engouement chez les quelques épiciers d'Arkaz toujours actifs, et plus encore sur ces marchés improvisés, depuis qu'une rumeur disait que deux gamins qui étaient revenus en ville après s'en être enfuis terrifiés par la mort et fous de solitude avaient réussi à survivre dans les montagnes en se nourrissant exclusivement de grande mauve.

En vérité, disons-le, il n'y eut pas de famine. La quasi-totalité des Minghériens, bon an mal an, finit par trouver de quoi manger. Le Premier ministre Sami Pacha, pour lutter contre la pêche clandestine, leva l'interdiction qui frappait les pêcheurs de l'île. Dans ses Mémoires, la fille de Konstantinos Efendi raconte que dans les quartiers les plus touchés par l'épidémie, tels Tchitê, Ghermê et Kadirler, des familles entières survivaient grâce aux poissons pêchés par leurs enfants. Les gamins s'enfuyaient par les jardins, puis traversaient en bandes les champs à la sortie de la ville, et après deux heures de marche sur des sentiers secrets le long desquels ils récoltaient de la grande mauve, des mûres et des cerises sauvages, arrivaient aux gorges de Damîtach, où le ruisseau du même nom se jette dans la mer Méditerranée. Ici, nous voulons faire remarquer à nos lecteurs – lecteurs étouffés par l'atmosphère sombre de notre roman – que ces enfants qui pêchaient avec des paniers ou des filets noués au bout d'une gaule, les jambes baignant dans des tourbillons d'eau claire, étaient heureux, véritablement heureux. Et ce n'est pas sans « nostalgie » que la fille de Konstantinos Efendi, dans ses Mémoires déjà cités, dépeint la formidable scène où ces enfants, le pantalon remonté jusqu'aux genoux, un filet rempli de cabèdes dorés à la main, dressèrent la tête en entendant les coups de canon qui annonçaient la « révolution » et l'élection du premier chef d'État de Mingher, le Commandant Kâmil Pacha.

Je dois dire que j'ai moi-même été profondément marquée, étant petite, par un dessin trouvé dans un vieil illustré de Mingher, où l'on voit ces gamins au milieu des gorges, les pieds dans l'eau, en train de pêcher les belles truites aux reflets verts grâce auxquelles ces héros permirent à des familles, des quartiers entiers de se nourrir et de survivre. Si j'avais vécu cent seize ans plus tôt, et si j'avais été un garçon, j'aurais sans doute été l'un de ces enfants joyeux. À cette occasion, et puisque notre roman-histoire touche lentement à sa fin, je peux enfin révéler que votre historienne et romancière descend en droite ligne de certains des personnages les plus illustres du livre que vous tenez entre les mains.

Un petit marché venait donc de se constituer à Hora, dans la cour d'une école élémentaire grecque, où l'on vendait, à côté de cabèdes, de la grande mauve, de l'oseille et d'autres plantes sauvages. Le président de la République visitait le bâtiment, suivi de Hadid et Medjid. Des affiches datant de la première quarantaine ornaient les murs de l'école désaffectée, où l'on croisait aussi, dans la pénombre des salles empuanties de lysol et parsemées de pièges à rats, quelques musulmans qui vendaient des papiers de prière jaunasses et moisis. La peste avait quelque peu brouillé les frontières, réelles comme imaginaires, qui séparaient les musulmans et les chrétiens d'Arkaz.

Le Commandant Kâmil, toujours escorté par les jumeaux, était en train d'inspecter les étals du marché installé dans les jardins de la minuscule et charmante école, lorsqu'un des garçons chaussés de bottes qui vendaient leurs poissons pris dans la rivière s'approcha de lui.

Les gardes s'interposèrent aussitôt, comme ils en avaient l'ordre, mais le Commandant les arrêta.

« En ces jours sombres, mon plus grand respect va à ces jeunes héros qui ont su se dresser, par le fruit de leur pêche miraculeuse, entre la Mingher libre et la faim ! déclara le major. Laissez passer ce garçon, qu'il présente sa requête à son Commandant ! »

Les gardes s'écartèrent et le garçon, à vrai dire un adolescent de seize ans, coiffé d'un fez, au visage charmant, boutonneux et mal rasé, s'approcha du Commandant, tira de sa large ceinture un pistolet, visa la poitrine et ouvrit le feu.

CHAPITRE 57

La première balle déchira l'épaulette du Commandant, mais elle n'atteignit pas la chair, ne causa même pas une éraflure.

Medjid, qui se méfiait de l'adolescent depuis le début, se jeta alors sur lui. Pour certains témoins, il chercha à arracher le pistolet, pour d'autres il s'en saisit pour viser le Commandant.

La deuxième balle toucha Medjid au cœur, la troisième en plein dans la colonne vertébrale. Il recula sous la violence du choc, vacilla une seconde, puis s'écroula, raide mort.

La quatrième balle traversa une vitre de l'école, brisant le beau verre de Salonique. Étranglé par les gardes qui essayaient de lui retirer son arme, le jeune homme dont on devait bientôt apprendre qu'il se prénommait Hassan appuya une dernière fois sur la détente, sans viser.

Mais les gardes le jetèrent au sol et le maîtrisèrent avant qu'il pût tirer le cinquième coup, et un lourd silence, énorme et mystérieux, s'abattit brusquement sur Hassan. Le jeune homme, dans la stupéfaction générale de ce silence, semblait choqué par la mort du beau et fort Medjid, comme s'il ne pouvait y croire. Car ce modeste marché fréquenté par des désœuvrés, des curieux et des gamins qui venaient pour regarder plutôt qu'acheter, était situé dans un quartier très peu peuplé, loin des dangers et de l'atmosphère de crime qui régnaient dans la ville basse, autour du port et de la Forteresse.

La foule s'était dispersée aux quatre vents dès le premier coup de feu. Les paysans et les gamins mirent un long moment avant d'oser revenir à leurs étals, leurs seaux et leurs bourriches. Le Commandant avait traversé l'attentat avec sang-froid, ainsi qu'il devait le raconter plus tard, songeant seulement à la mort, sa femme, son fils à naître et son pays.

On n'eut pas besoin de battre le jeune agresseur. Hassan se laissa menotter docilement par les gardes, il ne se rebella pas non plus au moment de monter dans le fourgon, ni lorsqu'on l'enferma dans la deuxième des trois cellules étroites et humides qui faisaient face aux salles d'interrogatoire dans le sous-sol de l'ancien palais du gouverneur, dont Sami Pacha était resté le maître.

L'attentat contre le Commandant Kâmil, le héros de l'Indépendance de Mingher, eut lieu à l'heure de la prière du midi (l'appel du muezzin n'était plus là pour le rappeler, certes, mais enfin, c'était l'heure). La visite au marché n'était pas improvisée, le président de la République l'avait planifiée juste avant de s'occuper de l'ameublement de sa suite. Or seuls son secrétaire et l'assistant de celui-ci, au deuxième étage du Splendid Palas, savaient qu'il serait au marché à cette heure-là. Pouvait-il s'agir d'un hasard ? C'était le genre de hasard que Bonkowski Pacha avait payé de sa vie.

Quatre heures plus tard, le Commandant, son secrétaire Mazhar et Sami Pacha se réunissaient en urgence au deuxième étage du Splendid. Des mesures « radicales » furent prises et appliquées le soir même. Ce fut le coup d'envoi d'une période que les historiens nationalistes, toujours prompts à assimiler la modeste Révolution minghérienne aux grands événements de l'histoire mondiale, ont comparé à la Terreur jacobine de la Révolution française. L'analogie est juste en ceci que l'intention était effectivement de se servir des jugements expéditifs et des exécutions capitales pour terrifier la population, mais également parce qu'une telle politique révélait que le nouveau pouvoir avait fait sienne la croyance selon laquelle les « idéaux révolutionnaires » ne pouvaient s'imposer qu'au moyen de la violence exercée contre leurs détracteurs.

Le docteur Nuri, toujours si sage et pondéré, n'assistait pas à cette réunion. Sami Pacha ne l'avait pas invité, le président de la République ne le fit pas demander. (Sans doute était-il trop stambouliote, trop ottoman à leur goût.) L'absence du ministre de la Quarantaine ne fit qu'augmenter la dureté des décisions prises et le nombre de condamnations à mort, en plus de priver Pakizê – et donc nous-mêmes – d'un témoignage de première main sur les événements. Ainsi avons-nous dû, pour une fois, puiser à d'autres sources que les lettres de la princesse pour raconter la période de « Terreur jacobine » de la Révolution minghérienne.

Le jeune assassin, malgré les pressions, resta obstinément muet. Sami Pacha apprit cependant que c'était un réfugié de Crète, débarqué sur l'île avec sa famille trois ans plus tôt. La famille s'était installée à Nebiler, dans le nord de l'île, où les parents travaillaient dans les champs de roses. C'était précisément le village où Ramiz et ses hommes s'étaient cachés. Sami Pacha déclara donc qu'il n'avait plus aucun doute : Ramiz était derrière le crime, ce que du reste les aveux du garçon, dont il ne doutait pas davantage, confirmeraient bientôt. On utiliserait aussi les preuves que le docteur Nuri voudrait bien trouver « à la manière de Sherlock Holmes » qu'Abdülhamid lui avait enseignée et qu'il affectionnait tant.

Mais la justice, ajouta Sami Pacha, cette fois ne devait retarder son verdict sous aucun prétexte, car Ramiz, rappelait-il, avait été arrêté les armes à la main une semaine plus tôt, lors d'une attaque qui avait coûté la vie à six personnes, dont ses propres hommes, le provocateur Nusret et le nouveau gouverneur envoyé par Istanbul. C'était assez pour le faire pendre. Le peuple n'en serait pas choqué, au contraire. Il était du reste hautement probable que Ramiz fût aussi le commanditaire de l'odieux assassinat de l'Inspecteur général de l'Administration sanitaire Bonkowski Pacha, ainsi que de l'ignoble meurtre du beau-frère du président de la République, l'héroïque Medjid Efendi, crimes atroces dont l'objectif final était de ruiner le régime de quarantaine pour ensuite anéantir la nation minghérienne. Que ce boucher assoiffé de sang n'eût pas encore reçu le châtiment qu'il méritait était une preuve de la faiblesse et de l'incurie ottomanes.

« La pitié que nous témoignerons à cette vile crapule, messieurs, c'est en vies humaines que nous la paierons. Et je crains fort, hélas, qu'elle ne finisse par nous coûter aussi la nôtre ! »

Mazhar Efendi, le secrétaire du président de la République, déclara que le procès de Ramiz et ses complices s'ouvrirait le jour même, sitôt leur interrogatoire terminé. Si le juge se débrouillait bien, on pourrait les pendre dès le lendemain matin. Les accusés étaient d'ores et déjà condamnés, tous les hommes présents au deuxième étage du Splendid Palas l'avaient compris. Et tous, ou presque, approuvaient en silence cette justice expéditive. Il était évident que le président de la République avait appuyé le verdict mais, écrivit-on plus tard, à contrecœur.

On décida de transformer six couvents en dispensaires, notamment ceux des Rifa'i et des Zaïm, qui n'avaient pas cessé de donner du fil à retordre à Sami Pacha, aux médecins et à la brigade sanitaire. Les soldats de la quarantaine et les chefs de quartiers seraient chargés de préparer les jardins et certains bâtiments à recevoir des lits et des postes de soin pour les pestiférés, quitte à vider tout le couvent si besoin. On décida également de durcir les sanctions contre les récidivistes de la fraude à la quarantaine et les excités qui s'en prenaient aux soldats, et de détruire par le feu un dépôt d'immondices et une maison qui n'avait pu être correctement désinfectée, dans le quartier de Tachçîlar, où les réfugiés de Crète étaient nombreux. Sami Pacha fit aussi barrer par un cordon sanitaire deux rues de Tchitê, le quartier le plus touché par l'épidémie, où le nombre de morts quotidiens ne chutait pas.

On donnera volontiers raison à la thèse qui veut que les mesures de coercition prises ce jour-là, et imposées à la force des armes, n'aient contribué qu'à aggraver davantage la catastrophe qui frappait l'île. La décision, notamment, de fermer tous les marchés paysans d'Arkaz, au motif qu'un crime y avait été commis, fut une grave erreur, sinon une barbarie. Elle ne fit qu'augmenter la famine et attiser la colère. Mais les gouvernants de l'île ne savaient plus penser autrement qu'en termes d'intransigeance aveugle et de violence d'État, nous l'avons compris.

Le point sur lequel tous sont unanimes, c'est que Zeynep fut folle de chagrin à l'annonce de la mort de son frère Medjid. Et l'on imagine que la tristesse et la rage de l'épouse du Commandant Kâmil pesèrent de tout leur poids dans la vengeance qui s'abattit sur son ancien fiancé.

Si Sami Pacha se montra d'une dureté et d'une cruauté telles qu'il n'en avait encore jamais fait preuve, même lors de la Révolte du bateau du hadj, c'était aussi parce que le nouveau petit État ne bénéficiait plus de la sérénité que l'Empire ottoman – tout homme malade qu'il fût – avait accordée à l'île jusque-là. Oui, la Minghérie était libre et indépendante, mais elle était seule… Si un navire, non pas anglais ou français, mais de simples pirates, débarquait deux cents hommes armés dans une crique du nord de l'île et que cette mini-armée traversait les montagnes pour arriver jusqu'à Arkaz, Sami Pacha et les troupes mal entraînées et mal préparées de la garnison, bien que plus nombreuses, auraient toutes les peines du monde à arrêter les envahisseurs, et cela risquerait fort de signer l'arrêt de mort du jeune État de Mingher, ejecté de la scène de l'Histoire après à peine un mois d'existence, et qui sait alors si ce peuple qu'on appelait « Nation minghérienne » ne sombrerait pas à jamais dans l'oubli. Si l'on ne tenait pas la quarantaine, si l'épidémie continuait, le risque qu'une telle chose se produisît dans un futur proche était très élevé, pensait Sami Pacha.

Lors de son procès, à l'issue plus que certaine, Ramiz expliqua qu'il avait voulu aider le nouveau gouverneur à s'installer au pouvoir qui lui revenait de droit, que personnellement il tenait pour indispensable que tous les insulaires – il dit ensuite les « Minghériens » pour mieux coller à l'atmosphère nationaliste du jour – respectassent la quarantaine et les mesures sanitaires, enfin que personne, ni son frère ni aucun consul, ne lui avait dit « fais-le ! » ; il avait agi par pure et intime conviction. Son but n'était pas d'aider le cruel État ottoman. Durant ce procès, auquel ils croyaient, Ramiz et ses hommes affichèrent la sérénité de ceux qui savent tuer un homme sans battre un cil – d'autant plus si l'homme est chrétien – et sans jamais en faire un dilemme moral. Ils avaient attaqué et pillé bien des villages dans les montagnes de l'île, ils avaient tué beaucoup d'hommes.

Le tribunal condamna Ramiz et tous ceux de ses complices qui s'étaient rendus, sauf le plus jeune, à la peine de mort. L'ancien juge, jadis envoyé par le ministère ottoman de la Justice afin que ce genre de procès importants – assassinats, pillages, enlèvements de filles, crimes d'honneur – pussent être tenus sur l'île sans passer par Istanbul, ayant été incarcéré en pleine nuit dans la tour de la Princesse en même temps que le nouveau juge, Muzaffer Efendi, et le sous-préfet de Teselli, Rahmetullah Efendi, Sami Pacha fit appel au vieux Christophis Efendi, de la riche famille des Yannisyorgis, qu'il avait connu grâce à l'entremise du consul de France et qui était le seul homme sur l'île à avoir étudié le droit en Europe, à Paris. Il le fit chercher et amener au Ministère dans son landau blindé, et lui demanda de prononcer un « verdict à l'européenne ». Les criminels s'étaient rendus coupables d'un attentat visant les héroïques cadres et médecins en charge de la lutte sanitaire, attentat qui avait pour objectif de laisser l'épidémie de peste se propager librement sur l'île, ouvrant ainsi la voie à une invasion menée par des puissances étrangères, dans le but ultime de faire main basse sur les richesses, les poissons, l'huile de rose de Minghérie et de réduire son peuple en esclavage. Tel était à peu près le langage dans lequel Sami Pacha voulait qu'on formulât le verdict. Christophis Efendi avait d'abord cru qu'il devait rédiger la sentence en français, mais lorsqu'on l'informa que les deux langues officielles du nouvel État étaient, quoique provisoirement, le grec et le turc, et puisqu'il avait passé des années à traiter, en tant qu'avocat, des affaires commerciales d'« étrangers » dans les tribunaux d'Istanbul, il rédigea la sentence, magnifiquement libellée, dans le turc juridique de l'époque. Il avait de longues et fines mains, une écriture élégante.

Le Premier ministre Sami Pacha dépêcha un valet et un secrétaire au Splendid Palas, pour faire contresigner la sentence par le Commandant Kâmil, mais le papier lui revint deux heures plus tard, sans signature et assorti d'une note. Celle-ci indiquait qu'en vertu de la Constitution en cours de rédaction, l'instance chargée de faire appliquer les exécutions capitales prononcées en Minghérie n'était pas la présidence de la République, mais le ministère. Autrement dit, c'était au Premier ministre Sami Pacha, et non au Commandant, de signer ce papier.

Sami Pacha ne s'indigna pas de ce coup de maître par lequel le président de la République se défaussait entièrement sur lui de la responsabilité de la mort de Ramiz ; au contraire, il l'approuvait. Car si par bonheur ils devaient s'en tirer tous sains et saufs, il était nécessaire que ce fût lui, le jeune héros, plus que quiconque, qui conservât l'amour entier de la nation. Mais comme il craignait d'en payer seul les conséquences, et aussi un peu par pitié, Sami Pacha, au moment de signer, commua la peine de mort de trois condamnés en prison à vie ; seuls Ramiz et deux autres seraient effectivement pendus. Puis, avec la conscience apaisée de celui qui vient de sauver trois hommes dont la vie « ne tenait qu'à un fil », il se mit à pied d'œuvre pour organiser l'exécution des trois autres au plus vite.

L'autorisation d'Istanbul, depuis l'Indépendance, n'était plus nécessaire pour condamner quelqu'un à mort, Ramiz et ses complices le savaient ; ils pouvaient être pendus à tout moment. À quoi pensaient-ils ? Sami Pacha raffolait des anecdotes et souvenirs du genre « la dernière nuit d'un condamné ». Les directeurs de prison des quatre coins de l'Empire lui en avaient tant raconté. Aucun condamné à mort ne réussissait à trouver le sommeil la dernière nuit ; il espérait jusqu'au bout la grâce d'Abdülhamid, qui la plupart du temps venait, commuant sa peine en prison à perpétuité.

Sami Pacha éprouva soudain l'envie presque irrésistible de faire atteler son landau pour rendre une visite nocturne à Ramiz dans la Forteresse. Mais il devinait trop bien qu'il risquait d'avoir pitié de la sanguinaire fripouille et que s'il lui accordait sa grâce, non seulement plus personne ne prendrait au sérieux le nouvel État ni la quarantaine, mais il risquerait en plus de décevoir gravement le Commandant, voire de tomber en disgrâce à ses yeux, comme il était déjà tombé en disgrâce à ceux d'Abdülhamid.

En fin de soirée, Mazhar, le secrétaire du Commandant Kâmil, apparut dans son bureau, la mine inquiète.

« L'émissaire du cheikh, Nimetullah Efendi Feutre Pointu, est là ! annonça Mazhar. Le cheikh Hamdullah a écrit une lettre pour excuser son frère, il s'en remet à votre miséricorde !

— Et que vous en paraît-il ?

— Ils disent que le président n'aura pas la paix s'il n'efface pas cet affront… Mais Nimetullah Efendi est un homme très tempéré… Il serait bon que vous le receviez.

— Et où est-il, ce feutre pointu ? »

Sami Pacha quitta son bureau bien après minuit. Il descendit le grand escalier au milieu des ombres immenses et mystérieuses que projetaient les faibles lampes à gaz, puis il accueillit Nimetullah Feutre Pointu, le numéro deux de la confrérie Halifiye, qui l'attendait assis dans un coin à l'entrée du nouveau ministère, en lui annonçant qu'il était désolé, mais que la justice dans l'État libre de Mingher était désormais indépendante et qu'il n'était pas en son pouvoir d'en infléchir le cours.

« Défendre Ramiz n'est point dans les intentions de son éminence le cheikh… Sachez néanmoins que si vous le faites exécuter, ceux qui vivent dans l'amour de notre cheikh ne vous aimeront pas…

— Aimer est l'affaire du cœur…, dit Sami Pacha dans une inspiration soudaine. Et Hamdullah Efendi, cheikh des cœurs, sur ce sujet comme sur tous, a raison. Mais n'oubliez pas que même Abdülhamid ne s'est pas opposé au meurtre de Midhat Pacha. Au demeurant, le devoir de votre serviteur n'est pas de conquérir les cœurs comme son éminence, mais de maintenir à flot le bateau de l'État pour tirer les citoyens vivants de la tempête. Et dans les jours d'orage, effrayer le citoyen s'avère parfois plus efficace que de toucher son cœur. »

Sami Pacha raccompagna Nimetullah Efendi à la porte, non en Premier ministre mais comme un simple fonctionnaire, et lui demanda de transmettre ses respects au cheikh Hamdullah. Il était au pied du grand escalier quand Mazhar Efendi lui annonça que le fourgon qui conduisait les condamnés avait quitté la Forteresse et se dirigeait vers la place du Vilayet. Quant à Chakir, le bourreau, il était arrivé en fin d'après-midi et buvait déjà son vin en silence, sinon avec résignation. Sami Pacha, comprenant qu'aller au lit ne lui éviterait pas l'insomnie, retourna à son bureau. Si Marika avait été avec lui, il aurait bu du cognac jusqu'à l'aube.

Les trois condamnés firent longuement leurs ablutions dans la petite mosquée de la Forteresse, puis dirent leur dernière prière. La place du Vilayet, sous les arbres, devant les commerces, grouillait de policiers, de gardes de Mazhar Efendi et d'autres fonctionnaires que Sami Pacha avait convoqués pour assister à l'exécution et en avertir le peuple. La gaucherie du bourreau ivre, au moment de ligoter les mains des trois hommes et de leur passer la tunique blanche des condamnés à mort (cousue par sa mère), repoussa l'heure de l'exécution jusqu'au petit jour ; les policiers durent boucler les rues qui débouchaient sur la place. Du reste, elle était vide ; depuis que la peste avait frappé les cochers, on n'y voyait plus aucune calèche, ni le moindre citoyen pressé d'attraper une calèche. Les nuages sombres, tristes et bas qui pesaient sur Arkaz semblaient en avoir chassé tous les hommes, et toutes les rues, avec ou sans peste, étaient désertes.

« Commence par lui ! » avait ordonné Mazhar Efendi ; mais le bourreau, avec un entêtement étrange, se réserva Ramiz pour la fin. Lorsqu'il comprit qu'aucune grâce de dernière minute ne le sauverait plus, Ramiz, d'un cri déchirant que personne dans l'assistance ne devait jamais oublier, hurla « Zeyneeeep ! », puis on retira le tabouret sur lequel il peinait à garder l'équilibre, et il se balança au bout de la corde. Après quelques convulsions, le corps se raidit, il était mort.

CHAPITRE 58

Les gibets avaient été dressés au centre de la place du Vilayet. (C'est aujourd'hui un parc où fleurissent des roses de Mingher et la plupart des amateurs d'histoire de l'île ignorent qu'à ce même endroit, autrefois, on exposa pour l'exemple des cadavres qui pendaient au bout d'une corde.) Si quelqu'un se tenait devant la tour de l'Horloge, ou bien même devant la mosquée Yeni Djami, ou encore sur le pas de la porte du barbier Panayotis, et suivait du regard la ligne des tilleuls de l'avenue Hamidiye, il pouvait apercevoir, sous la forme de trois taches blanches, les cadavres pendus sur la place du Vilayet.

Les trois corps vêtus de blanc restèrent exposés trois jours. Le vent du sud qui soufflait depuis la Forteresse et la mer faisait doucement balancer les grosses cordes de chanvre et les corps dont elles enserraient le cou, et celui qui voyait ainsi trembler les bords bouffants des pantalons noirs qui apparaissaient sous les tuniques blanches soulevées par la brise se disait intérieurement que c'était vraiment la leçon dont Sami Pacha avait rêvé, et que les restrictions de la quarantaine, après cela, seraient mieux respectées. Yannis Kisannis, dans *Ce que j'ai vu*, est le seul à avoir évoqué ce spectacle terrible. À en croire le petit Yannis, ces taches blanches étaient un pur produit de l'imagination, mais l'effet n'en était que plus terrifiant. On regrettera seulement que cet ouvrage, qui livre par ailleurs une foule de précieux renseignements, soit émaillé de considérations hostiles aux Turcs et à l'islam, sous-entendant par exemple que le nouveau gouvernement avait repris à son profit la cruauté des Ottomans, qui ne savaient pas réagir aux problèmes autrement que par la pendaison.

Le silence de la peste, plus lourd et écrasant la nuit, régnait désormais sur la ville basse, aux jours sans vent envahie d'une odeur de mort, de cadavre et de chèvrefeuille. Les gens, terrés chez eux dans l'attente, derrière leurs portes verrouillées, ne parlaient plus qu'à voix basse. On n'entendait plus jamais le jet des ancres à la mer, le bruit des moteurs, le sifflet des bateaux à vapeur dont l'écho résonnait dans les montagnes, ni le tintement métallique des fers à cheval et des roues des voitures. Les lumières des hôtels du port, les lampadaires des quais et de l'avenue d'Istanbul ne brûlaient plus la nuit. Les contrebandiers opérant dans des criques lointaines, tous les haleurs, mariniers et aventuriers avaient déserté le port et la baie. Les descentes nocturnes dans les foyers des habitués des couvents avaient achevé de terrifier les habitants. Nombreux étaient ceux qui ne sortaient plus du tout la nuit. On n'entendait plus le bruit familier des calèches, des chars à bœufs et des phaétons qui luttaient pour traverser le pont ou grimper les raidillons des quartiers. Le soir, nul éclat de voix enjouée ou heureuse ne passait plus les portes fermées des maisons. Quelques cris joyeux, quelques rires d'enfants éclataient encore çà et là, mais le gazouillis familier avait disparu. Le silence était si profond que l'absence du son des cloches et du chant des muezzins n'en expliquait plus rien.

À la tombée de la nuit, les rues se peuplaient d'une faune de brigands solitaires, cambrioleurs qui faisaient le tour des maisons, resquilleurs de quarantaine, fuyards échappés des hôpitaux, et d'autres fous et illuminés que les sentinelles et les soldats de la quarantaine arrêtaient, bastonnaient parfois, puis envoyaient en prison, d'où ils ne les libéraient pas avant deux jours.

Son époux, ne voulant pas l'effrayer, n'avait rien dit à Pakizê des condamnations à mort et des trois cadavres qui se balançaient à leur porte. Les fenêtres de leur suite ne donnaient pas sur la place, mais vers la Forteresse, le port et l'étincelant bleu de la mer. Cependant, ce calme extraordinaire avait mis la puce à l'oreille de la princesse. Recluse dans sa chambre, elle entendait les beuglements des ivrognes briser le silence des nuits de la peste. Au cours d'une insomnie, elle nota que même le coq voisin, qui la réveillait chaque matin, s'était tu. Seul le chuintement apaisant des vagues qui mouraient délicatement sur le sable, perceptible même les jours où ne soufflait aucun vent, écrivait-elle, continuait de bercer son oreille. La nuit était devenue le royaume sonore des mouettes, des corbeaux, des chiens. Et comme beaucoup d'Arkaziens, la princesse Pakizê, en s'endormant le soir, entendait les jardins frémir au passage des hérissons, des serpents et des grenouilles qui glissaient de l'un à l'autre dans l'ombre.

Ses années de claustration au harem avaient enseigné à la princesse sultane à observer attentivement les objets, les nuages, les insectes et les oiseaux. Pendant son séjour au palais de Mingher, elle s'était « particulièrement » intéressée à un corbeau qui venait « fréquemment » se poser à sa fenêtre. Pakizê et ses sœurs, dans leur enfance, divisaient les gens en deux catégories : ceux qui aiment les corbeaux et ceux qui aiment les mouettes. Elle aimait les mouettes, libres, blanches et élégantes, et détestait – bien qu'ils soient plus intelligents – les corbeaux, insolents, acariâtres et bruyants. Mais elle aimait ce « fier et auguste » corbeau qui fréquentait son carreau la nuit, et le scrutait longuement. Lui se tenait sur le rebord de la fenêtre tandis qu'elle écrivait ses lettres, et l'observait longuement.

Les plumes de son immense tête brillaient parfois au soleil. Jamais il ne poussait cet affreux cri de vieille mégère qu'on entend aux corbeaux ; la plupart du temps, il était silencieux. Son plumage était noir d'encre et gris de plomb, et ses pattes, rose sombre, d'une laideur à inquiéter même Pakizê. Elle écrivait et l'oiseau la regardait sans remuer la tête, comme fasciné par la façon dont l'encre noire, lettre après lettre, dessinait des mots sous la pointe du stylo-plume. Il semblait amoureux de la princesse, le noir corbeau. Quand le docteur Nuri entrait dans la pièce, il disparaissait subitement.

Une fois cependant il resta ; il voulait se présenter « formellement » au docteur Nuri. Celui-ci le vit qui contemplait sa femme d'un regard amoureux, et déclara froidement : « Tiens, voilà le corbeau qui vient à la fenêtre de Sami Pacha !

— Non, c'en est un autre ! » se récria Pakizê dans un accès de jalousie.

Nous tenons à indiquer ici à nos lecteurs que Pakizê ne put raconter la suite de cette histoire de corbeau à Hatidjê que bien plus tard. Car elle savait désormais que chacune de ses lettres à sa sœur serait d'abord lue par d'autres, et que son mari fût ministre de ce qui s'intitulait gouvernement n'y changeait rien.

Un jour qu'elle se trouvait seule, la troisième fille de Mourad V s'habilla, mit son voile, quitta sa suite, longea la colonnade du deuxième étage qui ceignait la cour intérieure et des escaliers et, apercevant une fenêtre qui donnait sur la place, elle fut prise de la curiosité d'apercevoir le corbeau de Sami Pacha.

À la place du fier et auguste corbeau, elle vit trois potences et trois cadavres vêtus de chemises blanches. C'était la première fois de sa vie qu'elle se trouvait confrontée à un tel spectacle ; mais elle comprit aussitôt qui étaient ces hommes.

Une fois revenue dans la suite où elle vivait sans voir personne depuis deux mois et demi, elle commença par vomir (un instant, elle crut qu'elle était enceinte), puis, comprenant que ce n'était pas à un enfant que réagissait son corps, mais à la mort, elle fondit en larmes. Elle pleura longuement. Son chagrin, elle le sentit ensuite, ne venait pas seulement de la vue de ces cadavres, c'était aussi la tristesse d'être depuis tant de temps si loin de son père, de ses sœurs, d'Istanbul.

« Vous me faites honte ! dit-elle à son mari quand il revint. Comment avez-vous pu me cacher cette chose atroce, là, sous mon nez ? Même mon oncle Abdülhamid n'a jamais commis une telle barbarie !

— Oui, il est vrai que votre oncle approuve rarement les condamnations à mort qui lui parviennent des provinces. Il a même commué celle de Midhat Pacha en prison à vie. Mais d'étrange façon, c'est pourtant lui qui l'a fait tuer à Taïf.

— S'il faut vivre dans un endroit à la botte d'un gouverneur pareil, alors je préfère encore croupir à Istanbul dans la peur de mon oncle !

— Ma sultane ! s'exclama son époux, la voix vibrante de respect. Qu'Istanbul vous manque, je le conçois très bien. Mais même si la peste était arrêtée, la quarantaine levée, pourrions-nous rentrer à Istanbul comme il nous plaît ? Il nous faudra d'abord demander l'autorisation à votre ancien garde du corps, son excellence le président de la République. L'homme qui gouverne ici n'est pas le personnage que vous appelez gouverneur, c'est le mari de Zeynep.

— Alors partons d'ici, fuyons. Vous m'enlèverez !

— Vous savez qu'une affection sincère, autant que le sens du devoir, me lie à cette île et son peuple. Vous aussi l'éprouvez, je le sais. Vous nourrissez une amitié singulière pour les gens d'ici, turcs, musulmans, que dis-je, même les grecs, tous, et comme moi votre désir est de les aider. Du reste, même si aucune responsabilité ne nous attachait plus ici, rentrer à Istanbul ne serait pas simple. Nous avons, moi du moins, collaboré professionnellement et humainement avec un État qui a violé le serment de l'Empire. Et je crains que la faute ne vaille pour vous aussi. Il faudra donc, quand tout sera fini, que votre oncle le sultan nous pardonne, peut-être alors seulement nous pourrons revoir Istanbul. »

La discussion glissant vers la « haute trahison », partant son propre désespoir, Pakizê éclata en sanglots. Son mari la prit dans ses bras, l'embrassa où la peau est douce derrière l'oreille, huma l'enivrant parfum de ses cheveux.

Cela la fit pleurer de plus belle. Elle tira de son sac un mouchoir joliment fleuri, don d'une vieille femme du harem de son père, et essuya ses yeux enfantins, ses joues tendres.

« Vous voulez dire que nous sommes otages…

— Vous l'étiez aussi à Istanbul…

— Mais pourquoi vous mêlez-vous de ces querelles politiques ? Mon oncle ne vous a pas envoyé ici pour fonder un État, mais pour arrêter la peste !

— Certes, mais pourquoi votre oncle nous a-t-il envoyés en

Chine ? Et pourquoi après Alexandrie nous a-t-il redirigés vers l'île avec le major ? »

Ainsi rouvrirent-ils la polémique qui avait nourri presque toutes leurs discussions depuis leur départ avec la Délégation de Chine ; ils se disputèrent longtemps, sans trop se fâcher. Quand le docteur Nuri rappela à son épouse que c'était également pour confondre des meurtriers que son oncle l'avait envoyé à Mingher, elle lui répondit sèchement : « Le vrai meurtrier est celui qui a fait pendre ces hommes ! »

Il lui fit alors remarquer que l'homme derrière cette exécution était son ancien garde du corps, que Ramiz n'était pas un ange, enfin que son oncle avait déjà condamné des hommes à mort du temps où elle n'était même pas encore née, en l'occurrence Ali Suavi et ses complices, après l'échec de leur coup de force nocturne contre le palais d'où ils voulaient libérer son père, Mourad V, pour le remettre sur le trône. La même année, les francs-maçons avaient déjà échafaudé un plan pour s'introduire dans les jardins du palais en passant par les égouts ; on les avait arrêtés. Le lendemain, le journaliste Ali Suavi, qui avait eu le cran d'annoncer publiquement, dans sa chronique, qu'il entreprendrait quelque chose (et que les espions d'Abdülhamid ne lâchaient pas d'une semelle), attaquait le palais de Çırağan par le Bosphore, avec plusieurs embarcations et plus d'une centaine d'hommes armés de fusils et de gourdins, parvenant même jusqu'à Mourad V, qui était au courant de l'action et l'attendait en grande tenue, prêt à reprendre son trône. Mais la contre-attaque des soldats d'Abdülhamid prit les putschistes au dépourvu et beaucoup furent tués sur place, dont Ali Suavi. On retrouva son cadavre à la fois troué de balles et roué de coups de bâton. Presque tous les putschistes étaient des réfugiés des Balkans, originaires de Plovdiv et miséreux, qui s'étaient retrouvés à Istanbul après avoir perdu leurs foyers et leurs terres durant la guerre russo-turque de 1877-78. Si le père de Pakizê reprenait son trône, pensaient-ils, les Ottomans déclareraient une nouvelle guerre aux Russes et à l'Europe, les territoires perdus par le pleutre Abdülhamid seraient récupérés et les malheureux musulmans des Balkans qui engorgeaient les rues d'Istanbul pourraient rentrer chez eux.

« Mon pauvre père ne savait rien de ce complot ! dit Pakizê. Mais c'est à cause de cela qu'ils l'envoyèrent croupir dans l'aile du palais où je suis née, c'est à cause de ces putschistes qu'ils firent de son existence et de celle de mon cher frère une prison pire qu'elle n'était déjà. »

Pakizê, à vrai dire, commençait à être vexée par le ton moqueur, les piques et les persiflages incessants de son mari à l'endroit de cette famille impériale, et en particulier de son oncle Abdülhamid, qui l'avait pourtant accepté comme damad en lui offrant – ce qui était loin de lui être dû – la main d'une fille de sultan. Elle avait envie de le remettre à sa place.

« Eh bien, puisque rentrer à Istanbul est aussi impossible que vous le dites, alors retrouver pour mon oncle l'assassin de Bonkowski Pacha et de son assistant n'a plus aucune espèce d'importance, et nous voilà dispensés de contrefaire plus longtemps les pitreries de votre cher Sherlock Holmes ! » lui lança-t-elle une fois, réussissant à briser le cœur du docteur Nuri.

L'un des résultats utiles de ces interminables querelles conjugales fut que le ministre de la Quarantaine de Mingher, comme il l'avait promis à sa femme, finit par dire à Sami Pacha qu'il serait profitable à leur lutte sanitaire de faire enlever les gibets et les cadavres qui pourrissaient sur la place du Vilayet.

« En voilà des considérations ! » lui répondit Sami Pacha.

Les visites de condoléances au cheikh Hamdullah se multipliaient dangereusement. Une foule de fidèles que la contagion n'effrayait pas se retrouvaient chaque jour à la porte du couvent, où ils attendaient pendant des heures avant de rentrer chez eux, souvent sans avoir aperçu le cheikh, même de loin. Refusant de venir sur la place subir la leçon qu'on leur y infligeait, ils se rabattaient sur la foi et le couvent, ce que Sami Pacha pouvait concevoir.

« Le Commandant Kâmil Pacha, dit le docteur Nuri, parle souvent, à juste titre, de l'honneur et de la dignité de la nation minghérienne, et du respect que doivent lui montrer tous les peuples du monde. Or exposer plus longtemps ces corps aux yeux du monde, mon pacha, ne lui donnera de la nation minghérienne que l'image d'un méchant peuple amoureux de la corde et des gibets.

— Quand il y a cent ans les Français passaient à la guillotine tous les rois, les riches et quiconque leur tombait sous la main, on applaudissait, mais lorsque nous, aujourd'hui, punissons comme ils le méritent trois petits malfrats coupables de sabotage et de trahison, voilà qu'on crie au scandale... », lui répondit Sami Pacha.

Mais l'amitié de deux mois et demi qui liait les deux hommes était solide, et la dispute en resta là. Le docteur Nuri ajouta que les corbeaux et les mouettes qui venaient se repaître sur les cadavres et les rats morts, bien qu'eux-mêmes insensibles à la maladie, risquaient d'étendre la contagion en ville. Une fois ou deux, le pacha avait vu son corbeau fouiller du bec les yeux, le nez, les oreilles des pendus ; il avait du mal à comprendre pourquoi ces oiseaux qu'épouvantaient les épouvantails restaient sans épouvante devant un cadavre.

CHAPITRE 59

Le Commandant Kâmil Pacha se promenait avec ses soldats dans Arkaz à différentes heures du jour. Pour le reste, il ne quittait jamais le Splendid Palas, et n'assistait à aucune des réunions sanitaires qui se tenaient dans l'ancien palais du gouverneur. À la fin de celles-ci, le docteur Nuri quittait le Ministère à pied (solidement escorté) et venait au Splendid présenter au Commandant Kâmil les données du jour. Deux semaines après la déclaration d'indépendance, le nombre de morts n'avait pas baissé, il augmentait.

Le docteur Nuri et le Commandant analysaient la situation au-dessus d'une carte, comme à l'époque ottomane, copie de la grande carte affichée dans la salle d'épidémiologie qu'on avait dépliée sur une table en noyer, très chic, dans le bureau du Commandant. On y avait également posé un chandelier emprunté au « club » de l'hôtel. Avant d'indiquer les emplacements des morts, le docteur Nuri pointait les endroits où l'épidémie reculait. Du reste, un secrétaire à la mine chagrine venant deux fois par jour communiquer au Commandant le nombre, jamais décroissant, des morts, le chef de l'État et le docteur Nuri n'apprenaient rien de nouveau et leurs réunions n'accouchaient jamais de propositions quant aux moyens d'arrêter l'épidémie.

À l'inverse de Sami Pacha et du Commandant, les bureaucrates et les consuls, qui suivaient les événements à distance, trouvaient tout à fait justifié de laisser aux seuls médecins et administrateurs sanitaires le soin de juguler l'épidémie. Pendant que la petite main du docteur Nuri se promenait au-dessus de Ghermê ou de l'avenue Hamidiye, le Commandant, lui – comme le médecin le raconta ensuite à sa femme d'un air outragé –, songeait aux nouveaux noms à donner à ces lieux. Il avait ainsi songé à rebaptiser la place du Vilayet « place de la Liberté », puis après que les cadavres déchiquetés par les corbeaux de Ramiz et ses hommes y eurent été exposés et les habitants terrifiés, il avait pensé la renommer plutôt « place de l'Indépendance », enfin il s'était décidé pour « place de Mingher ». L'avenue Hamidiye, elle, deviendrait le « boulevard de Mingher ». Le Commandant avait en effet décliné la proposition de son secrétaire Mazhar Efendi, qui suggérait que l'avenue prît le nom de « boulevard du Commandant Kâmil Pacha », il ne permettrait jamais une chose pareille, il resterait toujours un homme du peuple, disait-il, avant de compléter : « Pas de mon vivant, du moins… »

Les auteurs qui ont produit le récit officiel des premiers jours de l'État minghérien nous rappellent que le Commandant Kâmil, en ces jours et ces nuits de peste, fit rebaptiser pas moins de deux cent soixante-dix-neuf rues, places, avenues et ponts, ce dont ils se félicitent. Il donna aussi pour la première fois un nom à une série de petites ruelles et placettes qui, jusqu'à l'Indépendance, en avaient toujours été dépourvues. Mais alors que le ministre des

Postes Dimitris Efendi répétait partout qu'attribuer un nom aux lieux qui n'en avaient pas était une entreprise profitable au service postal, non seulement pour les colis recommandés mais aussi pour les lettres et les paquets, et que la nouvelle ère exigeait cette réforme jamais accomplie durant l'époque ottomane, sa femme attrapa la peste, puis lui-même, et ils furent transportés à l'hôpital Theodoropoulos, ce qui occasionna la suspension momentanée du processus (quelques vieilles rues grecques changèrent tout de même de nom) et obligea le Commandant à créer une nouvelle commission. Après la mort de Dimitris Efendi, le Commandant ordonna qu'on accrochât un portrait photographique de l'ancien directeur dans le grand hall d'entrée de la poste, à côté du sien. Ce portrait, tiré par le photographe Vanias, y est encore aujourd'hui, inchangé depuis cent seize ans, nouvelle preuve parmi d'autres de l'attachement farouche et passionné des Minghériens à leur histoire et à leur identité.

Les lecteurs des lettres de Pakizê verront que parler du « républicanisme » du Commandant – pour reprendre le terme employé avec tant d'insistance par les historiens officiels –, en ces premiers jours, était pour le moins abusif. Le Commandant Kâmil vivait la grande révolution qu'il apportait à son pays comme une espèce de bonheur très personnel, n'ayant de cesse de répéter autour de lui, avec sincérité, voire un peu de candeur, que l'œuvre immense qu'il accomplissait en transformant le pays en une nation moderne, c'était pour son fils (il était sûr que l'enfant serait un garçon) qu'il l'accomplissait. Et à ce fils il donnerait un authentique prénom minghérien, pur de toute influence étrangère. Prénom très important, du reste, car à la suite du Commandant il marquerait l'histoire de Mingher et la patrie le prendrait en exemple.

Le Commandant allait souvent retrouver Zeynep au dernier étage du Splendid, pour partager ses rêves avec son épouse, s'enquérir de sa santé et de son ventre, lui demander si tout allait bien. La grossesse avait apaisé la colère de Zeynep, elle faisait briller son teint, illuminait son sourire, embellissait son visage.

Après avoir retourné sa liste de prénoms minghériens à l'archéologue Selim Sahir, le Commandant organisa un symposium avec tout ce que l'île comptait de gens s'intéressant de près ou de loin à l'antique langue de Mingher. C'étaient des amis d'enfance et du quartier, ainsi que quelques personnalités que Mazhar Efendi, à l'époque où il était contrôleur général, avait fait espionner et menacées de prison, pour cause de séparatisme minghérien. (Le contrôleur général était beaucoup plus impitoyable avec les séparatistes grecs.) Ces braves collectionneurs qui avaient passé des années à amasser des objets et des documents minghériens avec un enthousiasme folklorique et quelque peu puéril, malgré leur réserve et leur timidité initiales – dues à la peur qu'ils avaient de voir leurs collections saisies et eux-mêmes arrêtés –, finirent par se détendre et suggérèrent plusieurs mots, prénoms et noms de rues. Le président de la République prit aussi quelques avis du côté de Hamdi Baba et des soldats de la quarantaine, et ainsi donna-t-on pour la première fois le nom d'une personnalité vivante de l'île – Hamdi Baba – à une rue d'Arkaz.

Le président de la République organisa ensuite plusieurs réunions destinées à transcrire en minghérien une série de mots relevant de lexiques plus spécialisés, ceux des plantes médicinales et des médicaments avec les herboristes musulmans de l'île et surtout le pharmacien Nikephoros, ceux de tous les poissons, crustacés, les termes de navigation et de géologie côtière avec les pêcheurs grecs, ceux des plats de l'île avec les cuisiniers et patrons des restaurants. Ainsi furent posées les bases des grands dictionnaires minghérien-turc, minghérien-grec et minghérien-minghérien qui seraient publiés seulement trente ans plus tard, et celles de l'*Encyclopédie de Mingher*, unique encyclopédie consacrée à la civilisation d'une île méditerranéenne.

On décida que les réunions dédiées à la langue, l'histoire et la culture de Mingher se tiendraient dans le club de Londres, au rez-de-chaussée de l'hôtel, dont la porte ouvrait sur un jardin entouré d'un magnifique parterre de roses de Mingher et où les consuls et les journalistes, jadis, aimaient se retrouver le soir pour échanger les derniers potins de l'île. Une autre idée obsédait le

Commandant Kâmil : il voulait organiser une rencontre entre des jeunes dont le minghérien était la langue domestique (les soldats de la quarantaine aideraient à les trouver) et les chercheurs travaillant sur la langue et la culture minghériennes. On savait par ailleurs, dans les cercles militant pour la renaissance du minghérien, que le Commandant avait envoyé des chercheurs auprès des bandes d'enfants, orphelins souvent, qui s'étaient formées durant l'épidémie. Il est également vrai que le Commandant, s'appuyant sur la brigade sanitaire, avait préparé un plan de « sauvegarde » destiné à protéger la langue « non souillée » que parlaient ces enfants qui vivaient dans les vallées secrètes, au-delà de collines escarpées et de parois rocheuses presque infranchissables, mais ce projet conservateur, à cause de l'augmentation régulière et presque mystérieuse du nombre de décès, resta lettre morte.

Tandis que la répression menée par Sami Pacha et Mazhar Efendi contre les couvents battait son plein, le président de la République, désirant trouver pour son fils un prénom tiré des contes et légendes de Mingher, demanda à l'ancien premier secrétaire et nouveau ministre Faik Bey d'organiser deux concours de poèmes dont il fixa le prix, payé par le Premier ministre, à soixante-dix livres : le poème vainqueur du premier concours inspirerait le texte de la future Marche nationale de Mingher et aurait pour sujet l'île, la Liberté et l'Indépendance ; le lauréat du second serait récité lors de la cérémonie qui fêterait la naissance du fils du Commandant.

Quant à la rencontre avec Selim Sahir, passionné d'archéologie minghérienne, elle fut malheureusement assombrie par la détestation tenace que le jeune Commandant vouait aux fils de pacha, aux fats et aux arrogants. Selim Sahir était arrivé à Mingher deux ans plus tôt, avec sa femme, qui était française. Son père comme son grand-père avaient été pachas d'Abdülhamid. Il ponctuait toutes ses phrases de « moi, tels feu mon grand-père et mon père de noble mémoire ». Il avait étudié le droit et l'histoire de l'art en France, travaillé au Musée impérial, donné des cours à l'université d'Istanbul, puis, plus récemment, accepté la mission d'élever la muséologie ottomane « au niveau des musées des grandes nations du monde », poste qu'il avait obtenu grâce à l'insistance du Premier ministre d'Istanbul, ami de feu son père de noble mémoire. Il faisait donc partie, en un sens, de cette jeune génération d'experts qui œuvraient à la réputation d'Abdülhamid et de l'Empire en le présentant sous un jour européen, civilisé, féru d'histoire et fondateur de musées. Au début de son règne, Abdülhamid n'avait pas mesuré la valeur des vestiges datant de l'Antiquité grecque et romaine qu'on découvrait régulièrement en terre ottomane et qu'il donnait pour rien à ses amis européens qui en voulaient. Mais les bureaucrates et les fils de pacha érudits, tel Selim Sahir, surent convaincre le sultan de l'importance de ces vieilles pierres.

Deux ans plus tôt, donc, Selim Sahir arrivait à Mingher à bord du navire impérial de transport de troupes *Fazilet,* muni d'une lettre d'Abdülhamid. Il se mit aussitôt à fouiller un site niché dans un vallon rocheux, sur la côte, au nord-est d'Arkaz. Des amis de l'île lui avaient indiqué l'endroit. Le but des fouilles était une statue de femme, en marbre blanc, enfouie au fond d'une grotte immense et sombre à laquelle on ne pouvait accéder qu'en passant sous la mer. L'archéologue souhaitait exhumer la statue, l'apporter à Istanbul pour l'exposer au Musée impérial, et ainsi connaître une gloire fulgurante, semblable à celle que la découverte à Sidon, au Liban, quinze ans plus tôt, du sarcophage dit « sarcophage d'Alexandre » (ce ne l'était pas) avait apportée à Osman Hamdi Bey, le directeur du Musée. À cette époque-là, les Ottomans se voyaient encore comme une nation mondiale, ce pour quoi on continuait de les tenir. Or, au vu du « sac de nœuds » dans lequel se trouva fourré notre archéologue, ce temps était révolu et l'« homme malade », désormais, ne fonderait plus aucun musée.

Soit les subsides d'Istanbul manquaient à l'appel, soit quelqu'un avait réveillé la paranoïa d'Abdülhamid, toujours est-il que le système de treuils et de rails qui devait permettre de sortir la statue de la grotte en passant sous l'eau arriva avec beaucoup de retard et le chantier s'éternisa. Le gouverneur, qui suivait tout grâce à ses espions et se rendait régulièrement aux dîners que l'archéologue donnait pour les consuls et les riches de l'île dans sa maison locative (ce fut là que Sami Pacha goûta pour la première fois au mulet d'eau douce de Mingher frit dans l'huile d'olive), le gouverneur, donc, souhaitait être en bons termes avec Sahir Bey. Les énormes versements cryptés que celui-ci recevait de la Banque ottomane, chaque mois et sans retard, lui avaient fait comprendre que l'archéologue était un espion d'Abdülhamid.

Le Commandant, ayant reçu ces précisions, invita Sami Pacha à se joindre à son entrevue avec Sahir Bey.

« Le choix du prénom de notre fils reste en suspens, mais vos autres suggestions nous ont plu, et nous avons décidé de nous en servir pour renommer les rues de la capitale ! » déclara le Commandant, tel un souverain qui a vite appris qu'une partie de son travail consiste à exalter le zèle de ses serviteurs en les comblant de flatteries. « Hélas, ce que vous écrivez sur l'histoire de la nation minghérienne n'a pas donné satisfaction.

— De quel point de vue ?

— Vous situez les racines de la nation minghérienne en Asie, au bord de la mer d'Aral. Or dans les contes de mon enfance, il n'y a ni lac de ce genre, ni Asiatiques. Aussi je vous prie, en ces jours sombres où le monde entier a tourné le dos à Mingher, où rien ne reste à ce peuple que sa confiance en lui-même, je vous prie de ne pas nous dire que nous sommes "arrivés après" sur cette île.

— Loin de moi une telle idée ! se récria l'archéologue. Il se trouve seulement que le fait a été établi, et par les meilleurs spécialistes de langues anciennes et les plus vénérables archéologues de France et d'Allemagne.

— Peut-être, mais la nation minghérienne ne voudra pas s'entendre dire qu'elle vient d'un pays situé à des milliers de lieues de ses foyers, ni qu'un autre peuple habitait cette île avant elle, et surtout pas de la bouche d'érudits dans votre genre.

— *Commandant**, personne n'admire vos triomphaux succès autant que je les loue. La science historique, toutefois, n'est pas responsable des origines de la nation minghérienne.

— La nation n'est pas un enfant. Quand il m'interpelle avec tout son amour, le peuple de Mingher m'appelle son "*Komutan*".

C'est l'honneur de ma vie ! Et vous, avec votre français, vous vous moquez ! »

À le voir ainsi invectiver l'archéologue, Sami Pacha comprit que le jeune Commandant était un enragé, et que l'ardeur nationaliste devait tout à cette rage furieuse.

« Apprenez que le temps des rois et des sultans est révolu, continua le Commandant. À quoi pensiez-vous en réservant la statue de la nation minghérienne pour le musée du sultan à Istanbul ?

— La statue de la grotte représente la reine des Batan, l'une des plus vieilles tribus de Mingher. L'exposer à Istanbul serait une formidable occasion de faire connaître au monde entier la civilisation de Mingher.

— Non, on l'attribuera aussitôt à Alexandre ou à une autre nation quelconque. On trouvera un bon peuple qui plaît aux Français. Et que voulez-vous qu'une reine de Mingher aille faire à Istanbul ? Vous allez me sortir cette statue avec les moyens du jour, et vous l'installerez au sommet de la tour de l'Horloge. Je vous donne un mois. »

CHAPITRE 60

Les prénoms que le Commandant Kâmil envisageait pour son fils (il arrivait aussi à la mère d'en proposer) étaient d'abord chuchotés trois fois au ventre de Zeynep, à l'attention du bébé, de façon à « faire leurs preuves ». Si le bébé sentait que ce prénom était le sien, il ne manquerait pas de remuer ou de donner un coup de pied dans le ventre de sa mère. Le Commandant, fasciné par le gros ventre de sa femme (à dire vrai parfaitement plat), ses beaux seins ronds et ses mamelons comme des cerises, trouvait sans cesse de nouveaux prétextes pour l'« examiner ». Il posait son nez sur un coin de la peau parfumée de Zeynep, le nombril par exemple, et le remuait comme un oiseau qui essaie de déterrer à coups de bec un trésor enfoui dans le sol. Ces petits jeux infantiles amusaient Zeynep, elle s'y joignait par des blagues et d'autres taquineries, puis ils faisaient l'amour.

Deux jours plus tard, le président de la République remontait trouver sa femme en milieu d'après-midi. Le chiffre des morts ne diminuait pas, il était triste. Zeynep voulut réjouir son mari, elle l'attira au lit, le Commandant suivit. Il l'embrassa avec fougue, puis commença à « examiner » son beau corps. Après avoir glissé délicieusement le long du dos, du cou, des bras, il rencontra, au niveau de l'aine, sous la peau légèrement rougie, une dureté suspecte. Ce n'était sans doute rien, la douce et fraîche peau de son épouse était toujours constellée de taches rouges qui disparaissaient aussitôt apparues, dues aux moustiques, à d'autres insectes bizarres et qui sait encore quoi, mais à la vue de celle-ci il détourna les yeux comme quelqu'un qui a vu ce qu'il n'était pas supposé voir, et sentit son cœur battre violemment deux fois. Cette rougeur-là ne ressemblait pas aux autres.

Mais le Commandant Kâmil écarta la possibilité de la peste : sa femme ne sortait jamais et il n'y avait pas de rats dans l'hôtel. Il effleura l'endroit suspect avec la pointe du doigt, puis appuya plus franchement ; voyant que Zeynep ne réagissait pas, il décida que c'était une piqûre d'insecte. Si ça avait été le bubon de la peste, elle aurait hurlé de douleur. Et comme il ne voulait pas ruiner sa bonne humeur avec une angoisse inutile, il préféra oublier.

Le consul George avait écrit une lettre. Il demandait à voir ensemble le Commandant et son vieil ami le Premier ministre Sami Pacha. Celui-ci accéda à la requête de l'Anglais, à condition que les autres consuls ne se montrent pas. Il se disait que l'homme, guidé par cette habileté tout anglaise à prendre toujours un coup d'avance, voudrait proposer quelque chose au nouvel État, mais il n'avait pas la moindre idée de cette chose, ce dont il s'ouvrit au Commandant, avec qui il passa en revue la liste des sujets à aborder avec le consul.

Les deux dirigeants s'étonnèrent un peu, après tant de préparation, de découvrir que le consul était seulement venu leur chanter les louanges de l'archéologue Selim, un brave homme, aux intentions excellentes, très amoureux de l'île et de ses habitants. La grande peur de l'archéologue et de sa femme, ajouta ensuite Monsieur George, n'était pas d'être mis à l'isolement à cause de la peste, mais d'être, parce qu'ils étaient « turcs », envoyés en « quarantaine » à la tour de la Princesse, avec les partisans de l'Empire. L'archéologue, continua le consul, était persuadé que les fonctionnaires fidèles au sultan seraient les dindons de la farce et qu'aucun d'eux ne reverrait jamais Istanbul. Tant mieux, disait l'archéologue, car ainsi la statue de l'antique reine de Mingher resterait sur l'île pour toujours. Tel était du reste le seul désir de Selim Sahir et de sa femme : rester sur l'île.

« C'est lui qui vous a envoyé ?

— Il m'a dit que vous étiez à la recherche de vieux noms minghériens, n'est-ce pas. Il pensait que je pourrais vous être de quelque utilité dans ce domaine.

— Le consul aime passionnément l'île de Mingher, crut bon de préciser Sami Pacha. Depuis des années, il fait venir du monde entier tous les livres qui parlent de notre île, afin de pouvoir écrire le sien.

— Bien, alors, vous qui connaissez notre île au point d'en faire des livres, dit le Commandant, dites-nous donc un peu : le berceau du peuple minghérien est-il sur cette île, ou ailleurs ?

— Les Minghériens sont devenus minghériens sur cette île.

— Eh, nous avons peut-être trouvé notre meilleur historien ! » s'exclama le Commandant. Mais il en resta là. Son regard était attiré au-dehors, une lueur étrange brillait sur la mer. Il y eut un silence…

« Le gouvernement de Mingher a une question pour le plénipotentiaire de la Couronne que vous êtes, reprit courageusement Sami Pacha. Que faut-il faire pour que les Anglais lèvent ce blocus ?

— Sachez que j'ignore quelles sont les dernières résolutions de mon gouvernement et de notre ambassade à Istanbul en la matière. Mais si l'épidémie est arrêtée, n'est-ce pas, le blocus sera levé.

— Nous avons tout tenté, et elle est encore là ! s'écria Sami Pacha, dépité.

— Vos actions belliqueuses contre les couvents ont aggravé le problème, répondit le consul.

— Entendre ça de la bouche d'un ami comme vous… Vous me brisez le cœur, George. Quelle solution votre gouvernement propose-t-il pour arrêter la peste ?

— Le télégraphe est coupé, l'île encerclée, il y a la quarantaine. Ce que pense mon gouvernement, je ne peux que le supposer depuis mon humble position.

— Et que supposez-vous ?

— Vous avez un hôte de marque…, dit prudemment George Bey. La princesse Pakizê est un membre éminent de la famille d'Osman. La fille du sultan a une valeur diplomatique.

— Aucune femelle de la famille impériale ottomane n'a jamais approché le trône, la nation n'en veut pas.

— Mais, mon Commandant, grâce à vous nous ne sommes plus ottomans ! tenta discrètement George. C'est une nouvelle nation ! »

Après le départ du consul, le Commandant prit ses avertissements au sérieux, comme l'avait toujours fait Sami Pacha, et décida de se joindre à la réunion sanitaire, où il se montra très attentif non seulement à ce qui se passait autour des couvents, mais encore aux mille petits malheurs que les délégués des quartiers rapportaient des quatre coins de la capitale.

Vangelis Efendi, le délégué de Flizvos, raconta qu'un « brigand » musulman qui s'était installé dans une des maisons vides du quartier était mort deux jours plus tôt et puait. Une semaine auparavant, les soldats de la quarantaine, alertés par un dénonciateur, étaient entrés dans la villa des Seferidis de Salonique en brisant la porte, ils avaient scellé avec des clous toutes les entrées, portes et fenêtres, puis passé tout l'intérieur au lysol, avant de ressortir par la même porte qu'à l'aller. Cela signifiait donc que l'homme dont on avait retrouvé le cadavre puant s'était introduit dans la demeure après le passage de la brigade sanitaire. Ces occupants illégaux représentaient un danger majeur pour l'État, car les maisons vides où ils s'installaient servaient bien vite de point de rendez-vous et de camp de base aux cambrioleurs.

Apostolos Efendi, le délégué sanitaire du quartier de Dantela, où les rues étaient raides, les pentes rocheuses, la vue sublime, profita de cette première réunion à laquelle il assistait depuis la fondation du nouvel État pour réclamer la paie que l'Empire ne lui avait toujours pas versée. Il voulait prendre sa retraite. Dantela était un quartier grec, paisible et lointain, désormais presque désert. Le délégué se plaignait de la solitude. Une nuit, dit-il, il avait croisé le démon de la peste dans un jardin. Ce n'était pas le démon de la peste, répliqua Sami Pacha, mais des passeurs qui louaient leurs barques aux fuyards. Beaucoup de policiers et de fonctionnaires avaient déserté leur poste, et la présence de l'État, dans les quartiers excentrés comme Dantela, était réduite à néant. Souvent, des gens esseulés, opportunistes, prêts à tout, quittaient les quartiers musulmans de l'autre côté de la rivière pour s'infiltrer dans ces quartiers grecs abandonnés par leur population, où les terrains étaient vastes, la loi inexistante, et qui représentaient, de ce fait, une menace. D'autres descendaient du nord de l'île pour voler et piller dans la capitale. Des bandes se formaient, toujours plus nombreuses et bigarrées, parmi lesquelles cette fameuse bande de jeunes orphelins dont tout le monde parlait mais que très peu en réalité avaient vue. Salih Rîza, le grand poète national de Mingher, s'est inspiré de cette rumeur pour écrire son célèbre roman pour enfants, *Dans la forêt de Mère Nuit*, qui raconte l'errance romantique d'une bande de gamins à l'époque de la peste, et dont la lecture fit de nous, à dix ans, une nationaliste fanatique.

Depuis deux jours, raconta le délégué de Chrysopolitissa, on revoyait des cadavres de rats dans les jardins, le long des murs. Les délégués de quartiers, dont la mission était de veiller au respect des entraves sanitaires, de communiquer l'emplacement des foyers où l'on cachait ses malades et d'indiquer aux pompiers pulvérisateurs de lysol les rues et les maisons à désinfecter, ces délégués se transformaient en intercesseurs du peuple, faisant remonter au sommet de l'État toutes ses plaintes au sujet du régime sanitaire. Mais, ce jour-là, un « délégué » subit les foudres du Commandant. L'homme, aussi stupide qu'irresponsable, se plaignait qu'on eût envoyé en quarantaine à la Forteresse un maréchal-ferrant de Kofounia alors qu'il n'était pas malade. « Et où étais-tu fourré au moment de la méprise ? Ton travail n'est pas de nous critiquer, c'est de mettre du plomb dans la tête des délinquants de la quarantaine ! » l'avait tancé le Commandant.

Les délégués des quartiers ne faisaient pas les frais de la vindicte populaire, ils étaient plus estimés, plus connus et plus insulaires que les soldats de la quarantaine. La colère du peuple s'abattait d'abord sur ces derniers. Et depuis la proclamation du nouvel État et le durcissement de la brigade, cette colère avait grossi. L'augmentation du nombre de morts l'attisait encore. « Tant de peines, tant de sévérité et tant de brutalité n'ont donc servi à rien », murmurait-on dans les quartiers musulmans.

Le délégué des Hauts de Turunçlar expliqua qu'il n'avait plus un seul habitant pour se plaindre des soldats de la quarantaine : tous ceux qui vivaient à proximité de la fosse d'incinération avaient quitté le quartier. Ceux qui habitaient en face du nouveau cimetière musulman n'étaient que nervosité et rancœur : le boucan des cortèges funéraires n'en finissait jamais. Pire encore que la foule qui fréquentait le cimetière : les chiens qui venaient remuer la terre la nuit. Tantôt ils se battaient entre eux, tantôt ils répandaient la maladie en emportant un rat mort ou un organe humain dans leur gueule. Il y avait aussi cette rumeur disant qu'un grand bateau aux voiles pourpres allait arriver du large pour sauver tout le monde. Mais à vrai dire, à part la mort d'un chiffonnier qui vivait seul, rien d'extraordinaire ne s'était passé au quartier.

Quand vint leur tour, les délégués de Vavla, Ghermê et Tchitê sentirent que leur bonne foi ne pèserait pas lourd face au Commandant et aux hommes du nouvel État. À Vavla, c'est-à-dire dans le lacis de ruelles compris entre le collège militaire, l'hôpital Hamidiye et la mosquée de Mehmed Pacha l'Aveugle, l'épidémie fauchait toujours plus d'existences, les habitants menaient la vie dure à la police, aux forces sanitaires et à l'État, nouveau, ancien, peu importe. Sami Pacha, appuyé par les médecins, était résolu à prendre le taureau par les cornes : envoi de soldats sanitaires dans les jardins, mise sous cordon prolongée de certaines rues, scellage des portes et des fenêtres à l'aide de planches et de gros clous, comme on faisait autrefois, pour empêcher les malades, les vagabonds et les voleurs de pénétrer dans les maisons vides (très peu nombreuses dans ce quartier). Il avait fallu pas moins d'une semaine pour réussir à brûler la maison et le dépôt contaminés dont le nouvel État avait pourtant décrété la destruction le premier jour. Une flambée de colère avait suivi. Sami Pacha attendait un mouvement du Commandant pour relancer les incendies.

Pendant ces discussions, le Commandant regardait par la fenêtre, au loin, le Splendid Palas dont la silhouette surgissait au milieu des toits. Il brûlait de rejoindre sa femme. Il était le seul à connaître l'existence de son bouton à l'aine. Si seulement il avait pu, là, maintenant, courir jusqu'à elle et l'embrasser, aller au lit avec elle, et ne plus penser à rien, alors peut-être aurait-il oublié que cette rougeur, peut-être, était le début d'un bubon pesteux.

Si Zeynep était contaminée, il le serait sans doute aussi. Ou bien il devrait se séparer d'elle. Non, jamais il ne se séparerait d'elle. Le Commandant pensait à ces choses et peinait à suivre le fil des débats sanitaires. Or, au début de la peste, les mauvaises décisions des dirigeants, prises dans la panique et la peur, l'avaient fait enrager, comme à la guerre il enrageait contre les couards qui tremblaient au moment de donner l'assaut final à l'ennemi. Et maintenant il se comportait comme eux. Et c'était tout ce qu'il ne fallait pas.

Une partie du peuple, musulmans comme chrétiens, malgré l'ampleur de l'épidémie et l'abîme de peur qu'elle creusait en chacun, n'avait pas perdu son sang-froid et préservait même son humanité jusqu'au bout : tandis que certains ne songeaient qu'à sauver leur vie, d'autres, jetant la leur au cœur du danger, rendaient visite aux foyers des morts, aidaient les malades que la peste faisait se tordre de douleur, certains même se risquaient à vouloir consoler les fous qui hantaient les rues en criant : « Que sommes-nous ? L'enfer est venu, l'enfer est là ! » Beaucoup d'hommes n'avaient pas perdu le sens de la communauté, de la concorde, de la fraternité.

Ces hommes, dont il mourait chaque jour vingt à vingt-cinq, continuaient leurs visites de condoléances. Ils étaient la foule en ville. Malgré la désertification des rues qui avait suivi la proclamation de la quarantaine, ces hommes aux intentions pures, parce qu'ils se sentaient liés à leur famille, leurs voisins, leur communauté, enfin parce qu'ils étaient bons, continuaient de visiter les maisons, les mosquées, les cimetières, et contribuaient, hélas, à répandre la maladie. À la fin du mois de juillet, les rues de la capitale de Mingher, contrairement à celles de Bombay ou de Hong Kong, dépeuplées par la troisième épidémie de peste, n'étaient pas complètement vides. On croisait toujours, dans un raidillon, au coin d'une place, un cortège d'hommes musulmans, braves et pieux, courant d'une maison à la suivante.

Le Commandant, d'après ce qu'il entendait, comprit que l'État et ses serviteurs, à Tchitê, avaient perdu tout crédit et toute autorité ; il n'en restait rien. La veille, six personnes étaient mortes dans ce seul quartier, mais son délégué, loin de s'en émouvoir, n'avait que l'affaire des « laissez-passer » à la bouche. L'animosité allait croissant entre les vieux habitants pauvres du quartier, cochers, maraîchers, artisans, et les jeunes réfugiés de Crète qui arrivaient de Tachçîlar, désœuvrés, rôdeurs, occupés à toutes sortes de larcins. Cette canaille, croyait-on dans les familles pauvres et pieuses, avait apporté la maladie dans le quartier, et l'on voulait en chasser les réfugiés impies et débauchés.

Du temps de l'Empire, Sami Pacha avait tenté de régler le problème (il se posait aussi dans d'autres quartiers) en instituant un système de « laissez-passer ». L'accès à certains quartiers, certaines rues serait conditionné à la présentation d'un papier délivré par les autorités sanitaires. Le gouverneur pensait ainsi contenir les vauriens de Crète dans le quartier, en plus de les maintenir sous pression, ce qui d'abord lui réussit. Mais l'ingénieuse trouvaille du pacha se retourna bientôt contre lui, lorsque apparut un trafic de laissez-passer orchestré par les détenteurs du sésame et les fonctionnaires sanitaires eux-mêmes. Mais le pacha et le docteur Nuri, parce que les administrateurs et les chefs de quartier tiraient avantage de ce trafic et que celui-ci remplissait tout de même, quoique imparfaitement, sa fonction de barrière, n'avaient pas renoncé au système des laissez-passer. D'un autre côté, le mouvement en ville s'en trouvait augmenté. Le délégué du quartier affirma que deux détenteurs du précieux papier étant morts la veille, leurs proches s'étaient empressés de vendre leurs laissez-passer dans une boutique du Vieux Bazar. En théorie, la mort d'un parent ou d'un frère, enfin le fait de vivre dans une maison contaminée, entraînait normalement la révocation du sésame délivré par les autorités sanitaires ; mais, à l'évidence, d'autres continuaient de s'en servir. Le Commandant, au milieu des brumes qui noircissaient son esprit, saisit que des fonctionnaires du tout jeune État, ayant invalidé – ou bien recouvert d'un tampon – les anciens laissez-passer, conditionnaient la délivrance des « nouveaux » au prélèvement d'une taxe. Le trafic étant devenu banal, tout le monde payait cette taxe, mais quelques-uns s'en plaignaient. Le délégué de quartier, lui-même secrétaire au Trésor, expliqua cependant au Commandant que l'affaire ne payait guère, même si certains accumulaient les laissez-passer dans l'espoir d'en tirer de l'argent un jour.

CHAPITRE 61

Le Commandant peinait à détacher ses pensées de la petite protubérance rouge nichée dans le pli de l'aine de sa femme. Là-bas, seule dans sa chambre au dernier étage du Splendid, Zeynep était peut-être déjà fiévreuse, étourdie de douleur.

L'image l'obsédait, il ne voyait plus qu'elle. Il quitta le palais au milieu de la réunion et retourna au Splendid avec son escorte. Ils ne croisèrent presque personne en chemin : une femme qui portait un paquet et un enfant craintif, le dos chargé d'un panier, s'arrêtèrent devant le Commandant ; les autres passants ignoraient son identité. Un garçon cependant, un blondinet qui regardait par la fenêtre, le reconnut et appela son père, qui accourut. Lui aussi était blond. « Vive le Commandant ! » cria le garçon.

Le Commandant en fut ému. Il agita la main vers l'enfant. Comme il voulait sauver sa famille de cette maudite peste, combien il voulait être le héros de ce petit garçon aux cheveux blonds ! Mais si Zeynep était malade… Si c'était le bubon de la peste, il devrait déjà être contaminé lui aussi. Or il ne se sentait pas malade.

En voyant arriver le Commandant, les sentinelles et les soldats de la quarantaine en faction devant le Splendid Palas se mirent au garde-à-vous. Dans les escaliers, Kâmil se promit de ne rien dire à Zeynep. Il jetterait un œil, voilà tout. Du reste, la maladie s'annonçait d'abord par d'autres symptômes, les fièvres, les maux de tête, la fatigue. Si ce n'était pas la peste, parler de sa rougeur ne ferait qu'inquiéter inutilement Zeynep. Il en avait vu tellement, le Commandant, de ces gens qui s'affolaient pour rien, saisis d'une panique précoce et vaine. Leur vie devenait un enfer, puis ils faisaient vivre l'enfer à leurs proches, jusqu'au jour où ils découvraient qu'ils n'étaient pas malades. En général, on s'efforçait d'ignorer les premiers symptômes. Si quelqu'un était contaminé, son foyer entier pouvait être envoyé sur-le-champ en quarantaine à la Forteresse, ce que tout le monde voulait éviter, aussi, tant que rien n'était sûr, personne ne commentait la première rougeur, fièvre ou migraine.

Quand il entra dans la chambre, le major se rassura de découvrir sa femme en train de gesticuler nerveusement au milieu de la pièce : elle n'avait pas l'air apathique des pestiférés. Et si elle voulait se moquer de sa peur ?

« Ma mère m'a donné ce peigne en ivoire, un cadeau de ma nièce…, dit Zeynep. Je l'ai depuis trois jours.

— Ta mère est venue ici il y a trois jours !?

— Non, c'est moi qui suis allée la voir, répondit Zeynep. Mais avec les gardes ! » Elle le regardait avec un sourire qui demande grâce d'une broutille insignifiante.

« Si la femme du Commandant ne respecte pas la loi, comment

la nation la respectera-t-elle ? » lança le Commandant Kâmil avant de tourner les talons et de quitter la chambre.

Mais la peur était bien plus forte que la stupeur et la colère. Sa première femme, Aïcha, ayant été d'un tout autre tempérament, le Commandant ne savait pas comment réagir face à la désobéissante légèreté de son épouse, aussi avait-il quitté la pièce et attendait que passe sa colère.

En bas, un espion de Sami Pacha communiquait à Mazhar Efendi les dernières nouvelles de la situation autour du couvent du cheikh Hamdullah : la foule venue présenter ses condoléances au chef de la confrérie n'avait pas été dispersée ; on craignait de provoquer davantage la fureur de la Halifiye. Néanmoins, on contrôlait les accès de la rue du couvent, au titre des mesures sanitaires et sur ordre de Sami Pacha. Mais les fidèles avaient trouvé la solution et passaient maintenant par la porte de derrière, celle des jardins. On avait alors posté des soldats de la quarantaine à chaque entrée, mais cette fois ils empruntaient des passages secrets que leur indiquaient des disciples cachés parmi les hautes herbes et les ronciers, là où le mur d'enceinte était bas. Ceux qui finissaient par entrer dans le couvent après des heures d'attente ne voyaient même pas le cheikh, ils se contentaient de déposer leurs présents, parfois flânaient un peu en bavardant, puis ils repartaient. Seuls Nimetullah Efendi Feutre Pointu et quelques-uns des presque deux cents adeptes qui logeaient au couvent savaient où son éminence s'était retirée. Les espions de Mazhar Efendi étaient à pied d'œuvre pour essayer de découvrir sa cachette. Car Sami Pacha avait l'intention d'enlever le cheikh et de le reloger en lieu sûr.

Après avoir écouté l'informateur leur rapporter encore plusieurs actes d'hostilité caractérisée à la quarantaine, ou de soutien à Ramiz, le Commandant approuva l'idée de Sami Pacha, idée qu'il avait d'abord jugée « irrespectueuse ». L'espion n'en était pas sûr, mais il croyait avoir deviné où le cheikh se cachait. D'après lui, il était dans l'un des deux petits bâtiments du couvent qui donnaient du côté de Tchitê, cachés entre les tilleuls et les pins, où les disciples étaient « enfermés » et parfois « corrigés », mais qui restaient d'ordinaire inoccupés. Or, ces derniers jours, on avait vu deux disciples féroces et bâtis comme des armoires monter la garde autour de l'endroit.

Le coup de force, minutieusement planifié, fut un succès éclatant. Deux escouades avaient été constituées, la première, de dix hommes, formée de soldats de la quarantaine bien charpentés et de quelques gros bras choisis pour leur haine viscérale des hodjas et des hadjis, la seconde de six policiers dépendant du Premier ministre. Les deux escouades, munies chacune d'une échelle, sautèrent le mur d'enceinte en deux points différents et se rejoignirent rapidement devant les deux bâtiments ciblés. La porte du premier était fermée à clef, mais les talents de crocheteur d'un espion permirent de vaincre la serrure ; à l'intérieur, ils découvrirent un sofa vide et trois nouvelles portes. Dans la première chambre, un derviche assoupi montait la garde ; il se réveilla mais fut aussitôt maîtrisé. Dans la deuxième, couché sur un lit, ils reconnurent le cheikh Hamdullah. La troisième était vide.

Comme le prévoyait le plan, un agent habillé en secrétaire civil, portant redingote et souliers chics de chez Dafni, baisa très poliment la main du cheikh. Celui-ci était vêtu d'une longue robe blanche, comme un fantôme. Ses cheveux et sa barbe paraissaient encore plus blancs, il semblait ne pas trouver le sommeil. Une bougie brûlait dans la chambre ; l'ombre du cheikh se détachait sur le mur, noire, immense, pareille à celle d'un aigle, dix fois plus terrifiante que le cheikh lui-même.

L'élégant secrétaire aux jolies chaussures annonça au cheikh insomniaque (ou qui faisait semblant) qu'ils étaient envoyés par le Premier ministre pour conduire son éminence dans un lieu plus sûr, car on craignait un attentat. Le cheik aperçut les gardes. Il eut alors cette phrase célèbre, qu'on n'aurait de cesse de lui reprocher par la suite, des années durant :

« Des troubles sont en cours ? Ces hommes sont-ils ceux de son altesse ? Montrez votre mandat, je veux voir le sceau sur le firman. »

Et le fonctionnaire aguerri, en effet, avait un ordre signé, il n'y avait rien à craindre, on l'emmenait dans un lieu protégé, répétait-il avec une série de dodelinements suaves et polis, tandis que deux gardes soulevaient déjà le cheikh et que celui-ci, résigné, demandait seulement le droit d'emporter quelques affaires. Il prit deux chemises de nuit, du linge de corps, une ou deux tuniques, ses médicaments – préparés par Nikephoros – et quelques livres sur la science houroufi hérités de ses aïeuls cheikhs à Istanbul. Il demanda aussi à être accompagné par son intérimaire Nimetullah, ce qu'on lui refusa.

On ouvrit discrètement la porte du mur d'enceinte la plus proche ; derrière, comme prévu, attendaient Zakaria et le landau blindé. Le cheikh monta sans opposer de résistance ; humant l'odeur des sièges en cuir, il se souvint brusquement d'avoir déjà voyagé dans cette voiture.

Le soir, avant de se mettre au lit, il lisait les textes d'Ibn Zerhani sur les causes de la peste et les moyens de s'en protéger. Ces derniers jours, il avait lu une traduction du *Kitab al-Zulmet,* repris quelques passages du *Vuzuh.* Son esprit était plein des mystères houroufis, selon lesquels chaque chiffre, et plus encore, bien sûr, chaque lettre, révèle un sens nouveau. Et parce qu'il avait trop lu ces livres, il voyait, naturellement, l'univers comme un tissu d'énigmes et de mots.

C'était une calme nuit d'été, sans vent. L'infinie stridulation des grillons et le scintillement des étoiles innombrables sur la nuit sombre et bleue portaient l'ivresse houroufi au point de l'extase : la vie et le sens, le signe et la chose, l'ombre et l'absence étaient l'univers des mystères. La Lumière et l'Âme, la Solitude et la Beauté, la Force et l'Illusion, le poème du cœur. Alors l'Amour et Dieu vibraient dans les étoiles, les branches, le parfum des fleurs, le chant des oiseaux des nuits de la peste (chouettes, corbeaux), le bruissement des hérissons, un trait d'encre. Le landau, progressant lentement, en cahotant, longea le couvent des Kadiri, qu'on commençait d'évacuer, puis celui des Rifa'i, et le cheikh, apercevant deux sentinelles qui tenaient des flambeaux dans l'ombre, se dit que le nouveau pouvoir menait sa lutte à bien ; il en fut impressionné.

S'il était vraiment fort, ce nouveau pouvoir l'enverrait en exil à l'autre bout de l'île. Solution illusoire, bien sûr, car ses disciples, ses admirateurs, ses fidèles le retrouveraient et se presseraient de nouveau à sa porte. Si l'île était sous contrôle ottoman, songeait-il, ou bien si les bandits qui l'avaient enlevé sans lui poser la moindre question étaient des hommes de main du sultan, il serait bientôt exilé très loin de Mingher, en un lieu perdu, inaccessible, dans le désert d'Arabie ou la steppe de Siirt. La tradition ottomane, vis-à-vis des cheikhs remuants, indociles, trop avides de montrer leur pouvoir politique, était de les séparer de leur communauté en les envoyant en exil dans une province à six mois de route de chez eux. Dans sa jeunesse, le cheikh Hamdullah avait vu certains de ces cheikhs que la fureur des pachas et des bureaucrates d'Istanbul arrachait à leur foyer, leur famille, leur couvent, en être réduits, dans ces provinces désolées où ils purgeaient leur exil, à donner des cours de Coran pour survivre. Ces cheikhs dont la foi était le seul crime avaient commis, par fierté, le péché de fâcher Istanbul. Parfois ils s'entêtaient, persévéraient dans la faute, désireux d'étaler leur force à tout prix. Le cheikh avait toujours veillé à ne pas commettre une telle erreur, surtout du temps de Sami Pacha ; il fallait croire qu'il avait échoué.

Le landau emprunta une rue qui surplombait les jardins de l'hôpital Hamidiye, remplis de tentes et de lits de camp ; puis, tournant à gauche dans la pente, il longea la boulangerie de Zofiri, dépassa le salon du barbier Panayotis et s'engouffra dans l'avenue Hamidiye. Les rues étaient noires et désertes. Le cheikh, partant pour son exil, contemplait sa ville de dix ans et voyait un lieu abandonné, oublié des hommes, infiniment triste. La Forteresse, les maisons de pierre blanc et rose à la lueur des étoiles se teintaient d'une couleur insolite et curieuse. Où que fût son exil, il sentait que cette lumière, cette cité lui manqueraient. Il s'imaginait une ville de l'est, froide, sans joie, sans arbres, sans fenêtres même, comme Erzurum, ou Van, qu'il ne connaissait pas. Personne ne prendrait le train pour le suivre dans un exil aussi lointain, songeait le cheikh, encore moins par temps de peste et de quarantaine. Nimetullah Efendi Feutre Pointu essaierait bien d'exhorter quelques-uns au voyage, mais lui aussi, à son tour, découvrirait combien l'homme est lâche quand il se sait vaincu.

Quand le landau eut franchi le pont et poursuivi dans l'avenue Hamidiye, le cheikh pensa qu'on le conduisait à l'ancien palais du gouverneur. Mais la voiture, doublant les soldats et les policiers qui veillaient sur le palais du nouveau Premier ministre, traversa lentement la place, continua jusqu'à Chrysopolitissa, dépassa l'hôpital Theodoropoulos et prit le chemin de la côte de Flizvos. Le cheikh, par la fenêtre entrouverte, inspirait à plein nez une odeur d'algues et de mer.

La beauté de cette île, de cette ville, même aux jours les plus sombres, était d'offrir à l'homme de voir la mer et de s'enivrer de son parfum, la mer qui l'attache à la vie et desserre son cœur. Le cheikh sentait déjà la détresse de quitter ce doux climat, chaud et humide, pour s'en aller vivre sous des neiges affreuses ou une sécheresse terrible, au milieu de misérables, pauvres à loger dans des cavernes, à attendre l'argent que ses disciples voudraient bien lui envoyer par la poste. Dieu sait quels peuples, quelles tribus ignares n'ayant jamais vu un cheikh digne de ce nom il lui faudrait flatter, Dieu sait combien de lectures du Coran et de sermons il lui faudrait donner pour subsister. Le landau progressait le long de la côte et le cheikh imaginait qu'une chaloupe accosterait bientôt, qu'il monterait à bord, qu'on l'emporterait au large vers le cuirassé *Mahmudiye*, peut-être même serait-il battu par les soldats, et ainsi commenceraient ses longues années d'exil. La voiture descendait une pente raide et le cheikh, bercé par la musique métallique des fers qui battaient la pierre dure, fut saisi d'une étrange ivresse, où le regret se fondait dans le rêve : il eût tant aimé rester.

Arrivé à la route littorale, le landau continua un long moment vers le nord, sans s'arrêter à aucune crique. Le cheikh se réjouissait de ne pas voir surgir le bateau d'Abdülhamid qui l'arracherait à l'île. Une fraîcheur singulière montait d'entre les arbres, il entendit dans l'ombre des frémissements, puis un oiseau dont le chant paraissait un sanglot. À droite, c'étaient les chuintements d'écume des vaguelettes qui léchaient la côte, le sable, les rochers.

Le cheikh se convainquit que l'endroit était désert, nulle opération en vue, le bateau des ravisseurs avait renoncé.

Contrairement à ce que la peur suggérait à son imagination, personne n'envoya le cheikh aux confins de l'Empire. Le propriétaire et le marmiton de l'hôtel Constance – tout le monde avait oublié ce vieux pavillon – s'apprêtaient à accueillir l'« exil » du cheikh que leur envoyait Sami Pacha. C'était là qu'il retrouvait parfois le consul George pour déjeuner, quand l'hôtel Regard à l'Ouest était fermé, ou bien pour varier un peu les habitudes.

Malgré les traces fraîchement nettoyées des pestiférés et des envahisseurs qu'on venait d'en déloger, le cheikh se trouva à son aise dans la bâtisse désaffectée, grinçante, délabrée, sans doute hantée. Son bonheur de rester sur l'île était si grand qu'à peine entré dans sa chambre minuscule il fit ses ablutions et, les yeux humides, remercia longtemps Allah d'avoir entendu ses prières et accepté de garder son serviteur sur l'île. Car il était convaincu de bientôt retrouver son cher lit au couvent.

CHAPITRE 62

Le Commandant Kâmil resta au Ministère tout le temps que dura l'enlèvement du cheikh Hamdullah. Il ne rentra au Splendid avec son escorte qu'après avoir reçu d'un messager la confirmation que le cheikh avait été arrêté et placé en sûreté à l'hôtel Constance. Il descendait les ruelles pentues en écoutant résonner ses pas, stupéfié par l'infini silence de la ville abandonnée ; il ressentait angoisse et tristesse.

Il n'avait pas vu Zeynep depuis qu'il avait quitté leur chambre en claquant la porte, révolté d'apprendre qu'elle était allée voir sa mère sans autorisation, soit depuis une demi-journée. « J'essaie de réaliser les grands rêves auxquels je crois, ce n'est pas pour me laisser empoisonner par l'angoisse de la peste ! » s'expliquait-il à lui-même. Mais si sa femme avait la peste, il ne pouvait pas rentrer, l'instant serait trop cruel. Il lui avait envoyé quelques estafettes pour l'informer de son absence. Mais si Zeynep avait la peste, les symptômes, les douleurs auraient déjà eu le temps de se manifester, et dans ce cas elle l'aurait fait prévenir.

C'est animé de cet espoir que le Commandant retrouva son hôtel au milieu de la nuit. Sa confiance fut ébranlée dès les escaliers : il revoyait la tache rouge sur la peau soyeuse de Zeynep. Aurait-elle gonflé ? Il décida de ne poser aucune question à sa femme.

Un garde inutile, posté là par Sami Pacha, faisait le piquet devant la porte. Le Commandant ouvrit la serrure, entra, mais dans l'obscurité il ne vit pas Zeynep. Si tout allait bien elle était au lit et dormait. Seulement le lit était vide.

Les mains tremblantes, il alluma une bougie, prit le chandelier en cuivre, aperçut d'abord le peigne en ivoire sur la table, puis sa femme, assise un peu plus loin, en retrait de la fenêtre.

« Zeynep », murmura-t-il.

Elle ne répondit pas. La panique envahissait le Commandant ; il se contint. La lueur de la chandelle projetait des arabesques d'ombres sur les murs de la chambre. Il s'approcha encore pour éclairer son visage ; il était pâle et défait de chagrin.

« Nous avons sorti le cheikh Hamdullah de son couvent, on l'a emmené hors de la ville… », dit-il comme pour s'excuser.

Mais sa femme semblait s'en moquer. Était-elle fâchée parce qu'il était parti en claquant la porte ? Parce qu'il revenait si tard ? Ou bien était-ce la peur d'avoir été si seule alors que la maladie montrait ses premiers signes ?

Elle se mit à pleurer doucement, comme un enfant qui ne veut pas confesser une douleur secrète et profonde. Le Commandant Kâmil la prit dans ses bras, chercha à la consoler par son étreinte, des caresses, des mots tendres.

Ils se couchèrent tout habillés. Le Commandant l'enveloppa, dans la position qui les rendait heureux depuis leur jeune mariage : dans son dos, les lèvres posées sur sa nuque, il serrait ses deux mains contre son ventre, à l'endroit du bébé. Ils avaient tant dormi enlacés ainsi.

Le Commandant tâtait le corps de Zeynep, son ventre, ses bras, mais ne put approcher sa main de son aine et l'endroit suspect. L'essentiel : elle n'avait pas de fièvre. Mais ne manifestait pas, contrairement à son habitude, de désir charnel. Le Commandant non plus n'avait pas envie.

Elle pleura encore. Il ne lui en demanda pas la raison. Il continuait de l'enlacer sans un mot. Ce silence n'était-il pas la preuve d'une résignation à la chose fatale ?

Ils s'endormirent à force de désirer dormir. Plus tard dans la nuit, entre le sommeil et l'insomnie ils entendirent qu'on hurlait sur le quai. Mais leurs rêves étaient si bizarres et si terrifiants que ces cris leur semblaient surgir de l'enfer sous leur crâne.

Les voix se turent ; le Commandant se sentit mourir de chagrin. Après toute cette vie de soldat à tant suer, tant courir, de ville en ville, d'un front à l'autre, il avait enfin connu le bonheur, deux petits mois et demi de bonheur. Comme c'était court, mon Dieu ! Sa femme malade, c'en était fini de tout. Elle mourrait, leur enfant qu'elle portait dans son ventre mourrait aussi, et probablement il mourrait à son tour. Et avec lui peut-être, hélas, la nation de Mingher ! Le Commandant entendit de nouveau les cris qui montaient du port, mais les projections qui le hantaient l'empêchaient de raisonner sur ce vacarme et il se rendormit. Ou plutôt se persuada qu'il dormait.

Les tremblements de sa femme le réveillèrent. La fièvre, il l'avait vu chez les malades, se déclarait avec les premiers spasmes. Il serra Zeynep de toutes ses forces, comme si son étreinte pouvait arrêter les grelottements de sa femme. Les époux auraient du mal à se cacher la vérité plus longtemps.

Au milieu du brouillard de ses pensées, il trouvait encore le temps de s'emporter contre Zeynep ; qu'elle eût quitté sa chambre et l'hôtel, pris ce risque fou simplement pour saluer sa mère, pour une visite aussi dérisoire, aussi inutile, non, c'était à ne pas y croire.

« Notre bonheur, notre fils, l'avenir de notre pays… Tout, tu as tout sacrifié… et pour quoi ? Pour une petite promenade, un peigne ! » voulait-il lui jeter. Mais elle lui répondrait sèchement et ils se disputeraient aussitôt, sans même attendre l'arrivée du médecin, songeait-il. Et puis, les erreurs passées n'avaient plus d'importance, il fallait décider, agir. Le Commandant, terrifié par la douleur à venir, ne savait même plus comment réfléchir.

Sa femme recommença à sangloter en silence. Il ne lui demanda rien. Elle eut un ou deux spasmes encore, mais son corps ne brûlait pas. Le Commandant était démuni, perdu, il voulait ne jamais quitter ce lit, ne pas voir l'aube, et que la maladie s'arrête, que le temps se suspende. Or le jour se levait déjà, doucement, familier, étrange lumière jaune et rose. On criait encore sur les quais…

C'étaient les derviches de la Halifiye. Ils occupaient le quai, enragés par l'enlèvement de leur cheikh Hamdullah Efendi. Leur mouvement était désordonné, ils étaient sortis du couvent pour chercher le cheikh dans la nuit et, de rue en rue, à travers Kadirler et Vavla, ils étaient arrivés au port. Ils n'avaient pas de mot d'ordre, aucun slogan ; ils ne priaient pas, n'invoquaient pas Allah. Ils marchaient en silence, déterminés. Le seul but de ces patients disciples était de ratisser la ville jusqu'à trouver le cheikh, puis ils rentreraient. Chacun suivait celui qui marchait devant lui. Ainsi s'étaient mis en marche, peu avant l'aube, quarante-cinq jeunes disciples de la Halifiye. Leur cortège avait traversé Vavla, atteint la vieille Jetée de pierre, puis longé la baie en direction des douanes, avant de voir, à l'angle de l'avenue d'Istanbul et du quai, leur route barrée par un mur de soldats de la quarantaine.

Une colère sourde avait lancé les disciples du cheikh Hamdullah dans cette expédition nocturne. En vérité, si le nouvel État, le nouveau système, avait été plus habile, il aurait dû laisser passer ce groupe d'hommes qui cherchaient, spontanément semblait-il, à sortir de la ville, à fuir la peste, et les diriger vers les portes d'Arkaz pour les en éloigner. Mais c'étaient la suspicion et l'ignorance qui gouvernaient la cité, non la raison et la science, et les soldats de la quarantaine, harcelés d'ordres venus du ministère, arrêtèrent les hommes de la Halifiye sur le quai.

Les jeunes derviches et disciples, furieux qu'on leur interdise de quitter la ville, élevèrent la voix. Ici débuta, à notre sens, la deuxième phase de la Révolution de Mingher, sous l'impulsion de ces hommes pour qui la soupe chaude et le pain blanc du couvent étaient une patrie, et de quelques gros bras désœuvrés qui s'étaient joints à eux en route. Les premiers boutefeux de l'embrasement soudain d'Arkaz, ceux qui allumèrent la mèche du chaos et de l'anarchie, ce furent donc eux, les derviches de la Halifiye. Le Commandant était à la fenêtre quand les soldats de la quarantaine tirèrent en l'air pour effrayer les Halifi. Les trois coups de feu résonnèrent dans toute la ville.

Le Commandant Kâmil, revenant vers le lit, découvrit que sa femme pleurait encore. Quand il fut tout près, elle rassembla son courage, se leva, remonta sa robe jusqu'au ventre et montra, à l'aine, le bubon.

En une journée, le petit bouton s'était changé en pustule. Elle était grosse, quoique pas tout à fait un bubon pesteux. Mais c'en serait bientôt un, et Zeynep se tordrait de douleur. Le Commandant lisait la peine sur le visage de sa femme, dans son regard. Il comprit qu'elle ne tarderait pas à être saisie de convulsions affreuses ; leur vie heureuse touchait à sa fin.

Quelle vie heureuse ?! Tout était fini, tout ! Les jours du Commandant aussi étaient comptés. Il était désormais si convaincu de sa perte que son réalisme le rendit presque fier ; lui ne se mentait pas comme les couards. Mais ce moment de réalisme glaçant ne dura pas.

Le Commandant s'assit à côté de sa femme et pressa délicatement le bubon. « Ça fait mal ? » demanda-t-il. Il n'était pas encore dur, la douleur était légère. D'ici une journée cependant, la douleur augmenterait et il faudrait faire inciser le bubon. Quand il accompagnait le docteur Nuri dans les hôpitaux, le major Kâmil avait vu ces malades, leurs convulsions à vous fendre le cœur.

Zeynep s'allongea. Le Commandant lisait la stupeur et le désespoir sur son visage ; il sentait qu'elle s'en voulait, comme si c'était sa propre faute.

« Il faut aller à l'hôpital Theodoropoulos ! dit le Commandant. Si l'on incise et vide le bubon, ça ira mieux !

— Je ne veux pas aller à l'hôpital ! gémit Zeynep. Je ne veux pas quitter cette chambre. »

Il s'attendait à cette réaction ; il la prit dans ses bras. Ils restèrent allongés un long moment sans rien dire, puissamment enlacés. Le Commandant sentait la respiration de son épouse, les battements de son cœur, les pulsions du sang à la pointe des doigts, et il se souvenait de leurs plaisanteries, du trésor d'humanité de ces deux mois et demi, et il était fou de tristesse.

« Allez ma chérie, lève-toi, nous allons à l'hôpital !

— Ce n'est pas toi le padichah ici ? répondit sa femme. Alors qu'ils viennent, eux ! »

C'est vrai, pensa le Commandant. On pouvait très bien faire le traitement dans cette chambre, la plus grande de l'hôtel. Mais cureter un bubon encore tendre n'était pas un traitement, il le savait. La malade étant l'épouse du Commandant, tous les acteurs joueraient très bien leur rôle, l'air de s'employer à des tâches décisives, comme s'ils étaient en train de lui sauver la vie, mais hélas, inciser un bubon pesteux, qu'il n'ait pas encore durci, qu'il soit gros de pus ou déjà un énorme charbon, ce n'était pas soigner le pestiféré, c'était seulement alléger (un peu) ses souffrances. Et même cela était une rumeur. La vérité crue, l'expérience le prouvait, c'était que la présence du bubon, dans presque tous les cas, signifiait la mort. Sur ce sujet, les connaissances du Commandant se fondaient sur ce qu'il avait surpris des conciliabules, moitié en turc, moitié en français, entre le docteur Nuri et les médecins grecs.

À présent il devait oublier, pour ne pas devenir fou, tout ce qu'il avait vu et entendu auprès des médecins, et croire très fermement que le traitement du bubon pourrait sauver Zeynep. Mais les médecins, quand il les ferait venir, lui rappelleraient les règles d'hygiène, ils chercheraient à séparer les époux. L'unique moyen de l'éviter était de rester en quarantaine avec sa femme.

Mais sa mise en quarantaine, le Commandant le voyait bien, alimenterait les rumeurs, on le dirait malade, reclus, impuissant, et cela risquerait d'affaiblir à la fois le régime sanitaire et le nouvel État. Que la femme du Commandant aille ou non à l'hôpital, après tout c'était bien égal. Mais si lui-même, leur grand Commandant, attrapait la peste, alors était-ce vraiment lui notre sauveur, se demanderaient-ils aussitôt, lui qui nous enseignerait la langue de nos pères, lui qui nous apprendrait les antiques noms de Mingher ?

Non, il ne voulait pas qu'on transporte sa femme à l'hôpital à l'heure des premières larmes, des premiers tremblements, des premiers râles de douleur. Elle-même ignorait encore ce qu'étaient les souffrances du pestiféré. Et il ne fallait pas le lui apprendre.

Zeynep, *à cet instant*, n'avait pas d'autre désir que de sentir son mari la serrer dans ses bras et la convaincre que ce n'était rien, tout irait bien. S'il me serre ainsi contre lui, pensait Zeynep, c'est que mon mari n'a pas peur d'être contaminé, c'est qu'il m'aime. Puis la peur de la chose imminente revenait, et elle pleurait.

Ils restèrent longtemps enlacés sur le lit. La lueur de l'aurore s'infiltrait doucement entre les persiennes et les rideaux. Le Commandant voyait des particules de poussière flotter dans un rai de lumière, il écoutait la respiration de sa femme, cherchait à distinguer les bruits du dehors.

L'indignation suscitée par le rapt du cheikh Hamdullah s'étendait. D'autres cheikhs avaient rejoint la « révolte des couvents ». Ce n'était pas un mouvement politique planifié, avec son organisation, ses leaders ; la chose grandissait d'elle-même. Tandis qu'il enlaçait sa femme en tentant de vaincre sa peur et sa détresse, le Commandant, ce Minghérien qui connaissait son peuple, devinait assez bien ce qu'il se passait dehors : les vaillants et turbulents soldats de sa brigade livraient bataille aux « couventistes » sous ses fenêtres. Le sang n'avait pas encore coulé, mais deux soldats avaient sorti leurs armes et tiré en l'air – ou sur les couventistes, selon certains –, l'un à Vavla, l'autre au port. Pendant ce temps, le Commandant était couché dans les bras de son épouse.

Mazhar Efendi arriva à sa porte. Voyant que le Commandant n'ouvrait pas, il lui laissa un billet. Le Commandant avait compris que les soldats de la quarantaine étaient au cœur de la mêlée ; l'envie le brûlait de sortir prendre la tête de ses hommes. Mais quitter la chambre signifiait révéler que Zeynep était malade et devoir se séparer d'elle. Du reste, si elle l'était, il l'était peut-être aussi et ne pourrait commander sa brigade.

Vers midi, Zeynep vomit deux fois avant de s'effondrer sur le lit, brisée d'épuisement. Son cœur battait très vite, elle était en sueur, souffrait. Si le médecin venait, on l'arracherait à son mari, elle le savait ; elle éclatait en sanglots chaque fois qu'il faisait un pas vers la porte.

Dans l'après-midi, la fièvre augmenta, elle eut les premières bouffées délirantes. « Je mourrai sans avoir vu Istanbul ! » dit-elle alors. La tristesse écrasa le Commandant. Mille fois il lui avait promis de l'emmener à Istanbul.

« Je t'emmènerai à Beşiktaş, là où la princesse Pakizê fut enfermée dans un palais, je t'emmènerai à la Sublime Porte où il y a le gouvernement, je te montrerai le laboratoire de bactériologie de Nişantaşı ! » s'exclama-t-il. Sa femme pleura et, oui, les yeux du Commandant se mouillèrent aussi.

Huit heures plus tard, Zeynep allait mourir de la peste dans sa chambre du Splendid. Son agonie serait plus rapide que celle de son père, le gardien Bayram Efendi, mort du même microbe quatre-vingt-quinze jours plus tôt.

CHAPITRE 63

La marche de protestation des disciples de la Halifiye, bientôt rejoints par ceux d'autres couvents, n'avait rien d'une dangereuse insurrection. Quelques-uns avaient bien des bâtons, mais la plupart n'étaient pas armés, pas même d'une brindille, preuve de leurs intentions pacifiques. Les soldats de la quarantaine auraient vite fait de mettre au pas ce ramassis de factieux, Sami Pacha n'en doutait pas une seconde.

La mutinerie qui se déclencha dans la prison cette nuit-là, elle, allait bouleverser le destin de Mingher ; les historiens, sur ce point, sont unanimes. Mais nous ne rejoignons pas ceux qui prétendent que le drame eût pu être évité si le Commandant avait quitté sa femme malade et pris la tête de sa brigade. Car, dès lors qu'une révolte avait éclaté dans la Forteresse, même le génie politique et militaire du Commandant se trouvait débordé, et l'État, trop faible pour lutter sur deux fronts, condamné.

Dans la cellule numéro trois, dite aussi dortoir des bleus, une sourde colère couvait, à la fois contre la brutalité des gardiens et contre les mesures d'hygiène ; les prisonniers n'attendaient qu'une occasion pour se révolter. Cette occasion – cette inspiration – leur fut fournie par le climat d'« anarchie » qui s'était emparé des rues d'Arkaz après l'enlèvement du cheikh Hamdullah, lorsque les adeptes des confréries, quelques boutiquiers et d'autres agitateurs se liguèrent contre les soldats de la quarantaine. Une ambiance d'apocalypse se répandait dans toute la ville, les prisonniers échaudés sentirent leur moment venu.

La peste, depuis dix jours, avait contaminé la cellule numéro trois ; les détenus en devenaient tous fous. La direction, pour seule mesure, avait placé tout le dortoir en quarantaine. Personne n'avait plus le droit de sortir s'aérer, la colère s'accumulait. Quand le bubon apparaissait chez un prisonnier, il était envoyé à l'hôpital Hamidiye (toujours pas débaptisé) où personne ne voulait être transporté, car on n'avait jamais aucune nouvelle de ceux partis là-bas. Chaque jour les gardiens ouvraient la porte de la cellule et deux pompiers pulvérisaient du désinfectant dans tout le dortoir, et sur les prisonniers terrorisés, mais le lendemain matin, deux nouveaux bubons apparaissaient et on envoyait les malheureux mourir à l'hôpital Hamidiye.

Lors de la désinfection, ce jour-là, un prisonnier sauta de sa paillasse en mimant la crise convulsive d'un pestiféré, ce qui provoqua une bousculade au cours de laquelle des détenus réussirent à immobiliser un gardien et lui voler ses clefs. Les autres se rendirent peu après. En quelques minutes, sans que le chef des gardiens eût rien remarqué, les mutins avaient pris possession de tout le bâtiment. Cette victoire éclair devait beaucoup au climat de peste : à cause des funérailles, de la peur, ou pour d'autres raisons, beaucoup des officiers pénitentiaires et des gardiens ne venaient plus au travail. Certains surveillants n'approchaient même plus des geôles depuis qu'on disait la prison contaminée.

Les insurgés, constatant le peu de résistance qu'on leur opposait, s'emparèrent de toute la Forteresse dans la nuit. Ce n'était ni leur plan ni même un rêve. Rien n'était préparé. Lorsqu'il vit que le bâtiment principal – d'époque byzantine – était tombé aux mains des rebelles, le directeur pénitentiaire se retrancha avec ses hommes dans la tour de Venise. Certains l'ont accusé d'avoir fait preuve d'une prudence excessive ; nous leur répondrons ceci : les détenus de la troisième cellule étaient d'une brutalité extrême, ils frappaient et tuaient tous ceux qui leur résistaient, ne leur revenaient pas, ou se contentaient de croiser leur route. Ils incendièrent le quartier des cuisines après y avoir fait rôtir dans la braise trois hommes préalablement torturés et bastonnés à mort. D'autres incendies éclatèrent ailleurs dans Arkaz cette nuit-là. Le directeur avait bien fait de quitter la prison.

Cette vacance du pouvoir laissa les sanguinaires fiers-à-bras de la troisième cellule face à une responsabilité nouvelle et inattendue : ils étaient seuls maîtres de la Forteresse. Allaient-ils ouvrir toutes les cellules ? Le petit groupe d'insurgés pourrait tenir tête à n'importe qui, gouverneur ou non, ottoman comme du nouvel État. Et les gardes de Sami Pacha étaient loin. Et les insurgés parlaient comme d'un devoir sacré de trouver l'endroit où l'on avait caché leurs camarades pestiférés, ceux envoyés à l'hôpital. Mais il y avait les camarades des autres cellules, toujours encagés, accrochés aux barreaux, qui cognaient contre les portes et hurlaient comme des fous « ouvrez ! ouvrez ! ». Une odeur de rouille, de moisi et de feu flottait dans l'air.

Au matin, toutes les cellules étaient vides. Certains prisonniers fêtaient leur libération dans le jardin de la Forteresse. D'autres se félicitaient, s'embrassaient de joie. Quelques-uns avaient déjà quitté l'enceinte et se dispersaient en ville. La peste semblait oubliée. Aucun policier ni soldat ne se faisait voir. Zeynep, la femme du Commandant, venait de mourir dans sa chambre du

Splendid Palas, et à cet instant la fragile mécanique de l'État, disons-le, était complètement brisée.

Zeynep, vers la fin, comme son père avant elle, connut un sursaut de lucidité, il y eut un regain d'espoir. La voyant reprendre des couleurs, le Commandant oublia toute précaution d'hygiène et la serra dans ses bras ; il sentit l'enfant dans son ventre. Tout ira bien, la quarantaine sera bientôt finie, disait-il en la pressant contre lui. Il te suffit de regarder la mer par la fenêtre, l'extraordinaire bleu de la mer de Mingher, tu verras que la vie est belle.

Tout le temps que dura l'agonie de Zeynep, d'évanouissement en bouffée de fièvre délirante, son mari Kâmil se tint à ses côtés.

On décida que Zeynep serait enterrée le lendemain matin, sans cérémonie, son corps préalablement chaulé. Le Commandant Kâmil ne pouvait pas détacher son regard de l'expression de stupeur qui se peignait sur le blême visage de son épouse morte ; une culpabilité profonde, très intérieure, l'accablait. Il s'assit, prit la main froide de son épouse dans la sienne et resta là, assis au bord du lit, immobile, pétrifié ; Hadid dut l'en arracher par la force.

La mort de la femme du Commandant, de l'avis unanime, devait rester secrète : on l'enterra donc sans cérémonie, au nouveau cimetière musulman, dans une tombe creusée spécialement pour elle. Hormis le corbillard, les fossoyeurs, les mouettes et les corbeaux, le Commandant était seul auprès de la tombe. Pour ne pas attirer l'attention, il s'était habillé d'un fez rustique, d'un pantalon bouffant comme ceux des paysans, d'une large ceinture et de lourdes bottes en cuir de bœuf.

Tout laisse penser que le Commandant, à cet instant, avait trouvé asile dans la rêverie, et dans l'imagination un refuge contre le chagrin d'avoir perdu sa femme et son fils à naître. Il s'imaginait en paysan des contes de Mingher, et Zeynep en jeune héroïne d'une « pastorale » minghérienne. Et nous nous étonnons, aujourd'hui encore, nous nous émerveillons même que le Commandant, au milieu de tous les drames de ce 27 juillet 1901, eût réussi à inclure par l'imagination son immense douleur dans la mythologie de Mingher.

C'est animé d'une semblable intention, mû par le même sentiment de la nation que le Commandant, ce jour-là, se fendit d'une longue déclaration à propos de Zeynep, en présence de deux journalistes, l'un grec, l'autre turc. D'après cet « entretien » publié plus tard dans le *Neo Nisis* et le *Havadis-i Arkata*, Zeynep et lui se connaissaient depuis leur plus tendre enfance. (Rappelons qu'ils avaient quatorze ans d'écart.) Zeynep était une fille très intelligente, douée d'une forte personnalité, qui s'entêtait toujours, avec ses amis comme à l'école, malgré les brimades des professeurs, à parler minghérien. Zeynep et Kâmil, à cet âge-là, étaient déjà amis pour la vie. Leur désir de parler l'antique langue de Mingher les avait rapprochés. Seul le minghérien permettait d'exprimer la mystérieuse poésie des couleurs de leurs âmes. Le Commandant avait vu la grâce et l'élégance du minghérien illuminer le doux visage de Zeynep et dès cet instant, il avait commencé à songer aux moyens de rendre sa liberté à la langue de Mingher, et d'abord de la protéger des assauts dissolvants du français, du grec, de l'arabe et du turc.

Ce texte, connu par cœur par presque tous les citoyens de Mingher, nous livre l'expression la plus lyrique, la plus authentique formulation de l'esprit de la révolution et du nationalisme minghériens. Au vrai, on s'étonne que le Commandant ait trouvé la force de l'écrire en ce jour terrible, peu de temps avant d'enterrer Zeynep. Certains prétendent que son secrétaire Mazhar Efendi et quelques littérateurs furent secrètement mobilisés pour en rédiger la version définitive. Ce discours « fondateur » du Commandant devait aussi inspirer les lauréats du concours poétique à l'issue duquel serait établi, six mois plus tard, le texte de la Marche nationale de Mingher.

Le texte comporte également plusieurs réflexions sur la singulière ressemblance phonétique, en minghérien, des mots « eau », « Dieu » et « moi », ainsi que sur l'énigme du rapport entre le sens et l'être des choses. Au moins aussi célèbre que cet entretien, une aquarelle d'Alexandros Satsos, réalisée sept ans plus tard, montre le Commandant recueilli seul en prière devant la tombe de son épouse. Le talent du grand peintre a su excellemment rendre la troublante dualité du Commandant.

D'un côté, on le voit regarder, plein de détresse, la tombe de sa femme enceinte (au loin, quelques corbeaux), de l'autre, il apparaît comme un héros à la volonté inébranlable, conscient que l'avenir de la patrie exige de lui calme, force, solidité. L'image saisit aussi par son atmosphère d'ensemble, ce jaune brumeux qui baigne toute la scène. Le drame est souligné par des fumées bleues qui s'élèvent dans le ciel, de la fosse d'incinération et des nombreux feux en ville. Mais le plus impressionnant est le sentiment d'enracinement, le sentiment du « pays » créé par les plaines, les collines et les montagnes de Mingher qui s'étendent à l'arrière-plan.

CHAPITRE 64

Les cadres du nouvel État minghérien étaient absorbés par des affaires de la plus haute importance, comme l'enseignement du minghérien à l'école élémentaire, les noms de Mingher, l'histoire, les contes, etc. Ils paraissaient tétanisés par ces problèmes, absolument incapables de prendre la mesure de ce qu'il se passait en ville. Leur indolence était aussi due à l'absence de tous les fonctionnaires, espions, secrétaires et gardes qui, pour diverses raisons, divers prétextes, avaient déserté leur poste. À Turunçlar, deux soldats de la quarantaine en patrouille essuyèrent une attaque de jeunes couventistes ; le premier s'enfuit, le second, salement tabassé, perdit un œil. Après cet épisode, les soldats de la quarantaine furent partagés entre la peur et leur désir de vengeance. Aussi Sami Pacha préférait-il ne pas les voir traîner en ville.

L'événement qui changea véritablement le cours de l'histoire avait lieu dans la prison : si les insurgés qui s'étaient rendus maîtres de la Forteresse n'avaient toujours pas libéré leurs camarades, ils décidèrent en revanche d'ouvrir les portes du secteur de la quarantaine. En conséquence de cet acte à peine croyable, près de trois cents pestiférés, ou suspectés de l'être, se trouvèrent brusquement lâchés dans la nature.

À quoi pensaient les mutins en libérant les quarantenaires ? Étaient-ils guidés par une espèce d'instinct primitif et anarchisant, qui dirait : « On a relâché tout le monde, on peut bien les laisser partir eux aussi ! » ? Ou bien se disaient-ils : « C'est bien, comme ça les pestiférés vont paralyser la ville, l'épidémie va se répandre au triple galop ! » ? Nous n'en savons rien. (Mais les thèses sur le sujet ne manquent pas.) Peut-être s'étaient-ils rendus à l'opinion que les hygiénistes partageaient secrètement, à savoir que la quarantaine ne servait pas à grand-chose et qu'elle était même parfaitement inutile. (Du moins pour ceux qu'on avait entassés là à tort. Les libérer était une bonne action !)

Les insurgés brisèrent la serrure de la porte, mais sans avertir les quarantenaires massés derrière qu'ils étaient libres. Aucun d'eux ne voulait entrer et risquer d'attraper la peste, ni même annoncer leur libération aux malheureux ; ceux-ci tardèrent à s'en rendre compte. Le secteur de la quarantaine se vida lentement. Mais à midi la nouvelle de la mutinerie et de la libération des quarantenaires s'était déjà répandue dans tout Arkaz. Les gardes et les officiers pénitentiaires avaient déserté leur poste, telle était la vraie cause du scandale !

En un sens, la double évasion eut d'abord pour effet de changer radicalement le visage de la ville. Croiser des évadés de la quarantaine qui rentraient tranquillement chez eux devint une chose banale dans les rues d'Arkaz. « Bonne guérison ! » leur lançaient les gens, à eux comme aux prisonniers, mais en réalité ils craignaient ces hommes. Aucun garde ni policier ne venait leur barrer la route.

Chez eux, les quarantenaires étaient souvent mal accueillis. Quelques-uns, du reste, découvraient avec amertume qu'ils n'avaient plus de chez-eux ; leur famille était partie, leurs parents étaient morts, des inconnus occupaient leur maison. Il y avait des disputes, ils en venaient parfois aux mains avec les intrus, ou avec les parents qui les avaient laissés entrer. D'autres se voyaient claquer la porte au nez parce qu'ils avaient la peste. « Mieux vaut que tu retournes à la Forteresse en attendant la fin de ta quarantaine », leur disaient les vieux oncles pétris de bon sens. D'autres encore, parce qu'ils avaient deviné qu'on leur ferait un tel accueil, et se doutaient qu'ils ne retrouveraient pas chez eux la soupe chaude et le pain qu'on leur servait en quarantaine, ne quittèrent jamais la Forteresse. Ils prirent aussitôt possession des bons lits, des meilleurs coins laissés par les partants. Mais il est faux de dire qu'ils ne restaient que pour la soupe et le pain : la ration de farine était divisée de moitié depuis une semaine, à la Forteresse comme en ville.

L'État était absent, l'heure au désordre, à l'anarchie, la confusion ne faisait que s'accroître, à une vitesse stupéfiante. Un mois à peine après la fondation du nouvel État, les rues grouillaient de forçats enragés, de violeurs, de meurtriers, de mutins pestiférés et d'autres échappés qu'on suspectait de l'être.

C'étaient ceux qu'on avait « injustement » jetés en quarantaine. Certains, il est vrai, avaient atterri là seulement pour avoir offensé les soldats de la brigade sanitaire, fait la sourde oreille à leurs consignes, agi de manière irresponsable. Rien de médical ne justifiait leur enfermement. En théorie, ils auraient dû être mis en prison, mais le « pouvoir » savait que la quarantaine était une punition plus dure et plus dissuasive, les soldats n'hésitant jamais à donner une petite leçon à ces geignards qui contournaient le règlement pour rien. Certains étaient résolus à se venger des soldats de la quarantaine – qui avaient contribué à la contamination de beaucoup de gens bien portants. Leur colère visait la quarantaine en général, les médecins, les restrictions ; ils aimaient répéter que c'étaient les docteurs et les chrétiens qui avaient amené la maladie sur l'île, ils y croyaient de bonne foi. Sami Pacha comprit tout de suite qu'arrêter et remettre à la Forteresse cette masse grossissante qui se répandait en ville était une entreprise impossible.

Une fois dans Arkaz, les évadés de la quarantaine ne tardèrent pas à remarquer le vide, la vacance du pouvoir. Les habitants, déjà terrifiés par la peste, la révolution et les exécutions, ne mirent plus du tout le nez dehors : de leurs fenêtres, ils voyaient les rues grouiller de prisonniers et d'évadés de la quarantaine, de bandits et de pestiférés. Et les soldats de la quarantaine, écoutant les mises en garde de Sami Pacha, avaient disparu.

Si les quarantenaires furent mal accueillis en ville, c'est aussi à cause de la résistance physique que les propriétaires et commerçants commençaient d'opposer aux insurgés et autres évadés des geôles de la Forteresse. Certains prisonniers de longue date, de retour en ville après tant d'années, tentaient de s'installer dans une maison qu'ils avaient repérée, à tout le moins un jardin, une remise. L'absence de forces de police ou de soldats capables de maintenir l'ordre encourageait les malfrats. Quelques truands hardis et ignorants arpentaient le port en cherchant un bateau qui les emmènerait à Smyrne ; des affrontements éclataient sur le quai, aussi bien avec les soldats qu'avec les évadés de la quarantaine. La première empoignade sérieuse opposa des prisonniers à un épicier qui vendait des figues, des noix et du fromage de la campagne, en bas de la montée de Fait-Braire-l'Âne. Un des bagnards était en train de s'envoyer des figues au fond du gosier, un autre ravitaillait sa besace en fromages, lorsque les camarades de l'épicier sortirent et passèrent à l'attaque. Le contact avec les bandits ne leur faisait pas peur : ils savaient que ceux-là n'étaient pas des pesteux qui sortaient de quarantaine. Un frère de l'épicier et quelques-uns de ses amis, tout à leur joie d'avoir quitté la Forteresse où ils étaient depuis cinq jours à l'isolement parce qu'on les avait « injustement » comptés comme contaminés, se jetèrent à leur tour sur les bandits. L'attroupement se dispersa après cinq minutes de bagarre, une pluie de coups de gourdin, mais déjà le bruit se répandait que des « pesteux » avaient mis en déroute une bande de prisonniers qui attaquaient leur commerce.

Sami Pacha, le Premier ministre, suivait tout sans quitter le bureau qui était le sien depuis cinq ans. Mazhar Efendi et le docteur Nuri le rejoignirent dans la soirée. Les soldats et policiers qu'il leur restait sous la main étaient trop peu nombreux pour défendre l'État contre la masse insaisissable des prisonniers, vagabonds, évadés de la quarantaine et autres couventistes revanchards qui le harcelaient de tous côtés. Les soldats de la quarantaine ne sortaient plus de chez eux depuis les incidents, la moitié ne se rendait même plus à la garnison. Ils avaient entendu dire que la femme du Commandant était morte de la peste, leur moral était brisé. Les forces dont disposait Sami Pacha étaient tout juste capables d'assurer la protection de la place et du Ministère. Dans la nuit, ces policiers avaient repoussé des prisonniers qui voulaient s'introduire dans le bâtiment. On disait que des bandes s'étaient installées en ville, des coups de force contre les bâtiments publics se préparaient. Dans le bureau de Sami Pacha, on cherchait une solution pour réconcilier les soldats et les évadés de la quarantaine ; on n'en trouva aucune.

Sami Pacha demanda à la garnison de lui envoyer un contingent de soldats arabes bafouillant correctement le turc, du moins le comprenant, afin de sécuriser le Ministère et l'hôtel Splendid, la résidence du Commandant. Ces soldats n'arrivèrent jamais. L'homme qui menait la réunion, Mazhar Efendi, voulut informer le Commandant du chaos qui régnait dans les rues, de la fuite toujours plus massive des quarantenaires, et prendre ses conseils, mais le Commandant, ravagé par la perte de son épouse et de son fils, s'était enfermé dans sa chambre, au dernier étage du Splendid, et n'en sortait plus. Or des prisonniers évadés avaient mis le feu à une maison de Kadirler, on voyait la fumée dans toute la ville, le Commandant ne pouvait pas ne pas se poser de questions, même retranché dans sa chambre. Il devait forcément avoir entendu les cris, les hurlements, les coups de feu.

Ici, le moment semble bien choisi pour relancer notre discussion sur la place de l'individu dans l'Histoire : les choses auraient-elles été si graves, l'histoire aurait-elle pris un tour différent si la femme du Commandant Kâmil n'était pas morte de la peste ? Ou bien le cours de ces événements dont l'histoire a voulu qu'ils bouleversent le destin de Mingher était-il inexorable ? Difficile de répondre. Il est cependant indéniable que l'indifférence du Commandant, dont les seules préoccupations, à l'heure où sonnait la débâcle, où l'anarchie s'emparait de la ville, étaient sa femme et la langue minghérienne, aura contribué à attiser l'anarchie et la débâcle, et surtout à précipiter l'évanouissement de l'espoir et de l'optimisme qu'avait fait renaître la fondation du nouvel État.

Le lendemain matin, on reporta trente-deux morts sur la carte d'Arkaz. Les enterrer un par un était devenu pratiquement impossible, et pourtant les familles des quartiers pauvres continuaient leurs funérailles, au mépris de toutes les restrictions sanitaires. La nouvelle faune de hors-la-loi qui hantait les rues avait rendu la désobéissance ordinaire.

Sami Pacha était le plus lucide ; l'autorité de l'État, il le voyait bien, ne pourrait être rétablie que si le Commandant quittait sa chambre et prenait la tête de ses hommes en personne. Il n'y avait plus d'autre solution et il fallait l'appliquer sur-le-champ, sans quoi c'était la fin. Ce matin-là, donc, Sami Pacha et Mazhar Efendi, solidement escortés, montèrent les trois étages du Splendid Palas pour frapper à la porte du Commandant. Elle ne fut pas ouverte. Ils attendirent un moment, puis toquèrent encore. La porte ne s'ouvrant toujours pas, ils glissèrent une lettre, écrite à l'avance, dans laquelle ils résumaient les derniers troubles et insistaient sur l'urgence de la situation.

Quand ils revinrent une heure plus tard, la lettre avait été prise. Et la poignée tournée, fit remarquer Mazhar Efendi. Le Commandant était donc réveillé. La porte n'était pas fermée à clef. Ils frappèrent une nouvelle fois, attendirent un peu, mais avant d'entrer ils songèrent que la présence du docteur Nuri serait la bienvenue et envoyèrent un secrétaire le chercher au palais.

Une demi-heure plus tard, Sami Pacha, le docteur Nuri derrière lui, poussait délicatement le battant.

La pièce était silencieuse. Sami Pacha, le docteur Nuri et Mazhar Efendi finirent par entrer. Ils découvrirent le Commandant Kâmil assis à son bureau en noyer, devant la fenêtre aux persiennes fermées. Il les avait vus, il ne bougea pas. En s'approchant un peu, le docteur Nuri sentit qu'il y avait quelque chose de bizarre.

Le Commandant avait revêtu son uniforme et passé une paire de grosses bottes tout à fait incongrues pour un jour d'été. Le docteur Nuri crut d'abord y voir le signe que le Commandant s'était décidé à sortir mener le combat à la tête de sa brigade, puis il se rendit à l'évidence : le Commandant Kâmil n'était pas en état de combattre, même pas de respirer. Il avait le front trempé de sueur, le souffle court.

Il les suivait des yeux, mais sans réussir à bouger la tête, comme quelqu'un à qui l'on est en train de faire la barbe. Le regard du docteur Nuri glissa involontairement le long du cou du Commandant : la peau, du côté droit, portait un énorme bubon pesteux.

Les trois hommes, à cet instant historique, avaient découvert que le Commandant Kâmil Pacha, héros de la Révolution et fondateur du nouvel État minghérien, était atteint de la peste. Mais puisque rien en lui ne voulait crier la terrible plainte « je suis malade, c'est la peste ! », ou que volontairement il la taisait, son mutisme valait le cri, valait l'aveu. Sami Pacha sentit alors que le Commandant, tel un petit garçon qui boude, refuserait de parler. Le docteur Nuri, lui, se souvint que la peste réduisait certains malades à l'aphasie totale, d'autres au bégaiement inaudible.

Et que faire, à présent ? Les pensées du Commandant étaient entièrement tournées vers l'île et son peuple, les trois hommes le devinaient. Comme eux, il ne voulait pas entendre parler de sa maladie. Mais le Commandant, lui, avait le loisir de ne penser qu'au temps qu'il lui restait à vivre. Les autres, terrifiés, songeaient déjà à la suite.

CHAPITRE 65

Peu après avoir montré son bubon aux trois politiciens, le Commandant Kâmil Pacha se leva péniblement de sa chaise, s'étendit sur le lit, la couche des deux mois et demi de bonheur avec feue son épouse, et se mit à trembler.

Ici, l'observateur rétrospectif s'étonnera que les trois autres hommes, Sami Pacha, Mazhar Efendi et le docteur Nuri, aient pu songer à autre chose qu'à s'enfuir de l'hôtel en courant, sauver leurs vies, celles de leurs femmes et de leurs enfants. Sami Pacha et Mazhar Efendi, loin de s'enfuir, cherchaient à s'imposer une contenance d'hommes d'État, de capitaines dans la tempête, comme si une dizaine de soldats attendant leurs ordres les entouraient.

Des historiens ont écrit que la contamination du Commandant Kâmil marquait le début de la contre-révolution minghérienne. Si par Révolution on entend la conquête de l'indépendance et de l'autonomie de Mingher vis-à-vis de l'Empire, l'interprétation ne tient pas la route : l'île continua d'être indépendante. Mais si l'on associe le terme à une politique de laïcité et à un processus de modernisation, l'hypothèse de la contre-révolution peut être valable. Reste ce fait indubitable : en l'espace de deux jours, et malgré tous les efforts des bureaucrates et des médecins, le nouveau pouvoir avait sombré au point de devoir lutter pour sa survie. Sami Pacha ne recevait plus aucun rapport de ses espions et informateurs habituels, eux-mêmes débordés par les événements. Arkaz était la proie du désordre, de la pagaille, de l'insoumission, de ce que les Occidentaux appelaient « chaos » et « anarchie ». Personne, au Ministère, ne comprenait ce qu'il se passait en ville.

Dans l'après-midi, le docteur Nuri et le docteur Nikos incisèrent le bubon du Commandant. Ils lui firent une piqûre contre la fièvre, puis demandèrent à un infirmier de lui masser délicatement le corps, pour le soulager un peu. Eux-mêmes s'approchaient le moins possible du malade. À sa femme, plus tard, le docteur Nuri déclara que le Commandant, le premier jour, avait, comme tout le monde, caché sa maladie, mais s'était comporté comme un enfant le second. Dans les manuels scolaires de Mingher, on lit que le Commandant était « sans peur » et luttait contre la maladie en suivant les préceptes de la médecine sanitaire moderne. Tantôt il sombrait dans le silence, souffrant de migraines qui lui cognaient le crâne comme des coups de massue, se couchait en tremblant et restait prostré sur son lit. Tantôt il paraissait vaincre la fièvre et bondissait hors du lit tel quelqu'un qui se réveille d'un long sommeil, comme si un devoir pressant l'appelait au-dehors.

Une heure après l'incision et le curetage du bubon, le Commandant, dans un effort immense, quitta son lit et s'approcha de la fenêtre pour contempler le port et la ville. Une idée semblait lui être venue à propos des Minghériens et, prenant une pose solennelle, comme convaincu que cette idée, inspirée par la vue de la ville et la lumière du jour, lui était dictée d'en haut, il déclara que la nation minghérienne était la plus vraie, la plus noble et la plus sublime du monde et le serait de toute éternité. Un joyau, manipulé par trop de méchantes mains, cupides, avides et voraces, un joyau dont les Italiens, les Grecs ou les Turcs avaient griffé la surface et terni l'éclat, mais un joyau qui n'a jamais perdu sa valeur. Mingher était ce joyau dont la valeur n'a jamais chu. Seuls les Minghériens pourraient comprendre Mingher et la faire grandir. Car ils avaient leur langue, ils avaient le minghérien. Qui disait « je suis minghérien » était minghérien. Et puisque dire « je suis minghérien » avait été interdit aux Minghériens pendant des siècles, il fallait regarder cette phrase sublime comme aussi sacrée qu'une prière, et ne pas leur en demander davantage.

Cette phrase, affirmait le Commandant, était le début de la fraternité entre tous les hommes, était en vérité le commencement de tout. Son visage était illuminé de l'expression qu'il avait en croisant le peuple dans les rues. « On aurait dit que tout l'amour, l'enthousiasme et la passion de la ville chuchotait à l'oreille du Commandant ! » raconta plus tard le docteur Nuri à sa femme. Un jour, la nation de Mingher accomplirait de grandes choses, elle changerait l'histoire ! Malheureusement, après ces moments d'euphorie, le Commandant était assommé de fatigue, se couchait et délirait dans un demi-sommeil.

Mazhar Efendi avait envoyé chercher un secrétaire pour qu'il retranscrivît tout ce que disait le Commandant. Les notes du secrétaire recoupent assez exactement le récit que le docteur Nuri fit à son épouse. À l'heure des ultimes délires, le Commandant parlait surtout des cuirassés du blocus qu'il pouvait voir, de Zeynep qui n'aurait jamais dû quitter sa chambre, de son fils qui ne fréquenterait pas d'autre école que celle de Mingher, entre autres sujets semblables. À un moment, voyant un nuage dans le ciel, il déclara que ce nuage avait exactement la forme de la rose du drapeau de Mingher. La culture minghérienne, en particulier dans les manuels scolaires, allait accorder une place centrale à cette observation, dont la postérité se manifeste notamment par l'importance du motif des nuages dans les cours de dessin, et par la « fête du Nuage et de la Rose » qu'on célèbre chaque année au début du mois d'août, le jour suivant l'anniversaire de la mort du Commandant.

Sami Pacha et Mazhar Efendi, voyant la situation se détériorer, imaginèrent de conclure un accord avec le cheikh Hamdullah. Ils envoyèrent un messager à l'hôtel Constance ; la réponse du cheikh n'arrivait pas.

Dans sa chambre, le Commandant, entre deux torpeurs, raconta au jeune secrétaire l'histoire du renard de Mingher qui cherche son épouse. C'était une fable que sa grand-mère lui avait racontée dans son enfance. Plus tard dans la nuit, il se souvint d'une autre vieille légende de l'île que lui racontait sa grand-mère. À l'époque où la ville d'Arkaz n'existait pas encore, des hommes débarquèrent d'un navire sur les rochers au milieu de la baie. Ces hommes, les ancêtres des Minghériens d'aujourd'hui, aimèrent cette île, ils s'attachèrent à ses pierres, ses sources, ses forêts, sa mer, ils en firent leur maison. En ce temps-là, les ruisseaux de Mingher regorgeaient de cabèdes verts et de vieux crabes mouchetés de rouge, ses forêts de perroquets bavards et de tigres furtifs, ses cieux d'hirondelles bleues et de cigognes roses qui migraient vers l'Europe à la belle saison. Celle qui avait donné à chacun de ces animaux une maison sur l'île, un nid dans un arbre, une grotte dans la montagne, était Zeynep. Cette jeune fille de Mingher était l'amie des animaux. Son père servait le padichah de l'époque. Il fallait absolument écrire ce livre, dit le Commandant au secrétaire, le livre qui raconte aux écoliers de Mingher l'amitié de la jeune Zeynep avec les animaux de l'antique Minghérie, et ainsi il lui dicta, en turc, le premier chapitre du *Livre de Zeynep.* Tout en parlant il s'approcha de la fenêtre, ouvrit les persiennes dans un râle et contempla la nuit d'Arkaz. Les contes de sa grand-mère semblaient prendre vie, prendre possession de la ville noire et muette. Une joie fugitive illumina son visage, la joie de confondre les souvenirs avec l'avenir, les contes d'autrefois avec l'événement en cours. Voir le présent dans le passé, c'est en fait imaginer le futur, songea le Commandant, puis il s'écroula sur le lit, terrassé par la douleur.

Le lendemain matin, on apprit à Sami Pacha que l'état du Commandant s'était encore dégradé, et que le nombre de morts s'élevait à quarante-huit. « Seul Allah peut encore nous sauver ! » répondit-il.

Une heure plus tard cependant, Mazhar Efendi et lui décidèrent qu'une visite à la tour de la Princesse pourrait aider à trouver une solution « définitive ». À midi, Sami Pacha arrivait sur l'îlot à bord de l'ancienne chaloupe du gouverneur, celle dans laquelle nous avons vu, au début de ce livre, Bonkowski Pacha descendre de l'*Aziziye*. Aucun bateau régulier ou irrégulier ne desservant plus le port depuis les troubles politiques et l'explosion du nombre de morts, seuls les bureaucrates « fidèles à Istanbul » peuplaient la Tour. Sami Pacha redoutait leurs possibles allusions à sa « haute trahison », il voulait prévenir les malentendus. Mais il ne rencontra que Hadi, l'attaché du gouverneur mort avant même d'exercer, à qui il déclara d'abord que toute sa politique avait eu comme unique but de protéger la santé des sujets du sultan, puis il passa aux choses sérieuses et annonça que la situation en ville était critique, mais qu'un navire pourrait conduire les bureaucrates turcs jusqu'en Crète, d'où ils n'auraient aucune difficulté à regagner Istanbul. En échange, ajouta Sami Pacha, le Commandant demandait à Istanbul de lever le blocus maritime et d'envoyer des troupes sur l'île pour arrêter la peste.

Les deux hommes, à cet instant, ressemblaient moins à deux administrateurs ottomans qu'à un corsaire et son otage en pleine négociation de la rançon, ainsi qu'écrit ironiquement Hadi dans *Des îles à la Patrie*. Sami Pacha, du reste, se berçait d'illusions : même à supposer qu'on eût trouvé le fameux bateau qui les conduirait en Crète et qu'il eût réussi à contourner le blocus, personne à Istanbul n'aurait accordé le moindre crédit à la parole de ces Ottomans de Mingher, pour le moins suspects. De plus, ils n'arriveraient pas à Istanbul avant une bonne semaine. Enfin, Sami Pacha, comme s'il avait subitement réalisé l'absurdité de ses propositions, ou qu'une autre idée géniale venait de germer dans son esprit, mit un terme brutal à l'entrevue et reprit la chaloupe en direction du port.

Il trouva Arkaz d'une tristesse irrespirable. Tout était vide, rien ne bougeait. C'était un jour nuageux, la ville était d'une couleur de plomb, la vie semblait avoir disparu. Deux colonnes de fumée bleue s'élevaient dans le ciel, rien d'autre ! Les rameurs tiraient leurs avirons d'un air résigné. La mer était sombre et effrayante. La maudite épidémie finirait bien par disparaître un jour, l'île revivrait, elle retrouverait ses couleurs, sa beauté. Oui, mais d'ici là, songeait Sami Pacha, moins je regarderai cette ville devenue cimetière, mieux ce sera.

Tandis que Sami Pacha était dans la chaloupe, le Commandant Kâmil Pacha, fondateur de l'État de Mingher, mourait de la peste au dernier étage du Splendid Palas, quatre jours après son épouse. Seul le jeune secrétaire était présent dans la chambre. Le docteur Nuri attendait au deuxième étage de l'hôtel.

Durant les deux dernières heures de sa vie, le Commandant Kâmil avait prononcé exactement deux mille mots en turc, et cent vingt-neuf en minghérien, rapporta le secrétaire. Ces mots, dits « mots du Commandant », devaient bientôt orner, dans chacune des deux langues, les murs des bâtiments officiels, des affiches, timbres, almanachs, alphabets, manuels télégraphiques, la littérature et d'autres endroits encore. Dans le premier dictionnaire minghérien, les cent vingt-neuf mots du Commandant furent soulignés par une fonte différente. Aujourd'hui, quelqu'un qui viendrait à Arkaz pour la première fois, sans avoir jamais entendu parler minghérien, n'aurait besoin que de trois jours pour connaître par cœur ces cent vingt-neuf mots qu'il croiserait partout.

Parmi les derniers mots du Commandant, quelques-uns étaient l'expression d'une sensibilité poétique (feu, rêve, mère) ; d'autres la manifestation des sentiments du grand homme (ombre, mélancolie, verrou) ; d'autres encore le témoignage d'un esprit toujours vif, intact, mais peut-être aussi de certains besoins (porte, serviette, verre).

Du côté des hagiographes, historiens et politiciens, on a pu interpréter le fait que le Commandant ait parlé de « bottes » et de « cuirassés » comme la preuve que le fondateur de l'État, alors qu'il vivait ses derniers instants et pouvait à peine articuler, envisageait de s'embarquer avec ses soldats de la quarantaine sur une chaloupe pour donner l'assaut aux navires des grandes puissances.

Sami Pacha retrouva le cocher Zakaria à la Jetée de pierre. De retour à son bureau, il découvrit les ministres déconcertés et abattus. Mazhar Efendi était également présent – il avait confié la garde du Commandant au docteur Nuri – et la nouvelle, stupéfiante : le cheikh Hamdullah s'était évadé de l'hôtel Constance dans la nuit.

Ou bien on l'avait enlevé, ce n'était pas clair, néanmoins aucun heurt n'avait éclaté avec les ravisseurs. Le cheikh était-il parti, libre comme l'air après avoir dupé ses gardiens ? C'était impossible, du reste Sami Pacha ne le croyait pas capable d'une telle audace. Les choses en étaient là. Personne n'avait revendiqué l'enlèvement du cheikh. Ses ravisseurs pouvaient le rosser, le torturer, le tuer, comme ils avaient fait avec Bonkowski Pacha, et qui en porterait la responsabilité ? Sami Pacha, bien sûr.

Autre sujet d'inquiétude : la formation d'une bande d'évadés de la quarantaine qui recevait le soutien des commerçants, notamment ceux du quartier situé au nord de l'avenue Hamidiye. Jouant à plein du lien de solidarité typiquement arkazien ami-commerçant-parent, les quarante hommes, après s'être présentés comme « victimes de la quarantaine » et avoir scellé une alliance avec les boutiquiers contre les échappés de la prison, s'étaient installés dans le quartier de Hagia Triada, où ils répandaient la contagion. Encouragés par la passivité des soldats de la quarantaine, ils cherchaient une occasion de leur tomber dessus ; un furieux désir de vengeance les animait. Leurs discours n'étaient pas seulement hostiles à la quarantaine dans la Forteresse, notaient les espions de Sami Pacha, mais à l'ensemble des restrictions sanitaires, et on les avait vus derrière les douanes en train d'exhorter un épicier, un homme de leur village, à ouvrir sa boutique et à vendre tout ce qu'il voulait.

Sami Pacha songeait déjà à consulter le docteur Nuri, lorsque celui-ci, peu avant le crépuscule, entra dans son bureau pour annoncer que le Commandant Kâmil était mort. La funeste nouvelle n'ébranla pas Sami Pacha ; il avait seulement espéré la recevoir plus tard.

Quelques sanglots accueillirent la nouvelle du décès du Commandant et fondateur de l'État. Sami Pacha fut tenté d'aller à l'hôtel jeter un œil à la dépouille, mais il se retint, il ne fallait pas risquer d'exciter les rumeurs. Tout le monde, en ces jours troublés, désirerait qu'il prenne la tête de l'État, ce serait naturel, pensait-il. Or son sommeil, sentait-il aussi, serait gâté par les émotions, les ambitions et les rêves qui naissaient d'une telle perspective ; il avait déjà fait prévenir Marika. Le landau le déposa sur la place de Pétalis, puis il continua à pied, par les rues vides et brumeuses. Il s'émut à la vue d'un drapeau de Mingher, certes petit, presque un fanion, qui ornait la devanture d'un hôtel.

En arrivant chez elle, il eut l'impression familière de pénétrer dans un rêve étrange et dangereux. Comme la maison de Marika lui était « interdite », les plus doux rêves lui étaient refusés. Une lanterne s'éteignit, condamnant à l'obscurité les rues, les murs, les arbres, leurs feuilles, engloutissant avec les ombres les souvenirs heureux, laissant un monde d'après la lumière, un monde insensé où ne régnaient plus que la solitude et la peur de mourir.

Marika se lança dans un long récit à propos de la peste qui se propageait partout et d'un mort chez les voisins, mais qu'on avait caché. Sami Pacha, toujours debout, n'écoutait que d'une oreille. Marika s'en aperçut : « Vous aussi paraissez bien mort, mon pacha », dit-elle.

Il lui fut reconnaissant d'avoir deviné son désarroi. Il s'assit, l'écouta encore un peu, puis, mû par le désir de tout oublier et de se dissoudre dans l'amour, il coucha avec elle, mais la peur et le désespoir continuèrent d'accabler sa chair.

Marika jugeait sévèrement le discours du nouvel État : « Abandonnez votre loi sur les églises et les mosquées ! dit-elle. Sinon elle se retournera et contre votre excellence et contre la quarantaine. La nation vous tournera le dos si vous lui interdisez d'entrer dans ses mosquées et ses églises.

— Mais de quelle nation parles-tu ? Nous avons la garde de *tous* les habitants, ici !

— Il n'y a pas de nation sans religion, mon pacha.

— Ce ne sont pas les mosquées ni les églises qui font de nous une nation, c'est de vivre sur cette île. Notre nation, c'est notre île.

— Mon pacha, quand bien même les grecs de l'île croiraient à une nation pareille, les musulmans y croiraient-ils ? Le son des cloches ne nous rappelle pas seulement qu'il faut prier Jésus, que Dieu nous sauvera, il nous rappelle aussi qu'au même moment, dans cette ville, d'autres gens souffrent, tremblent et pleurent comme nous. Ne sous-estimez pas cette consolation, mon pacha. Là où les cloches et les muezzins sont muets, la mort gagne toujours. »

Le Premier ministre Sami Pacha écoutait d'un air boudeur. Marika passa à la liste des rumeurs : on avait découvert un squelette sans crâne à Flizvos, dans une maison où des bandes d'orphelins se retrouvaient la nuit. Des médicaments, des conserves, des housses et des draps dérobés à bord du *Sühandan* étaient vendus sous le manteau par des boutiquiers musulmans du Vieux Bazar et dans la pharmacie Kocias. Un soldat de la quarantaine avait caché deux pestiférés aux médecins, une mère et son fils, en échange d'un pot-de-vin.

« Eh, c'est au moins qu'il nous en reste un ou deux, des soldats ! » s'écria Sami Pacha, puis il déguerpit sans demander son reste et retourna au Ministère.

Le bâtiment dans lequel il vivait et dirigeait l'île depuis cinq ans était désert. On apercevait vaguement un planton ici ou là, au pied de l'escalier, au détour d'un couloir ; les lampes étaient presque toutes éteintes. Sami Pacha donna l'ordre d'augmenter le nombre de sentinelles, puis il se retira dans ses appartements, entra dans sa chambre à coucher, donna deux tours de clef dans chaque serrure, tira la barre métallique et se mit au lit, mais il dormit mal.

CHAPITRE 66

Le lendemain matin, Sami Pacha, les docteurs Nuri et Nikos, se retrouvant devant la carte familière, apprirent que plus de quarante personnes étaient mortes la veille. À cause de la peur des évadés de la quarantaine et des couventistes enragés, aucun soldat de la quarantaine n'avait été envoyé visiter et évacuer les maisons, même à Tuzla et Bayîrlar, quartiers les plus touchés. Du reste, Sami Pacha, obsédé par la protection du Ministère, se réservait tous les gardes et sentinelles à la ronde.

L'autre sujet pressant, qui intéressera celui-là les spécialistes d'histoire culturelle, avait trait aux funérailles et à l'emplacement du tombeau du fondateur de l'État, objet de discussions interminables et de décisions irrévocables. Le choix tomba sur un terrain en hauteur, dans le quartier de Turunçlar, entre le nouveau cimetière musulman et la maison d'enfance du major. L'endroit avait l'avantage d'être visible depuis la ville et la Forteresse, mais aussi des navires arrivant du sud et de l'est. Il fut également décidé, suivant une proposition du vieux docteur Tasos, esprit lettré, amateur d'archéologie, que l'architecture du mausolée mêlerait les styles romain, byzantin, ottoman et arabe. Ce rêve allait attendre encore trente-deux ans avant de devenir réalité.

Sami Pacha employa sa journée à chercher la meilleure façon de camoufler l'identité du cadavre qui reposait dans la chambre du Splendid Palas, puis de l'enterrer au lieu dit sans éveiller les soupçons, mais ni lui ni ses subordonnés ne la trouvèrent. Des bandes s'étaient constituées dans les rues, qui arrêtaient les cortèges funéraires, les verduriers des campagnes, les prisonniers en fuite et à peu près tout le monde. À supposer qu'on réussît à les berner en chemin, l'emplacement de la tombe exciterait leur curiosité quant au personnage qu'on enterrait là-haut.

Un autre élément acheva de fragiliser le gouvernement de Mingher et les nerfs de Sami Pacha, déjà passablement malmenés : une lettre apportée par Mazhar Efendi. D'après la missive, soigneusement rédigée pour eux par un secrétaire, quarante-deux hommes tout juste échappés de la quarantaine, où les soldats, disaient-ils, les avaient injustement envoyés croupir, désiraient être reçus au Ministère pour déposer une lettre de plainte contre certains hommes qu'ils citaient nommément, pour cause de mauvais traitements, corruption, etc. Ils exigeaient aussi de pouvoir fouiller le bâtiment, car on disait que plusieurs de ces soldats qui maltraitaient le peuple s'y étaient réfugiés, ajouta Mazhar Efendi, requête qui, conclut-il, ne manquait pas d'outrecuidance.

Ils cherchaient un prétexte pour provoquer une bagarre, pensa Sami Pacha. Il fallait se défendre contre les assauts de ces hordes d'insurgés. Il dépêcha Mazhar Efendi à la garnison, avec une lettre exigeant le détachement de quarante-deux soldats. De temps en temps son regard se tournait du côté du Splendid Palas et, songeant que le corps sans vie du fondateur de l'État de Mingher gisait encore là-bas, les larmes lui venaient. Mais on ne pourrait l'enterrer dans la journée, il le savait ; les insurgés rôdaient, le risque d'un affrontement était trop grand. Aussi décida-t-il, en accord avec le docteur Nikos, ministre de la Santé, que l'héroïque dépouille du Commandant serait transportée hors de l'hôtel au milieu de la nuit, et enterrée dans l'obscurité, suivant les rites de sa foi.

Une demi-heure plus tard, le Premier ministre Sami Pacha, escorté d'un secrétaire et de gardes, frappait à la porte de la suite du docteur Nuri et de Pakizê. Il entra seul et, sur un ton de chagrin sincère, annonça au docteur Nuri que le Commandant devrait malheureusement être inhumé en pleine nuit, sans cérémonie, sans même qu'on ait averti sa mère. Il semblait s'adresser surtout à Pakizê, qui l'écoutait debout à l'autre extrémité de la pièce.

« Quoi que nous ayons pu faire, nous l'avons fait pour épargner les vies des sujets de son altesse ! déclara Sami Pacha. Hélas, prétendre que nous y avons réussi serait mentir. Mais nous nous réjouissons d'avoir mené à bien, avec la ténacité et l'humilité qui conviennent aux grands succès, l'autre mission que Sa Majesté vous confia. Oui, nous avons retrouvé les meurtriers de Bonkowski Pacha et du docteur Élias. Voilà ce qui compte. Moitié à la manière de Sherlock Holmes, moitié à la façon turque ! dit-il en déposant un dossier sur la table.

« J'ai fait renforcer la garde des entrées. Malheureusement, tous nos policiers désertent leur poste… Je ne serais pas étonné si les rebelles de la prison tentaient une attaque. Mais ils échoueront. Fermez votre porte à double tour, tirez le verrou. N'oubliez pas que vous êtes nos hôtes les plus sacrés, l'État vous protégera quoi qu'il arrive. Nous pouvons vous déménager discrètement…

— Pour quoi faire, mon pacha ?

— Pour qu'ils ne sachent pas où vous êtes… Mais le péril n'est pas si grand, seulement ne sortez pas. Je vous mets un garde à la porte », dit le Premier ministre avant de quitter la pièce.

Ce fut la dernière fois que la princesse Pakizê et le docteur Nuri virent Sami Pacha. Leur nuit fut triste, effrayante, la pire depuis qu'ils étaient à Mingher. À la douleur de la mort de Zeynep et de l'enterrement du major s'ajoutait désormais la peur de mourir de la peste à leur tour, comme n'importe qui sur cette île. Le palais ministériel avait beau être l'endroit le mieux fourni de toute l'île en pièges et en poisons contre les rats, le docteur Nuri, l'homme des conférences sanitaires internationales, avait l'impression atroce qu'ils pourraient attraper la peste sans rats, sans puces, comme autrefois, rien qu'en respirant l'air de la ville. Et maintenant il y avait le risque d'être assassinés par les insurgés, les mutins de la prison.

Il ne leur restait à dîner que quelques noix et du poisson en saumure. Ils l'accompagnèrent du pain de la garnison. Les rations avaient été considérablement réduites, et n'avoir plus que cette miche dérisoire à se mettre sous la dent signifiait que la famine n'était plus très loin. Ils poussèrent une armoire contre la porte avant d'aller au lit. Dans ses lettres, Pakizê a des mots merveilleux pour décrire l'air de l'île, le parfum rance qui soufflait depuis la mer en traversant le port, la lumière des rares lampes qui brûlaient encore dans la ville cette nuit-là. Et en lisant ce passage où son époux et elle se tiennent enlacés dans leur lit, transis de peur, insomniaques, l'oreille tendue aux bruits de la ville et au chuintement des vagues, on comprend ce qu'était la terreur de la peste, la peur de mourir qui vous empêche de dormir et fait couler vos larmes.

Au milieu de la nuit, ils entendirent des coups de feu sur la place et à l'entrée du palais. La source des détonations était parfois toute proche. Ils quittèrent le lit, marchant courbés, sans s'approcher des fenêtres.

Les hommes du Premier ministre combattirent les rebelles toute la nuit. Sami Pacha fut héroïque, il lutta comme un lion, jusqu'au bout. Deux gardes et sept « vauriens » étaient morts. Quelques instants après que Sami Pacha et deux de ses hommes se furent enfuis par la porte de service, les rebelles prenaient possession de l'ancien palais du gouverneur.

Au matin les tirs cessèrent, la fusillade était finie, puis il y eut de nouveau quelques coups de feu, enfin ce fut le silence. Un peu plus tard, le docteur Nuri et Pakizê entendirent du mouvement sur la place, des bruits de pas dans les escaliers, des éclats de voix. Personne ne s'approcha de leur porte. Ils attendirent dans leur chambre, sans oser aller vérifier si le garde était toujours là.

Quand il voulut quitter la chambre, le docteur Nuri découvrit qu'on avait changé la sentinelle. Le nouveau garde braquait maladroitement son arme vers lui ; il rentra et referma la porte à clef. De leur fenêtre, les époux cherchaient à comprendre ce qu'il se passait.

Une heure plus tard, on frappa à la porte. Il y avait deux secrétaires aux visages connus, quelques autres hommes et un vieillard en habit de derviche.

La petite délégation conduisit le docteur Nuri dans le grand bureau qui était au même étage – la pièce que nos lecteurs connaissaient jusqu'ici comme le bureau de Sami Pacha. En vérité, depuis exactement quatre-vingt-seize jours qu'il était sur l'île, quasiment pas un seul n'avait passé sans que le docteur Nuri entrât dans la salle d'épidémiologie attenante à ce bureau. Chaque fois, Sami Pacha l'accompagnait. Mais ce jour-là l'homme assis derrière le bureau en était un autre. Le docteur Nuri le reconnut aussitôt. C'était Nimetullah Efendi Feutre Pointu, sans son feutre. Après les politesses d'usage, l'intérimaire fit un bref résumé de la situation : « À l'issue de la fusillade, le gouvernement est tombé, Sami Pacha s'est enfui. Le sceau du Premier ministre a été confié à votre humble serviteur. Les autres ministres sont presque tous maintenus. Ils continueront de satisfaire à leurs devoirs. Son éminence le cheikh Efendi a pu retrouver son couvent en toute sérénité. Et l'opinion commune réclame la levée des restrictions sanitaires ! »

De ce que comprit le docteur Nuri, le cheikh Hamdullah, s'appuyant sur une troupe hétéroclite où se mêlaient évadés de la quarantaine, couventistes, hodjas et commerçants en colère, avait mis en déroute la poignée de gardes fidèles à Sami Pacha, et s'était emparé du pouvoir. Sami Pacha avait disparu après la fusillade, mais le retrouver n'était qu'une question de temps. À l'évidence, un nouveau gouvernement s'était formé.

Les mosquées et les églises rouvriraient leurs portes, le chant des muezzins et le son des cloches résonneraient de nouveau, l'obligation de chauler les morts serait levée. On recommencerait aussi les ablutions rituelles des corps dans les mosquées, ajouta Nimetullah Efendi. Rien n'était plus urgent.

« Mais par Dieu, excellence, faites cela et la peste se propagera à une allure telle qu'on ne trouvera même plus de bras pour laver les morts ! dit le docteur Nuri. Ce sera pire, bien pire qu'avant ! »

Le nouveau Premier ministre ignora la controverse. Dans leur grande majorité, les partisans de la levée des interdictions étaient d'avis que la quarantaine n'avait servi à rien, sinon à causer davantage de morts. Certains continuaient même d'accuser les médecins d'avoir importé l'épidémie.

La quarantaine étant abolie, Nimetullah Efendi rappela au docteur Nuri qu'il était libre de ses mouvements. Il pouvait se rendre utile à l'hôpital, les malades avaient besoin de ses compétences. Mais les fonctionnaires, médecins et soldats de la brigade sanitaire qui avaient abusé de leur pouvoir auraient des comptes à rendre. Le nouveau Premier ministre prit soin d'ajouter que le docteur et la fille du sultan demeuraient les hôtes officiels du gouvernement de Mingher, qui continuerait de garantir leur protection. Avant de le remercier, il lui demanda s'il avait une idée de l'endroit où pouvait se cacher Sami Pacha, mais le docteur Nuri dit qu'il n'en savait rien.

Il revint dans leur suite, où il résuma la situation à Pakizê, à savoir que Nimetullah Efendi était le nouveau Premier ministre, mais qu'eux-mêmes n'étaient pas en danger.

Un peu plus tard, la curiosité le démangeant, il voulut sortir pour voir les changements de ses propres yeux ; on l'arrêta sur le seuil de leur porte. Il dut se rendre à l'évidence : même aller soigner des malades à l'hôpital lui était refusé. Dans un coin de leur esprit, les époux se résignaient déjà à leur statut d'otages. Ce qui avait été le mode de vie de la princesse Pakizê devenait la condition du docteur Nuri.

Ils ne quittèrent pas leur chambre pendant seize jours. C'est donc à d'autres sources que les lettres de Pakizê que nous avons puisé pour narrer les exploits du derviche Nimetullah Feutre Pointu, Premier ministre de cette période que certains historiens ont appelée « l'ère du cheikh Hamdullah ».

La caractéristique la plus frappante de cette nouvelle ère fut assurément la réouverture des lieux de culte, mosquées, églises, couvents et monastères, tous libres d'accès malgré la peste. Car si les échoppes, les restaurants, les barbiers, et même les marchés aux puces et les brocanteurs eurent aussi le droit de reprendre leur activité, rien ne causa autant de dégâts que la réouverture des mosquées et des églises. Elle ne fit que conforter les populations les plus ignorantes, les plus négligentes, dans leur croyance que les mesures sanitaires ne servaient à rien. Elle renforça le parti des fatalistes, bigots, dévots et défaitistes, pour qui s'en remettre à Dieu était l'unique espoir et la seule solution. Les vendeurs de quatre saisons, chiffonniers, marchands de tapis et de foin, professions que depuis un demi-siècle on tenait pour responsables de toutes les épidémies de choléra qui avaient frappé les villes de Méditerranée, étaient majoritairement grecs et croyaient à la quarantaine. Ces commerçants-là, déçus par les mesures du cheikh Hamdullah, n'ouvrirent pas leurs boutiques. De même, la plupart des grands magasins, des tavernes, des « restaurants » et des « clubs » des hôtels restèrent fermés.

Ceux qui rouvrirent leurs portes, barbiers, petits aubergistes, se trouvaient généralement dans les quartiers éloignés, en périphérie de la ville. En réalité, ils n'avaient jamais cessé de violer les règlements en douce, sans être pris par la brigade sanitaire ; ils continuaient de fournir leurs clients, sous le manteau, directement depuis le dépôt, ou bien en convenant à l'avance d'un horaire précis, et à l'heure dite la porte de l'arrière-boutique s'ouvrait pour laisser entrer les quelques clients mis dans la confidence. Plus de la moitié de ces commerçants, patrons comme employés, mourut avant la fin de l'ère du cheikh Hamdullah.

Mais peu de gens s'arrêtèrent sur cette terrible tragédie. Personne ne suggéra de prendre des mesures pour protéger la vie de ces artisans, tout simplement parce que personne ne savait ce qu'il se passait. La levée des restrictions sanitaires avait aussi fait perdre leur emploi aux fonctionnaires qui recensaient les morts dans les cimetières, à ceux chargés de compter les corbillards et, plus important, aux secrétaires qui reportaient les décès, rue par rue, maison par maison, sur la grande carte de la salle d'épidémiologie. Personne, donc, ne savait combien de gens mouraient chaque jour. En vérité, les hommes au pouvoir préféraient ne pas le savoir…

Les dix premiers jours, Nimetullah Efendi Feutre Pointu, s'apercevant que le nombre de morts ne cessait d'augmenter de façon incompréhensible, s'effraya du gouffre qu'il voyait se creuser entre les instructions de son éminence le cheikh Hamdullah et la réalité du terrain ; il en fut comme paralysé. L'interdiction du chaulage des cadavres, remplacé par les longues ablutions mortuaires assorties de prières, conformément à la tradition et sur ordre du cheikh, le va-et-vient dans les commerces, la réouverture de certaines écoles, le retour en ville et dans leurs foyers des évadés de la quarantaine, tout cela accéléra dramatiquement la propagation de la peste.

Les rues ne s'étaient pas repeuplées pour autant. On y voyait seulement quelques disciples des couvents qui se moquaient de l'épidémie et ne croyaient pas aux mesures sanitaires, parfois aussi des paysans qui avaient le courage de descendre à Arkaz pour vendre leurs produits. Mais, comme le note Pakizê, la levée des restrictions n'avait pas sonné le retour des clochettes des voitures, du grincement des roues, du tintement des fers à cheval. Un silence de mort écrasait toujours la ville, le port, la baie, malgré la fin de la quarantaine, malgré les appels à la prière et le carillon des églises. Au contraire même, le chant des muezzins et le son des cloches, se fondant dans le silence immobile de la ville, étaient devenus comme le signal de la mort qui rôdait, le funeste rappel de la terreur que tous avaient d'elle.

La seule réussite de l'ère du cheikh Hamdullah fut la distribution de pain : chaque jour, six mille miches de pain frais étaient distribuées gratuitement aux habitants de la ville guettée par la famine. La mesure avait été rendue possible grâce à la saisie des stocks de farine cachés dans les greniers de la garnison. Les pains étaient cuits dans le fournil de la garnison, puis chargés dans des voitures de la municipalité qui redescendaient en ville faire la tournée des quartiers.

Ces provisions, sacs de farine et de haricots blancs, avaient été envoyées à la garnison par Istanbul après la Révolte du bateau du hadj, pour servir de réserves en cas de siège prolongé, d'émeutes ou de blocus (c'était effectivement le cas), et ne devaient être consommées sous aucun autre prétexte. Mais le cheikh, au motif qu'il ne devait pas perdre son arabe et avec l'idée de faire un brin de causette dans la langue du saint Coran, s'était rendu à la garnison, où il avait sympathisé avec les soldats arabes, qui aimaient la

Halifiye, connaissaient son couvent, appréciaient sa conversation et n'avaient pas tardé à lui révéler l'emplacement des stocks secrets de vivres et de farine.

CHAPITRE 67

L'autre caractéristique de « l'ère du cheikh Hamdullah » fut l'espèce de « terreur d'État » qu'on vit fleurir dans un grand bouquet d'arrestations, de procès et de condamnations à mort. Terreur politique, assurément, mais où le règlement de comptes personnels jouait son rôle.

Après la fusillade, Sami Pacha, conscient d'être le principal gibier de ses ennemis, s'enfuit du Ministère en pleine nuit, se cacha deux heures chez Marika (ils firent l'amour), mais son refuge était trop connu, aussi ne s'attarda-t-il pas et quitta la ville à pied par les petites rues, guidé par ses hommes, avant de disparaître dans la nature. Et comme les espions de Mazhar Efendi étaient attachés à l'ancien maître de l'île et que le nouveau gouvernement sorti de la cuisse des couvents n'avait d'autre compétence que celle de distribuer du pain, la cachette de Sami Pacha demeurait introuvable.

Il se cachait dans une maison située sur le domaine d'Ali Talip, un riche notable de Dumanlî, où l'ancien gouverneur était très aimé, car la bourgade lui devait l'arrivée du télégraphe. La propriété était ceinte d'un mur de pierre, autour duquel les hommes d'Ali Talip patrouillaient, le fusil à l'épaule, les entrées étaient gardées, l'endroit était sûr, la maison inaccessible aux évadés, pestiférés, bandits et autres vagabonds qui avaient coutume, au temps des nuits de la peste, de prendre possession des bâtiments désaffectés, des habitations vides, quand ils ne s'imposaient pas de force dans celles encore habitées. Les gardes, dans ce bourg lointain, étaient de jeunes réfugiés de Crète qui n'avaient jamais vu le visage de l'ancien gouverneur. Personne ne me reconnaîtra, pensait-il.

Certain d'être en sécurité, Sami Pacha commença à quitter le domaine pour de longues marches dans les monts Albros. Un jour, au cours d'une de ces randonnées, il croisa trois hommes dans la force de l'âge, qui avaient fui la peste et vivaient dans les montagnes ; l'un d'eux, voyant cet homme nerveux et essoufflé, reconnut le pacha. N'ayant jamais entendu parler de la Liberté et de l'Indépendance, de la prise de pouvoir du Commandant ni de celle du cheikh Hamdullah, les trois hommes se demandèrent ce que leur gouverneur faisait dans ces montagnes. Ils en parlèrent un peu autour d'eux. Deux jours plus tard, ils le croisèrent à nouveau au sommet d'une autre montagne, d'où la vue était sublime.

Le lendemain, des policiers en civil dépêchés depuis la capitale par Nimetullah Feutre Pointu arrêtaient Sami Pacha dans son refuge paysan ; ils le conduisirent à Arkaz et l'enfermèrent à la Forteresse, dans la cellule la plus proche de l'eau, la plus sombre et la plus humide de la tour de Venise. Les hommes d'Ali Talip n'avaient opposé aucune résistance aux policiers.

Sami Pacha connaissait ce cachot aux allures de grotte, de trou de crabe, il y avait jadis rendu une visite nocturne à l'acteur principal d'une troupe de comédiens grecs venus jouer *Œdipe roi* à Arkaz, un grand barbu qu'il avait mis aux fers pour espionnage. L'obscurité de la cellule assombrissait encore ses idées noires. Il ruminait ses erreurs, toute cette débâcle était de sa faute. Il aurait dû accepter sa destitution et partir rejoindre son nouveau poste, au lieu de quoi il s'était accroché fanatiquement à son fauteuil de gouverneur, il s'était entêté dans cette impasse et maintenant le payait. Son plus grand tort était évidemment d'avoir refusé sa mutation. Pourquoi avoir commis une sottise pareille ? Alors le bleu de la mer inondait sa cellule et la réponse surgissait d'elle-même : parce qu'il aimait Mingher ! Puis Mingher, la chose aimée, prenait les traits de Marika. En vérité, l'une et l'autre ne se distinguaient pas dans son esprit. Comme Marika avait été courageuse le soir de sa fuite, combien de périls avait-elle bravés pour son Sami Pacha !

Elle seule avait encore sa confiance, elle seule pourrait l'aider. Le docteur Nuri se mettrait-il en danger pour sortir Sami Pacha de prison ? La princesse Pakizê aurait pitié, peut-être. Mais quoi, il n'était jamais qu'un vulgaire otage de plus entre les mains de ces fanatiques de cheikhs, comme les pauvres bureaucrates turcs qui croupissaient dans la tour de la Princesse. Il pensa à son vieil ami George, le consul anglais, lui pourrait peut-être faire pression sur le cheikh Hamdullah ; il décida de lui écrire une lettre. Mais il fallait d'abord trouver une feuille et un crayon.

Sami Pacha comparut devant le tribunal sans avoir pu écrire la moindre lettre, même pour avertir qu'il était enfermé à la Forteresse. La peste atteignait de tels sommets de contagion en ce lundi 12 août 1901, les habitants, murés dans leur propre détresse, étaient si indifférents à tout, que l'ouverture du procès, son idée même, doit être regardée comme un succès du gouvernement de Nimetullah Efendi, l'homme du cheikh Hamdullah.

Sami Pacha se doutait que le cheikh voudrait lui infliger une leçon, qu'il le châtierait pour venger la pendaison de son frère, quel que soit le motif de la condamnation. Son procès, pensait-il, ferait la part belle aux plaignants qu'on avait jetés à tort en quarantaine, ou à ceux qu'on avait séquestrés chez eux sous prétexte qu'ils étaient malades. Peut-être qu'on l'accuserait aussi d'avoir été l'espion ou l'homme de paille d'Abdülhamid, sait-on jamais. Mais ce qu'il n'aurait jamais pu imaginer, c'était d'assister à la réouverture, trois ans plus tard, du procès de la Révolte du bateau du hadj : quand il vit, depuis sa chaise fraîchement lustrée, les familles des pèlerins morts entrer dans la salle d'audience, il eut un choc.

Le jour où ils avaient appris que le cheikh Hamdullah et son émissaire au feutre pointu s'étaient emparés du pouvoir à Arkaz, les villageois de Nebiler et Çifteler – du moins ceux qui avaient participé à la Révolte du bateau du hadj et soutenaient Ramiz – avaient poussé des cris de joie, organisé une grande fête et, dans l'ignorance où ils étaient de la violence de l'épidémie de peste à Arkaz (mais l'auraient-ils su que cela n'aurait rien changé), avaient marché pendant deux jours jusqu'à la capitale, où ils avaient demandé au Premier ministre Nimetullah Efendi la révision du procès en réparations pour leurs frères, pères et grands-pères assassinés jadis par les gendarmes de la quarantaine, procès qu'une infâme ruse du droit les avait privés de gagner, trois ans plus tôt.

Le nouveau juge, un proche de la Halifiye, avait accepté d'instruire le procès – après tout, il eût pu aisément refuser en arguant que « c'était à l'époque ottomane, le nouvel État n'a aucune responsabilité dans cette affaire !... » – et fait comparaître Sami Pacha, le gouverneur de l'époque, en tant que seul et unique accusé, étant donné que les gendarmes qui avaient tiré sur les hadjis étaient tous partis vers d'autres cieux de l'Empire – sans doute avec la bénédiction du cheikh Hamdullah.

C'est ainsi que Sami Pacha vit la scène qui avait hanté ses pires cauchemars pendant des années se réaliser sous ses yeux : les fils et les filles des hadjis fusillés le pointaient du doigt, en larmes, dans une salle de tribunal. On donna lecture de télégrammes confidentiels, retrouvés dans les dossiers de Mazhar Efendi – le nouveau pouvoir l'avait mis en prison –, desquels il ressortait que le gouverneur Sami Pacha n'avait exigé de ses troupes aucune bienveillance à l'égard des hadjis qui fuyaient le bateau. « Ô toi, grand gouverneur, n'as-tu pas de conscience ? » lança un vieillard à la barbe blanche en bondissant de son banc. Il y avait aussi le père et le fils qu'il avait jadis fait enfermer, les meneurs de la révolte de Nebiler, qui avaient quitté leur cachot et lui jetaient maintenant des « cruel gouverneur ! » en plein tribunal. Tout ce procès n'était qu'une farce sordide préparée de longue date, songeait Sami Pacha, et il était au désespoir. Un instant il eut peur que le père et le fils ne lui sautent dessus et ne le rouent de coups au beau milieu de l'audience.

Les nouveaux dirigeants de l'État minghérien, estimant que le procès pourrait avoir un grand retentissement à Istanbul et jusqu'en Europe, avaient fait installer une estrade pour le juge, des sièges, des tables et des bancs séparés pour les procureurs, les avocats, la presse et le public, et fait tailler à la hâte, dans un tissu vert comme la bannière de l'islam, de grandes robes sur lesquelles étaient cousues des roses de Mingher, de la couleur du drapeau, pour habiller le juge et les procureurs. (Il est regrettable que ces affreuses robes aient fait tradition et qu'aujourd'hui encore, cent seize ans plus tard, on voie les juristes du Conseil constitutionnel et de la Cour de cassation de Mingher continuer de les arborer fièrement, avec une solennité frisant le grotesque.)

« Oui, c'était moi le gouverneur de l'île, toutefois… », commença Sami Pacha pour sa défense, où il essaya de faire entendre qu'il n'avait jamais donné ordre aux gendarmes de tirer, et que d'ailleurs la nouvelle ne lui était parvenue que des jours plus tard, mais dans le brouhaha des invectives, des injures et des larmes, la foule ne retint que les mots « c'était moi le gouverneur », mots qu'elle traduisit aussitôt par « c'est moi le coupable ».

Le désespoir de Sami Pacha, durant ce procès éclair, venait aussi de l'impossibilité où il se trouvait de justifier le bien-fondé d'une quarantaine devant un tribunal aux ordres d'un gouvernement (d'une secte, plutôt) dont la raison d'être était précisément le refus dogmatique de la quarantaine. « Si nous avons placé les vénérables hadjis en quarantaine, ce n'était pas pour satisfaire aux caprices des grandes puissances, mais uniquement afin de protéger le peuple de Mingher des ravages d'une épidémie ! » lança-t-il pour sa défense. Son audacieuse tentative n'empêcha pas les quatre journaux de l'île et la plupart de ses habitants de se convaincre, dès le soir même et comme d'une vérité indubitable, que Sami Pacha était l'homme qui avait assassiné des hadjis innocents pour divertir le despote Abdülhamid dans son palais de Yıldız et lui éviter des ennuis avec les Européens.

À la fin des deux heures, le juge apprit à Sami Pacha qu'il était condamné à mort. La sentence était attendue, songeait la moitié rationnelle de son esprit ; l'autre n'y croyait pas et refusait d'y croire. Il sentit une douleur aiguë lui transpercer le ventre, comme si une boîte d'épingles s'était déversée dans ses entrailles.

Il pensa d'abord aux insomnies, il n'aurait pas une seule nuit correcte d'ici à l'annulation du verdict. Il eut aussi peur de pleurer, mais nulle larme ne mouilla ses yeux, personne ne remarqua son émotion.

Le « juge » qui le condamnait à mort rappela à Sami Pacha ce beau jour de juin, tout ocre et soleil, où il avait recruté cet homme, trois ans auparavant. Le type avait déniché un poste de juriste au palais en arguant qu'il connaissait bien la charia et le saint Coran, et surtout grâce à l'entremise de Hadji Fehmi Efendi, un riche musulman serviable qui avait donné pour la construction de la nouvelle ligne télégraphique, et le gouverneur, quand il avait appris que le candidat fréquentait le couvent de la Halifiye, s'était exclamé : « Eh, il craint Dieu, c'est un homme d'honneur ! », et l'avait engagé. Jamais il n'aurait pu imaginer que ce fade et terne personnage, un jour, le condamnerait à mort. Le juge le convoqua dans son bureau pour un dernier entretien.

Il remarqua que Sami Pacha le regardait avec une mine incrédule, l'air de quelqu'un qui ne comprend rien à ce qui lui arrive. « Excellence, vous êtes condamné à mort ! lui dit-il comme pour le consoler. Il fut un temps, le jugement aurait été pourvu en cassation à Istanbul. De l'eau aurait coulé sous les ponts, et le bon cœur de son altesse Abdülhamid, qui abomine les exécutions capitales autant qu'il craint la réaction des ambassades, aurait fini par commuer la peine en exil ou en prison à perpétuité, et personne n'aurait été pendu. Mais aujourd'hui, dans l'État indépendant de Mingher, attendre que votre condamnation soit cassée par Istanbul n'aurait pas plus de sens que d'espérer la clémence du sultan.

— Que voulez-vous dire, au juste ?

— Que c'est sans doute la dernière nuit de votre vie, excellence. Ni Istanbul ni les grandes puissances n'ont les moyens de s'opposer à une sentence prononcée par l'État de Mingher. »

Sami Pacha eut un frisson : il serait pendu pour démontrer à la face du monde que personne ne pouvait se mêler des affaires de l'État indépendant de Mingher, telle était l'ignoble vérité.

Il sentait que le fourmillement acéré des épingles qui lui avait déchiré le ventre au moment du verdict descendait maintenant le long de son dos, de ses jambes, lui paralysait le crâne, l'esprit, il se sentait incapable de penser à rien et, tétanisé par la peur, incapable de voir le monde, incapable d'entendre ce que disaient les autres, incapable de rien comprendre. On le poussa comme un animal dans un fourgon fermé de quatre côtés, verrouillé de l'extérieur ; sa fierté fut brisée, son moral anéanti. Mais le pire, c'étaient les regards qui le dévoraient avec un intérêt pervers, lui le « condamné à mort », avec la curiosité, la pitié parfois, qu'on a pour une bête étrange. Sami Pacha venait à peine d'être jugé, mais il s'imaginait que toute la ville était déjà au courant du verdict.

La voiture cellulaire était entrée par la grande porte de la Forteresse et traversait lentement la cour vers la tour de Venise. Sami Pacha, l'œil collé à la petite ouverture grillagée, remarqua alors des cadavres alignés, au pied du bâtiment d'époque ottomane, celui des dortoirs les plus vastes, les plus riches, d'où la révolte était partie. Il compta les corps avec sang-froid, vingt-six, puis nota la fumée qui envahissait la cour, une fumée bleue, épaisse, à l'odeur nauséabonde, dégagée par la combustion des effets, matelas, couvertures des vingt-six quarantenaires et prisonniers qui gisaient là, morts. Dans le train de la levée des restrictions sanitaires, les cheikhistes avaient aussi limogé les hommes employés à la fosse d'incinération, et celui qui voulait brûler les affaires des morts, comme ici l'administration pénitentiaire, devait désormais faire le travail lui-même.

Peu après les cadavres bien alignés qui attendaient le soir et le passage de la charrette, il vit quelques mourants couchés par terre. Certains étaient déjà recouverts d'un drap mortuaire, d'autres, sept ou huit, des pestiférés, hurlaient, vomissaient et se tordaient de douleur sur les dalles de pierre. C'était le plus terrifiant : la peste avait contaminé toutes les geôles, toute la Forteresse. Ces malades-là mourraient bientôt et, si on les alignait dans la cour, près des cadavres déjà froids, Sami Pacha devinait que c'était pour faciliter la tâche des fossoyeurs qui viendraient enlever les corps à la nuit tombée.

À l'entrée de la prison, il avait reconnu des gardes et des fonctionnaires attachés au cheikh Hamdullah. Mais dans la cour il ne vit pas un seul gardien en uniforme, ils s'étaient tous enfuis.

La voiture marqua un arrêt forcé, deux détenus qui occupaient la cour s'étaient approchés à quelques coudées de Sami Pacha, il les entendit se quereller dans une langue que d'abord il ne reconnut pas. Quand la voiture reprit sa marche, Sami Pacha se dit que si les deux bandits, si proches qu'il avait perçu leur odeur, leurs reniflements, avaient su que l'ancien gouverneur passait sous leur nez, ils auraient arrêté la voiture, l'en auraient sorti et l'auraient pendu avant d'en laisser le plaisir aux hommes du cheikh Hamdullah. Devant la tour de Venise il vit encore seize autres cadavres, des pestiférés, alignés quatre par quatre avec la même symétrie glaçante ; il s'attrista de constater que ceux-là le laissaient froid.

Sa condamnation à mort l'avait rendu « égoïste ». Voir ces morts en tas ne lui causait aucune peine, peut-être parce que ces hommes croyaient que l'autre monde existait, et au moins ils n'y allaient pas seuls. Il n'avait plus qu'une idée en tête : rester en vie ! Il fallait donc trouver du papier, un crayon, et écrire enfin cette lettre au consul George.

Mais une fois dans sa cellule, baignée d'un étrange halo bleu de mer, Sami Pacha fondit en larmes. Il pleura longtemps, dans les soupirs et les sanglots, tout en souhaitant que personne ne le vît pleurer. Puis il sécha ses larmes, s'étendit sur un tas de paille et, par un miracle divin, dormit pendant dix minutes. Il rêva, se voyait libre, en promenade dans le jardin de sa tante, où il y avait des perroquets, une lumière jaune très douce, un puits. Il tenait la chaude main de sa mère, et la mère désignait à son fils le treuil au-dessus du puits. Un énorme lézard à la voix éraillée guettait sur le treuil, mais la créature n'était pas effrayante, elle était bonne, comme un ami.

Au réveil, il comprit que le cliquètement provenait de deux gros crabes qui gambadaient sur les rochers baignés par la mer, et il y vit un signe, on ne le pendrait pas, il serait bientôt libéré, d'ailleurs s'ils devaient vraiment le pendre ils ne l'auraient pas envoyé à la Forteresse après le procès, mais directement au palais, et cette pensée le rassura un peu.

Selon la Constitution de Mingher, dont les principaux articles avaient été rédigés par Sami Pacha, chaque ordre d'exécution capitale devait être contresigné par le Premier ministre, en ce cas Nimetullah Efendi Feutre Pointu. Et Nimetullah Efendi, à l'évidence, n'agirait pas sans l'accord du cheikh Hamdullah. Et le cheikh Hamdullah se souviendrait de son vieil ami, de leurs discussions passionnées sur les livres et la poésie, et il signerait l'ordre de grâce placé sous ses yeux, et Sami Pacha sortirait libre de la Forteresse et rentrerait chez lui à pied en flânant dans les rues d'Arkaz. Il ne se presserait pas. Quand Nimetullah Efendi viendrait, après les remerciements il ferait porter la discussion sur *L'Aurore*, le merveilleux recueil de poèmes du cheikh. Non, s'ils devaient le pendre, ils ne l'auraient pas mis dans cette cellule, et ces charmants et sages crabes ne seraient pas sortis de la mer pour lui rendre visite.

Son optimisme revenait, il pensait maintenant à son épouse et à ses deux filles, à Istanbul. Oui, il en avait beaucoup voulu à sa femme, elle qui l'avait laissé seul à Mingher pendant cinq ans, en inventant toujours de nouveaux prétextes, de nouveaux mensonges, comme « mon père est malade » ou « j'arriverai avec le prochain vapeur », et qui s'en arrogeait le bon droit parce qu'elle était fille de pacha, mais à présent il ne voyait qu'elle et leurs filles qui se prélassaient inutilement au soleil dans la villa d'Üsküdar, au bord du Bosphore. C'était comme d'imaginer Marika à Istanbul.

Quand le cheikh Hamdullah lui aurait accordé sa grâce, Sami Pacha ne chercherait plus jamais querelle à ses anciens ennemis, il raviverait son amitié avec les consuls, il arrêterait les dégâts, il épouserait Marika et s'installerait avec elle dans une petite maison blanche avec une vue paradisiaque, à Ora, le long de la petite route qui descend en lacets vers la plage, ou bien un peu plus loin à Dantela, et il vivrait sans mélanger la viande et le lait. Pourquoi ne l'avait-il pas fait plus tôt ? À présent il avait honte, honte de ne s'être pas mieux conduit avec Marika. Une nuit, après avoir bu du cognac, il avait fait venir le cocher Zakaria et entraîné Marika dans une promenade nocturne à bord du landau blindé, et il avait vu l'enchantement dans ses yeux à la lueur du clair de lune, il l'avait vu. Et pourtant, malgré les supplications de Marika chaque soir où la lune était belle, jamais plus il ne l'avait emmenée en balade dans son landau, par peur des ragots, et maintenant il s'en voulait, il s'en voulait tant.

La porte de la cellule s'ouvrit. Sami Pacha courait déjà baiser la main du cheikh Hamdullah sorti de ses rêves, lorsqu'il reconnut le vieil auxiliaire des exécutions, et comprit.

« Je veux faire mes ablutions et ma prière », dit-il avec un sang-froid qui l'étonna lui-même.

Les deux petites mosquées de la Forteresse étaient fermées à cause de l'épidémie. Sami Pacha demanda une fontaine et un tapis qu'il étendit par terre, et pria sans se souvenir d'une seule sourate jusqu'au bout, ce qui l'occupa et lui fit un peu oublier sa peine.

Peu après la tombée de la nuit, ils le firent remonter dans le même fourgon qu'à l'aller. La voiture avançait en cahotant, et Sami Pacha nota que l'inquiétante charrette noire qui emportait les morts venait d'arriver et que le chargement des corps, tout nus parce qu'on avait brûlé leurs vêtements, mais méthodiquement alignés, avait commencé. Massés dans les branches des châtaigniers de la cour, des centaines de corbeaux se mirent à croasser comme l'enfer. Des cadavres étaient entassés devant le bâtiment des janissaires. On continuait d'incendier les draps, les coussins, les couvertures des morts mais, la quarantaine étant désormais interdite, la direction de la prison préférait employer le terme de « nettoyage ». Ces cinq pauvres bougres, songea Sami Pacha, ces cinq malheureux diables qui marchent dans la cour de la prison, chargent les cadavres, parlent, entendent, demain quand le jour se lèvera ils seront encore là, dans ce monde-ci, ils verront le ciel, et moi je n'y serai plus.

Il se mit à hurler de toutes ses forces en cognant des poings contre les murs du fourgon, mais personne ne l'entendit. Alors, de douleur aux doigts, de colère et de désespoir il s'écroula dans le fond de sa cage et pleura un peu, puis il reprit sa volonté, se releva et colla son œil contre la petite fenêtre grillagée, pour contempler les rues d'Arkaz, cette ville qu'il avait tant aimée et dont pendant cinq ans il avait été le maître. Mais la nuit était noire, on ne voyait rien.

Une odeur de terre, d'herbes et d'algues envahit son nez, il reconnut le parfum de la ville et s'effondra de nouveau en larmes, priant Dieu de l'épargner. Le remords l'écrasait. Il n'avait plus ni colère, ni fierté, ni le moindre rêve d'héroïsme. Il regrettait seulement d'avoir été si bête. Quel péché lui donnait le plus de remords ? Il ne fallait pas harceler Ramiz pour rien, pas tout prendre trop au sérieux, pas refuser la destitution, songeait l'ancien gouverneur et ancien Premier ministre Sami Pacha. Les roues du fourgon cellulaire faisaient un bruit nouveau, on arrivait sur le pont Hamidiye, se dit-il, et aussitôt il bondit pour regarder par la petite lucarne, à travers laquelle il vit la Forteresse, splendide, baignée d'une lueur étrange, et comprit que c'était la dernière fois qu'il voyait le superbe édifice.

Il est difficile, dans un livre d'histoire, d'aimer ou de détester les personnages. Mais, lisant un roman, il nous arrive d'éprouver ces sentiments. Aussi, pour ne pas affliger plus longtemps ceux de nos lecteurs qui aiment Sami Pacha (si peu nombreux soient-ils), nous n'en dirons pas davantage sur les tourments, les idées noires et la peur qu'il connut cette nuit-là dans sa cellule au sous-sol du palais, tandis qu'il rêvait de la clémence de Nimetullah Efendi Feutre Pointu ou du cheikh Hamdullah, ou écoutait les sages paroles de l'imam.

Jusqu'à la dernière seconde, Sami Pacha n'abandonna pas sa conviction naïve d'être gracié par le cheikh Hamdullah. Même après avoir vu le bourreau, il continua de croire que c'était une mise en scène destinée à le terroriser davantage et à dissimuler jusqu'à l'ultime instant la clémence du cheikh.

Sami Pacha avait toujours détesté ce Chakir, à la fois parce que c'était un voleur, un alcoolique, et parce qu'il faisait le bourreau pour l'argent. L'idée de finir entre les mains de cette brute le mit dans une rage telle qu'il se sentit étouffer. Les mains attachées par-devant, il envoya un grand coup de poing dans le dos du bourreau. Puis il essaya de s'enfuir à toutes jambes, mais Chakir le rattrapa aussitôt par le col.

« Soyez fort, excellence, ça vous va mieux », dit le bourreau.

Sami Pacha sentit la présence des lâches qui se terraient dans l'obscurité de la place pour le voir mourir. Eh quoi, ces misérables pouvaient bien penser ce qu'ils voulaient de lui, cela n'avait plus aucune importance. La vie, l'univers étaient plus profonds. Il se rasséréna un peu.

Mais en approchant du gibet, ses jambes flanchèrent brusquement. Le bourreau Chakir, la gueule puante de vin, l'encouragea avec une tendresse étonnante. « Allez mon petit pacha ! dit-il. Serre les dents, c'est bientôt fini ! »

Ses paroles avaient quelque chose de consolant, comme s'il parlait à un enfant. Quand on lui eut passé la tunique blanche et la corde autour du cou, Sami Pacha, animé du dernier courage, cria dans le vide : « J'arrive, maman ! » Un songe de corbeau noir aux ailes immenses passa devant ses yeux.

CHAPITRE 68

De nombreux curieux se pressèrent sur l'ancienne place du Vilayet, désormais place de Mingher, pour voir le cadavre de Sami Pacha balancer tristement au vent dans sa tunique blanche : des enfants sans peur de la peste et de la mort, des jeunes gens en fugue, divers ennemis du pacha, des nationalistes grecs et minghériens, quelques journalistes qu'il avait fait mettre aux fers. La police dut intervenir pour chasser des parents de Ramiz descendus de Nebiler, qui se confondaient en prières, disant « louange à Dieu » et autres paroles irrespectueuses au pied du gibet. Taksis Efendi, que Sami Pacha avait envoyé passer quatre ans au cachot pour vol d'antiquités, sans preuves mais avec une ferme conviction, prétendit pour sa part que l'homme pendu sur la place n'était pas Sami Pacha, et comme il voulait en avoir le cœur net, les policiers durent l'éloigner aussi.

Ceux qui aimaient Sami Pacha, Marika la première, mais aussi les notables musulmans et grecs d'Arkaz, s'enfermèrent chez eux dans l'attente, comme pétrifiés. Il faut dire qu'on croyait de plus en plus que la peste pouvait se transmettre par l'air.

Mais cela ne freina pas ce que les historiens ont appelé la

« terreur d'État ». Deux jours après sa pendaison, le corps de Sami Pacha fut enlevé et enterré au cimetière de Narlîk au milieu des roses de Mingher. Le lendemain matin, dans la pénombre de l'aube, l'ami de jeunesse de Bonkowski Pacha, le pharmacien Nikephoros, fut pendu au même gibet.

Le bourreau Chakir traita le pharmacien avec beaucoup plus de dureté que l'ancien gouverneur Sami Pacha ; mais s'il réprimanda le vieillard qui ne tenait plus sur ses jambes, et à ses suppliques répondit sans pitié par des « fallait y penser avant, c'est trop tard maintenant ! », la raison n'en était pas essentiellement qu'il avait été pincé autrefois en train de voler dans sa pharmacie et par suite interdit d'y mettre les pieds (mais puisqu'il était le bourreau, le pharmacien n'avait pas appelé la police), ni qu'il avait trop bu la veille, mais parce que la « terreur d'État » était en train de virer à la persécution des grecs. À l'image de tous les gouvernants avant eux, Nimetullah Efendi et le cheikh Hamdullah commençaient d'exercer leur pouvoir comme un moyen d'intimider et de chasser les grecs de l'île, de dissuader ceux qui l'avaient quittée de revenir un jour, et ainsi de faire en sorte que les musulmans deviennent majoritaires. Pour certains grecs, la fermeture prolongée du télégraphe allait dans le même sens : si les communications étaient rétablies et que les bateaux revenaient, les grecs seraient de nouveau en majorité.

Le harcèlement des grecs orchestré par le cheikh Hamdullah et ses serviteurs n'avait pas seulement un but d'ordre démographique, il était aussi dicté par la peur et la haine farouches de l'infidèle, du chrétien, qui hantaient le fond de leurs âmes. Les églises et les monastères avaient eu le droit de rouvrir en même temps que les mosquées et les couvents mais, tandis que les « hôpitaux » provisoires installés dans les jardins des couvents se vidaient à vue d'œil, les monastères ne désemplissaient pas, au contraire, beaucoup de malades avaient déserté les couvents avec leur paillasse sous le bras et partaient s'établir dans les grands parcs verdoyants des monastères. Pendant un temps, le cheikh Hamdullah élabora les plans d'un grand échange de populations entre les grecs de l'île et les musulmans de Crète et de Rhodes.

Les nouveaux hauts fonctionnaires qu'on recrutait, bien que les caisses fussent vides, étaient tous musulmans, et même si les grecs restaient de loin les plus maltraités, on menait la vie dure aussi aux Turcs ottomans. Le nouveau gouvernement ne se pressait pas non plus pour déloger les intrus qui s'étaient impunément installés dans les maisons désertées des riches quartiers grecs d'Ora, de Flizvos ou de Dantela.

Mais cela, à l'évidence, n'expliquait pas la condamnation à mort et la pendaison fulgurante de Nikephoros, le pharmacien grec. Des aveux, arrachés à d'autres sous la torture, l'avaient mené à la corde. Pakizê et le docteur Nuri en avaient la preuve sous les yeux, ils avaient lu le dossier que Sami Pacha leur avait confié le dernier soir au palais, avant de s'enfuir loin de la ville. Et comme ils avaient beaucoup de temps, avec l'interdiction de quitter leur suite, et qu'ils n'avaient rien de plus terrifiant à commenter, car sans nouvelles des événements qui se déroulaient en ville, ils étaient libres de faire marcher leur esprit, plaisamment et sans idées noires.

Les jours qui avaient suivi l'empoisonnement du docteur Élias, huit soldats et un officier des cuisines de la garnison avaient été passés à la falaqa, puis comme les coups, la douleur et le sang ne donnaient aucun résultat, huit autres hommes, deux blonds, l'intendant crétois et cinq soldats qui avaient préparé le banquet donné en l'honneur de la brigade sanitaire, passèrent à leur tour sous les verges.

Tandis que le docteur Nuri faisait la tournée des pharmaciens et des herboristes pour découvrir la trace d'une vente de mort-aux-rats ou de n'importe quel autre élément suspect, tâche dont il s'acquittait avec une méticulosité à faire pâlir Sherlock Holmes, le procureur et les spécialistes de la falaqa, poussés par le contrôleur général, s'étaient lancés dans un deuxième tour d'interrogatoires, reprenant un par un, dans le même ordre, les mêmes suspects qu'ils avaient déjà laissés en sang, lorsque le plus doux, le plus poupon des huit soldats de la cuisine, terrorisé à l'idée d'endurer une seconde fois l'affreuse épreuve, avait fondu en larmes et avoué son crime et, pour prouver qu'il disait vrai, montré au vieux procureur à la barbe blanche et à ses assesseurs moustachus comment, le vendredi précédent, à l'heure de la prière de midi, il s'était rendu dans la cuisine et avait mélangé la poudre empoisonnée qu'il portait sur lui à la farine des futures brioches, démonstration que le procureur et ses hommes avaient jugée convaincante. Les autres commis de cuisine célébrèrent dans la joie les aveux inespérés de leur camarade, heureux de ne pas voir les plaies croûtées de sang de la plante de leurs pieds se rouvrir sous une nouvelle volée de coups qui leur ferait perdre conscience ou les laisserait mutilés à vie (pour éviter les saignements abondants et ne pas trop salir le sol, on plongeait régulièrement les pieds meurtris des commis dans un seau d'eau salée).

Le contrôleur général et Sami Pacha durent certainement se féliciter des aveux du petit marmiton aux yeux verts et au visage angélique. Mais il restait à savoir qui avait donné le sachet d'arsenic à ce tendre gamin de seize ans au regard si affectueux, et pourquoi ; si l'énigme n'était pas résolue, les assassinats de médecins sanitaires risquaient de se poursuivre. Or chaque fois que son tortionnaire, le plus violent de tous, lui avait posé la question en lui tenant le visage à quelques centimètres de la flamme d'une bougie, le jeune homme, les yeux rivés sur la flamme, tantôt s'était tu obstinément, tantôt avait fondu en larmes.

Le contrôleur général avait fini par ordonner à ses hommes de laisser souffler la bouille d'ange, car il savait d'expérience que s'il fallait en passer de nouveau par la falaqa pour lui extorquer le second aveu, le plus décisif (l'identité de l'herboriste ou du pharmacien chez qui il avait acheté le poison, ou qui le lui avait remis), le gosse risquait soit de mentir, soit de finir estropié, voire d'y passer. On consulta Sami Pacha. Celui-ci décida de temporiser un peu et d'attendre que les plaies sous les pieds du garçon aient correctement cicatrisé avant de lui redonner de la falaqa. Pendant ce temps, une enquête minutieuse était lancée pour découvrir à quel clan appartenait le jeune félon écervelé, qui étaient ses complices, ses interlocuteurs, qu'on passerait eux aussi à la falaqa s'il le fallait.

Pakizê, ayant lu avec la plus grande attention le dossier laissé par Sami Pacha, avait compris ce que l'ancien gouverneur avait alors en tête. Le sujet la passionnait, elle aimait s'en ouvrir à son mari : « Quelle joie immense ce dut être pour Sami Pacha de retrouver le meurtrier du pauvre docteur Élias à sa façon à lui, et avant vous ! dit-elle en guise d'introduction.

— Oui, mais s'ils avaient su obtenir plus tôt le second aveu du garçon, toute cette bande d'assassins eût peut-être été arrêtée sans qu'il en coûte la vie au pauvre Medjid, répondit le docteur Nuri.

— C'est que Sami Pacha et mon oncle n'étaient pas si pressés. Le gouverneur savait que vous enquêtiez chez les herboristes, il devinait que vous n'arriveriez à aucun résultat, et vous voir patauger lui plaisait ! Son but était de montrer que la méthode Sherlock Holmes ne prendrait pas racine en Orient, ni nulle part dans l'Empire ottoman, et à vous, et à mon oncle Abdülhamid avec sa malheureuse fascination pour les romans policiers. Or mon oncle eût difficilement accepté de voir ses propres idées infirmées par un simple gouverneur comme Sami Pacha.

— Vous pensez donc que Sami Pacha est resté loyal à votre oncle jusqu'au bout.

— Je n'ai aucun doute à ce sujet, dit Pakizê. Voilà pourquoi je ne me suis jamais sentie en sécurité ici, avec lui à quatre pièces de ma chambre. N'oubliez pas que les brioches qui ont tué le docteur Élias vous étaient aussi destinées !

— Mais on en a mis un panier sous le nez de Sami Pacha, de ces brioches !

— Oui, mais il n'y a pas touché », rétorqua Pakizê en regardant son mari au fond des yeux.

Les époux prenaient à lire le dossier le même plaisir qu'Abdülhamid avec les romans policiers, d'autant qu'ils voyaient une similitude entre les preuves que le contrôleur général et ses hommes avaient obtenues par la torture et les vérités que Sherlock Holmes découvrait grâce à la logique.

Pendant ce temps-là, Sami Pacha vivait caché sous la protection d'Ali Talip, près de Dumanlî. Les époux se demandaient où il était, son nom revenait souvent dans la discussion. Mais pourquoi leur avait-il confié ce dossier rempli d'informations confidentielles, rapports d'interrogatoires, déclarations de témoins, aveux de suspects, etc., et ce, juste avant de s'enfuir d'Arkaz pour sauver sa vie, c'est-à-dire alors qu'il n'avait pas une seconde à perdre ?

« Parce que Sami Pacha nous soupçonnait d'être des espions de mon oncle. Il voulait que nous allions dire à Abdülhamid : "En vérité, votre Sami Pacha est un excellent gouverneur, regardez comme il a formidablement coincé cette bande de criminels, il n'en a pas raté un seul !" Peut-être imaginait-il que mon oncle lui pardonnerait.

— C'est un serviteur du sultan. Il est bien obligé de présenter à son altesse les conclusions de l'enquête qu'elle lui a confiée, d'autant plus si c'est un succès, dit le docteur Nuri.

— Vous jugez donc que le gouverneur a conclu cette affaire avec succès ?

— Oui, répondit gravement le docteur Nuri. La lecture du dossier m'en a convaincu.

— Moi aussi… »

Ils se turent un instant.

« Malheureusement, ce succès signifie aussi l'échec de la méthode Sherlock Holmes, ajouta le docteur Nuri.

— Au fond, peut-être que mon oncle Abdülhamid ne prenait pas cette histoire de Sherlock Holmes au sérieux, pas davantage que toutes les réformes qu'il a menées sous la contrainte des Européens. Le problème n'est pas tant que le sultan apprécie et parodie les mœurs européennes, mais que le peuple apprécie de bon cœur cette parodie. En conséquence, ne vous chagrinez pas trop.

— Non, votre oncle envisage très sérieusement Sherlock Holmes, permettez-moi de vous le dire. Car le vrai sujet, il l'a compris, est celui de l'individu et de la communauté. En bâtissant des hôpitaux, des écoles, des tribunaux, des casernes, des gares, des places, Abdülhamid a cherché à couper les individus de la communauté, à les isoler, afin de pouvoir les atteindre un par un. Il voulait que l'individu, dans un tribunal, ait peur de l'État. Pas de son voisin de quartier.

— Il se peut aussi tout bêtement que mon oncle adore Sherlock Holmes », répondit Pakizê avec un sourire malicieux.

Les rapports du substitut qui avait mené les interrogatoires prenaient beaucoup de place dans le dossier laissé par Sami Pacha. Mais les déclarations des hommes passés à la falaqa étaient encore plus volumineuses. (« Le gouverneur ne peut pas avoir lu tout cela ! » songeaient les époux, or chaque page avait été annotée au crayon par Sami Pacha.) On trouvait aussi les comptes rendus qu'un secrétaire de rang intermédiaire, situé entre le substitut et le contrôleur général, rédigeait chaque jour pour informer le gouverneur de la direction que prenaient les interrogatoires menés à la verge ou au bâton. À la lecture de ces rapports, on devinait assez bien qui subissait la falaqa pour un vrai crime, et qui y avait droit pour des raisons politiques.

Pendant que les plantes de pied de l'affable commis se remettaient doucement, les hommes du contrôleur général interrogeaient sa famille et son entourage. Le garçon vivait avec sa famille dans une masure délabrée que Sami Pacha avait condescendu à leur laisser construire, elle et tant d'autres, sur les terrains vagues qui s'étendaient derrière la fosse d'incinération. En plus de miséreux réfugiés de Crète, le coin était peuplé de chômeurs, de vieux bigots et de jeunes religieux fanatiques. L'adolescent s'avérait être l'ami de quelques bagarreurs et autres têtes rebelles de Tachçîlar, mais le père, qui croyait son fils en quarantaine à cause de la peste dans les cuisines de la garnison, avait déclaré qu'il faisait tout pour le tenir à distance de ses copains les vauriens du port, copains dont il avait ensuite donné un par un tous les noms aux hommes du contrôleur général, sans se douter de rien.

La bande presque entière fut arrêtée en quelques jours, malgré la peste et avant l'Indépendance. Le passage de ces innocents à la falaqa permit d'identifier à la fois l'entourage proche de Ramiz, les villageois de Nebiler descendus à Arkaz et les acharnés de la guerre contre les mesures sanitaires. Réunir toutes ces preuves allait prendre plus d'un mois, pendant lequel le contrôleur général réussit à démontrer, grâce aux aveux des torturés et des lettres, notes et télégrammes saisis lors des perquisitions chez eux, que les villageois de Nebiler étaient liés à la troupe des enragés de la Révolte du bateau du hadj, et que Ramiz était leur leader plus ou moins secret. Le gouverneur Sami Pacha et Mazhar Efendi, partant du plus infime détail pour arriver au problème général, avaient traité le dossier comme un cas d'école, presque une sorte de leçon magistrale sur le thème « comment mener une enquête », et sans doute voyaient-ils en effet dans ce volumineux dossier une occasion de montrer à Abdülhamid et à la Chancellerie quels excellents bureaucrates ils étaient.

Après avoir identifié nommément tous les gros bras et les fanatiques religieux qui gravitaient autour de Ramiz, ainsi que chacun des pieux villageois qui avaient juré de se venger de l'épisode du bateau du hadj, le contrôleur général et ses hommes les avaient fait suivre par des espions, sans parvenir cependant à arrêter toute la bande. (Négligence qui devait plus tard coûter la vie à Medjid.) L'incarcération simultanée d'un tel nombre de couventistes ferait exploser la colère contre les entraves sanitaires, avait dû songer Sami Pacha, alors gouverneur de l'île.

L'autre élément attesté clairement par la lecture du dossier était que le hasard – comme nos lecteurs l'auront déjà deviné – avait joué un rôle essentiel dans l'enlèvement et le meurtre de Bonkowski Pacha. Qu'on comprenne bien : en ces jours-là, au début de la peste, Arkaz regorgeait d'hommes qui rêvaient d'assassiner le premier médecin chrétien qui viendrait imposer la quarantaine, et le gouverneur avec. L'idée des conspirateurs était en fait de liquider d'un seul coup Bonkowski Pacha et son assistant le docteur Élias, grâce aux brioches empoisonnées. Une rencontre fortuite avec l'Inspecteur général de l'Administration sanitaire, suivie d'un enlèvement, n'entrait pas dans leurs plans. Mais il s'était trouvé qu'un hadji survivant du fameux bateau et pensionnaire du couvent des Terkaptchî de Nebiler, étant ce jour-là en visite à Arkaz, était tombé par coïncidence sur le grand chimiste au coin d'une rue, l'avait identifié à son attitude et, pris d'une inspiration soudaine, l'avait conduit jusqu'à la maison où l'attendaient ses amis, en inventant une histoire de malade pris de fièvre, qui était un pur mensonge. Les indicateurs et les espions du contrôleur général connaissaient les noms de chacun de ces hommes qui avaient molesté et torturé Bonkowski Pacha pendant plusieurs heures, avant de l'étrangler de sang-froid et de haine, puis d'abandonner son cadavre sur la place Chrysopolitissa.

« Si Mazhar Efendi ne les a pas arrêtés, c'est parce qu'une partie d'entre eux allaient participer au complot imaginé par Ramiz pour installer le nouveau gouverneur au palais. Or c'était un piège tendu par Mazhar Efendi, il contrôlait tout pour le compte de Sami Pacha, des premiers remous au dénouement. Le but était de prendre enfin Ramiz et ses complices en flagrant délit, pour pouvoir les condamner dans la foulée. Souvenez-vous, ce rêve de désarmer discrètement les putschistes dans la salle d'épidémiologie, en passant par la porte latérale…

— Vous êtes décidément très intelligente, ma sultane, dit le docteur Nuri, convaincu par la démonstration de son épouse. La vérité m'oblige à dire qu'en fait de Sherlock Holmes, ce n'est pas moi, mais vous que votre oncle aurait dû choisir !

— Pour sûr ! répondit Pakizê avec autant de promptitude que d'orgueil. Nous avons enfin compris pourquoi mon oncle a voulu que je vous accompagne à Mingher : il avait deviné que vous ne pourriez résoudre cette énigme qu'avec l'aide de quelqu'un qui lit des romans, comme mon père, enfin comme moi.

— Au vrai, personne n'admire l'intelligence de son altesse plus que vous…

— Seulement n'oubliez pas que c'est mon oncle lui-même qui se cache derrière ces crimes.

— Croyez-vous vraiment ce que vous dites ? Car si votre oncle est aussi maléfique que vous le pensez, alors nous avons d'ores et déjà perdu tout espoir de revoir Istanbul. Cette conclusion-là non plus ne vous aura pas échappé… »

Au mot d'« Istanbul », ils allèrent à la fenêtre regarder l'horizon, comme si un navire venant d'Istanbul était apparu au large. La Méditerranée était plus vivante que jamais ; la ville, elle, était immobile et silencieuse comme une tombe.

CHAPITRE 69

« Si vraiment votre oncle souhaitait éliminer l'Inspecteur général Bonkowski Pacha, une action à Istanbul eût été plus aisée. Or il l'a envoyé combattre la peste ici, dans une île lointaine et esseulée où l'affaire risquait de se compliquer passablement !

— Pour sûr ! répondit de nouveau Pakizê. Mais c'était exactement ce que voulait mon oncle. Il fait toujours exécuter ses crimes dans des provinces reculées, mal contrôlées par le pouvoir central, précisément pour qu'on ne puisse pas l'en suspecter. Mon oncle aurait très bien pu faire pendre le talentueux et progressiste vizir Midhat Pacha, car il avait déjà été condamné à mort par le tribunal de Yıldız pour avoir organisé le coup d'État qui avait détrôné puis éliminé son oncle Abdülaziz, il n'avait qu'à signer l'ordre d'exécution. Seulement le rusé Abdülhamid, le sultan “au cœur tendre”, comme à son habitude, a fait montre de sa grande humanité et envoyé Midhat Pacha en exil à perpétuité au bagne de Taïf, où les geôles sont bien pires que celles de Mingher. Les années passent, et voici que Midhat Pacha meurt égorgé dans sa cellule de Taïf, d'une façon si mystérieuse que très peu de gens y ont vu la main de mon oncle, or c'était la sienne. Le même procédé a servi pour Bonkowski Pacha.

— Mais Midhat Pacha faisait partie des putschistes qui ont porté Abdülhamid sur le trône après avoir renversé votre père. De quelles preuves disposez-vous pour affirmer qu'il a bien commandité son assassinat ?

— Mon oncle ne laisse jamais le moindre indice derrière lui, même pour un Sherlock Holmes. C'est d'ailleurs pour cela qu'il lit Sherlock Holmes. En vérité, si vous voulez mon avis, Abdülhamid, comme tous les arriérés de ce monde, ne lit ces romans policiers que pour s'informer des dernières avancées européennes en matière de crime parfait. Je n'ai donc pas de pièces à conviction, mais la mienne est faite.

— Il se peut aussi que votre oncle ait considéré que le fort tempérament de Midhat Pacha et l'amour que lui vouait le peuple présentaient une menace.

— Ce que vous appelez le peuple n'a jamais aimé Midhat Pacha comme vous semblez le croire, cher ami, je préfère vous le dire.

— Peut-être, mais dans le cas de Bonkowski Pacha l'argument ne tient pas, car votre oncle l'aimait beaucoup, il l'a gardé à son service pendant des années, et l'homme ne représentait aucune menace pour le sultan !

— Bonkowski Pacha, paix à son âme, était un expert en poisons. C'est une menace suffisante ; et vous vous souviendrez qu'il avait rédigé pour mon oncle, il y a vingt ans de cela, un rapport sur les plantes vénéneuses cultivées dans les jardins de Yıldız, ainsi que sur les poisons qui tuent sans laisser de traces ! Qui sait si un espion d'Abdülhamid n'aura pas inventé de toutes pièces un rapport secret disant que "Bonkowski Pacha va empoisonner Sa Splendeur Impériale". Et il suffit d'un tel rapport pour que mon oncle, pétrifié de panique, interrompe et jette par-dessus bord, la veille même de l'inauguration, ce qu'il avait mis tant de sueur, d'argent et parfois d'années à bâtir.

— Si je comprends bien, donc, vous n'avez aucune preuve que votre oncle a fait assassiner Bonkowski Pacha, mais vous en êtes convaincue.

— Ah, combien de jours encore faudra-t-il nous disputer ! soupira la princesse sultane d'un air indolent. La seule explication raisonnable que nous puissions trouver, la voici : mon oncle, pour une raison inconnue, a décidé de se défaire de Bonkowski Pacha, voire de l'éliminer. Restait à trouver l'exécutant idéal. Les fonctionnaires de la Chancellerie ont alors pensé au pharmacien Nikephoros. Car quelques-uns d'entre eux, et peut-être Tahsin Pacha lui-même, se souvenaient que Nikephoros et Bonkowski étaient de vieux amis, qu'ils avaient fondé ensemble la Société de pharmacie, et que l'histoire du privilège sur les roses avait fait naître, chez Nikephoros du moins, une forme de gêne et de culpabilité vis-à-vis du vieil ami, Bonkowski en l'occurrence. Ils le savaient et en informèrent le sultan. Car le travail des hommes de la Chancellerie consiste à rappeler à mon oncle que tout le monde est vulnérable et le craint. Et nous avons pu comparer, dans le dossier laissé par Sami Pacha, les télégrammes chiffrés que Nikephoros recevait d'Istanbul et ceux que Bonkowski Pacha recevait d'Istanbul et de Smyrne. Après l'Indépendance, Nikephoros, sous prétexte de noms de plantes, d'herbes, de médicaments et autres histoires de lexique minghérien, a cherché à se rapprocher du Commandant, pour le piéger à son tour dans les mielleux filets d'Abdülhamid !

— Ce n'est pas très convaincant, mais c'est la thèse de Mazhar Efendi.

— De fait, tout ce dossier est la thèse de Mazhar Efendi. »

Les époux, à vrai dire, étaient admiratifs de la méticulosité avec laquelle Mazhar Efendi tenait son dossier, cette façon qu'il avait d'écrire des fiches sur chaque incident, puis d'ordonner et de reclasser les fiches en les recoupant entre elles, le tout de sa jolie écriture perlée qui faisait ressembler chaque feuillet à une dentelle finement ouvragée. Il avait aussi écrit quelques rapports très fouillés sur des affaires sans rapport avec les crimes, et qui avaient trait cette fois au nouvel État minghérien. Mais pourquoi Sami Pacha les avait-il mis dans le dossier ?

Un sujet, notamment, avait retenu l'extrême attention de Mazhar Efendi – sujet dont les époux n'avaient encore jamais entendu parler. Pourquoi le major Kâmil, alors qu'il n'était pas encore Commandant de l'État de Mingher, avait-il ordonné au sergent Hamdi Baba, pendant le Coup du télégraphe, de tirer sur la grande horloge Thêta ? Quel genre d'indice le nom même de la marque pouvait-il bien livrer ? Avait-il tiré sur l'horloge parce que thêta (θ) était une lettre grecque, ou bien parce qu'il pensait à un nom commençant par thêta ? Un autre document faisait observer que le major, chaque fois qu'il venait à la poste déposer une lettre de la princesse Pakizê, avait un comportement étrange : il regardait longuement l'horloge Thêta.

Au moment où les époux débattaient de ces questions dont le dossier excitait leur curiosité, quarante personnes mouraient tous les jours à Arkaz. On était entré dans la période la plus douloureuse, la plus terrifiante de l'histoire de l'île et de la nation minghérienne. La confiance dans l'autorité de l'État était brisée et les citoyens avaient perdu ce goût instinctif qu'on a d'oublier son malheur en marchant dans les pas d'un sauveur. Il n'y en avait plus. Quand Pakizê et le docteur Nuri apprirent que Sami Pacha avait été capturé et pendu, ils surent que tout était fichu. L'image de Sami Pacha pendu au gibet les hanta pendant longtemps ; alors, pris de désespoir, ils ne riaient plus, parlaient peu, ne mangeaient rien. Le docteur Nuri brûlait de sortir en ville pour voir les événements, constater les résultats de l'abolition du régime sanitaire. Deux jours plus tard, attirés à la fenêtre par les cris du même corbeau funeste et diabolique, ils découvrirent avec horreur que Nimetullah Efendi Feutre Pointu avait aussi fait pendre Nikephoros.

« Assez ! Je veux rentrer à Istanbul, quoi qu'il doive en coûter ! » déclara Pakizê à son époux. Puis elle tomba dans ses bras et pleura. « Mon ami, ne voyez-vous pas que nous sommes les prochains…

— Non, après tant de cruauté ils doivent craindre la réaction du monde entier…, dit le docteur Nuri avec aplomb. Vous n'avez aucune raison d'être inquiète ni d'avoir peur. Au contraire : ils nous traiteront bien mieux dorénavant ! Car il n'y a plus d'autre solution que de relancer la quarantaine. » Le docteur Nuri parlait avec légèreté, comme s'il mentait volontairement pour consoler sa femme. « Rassurez-vous, je vais trouver un secrétaire qui m'expliquera pourquoi on a pendu le pharmacien Nikephoros », ajouta-t-il ensuite.

La lecture du dossier laissé par feu Sami Pacha – paix à son âme – leur apprit que la police secrète répondait aussi à des questions plus inattendues, jamais envisagées par les époux, ou oubliées depuis : différents rapports du contrôleur général, assez espacés dans le temps, attestaient ainsi de l'existence de la horde d'enfants turcs et grecs dont on disait qu'ils avaient fui la ville, leurs familles étant décimées par la peste, et vivaient maintenant dans les montagnes en pêchant dans les ruisseaux, cueillant des fruits, des herbes – leur existence n'était pas une légende, mais une réalité. Mais on ignorait où, dans quelle grotte, dans quelle ferme abandonnée ils se cachaient.

Une perquisition dans une garçonnière des Hauts de Turunçlar habitée par Ramiz et ses hommes permit de mettre la main sur l'amulette que Bonkowski Pacha avait récupérée sur le cadavre du gardien Bayram, le père de Zeynep. C'était un indice majeur sur la piste des meurtriers de l'Inspecteur général de la Santé. (Les membres de cette bande, nous le savons, furent libérés sous le gouvernement du cheikh Hamdullah, du moins on les laissa s'évader.)

D'après les éléments du dossier, Nikephoros écrivait bel et bien des rapports secrets pour le compte d'Abdülhamid. Le soupçon venait d'une clef télégraphique personnellement attribuée au pharmacien – le contrôleur général avait la sienne –, c'est-à-dire qu'il recevait ses ordres directement des secrétaires du sultan. À l'époque d'Abdülhamid, la chose était très prisée. Mais après l'Indépendance et la Liberté, la possession d'une telle clef, quoiqu'elle n'eût toujours rien d'infamant, pouvait se retourner contre vous. Les époux découvrirent également que Nikephoros, même s'il n'avait pas directement donné le poison au jeune commis de la garnison, lui avait « enseigné » le moyen de s'en procurer discrètement auprès des herboristes et des pharmaciens. L'idée ne pouvait venir que d'Abdülhamid, soutenait la princesse sultane. (Mais elle ignorait autant que nous ce que Nikephoros avait avoué à ses tortionnaires avant d'être pendu.)

Un autre crime, tout à fait inattendu celui-là, fut aussi imputé à Nikephoros, aggravant le poids des charges qui pesaient déjà contre lui : l'offense au drapeau de Mingher. Le pharmacien, cela va sans dire, s'était infiniment réjoui de voir son « étendard » brandi par le Commandant Kâmil au balcon du palais du gouverneur ; c'était un peu sa contribution à la Révolution. Après l'Indépendance, il avait refait des calicots publicitaires imitant le drapeau, et les exposait fièrement dans la vitrine de sa pharmacie. Mais Nikephoros soutenait sincèrement l'indépendance de l'île, contrairement à ce que prétendaient les mouchards qui le dénoncèrent, et son intention n'était pas de se moquer du drapeau – puisqu'il en était le créateur –, mais de lui faire honneur. Quarante-cinq à cinquante personnes mourant quotidiennement de la peste ces jours-là, l'exécution du pharmacien fit peu parler d'elle, hormis chez quelques grecs émus par tant d'injustice, d'arbitraire et de cruauté. Ceux-là se repentirent de n'avoir pas fui l'île avant la fermeture sanitaire. Ils se terraient de plus belle, les serrures fermées à double tour.

La veille de la mort du Commandant, le contrôleur général avait donc déjà élucidé la série des crimes, compris leur logique et identifié leurs auteurs, mais l'ère du cheikh Hamdullah commença avant qu'il pût passer à l'action, et il fut jeté en prison à son tour. D'après Mazhar Efendi, les ennemis de la quarantaine et de Sami Pacha, c'est-à-dire Ramiz et ses hommes, auraient voulu empoisonner en une fois, grâce aux brioches, le gouverneur, le commandant de la garnison, les médecins sanitaires et quelques autres dignitaires. (Un temps ils avaient aussi songé à verser du poison dans le café.) S'il était impossible de prouver qu'Abdülhamid connaissait l'existence de cet audacieux projet, sans parler de l'avoir agréé, ce qui était peu crédible, il n'en restait pas moins que le sultan, dans le même temps, envoyait des télégrammes chiffrés à Nikephoros, l'homme le mieux informé de l'île en matière d'arsenic.

Le cours des événements avait été bouleversé et, en un sens, la politique de l'île déjà engagée sur la voie de l'Indépendance, lorsque Bonkowski Pacha, pris d'une inspiration aussi soudaine qu'inattendue, s'était enfui de la poste par la porte de service, semant les policiers en civil et ruinant sans le savoir les plans de ses ennemis, puis que sa route avait croisé, un peu plus tard, celle d'un provocateur hostile aux grecs et au régime sanitaire, de passage à Arkaz pour se venger du gouverneur. La suite nous est connue. Si Abdülhamid voulait éliminer son chimiste en chef sans laisser de traces, il pouvait s'estimer comblé. Quel intérêt aurait-il eu à fomenter en plus une conjuration aux brioches empoisonnées, lors d'une visite du gouverneur à la garnison ? Mais le coup des brioches avait bien eu lieu, quoique Bonkowski Pacha fût déjà mort, et cet attentat plein d'audace, pour ne pas dire d'insolence, avait tué le docteur Élias.

Une semaine avant le début de la Révolution minghérienne, le contrôleur général et ses hommes de main apprirent que les plantes de pied du joli marmiton qui avait déversé le poison dans la farine étaient entièrement cicatrisées. Ils décidèrent de reprendre l'interrogatoire. Le jeune commis comprit qu'il ne résisterait pas à un deuxième tour de falaqa, et avoua tout ce qu'il savait : personne ne lui avait donné le sac d'arsenic, il s'était procuré le poison seul, avec son propre argent, dans différentes boutiques d'Arkaz. Combien avait-il d'argent, et dans quelles boutiques exactement ? Un peu chez les vieux herboristes, un peu dans les pharmacies modernes, partout où l'on vendait de l'arsenic ! Les vendeurs se souviendraient-ils de lui si on le conduisait dans ces commerces ? Peut-être, peut-être pas, car il avait acheté le poison par très petites doses, une chez chaque herboriste ou pharmacien, et les commerçants ne s'arrêtent pas sur ce genre de clients, en général ils les oublient aussitôt. Acheter du poison par petites doses chez plusieurs commerçants, plutôt que toute la quantité voulue en une fois chez un seul, l'idée était excellente. Qui la lui avait donnée ?

« Pensez-vous que le jeune commis de cuisine était un lecteur des aventures de Sherlock Holmes, ou de romans français ?

— Ou peut-être existe-t-il sur cette île quelqu'un qui lit ces romans et lui aurait soufflé l'idée. Tenez, le pharmacien Nikephoros, par exemple ! Je l'imagine assez lire ce genre de romans…

— Le premier lecteur de ces romans, à Istanbul et dans tout l'Empire, c'est mon oncle ! » répondit Pakizê sur un ton définitif et avec un étrange orgueil ottoman.

Les enquêteurs étaient donc prêts à soumettre le jeune commis à la falaqa, bien décidés à savoir comment il en était arrivé à l'idée des poisons. Mais la République fut proclamée et l'équipe de Mazhar Efendi dut s'occuper de Ramiz, d'abord le putsch, ensuite le procès, puis du meurtrier qui avait visé le Commandant et tué Medjid, et ils perdirent du temps. L'attentat contre le Commandant et la mort de Medjid eurent pour conséquence à la fois de donner à Sami Pacha le courage de faire pendre Ramiz, et aux falaqistes le loisir de durcir les interrogatoires, mais comme l'adolescent qui avait tiré sur le Commandant se taisait obstinément, on tarda à découvrir qu'il était le fils d'un des martyrs du bateau du hadj, originaire de Nebiler et empli d'une haine infinie pour la quarantaine et les chrétiens.

Tandis que la princesse Pakizê et le docteur Nuri épluchaient le dossier laissé par Sami Pacha, en ville le désordre qu'on appelait « anarchie de la peste » était devenu si incontrôlable, le nombre de morts si important que les charrettes qui enlevaient les corps déposés quatre par quatre dans les rues n'avaient plus assez de la nuit pour finir le travail, et continuaient leurs tournées jusqu'au lever du jour, après la prière du matin. Le soir, les jardins des couvents, à commencer par ceux de la Halifiye, des Rifa'i et des Kadiri, étaient couverts de cadavres alignés côte à côte, comme dans la cour de la Forteresse.

CHAPITRE 70

La nuit, Pakizê et le docteur Nuri, entendant grincer les roues de la charrette pleine de cadavres, les dialogues grossiers des charretiers (parfois en minghérien), songeaient comme beaucoup d'Arkaziens que c'était la fin, un affreux cul-de-sac sans issue, et la peur les serrait l'un contre l'autre dans leur lit. (Deux jours plus tôt, on avait évacué un cadavre du ministère.) Depuis la pendaison de Sami Pacha, puis celle de Nikephoros, on semblait avoir plus de chances de mourir victime d'un assassinat politique (surtout pour le docteur Nuri, bien qu'il répétât le contraire à sa femme) qu'emporté par la peste.

Le vendredi 16 août 1901, jour de vent et de pluie, on recensa exactement cinquante morts. Pakizê écrivait une lettre à sa sœur lorsqu'on frappa à la porte ; elle pensa que c'était le valet ou la camérière que le nouveau gouvernement mettait à leur service, et continua d'écrire sa lettre. Mais le docteur avait ouvert, elle entendait chuchoter sur le seuil.

« Ils me convoquent en tant que témoin ! dit le docteur Nuri d'un air honteux. Je dois descendre donner ma déclaration au procureur. »

Des hommes de la brigade sanitaire s'étaient rendus coupables d'extorsion d'argent, ou d'avoir placé en quarantaine des hommes bien portants, par pure malveillance. On les accusait aussi d'autres crimes, plus graves, viols, enlèvements de filles, vols de biens, meurtres. C'était précisément dans une affaire de ce genre qu'on voulait l'entendre comme témoin. Un soldat avait déclaré avoir reçu du docteur Nuri l'ordre d'évacuer par la force une maison. Il faudrait se défendre non pas en médecin sanitaire, hélas, mais en patriote de Mingher.

« Allez-y, mon ami, faites votre déclaration sans peur, mais surtout ne dites rien qui puisse déplaire à ces brigands. Ils ne laisseraient pas passer l'occasion de vous nuire. Vraiment je vous en conjure, ne me faites pas attendre, ne vous lancez pas dans des discours sur la quarantaine, la science et la médecine devant ces ignares qui ne veulent rien savoir. Un retard de vous et je serai la femme la plus malheureuse du monde, vous le savez.

— Vous rendre malheureuse… L'idée même m'en est insupportable, ma sultane ! » répondit le docteur Nuri. Plus le temps passait, plus il admirait sa femme, son intelligence, ses interprétations lumineuses des cas qu'ils commentaient ensemble, le plaisir qu'elle prenait à écrire ses lettres. « Je ne tarderai jamais ! »

Or le docteur Nuri ne revint pas. Le soir tombait et Pakizê, assise à sa table, n'arrivait plus à écrire. Une flèche empoisonnée d'un mélange de peur, de curiosité et de peine s'était plantée entre son cœur et ses poumons, elle ne respirait plus. Elle guettait les bruits de pas, les éclats de voix, les moindres grincements dont les échos hantaient le ministère, mais ce n'était jamais le trottinement si bien connu de son mari. À la nuit noire, des larmes commencèrent à goutter sur le papier.

Pakizê demeura à sa table jusqu'au milieu de la nuit, saisie par l'étrange certitude que son mari ne reviendrait jamais si elle se levait de sa chaise.

Elle s'assoupit un moment, le front posé sur le papier, mais le sommeil la fuyait, elle sut qu'elle n'aurait pas de repos avant de voir son mari devant elle, sain et sauf. À l'aube, juste avant la prière du matin, l'heure des exécutions, elle ouvrit la porte de la suite. Un soldat était sur le seuil, toujours le même, un Syrien qui ne parlait pas turc. Il dormait recroquevillé sur sa chaise. Puis, sentant la présence de Pakizê, il se réveilla et pointa son fusil vers elle, la mine paniquée. La princesse rentra, referma la porte et retourna s'asseoir à sa table d'écriture où elle resta immobile, comme glacée, jusqu'à ce que la lumière du jour eût envahi la chambre.

Enfin elle se persuada qu'aucune potence n'avait été dressée sur la place du Vilayet, que, si jamais on la dressait le corbeau de mauvais augure viendrait se poser à sa fenêtre, et elle alla se coucher.

Elle passa le jour suivant à l'attendre, entre le chagrin, les larmes, les insomnies et les cauchemars. Le docteur Nuri apparaissait dans tous ses rêves. Assoupie à sa table, dormant dans son lit, elle voyait son mari, vision fantasque, se dresser à la proue de l'*Aziziye* qui croisait vers la Chine, et elle-même attendant son retour à Istanbul, aux côtés de son père.

Les jours passaient, dans les pleurs, la fatigue, les mauvais rêves, et son époux ne revenait pas. Plusieurs fois elle tenta de quitter la suite pour rejoindre l'ancien bureau de Sami Pacha. Les cris qu'elle jetait sur les gardes et leurs réponses vociférantes résonnaient dans tout le palais ministériel. Dieu merci, le corbeau ne se faisait pas voir.

Cinq jours après la disparition de son époux, un secrétaire se présenta à la porte de la princesse Pakizê : le Premier ministre l'attendait dans une heure. C'est donc que mon mari est vivant, pensa-t-elle, un peu rassurée. Elle réfléchit à sa tenue, et comme les hommes qu'elle allait rencontrer avaient fait de la religion l'instrument de leur nouveau pouvoir, elle choisit les habits les plus couvrants, une tunique qui la cachait jusqu'au menton et un voile opaque autour de la tête.

Le valet et la camérière qui lui portaient tous les jours un peu de pain, quelques noix et du poisson séché avaient formé une espèce de « comité de compagnie ». Le Premier ministre officiait au même étage que la suite des hôtes, dans l'ancien bureau de Sami Pacha. La princesse n'eut pas le temps d'une pensée triste pour le regretté Sami Pacha que Nimetullah Efendi se levait déjà du fauteuil de l'ancien gouverneur pour l'inviter à s'asseoir, mais elle resta debout. Elle les toisait avec hauteur et colère. Deux jeunes secrétaires entouraient le Premier ministre.

Il déclara à la princesse que l'État de Mingher n'avait pas d'hôte plus précieux que son altesse, et quel immense honneur c'était pour l'île d'accueillir la première visite de la première fille de sultan de l'histoire à quitter Istanbul, et combien les Minghériens, qui avaient tant souffert de la cruauté du despotique Abdülhamid, aimaient « de tout leur cœur » la princesse sultane et son père son altesse Mourad V, le sultan injustement détrôné. Mais hélas, l'opinion que l'île avait de son mari était moins flatteuse. Car le cruel sultan, arrachant la princesse à son père, comme il lui avait déjà volé ses sœurs, l'avait mariée de force à un fonctionnaire étroitement soumis à sa personne, qui lui servirait d'espion. Ainsi le docteur Nuri, sous couvert de mensonges sanitaires, était-il venu semer la discorde sur l'île et monter son peuple contre les soldats. Le tribunal se prononcerait bientôt sur sa peine.

Pakizê trembla !

Mais il y avait peut-être une solution, suggéra le Premier ministre : l'État de Mingher, en ces jours de douleur et d'isolement, ne voulait pas d'une nouvelle guerre avec Abdülhamid. Et non seulement le gouvernement, mais tous ceux qui aimaient Mingher songeaient à une solution susceptible à la fois de résoudre sereinement les problèmes de l'île et de lui attirer une sympathie internationale, voire, qui sait, de lui assurer la protection de l'Occident. Cette solution avait été trouvée. Si son altesse Pakizê acceptait la proposition, elle apporterait à la nation minghérienne l'immense secours qui la tirerait de l'abîme.

« Si la prouesse que vous attendez est à la portée de votre humble servante, je n'hésite pas un instant à me donner pour cette île.

— La vie que vous menez dans la protection de votre suite n'en subira aucun changement. Vous pourrez continuer à écrire des lettres toute la journée. Et même, si vous le jugiez convenable, votre conjoint son altesse le Damad Nuri Pacha pourra vous y retrouver aussitôt la séance de photographies terminée. »

Nimetullah Efendi exposa alors la solution qu'ils avaient imaginée : la princesse sultane épouserait son éminence le cheikh Efendi, dans les règles mais seulement sur le papier, et les nouveaux époux seraient photographiés ensemble. Le but était de faire savoir que la fille de l'ancien sultan ottoman et calife de tous les musulmans avait convolé avec l'État de Mingher. Le mariage entre la princesse et son éminence le cheikh, célébrant ainsi l'union de l'islam, du califat et du gouvernement de Mingher, aiderait grandement à faire reconnaître le nouvel État minghérien, notamment auprès des musulmans du monde entier, chaque année plus nombreux à se rassembler dans le Hedjaz. Bien évidemment, le cheikh Hamdullah n'entendait pas tirer de cette union aucun des avantages du mariage. Au contraire, il souhaitait même que le gendre impérial pût retourner vivre avec son épouse.

« Et ce qu'en pense le docteur Nuri ? »

Même s'il s'agissait d'un mariage blanc, la princesse devait d'abord divorcer du docteur Nuri. Il y avait deux solutions : soit le docteur s'en chargeait en la répudiant, soit Pakizê pouvait elle-même demander le divorce devant le tribunal de Mingher, en arguant que son mari était condamné à plus de quatre ans de prison.

« Alors vous m'apprenez que le docteur Nuri a été condamné !

— Il va l'être, mais il sera aussitôt gracié par son éminence le cheikh, et décoré de la médaille nationale de Mingher de seconde classe.

— Je crains de ne pouvoir me prononcer tant que je n'aurai pas reçu de mon mari une lettre m'indiquant la bonne attitude à adopter dans cette situation. »

La lettre arriva le jour même. Le docteur Nuri écrivait à son épouse qu'il se trouvait bien dans sa cellule à la Forteresse (il demandait des culottes propres, des chaussettes en laine et deux chemises), et quant au mariage avec le cheikh, qu'il était plus légitime que Pakizê décidât seule, sans subir la pression de son mari. Cette réponse plut beaucoup à la princesse.

Mais le docteur Nuri ne se trouvait pas bien dans son cachot. Pakizê savait que la peste s'était propagée dans toute la Forteresse, le temps pressait, elle accepta le mariage et les photographies sans marchander.

« Qui sera le tuteur de mon mariage ? se contenta-t-elle de demander. Je veux que le "oui" sorte de ma propre bouche ! »

Elle voulut aussi choisir elle-même son costume de mariée. Le cheikh Hamdullah voulait qu'elle portât les bijoux et la robe blanche qu'elle avait portés devant le sultan lors de son mariage au palais de Yıldız cinq mois plus tôt, mais Pakizê insista pour revêtir la traditionnelle robe rouge des mariées de Mingher, celle que portait Zeynep lors de son mariage avec le major. Sa requête fut acceptée.

Le jeudi 22 août, une demi-heure après la prière du midi, le landau blindé transportant le chef de l'État de Mingher, le cheikh Hamdullah, arrivait sur l'ancienne place du Vilayet, désormais place de Mingher. Le Premier ministre Nimetullah avait posté des sentinelles – des disciples de la Halifiye – sur tout le trajet du couvent au Ministère, lui-même très bien gardé. Des pièges à rats tapissaient le pied des murs, des escaliers, le moindre recoin.

Pakizê attendait le cheikh dans sa robe rouge, la tête enroulée d'un voile. Elle quitta ses appartements suivie de la camérière qui l'avait aidée à se vêtir, elle-même habillée de propre pour l'occasion.

Si l'on en croit Rêchid Ekrem Adîgüç, le plus plaisant et le plus drôle des historiens populaires de Mingher, l'ensemble de la scène, de l'instant où Pakizê quitta sa chambre à celui où elle la retrouva après la célébration du mariage et la séance de photos, ne dura pas plus de neuf minutes. Et la prolifique Pakizê, dans ses lettres à sa sœur, ne consacre qu'une seule page à ces neuf minutes, preuve qu'elle ne prenait pas la comédie au sérieux. Elle salua d'abord poliment les témoins, le cheikh et l'imam de la mosquée de Mehmed Pacha l'Aveugle qui prononcerait le mariage, puis regarda ses pieds comme une petite fille timide pendant toute la cérémonie, n'ouvrant la bouche que pour dire les quelques mots qu'elle devait prononcer.

Les soixante et un ans de différence entre la princesse et le cheikh Hamdullah, qui en avait quatre-vingt-deux, rendaient ce mariage bizarre, laid et inacceptable. En outre, songeait la mariée, le cheikh était un opportuniste qui utilisait l'islam d'une méchante façon, à des fins politiques, comme son oncle le faisait parfois. Cet homme qui avait condamné à mort le gouverneur Sami Pacha, le pharmacien Nikephoros et tant d'autres pour renforcer son pouvoir et semer la terreur – cet homme la dégoûtait.

Elle s'étonna néanmoins de découvrir le cheikh encore plus vieux, décrépit et « affreux » que ce qu'elle avait imaginé. Souriant, il essayait de trouver son regard, mais elle détournait les yeux. Vanias, le photographe du nouvel État et du journal officiel, le *Havadis-i Arkata*, indiqua aux époux où se tenir, et ils posèrent côte à côte, pas trop proches, comme un couple fraîchement marié, fourbu mais heureux.

Leurs mains reposaient sur un joli guéridon placé devant eux. Pakizê et le cheikh ne se touchaient pas, mais sur l'insistance des photographes, qui voulaient du bonheur dans leurs clichés, le cheikh Hamdullah se rapprocha un peu. Les photographes insistant toujours, le cheikh posa sa main sur celle de la princesse, qui la retira aussitôt. Un geste ignoble, écrirait-elle à sa sœur Hatidjê.

CHAPITRE 71

Les clichés firent la une des quatre journaux de l'île, dont l'officiel, dans un numéro spécialement tiré pour l'événement. Pakizê, de honte, ne regardait jamais l'objectif en face. Le jour suivant, son mari n'était pas libéré ; elle se sentait dupée et pleurait en silence dans sa chambre, de désespoir et de colère. Peut-être son pauvre mari n'était-il même pas au courant. Elle voulait cacher ses larmes et ne réussissait pas à écrire. Et si son père tombait sur les journaux ? Cette pensée l'affligeait plus que tout.

Mais le lendemain, le soleil brillait et le docteur Nuri, effectivement gracié par le cheikh, revint dans leur suite, l'air guilleret, plaisantant comme si rien ne s'était passé. Ils tombèrent dans les bras l'un de l'autre et s'embrassèrent longtemps. Pakizê versa quelques larmes de joie. Son époux avait maigri, ses traits étaient tirés, mais l'isolement dans la cellule l'avait au moins préservé de la peste qui assiégeait la Forteresse.

Les époux tirèrent les persiennes, ils se couchèrent enlacés, en linge de corps et chemise de nuit. Le docteur Nuri trembla un moment, pris d'épuisement et par une émotion où se mêlaient la peur et la joie. Ils ne quittèrent pas le lit de la journée. Pour la première fois, ils imaginèrent des plans pour s'enfuir de l'île. Les mesures sanitaires étant abolies, personne n'avait plus besoin du docteur Nuri. Mieux encore, on l'avait peut-être complètement oublié. L'État se débandait de partout, seuls trois ou quatre fidèles de Nimetullah Feutre Pointu et du cheikh Hamdullah rôdaient dans le palais ministériel. Cinq personnes en tout, six peut-être, essayaient encore de faire avancer le paquebot de l'État, auquel ils ne comprenaient rien.

Le lendemain, la camérière ne se montra pas. Les deux poissons séchés et la petite miche de pain déposés sur un guéridon devant la porte ne les nourrissaient plus, ils se sentaient à bout de forces. Dans l'après-midi, un secrétaire vint annoncer au docteur Nuri que le Premier ministre Nimetullah Efendi l'attendait. Ils entrevirent une lueur d'espoir. L'optimisme de Pakizê renaissait grâce aux lettres qu'elle recommençait d'écrire, désireuse de ne pas oublier, en le racontant à sa sœur, ce qu'elle avait vécu pendant que son mari était enfermé en prison.

Le docteur Nuri revint une demi-heure plus tard. Le cheikh Hamdullah avait la peste, il partait le visiter.

« Le bubon est apparu ? » demanda Pakizê, et à l'expression de son mari elle devina que oui, le bubon était apparu. « N'y allez pas, c'est trop tard. Il va seulement vous contaminer !

— L'idée que tant d'hommes souffrent et meurent encore à cause de la stupidité de ceux-là m'est insupportable.

— Je vous en prie, je vous en conjure, ne sortez pas ! Qu'il crève, ce cruel abruti de cheikh, qu'il crève broyé entre les griffes de la peste qu'il a lui-même déchaînée !

— Ne dites pas cela, car c'est très certainement ce qui va se passer, et ensuite vous aurez des remords. J'ai prêté mon serment de médecin, on m'appelle, je dois y aller.

— C'est lui qui a fait pendre Sami Pacha. C'est lui encore qui a fait pendre Nikephoros !

— Sami Pacha a fait pendre son frère Ramiz ! » répliqua le docteur Nuri avant de sortir.

Il avait pris deux gardes avec lui, car il se rendait au couvent à pied, mais dès l'avenue Hamidiye, dont le nom n'avait toujours pas été changé, il découvrit qu'une escorte était inutile : malgré l'absence de toute interdiction, la grande avenue d'Arkaz, où même aux pires jours on croisait au moins huit ou dix personnes, était absolument déserte. Plus aucun policier ne gardait la poste, des cadavres jonchaient les marches du collège grec. Là, le vide s'expliquait peut-être par les exécutions sommaires. Au milieu du pont Hamidiye, il s'arrêta pour contempler la ville, appuyé contre le parapet. Tous les hôtels de l'île étaient fermés, notamment le

Splendid, le Majestik et le Levant. Aucune voiture ne passait dans les rues et la baie, vierge de bateau en mouvement, semblait une plaque de verre. Le docteur Nuri avait appris du nouveau directeur pénitentiaire que le barbier Panayotis était mort avec toute sa famille, en trois jours. La vue de la boutique fermée le lui rappela. En bas de la montée de Fait-Braire-l'Âne, regardant vers le haut, il vit un cortège funéraire d'une dizaine de personnes qui gravissait la pente.

« Excellence Damad Pacha ! » s'écria une vieille femme grecque assise par terre, malingre, le teint blême, les cheveux blancs, dans un turc plein d'accent mais très vif. « La fille du sultan, que dit-elle de notre malheur ?

— La fille du sultan écrit des lettres à sa sœur…

— Va, qu'elle écrive, ma beauté, qu'elle écrive, ma bambine ! dit la femme dans son turc fleuri. Va, qu'elle montre à l'univers les épines de la désolation qui nous percent le cœur. » Quand elle vit que le docteur Nuri s'éloignait, elle cria dans son dos : « Je suis de Constantinople, moi ! »

La ville, même aux endroits qui auraient dû être les plus animés, était baignée d'une tristesse mélancolique, la mélancolie des villages déserts, à la fin de l'été, quand les hommes sont partis aux moissons. Les chats, entre tous sensibles à cette mélancolie, détalaient en miaulant devant le docteur Nuri, cherchant le refuge des portes, des jardins. Deux chiens errants, un mâle et une femelle, le suivirent un moment, avant de disparaître dans l'odorante verdure d'un grand jardin qui jouxtait la boulangerie de Zofiri.

Approchant de la mosquée de Mehmed Pacha l'Aveugle, le docteur Nuri eut l'impression que toute la ville s'était rassemblée là. C'était ici qu'on lavait les corps des défunts, conformément aux préceptes de l'islam, et les morts n'avaient pas le droit d'être enterrés sans un papier signé et tamponné attestant de cette purification rituelle. Les gens qui avaient peur d'être contaminés par la foule de la mosquée soit abandonnaient leurs cadavres dans la rue, en peine nuit, pour la charrette des fossoyeurs, soit ils les enterraient eux-mêmes dans un endroit quelconque.

L'explosion du nombre de morts avait contraint les musulmans même les plus traditionalistes et les plus téméraires à respecter certaines règles d'hygiène, éviter la foule, ne pas sortir de chez eux sans raison. Une poignée d'irréductibles vieillards avait beau continuer d'aller à la mosquée cinq fois par jour, les prières du vendredi réunissaient moitié moins de fidèles qu'en temps normal. En un sens, tous ces morts avaient eu pour effet de retourner ses propres partisans contre le cheikh Hamdullah, la politique d'hostilité aux restrictions sanitaires de son gouvernement n'ayant réussi qu'à multiplier le désastre par deux ou trois en quinze jours.

Les jardins de l'hôpital Hamidiye étaient couverts de lits jusqu'au pied du mur d'enceinte (quatre mètres séparaient chaque lit du suivant). Au-delà commençait le jardin du couvent des Rifa'i ; là aussi, les lits recouvraient tout. Quand les sommiers et les matelas manquaient, on étendait des draps, des kilims, de la paille sur le sol. Le même paysage se répétait tout le long de la rue des couvents. Les plus dévots, les plus fidèles au cheikh Hamdullah payaient le plus lourd tribut, souffraient les plus terribles peines.

Le docteur Nuri arrivait en vue du couvent de la Halifiye quand une fenêtre s'ouvrit au deuxième étage d'une maison.

« Hé docteur Bey, docteur quarantaine, tu vois ce que tu as fait, t'es content de tes services ? » cria un homme bas du front.

Critiquait-il l'idée de quarantaine en soi, ou bien le fait que son application ait échoué à Mingher, le docteur Nuri ne savait le dire. Le railleur bas du front avait repéré les gardes qui le suivaient. « Je te le dis, toi et tous les docteurs de ton genre, vous pourrez plus jamais entrer dans nos rues sans vos chiens de garde ! » jeta-t-il comme un crachat.

C'était tout le contraire : à la porte du couvent, deux jeunes derviches accueillirent le docteur Nuri avec une politesse extrême. L'endroit qui ressemblait au paradis deux mois plus tôt était devenu un enfer ; le couvent était sens dessus dessous. Des corps gisaient devant les bâtiments, à l'entrée des cellules, des dortoirs, attendant la charrette qui les emporterait à la mosquée pour le lavage rituel. Le docteur Nuri marchait en regardant ses pieds, comme s'il avait honte d'être témoin de la souffrance de ces hommes. Il nota cependant que les jardins étaient tapissés de lits, comme dans les autres couvents, et même davantage.

On ouvrit la porte d'un petit bâtiment proche du mur, et le docteur Nuri découvrit le cheikh Hamdullah couché à terre sur une couverture, à moitié inconscient. Il comprit tout de suite qu'on ne le sauverait pas.

Il incisa et vida de son pus l'énorme bubon, déjà bien durci, que le cheikh Hamdullah avait au cou. Le beau parleur, l'amateur de bons mots et de doubles sens qu'il avait connu à sa première visite ne paraissait même plus savoir qu'il existait. Lors de sa première visite encore, il avait eu la sensation que tous les yeux du couvent étaient en permanence braqués sur le cheikh. À présent, malgré son titre de « chef de l'État », l'homme qu'il soignait semblait ne plus intéresser personne. Des disciples passaient, couraient, s'arrêtaient, il y avait une certaine agitation, oui, mais la solidarité s'était évanouie, chacun s'était replié sur son propre malheur.

Un instant, le cheikh Hamdullah remarqua le docteur Nuri : «Je tiendrai ma promesse de réciter à votre grandeur quelques vers de mon livre *L'Aurore*», dit-il. Puis il fut pris d'une crise de sueur et de toux et se mit à trembler, se convulsionner même. Le médecin recula par crainte des microbes. Le cheikh se reposa un peu, puis commença à réciter non des vers de *L'Aurore* mais des versets de la sourate de la résurrection, celle que tout le monde récitait, et ce faisant s'évanouit de nouveau.

Le docteur Nuri rentra avec le landau blindé. Il regardait par le carreau la Forteresse tassée sous des nuages d'un gris de plomb, et pensait seulement à chercher un moyen de quitter l'île avec son épouse. Au ministère il retrouva dans son bureau Nimetullah Efendi, le grand absent de la visite, et lui dit sans ambages que le cheikh était condamné. Le Premier ministre ouvrit les mains pour dire une brève prière.

Le jour suivant, Pakizê et son mari ne quittèrent pas leur chambre. Ils ressassaient des plans d'évasion, imaginaient une excuse pour monter tous les deux dans le landau blindé et gagner en voiture le nord de l'île. Ils pourraient se cacher un temps, puis des passeurs clandestins les conduiraient en Crète.

CHAPITRE 72

Le matin du lundi 26 août, le cheikh Hamdullah s'endormit, épuisé par de puissantes migraines et par des épisodes de fièvre ponctués de bouffées délirantes. Une sorte d'évanouissement dû à la fatigue et à la douleur, pourrait-on dire. Avec leur optimisme habituel, les disciples et les autres cheikhs qui veillaient à son chevet, en larmes, sans peur de la contamination, pensèrent que le cheikh se reposait. Enfin, vers midi, le cheikh se réveilla, frais, dispos, ragaillardi. Il revivait ; il était de bonne humeur ; il fit quelques traits d'esprit, récita des vers, plaisanta en montrant à l'assistance effarée son bubon dont la croûte s'était mollement reformée après le curetage, puis demanda si les navires qui faisaient le blocus de l'île étaient encore là.

Mais assez vite il fut de nouveau déchiré de douleur, perdit conscience et mourut. Le docteur Tasos, vieil ami du couvent, vint constater la mort, puis se lava longuement les mains à l'eau lysolée pendant que les disciples pleuraient. Le cheikh Hamdullah avait organisé sa succession trois ans plus tôt : son cher intérimaire au feutre pointu, le fidèle de toujours, le derviche qu'il avait nommé Premier ministre, prendrait la tête du couvent après lui.

Pakizê et son mari apprirent la mort du cheikh Hamdullah de la bouche du docteur Nikos, qui leur rendit une visite éclair le jour même. Le ministre de la Santé semblait en savoir bien plus qu'il ne disait ; mais il repartit aussitôt, peut-être parce qu'il craignait de ne pas pouvoir tenir sa langue. Un secrétaire entra un peu plus tard pour annoncer que le Premier ministre Nimetullah Efendi demandait la permission de rendre visite au docteur et à la princesse sultane dans leur suite.

Les époux échangèrent un regard suspicieux. S'ils devaient avoir une entrevue avec le Premier ministre, son bureau convenait assurément mieux que leur chambre. Pakizê s'habilla, mit son voile. En entrant dans l'ancien bureau du gouverneur, les époux eurent un sursaut de haine pour le Premier ministre, l'homme qui avait envoyé Sami Pacha à la corde et usurpait son fauteuil.

Nimetullah Efendi sentit cette haine, mais ne la releva pas. Il les reçut avec une grande politesse et sans fioritures de langage leur annonça que le cheikh était mort de la peste. Il présenta ses condoléances à Pakizê, sa veuve, certes sur le papier, mais veuve quand même. Mais cela aussi, il le fit en termes brefs, sans en rajouter. La triste nouvelle avait été cachée aux Arkaziens, aux journalistes, au monde, car la situation de la ville, du pays, des habitants, enfin tout était une catastrophe, et maintenant le chef bien-aimé de ce qu'on appelait plus ou moins la nation était mort. Une annonce précipitée risquait de semer le désespoir, la panique et l'anarchie.

On avait donc réuni, avant de rendre publique la mort du cheikh, les notables de Mingher en un comité consultatif chargé de préparer la transition, d'envisager des issues au désastre et de prendre au nom de la nation minghérienne quelques mesures décisives pour la suite, mesures que le Premier ministre avait imaginées et soumises à l'approbation desdits « notables de Mingher », dont il donna les noms : le pope Konstantinos Efendi, chef de la communauté grecque, l'ancien contrôleur général qui purgeait sa peine de prison chez lui, deux vieux journalistes dont un grec, Nikos Bey, quelques médecins, trois consuls dont celui d'Angleterre.

« Tous sont convenus d'une chose : l'abolition de la quarantaine fut un désastre, elle n'aura fait que conduire le peuple de Mingher au bord de l'abîme, commença le Premier ministre Nimetullah Efendi, pressé d'entrer dans le vif du sujet. Le désastre dût-il se prolonger, il se pourrait qu'aucun de nous n'y survive… Ces cuirassés, là-bas, nous enfermeront sur l'île jusqu'à ce que nous soyons tous morts. Et cette chose qu'on appelle nation minghérienne aura fini d'exister. Ainsi, en dernier recours, les membres du comité demandent au docteur Nuri de prendre à nouveau la tête de notre lutte sanitaire. »

Hamdi Baba reformerait les soldats de la quarantaine. Il fallait interdire aux gens de sortir, serrer la vis, punir sévèrement les récalcitrants. Le docteur Nuri était l'homme de la situation !

« Il est un peu tard à présent ! dit le docteur Nuri. Et hier encore, vous étiez le premier opposant aux mesures de quarantaine !

— Parler de nous en ce moment fatal où se joue le destin du peuple serait une grossièreté, lui répondit Nimetullah Efendi. Notre repentir est grand, aussi quittons-nous nos fonctions pour retourner au couvent. »

Il désigna le fauteuil qu'occupait autrefois feu le gouverneur Sami Pacha. « La place est à vous ! À vous désormais de lutter contre la peste et de sauver la nation minghérienne. Toute l'île vous soutient, soyez-en assuré. Grecs, musulmans, médecins, commerçants, tout le monde. Hier, quarante-huit personnes sont mortes, d'après nos chiffres. »

Le docteur Nuri et Pakizê avaient compris la proposition qui leur était faite, mais comme ils n'y croyaient guère et voulaient en avoir le cœur net, ils demandèrent à Nimetullah Efendi d'entrer dans le détail.

Il abandonnait sa « charge au palais » – ainsi parlait-il du poste de Premier ministre – qu'il n'avait acceptée qu'en tant qu'intérimaire et second du cheikh. Le docteur Nuri, s'il le voulait bien, prendrait sa place. Quant à la fonction – plus honorifique et symbolique qu'autre chose – laissée vacante par le cheikh Hamdullah, le comité tenait à ce qu'elle fût attribuée à la princesse Pakizê, que dans le peuple on appelait déjà la « reine ».

« De même que les notables de Mingher souhaitent la réinstauration d'une quarantaine dure, ils ont conclu d'un commun accord que l'unique solution était de donner la couronne à son altesse Pakizê. »

À en croire Nimetullah Efendi, proclamer Pakizê reine de Mingher attirerait l'opinion publique du monde entier sur le sort de l'île, encourageant ainsi les Européens à trouver une résolution juste et pacifique aux problèmes diplomatiques de l'État de Mingher. Il se pouvait par exemple qu'Abdülhamid, en apprenant la nomination de la reine et constatant sa détermination, décidât de retirer le *Mahmudiye* et de lever le blocus, par crainte qu'il ne devienne un atout dans la main des puissances européennes.

Passé l'instant de perplexité initial, Pakizê et son époux posèrent leurs questions, auxquelles ils ne reçurent que des réponses positives. La mort du cheikh annonçait la fin de leur séjour forcé dans l'île ; s'ils le désiraient, un bateau clandestin pourrait les aider à quitter Mingher. Depuis la prise de pouvoir du cheikh Hamdullah, soit vingt-quatre jours, le docteur, pas moins que la « reine », vivait une existence d'otage.

Le Premier ministre Nimetullah, voyant l'hésitation de Pakizê, voulut insister sur la dimension symbolique du statut de reine : « En vérité, rien ne vous oblige à sortir, vous resterez enfermée dans votre chambre si vous le désirez. »

Sa réponse fut mémorable : « Détrompez-vous, Efendi, c'est précisément parce que je désire sortir quand il me plaît et refuse à quiconque le droit de m'enfermer dans une chambre que je monterai sur le trône royal.

— Et moi je me trouverai très bien dans ce bureau ! » ajouta le docteur Nuri.

L'intérimaire au feutre pointu n'avait pas touché au bureau de l'ancien gouverneur. C'était exactement le même décor qu'à l'époque de Sami Pacha, vingt-cinq jours auparavant, et pourtant la pièce en paraissait une autre au docteur Nuri.

Nimetullah Efendi ouvrit un coffret : il donna au docteur Nuri un sceau et un trousseau de clefs liées par des chaînes en or et en argent que Sami Pacha, tout à son enthousiasme de devenir le premier Premier ministre de l'histoire du pays, avait fait réaliser au début de son mandat. L'ancien Premier ministre au feutre pointu avait classé les problèmes de l'État minghérien avec une méticulosité digne d'un bureaucrate ottoman, la désertion de la plupart de ses fonctionnaires occupant le premier rang, même si la famine qui couvait sous les difficultés de ravitaillement d'Arkaz était de loin, à nos yeux, le plus urgent et le plus affolant. Mais l'ancien

Premier ministre et le nouveau parlèrent davantage des obsèques du cheikh Hamdullah, de l'avenir de la Halifiye et de son couvent, et des attributs symboliques de la reine.

À un moment de l'entrevue, l'ancien Premier ministre, croyant avec un peu de suffisance que le sujet intéresserait tout le monde, entreprit de raconter un rêve qui l'avait visité une semaine plus tôt, rêve qui expliquait pourquoi il avait « subitement » abandonné un poste aussi honorable que celui de chef du gouvernement de Mingher. Il cherchait en réalité, par cette mention du rêve, à présenter sa démission comme un pieux et volontaire rejet du pouvoir, là où la vérité, à notre sens, est simplement qu'il devenait très difficile à Nimetullah Efendi de se maintenir au pouvoir après la faillite totale de sa politique, et vu le désastre général qui en découlait pour partie. L'abolition de la quarantaine avait été la raison d'être de son mandat ; à présent il reconnaissait que seule la réinstauration de la quarantaine pouvait sauver l'île.

À la fin de cette passation de pouvoir qui ne dura pas plus de dix minutes, le docteur Nuri accepta l'idée d'un soutien financier de l'État à la confrérie et au couvent de Nimetullah Efendi, mais rejeta fermement sa demande d'organiser une cérémonie officielle assortie d'une prière à la mosquée de Mehmed Pacha l'Aveugle pour les funérailles du cheikh Hamdullah.

CHAPITRE 73

Aussitôt après avoir quitté le bureau de l'ancien Premier ministre, le docteur Nuri ordonna de préparer le landau blindé et une voiture de gardes pour l'escorter. Les époux, pendant tout le temps de leur réclusion, n'avaient eu que des bribes d'informations, elles-mêmes lacunaires et biaisées, sur ce qu'il se passait en ville. Ils voulaient maintenant le découvrir de leurs propres yeux.

Le Premier ministre Nuri, assis à côté de sa femme dans

l'habitacle, demanda à Zakaria de les conduire d'abord du côté de Chrysopolitissa. Là, leur attention fut attirée par une foule de gens étendus sur des draps, des kilims, à l'ombre des pins et des palmiers, dans la partie haute du parc créé par feu Sami Pacha, l'ancien gouverneur. D'autres occupaient la ruelle qui montait vers l'église Saint-Antoine, prostrés dans un nuage de poussière couleur de cuivre. Tous portaient le même vêtement bleu et rouge. Des familles, des hommes seuls, attendant quelque chose sous les pins qui ombrageaient le raidillon poussiéreux – des paysans venant d'arriver à Arkaz, supposa le docteur Nuri.

C'étaient des bergers des montagnes du nord, que la levée des restrictions sanitaires avait attirés en ville, où ils descendaient dans l'espoir de gagner quelque argent avec leurs troupeaux de chèvres. Il y avait aussi quelques villageois qui fuyaient le désordre apparu chez eux avec l'épidémie et les réfugiés, d'autres poussés par le désœuvrement et la faim, des paysans venus vendre au prix fort noix, fromages, figues séchées et miel de pin. Ces gens massés dans le parc du Levant avaient été appelés à la capitale par Sami Pacha, du temps où il était Premier ministre, puis Nimetullah Efendi avait poursuivi la même politique, dans le même but de remplir les vides laissés par les défections des cadres de l'État, voire de donner de la main-d'œuvre fraîche à quelques artisans du Vieux Bazar dont les apprentis s'étaient enfuis. Ils cherchaient à s'installer surtout dans les quartiers chrétiens, leurs connaissances en ville leur ayant promis qu'ils y trouveraient un abri sûr pour eux et leur famille en deux jours.

Pakizê vit des portes fermées, des murs décrépis, des arbres chamarrés de vert, des replats d'herbe jaune, des fleurs roses et mauves. Tout lui semblait beau, agréable, intéressant. Elle remarqua une jambe cassée, un enfant qui fuyait sa mère dans un jardin, une vieille femme qui essuyait ses larmes avec un coin de son voile, autant d'impressions qu'elle imaginait déjà mettre en mots pour sa sœur. Elle vit un vieil homme qui marchait d'un pas décidé, solitaire, coiffé d'un chapeau et vêtu de sombre, deux chats qui dormaient paresseusement au pas d'une porte, l'un gris et tigré, l'autre tout noir, un grand-père barbu et sa petite-fille assis en tailleur à l'entrée d'une ruelle (si son mari ne le lui avait pas dit, elle n'eût pas compris que c'étaient des mendiants), un autre vieillard qui somnolait dans un hamac. Elle vit beaucoup de visages aux fenêtres, qui regardaient le landau passer sous leurs étages en baie, muets et curieux.

Des terrains vagues, des restes calcinés de maisons brûlées, les célèbres jardins verdoyants de Mingher surgissaient au fil de la montée. Ils virent des hommes titubant comme des ivrognes, des femmes qui braillaient en grec, un mari et son épouse qui se querellaient en cherchant quelque chose. Ils s'interrogèrent sur l'identité de trois hommes masqués qui sortaient de l'église Hagios Yorgos par la porte latérale. Du premier étage, quelqu'un hurlait sur un bossu qui bourrait de coups de poing la porte de sa maison. Le landau s'engouffra dans les petites rues de Kofounia et de Hora, et Pakizê pouvait voir les intérieurs, une famille, un homme qui dormait, des meubles, des tables, des vases, des miroirs, un tourbillon de détails dont elle ne voulait plus cesser de se délecter.

Entre le collège grec et le Vieux Pont, ils tombèrent sur un petit marché comme on voyait s'en improviser aux bordures, sur les terrains en friche, depuis que l'accès à la ville n'était plus réglementé. Le docteur Nuri nota la curiosité de Pakizê pour ce spectacle et demanda à Zakaria d'arrêter le landau. Les époux attendirent d'être rejoints par la voiture des gardes, puis ils sortirent. Une dizaine d'hommes de tous âges, au vêtement paysan, dont un père et son fils, vendaient leurs produits sur des paniers, des caisses posés à terre en guise d'étals : fromages, noix, figues séchées, cruches d'huile d'olive, corbeilles de cerises et de prunes fraîches. Un bibelotier vendait une lampe, un vase, une statuette de chien en céramique ; un autre, très souriant, veillait sur une horloge de table qui ne marchait plus, une paire de tenailles, deux entonnoirs, un petit et un grand, une jarre pleine d'une masse rose et orange de fruits secs. Les gestes étaient prudents, chacun gardait ses distances, on s'effleurait à peine.

Continuant le long de la rivière Arkaz, ils virent des fils de pêche jetés depuis les fenêtres. Les bandes d'enfants sauvages avaient répandu la mode des poissons d'eau douce, on en pêchait dans tout Mingher. Le landau tourna à gauche avant le Vieux Pont, ils longeaient maintenant une série de jardins entourés de murs, quand un garçonnet aux jambes nues bondit hors d'un fourré sur la capote de la voiture, comme un petit singe, et passa sa tête à l'intérieur de l'habitacle, juste sous le nez de la reine Pakizê. Elle poussa un cri. Mais le temps que les gardes arrivent, le gamin s'était déjà envolé comme un papillon. Les gens de ces quartiers devaient connaître le landau des anciens gouverneurs. Un doux parfum de rose et de tilleul montait des jardinets, ils entendaient des sanglots dans chaque ruelle.

L'avenue Hamidiye, l'artère à la fois la plus européenne et la plus ottomane de la ville, était déserte. Le docteur Nuri fit arrêter la voiture sur le pont Hamidiye pour faire admirer à sa femme la plus belle vue de la ville. Le fils de Kyriakos, le propriétaire du Bazaar de l'Îsle, devait raconter plus tard, dans un entretien donné au journal *Akropolis* pour le quarantième anniversaire de la peste, comment il avait vu descendre du landau, au milieu du pont, la princesse sultane, la veille même de la canonnade qui allait la proclamer reine de Mingher. Son grand-père refusant de quitter la petite maison qu'il habitait dans la montée de Fait-Braire-l'Âne, le jeune Kyriakos venait deux fois par jour depuis Dantela déposer sur le rebord de sa fenêtre un panier préparé par sa mère.

Les rues ne commençaient à être vraiment animées qu'autour de la mosquée de Mehmed Pacha l'Aveugle. « Dans ces rues, une maison sur trois était déjà contaminée au début de l'épidémie, qui sait où nous en sommes à présent ? » se demandait le docteur Nuri.

Il expliqua à Pakizê que la foule qu'elle voyait dans la cour de la mosquée attendait de pouvoir laver ses morts. La coutume ne faisait qu'accélérer la propagation de l'épidémie, disait-il, aussi l'inquiétait-elle excessivement.

Dans les quartiers musulmans pauvres qui s'étendaient entre le collège militaire et la Jetée de pierre, le landau du gouverneur n'avait pas été aperçu depuis longtemps, son passage attirait les curieux. Il y eut quelques cris, quelques injures, mais la voiture de gardes qui suivait calmait les ardeurs des irascibles réfugiés de Crète. À Vavla et Tachçîlar, autour du vieux débarcadère, la peste était peut-être dans chaque foyer. Les époux furent stupéfaits d'y découvrir une foule dense, des hommes arpenter deux par deux, trois par trois, ces rues où quinze personnes mouraient chaque jour.

Le landau continuait sa route dans Vavla et le docteur Nuri avait la sensation que la ville s'était métamorphosée depuis ses huit jours en prison et les seize autres qu'il avait passés enfermé avec sa femme dans leur suite. C'était une impression générale, mais confirmée par une série de changements immédiatement visibles : la levée des restrictions de déplacement, la foule dans les rues, la disparition des enfants, la multiplication des têtes aux fenêtres, l'air de mauvais augure des visages.

Au désespoir sombre et profond s'en ajoutait un autre, son frère muet et silencieux. Dans les jours déjà anciens qui avaient suivi l'instauration de la première quarantaine, certes bien tardive, les notables musulmans et les riches grecs montraient de la colère, de l'orgueil, voire du dédain. Les gens de ces quartiers jugeaient que la peste était « la faute des Ottomans et du gouverneur », comme disait le regretté Sami Pacha. À l'annonce des entraves sanitaires ils avaient fui, à la fois la peste et ce pacha « imbécile et despotique » qu'ils souffraient depuis trop longtemps. La colère leur donnait de l'espoir, elle les avait revigorés, si bien qu'ils parvenaient à imaginer leur vie ailleurs et à élaborer des plans de fuite. À présent, songeait le docteur Nuri, la violence de la peste et l'étendue de sa victoire leur avaient ôté jusqu'au goût de l'espoir. Les liens se distendaient, les relations s'étiolaient, l'envie était pauvre de se faire des amis, d'apprendre de nouvelles choses, même de réagir aux rumeurs. À chacun suffisait sa peur, ses blessures, son chagrin. Les voisins mouraient dans l'indifférence.

Du linge blanc pendait au vent dans le jardin du couvent des Kadiri. Ils y virent un homme couché à terre, le torse nu, sans comprendre d'abord qu'il était malade. Des derviches s'étaient retirés en prière à l'ombre d'un arbre. Ils remarquèrent aussi un homme étendu sur une natte, en chemise de nuit, les yeux tournés vers le ciel comme dans un songe et, aux pleureurs réunis autour de lui, comprirent qu'il était mort.

À Tchitê, autre quartier où la maladie faisait rage, Pakizê fut fortement émue par les maisonnettes en bois, penchées comme si elles allaient s'écrouler, les tuiles, les cheminées, les fenêtres brisées, les mères en larmes. À Bayîrlar, le landau dut s'arrêter, puis rebrousser chemin au milieu d'une longue rue escarpée : un fourgon militaire protégé par des soldats et une foule massive leur barraient la route. Si Zakaria ne le leur avait pas dit, jamais les époux n'auraient deviné que c'était la « voiture à pain ». Ils avaient donc vu la plus grande réussite de l'ère du cheikh Hamdullah, la principale raison pour laquelle le peuple ne s'était pas révolté contre son gouvernement, malgré sa bêtise et sa vilenie. Six mille pains cuits à la garnison étaient distribués chaque jour dans les quartiers.

À Gülerenler, le couvent des Bektâchî était mal en point. Il avait été transformé en hôpital à l'époque du Commandant-major, on avait chassé les vieux derviches. Quelques jeunes étaient restés, à la fois pour s'occuper bénévolement des malades et garder un œil sur leur couvent. Mais sous le gouvernement du cheikh Hamdullah, le couvent-dispensaire des Bektâchî avait fait les frais de la terrible guerre des confréries, on l'avait dépouillé d'une quantité de ses biens, tout en continuant d'y envoyer des vivres, des médecins, des malades.

Pakizê s'enchanta de la vue du vaste jardin qui s'étendait entre les murs recouverts de vigne vierge. Des grappes d'hommes minuscules, de diverses tailles et de diverses couleurs, s'égrenaient sur un sol d'un vert irradiant, exactement comme sur ces miniatures indiennes qu'elle avait vues dans un vieux livre au palais. Ceux vêtus de blanc étaient les plus jeunes et les plus nombreux, les anciens portaient des bures mauves et brunes. Et qui étaient ceux en rouge ? Les lits des malades, les petites maisons, tout paraissait aussi étrange et irréel que dans ces miniatures.

Le landau dépassa le couvent sans ralentir son allure, et la reine et le Premier ministre entrèrent dans les rues bordées de vergers de Bayîrlar. Des femmes pleuraient en s'embrassant, des morts gisaient dans l'herbe, des chiens et des enfants couraient autour, des filles étendaient du linge, au milieu de lits, de tables, de grandes jarres d'eau. Pakizê remarqua des fleurs sauvages d'un beau mauve tirant sur le rose. Ce jardin-là était parsemé de tables en bois, de vieilles horloges colorées, d'armoires blanches. Dans un autre ils virent des groupes d'hommes debout et moroses qui regardaient des portes jaune ocre et coquillage qu'on avait posées contre les arbres, leurs charnières enlevées, puis ils s'éloignèrent sans avoir compris la scène.

Dans la montée pierreuse qui longeait le couvent des Zaïm en direction des Carrières (le landau grimpait péniblement, sursautant à chaque caillou), ils s'amusèrent d'un épouvantail tout bleu sur lequel les corbeaux venaient craintivement se poser. Le rouge des cerises étincelait dans les arbres. Plus loin, dans les rues endormies des Hauts de Turunçlar, ils croisèrent l'une des charrettes qui transportaient les morts.

La mesure, prise à la fin de l'époque du Commandant Kâmil, avait été maintenue sous le cheikh Hamdullah, seulement décalée à la nuit tombée, car la collecte des cadavres en plein jour démoralisait trop le peuple. D'une charrette, à l'époque du Commandant, on était passé à quatre, grâce aux menuisiers de la garnison. Ces quatre charrettes pourtant ne suffisaient plus à ramasser les corps, d'abord parce que le nombre de morts ne cessait d'augmenter, ensuite à cause des changements d'équipages, les conducteurs et les trois fossoyeurs qui les assistaient mourant régulièrement de la peste et leurs remplaçants préférant déserter. Beaucoup de gens ne confiaient pas leurs cadavres à la charrette, pour qu'on n'identifie pas leur maison comme contaminée, par paresse, rancune, animosité, il y avait diverses raisons. À mi-pente sur le chemin des Hauts de Turunçlar, ils aperçurent au loin la fumée d'un incendie s'élever de derrière une habitation ; puis, quand les chevaux trempés de sueur, à bout de souffle, eurent hissé le landau jusqu'au sommet du coteau, ils constatèrent que ce n'étaient qu'un poulailler et une écurie qui partaient en feu. À l'autre bout du champ, un homme portant fez et redingote discutait âprement avec deux musulmans en robe blanche, tous les trois indifférents aux flammes qu'ils semblaient ne pas voir. Les époux avaient remarqué la scène ; Pakizê demanda à son mari que Zakaria aille leur parler. Mais les trois hommes paraissaient ne même pas avoir noté la présence du landau, ni montrer l'intention de s'en soucier une seconde. L'émotive Pakizê en conçut un troublant sentiment de solitude et d'abandon tel qu'on en éprouve parfois dans les rêves.

Le landau passa ensuite à Arpara, devant la maison où Satiyé Hanîm, la mère du Commandant Kâmil, vivait encore avec une servante payée par l'État (c'est aujourd'hui un musée). Découvrant le splendide panorama qui s'offrait à son regard en haut de la montée de Fait-Braire-l'Âne, la « reine » Pakizê comprit que son sentiment de solitude et d'abandon provenait de tout Arkaz, de la Forteresse, et même de la Méditerranée tout entière. La ville, la peste lui faisaient peur ; elle sentait le besoin de coucher ses impressions sur le papier. Ils rentrèrent sans tarder au ministère, anciennement palais du gouverneur. La veille de son sacre, Pakizê écrivit une lettre à sa sœur Hatidjê.

CHAPITRE 74

La dépouille du cheikh Hamdullah, plusieurs fois désinfectée à l'hôpital Theodoropoulos, fut enterrée au lever du jour, à la hâte, dans le jardin du couvent. La tombe avait été creusée pendant la nuit, non dans le carré des cheikhs d'autrefois, mais sous un grand tilleul, au milieu de pauvres diables sans nom et sans gloire. Mazhar Efendi, déjà dans son rôle d'éminence grise du nouveau pouvoir, avait fait photographier le cadavre du cheikh au moment où il était recouvert de chaux, pour que l'histoire se souvienne que le cheikh Hamdullah avait été enterré chaulé et, si besoin était, le rappeler aux Halifi ; ils n'en seraient que plus dociles. Ces clichés en noir et blanc, donnant à sentir la couleur d'une aurore disloquée, déchirée par les nuages noirs qui empèsent la ville, semblent condenser tout l'envoûtement de la Méditerranée orientale. Ils disent la peur de la mort, la solitude de l'homme emporté par la peste.

Plus intéressant pour l'historien, on y voit aussi le docteur Nikos et deux soldats de la quarantaine le visage caché sous un masque. L'idée venait du Premier ministre, qui en prit la décision dès le retour de leur longue promenade en landau. Marqué par ce qu'il avait vu en ville, le docteur Nuri suspectait la peste de se transmettre aussi par voie pulmonaire, c'est-à-dire non seulement par l'intermédiaire des rats, mais aussi par les gouttelettes en suspension dans l'air. Il pensait que la croissance presque exponentielle du nombre de morts n'était pas uniquement due à la levée des restrictions sanitaires, mais également au fait que le mode et la vitesse de circulation du microbe avaient évolué. Lorsqu'ils se retrouvèrent entre confrères – pour la première fois après une pause de vingt-cinq jours –, le docteur Nikos lui dit partager son avis. Ils en conclurent que la contagion n'en serait que plus rapide, et la tenir sous contrôle quasiment impossible.

Mais avant de se disputer avec le docteur Nikos sur les moyens de remettre en vigueur des mesures sanitaires ayant une chance d'être respectées, le Premier ministre Nuri se laissa transporter par la sensation, seule griserie au milieu du malheur, que le couronnement de la reine apporterait une grande joie aux Minghériens, fût-elle de courte durée.

Une heure plus tard, conformément à la tradition de l'île, les artilleurs du sergent Sadri tiraient les vingt-cinq coups de canon – à blanc mais à vous ébranler comme un tremblement de terre – qui proclamaient Pakizê reine et troisième chef d'État de la Minghérie indépendante. Tandis que le canon tonnait, la nouvelle se répandait d'une façon presque magique, dans les échoppes du bazar, sur les petits marchés, les barques des pêcheurs, maison après maison. Tout le monde était heureux, hormis les partisans de la Halifiye et les admirateurs du défunt cheikh.

On pouvait redouter une révolte des adeptes qui ne croyaient pas à la mort du cheikh, ou de ceux qui ne digéraient pas qu'on eût chaulé son corps avant de l'enterrer. L'ancien Premier ministre avait été désigné à la tête de la confrérie, mais il n'avait pas encore pris ses fonctions et la frange jeune et enragée des Halifi contrôlait le couvent. Des historiens nous expliquent que les disciples et d'autres habitués du couvent n'avaient pas supporté de voir la dépouille de leur cheikh bien-aimé passée à la chaux. Toujours selon les mêmes historiens, ces disciples de la Halifiye auraient été chauffés à blanc par des Turcs partisans de l'Empire qui souhaitaient à la fois le soulèvement d'Arkaz et son bombardement par les cuirassés d'Abdülhamid, mais l'allégation est abusive. Nous repartirons donc d'un fait historique mieux avéré et plus charmant, qui montrera à nos lecteurs que tout n'était pas si sombre.

Le matin du mardi 27 août 1901, jour qui vit cinquante-trois personnes mourir de la peste, à l'heure où retentissaient les premiers coups de canon proclamant Pakizê reine de Mingher, le docteur Nuri quitta son bureau et vint retrouver son épouse dans sa suite. Il l'embrassa sur la joue et la félicita.

« Je suis heureuse, dit la reine à son mari. La nouvelle parviendra-t-elle jusqu'à mon père ?

— Elle arrivera aux oreilles du monde entier, vous voulez dire ! » répondit le mari.

Contrairement à la plupart de ceux qui les avaient précédés dans ce fauteuil, notamment le Commandant Kâmil, les époux ne s'intéressaient pas aux titres et aux noms associés à ce statut imposant. Le docteur Nuri demanda au docteur Nikos son avis sur les moyens d'obtenir un « conseil sanitaire » neuf et efficace. Refonder tout le système ne serait pas simple, lui répondit le médecin grec sur un ton plaintif et agacé. « Si le cheikh Hamdullah n'était pas mort, personne ne voudrait d'un nouveau régime sanitaire avec interdictions, quarantaines forcées et tout le reste. Par ailleurs Nimetullah Efendi n'aurait pas réintégré tranquillement son couvent s'il n'avait pas au préalable, quand il était Premier ministre, semé la terreur parmi les hommes qui gravitaient autour de lui (des boutiquiers qui ne connaissent rien au service de l'État). »

Ils s'assirent côte à côte au bout de la grande table, pour

déterminer la composition du nouveau Conseil des ministres. « Nous ne sommes plus un vulgaire comité sanitaire au service d'une province ottomane ! dit le docteur Nikos. Et comme les problèmes de sûreté et de renseignement sont de première importance, c'est le lot de tout État indépendant, il nous faut impérativement un Mazhar Efendi dans le Conseil.

— Bien, alors vous reprenez le ministère de la Quarantaine ! répondit le docteur Nuri. Et Mazhar Efendi s'occupera du renseignement, avec le grade de ministre cette fois. »

Il demanda à un valet de convoquer l'heureux élu. Au début de la période du Commandant Kâmil et avant de devenir son premier secrétaire, le contrôleur général Mazhar Efendi était déjà le cerveau de toutes les opérations menées par le regretté Sami Pacha contre les couvents, les derviches et les hodjas à amulettes qui sabotaient la quarantaine. Assurément, le regretté grand Commandant Kâmil et feu son Premier ministre Sami Pacha avaient eux-mêmes décidé quels couvents transformer en hôpitaux et quels cheikhs intimider en priorité. Mais tous leurs renseignements provenaient des espions et des dossiers impeccablement tenus du contrôleur général. Et tous les cheikhs expulsés au fil des années, dont le couvent avait été vidé, la fierté humiliée et les vivres coupés, détestaient le contrôleur général autant que le gouverneur Sami Pacha, car ils savaient que les calomnies dont on les accablait étaient transmises au second par le premier. Aussi s'attendait-on, lors du procès, à ce que Mahzar Efendi reçût la même punition que son maître, c'est-à-dire la corde, à laquelle il fut effectivement condamné, sauf que la sentence, à l'ultime seconde, se transforma en prison à perpétuité. Pourquoi une telle indulgence ? D'après nous, c'est parce que Mazhar Efendi avait eu l'habileté de se présenter aux yeux de l'opinion – grâce à de faux documents, il est vrai – comme un authentique insulaire, né dans l'île de Mingher. De tous les hauts fonctionnaires ottomans (trois personnes, dont Sami Pacha) qui avaient rejoint la lutte pour l'indépendance et la liberté – en coupant les ponts avec Istanbul –, Mazhar Efendi était le seul à pouvoir imaginer une solution aussi astucieuse. Le fait que sa femme fût minghérienne avait pu jouer un rôle.

Après la mort du Commandant Kâmil, le cheikh Hamdullah et son intérimaire au feutre pointu, désormais au pouvoir, conçurent le projet d'écraser les nationalistes grecs de l'île. L'homme qui connaissait le mieux ces factieux-là étant Mazhar Efendi (d'abord comme contrôleur général puis comme secrétaire du président), son expérience leur était précieuse. Mazhar Efendi fut donc libéré de prison et autorisé à purger sa perpétuité à la maison, avec ses enfants et sa femme insulaire. Il commença à recevoir ses espions chez lui. Grâce à Mazhar Efendi, ainsi mis au cachot puis tiré du cachot, le gouvernement de Nimetullah Efendi put obtenir des renseignements au sujet d'une bande de grecs qui avait débarqué clandestinement sur l'île, et que le consul de Grèce, l'antiquaire Fédonos et le bijoutier Maximos finançaient secrètement. Après ce service, Mazhar Efendi fut autorisé à déménager chez lui ses archives du ministère, soit des centaines de télégrammes, des montagnes de coupures de journaux soigneusement archivées, des tonnes de lettres de dénonciation transmises par des informateurs et classées selon une foule de méthodes différentes (les informations écrites paient mieux que les témoignages oraux). Ainsi la maison familiale de Mazhar Efendi, située à deux pas de la boulangerie Zofiri, se transforma-t-elle en un centre d'espionnage qui regroupait et continua d'alimenter, avec le même soin curieux et inimitable, tous les dossiers existant sur chacun des nationalistes et séparatistes minghériens de l'île, pour l'époque ottomane, puis des séparatistes ottomans, des nationalistes turcs et grecs dans la période suivante. Plus tard, la maison de Mazhar Efendi abriterait le siège de l'AMR[1] (Agence minghérienne du renseignement), avant d'être transformée en musée.

Mazhar Efendi était optimiste : le nouveau gouvernement, autant que l'ancien, voudrait profiter de ses connaissances, ses

1. En turc : « MIK » (*Minger İstihbarat Kurumu*). On peut voir dans ce sigle une allusion aux services secrets turcs, le « MIT » (*Millî İstihbarat Teşkilatı*, « Organisation nationale du renseignement »).

espions, ses services. Dès qu'il apprit que le cheikh Hamdullah était mourant, il écrivit aux consuls et aux médecins sanitaires des lettres traitant des dispositions à prendre pour sauver l'île. Dès qu'il sut que le cheikh était mort (c'est-à-dire avant les coups de canon), il comprit que le gouvernement, ou dit plus simplement le groupe d'individus qui gouvernait l'île, se dissoudrait aussitôt et que le nouveau voudrait rétablir les mesures sanitaires. Ne pouvant tenir seul chez lui avec cette idée, il partit pour le Ministère en courant presque, pour voir les événements, sinon pour en être l'« acteur ». Certains prétendent qu'il cherchait une occasion de se glisser dans sa chère salle des dossiers, d'autres qu'il rêvait d'être fait ministre. À l'entrée du bâtiment, il tomba par hasard sur le docteur Nikos, qu'il commença aussitôt à entretenir de la « situation dramatique de l'île », des « abrutis incompétents », ajoutant qu'il était prêt à « répondre au devoir » et à toutes sortes de « sacrifices ».

Le surgissement du terne contrôleur de feu Sami Pacha rappela au docteur Nuri certaines heures sombres.

« Nous étions enfermés à la Forteresse en même temps que vous, n'est-ce pas ? lui demanda-t-il comme pour établir une forme de camaraderie.

— Ils m'ont renvoyé chez moi cinq jours après l'exécution du gouverneur Sami Pacha ! répondit Mazhar Efendi. Mais j'aimerais servir votre excellence et les médecins, pas les autres. Seule la quarantaine peut encore sauver la nation minghérienne.

— Bien, alors vous intégrez le Conseil sanitaire, répondit le docteur Nuri, avant de corriger : le Conseil des ministres, pardon.

— Ma condamnation court toujours… À vrai dire, je ne suis pas mécontent de sortir de chez moi ! » dit Mazhar Efendi avec un sourire timide. Il savait très bien prendre l'air doux et maltraité.

« La reine annoncera bientôt une amnistie générale, dit le docteur Nuri. À présent, dites-moi votre pensée : quels hommes choisir, comment refonder la quarantaine, arrêter l'épidémie et servir la nation de Mingher. Et n'oubliez pas d'écrire la liste des crimes dont il faudra vous amnistier ! »

Ici, plutôt que de faire la liste des nouveaux ministres et décrets sanitaires, nous commencerons par celui qui éclipsa tous les autres : le confinement obligatoire, ou interdiction absolue de sortir de chez soi pour tous les habitants. Les docteurs Nuri et Nikos, chacun de son côté, avaient déjà envisagé une telle mesure, mais tant qu'elle ne fut pas formulée par le nouveau ministre du Contrôle Mazhar Efendi, ils la jugeaient trop contraignante pour être vraiment efficace et n'en parlèrent pas.

« Si nous annonçons la quarantaine aujourd'hui, que nous mettons telle rue sous cordon, condamnons telle ou telle habitation, personne n'obéira, dit le docteur Nuri. Ce n'est pas un problème législatif et policier, c'est une question de confiance. La marche irrésistible de l'épidémie a brisé l'espoir des insulaires, chacun ne cherche plus qu'à sauver sa propre peau.

— Vous êtes bien *pessimiste* ! rétorqua le docteur Nikos. Mais je vois mal pourquoi ils respecteraient davantage le confinement que les autres mesures.

— Ils le respecteront, intervint Mazhar Efendi. Car sinon, c'en est fini de l'État de Mingher. Ce sera l'anarchie !

— Et soit les Ottomans débarqueront, soit la Grèce envahira l'île, reprit le docteur Nikos.

— Non. Si l'État s'effondre, ce seront les Anglais qui débarqueront, répondit le docteur Nuri.

— Il n'est pas de nation sans État, dit Mazhar Efendi. L'île redeviendra la colonie et l'esclave d'une grande puissance. Nous n'avons pas d'autre solution que d'armer les soldats arabes, avec ordre d'ouvrir le feu sur quiconque sort en ville. Si nous ne tenons pas le confinement, nous sommes perdus. C'est ce que j'ai pensé quand j'étais en prison.

— Votre ancien maître feu Sami Pacha a été pendu précisément parce qu'il avait ordonné de tirer sur le peuple ! dit le docteur Nikos. Nous ne voulons pas finir comme lui…

— Et que faire, alors ? Nous n'avons pas le temps, ni les agents disponibles, ni les volontaires potentiels pour recenser un par un les foyers contaminés. Les mourants et les escamoteurs de cadavres sont trop nombreux… Croyez-vous qu'ils nous écouteront si nous leur rejouons la ritournelle du “pas plus de deux personnes côte à côte en ville” ? Le temps est venu de leur chanter une autre chanson. »

Ainsi les hommes au pouvoir tombèrent-ils d’accord sur l’interdiction totale de sortie. Mais rendre opérationnel le bataillon arabe prendrait du temps, il ne fallait rien précipiter.

Encore aujourd’hui, les historiens défaitistes n’acceptent pas que les dirigeants, ce jour-là, n’aient eu en tête que la nation minghérienne et l’avenir de l’État ; quant aux historiens nationalistes, ils ne veulent même pas entendre parler de l’inquiétude qui les hantait au moment d’en décider. Nous considérons pour notre part que ces dirigeants avaient raison : sans leur pessimisme, sans leur détermination à lui tirer dessus si nécessaire, le peuple n’eût jamais accepté le rétablissement du régime sanitaire vingt-cinq jours après son abolition. Il fallut attendre deux jours avant de voir l’interdiction de sortie officiellement proclamée, par voie d’affiches, de crieurs publics et de voitures circulant dans les quartiers, non à cause d’un excès de négligence cette fois, mais par surcroît de vigilance.

Pendant ce temps, les deux journaux turcs de l’île, dont l’officiel *Havadis-i Arkata*, publièrent la grande amnistie décrétée par la reine. Furent ainsi libérés en même temps, dans une ambiance de fête, des voleurs, des violeurs, des criminels, ainsi que les nationalistes grecs, espions ottomans, soldats de la quarantaine, opposants politiques, fuyards clandestins rattrapés au vol, vendeurs de faux billets, extrémistes et autres coupeurs de route qu’on avait mis aux fers sous le gouvernement du cheikh Hamdullah. Les prisonniers, libérés à la fois des geôles de la Forteresse et du vent de peste qui y soufflait, retrouvèrent leurs foyers et leurs familles le jour même. Leur retour, hélas, ne fut pas toujours aussi joyeux que prévu. Après avoir cru crever de moisissure dans son cachot humide, un soldat de la quarantaine, apprenant qu’il était libre, courut retrouver sa maison de Tatlîsu en versant des larmes de bonheur. Arrivé chez lui, il apprit par les nouveaux occupants que ses parents et deux de ses enfants étaient morts, et que sa femme avait disparu dans la nature avec le fils restant.

Les hommes qu'il découvrait installés chez lui venaient du bourg côtier de Kefeli, dans le nord-ouest de l'île. À présent ils vivaient là, c'était chez eux, car il n'était pas juste, en ces heures dramatiques où tout le monde cherchait à s'abriter en lieu sûr, qu'une seule personne confisque une maison pour soi, et d'ailleurs il ferait mieux de partir à la recherche de sa pauvre femme et de son fils, dirent-ils d'un air menaçant à l'ancien soldat de la quarantaine qui sursautait de terreur à chaque mauvaise nouvelle, et il y avait de quoi sursauter.

Ce genre de banditisme était alors monnaie courante. Et si cet homme-là qui avait découvert sa maison envahie n'avait pas été un soldat de la quarantaine et n'avait pas bénéficié d'un protecteur au sommet de l'État en la personne du ministre du Contrôle Mazhar Efendi, il n'aurait pas pu s'opposer à l'injustice qui lui était faite, et son dilemme – partir à la recherche de sa femme et de son fils ou bien se venger des brigands qui le chassaient de chez lui – serait resté irrésolu, le plongeant dans le plus noir désespoir. L'effroi des nuits de la peste ne provenait pas seulement des maux de tête, des éruptions de bubons et de la peur de mourir, mais aussi de ce mélange insoluble de chagrin et de désordre qui tourmentait les habitants et ruinait leur sommeil. Le ministre du Contrôle fut sans pitié avec les oppresseurs du soldat : la police débarqua dans la maison de Tatlîsu, toute la famille d'intrus fut arrêtée et déportée en quarantaine à la Forteresse. C'était la première fois depuis vingt-cinq jours qu'on y enfermait des gens. L'endroit, à jamais hanté par les souffrances de ceux qui n'y étaient entrés que pour y mourir, avait été entièrement nettoyé, puis désinfecté, il était prêt à accueillir de nouveaux hôtes.

Les soldats arabes étant trop peu nombreux, Mazhar Efendi décida de recréer la brigade sanitaire (l'idée venait du docteur Nuri). Sous le gouvernement du cheikh Hamdullah, plusieurs hommes de la brigade avaient été accusés et condamnés pour avoir usé de violence sans motif, enfermé des hommes sains en quarantaine et ainsi causé leur mort, et bien sûr profité de leur pouvoir pour extorquer de l'argent. Le tribunal, cependant, n'avait pas condamné indistinctement tous les soldats de la quarantaine, on avait fait le tri entre les coupables et les innocents. Le populaire Hamdi Baba faisait partie de ces derniers. Aussitôt acquitté, il était retourné vivre chez son père, à deux heures d'Arkaz, au milieu des cailloux et des cyprès. Rentrer à Arkaz ne lui disait rien, prendre le commandement de la brigade encore moins. Trop de ses hommes s'étaient montrés brutaux, injustes, leur comportement avait écœuré le peuple, Hamdi Baba n'en voulait plus. Mais Mazhar Efendi lui fit miroiter une refondation de la brigade sanitaire – elle conserverait le même nom – et à force de mots doux et de décorations (la médaille de Pakizê), il emporta le cœur et l'adhésion de Hamdi Baba.

Si les différences entre l'ancienne et la nouvelle brigade sanitaire étaient nombreuses, notamment en termes d'objectifs et de méthode, elle restait l'armée victorieuse du Commandant Kâmil, le fondateur de l'État minghérien, le fils de Mingher revenu d'Istanbul à la lointaine époque ottomane. À l'initiative de Mazhar Efendi, la brigade sanitaire prit ses quartiers dans un autre bâtiment de la garnison, plus vaste et plus central, bâtiment qui abrite de nos jours, cent seize ans plus tard, le quartier général de l'état-major des armées de Mingher.

Entre l'annonce officielle du confinement et sa mise en application, les Arkaziens se ruèrent dans les commerces encore ouverts, sur les marchés improvisés, pour acheter en toute hâte et au prix fort les derniers aliments disponibles, puis ils se retirèrent chez eux. Beaucoup d'habitants avaient déjà fait des réserves de vivres, mais l'épidémie s'éternisant, elles arrivaient à leur fin.

Le lendemain, l'interdiction absolue de sortie, sans exception tolérée, entrait en vigueur. À l'aube, une quarantaine d'hommes de la brigade sanitaire étaient postés en ville aux côtés des soldats arabes venus de Syrie, hommes craintifs mais durs.

Le major avait autorisé les officiers turcophones de la garnison à rentrer à Istanbul, mais gardé les soldats arabes sur l'île comme en gage, pour servir de moyen de pression diplomatique, sans toutefois les impliquer dans les affaires intérieures de Mingher. Le cheikh Hamdullah, lui, avait rendu quatre visites à la garnison en vingt-quatre jours, visites intéressées, nous l'avons déjà dit (la farine), quoique motivées par le plaisir authentique qu'il prenait à lire le Coran et bavarder en arabe. Il avait aussi relevé le lieutenant de la garnison et mis à sa tête, après l'avoir fait pacha, un jeune officier minghérien sorti du rang, analphabète et habitué du couvent de la Halifiye depuis des années.

Après vingt-sept jours d'interruption, les nouvelles restrictions sanitaires, et tout particulièrement l'interdiction de sortie, furent respectées ; à notre sens, il s'agit d'un tournant historique. Comme tous les commentateurs de bon sens, nous expliquons ce succès d'abord par la peur, le désespoir, eux-mêmes liés au nombre extrêmement élevé de morts (cent trente-sept dans les trois jours qui précédèrent le confinement). La seconde explication était la débandade générale des sarcastiques, des sceptiques – aussi appelés « cyniques » par les Européens –, des « fatalistes » qui avaient vu la peste frapper et tuer le cheikh Hamdullah, enfin de tous les opposants aux mesures sanitaires, désormais privés de cheikh pour les encourager à désobéir et faire des « caprices », comme aurait dit le regretté Sami Pacha. Les tenants de la ligne dure pointent aussi une troisième et décisive explication, à savoir que les soldats arabes comme les soldats de la quarantaine n'hésitèrent pas un instant à ouvrir le feu sur ceux qu'ils croisaient dehors, enfants, femmes et vieillards compris.

À Bayîrlar, deux gamins qui traînaient dans la rue reçurent un coup de semonce et déguerpirent. Dans la montée de Fait-Braire-l'Âne, un fou qui se promenait avec deux revolvers en paraissant ignorer l'interdiction fut promptement désarmé et neutralisé. À Tachçîlar, une maison d'où une pierre avait été jetée sur la patrouille arabe eut d'abord ses murs et ses volets criblés de balles, puis les soldats défoncèrent la porte et trois jeunes réfugiés de Crète furent expédiés à la Forteresse. Chaque fois des coups de feu furent tirés, les détonations résonnèrent dans toute la ville, extrêmement silencieuse depuis l'entrée en vigueur du confinement, et les Arkaziens, dans leur grande majorité, se réjouirent en pensant que ces soldats-là étaient durs, impitoyables, et que la quarantaine serait tenue.

CHAPITRE 75

Pakizê, allant et venant entre sa suite et le salon présidentiel, fut un témoin privilégié et assidu de la réussite du confinement, que les Arkaziens observaient avec « discipline ». Quand les guetteurs vinrent rapporter que les habitants étaient effectivement cloîtrés, les rues désertes à l'exception des soldats arabes et des soldats de la quarantaine, une joie réelle, bien supérieure à celle des hommes présents, envahit la reine, qui en réserva cependant l'expression aux lettres qu'elle écrivait à sa sœur, dans la tranquillité de sa chambre, à l'écart du salon présidentiel.

Aux premiers jours de la distribution du pain, la voiture (attelée à un seul cheval) n'effectuait qu'un ou deux arrêts par quartier, en des points déterminés où les chefs des familles, chaperonnés par les responsables de quartier et les soldats de la quarantaine, venaient faire la queue pour récupérer leur pain. Le nombre de miches alloué à chaque homme dépendait du nombre de membres de sa famille. Un système simple, basé sur les fortes relations d'interconnaissance qui existaient dans les quartiers. Or avec l'épidémie, certains foyers s'étant dépeuplés, d'autres repeuplés de nouveaux occupants, le système était mis à mal, des querelles éclatèrent. En général, des bandes venaient assiéger la voiture et, moyennant un peu de brutalité, faisaient main basse sur le pain de tout le monde. Dans l'esprit de leurs auteurs, ces larcins aussi éhontés que lâches étaient soit une manière de venger Ramiz, soit de punir les Turcs attachés à l'Empire, en même temps que les chrétiens liés à la Grèce.

Après le chaulage et l'enterrement du cheikh Hamdullah, les fanatiques religieux, couventistes et autres nationalistes minghériens se faisant plus discrets, moins mordants, ce genre de méfaits allait peu à peu disparaître. Mais la reine Pakizê avait déjà imaginé un nouveau système qui prendrait de court le phénomène. Elle le fit instaurer par son mari le Premier ministre : les voitures et les soldats, chaque fois que c'était possible, distribueraient les pains maison par maison, en les déposant directement devant les portes, voire dans les cuisines ou les jardins, opérations que la renaissance des soldats de la quarantaine permettrait de mener en toute sécurité.

La reine ne devait pas manquer de mentionner à sa sœur sa petite contribution à ce problème trivial, sans omettre aucun détail, avec un peu de longueur et d'emphase, mais une sincère gravité. Quoique sa fonction fût essentiellement symbolique, Pakizê la prenait au sérieux, avec un sens des responsabilités toujours croissant. Elle participait aux réunions matinales dans la salle d'épidémiologie, où les impacts de balles avaient été rebouchés et les murs repeints. Pour une femme musulmane, son allure était assez européenne, mais elle portait des vêtements couvrants, un châle noué autour de la tête en guise de voile, et pendant les réunions s'asseyait dans le fond de la pièce.

Quand les ministres s'en allaient et qu'elle se retrouvait seule avec son mari, elle reprenait son ton de polémique et l'obligeait à justifier chacune des mesures prises. Et les lecteurs de ses lettres, découvrant avec quelle précision elle recense et commente les décisions politiques de la période, verront que Pakizê exerçait un contrôle drastique sur le travail de son époux, notamment la rédaction de la Constitution de Mingher.

Mais le contradicteur le plus coriace de la reine restait Mazhar Efendi – bien plus que le docteur Nuri, qui accueillait toutes ses idées avec bienveillance et respect. Après deux jours qui confirmèrent le succès du confinement général (cinquante-neuf puis cinquante et un morts), Mazhar Efendi déclara à la reine qu'il était nécessaire, afin de faciliter le travail de la voiture à pain, puisqu'elle devait désormais procéder maison par maison, d'attribuer des noms et des numéros à toutes les rues d'Arkaz, et de les indiquer au moyen de panneaux. Cette entreprise, personne ne l'ignorait, tenait énormément à cœur au regretté Commandant Kâmil, participant assidu aux réunions du Comité national des rues, durant lesquelles il ne manquait jamais de lire à haute voix les noms poétiques et charmants qu'il avait notés de sa superbe écriture. Certains de ces noms inventés par le Commandant Kâmil, immédiatement appréciés et adoptés par le peuple, encore utilisés cent seize ans plus tard, sont à jamais gravés dans le cœur des Minghériens : rue Fontaine-du-Nain, rue du Juge-Aveugle, rue de la Tanière-du-Lion, rue des Sept-Chats-qui-Louchent. La mort du Commandant, la violence de l'épidémie et l'angoisse générale avaient tué dans l'œuf ce projet aussi lyrique qu'ambitieux, dont les postiers, tout particulièrement, avaient espéré l'achèvement rapide.

La première tentative de le raviver donna à Pakizê l'occasion de découvrir quelle implacable tête de mule était son ministre du Contrôle.

« Ne ménagez pas ce salaud ! dit-elle à son mari quand ils furent seuls.

— Notre travail est d'arrêter l'épidémie, pas de faire de la politique ! répondit-il. C'est le sien, laissons-le s'en occuper ! »

Les lecteurs des lettres de Pakizê verront que les intuitions politiques de la fille de Mourad V et nièce d'Abdülhamid II étaient infiniment plus tranchantes que celles de son débile de père, qui était devenu franc-maçon pour tuer l'ennui de sa princière jeunesse, et que celles de son mari, pour qui l'unique critère politique était le « ménagement ».

La reine adorait prendre le landau avec son mari pour de longues tournées quotidiennes à travers les rues d'Arkaz. C'était devenu une sorte d'habitude en même temps qu'un moyen de contrôler l'application des mesures sanitaires. Et Pakizê, ainsi qu'elle l'écrit à sa sœur, s'émerveillait chaque fois d'observer les rues, les places, les ponts de la ville que le confinement ramenait à l'état de pur décor.

La vue des jardins rappelait à la reine ses années de claustration dans le palais de Çırağan, quand elle y vivait enfermée avec son père et ses sœurs. Devant le grand vide de la place Chrysopolitissa, elle se sentit remonter dans le passé. Quand le cocher Zakaria conduisit le landau sur le quai vide, le long des appontements dépeuplés, elle imagina que plus aucun bateau ne viendrait jamais mouiller dans le port d'Arkaz, et le pessimisme revint. Aux bordures de la ville, dans le quartier abandonné des Carrières, le spectacle des ruines et des terrains vagues lui donna un frisson ; pour la première fois, elle eut vraiment peur. À Tatlîsu, ils virent une fille de cinq ans qui pleurait, seule au milieu de la rue déserte, et son mari dut la retenir de descendre du landau ; lui aussi était en larmes.

Dans ses lettres, Pakizê associe l'enthousiasme des premières promenades au bonheur de voir que le peuple respectait le confinement. Pendant trois jours, les Arkaziens ne sortirent pas de chez eux. La seule exception fut le fait d'un groupe de derviches du couvent des Rifa'i (qui servait alors en partie de dispensaire, mais où les membres de la confrérie continuaient de vivre dans leurs dortoirs) qui tentèrent une percée jusqu'à la mosquée de Mehmed Pacha l'Aveugle pour la prière du vendredi. Les policiers du ministre du Contrôle, alerté de la manœuvre par ses espions, interceptèrent les derviches forcenés, pas peu pittoresques avec leurs étranges robes lilas, et les expédièrent en quarantaine à la Forteresse.

Ici, pour donner un aperçu du climat d'horreur qui régnait en ville, nous évoquerons la situation de l'hôpital Hamidiye à la date du 30 août, soit trois jours après l'intronisation de la reine : l'hôpital et ses dispensaires satellites (ceux-là ne méritaient pas le nom d'hôpitaux) installés dans les couvents à l'entour, ceux des Rifa'i et des Kadiri par exemple, accueillaient alors, selon nos estimations, environ cent soixante-quinze malades. Le bâtiment principal, ses dépendances et les jardins étaient noirs de lits, séparés les uns des autres d'un mètre, s'ils n'étaient pas plus rapprochés encore. En fait de traitement, les malades ne recevaient que des piqûres contre la fièvre, en plus de l'incision au scalpel et du curetage de leurs bubons, effectués à la hâte, indifféremment par des médecins, des infirmiers, des jardiniers revêtus d'un tablier blanc. Soins qui, à vrai dire, ne permettaient même pas de prolonger leur vie d'un jour. Ah, combien de fois le docteur Nuri ne décrivit-il pas à son épouse les héroïques et un peu vaines prouesses de ces médecins qui couraient d'un lit à l'autre pour prodiguer le même « traitement » à quarante-cinq malades, tout en veillant à se protéger des postillons, des glaires et des régurgitations que les mourants leur crachaient au visage !

Le vide des rues mis à part, jamais la reine n'éprouva un plus profond sentiment d'apocalypse que devant le spectacle de cette masse humaine bariolée qui s'étendait sur le fond jaune-vert des jardins de l'hôpital Hamidiye. La charrette venait récupérer les cadavres pendant la nuit. Lorsqu'on nota pour la première fois, cinq jours après le début du confinement, une baisse significative du nombre de morts (trente-neuf décès), la joie de Pakizê fut tout aussi profonde.

Le lendemain, le landau emmena la reine et le Premier ministre à Flizvos. Les riches demeures des grandes familles grecques qui habitaient le quartier avant l'épidémie étaient toutes occupées, soit par des parents du gardien venus du village, soit par des gens qui avaient acheté le gardien, soit par des bandits qui lui avaient mis un pistolet sur la tempe. Le cocher les conduisit ensuite dans les rues pauvres du quartier, que la reine, si elle n'avait pas vu une ou deux paires de têtes qui les épiaient aux fenêtres, quelques enfants qui jouaient entre eux dans les jardins, et les traditionnels chiens qui aboyaient en frétillant de joie au passage du landau, eût cru complètement abandonnées.

La reine, ces jours-là, ordonna qu'on profitât du vide général pour photographier les principales places et rues d'Arkaz. Les descriptions de la ville qui rythment le livre que vous êtes en train de lire s'appuient sur ces clichés, tous réalisés par le photographe Vanias. Et chaque fois que nous regardons ces quatre-vingt-trois clichés en noir et blanc, baignés d'une mélancolie infinie, où quelques insulaires apparaissent parfois, nous sentons, comme la reine, nos yeux se mouiller de larmes.

Ces trois jours marquèrent une chute régulière du nombre de

morts, laissant enfin croire aux habitués de la salle d'épidémiologie, pour leur plus grande joie, que le confinement général, la fermeture hermétique des maisons et les mesures sanitaires en général portaient leurs fruits.

L'autre sujet de satisfaction, qui autorisait les partisans de la « reine » Pakizê à lancer un vibrant « notre but est atteint ! », fut un nouvel article du *Figaro* qui, reprenant les mêmes sources, mais avec un peu de retard cette fois – il fut publié le 8 septembre 1901 –, annonçait l'indépendance définitive de Mingher.

*Une reine pour Minguère**

> Les nationalistes minguériens, qui proclamèrent voici peu leur indépendance de l'Empire ottoman, viennent d'élire à la tête de leur jeune État un membre aussi discret qu'éminent de la famille impériale d'Osman. Le choix des insulaires, qui ne laisse pas d'ébranler Constantinople et le monde entier, s'est en effet porté sur la troisième fille de l'ancien sultan Mourad V, la princesse Paquisé, ainsi couronnée reine de Minguère. L'époux de Son Altesse Paquisé, un médecin hygiéniste turc, avait été dépêché sur l'île par la Sublime Porte afin d'y endiguer une terrible épidémie de peste. La maladie sévissant toujours, et les liaisons avec le nouvel État minguérien étant rompues jusqu'à nouvel ordre, les cuirassés français, russe et britannique continuent de mettre le siège autour de l'île.

« Ébranler Constantinople » était une trouvaille – et le rêve – des services secrets anglais, qui avaient pesé sur l'écriture de l'article. Le docteur Nuri, de son côté, rêvait de remettre en service le télégraphe, de « normalisation » politique, et de voir les pays européens lever pacifiquement le blocus maritime. La reine et les différents médecins qu'il avait fait entrer au gouvernement travaillaient avec lui en ce sens.

Quand il vit le bonheur que la baisse du nombre de morts procurait à sa femme, il se permit de lui glisser une réflexion qu'il avait déjà faite aux autres : « Les corps étant enlevés la nuit et les enterrements interdits, le peuple ne sait rien de la bonne nouvelle. Et tant mieux car, s'il le savait, il se réjouirait comme vous, mais au contraire de vous il s'en irait parader bras dessus bras dessous dans toutes les rues dès le lendemain. Si nous voulons arrêter cette épidémie, il faut que les citoyens aient peur, il nous faut continuer d'être intransigeants. »

À ses regards noirs et ses sourcils froncés, le docteur Nuri comprit que la remarque n'avait pas plu à son « ottomane » épouse, mais il ne se laissa pas démonter. Si l'article du *Figaro* donnait aux notables de l'île l'espoir de manœuvres diplomatiques, à Pakizê il avait donné de l'orgueil. Faire seule l'objet d'articles de gazettes, voir reconnus grâce à elle l'État, le drapeau et l'indépendance de l'île, cela rendait la reine d'autant plus farouchement décidée à agir, bien qu'elle ne sût pas très bien – comme elle l'écrit dans ses lettres – en quoi consistait cette action. Elle passait une partie de la journée dans le bureau de son mari et notait pour sa sœur tout ce qu'elle voyait pendant leurs tournées d'inspection. La baisse du nombre de morts s'expliquait aussi par un fait oublié des historiens : la disparition soudaine et mystérieuse des rats. Il y avait une semaine qu'aucun enfant n'avait rapporté de rat mort.

La reine et le Premier ministre inaugurèrent une pratique nouvelle, qui consistait à rendre visite et apporter des cadeaux à des citoyens minghériens ordinaires, dans des quartiers éloignés. C'était dans le prolongement de leur promenade habituelle, mais le foyer à visiter était choisi à l'avance. Les secrétaires de la reine s'efforçaient de trouver des familles qui l'aimaient vraiment, et respectaient les règlements sanitaires. Les époux n'entraient pas. La reine, habillée à l'européenne mais voilée, appelait les enfants qui étaient au jardin et leur annonçait qu'elle avait des cadeaux. Les parents saluaient les visiteurs depuis leurs fenêtres. En général la reine déposait les cadeaux dans le jardin, faisait coucou de la main comme une petite fille, et s'en allait.

Ces visites, contrairement à ce qu'alléguaient les jaloux et les opposants, avaient de l'effet, elles ranimaient véritablement la confiance du peuple. À Tachçîlar, un vieillard, entendant les paroles rassurantes de la reine, lui demanda quand partirait le prochain bateau. L'épicier Michael s'était enfermé chez lui en clouant sa porte de l'intérieur. On lui déposait un panier de vivres sur le rebord de la fenêtre. Mais comme les règles avaient changé, à cause du confinement, il y avait trois jours que le panier n'arrivait plus. Son excellence le Premier ministre ne pouvait-il pas arranger cela par un décret ? Une autre fois, ils passèrent devant la maison de Marika, l'amante du regretté Sami Pacha. Ils lui donnèrent des brioches et du fromage tandis qu'elle pleurait à sa fenêtre. Une autre fois encore, ils rendirent visite à l'inconsolable mère du Commandant, puis chargèrent un secrétaire de rédiger *L'Enfance de Kâmil*, ou les jeunes années du sauveur de la nation racontées par sa mère. Un autre jour, dans le quartier de Sous-la-Forteresse, ils tombèrent sur le docteur Nikos qui, ayant vu les admirateurs de la reine sortir par le jardin et s'approcher d'elle au point de pouvoir la toucher et en violant tous les règlements d'hygiène, dit au docteur Nuri, d'un ton très tranquille, que ces visites nuisaient gravement à la discipline quarantenaire. La reine lui rétorqua alors que le nombre de morts ne cessait de diminuer, et que ses visites, au contraire, exhortaient les Minghériens à respecter lesdits règlements.

La reine convoqua dans sa suite le meilleur tailleur féminin d'Arkaz, Éleni Boutonnis, qui lui présenta des échantillons de tissu et des croquis de robes. Elle lui commanda trois ensembles à l'européenne mais suffisamment couvrants, et l'autorisa à prendre ses mesures. Elle demanda également au photographe Vanias deux séries de « profils », l'une où elle posait seule, l'autre avec son mari, pour réaliser ensuite, à l'imitation des souverains d'Europe, un carnet de timbres à son effigie, proposition qui venait du ministre des Postes et se justifiait assez, puisque Pakizê était souveraine de Mingher. Le prompt Mazhar Efendi, notant que ces portraits plaisaient beaucoup à la reine, en fit aussitôt encadrer une vingtaine qu'il ordonna d'accrocher dans des bâtiments d'État type guérites de soldats, archives du cadastre, administration des fondations pieuses, ainsi que dans les banques restées ouvertes. À l'occasion d'une promenade en landau, la reine découvrit son portrait suspendu dans le hall de la Banque ottomane (future

Banque de Mingher) ; son père eût été si heureux de le voir, écrivit-elle à sa sœur le soir même.

Toujours plus d'Arkaziens candidataient auprès des délégués de quartier pour être les prochains à recevoir la visite de la reine et de son époux. La rumeur s'était répandue que les paniers garnis et autres présents qu'elle offrait durant ses visites rendaient leurs bénéficiaires insensibles à la peste.

CHAPITRE 76

À compter du vendredi 13 septembre, la baisse des morts quotidiennes se confirma très nettement. L'espoir commençait de gagner l'île. Mais pour quelles raisons l'épidémie perdait-elle en intensité, quel facteur expliquait son recul ? Le régime sanitaire étant la raison d'être de l'immortel État minghérien, les historiens se sont abondamment penchés sur la question.

La sévérité des restrictions, qui allait jusqu'à tirer sur la foule, le décès du cheikh Hamdullah et une moyenne de cinquante morts de la peste par jour, telles furent, à notre sens, les conditions du succès de la lutte sanitaire. D'autres facteurs d'ordre médical et biologique sur lesquels nous ne disposons pas d'informations précises, comme la diminution de la virulence du bacille pestilentiel et la disparition des rats, ont aussi pu favoriser cet heureux dénouement. Mais c'est la politique sanitaire qui nous intéresse en premier lieu.

Au début de l'épidémie, les dépouilles des musulmans d'Arkaz étaient toutes lavées à la mosquée de Mehmed Pacha l'Aveugle par un homme long et efflanqué, surnommé « le Barbier », quoiqu'il ne fût pas barbier. Le Barbier commençait par essuyer le cadavre avec un chiffon en lin, dont il faisait ensuite une boule entre ses doigts pour nettoyer correctement les lèvres, les narines, le nombril, puis il lavait le corps en versant de l'eau mélangée à du savon à l'huile d'olive – produit sur l'île. Une vieille dame se chargeait de la même besogne pour les corps des femmes, sur lesquels, moyennant quelques piastres, elle pouvait aussi déverser de délicats pétales de rose mélangés à de l'eau rituelle. Le docteur Nikos ayant obligé les pompiers, dès le premier jour, à désinfecter le coin de la mosquée où les morts étaient lavés, ni le Barbier ni la vieille dame n'avaient attrapé la peste. Ils avaient même recruté des assistants pour faire face à la charge de travail grandissante ; ils lavaient les corps plus vite, plus superficiellement.

Cette question, l'expérimenté docteur Nuri – parce qu'il avait vu, dans le Hedjaz, les violentes querelles que la question de l'enterrement des morts du choléra suscitait entre les Arabes et les médecins turcs, grecs, français qui servaient l'Empire ottoman – décida aussitôt de la traiter en priorité, comme il l'avait fait là-bas. Si l'on voulait éviter qu'elle ne prenne trop d'ampleur, ne vire à la controverse interminable opposant les lois de l'islam à celles de l'hygiène, le plus simple était de convaincre un par un tous les laveurs de corps, moyennant trois ou quatre piastres, de faire leur travail rapidement et sans regarder au détail. Ainsi le Barbier et ses assistants, eux-mêmes conscients du danger, abandonnèrent-ils la méthode rituelle et la cadence s'accéléra.

Pendant un temps, le nettoyage des corps consista donc à asperger d'eau bouillante, sans presque les toucher, les cadavres affreux, ignobles, pustuleux, baveux, vomisseux, et pour certains déjà puants. Puis on les étalait par terre ou sur la pierre rituelle le temps qu'ils sèchent au soleil, dans une arrière-cour de la mosquée (très fréquentée par les chats), enfin ils étaient ensevelis. La deuxième semaine, on abandonna même l'ensevelissement ; c'était le début de l'entassement vertigineux des cadavres anonymes dans les rues, de leur chaulage directement dans la fosse.

Mais malgré ces précautions, malgré les désinfections régulières, la mort de la peste d'abord d'un assistant laveur de corps (il pouvait aussi bien l'avoir attrapée au quartier) à la fin de la période ottomane, puis celle de l'homme que tout Arkaz appelait « le Barbier », juste après l'Indépendance de l'île, incitèrent le docteur Nuri et le Commandant à interdire purement et simplement le lavage des corps. Or la mesure ne fut pas annoncée, on se contenta de condamner la porte du sanctuaire avec une chaîne et un cadenas ; des disputes, des bagarres éclatèrent, une rébellion était en marche, menée par des croyants attachés à la coutume et par ceux qui pensaient que l'être cher ne pourrait être purifié de ses péchés et accéder à l'autre monde si sa dépouille n'avait pas été lavée religieusement.

Quand Nimetullah Efendi devint Premier ministre et le Conseil sanitaire un souvenir, il fut strictement interdit d'enterrer les musulmans sans les avoir purifiés selon la loi islamique et sans avoir prononcé les prières rituelles. Ce décret, d'après nos estimations, entraîna la mort d'un peu plus d'une vingtaine de laveurs de cadavres. Dès la première semaine de l'ère du cheikh Hamdullah, on s'aperçut que les laveurs qui nettoyaient les corps conformément à la loi islamique, sans précautions d'hygiène, étaient très vite contaminés, et ceux qui ne l'étaient pas encore, du reste trop peu nombreux pour répondre à la demande, prirent la fuite après avoir vu trois de leurs camarades être infectés.

Mais le cheikh Hamdullah attachait beaucoup d'importance à la question ; Nimetullah Efendi, s'appuyant sur les muftis et les sous-préfets, fit venir de toute l'île des « volontaires » chargés de laver les cadavres. De ces volontaires, qui pour certains avaient accepté le travail de bon cœur, mus par un mélange de foi, de sentiment de fraternité et de sens du sacrifice, plus de la moitié moururent. Tous les insulaires ayant désormais compris que laver les cadavres selon la religion vous faisait courir un danger mortel, on avait de plus en plus de mal à trouver des « volontaires », or la demande augmentait, aussi alla-t-on chercher d'abord trois soldats de la garnison, dont deux moururent, puis on inscrivit comme « volontaires » des hommes que la police arrêtait dans les villages, soit pour de vraies raisons, soit au hasard, et qu'on envoyait à Arkaz laver les morts. Un temps officièrent aussi un égorgeur et un violeur incarcérés après l'insurrection de la prison, qui ne savaient pas réciter une seule prière et moururent tous les deux.

Le drame des laveurs « volontaires » a beaucoup servi aux historiens et aux politiques qui dénoncèrent, à raison, l'extrémisme et l'irrationalité qui gangrenaient Mingher sous le règne du cheikh

Hamdullah et des Halifi. Durant le bref mandat de Nimetullah Efendi l'intérimaire au feutre pointu, beaucoup d'ennemis de la Halifiye, ou d'« impies » des autres couvents, comme disait le cheikh, furent « affectés » de force au lavage des corps. Pour certains historiens, il faut considérer ces morts non comme le résultat de l'ignorance et d'une naïveté de doux rêveurs – étant admis qu'être laveur signifiait, dans les trois quarts des cas, attraper la peste et en mourir – mais bien comme un massacre intentionnel, un crime de masse délibéré.

Le véritable crime de masse, à nos yeux, c'est surtout que ces laveurs de corps « volontaires » propagèrent l'épidémie dans toute la ville, toute l'île. Quand ils rentraient dormir dans leur couvent le soir, après avoir frotté des cadavres de pestiférés toute la journée, ces hommes pouvaient aisément contaminer les autres disciples. L'explosion soudaine et vertigineuse des morts, explosion qui, précisément, eut lieu surtout dans les quartiers des couvents et dans les couvents eux-mêmes, à moitié transformés en dispensaires, fut donc causée par les laveurs de cadavres, mais personne, hélas, n'a jamais explicitement mentionné cette cause-là, aussi limpide que flagrante.

En réalité, de nombreux disciples des couvents, bien que ne croyant pas aux microbes et aux mesures de quarantaine, percevaient le *tragique* de la situation, et cependant ils continuaient, pour une raison mystérieuse et avec un légalisme buté, d'aller laver les morts. L'historien minghérien Nuran Şimşek, spécialiste d'histoire médicale, a fourni des chiffres montrant que certains laveurs, notamment ceux du couvent des Rifa'i, transmirent une seconde fois le microbe aux patients de l'« hôpital » installé dans le jardin du couvent. Et il est fort possible que le cheikh Hamdullah lui-même ait été infecté par un laveur de cadavres pieux et dévot, car trois laveurs, deux jeunes et un vieux ventripotent, revenaient dormir le soir dans une petite maison en pierre située dans le jardin du couvent de la Halifiye, à deux pas de la modeste baraque d'une seule pièce (et très loin de ressembler à la résidence d'un chef d'État) dans laquelle son éminence le cheikh s'était retiré.

À la fin des vingt-quatre jours de règne du cheikh Hamdullah et de Nimetullah Efendi, l'« anarchie de la peste » qui s'était emparée des jardins des couvents, des terrains vagues, des lieux d'incinération et des rues de la ville était si totale qu'il est impossible de déterminer où, quand, de quel individu à quels autres la contagion se propageait. Du reste, les morts étaient si nombreux, le désespoir si grand que beaucoup de disciples des couvents, surtout les jeunes, s'étaient déjà enfuis loin d'Arkaz, dans les montagnes, les prairies, où ils essayaient de survivre en ramassant des noix, des figues, des herbes.

Aussitôt après avoir été nommé Premier ministre, le docteur Nuri interdit le lavage rituel des corps et ordonna de passer abondamment au lysol les cimetières et tous les endroits où s'arrêtait la charrette des morts, ce qui freina sensiblement la contagion. La reprise du chaulage des cadavres eut sans doute un effet similaire.

Rien ne l'annonçait officiellement, mais les Arkaziens sentaient que la peste était sur le point d'être vaincue. Un parfum d'optimisme se répandait doucement dans la ville, même si les gens continuaient d'observer les règles, et les rues restaient calmes. Le 24 septembre, on ne recensa que vingt morts. Le docteur Nuri en fut le premier ému. Il convoqua le consul George dans son bureau.

Comme les autres consuls, Monsieur George s'était fait très discret sous les deux précédents gouvernements, de peur d'être accusé d'espionnage ou agressé par les couventistes. Mais depuis la mort du cheikh Hamdullah et la démission de Nimetullah Efendi, il était sur la liste des personnalités recommandées par le Conseil, ce que le docteur Nuri n'ignorait pas.

Le consul anglais, en bon diplomate, félicita le docteur Nuri pour son grand ministère. Félicitations qui n'étaient pas exemptes de ce ton « ironique », nous dirions même « sarcastique », si propre au consul et qu'il employait chaque fois que revenait la question des titres et des rangs depuis la création du nouvel État. Cela dit, tout laissait penser que le consul prenait ce nouvel État au sérieux.

Mazhar Efendi, ministre du Contrôle, était aussi présent. Au même instant, la reine se glissa dans la pièce mal éclairée.

L'espace d'une seconde, tous les quatre sentirent le fantôme de feu Sami Pacha planer au-dessus d'eux ; une étrange culpabilité les saisit. Ils semblaient vouloir parler de lui, mais se turent. Au mur, la carte de l'Empire ottoman et le sceau d'Abdülhamid avaient été remplacés par le drapeau de Mingher et un portrait du Commandant Kâmil. Les vues d'Istanbul et de Mingher, divers statuts et décrets ottomans, la photographie de la place d'Üsküdar accrochés par Sami Pacha étaient toujours à leur place dans leurs cadres.

« L'épidémie s'éteint doucement ! dit prudemment le docteur Nuri à George Cunningham, consul d'Angleterre. L'État de Mingher attend désormais de votre gouvernement la levée du blocus maritime et l'envoi d'une aide sanitaire, médecins compris.

— Le blocus, excellence, est la condition *sine qua non* de l'indépendance de Mingher, répondit le consul. Admettons que les cuirassés européens s'en aillent. Le châtiment d'Abdülhamid s'abattra alors aussitôt sur ces fieffés rebelles qui se vantent d'avoir “fait l'indépendance” après avoir bestialement assassiné le nouveau gouverneur. Le sultan commencera par envoyer le *Mahmudiye* ou l'*Orhaniye*, fraîchement équipés des canons Krupp qu'ils ont montés à Marseille, n'est-ce pas, et Arkaz sera bombardée.

— Et ensuite ils débarqueront leurs troupes dans la baie de Kalar et prendront l'île, intervint le ministre du Contrôle. Votre gouvernement restera-t-il les bras croisés à regarder le sultan rouge massacrer les Minghériens ?

— Selon le droit international, l'île de Mingher est une île ottomane.

— Mais vos navires encerclent l'île et vous coulez les bateaux qui tentent de la quitter ! Ça aussi, c'est dans le droit international ? » Les trois autres se souvinrent que Mazhar Efendi, derrière sa petite voix et son allure paisible, sinon « bonhomme », était un négociateur pugnace et acharné.

« C'est en effet conforme au droit international, puisque le blocus, n'est-ce pas, a été déployé à l'appel du gouvernement ottoman, répondit le consul anglais.

— Dans ce cas, que le vôtre reconnaisse l'État de Mingher. Le peuple minghérien sera très fier d'avoir été reconnu en premier par le gouvernement de sir Gascoyne-Cecil, le Premier ministre de Sa Majesté. Si l'Angleterre reconnaît Mingher, Abdülhamid ne bombardera pas Arkaz. Par contre, si Istanbul passe à l'attaque, ses hommes s'en prendront aussi aux étrangers. Et comme à Salonique, ils commenceront par tuer les consuls...

— Ne vous tracassez pas pour notre sort ! répondit bravement Monsieur George. Nous sommes prêts à tout pour aider cette île. Mais, comme elle, nous sommes coupés du monde...

— Mais vous n'avez pas de mal à deviner quelles propositions le gouvernement anglais pourrait accepter, et à quelles conditions il accepterait de protéger l'État de Mingher contre les Ottomans. Et si votre opinion n'est pas encore faite, nous vous laissons deux jours pour nous rendre un rapport sur la question. »

Le ministre du Contrôle avait prononcé cette dernière phrase d'un ton qui signifiait : « Nous savons que vous envoyez des rapports secrets aux Anglais ! » Ce qui n'était pas le cas.

Les trois autres pensaient que le consul accepterait l'offre et le délai de deux jours pour écrire son rapport. Mais son opinion était faite, et il la donna aussitôt.

« Quel que soit le parti au pouvoir, tous les gouvernements de Sa Majesté se sont inquiétés du dessein qu'Abdülhamid caresse, depuis maintenant un quart de siècle, de fédérer les musulmans du monde entier sous une même bannière, et ce, n'est-ce pas, afin de tenir tête aux Britanniques. Cela étant, la moitié de mes compatriotes du ministère des Affaires étrangères ont compris que la politique panislamiste du sultan est condamnée à l'échec. Non seulement ils ont constaté que les musulmans ne s'unissaient pas, mais pis, que les Arabes, Albanais, Kurdes, Tcherkesses, Turcs et Minghériens tendaient à s'éloigner toujours davantage les uns des autres, aussi considèrent-ils que l'union islamique relève du vœu pieux, et aussi un peu du numéro de théâtre. Hélas, l'actuel gouvernement de Londres est aux mains de conservateurs farouchement hostiles à l'islam, comme l'était feu Gladstone. » Le consul George se tut un instant, puis se tourna vers la reine. « La cruauté d'Abdülhamid, celle qu'il exerça contre votre famille, votre père, vos sœurs, vous-même, est hélas inévitable. Jeunes-Turcs, opposants, Bulgares, Serbes, grecs, Arméniens, Minghériens, tous ont enduré l'impitoyable brutalité de votre oncle. Mais si vous, altesse, reine de Mingher et membre de la famille impériale, dénonciez la cruauté d'Abdülhamid et sa politique islamiste, je ne doute pas que non seulement à Londres, mais encore à Paris et à Berlin, des voix s'élèveraient pour exiger qu'on défende l'île et sa fière nation face au cruel sultan.

— Je suis d'accord avec le consul, dit le ministre du Contrôle. Le problème, c'est de trouver le journaliste qui fera passer le message de la reine jusqu'en Europe malgré le blocus. Hors de question de donner ça aux journaux de Crète et d'Athènes.

— Je crois que beaucoup de journaux de Londres et de Paris seraient ravis de publier un feuilleton qui raconte avec force détails la vie d'une fille de sultan et de sa famille otages du Sérail, reprit le consul George. Et puisque tous les journaux du monde ne parlent déjà que de votre sacre…

— Mais n'ont rien dit de son mariage avec feu le cheikh.

— Ils auront compris que c'était un mariage blanc, un truc, n'est-ce pas, répondit le consul. Ils attendront cependant de son altesse la reine qu'elle exprime franchement et librement ce qu'elle pense de son oncle, le cruel et despotique Abdülhamid. On devra sentir que ces paroles courageuses sont dictées à la reine par les sentiments qu'elle a nourris toute sa vie contre le despote. L'appel de ces sentiments aura de l'écho jusque dans le gouvernement de sir Robert Gascoyne-Cecil, où il se trouvera de mes compatriotes pour souhaiter protéger cette merveilleuse île de la fureur d'Abdülhamid. »

Quarante-deux ans plus tard, au moment où leurs rédacteurs se féliciteraient de la victoire de Hitler dans les Balkans, certains journaux d'Istanbul, tels l'*Orhun*, le *Tanrıdağ*, écriraient dans leurs rubriques d'histoire que la bienveillante proposition du consul George, l'espion britannique, n'était en réalité qu'un des rouages d'une immense et diabolique conspiration contre la nation turque. (D'après eux, les Ottomans avaient perdu Mingher à cause de George comme ils avaient perdu l'Arabie à cause de Lawrence.) Toujours est-il qu'au matin du 24 septembre 1901, les protagonistes de cette réunion historique reconnurent unanimement que placer l'île sous le *mandat** ou la *protection** d'un État européen constituerait la meilleure garantie contre Abdülhamid ou d'autres puissances, et leurs regards se tournaient du côté de la reine.

« C'est à moi qu'il appartient de décider comment je dirai du mal de mon oncle ! s'exclama Pakizê avec une détermination qui fit frissonner son mari d'amour et de fierté. Pour l'heure, je dois examiner le problème, et trancher en pensant d'abord à l'intérêt des Minghériens. »

CHAPITRE 77

Au ton résolu de Pakizê, les trois hommes en furent convaincus : la reine parlerait contre Abdülhamid et sa politique. Ils en conçurent l'espoir qu'il restait une dernière chance de sauver la destinée politique de l'île. Mais aucun journaliste, ni turc, ni minghérien, ni « étranger » ne recueillit jamais les déclarations de Pakizê.

« Il s'agit simplement de raconter aux journalistes européens ce que vous m'avez raconté à moi, voilà tout, lui dit une fois le docteur Nuri.

— Est-ce digne de moi ? » répondit la reine. Ses yeux étaient grands ouverts, son expression très douce. « Mes discussions avec mon père et mes sœurs sont mes souvenirs les plus intimes, les plus précieux. Comment pourrais-je raconter partout que mon oncle nous a fait du mal ? En vérité, j'aimerais d'abord savoir ce que dirait mon père.

— Vous êtes reine à présent. Et il s'agit d'un problème de politique internationale.

— Je ne suis pas reine parce que je l'ai voulu, mais pour tenir la quarantaine, arrêter l'épidémie, pour sauver des vies humaines ! » répondit Pakizê. Elle commença à pleurer, son mari la prit dans ses bras, caressa ses beaux cheveux châtains, et lui rappela que de toute façon il n'y avait pas de bateaux, par conséquent aucun journaliste ne viendrait l'interroger.

Les lecteurs de ses lettres à Hatidjê verront que les tergiversations de Pakizê quant au fameux discours contre Abdülhamid durèrent jusqu'à la fin du mois de septembre ; et, comme elle, ils s'étonneront de découvrir que les années passées au palais de Çırağan entourée de son père, sa mère et ses sœurs, avaient été les plus belles de sa vie. Même durant ces journées, heureuses entre toutes parmi celles de la peste, qui la virent couronnée reine de Mingher à vingt et un ans, Pakizê regrettait son ancienne vie au palais, une vie passée à jouer du piano pour son père, à lire des romans avec ses sœurs, à plaisanter avec les vieilles dames du harem et à courir en riant d'une chambre à l'autre. Quand son mari n'était pas là, il lui arrivait de pleurer.

Sa tristesse et sa nostalgie augmentant, la reine finit par ne plus vouloir quitter sa chambre, parfois même son lit. Or l'épidémie s'éteignait doucement, quelques habitants mettaient le nez dehors, et le ballet renaissant des barques des pêcheurs et des autres bateaux (de sa chambre elle voyait la chaloupe de la tour de la Princesse, des barges militaires), s'unissant aux vents chauds chargés de senteurs d'algues et aux premiers orages de l'automne, semblait secouer la ville hors de son grand sommeil.

Lorsque, au début du mois d'octobre, par un jour sombre et pluvieux, le chiffre des morts tomba à onze, l'adoucissement de la loi sur le confinement – le ministre du Contrôle plaidait pour son annulation pure et simple – fut à l'ordre du jour dans la salle d'épidémiologie. La reine Pakizê était présente et proposa ses solutions. On décida de rouvrir les marchés paysans – car la famine commençait à sévir et même à tuer par endroits – et d'adapter le confinement ; même si la courbe du nombre de décès quotidiens devait en pâtir un peu, les décideurs avaient maintenant assez de confiance pour maintenir la mesure. Les représentants des compagnies maritimes, prétendant que les premiers bateaux, voire les navires des lignes régulières, repartiraient bientôt du port d'Arkaz, demandaient sa réouverture et celle de leurs bureaux. Or les propriétaires de ces agences étant pour la plupart consuls, le Premier ministre Nuri comprit leur demande comme une manière voilée d'annoncer que le jour approchait où les vaisseaux des grandes puissances lèveraient enfin le siège de l'île.

« Si les Anglais et les Français retirent leurs navires, les premiers arrivés à Arkaz ne seront pas les vapeurs des compagnies, mais le *Mahmudiye*, avec bombes et canons ! » protesta le ministre du Contrôle.

Son intervention rappela à tout le monde que l'« indépendance » était encore dépendante du blocus maritime, ou bien d'une protection des grandes puissances qui restait à négocier.

Durant la réunion, Pakizê essayait parfois d'imaginer ce que son père aurait fait dans une situation pareille. Parfois aussi, elle imaginait qu'elle était son père, et il lui semblait alors, comme elle l'écrivit à sa sœur, envisager les affaires de l'État avec plus de sang-froid, de lenteur et de précision. Assise à son bureau, elle haussait parfois les sourcils et s'essuyait le front comme son père, ou bien comme lui penchait sa tête en arrière, la nuque sur le dossier de sa chaise, et regardait au plafond, perdue dans ses pensées. Et l'imitant ainsi, elle se sentait à la fois être un peu son père et parvenir à continuer d'être elle-même, dans un étrange état de conscience qu'elle décrivit à sa sœur avec une honnêteté poignante.

Les époux continuaient leurs promenades en landau à travers Arkaz, chaque jour dans un quartier différent. L'épidémie s'estompant, leurs visites prenaient peu à peu l'allure de festivités discrètes, prudentes. Les Arkaziens ne se réjouissaient plus de voir la reine seulement à cause du pain, des noix, des pruneaux et autres victuailles qu'elle leur apportait, mais parce que ses visites semblaient avoir le pouvoir de refouler la peste.

Dans les quartiers où feu le Commandant Kâmil était très aimé, comme Turunçlar ou Bayîrlar, mais aussi chez les grecs de Dantela ou Pétalis, quelques drapeaux minghériens flottaient aux fenêtres, où les femmes apparaissaient pour voir le landau, montrant aux époux les enfants qu'elles tenaient dans leurs bras. Un enfant touché par la reine, disait-on, ou bien à qui elle avait souri et adressé un salut lointain, aurait un destin plus éclatant. On disait aussi que le voile couleur grenade de la reine annonçait une bonne année, c'est-à-dire la fin prochaine de l'épidémie, ou bien que de loin elle avait l'air souriante mais qu'en fait ses yeux étaient baignés de larmes, quand on n'expliquait pas la laideur de son mari, vraiment pas beau, par la pure méchanceté d'Abdülhamid.

Le confinement obligatoire fut levé aux heures de journée, du matin à la prière du soir. Mais, contrairement à ce qu'on a tenté de faire croire, donner comme borne temporelle l'appel du muezzin plutôt qu'un horaire chiffré n'attestait pas d'une quelconque immixtion de la religion dans la politique : la plupart des musulmans n'avaient simplement pas de montre en état de marche, et beaucoup vivaient déboussolés depuis que le docteur Nuri avait remis en vigueur la loi sur les églises (plus de cloches) et les mosquées (plus d'appels à la prière). Quand les muezzins montèrent au minaret pour la première fois depuis trente-cinq jours, ce ne fut pas pour appeler les croyants à la prière, mais pour avertir les habitants qu'il était l'heure de rentrer chez eux. L'écho de leurs cris vibrant jusqu'aux montagnes rappela aux Arkaziens sous quel épais silence leur ville était si longtemps restée ensevelie. Deux jours plus tard, le vendredi 4 octobre, les mosquées et les églises étaient de nouveau ouvertes aux fidèles.

C'était ce retour progressif des bruits de la ville, bruits familiers qu'ils n'avaient pas oubliés, mais que beaucoup avaient perdu l'espoir d'entendre un jour à nouveau, qui donna aux habitants l'impression la plus nette d'un retour à la vie d'avant. Au début, certains n'y crurent pas. Le plus grand plaisir, c'était de réentendre le hennissement des chevaux, les roues des voitures, le tintement des fers à cheval, le grelot des clochettes. Les anciens cochers, emportés par la peste, avaient été remplacés par des nouveaux, plus doux, qui menaient leurs chevaux sans violence même dans les pentes les plus abruptes, leur parlaient à l'oreille comme des amis et parfois, quand même, leur mettaient un coup de cravache. Et quel bonheur c'était pour Pakizê, comme elle l'écrivit aussitôt à sa sœur, d'entendre à nouveau les « dia ! hue ! ya ! tss tss… » que les cochers lançaient en plissant les lèvres.

Bientôt, aux cris des mouettes, des corbeaux, au chant des tourterelles et des autres oiseaux, qui eux n'avaient jamais cessé, se mêlèrent les premiers appels des vendeurs, les voix des enfants qui jouaient, la sonore rumeur des portes, des toits, des cheminées qu'on réparait. Pakizê surprenait aussi les bruits secs des lattes contre les tapis, les kilims, les nattes que les femmes, en préparation de l'hiver, battaient à leur fenêtre ou sur le perron pour en ôter la poussière. Et elles chantaient de nouveau, ces femmes, grecques comme musulmanes, en étendant leur linge propre dans les jardins.

Les bazars aussi revivaient, ce que les époux, traversant la ville à bord du landau, devinèrent au son du marteau des ferronniers, aux crissements aigus des rémouleurs. Tous les commerces n'avaient pas encore rouvert, mais les vendeurs d'œufs, de fromages ou de pommes avaient repris leur place et criaient comme autrefois dans les allées du Vieux Bazar qui, quoique à peine fréquentées, faisaient l'effet d'être bondées. Il ne mourait plus que cinq personnes par jour, mais les rues restaient désolées, la mémoire des souffrances et des morts était encore vive, personne n'était véritablement rassuré.

Trois jours plus tard, au milieu d'une journée orageuse (on était passé sous la barre des cinq morts), le ministre du Contrôle Mazhar Efendi entrait dans le bureau du Premier ministre pour lui rappeler, après force politesses et courbettes, l'urgent besoin qu'on avait de la déclaration de Pakizê à propos du tyran Abdülhamid : l'épidémie finie, on pouvait être certain que les cuirassés des puissances reprendraient le large, puisque leur mission était d'empêcher la peste d'arriver en Europe et qu'ils l'avaient remplie. Alors viendraient les vaisseaux de guerre et les soldats d'Abdülhamid. De nombreuses îles, pas seulement celles du Dodécanèse (comme Kos, Symi ou Megísti) mais de toute la Méditerranée, passaient régulièrement des Grecs aux Ottomans, puis des Ottomans aux Grecs et ainsi de suite sans arrêt, et pendant que la bannière hissée sur le fort changeait de couleur, des navires bombardaient les villes, brûlaient leurs quartiers, tuaient leurs habitants, dont les souffrances étaient aussi grandes que vaines. L'heure était à la décision.

« La reine examine toutes les options ! » protesta le docteur Nuri pour clouer le bec de Mazhar Efendi sans trop le moucher non plus. Il s'empressa tout de même de transmettre à son épouse la requête du ministre du Contrôle, et la pluie tombait toujours.

« Cet homme nous tend un piège ! » s'exclama la reine Pakizê dans un pressentiment.

Le docteur Nuri n'était pas aveugle ; il voyait bien que le ministre du Contrôle se mettait méthodiquement dans la poche tous les fonctionnaires, qui reprenaient lentement leur travail. Et ces fonctionnaires, comme les soldats et les nouveaux soldats de la quarantaine, appréciaient beaucoup l'humble et industrieux Mazhar Efendi. Celui-ci, galvanisé, ne craignait plus d'exposer ses désaccords avec le docteur Nuri et la reine ; il souhaitait par exemple la réouverture des lignes maritimes, mais refusait celle du télégraphe, par crainte des interférences hamidiennes. Par ailleurs, il avait assoupli certains règlements de quarantaine dans le port sans demander son avis au Premier ministre. Chacune des critiques qu'il émettait devant Pakizê et le docteur Nuri était dissimulée sous une débauche d'humilité et de courtoisie mielleuse. Les époux ne croyaient plus à son « honnêteté ».

Sur certains sujets, cependant, la reine était d'accord avec le ministre du Contrôle. Tous deux vouaient un culte respectueux et sincère à la mémoire du père de l'État et de son épouse Zeynep. Les sentiments de Mazhar Efendi avaient sans doute une couleur plus politique : il était d'abord reconnaissant au Commandant d'avoir libéré les Minghériens du joug ottoman. Pakizê, elle, voyait surtout l'histoire d'amour, entre l'ardente et hargneuse fille de Mingher qui refusait d'être la seconde femme d'un bandit et le jeune officier ottoman qui s'était épris d'elle, l'avait épousée et fait la révolution dans la foulée, c'était merveilleusement romantique. L'amour de Kâmil et Zeynep, sans cesse alimenté par de nouvelles légendes, allait servir, tout au long des cent et quelques années suivantes, de « ciment » pour l'unité et l'identité minghériennes. Et tous ceux, assez nombreux, qui ont critiqué un peu la légende, douté de sa véracité, moqué ses invraisemblances, ont fini en prison.

« Sans le génie, la détermination et l'audace du Commandant Kâmil, la nation minghérienne serait encore l'esclave d'une autre, disait le ministre du Contrôle. Et qui sait si elle n'aurait pas perdu jusqu'à sa langue, avant d'être rayée de la carte… »

On décida d'allouer un budget spécial à la création de nouvelles écoles centrées sur la langue minghérienne. On y enseignerait aux enfants l'histoire et les légendes de l'île, d'Homère à l'amour de Kâmil et Zeynep, préalablement simplifiées et réécrites en minghérien. L'enfance du Commandant, mais aussi celle de son épouse Zeynep, narrées sous forme de contes, occuperaient une place éminente dans les manuels scolaires. L'école de filles serait l'école « Zeynep », celle de garçons l'école « Kâmil ». Mais dès le collège, filles et garçons devaient être réunis dans les mêmes classes, déclara Pakizê : une idée très « avancée » pour son époque, mais assez naïve, alors irréalisable, et qui par conséquent resta un rêve, ce qui n'empêcha pas les nouvelles écoles de prendre les noms de Kâmil et Zeynep. Sur l'insistance de la reine, on rebaptisa également ainsi l'école grecque aux murs roses et aux volets jaunes d'Eyoklima. Le quartier, très calme, verdoyant et ombragé, avait été déserté par la plupart de ses habitants grecs, que remplaçaient maintenant des évadés de la prison et autres occupants illégaux.

On commanda par avance à un imprimeur parisien des carnets de timbres et des billets de banque à l'effigie du Commandant et de Zeynep, dont les deux photographies furent réunies grâce à un habile collage. Le portrait recomposé du couple fut tiré à cinq cents exemplaires par les presses de l'*Havadis-i Arkata*, et des voitures, des postillons à cheval se chargèrent de les faire parvenir aux bâtiments publics de toute l'île.

Le Premier ministre déclara à Mazhar Efendi qu'il partageait les vues de la reine sur l'éducation des femmes ; il ne reçut pas la moindre protestation. Le ministre du Contrôle ne se réfugia pas derrière une excuse de derviche ou de vieux hodja telle que : « Mais les femmes ne connaissent rien aux lois du commerce ! » Deux jours plus tard, le 9 octobre (trois morts seulement), une charte proclamant les nouveaux droits des femmes était publiée dans le *Havadis-i Arkata*, désormais journal officiel. Sans aucun mot pour dire que cette « réforme » était une idée et une initiative de la reine. Ainsi la « laïcité » fit-elle son entrée dans l'histoire de l'île, au grand dam des musulmans de Mingher, qui la combattent depuis cent seize ans.

Le 16 octobre, la peste ne fit aucun mort. Mazhar Efendi, le vrai maître de l'île, était dans tous ses états ; il sentait que le blocus maritime serait bientôt levé. Dans chaque quartier où le landau les portait, la reine et le Premier ministre étaient accueillis avec une émotion, un enthousiasme, oui, qui confinait à la ferveur. Les rues se repeuplaient, les commerces ouvraient, ceux qui avaient fui Arkaz faisaient leur retour en ville. Des vols fous d'étourneaux et d'hirondelles qui sentaient, disait Pakizê, que la peste était finie, remplissaient le ciel de gazouillements joyeux. Des bagarres éclataient entre les intrus qui occupaient les maisons et leurs propriétaires qui y revenaient, entre les commerçants dépouillés et les paysans récemment installés en ville, et ni les policiers ni les soldats de la quarantaine, qui n'étaient jamais qu'une poignée, ne parvenaient à séparer tout le monde. Mais ces quelques tracas étaient effacés par l'immense bonheur de voir l'épidémie disparaître, la vie d'avant reprendre son cours, un bonheur qui redonnait des sourires aux visages, faisait courir, bondir les enfants et danser même les vieillards qui avaient un pied dans la tombe.

CHAPITRE 78

Pour que l'île retrouve sa vie d'avant l'épidémie, que les navires reviennent, il était impératif de remettre en service le télégraphe de la poste. Tel était, ce 19 octobre 1901, le thème de la réunion convoquée par le docteur Nuri. Soudain, le sifflet strident, long et puissant d'un bateau résonna dans tout Arkaz.

Quelques-uns des ministres et consuls réunis autour de la grande table se levèrent aussitôt ; deux coururent à la fenêtre. D'autres tentaient d'apercevoir le bateau sans quitter leur chaise, quand retentirent deux nouveaux coups de sifflet, plus longs encore.

L'agitation s'empara du grand salon : quel était ce bateau ? Comment avait-il franchi le blocus ? Certains s'amusaient à essayer de deviner le nom de la compagnie et même du navire au son du sifflet, d'autres au contraire, voyant les consuls triompher, commençaient à paniquer, on parlait déjà d'invasion étrangère et d'hécatombe. Le monde était plein d'États impérialistes qui sous couvert d'innocents cargos de marchandises débarquaient leurs hordes de tueurs enragés dans quelque colonie lointaine et turbulente, pour en massacrer le peuple. Mais non, si ce bateau s'annonçait à coups de sifflet tendres et joyeux comme une chanson, ses intentions devaient être bonnes.

Au moment où l'écho du sifflet se répandait dans tout Arkaz, Pakizê se trouvait au rez-de-chaussée du ministère (ancien palais du gouverneur), où elle assistait à la dispute des vieux fous les plus célèbres de l'île, Dimitrios le grec et Servet l'Enchaîné. Depuis trois jours que l'épidémie était terminée, la reine n'avait plus le cœur de faire refouler par la police les gens qui se pressaient au palais pour la voir, la remercier, lui donner des cadeaux, parfois seulement lui baiser la main (cette petite femme de vingt et un ans, croyaient certains, avait mis en déroute le démon de la peste). Une des pièces qui donnaient sur la cour intérieure avait été vidée de ses archives poussiéreuses, meublée de fauteuils, de chaises et d'une grande table en noyer, et ainsi transformée en petit salon où les citoyens venaient présenter à la reine leurs vœux, leurs plaintes et leurs louanges.

Pakizê y recevait deux heures par jour, sous une carte de Mingher et le portrait retouché de Zeynep et du Commandant Kâmil. Elle écoutait successivement des gens qui cherchaient leurs familles disparues, d'autres qui n'arrivaient pas à chasser les nouveaux occupants de leur maison, d'autres qui demandaient des nouvelles d'un parent jeté en quarantaine à la Forteresse et qui n'en était jamais revenu, d'autres qui réclamaient de l'aide, de l'argent, du travail ; Süleyman Efendi le Grincheux voulait la réouverture de son procès laissé en plan, une histoire de potager et de puits ; d'autres venaient exhiber les plaies et les douleurs qu'ils n'avaient pas pu montrer aux médecins durant l'épidémie, d'autres encore exigeaient un permis pour quitter l'île, un bateau, quand ce n'était pas un billet ; d'autres toujours attendaient de la reine la remise en fonction du télégraphe, ou l'annulation de leurs arriérés fiscaux, ou bien même, comme le demanda une vieille femme nerveuse qui venait de Turunçlar, un bon mari pour leur fille. Tous trouvaient la reine bienveillante, honnête et courageuse.

Il y avait également, parmi tous ces gens qui faisaient la queue, les admirateurs « purs et sincères », pourrait-on dire. Eux ne voulaient rien, sinon voir Pakizê, baiser sa main ou lui offrir des noix et des figues de leur jardin. Deux sœurs vinrent avec leur mère ; en s'approchant de la reine, la plus grande rougit jusqu'aux oreilles et fut frappée de mutisme. Les deux vieux fous de l'île faisaient partie de ces admirateurs-là. Après avoir passé l'épidémie et tout l'été enfermés chez eux, sans mettre un pied dehors, grâce au secours de leurs enfants et petits-enfants, ils étaient timidement ressortis dans les rues et, s'étant croisés, au lieu de se cogner dessus, avaient papoté comme deux copains, riant de la joie d'être restés en vie.

Les deux fous, comme beaucoup de gens, avaient apporté à son altesse, qui avait l'âge de leurs petits-enfants, des poèmes qu'ils avaient écrits en turc, en grec et en minghérien, un panier en osier rempli de fruits de leur jardin. Ils commençaient déjà à se pousser du coude et à s'injurier en trois langues au milieu de la file. Soit parce qu'on les avait provoqués, disaient certains, soit, pour d'autres, parce que leur petit numéro de jurons et de bourre-pifs était leur seul moyen de gagner le cœur des Arkaziens, et qu'ils ne savaient rien faire d'autre.

Les deux vieux fous étaient en train de s'envoyer des gifles et des insultes, qui indisposaient beaucoup la reine, quand le premier coup de sifflet retentit. Les deux vieux fous alors sourirent « vraiment comme deux gamins », selon l'expression de Pakizê, et levèrent longtemps les yeux au ciel, comme s'ils avaient repéré un objet mystérieux qui fusait dans l'azur. Au troisième coup de sifflet, la reine se leva, sortit de la pièce sans rien dire, remonta les escaliers suivie de ses secrétaires, des gardes et des valets qui portaient les offrandes du peuple, entra dans sa chambre et courut à la fenêtre pour apercevoir le bateau.

C'était l'*Enas*, un petit bateau de transport de passagers et de marchandises, à la coque rouillée, battant pavillon crétois. Il opérait d'ordinaire dans le triangle Crète-Salonique-Smyrne et passait rarement à Mingher. Dès qu'elle vit le bateau, dont la cabine du capitaine était basse et trapue, la cheminée courte et replète, mais l'allure étrangement noble et résolue, la reine se sentit envahie par la tristesse mélancolique qui la saisissait chaque fois qu'elle voyait passer sous ses fenêtres du palais de Çırağan les vapeurs qui traversaient le Bosphore et les bateaux de croisière qui descendaient de la mer Noire à la Méditerranée : la vie, la vraie, celle qui mérite d'être vécue, ce n'est pas être enfermée dans une chambre, mais prendre un bateau et s'en aller à l'autre bout du monde.

Mais à Istanbul quand elle regardait passer les bateaux, son père était à côté d'elle, à tout le moins ses affaires, l'odeur de son parfum. La nostalgie d'Istanbul et de son père lui transperça le cœur, elle chercha l'apaisement en commençant une nouvelle lettre à sa sœur, dans laquelle elle ne manqua pas d'ajouter qu'elle avait compris quelles grandes responsabilités étaient les siennes à Mingher, et qu'elle était fière d'être tant aimée par le « peuple ». Mais que les hommes musulmans aient le droit de prendre quatre épouses et de les répudier d'un claquement de doigts quand ça leur chantait, la reine ne le trouvait pas juste. Le moment venu, elle changerait ces lois, écrivait-elle à sa sœur. Et elle était certaine que leur père, s'il savait ce qu'elle avait déjà accompli et avait l'intention d'accomplir, serait fier de sa fille.

Le bateau rouillé que Pakizê voyait entrer dans la baie avait passé le blocus des grandes puissances grâce à l'intervention du consul anglais de Crète. Il apportait dans l'île, bien qu'un peu tardivement, du matériel médical, des tentes, des lits, trois médecins dont deux musulmans, et une grosse quarantaine de Minghériens qui avaient fui en Crète au début de l'épidémie, essentiellement des grecs.

À l'appel du sifflet, parce qu'ils voyaient dans l'arrivée de l'*Enas* une preuve que la peste était bel et bien vaincue, beaucoup d'Arkaziens laissèrent en plan leur travail et descendirent au port dans une ambiance de fête. Depuis la fenêtre de sa chambre, la reine suivait le départ des deux chaloupes qui quittaient le quai au moment où le navire rouillé jetait l'ancre. La foule du port s'interrogeait sur la nature du bateau, comment il avait évité les cuirassés, et déjà la rumeur se répandait que le blocus, s'il avait jamais existé, était levé depuis longtemps.

Trois heures après que les premiers passagers eurent posé le pied à Arkaz, le Premier ministre expliqua à la princesse Pakizê que le navire était un « ami » et qu'il avait pu franchir le blocus grâce à un accord temporaire entre les Anglais et son oncle. (Ce « votre oncle », le docteur Nuri le vit à l'expression de sa femme, n'éveillait plus en elle la colère, mais la nostalgie d'Istanbul.)

Le plus éminent passager du bateau, invité par le ministre du Contrôle, était un journaliste français, jovial et pourvu d'un nez énorme, déjà auteur de plusieurs articles sur Mingher pour la presse française et britannique. Ce monsieur, disait le docteur Nuri, venait interroger la reine, comme il avait été convenu, à propos de son père, ses sœurs et toute sa famille emprisonnée par Abdülhamid, et bien sûr également sur cette coquetterie de la fortune qui faisait d'elle la reine d'un jeune État indépendant. *Le Figaro* et le *London Times* accorderaient une place centrale à cet entretien, qui aurait aussi l'avantage – cette fois selon le ministre du Contrôle – de poser les bases d'une protection anglaise de l'île contre Abdülhamid. Le consul George tenait aussi à rappeler à la reine la détestation que son altesse vouait aux islamistes et aux ennemis des femmes.

« Dites-moi, mon bon ami, pourquoi sommes-nous ici ?

— Ma foi, nous ne savons toujours pas pourquoi votre oncle nous a inclus dans sa Délégation chinoise !

— Certes, mais après le meurtre du pauvre Bonkowski Pacha – paix à son âme –, c'est bien pour élucider ce crime et sauver l'île de la peste que mon oncle nous a envoyés ici, ou me trompé-je ? dit la reine à son mari sur un ton légèrement méprisant, quoique didactique et même tendre.

— Oui, et grâce à Dieu nous avons réussi, voilà pourquoi la nation de cette île a fait de vous sa reine.

— Pourquoi ils m'ont faite reine, je n'en sais pas grand-chose. En revanche, je sais très bien que nous ne sommes pas venus sur cette île pour l'arracher à l'Empire d'Osman et la livrer aux Anglais. Et je sais également que, durant tout ce temps, on m'a enlevé jusqu'au rêve de retourner à Istanbul voir mes chères sœurs et mon petit papa.

— Et y retourner ne sera pas plus facile aujourd'hui.

— J'en ai conscience, mon cher. Tout ce que nous avons accompli ici, nous l'avons fait pour arrêter l'épidémie. Eh bien restons, alors. Nous avons une dette morale envers cette nation qui m'aime, qui a fait de moi sa reine ! Et voyez-vous, la seule chose dont j'aie envie, là, maintenant, ce n'est pas de me répandre en commérages sur mon oncle avec un journaliste français, mais de monter avec vous dans le blindé (c'est ainsi qu'ils appelaient le landau entre eux) et d'aller à Dikili, à Kofounia, sur les Hauts de Turunçlar, rencontrer ce peuple qui implore notre aide, et trouver des solutions à son malheur. »

Le journaliste français à l'énorme nez – dont Mazhar Efendi et le consul George avaient arrangé ensemble la venue à Arkaz grâce au télégraphe – pensait que la reine faisait des caprices, des simagrées. En attendant il avait déjà commencé à rassembler du matériel pour d'autres articles qu'il écrirait, sur l'histoire de l'île, ses beautés, sa Forteresse, ses cachots et, bien sûr, son épidémie de peste. Quand il apprit que des fonctionnaires ottomans vivaient enfermés dans un donjon où ils croupissaient depuis cent dix jours prétendument pour raisons de quarantaine, le journaliste fit demander à la reine la permission d'aller sur cet îlot rencontrer les

« Turcs ». Non seulement la reine lui accorda aussitôt cette permission, mais elle décida de visiter elle aussi la tour de la Princesse.

Deux heures plus tard, en début d'après-midi, Pakizê et le docteur Nuri accostaient sur l'îlot à la tête d'un convoi de quatre caïques. L'arrivée de la reine et du Premier ministre avait été annoncée, mais devant la tour de la Princesse ne les attendaient que le vieux gardien grec et ses chiens, deux boxers mâles. En cent trois jours, soit depuis la proclamation de la Liberté, plus d'une trentaine des soixante et quelques fonctionnaires restés fidèles au sultan (ceux qu'on appelait parfois « les Turcs ») étaient morts. Ces hommes, parce qu'ils avaient cru que feu le gouverneur Sami Pacha était sincère lorsque aux premiers jours de la « Liberté » il leur susurrait « l'État de Mingher est sage et doux ! », avaient déclaré sans trembler qu'ils voulaient rentrer à Istanbul, refusé les paies élevées qu'on leur proposait, et récolté ensuite, en récompense de leur franchise et de leur honnêteté, la punition du pacha.

Au début, la punition consistait seulement à être coincés au milieu de la baie, avec l'interdiction de retourner à Istanbul, à se dessécher sur un caillou sans ombre. Mais ensuite, la peste et la masse croissante des fidèles d'Istanbul, désormais arrêtés aux quatre coins de Mingher, avaient transformé la petite île en enfer sur terre. La moitié des hommes encore entassés là ne devait sa survie qu'à la mort de l'autre moitié (les cadavres étaient confiés aux vagues de la Méditerranée). Et pendant qu'ils vivaient ce calvaire, les « Turcs » avaient appris que les hommes au pouvoir à Mingher les gardaient en réserve comme monnaie d'échange pour un hypothétique arrangement avec Abdülhamid.

Certains des « otages » de la tour de la Princesse prévoyaient de s'évader en s'emparant de la chaloupe qui faisait des allers-retours vers l'îlot. D'autres se contentaient de rêver que le cuirassé ottoman *Mahmudiye*, ancré au large avec les autres navires du blocus, passerait à l'attaque et viendrait les sauver. Mais tous dépérissaient, s'ils ne mouraient pas, à cause de la chaleur, de la faim, de la peste, des disputes et des bagarres qui éclataient entre eux. Beaucoup de ces bureaucrates aguerris et loyaux rendirent l'âme au moment de l'espèce d'extinction massive qui eut lieu la première semaine de l'ère du cheikh Hamdullah, notamment Nizami Bey, le directeur des fondations pieuses, et le sous-préfet Rahmetullah Efendi, que Sami Pacha n'aimait pas.

Le seul à s'être tiré sain et sauf et avec toute sa tête de cette hécatombe était Hadi, l'attaché du gouverneur assassiné avant même de prendre ses fonctions. Dans ses Mémoires, la reine et son époux en visite sur l'îlot sont décrits avec le même ton de condescendance et les mêmes termes méprisants que les fondateurs de la République de Turquie employaient pour parler des derniers sultans ottomans, de la famille impériale, des princes et gendres impériaux. D'après Hadi, Pakizê et le docteur Nuri étaient coupés des réalités à cause de leur vie de sérail, c'étaient des pions dans la main des puissances internationales, enfin ces gens étaient des enfants gâtés, la tête dans les nuages et le pet plus haut que le cul.

Les hommes morts sur l'îlot de la Tour sans revoir Istanbul avaient rendu leur dernier souffle en maudissant Sami Pacha, l'ancien gouverneur qui les avait jetés là en arrachant l'île à l'Empire.

La reine, écoutant les « martyrs » ottomans lui raconter leurs malheurs, se sentait envahie par la honte et la culpabilité, ainsi qu'il sied à toute reine digne de ce nom en pareille circonstance. À cet instant, écrivit-elle à sa sœur, elle avait envie de dire au journaliste français : « Pitié, je vous en prie, ne faites pas honte aux Minghériens ni aux Turcs, n'écrivez rien ! », c'est-à-dire rien sur ces prisonniers innocents, ces otages dévoués à Istanbul, aux yeux rouges et exorbités, qui n'avaient plus que la peau sur les os à force de crever de faim et de misère sur leur caillou. Son père Mourad V parlait un joli français, qui avait fait l'admiration de tous les journalistes européens à l'époque où il était prince. Mais Pakizê, elle, n'était pas très sûre du sien. Et à l'évidence, après lui avoir refusé un entretien sur « la vie d'esclaves du sultan et de ses filles au harem », elle ne pouvait pas en plus déclarer au journaliste à l'énorme nez : « Gare à toi si tu écris la moindre ligne sur ce que tu as vu ici ! Pas un mot sur la misère des serviteurs du sultan ! » La reine se taisait, la gorge nouée par un inextricable imbroglio de sentiments contraires : elle se sentait piégée entre sa responsabilité vis-à-vis de l'île et son désir de pouvoir rentrer à Istanbul un jour ; de là venait qu'elle éprouvait tant de honte.

Au moment où le petit groupe marchait vers la chaloupe qui les reconduirait en ville, la reine se tourna vers son mari le Premier ministre et, à haute et claire voix, lui donna cet ordre :

« Avant de repartir, le bateau crétois ancré devant la Forteresse passera par l'îlot de la Princesse, il prendra à son bord tous ceux qui veulent rentrer chez eux, et les emmènera à Istanbul ! »

CHAPITRE 79

Dans la chaloupe qui revenait au port, le regard de Pakizê tomba par hasard sur la fenêtre devant laquelle elle écrivait ses lettres, dans sa chambre du Ministère. Elle eut l'impression de se voir de l'extérieur, pour ainsi dire ; l'angle de vue qu'elle avait sur le monde depuis cent soixante-seize jours (elle fit le calcul) était ridiculement étroit et limité.

Mais ce qui la déconcertait le plus, c'était de découvrir, *maintenant* seulement, dans la chaloupe, à quel point les hautes falaises rocheuses et la superbe Montagne Blanche qui saillait à l'arrière de la ville étaient proches de sa fenêtre et de son bureau. La proximité d'une présence aussi majestueuse, aussi immense – quoique de là invisible – ne pouvait pas ne pas être sans effet sur l'être humain ! La reine se demandait en quoi la Montagne Blanche avait pu influencer ses lettres ; elle s'émerveillait de voir l'auguste sommet se refléter dans le miroir immobile de la baie. Comme au premier jour de son arrivée, penchée sur l'eau elle contemplait les récifs nichés au fond de la mer, le ballet de petits poissons vifs et acérés, les vieux pagures somnolents, les algues bleues et vertes aux profils d'étoiles.

La mélancolie de Pakizê la poursuivit dans sa chambre. Une heure plus tard, tandis que le bateau rouillé jetait l'ancre devant la tour de la Princesse et qu'embarquaient les derniers Ottomans, le Premier ministre rejoignit son épouse. Le couple, à la fenêtre, chercha à apercevoir de loin les fonctionnaires épuisés qui chargeaient leurs maigres ballots, leurs piteuses valises, leurs ultimes effets sur le navire crétois qui les ramènerait à Istanbul.

« Encore une défaite pour l'État impérial, il retire ses derniers serviteurs de l'île ! dit le docteur Nuri avec sang-froid. N'auriez-vous pas désiré que ce bateau du retour fût aussi le vôtre ?

— Tant que mon oncle sera sur le trône, la route d'Istanbul nous est pratiquement fermée. »

Ainsi le thème de la « haute trahison » – qui allait être le malheur de leur vie – revint sur la scène sous une forme et un nom plus amènes : « Revoir un jour Istanbul ! »

« Assurément, Istanbul appréciera que vous ayez permis à ces pauvres diables de rentrer chez eux ! dit le docteur Nuri. Mais les ennemis d'Abdülhamid et de l'Empire présents sur cette île vous en voudront pour la même raison !

— Vous dites Istanbul, mais vous pensez mon oncle... Or nous n'avons pas renvoyé ces malheureux pour lui faire plaisir, ni à lui ni aux grandes puissances ! Permettre de regagner leur foyer à ces hommes loyaux, courageux, injustement maltraités, mon ami, est un devoir d'humanité ! C'est à ces serviteurs fidèles et héroïques que l'Empire fondé par mes ancêtres doit d'exister depuis six siècles. »

Ils se turent un moment, écrasés par la gravité de ces paroles. Au loin, sur la mer, le bateau crétois, tous ses passagers chargés, envoya trois coups de sifflet, comme lors de son arrivée. Le docteur Nuri vit la nostalgie d'Istanbul mouiller les yeux de son épouse ; il voulut l'apaiser.

« Même à supposer que nous puissions rentrer à Istanbul, nous n'y serions jamais que des esclaves de votre oncle parmi d'autres. Tandis qu'ici nous sommes la reine et le Premier ministre, nous pouvons encore être utiles à cette île splendide, nous pouvons servir sa noble nation.

— Mais, la peste ayant disparu, le blocus sera levé, répondit la reine. Et que se passera-t-il alors ? » Puis, comme pour ne pas penser à la réponse, elle laissa parler le désir de l'instant : « Prenons le blindé, allons nous promener à Dantela et à Flizvos ! »

La reine sentit que c'étaient peut-être leurs dernières promenades dans Arkaz. Dans ses lettres de ces jours-là, elle parle d'enfants jouant à cache-cache dans les grands jardins de Hora, des rues de Ghermê étroites et fragiles comme de la dentelle, des eaux de la source de Tatlîsu qui sont plus douces que celles de Beykoz et de Çîrçîr à Istanbul. Comme pour ne jamais oublier toutes ces beautés, elle décrit la vue superbe qu'on a depuis le terrain réservé pour le mausolée du Commandant à Turunçlar ; les chats de Kadirler qui grattent leurs puces en prenant le soleil sur des escaliers plongeant vers la mer ; les vases remplis de roses posés sur les tables colorées des terrasses des cafés, des restaurants et des pâtisseries de l'avenue d'Istanbul, et ces poissons, mulets et sparaillons, qu'elle voyait par la fenêtre du landau regarder depuis les eaux immobiles du port les chevaux qui trottaient sur le quai.

Le 15 novembre, le *Havadis-i Arkata*, journal contrôlé par Mazhar Efendi, consacrait la moitié de sa une du jour aux promenades de la reine et du Premier ministre. L'article louait l'ardeur et le courage de la reine qui, chaque jour sans faute, même au plus fort de la peste, quittait son palais pour aller à la rencontre des citoyens, écouter leurs problèmes et leur offrir des cadeaux. Le ton général était admiratif, mais quelques lignes, à la fin de l'article, venaient ternir ce portrait élogieux : lors d'une visite dans le quartier d'Arpara, où elle distribuait au peuple des cadeaux, des poissons séchés et des paquets de biscuits, la reine, ne parlant pas minghérien, n'avait pas pu discuter avec les enfants du quartier, dont c'était pourtant le plus grand rêve. En outre, une femme qui aimait beaucoup la reine lui avait mis entre les bras sa petite fille aux yeux bleus, espérant que la reine caresserait l'enfant, et pendant ce temps avait commencé à lui raconter en pleurant à chaudes larmes que leur maison avait été détruite pendant que son mari mourait de la peste, mais qu'ils n'avaient jamais reçu, hélas, ô hélas, les aides qu'on leur avait promises pour la reconstruire, puis, après avoir ajouté qu'elle n'avait plus personne et que la reine était la seule à qui elle pouvait raconter son malheur, la femme s'était aperçue que la reine ne parlait pas sa langue, le minghérien, et que depuis le début elle n'avait rien compris à ce qu'elle lui racontait, et sa déception avait été immense, son rêve brisé. La reine, expliquait l'article, avait un cœur d'or, mais malgré l'immense amour qu'elle vouait au peuple de Mingher elle ne parlait pas sa langue, ce qui, évidemment, chagrinait beaucoup le peuple, et c'était d'ailleurs pour cette raison que la reine, depuis quelques semaines, concentrait ses visites sur les quartiers où l'on parlait turc, grec, voire français, enfin qu'elle tendait à préférer les quartiers des riches.

Le docteur Nuri venait de lire l'article à sa femme dans son bureau de Premier ministre. Il ne put cacher l'impression désagréable qu'il lui laissait ; c'était une manigance du ministre du Contrôle, Mazhar Efendi, déclara-t-il. Mais la reine, avec son innocence et sa bonne volonté habituelles, lui répondit que la critique était juste et fondée, et que désormais elle se rendrait davantage dans les quartiers pauvres où l'on parlait minghérien.

Le lendemain, changeant leur programme (mais le photographe et les gardes furent prévenus à temps), ils allèrent à Kadirler. La visite fut un franc succès, d'abord parce que la reine s'efforça d'employer, à bon escient et avec application, les quelques mots de minghérien qu'elle baragouinait, ensuite parce qu'un duo de gamins adorables se lança dans une imitation d'un cocher et de ses chevaux (jusqu'au bruit des sabots), imitation excellente qui provoqua les éclats de rire de toute l'assistance.

Mais le jour suivant, à Turunçlar, ils n'étaient pas encore descendus de voiture que deux garçons d'une vingtaine d'années, se glissant dans la foule qu'on avait réunie pour l'arrivée de la reine, crièrent deux fois « Mingher aux Minghériens ! » sous le nez des journalistes, avant de disparaître. Le plaisir et la joie de la reine en furent gâchés, elle distribuait ses cadeaux sans envie, et les femmes du quartier, voyant sa mine triste, tentèrent de la consoler en lui disant de ne pas faire attention à ces sales gosses, mais la reine prenait ces choses au sérieux et elle écrivit une longue lettre à sa sœur Hatidjê pour se défendre de l'injustice qu'on lui avait faite : depuis qu'elle était reine, elle apprenait par cœur vingt mots de minghérien tous les jours. Et faisait tout pour promouvoir, en même temps que leur amour, les nobles idéaux de Zeynep et du Commandant. Du reste, le fait d'être née à Istanbul et de ne pas connaître parfaitement l'histoire, la culture, les différentes personnalités et opinions politiques des peuples et des tribus de l'île ne devait pas être imputé à Pakizê comme un défaut, mais considéré comme un avantage en sa faveur. Car être issue d'une souche « différente de tous les autres » lui donnait justement la possibilité de conserver la bonne distance avec chacun, de prendre les décisions les plus équitables, les plus *objectives**. Et c'était bien parce qu'ils ne leur ressemblaient pas, et non l'inverse, que ses ancêtres avaient pu gouverner ensemble autant de nations et de peuples différents, et faire de cette union miraculeuse sous la bannière d'Osman le plus grand et le plus puissant des empires de l'Histoire.

Une fois, son mari lui rétorqua : « Oui, ma sultane, mais c'est peut-être précisément pour cette raison, je veux dire parce qu'ils ne ressemblent pas aux peuples qu'ils gouvernent, parce qu'ils sont d'une autre ascendance que les sujets qui vivent dans leurs provinces, que vos ancêtres les Ottomans sont en train de perdre l'une après l'autre toutes ces îles et ces provinces. »

Deux jours plus tard, un autre article, publié cette fois dans le journal grec *Neo Nisis*, et signé Manolis, répondait sur un ton polémique aux piques finales de celui paru quatre jours plus tôt dans le *Havadis-i Arkata* : « Le peuple de Mingher peut très bien se gouverner tout seul, notre grand Commandant l'a prouvé, il n'a en tout cas aucun besoin de confier son destin à des gens qui ne parlent même pas sa langue, comme si Mingher était une petite colonie miséreuse perdue au fin fond des steppes mongoles ou des jungles d'Asie, et surtout pas à une "fille de sultan" dont le père est aux ordres de la franc-maçonnerie internationale », écrivait Manolis. Plus loin dans son article, il écornait aussi le mythe qui voulait que la reine fût très aimée, la curiosité du peuple à son égard ne devait pas être surinterprétée, car « une fille de sultan qui a vécu prisonnière comme une esclave pendant des années », rappelait-il, serait de toute façon « un objet de curiosité n'importe où dans le monde ». Mais il y avait autre chose à ne pas oublier : « Ce monde ottoman où les hommes enferment les femmes dans leurs harems comme des oiseaux dans une cage, ne leur laissant au mieux que la tâche de décorer une ou deux chambres, ce monde ottoman où chaque être humain est l'esclave d'Abdülhamid, ce monde ottoman ne pourra jamais servir d'exemple au brillant destin de la Nation mingherienne, car la Nation mingherienne et les femmes de Mingher sont libres ! »

« Ce Manolis nous insulte, moi et mon pauvre père ! s'indigna Pakizê. Je vous en prie, faites quelque chose ! Je ne suis pas un oiseau du harem ni une esclave en cage, je suis la reine. Personne ne doit lire cet article, vous devez intervenir.

— Ma sultane, croyez bien que si j'arrête les trois aboyeurs qui distribuent ce journal que du reste personne ne lit, l'affaire ne fera que grossir et tout le monde parlera de cet article. C'est peut-être une commande de Mazhar Efendi ; il a tout à gagner dans cette affaire.

— Je suis la reine de ce pays, et par la volonté de la Nation ! Si ma parole compte pour rien, alors je quitte mes fonctions demain.

— En bonne musulmane, vous allez commencer par écouter la parole de votre mari et lui obéir ! » dit le docteur Nuri avec un large sourire.

Pakizê s'irrita de voir son mari faire des blagues et ricaner comme une tête cuite tandis qu'on insultait sa femme. Mais ce qui lui causa le plus de peine, c'était de penser que plus personne ne la prendrait au sérieux, même pas son propre mari. La dispute s'éternisa, ils finirent par se fâcher et ne sortirent pas pendant deux jours. Les affaires de l'île, de toute façon, étaient entre les mains du ministre du Contrôle. Le troisième jour, la reine insistant, il fut décidé d'aller à Dantela, quartier calme, paisible et sûr, pour visiter une rue charmante qui descendait en lacet vers la mer. On informa les secrétaires, les valets, les gardes et les journalistes.

Le lendemain, alors que les époux allaient monter dans le landau, ils furent arrêtés par Mazhar Efendi, ministre du Contrôle : on avait signalé un projet d'attentat à la bombe, la menace était grande. Le mieux était d'annuler provisoirement leurs promenades dans Arkaz, quel que soit le quartier.

Après le départ de Mazhar Efendi, la reine dit à son mari qu'elle n'en croyait pas un mot et que rien ne les obligeait à faire ce que disait ce type qui prétendait tout contrôler.

« Voyez-vous, j'ai bien réfléchi à la question, dit le docteur Nuri. À supposer que nous nous retrouvions entraînés, ce qu'à Dieu ne plaise, dans un péril grave, pressant, et que nous appelions à l'aide, une partie du peuple viendrait à notre secours, oui, mais quant aux quarante ou cinquante vaillants soldats qui savent tenir un fusil sur cette île, rien ne dit qu'ils nous écouteraient. Le ministre du Contrôle, lui, n'a qu'à ouvrir la bouche et entre la brigade sanitaire, les policiers, les soldats de la garnison et les réservistes, il peut mobiliser une immense armée dans la seconde.

— Vous voulez dire que nous sommes de nouveau prisonniers, c'est cela ?

— Oui, c'est cela, mais n'oubliez pas que vous êtes reine de Mingher, chef de l'État indépendant, et que, pas à pas, le monde entier le reconnaîtra et viendra s'incliner devant vous. Vous êtes déjà entrée dans l'Histoire comme la reine qui a vaincu la terrible peste de Mingher sans qu'il en coûte un seul homme à l'Europe. En vérité, elle devrait vous être reconnaissante. »

Pakizê comprit que le temps de la liberté touchait à sa fin. Elles ne seraient bientôt qu'un souvenir, ces journées où elle pouvait sortir de sa chambre quand elle voulait, marcher dans les rues qui lui plaisaient, se promener en calèche dans les quartiers de son choix, et se repaître à l'infini du spectacle des hommes, des maisons, des jardins, de tout. Peu après, des sentinelles furent postées devant leur porte, comme sous l'ère du cheikh Hamdullah. Cette fois il y en avait six ou sept. Ces gardes-là, contrairement à ceux de la période précédente, ne les regardaient pas avec des yeux apeurés en braquant leur fusil sur eux quand la reine et le Premier ministre essayaient de sortir ; non, ils se mettaient aussitôt au garde-à-vous et formaient un mur qui les empêchait de passer. Mazhar Efendi et ses ministres étaient entièrement maîtres de l'île, pensèrent les époux.

Les deux jours suivants, ils ne sortirent pas de leur chambre. La reine, sevrée de nouvelles impressions, écrivit très peu pendant ces deux jours. Mais en pensée, en son âme, elle restait avec les insulaires dans leurs quartiers lointains. Dans la seule lettre qu'elle put achever en cinq jours, elle confia à sa sœur que les romans policiers lus par leur oncle depuis des années avaient fini par exciter sa curiosité. Le mari de Hatidjê, qui avait fait un temps la lecture au sultan derrière un paravent, ne pouvait-il pas noter pour sa belle-sœur quelques titres et noms d'auteurs ?

Ils parlaient beaucoup du moyen de réussir à revoir Istanbul un jour, mais à part un pardon officiel de l'oncle de Pakizê, ils n'en voyaient aucun. Hélas, pendant ce temps-là, à Mingher, les journaux fourmillaient d'articles tous plus fielleux et méprisants pour les époux (sérail, ottoman, harem, cage, esclave, Turc, colonie, fille de franc-maçon, tels étaient les mots et expressions les plus employés).

Le soir du 5 novembre, un mois et demi après la fin de l'épidémie, le ministre du Contrôle Mazhar Efendi entra dans leur suite avec un message urgent. La situation, selon ses termes, était « critique » : les puissances partisanes de la levée du blocus semblaient s'être entendues avec Abdülhamid… Les vaisseaux anglais et français pouvaient foncer sur Arkaz d'une minute à l'autre, des combats n'étaient pas à exclure. Évidemment, personne au Ministère ne souhaitait que leurs précieux hôtes soient les innocentes victimes d'un affrontement international. On les conduirait donc en dehors d'Arkaz à la nuit tombée, dans le nord de l'île, en un lieu sûr, inconnu des puissances étrangères et qu'elles ne pourraient pas trouver – et que lui-même ne pouvait pas leur révéler.

Le landau blindé, escorté par des gardes, les emmènerait d'abord à Andin, d'où un bateau les transporterait jusqu'à leur nouvelle résidence. Ils avaient deux heures pour être devant la porte du Ministère, avec tous leurs bagages.

Ils furent prêts en une heure, écrirait plus tard Pakizê. Ils tremblaient de peur. Ils se voyaient déjà tomber entre les mains des Anglais – ou des Français –, mais l'absence de soldats et de toute agitation particulière au ministère et dans les rues d'Arkaz leur fit comprendre que l'alarme était exagérée. Le landau, conduit d'une main sûre par Zakaria, longeait la côte orientale de l'île dans le noir, vers le nord, au-delà de la crique de Tachlîk.

La mauvaise route descendait, remontait, s'approchait du sable, sillonnait entre les vignes. Ils entendirent le gémissement des arbres, le murmure d'une fontaine, le bruissement des herbes au passage d'un hérisson. Une pleine lune surgit d'entre les nuages et un instant il leur sembla ne plus être sur terre, mais dans un monde mystérieux, immense, loin au-delà des nuages.

Ils arrivèrent devant une petite baie. Le chatoiement argenté de la lune se reflétait sur la mer immobile. Le landau s'arrêta et ils sentirent le silence infini du monde. Ils montèrent d'abord dans une barque, au bout d'un ponton, dans le creux de rochers qui sentaient l'algue et les coquillages, puis très peu de temps après, à une centaine de mètres de la côte, dans une chaloupe plus grande, ondulant doucement sur les vagues avec leurs bagages. Là, ils reconnurent, caché dans l'obscurité derrière les rameurs, l'attaché personnel de Mazhar Efendi, ministre du Contrôle.

La chaloupe progressait vers le large et l'attaché, indiquant un point sur la mer absolument noire, leur dit que l'*Aziziye* avait jeté l'ancre peu avant la nuit, ils arriveraient bientôt.

Oui, « *Aziziye* », ils avaient bien entendu. L'*Aziziye* où ils avaient retrouvé Bonkowski Pacha, l'*Aziziye* qui les avait conduits à Mingher au lieu de la Chine. Ils restèrent un moment à se dévisager sans parler, comme dans un rêve, figés entre la peur et l'incrédulité, la curiosité et l'angoisse. Comme Pakizê l'écrirait dans ses lettres, ils se sentaient alors comme deux enfants qu'on emmenait dans un lieu inconnu sans rien leur demander.

Puis la silhouette noire de l'*Aziziye* apparut sous la lune. Les rameurs accélérèrent, la chaloupe aborda le ponton aux escaliers blancs qui flanquait le navire.

Tout était noir sous le ventre du navire. Le docteur Nuri aperçut tout de même leurs bagages qu'on chargeait à bord. Quand Pakizê posa le pied sur la première marche, l'attaché du ministre du Contrôle, se levant dans la chaloupe tanguante, lança d'un air militaire :

« Votre altesse la reine, excellence Premier ministre ! À partir de ce point, le vaisseau *Aziziye* fera étape à Alexandrie, puis continuera sa route vers la Chine. » Ils furent tous soudain baignés par la lumière de la lune ; l'attaché s'inclina respectueusement, les salua. « La nation minghérienne est reconnaissante à vos altesses ! » ajouta-t-il. Il avait parlé en regardant la reine bien plus que le docteur Nuri.

Flattée par ces douces paroles, elle monta les marches et arriva sur le pont. Le même capitaine russe vint les accueillir avec le même sourire grave et solennel. Les lumières des cabines et celles du salon où ils avaient dîné avec Bonkowski Pacha étaient toutes allumées, comme pour leur rappeler dans quel univers ils remettaient les pieds. Au moment où les époux redécouvraient les parements d'acajou, les miroirs dorés à la feuille d'or et l'odeur inchangée de cuir et de poussière de la cabine où ils avaient passé tant d'heures heureuses, le navire démarrait. Sans attendre une seconde, la princesse sultane sortit sur le pont. Elle voulait voir encore une fois cette « ineffable » vue de Mingher que les guides de voyage du Levant ne devaient pas cesser de recommander à leurs lecteurs tout au long du XXᵉ siècle.

Pakizê apercevait les sommets volcaniques des monts Eldost, parallèles à la course de l'*Aziziye*, du nord vers le sud. Puis la lune passa derrière les nuages et l'obscurité fut totale. La princesse était triste, songeant que peut-être elle ne reverrait plus Mingher, quand elle aperçut le pâle scintillement des feux du Phare arabe. Au même instant, la lune sortit d'entre les nuages ; Pakizê vit les tours pointues de la Forteresse et, s'élevant derrière, majestueuse, la Montagne Blanche. La vision fut très brève, car la lune avait de nouveau disparu. Après avoir longtemps laissé son regard mouillé de larmes errer sur les ténèbres qui l'empêchaient de voir une dernière fois Mingher, Pakizê retourna à sa cabine.

DES ANNÉES PLUS TARD

Les lecteurs attentifs de ce livre auront noté la sensibilité singulière, unique entre tous les personnages, avec laquelle son auteure approche la princesse Pakizê et le docteur Nuri. Je suis leur arrière-petite-fille. Ma thèse de doctorat sur les îles de Crète et de Mingher dans la seconde moitié du XIXe siècle, soutenue à la Cambridge University, ne suffit pas à expliquer qu'on m'ait confié le projet d'édition des lettres.

Après vingt jours d'un tumultueux voyage, mon arrière-grand-mère la reine Pakizê et mon arrière-grand-père le docteur Nuri arrivèrent dans le port de Tianjin, puis à Pékin, avec six mois de retard.

La guerre des Boxers s'était conclue par la victoire des puissances occidentales. Les soldats des différentes nations colonisatrices avaient brutalement écrasé l'insurrection chinoise, puis s'étaient livrés au pillage de Pékin, plusieurs jours durant. Les Chinois, notamment les musulmans chinois, qui un an plus tôt assassinaient des chrétiens dans les rues de la capitale, furent massacrés en masse par les troupes françaises, russes et allemandes. (Un seul romancier s'éleva pour dénoncer publiquement le bain de sang et la barbarie de l'armée des envahisseurs – à laquelle Abdülhamid apportait, via sa « Délégation plénipotentiaire », un soutien tout symbolique : Tolstoï. Le « plus grand des romanciers », selon l'expression de Virginia Woolf, prit parti pour le peuple chinois insurgé, accusant le tsar de Russie et l'empereur d'Allemagne d'être responsables du massacre.) Les mollahs de la Délégation ottomane furent invités à donner des conférences sur le pacifisme islamique, l'histoire et la culture musulmanes, à la demande de l'empereur Guillaume II, vainqueur de la guerre, et avec l'approbation des militaires de l'alliance qui venaient d'obtenir leur sanglante vengeance.

Les Anglais, informés des événements de Mingher, de la réaction d'Abdülhamid et de l'accusation de « haute trahison » qui menaçait Pakizê et son époux, ne firent rien pour organiser une rencontre entre ces deux hôtes singuliers, tard venus, et le reste de la Délégation ottomane, qui se préparait à rentrer à Istanbul. Ils demandèrent au docteur Nuri de tenir des conférences sur l'islam, la quarantaine et les mesures sanitaires dans les régions de Chine peuplées de musulmans. Les pittoresques lettres écrites par Pakizê au Yunnan, au Gansu et dans le Xinjiang regorgent d'observations qui ne manqueront pas d'intéresser les historiens spécialistes de l'Extrême-Orient.

Des médecins anglais et français qui connaissaient le docteur Nuri grâce aux conférences sanitaires internationales, ayant eu vent de ses tournées dans les provinces chinoises, l'invitèrent à travailler avec eux à Hong Kong. Les hôpitaux et les laboratoires fondés par les Anglais dans cette ville, leur colonie, se trouvaient alors à la pointe du combat mondial contre la peste, aussi bien du point de vue de la recherche bactériologique qu'en termes de réglementations et d'innovations sanitaires. C'était à Hong Kong, sept ans plus tôt, en 1894, qu'Alexandre Yersin avait découvert – non pas dans les hôpitaux anglais, auxquels sa nationalité française lui interdisait l'accès, mais dans une petite baraque à l'écart de la ville – le bacille de la peste, bientôt nommé *Yersinia pestis* en son honneur. En 1901, Yersin se trouvait en Indochine française, où il travaillait pour le compte de l'Institut Pasteur de Paris à l'invention et à la fabrication d'un sérum antipesteux (ce serait un échec). Le bacille de la peste qui frappa Mingher en 1901 avait déjà fait des centaines de milliers de morts en Chine, depuis sa réapparition en 1894. Le docteur Nuri commença à travailler à l'hôpital Tung Wah, où il se heurta à des problèmes semblables à ceux qu'il avait affrontés dans les hôpitaux Theodoropoulos et Hamidiye, et dont la plupart, comme là-bas, prenaient leur source dans le manque d'instruction de la population (beaucoup de Chinois, même se sachant malades, refusaient de mettre un pied à l'hôpital, pour la simple raison qu'il était anglais !).

Les époux louèrent un étage dans un immeuble situé à Victoria, le quartier des Anglais et des Européens, d'où ils avaient une vue plongeante sur la mer, comme à Istanbul sur le Bosphore depuis la colline de Çamlıca, ainsi que l'écrivit Pakizê dans sa première lettre de Hong Kong. Elle voyait la ville comme un refuge « provisoire », en attendant de rentrer à Istanbul ; ils allaient y rester vingt-cinq ans.

Le docteur Nikos à la barbe de chèvre, ancien directeur du Conseil sanitaire et toujours ministre de la Santé, fut la seule personne de Mingher qui garda le contact avec le docteur Nuri. C'est un télégramme du docteur Nikos qui apprit aux époux que le départ de la reine et du Premier ministre avait été caché au peuple et à la presse pendant plusieurs jours. Probablement parce qu'on voulait préserver l'espoir d'une protection anglaise.

Le 6 décembre 1901, vingt-cinq coups de canon tirés par le sergent Sadri proclamaient Mazhar, ancien ministre du Contrôle, nouveau président de la République de Mingher. Le lendemain midi, près de sept mille personnes se rassemblaient sur la place de Mingher, anciennement du Vilayet, pour assister à ce qui resterait la cérémonie la mieux organisée de toute l'histoire de l'île. La foule en liesse put contempler le défilé de lycéens agitant de petits drapeaux en direction du président, le salut des commerçants minghériens et des soldats de la quarantaine, disciplinés comme des canifs, les danses en musique de jeunes paysannes, en costume folklorique, qui venaient des montagnes. Apparaissant au balcon, le président Mazhar déclara à la foule que la République était un mode de vie, la liberté sa nourriture, et que tous les citoyens rassemblés sur la place de Mingher devaient se consacrer à cette noble tâche.

Si instaurer une République après avoir déposé un roi ou une reine à la suite d'un coup d'État militaro-bureaucratique était chose très commune en ces années-là, cela se passait rarement sans tumulte ni effusions de sang, comme ce fut le cas à Mingher. Certains nationalistes minghériens, ou historiens « marxistes », ont voulu dramatiser un peu la transition en la qualifiant de « révolution bourgeoise démocratique ». Or s'il y a bien une chose que nous pouvons dire avec certitude, c'est que les mesures prises sous le règne du président Mazhar n'avaient rien de « démocratique ».

L'ancien ministre du Contrôle poursuivit avec ardeur les réformes nationalistes engagées par feu le Commandant Kâmil, fondateur de l'État. Dès le premier mois, on créa une commission rassemblant des professeurs grecs et musulmans sous la houlette de Selim Sahir, l'archéologue, à qui l'on demanda de préparer un alphabet minghérien, qui fut aussitôt enseigné dans les écoles. Tous les documents officiels écrits dans cet alphabet seraient traités en priorité par les administrations publiques. Ce ne fut pas sans complications. Si les nouveau-nés portaient un des prénoms minghériens qui avaient eu la faveur du Commandant, la direction de l'état civil enregistrait automatiquement la naissance. Face aux prénoms turcs ou grecs, on faisait des difficultés aux parents. Le président Mazhar ordonna que le nom de tous les commerces fût inscrit en alphabet minghérien sur la vitrine. Ni les États occidentaux ni la Grèce ne trouvèrent à redire à ces réformes, mais protestèrent en revanche contre la dureté de la répression infligée par le président Mazhar aux nationalistes grecs et aux chrétiens orthodoxes. En peu de temps, une quarantaine d'« intellectuels » de la communauté grecque orthodoxe et douze lettrés musulmans turcophones et dotés d'une bibliothèque (ils n'étaient pas plus nombreux) furent mis aux fers à la Forteresse pour crime de séparatisme.

Parallèlement à cette entreprise de minghérianisation, des milliers de portraits du Commandant Kâmil et de Zeynep furent imprimés et affichés aux quatre coins de l'île. La rencontre du Commandant et de Zeynep, leur histoire d'amour, enfin le fait qu'ils aient réussi à se marier, malgré tous les obstacles, grâce à la langue minghérienne : tel était le socle fondamental de l'enseignement primaire et secondaire. *L'Alphabet de Mingher* et *Le Livre de Zeynep* étaient très populaires. Mais le président Mazhar, au cours de cette politique de révision culturelle, ne chercha pas à effacer le souvenir de la royauté pakizienne, on assigna au contraire à la reine Pakizê la place modeste et honorable qu'elle méritait dans l'histoire de Mingher et les manuels scolaires. Aujourd'hui encore, chaque Minghérien est fier qu'une fille de sultan ait été « reine » de Mingher, bien que très brièvement, d'autant plus qu'elle avait rejoint le combat pour la Liberté et l'Indépendance de l'île.

Peu de temps après avoir été détrônée à la suite d'un coup d'État fomenté à l'intérieur même du gouvernement – comme son père –, Pakizê, assise à son bureau face à la baie de Hong Kong, écrivit une lettre pleine de chagrin à sa sœur Hatidjê. Elle y faisait d'abord remarquer que le sultanat de Mourad V avait duré quatre-vingt-treize jours, quand sa royauté à elle en avait duré cent (du 27 août au 5 décembre 1901), puis elle se demandait si leur père était au courant, enfin toute la famille lui manquait beaucoup, disait-elle à sa sœur. Elle aurait dû être « heureuse » à Hong Kong, la vie y était moderne, elle sortait librement se promener dans les rues, et pourtant le manque de ses sœurs, de son père, d'Istanbul, trop cruel, la privait du bonheur. Il n'y avait qu'en écrivant ses lettres qu'elle oubliait un peu sa nostalgie.

Un an plus tard, la solitude de Pakizê se trouva encore accrue par suite d'un scandale impliquant sa sœur aînée. L'histoire d'amour secrète que Hatidjê vivait à Istanbul avec le beau Mehmed Kemaleddin Pacha, époux de la princesse sultane Naïmê, la fille préférée d'Abdülhamid (sa cousine, donc), avait été dénoncée au sultan, à qui on avait transmis les lettres que les deux amants s'envoyaient par-dessus le mur. Le sultan avait aussitôt fait divorcer sa fille du jeune et beau Kemaleddin Pacha (qui était aussi le fils de Gazi Osman Pacha, le héros de la guerre russo-turque de 1877-78), qu'il avait dégradé et envoyé en exil à Bursa. (Événement aux répercussions politiques si notables que même le *New York Times* s'en fit l'écho ; Pierre Loti le mentionne également.) L'histoire de rivalité amoureuse entre les deux filles de sultan et voisines de palais à Ortaköy, Hatidjê et sa cousine Naïmê, que les esprits malveillants appelaient « le laideron » ou « la bossue », se répandit aussitôt comme une traînée de poudre dans l'Istanbul « fermé », grand consommateur de ragots devant l'Éternel. Quant à Kemaleddin, être en prison à Bursa était un sort plutôt clément, comparé aux conditions du bagne de Taïf où fut enfermé Midhat Pacha, ou aux cachots de Sinope et de Mingher. Abdülhamid ne punit pas Hatidjê, pour qui il avait une affection particulière depuis son enfance, néanmoins il la fit surveiller de près, et sa correspondance en fut perturbée.

Ce n'est donc pas par une lettre de sa sœur que Pakizê, à Hong Kong, apprit le « scandale ». À l'époque de la République, les journaux d'Istanbul écriraient que Hatidjê avait elle-même transmis les lettres d'amour à Abdülhamid, dans le seul but de venger son père, c'est-à-dire d'humilier son oncle. Une autre rumeur plus tardive veut que Hatidjê ait eu le projet d'empoisonner Naïmê avec de l'arsenic acheté chez divers pharmaciens et confié aux réfugiés de Roumélie qui travaillaient dans les cuisines du palais voisin, afin de pouvoir ensuite épouser le mari de sa cousine – nouvelle occasion pour le sultan Abdülhamid de méditer le fameux thème du « poison qui ne laisse pas de traces ».

Pakizê savait désormais qu'elle ne pourrait pas rentrer à Istanbul sans le pardon de son oncle. Mais les deux sœurs, hélas pour Pakizê, qui s'en ouvrit à son aînée dans une autre lettre, n'étaient pas égales devant le sultan : Abdülhamid avait connu Hatidjê alors qu'il venait de perdre sa première fille tant chérie, Ulviyê (elle s'était brûlée à mort en jouant avec une invention récente, les allumettes) et, n'étant pas encore monté sur le trône, il s'était consolé en jouant avec la petite Hatidjê, sa nièce qui venait de voir le jour. Pakizê, elle, née après l'enfermement de son père dans le palais de Çırağan, avait passé toute son enfance sans voir Abdülhamid, ni être bercée une seule fois par le sultan, comme Hatidjê l'avait été.

En août 1904, Pakizê apprit par sa sœur la mort de leur père. S'ensuivirent de longs mois de tristesse et de mélancolie, où elle se remémorait l'odeur de son père, son air grave quand il jouait du piano ou composait ses mélodies. Ce chagrin explique en partie pourquoi la correspondance de Pakizê se tarit pendant les deux années suivantes (« sans mon petit papa, Istanbul ne sera plus le même Istanbul », écrivit-elle une fois) ; l'autre raison de ce relatif silence étant la naissance, en 1906, de sa fille Melikê (ma grand-mère). Aussi notre récit, à compter de cette date, se fondera-t-il davantage sur les archives et les souvenirs familiaux que sur les lettres de la princesse.

Mais d'abord, revenons un instant sur les funérailles du pauvre Mourad V.

Il n'y a peut-être dans notre livre rien de plus profondément triste que le sort du père de Pakizê, qui vécut prisonnier dans son palais pendant vingt-huit années. Étant moi-même une descendante de cet homme (c'est le père de mon arrière-grand-mère), je délaisserai ici volontairement le point de vue objectif de l'historienne pour adopter celui, plus sentimental, de la romancière. En vérité, la vie d'infortune de Mourad V, son bref et infructueux passage sur le trône expliquent largement le tour minimal et le retard de trente ans que prirent les réformes parlementaires, constitutionnelles, occidentales et émancipatrices impulsées par la bureaucratie et les élites ottomanes pour remettre l'Empire sur pied, et le fait qu'une fois obtenues ces libertés furent impuissantes à le sauver, car, pour ainsi dire, les carottes étaient déjà cuites. Son père, le réformiste Abdülmecid, avait placé beaucoup d'espoirs dans ce fils qu'on disait « malchanceux », à qui il avait fait apprendre le français et la musique auprès des pachas italiens Lombardi et Guatelli, et dont il voulait faire son héritier direct, avant son frère Abdülaziz. Mais, à quatorze ans, Mourad Efendi fut frappé par une maladie – ce que nous savons grâce aux Mémoires d'une femme du harem – qui affecta sa lucidité et, malgré une guérison provisoire, continua de le tourmenter par rechutes successives.

Le médecin appelé pour guérir Mourad (et venu aussi pour intriguer politiquement), le docteur Capoleone, un Napolitain, lui recommanda l'usage du vin et du cognac, et fit installer pour le jeune prince un « cellier » dans son petit palais de

Kurbağalıdere. Dès lors, Mourad Efendi passa toute sa triste vie à boire. Les dîners musicaux qu'il donnait à Kurbağalıdere étaient le rendez-vous d'une foule d'écrivains, de journalistes et de poètes partisans de la Liberté, de la Constitution, du Parlement, tels Namîk Kemal, Ziya Pacha ou Ibrahim Şinasi. Lorsque le prince Édouard d'Angleterre, son « ami » depuis l'épisode de l'empoisonnement à Buckingham, lui avait demandé de baiser la main de la reine Victoria le jour suivant, Mourad Efendi s'était exécuté sans craindre les foudres de son oncle. Dans ses lettres, le jeune prince promettait son amitié et sa collaboration à certaines personnalités qu'il avait rencontrées pendant leur voyage en Europe, notamment Napoléon III. Il jugeait que les « peuples » d'Europe avaient triomphé des monarques, dont le rôle était désormais réduit à une fonction beaucoup plus discrète, quasi symbolique. Les sultans devaient en faire de même. Mais une fois monté sur le trône, l'assassinat de son oncle, les complots, le coup d'État, tout ce qui fit de son « frangin » Abdülhamid un paranoïaque, le rendirent, lui, Mourad, fou. Et à son tour, il fut détrôné par la haute bureaucratie. La première année de sa séquestration, il se jeta tout habillé dans un des bassins de Yıldız. Une autre fois, il tenta de s'enfuir par une fenêtre. Plus tard, il essaya pendant des années de prouver aux médecins qu'il était sain d'esprit, à tout le monde qu'il devait reprendre son trône, mais ces doux rêves et ses tentatives d'évasion n'aboutirent qu'à durcir le traitement qu'on lui infligea pendant vingt-huit ans. Parfois, tandis qu'il dormait, des beys et des pachas de Yıldız entraient dans sa chambre au milieu de la nuit, torches à la main, puis, une fois certains que c'était « lui », ressortaient en s'inclinant très bas, avouant être venus vérifier qu'il n'avait pas disparu, des indicateurs d'Abdülhamid ayant dénoncé sa présence en ville, à Beyoğlu. L'ancien sultan, affolé par ce genre d'épisodes, changeait régulièrement de chambre à coucher. Mais puisqu'il était entouré de soixante à soixante-dix esclaves femelles qui se battaient pour veiller sur lui, il serait assez irréaliste de prétendre que « nous, les modernes », comme disait Henry James, comprenons ce prince, encore moins que nous le plaignons. Les dernières années, son diabète, son désarroi face au scandale provoqué par sa fille Hatidjê, les intermédiaires d'Abdülhamid qui venaient lui demander en son nom « comment vais-je bien pouvoir punir ta chère fille ? » (il ne la punit pas) finirent d'achever l'ancien sultan. La nouvelle de sa mort n'occupa que quelques lignes dans les journaux, un ordre d'Abdülhamid. Les Stambouliotes qui voulaient assister aux obsèques furent refoulés sur le pont de Galata et vers Sirkeci, à bonne distance de la Yeni Djami. Le cercueil, évacué de Çırağan à bord de l'« *istimbot*[1] » *Nahit*, fut enterré à la hâte à côté de celui de sa mère, sa vieille complice politique, qui l'avait appelé « mon lion » toute sa vie. La rumeur courant à Istanbul que Mourad V n'était pas mort, qu'on le sortirait de la tombe après l'enterrement, qu'il s'enfuirait en Europe et remonterait sur le trône, Abdülhamid envoya un aide de camp « spécial » se glisser dans le convoi funéraire. À un moment, cet aide de camp « dont le nom est à jamais synonyme d'infamie », s'approchant impunément de la bière ouverte, saisit le cadavre par les cheveux, tira de toute sa force, constata qu'il était bien mort, le relâcha et s'en alla.

Le troisième vendredi de l'an 1905, devant la mosquée de Yıldız, à l'heure de la sortie du traditionnel salut du sultan, une bombe explosa dans une voiture garée sur le chemin qu'empruntait Abdülhamid. Le bruit résonna dans tout Istanbul, jusqu'à Üsküdar de l'autre côté du Bosphore. Le sultan, retenu par une discussion avec le cheikh ül-Islam, ne dut sa survie qu'à ce retard miraculeux. L'explosion et les éclats métalliques contenus dans la bombe tuèrent vingt personnes, blessant aussi un grand nombre de curieux et de diplomates venus assister au discours du sultan. Le cocher de la voiture piégée perdit également la vie.

Après une semaine d'enquête, les policiers et les tortionnaires d'Abdülhamid découvrirent que l'attentat avait été organisé par des révolutionnaires arméniens ; le groupe planifiait d'autres attaques à la bombe en Bulgarie et en France. Assez vite, les enquêteurs arrêtèrent aussi un aventurier belge du nom d'Édouard Joris, qui avait caché la bombe chez lui. Cet anarchiste

1. Turquisation de l'anglais *steamboat*.

romantique était employé de l'entreprise de machines à coudre Singer, dans sa première filiale turque, sur la grande avenue de Beyoğlu, où il s'occupait, non sans succès, de vendre et d'exporter des machines à coudre dans les coins les plus reculés de l'Empire. Il fut condamné à mort, mais Abdülhamid, pressé par le roi des Belges, ne le fit pas exécuter. Après deux ans de prison, il fut libéré par Abdülhamid et renvoyé en Europe faire l'espion pour son compte.

En écrivant les dernières pages de notre livre, nous avons eu l'étrange sensation que les grands événements politiques qui marquèrent l'Empire ottoman après 1901 avaient comme subi l'influence, la trace de la Révolution minghérienne. C'est peut-être qu'à force de nous pencher sur la riche histoire de notre petite île nous avons fini par voir Mingher en toute chose et partout.

Après le départ des vaisseaux de guerre anglais, français et russe, et étant donné qu'aucun État n'avait encore reconnu l'indépendance de Mingher, Abdülhamid, s'il l'avait voulu, aurait pu envoyer le cuirassé *Mahmudiye* bombarder Arkaz, la garnison, le ministère, comme les Anglais à Alexandrie. Mais il ne le fit pas. Officiellement, Mingher restait une province ottomane, et les Français, par exemple, n'auraient pu y débarquer leurs troupes qu'après s'être entendus avec les Anglais, et au risque d'un affrontement direct avec les Ottomans. Du côté d'Abdülhamid et de la marine ottomane, on rechignait assez à bombarder l'île pour ensuite l'envahir et remettre à sa tête un gouverneur fidèle à Istanbul. Une résistance, même minime, des insulaires à la marine et aux troupes de terre ottomanes eût fourni aux grandes puissances, comme avec la peste, un prétexte tout trouvé – défendre les chrétiens – pour intervenir et s'emparer de l'île, ainsi que les Anglais l'avaient fait à Chypre.

Le maintien de l'« indépendance » de l'île après la levée du blocus dut beaucoup à la politique du président Mazhar, qui joua la carte de la bonne entente avec les États voisins, dont l'ottoman. La « réforme » qui transforma la brigade sanitaire en une armée moderne joua aussi son rôle. On instaura un service militaire obligatoire de deux ans, et les effectifs de l'armée, en quatre ans, passèrent à deux mille cinq cents hommes, recrutés parmi les minghérophones et les grecs et musulmans qui avaient su prouver leur loyauté au nouvel État. À l'évidence, cette armée tirait sa force morale du nationalisme minghérien auquel le Commandant, avec sa détermination et son lyrisme, avait donné l'impulsion première, et que le président Mazhar sut habilement vulgariser dans toute l'île.

Le 28 juin, date à laquelle le major avait lancé la Révolution minghérienne par son discours au balcon du palais, devint le jour de l'Indépendance et du Drapeau (férié). Chaque année, les soldats de la quarantaine, suivis par les employés du télégraphe avec leurs casquettes et leurs besaces historiques, descendaient de la garnison jusqu'à la place de Mingher en chantant « Le Commandant est là » et d'autres marches minghériennes. Sur la place, l'armée de Mingher au grand complet défilait pendant une heure sous le balcon d'où le président Mazhar contemplait le spectacle (assis sur une chaise rehaussée dont la foule ne voyait pas les pieds). Débutait ensuite la très populaire et très attendue parade des lycéens (quelques journaux européens lui consacrèrent des reportages enthousiastes) qui, au-delà d'être un moment fort de la fête de l'Indépendance, a fini par constituer, de l'aveu même de certains anthropologues, une part essentielle de l'identité nationale minghérienne.

Cent vingt-neuf filles et garçons en uniforme de lycéens arrivaient ensemble sur la place, chacun tenant un grand morceau de drap blanc sur lequel était cousu un mot en minghérien. Ces cent vingt-neuf mots étaient ceux que le fondateur de l'État, l'immortel Commandant Kâmil, avait prononcés et dictés à son secrétaire durant les deux dernières heures de sa vie, dans sa chambre de l'hôtel Splendid. Les lycéennes et lycéens se mettaient en position sur la place, une salve d'applaudissements retentissait, puis un lourd et curieux silence s'installait. Quelles jolies phrases les lycéens allaient-ils composer cette année ? De quelles sublimes paroles jaillies de la bouche du Commandant tels des poèmes inspirés par Dieu (« Mingher est mon paradis et ton âme » ; « Mingher aux Minghériens » ; « Mon cœur est à Mingher pour l'éternité ! ») se souviendraient-ils cette fois ? Les jeunes porteurs de mots se mettaient alors à former des phrases en échangeant leurs places à toute allure, dans un ballet aussi vif que discipliné qui provoquait les applaudissements de la foule et mouillait les yeux du président assis avec sa femme au balcon. Hélas, tout le monde ne partageait pas cet enthousiasme national et républicain, et deux cents et quelques personnes toujours démonstrativement attachées à la Grèce ou à l'Empire ottoman (cent cinquante grecs, soixante musulmans) avaient dû être internées dans un camp de rééducation situé près de la ville d'Andin, à l'intérieur de l'île. D'autres préférèrent travailler à la construction de routes et de ponts. Le gouvernement du président Mazhar fit payer une taxe spéciale aux riches propriétaires (essentiellement des grecs) qui avaient fui à Athènes ou Smyrne après la révolution ; quant à ceux qui vivaient encore sur l'île mais gardaient leur argent – minghérien – dans les banques d'Athènes et de Smyrne, on les employa un temps aux routes, avant que la parution des premiers articles sur « les travaux forcés à Mingher » dans la presse grecque et occidentale n'oblige à abandonner la mesure.

Au même moment, l'inventeur de Sherlock Holmes, Conan Doyle, partait en lune de miel avec sa seconde épouse, le temps d'un long voyage de noces dont un étrange effet de symétrie voulut qu'il passât par les lieux de notre livre, en Égypte, dans les îles grecques, à Istanbul. Là, Abdülhamid lui remit la médaille du Medjidié, et à son épouse une décoration de moindre valeur. Dans ses Mémoires, l'amiral anglais Henry Woods (Woods Pacha), conseiller bénévole du sultan, écrit que la cérémonie permit à Abdülhamid de faire enfin la connaissance du grand écrivain qu'il admirait tant, mais ce n'est pas vrai. Car le sultan, ayant appris que Doyle voulait se promener dans les jardins de Yıldız, qu'il insistait même beaucoup, redouta que son propre palais ne devienne la scène d'un roman de Sherlock Holmes, si bien qu'il remit les médailles mais annula la cérémonie au dernier moment, sous prétexte de ramadan.

Pakizê, qui, à Mingher, au plus fort de la peste, écrivait parfois trois ou quatre longues lettres par semaine à sa sœur, ne lui écrivit de Hong Kong que deux lettres pour toute l'année 1907, et seulement une seule en 1908, année de la naissance de son fils, Süleyman. Elle avait certes un domestique, un homme qui parlait anglais et veillait aux tâches de la maison, mais après avoir eu ses deux enfants, tout le temps malades, elle se coupa peu à peu du monde extérieur. Le docteur Nuri partait régulièrement en mission dans des quartiers excentrés de Hong Kong, même si l'épidémie de peste, écrivait Pakizê, était beaucoup moins mortelle que trois ou quatre ans auparavant.

Ces trois lettres écrites en deux ans parlaient surtout des romans policiers « préférés d'Abdülhamid », que Pakizê, après en avoir obtenu la liste grâce à sa sœur, empruntait à la bibliothèque anglaise de Hong Kong et dévorait méticuleusement (en priorité les Sherlock Holmes). Si elle mentionne ces romans, elle tait à sa sœur les raisons de son intérêt pour eux, raisons dont elle discutait ouvertement avec le docteur Nuri (comprendre comment l'assassin du docteur Élias avait réussi à cacher l'identité des pharmaciens et herboristes chez qui il s'était procuré le poison). Sans doute parce que sa sœur s'était entre-temps rapprochée d'Abdülhamid, lequel lui avait pardonné et, en l'invitant de nouveau à des réceptions, cherchait à convaincre l'opinion que sa nièce était innocente de l'histoire d'amour qu'on lui reprochait. Mais Pakizê, dans les lettres postérieures à la mort de son père, n'a rien écrit qui trahisse une tentative de profiter du rapprochement de Hatidjê et du sultan afin d'obtenir, pour elle et son mari, le pardon impérial de leur crime de haute trahison. Sans doute parce qu'elle pensait que sa sœur n'était de toute façon pas assez proche d'Abdülhamid pour jouer les intercesseurs ; ou, autre possibilité, parce qu'elle se sentait incapable d'avoir confiance en Abdülhamid quand bien même il lui aurait « pardonné », et que réclamer ce pardon serait trahir la mémoire de son père.

C'est par les journaux anglais de Hong Kong que Pakizê apprit le rétablissement de la Constitution et du Parlement ottoman, la révolte du 31 mars, enfin que l'Armée d'action partie de

Salonique était entrée à Istanbul, avait détrôné son oncle (Abdülhamid) et mis à sa place son jeune oncle Mehmed Reşad. Les époux n'eurent guère de mal à se représenter les événements d'Istanbul : les assassinats en pleine rue d'écrivains libéraux, réformistes, occidentalistes, par une foule qui sortait des mosquées chauffée à blanc et en ordre de bataille ; les combats au canon et au fusil-mitrailleur entre l'Armée d'action de Salonique et les soldats des casernes de Taksim et de Maçka, près du laboratoire de bactériologie ; la condamnation à mort et la pendaison, en plein cœur de la ville, sur la place toujours bondée d'Eminönü, de trois meneurs des rebelles *softa*, les étudiants islamiques, dont les cadavres revêtus de tuniques blanches se balancèrent au vent pendant trois jours, pour la plus grande terreur des Stambouliotes ; le slogan « liberté, égalité, fraternité ! », auquel s'ajoutait parfois le cri « justice ! », hurlé dans toute la ville.

La proclamation de la liberté, la destitution d'Abdülhamid et l'amnistie des crimes politiques redonnèrent une plausibilité nouvelle à l'hypothèse du « retour à Istanbul ». Seraient-ils encore inquiétés à cause des événements de Mingher s'ils rentraient maintenant ? L'État ottoman, alors criblé de dettes, s'effondrant de toute part, se trouvait dans une pagaille telle que l'ami auquel le docteur Nuri envoyait lettres et télégrammes pour avoir des informations sur leur dossier à Istanbul lui répondit que, d'après un de ses contacts au ministère de la Justice, le mieux était de revenir discrètement, « sans rien demander à personne », car de toute façon les fonctionnaires en charge des interrogatoires ne connaissaient que deux manières de traiter ce genre de dossiers, soit favorablement s'il y avait un gros pot-de-vin à la clef, soit défavorablement, lorsque les coupables avaient la bêtise de se dénoncer eux-mêmes.

Mais les époux abandonnèrent l'idée d'un retour impréparé – en coup de théâtre ! – à Istanbul. Certes, Pakizê y avait des propriétés, notamment sa résidence au bord du Bosphore, et certes le docteur Nuri avait sa rente de gendre impérial, sa paie de fonctionnaire et d'autres revenus, mais aussi des rivaux dans la tête desquels la « haute trahison » avait peut-être fait son chemin. Ils auraient tout le temps de faire valoir leurs droits, rien ne pressait leur retour. Par ailleurs, le docteur Nuri gagnait bien sa vie à Hong Kong, à la fois grâce à la paie de médecin qu'il recevait des Anglais et grâce à ses missions de conseiller sanitaire dans divers hôpitaux. Du reste, ils n'imaginaient pas s'embarquer pour un long voyage en mer (qui sait, on les placerait peut-être en quarantaine sur le trajet) avec deux jeunes enfants, une fille de trois ans et un petit garçon d'un an, colérique et bagarreur.

Sur ce sujet, les lettres de Pakizê sont muettes, mais je peux m'appuyer sur mes impressions personnelles : mon arrière-grand-mère aimait son mari, ses enfants bruyants, la vie qu'ils menaient, leur appartement qui sentait la vapeur d'eau, la cuisine et le caca de bébé. À Istanbul elle serait cantonnée à un petit rôle mondain, comme une rose qui fane au milieu d'un salon, elle aurait une vie peut-être plus clinquante, mais beaucoup moins animée. En outre, la princesse Pakizê avait depuis longtemps compris que son mari, contrairement aux autres princes et gendres impériaux, n'était pas homme à se contenter de vivre d'invitations (en l'occurrence aux réunions rémunérées des comités sanitaires et des fondations pieuses). Oui, ils étaient satisfaits de la vie « bourgeoise » qu'ils menaient à Hong Kong, une vie retirée, confortable, protégée, et la révolution libérale à Istanbul, pas plus que la chute d'Abdülhamid, n'était un argument suffisant pour les pousser à risquer un retour qui offrait trop peu de garanties.

Entre 1909 et 1913, Pakizê envoya onze lettres à sa sœur, toujours pour dire la même chose, à savoir qu'ils se sentaient bien avec leurs enfants à Hong Kong, que son mari travaillait beaucoup, qu'elle s'occupait du foyer et lisait des romans. Et ses questions nous laissent penser qu'elle ne savait rien des événements en cours à Istanbul et à Arkaz.

Délaissons donc les lettres de Pakizê, et passons en revue certains de ces événements.

Les dix dernières années de l'Empire ottoman sont l'histoire d'une dépossession fulgurante ; tous les territoires, îles et provinces figurant sur la grande carte affichée dans le salon de l'*Aziziye* furent perdus l'un après l'autre.

Dans les jours qui suivirent la chute d'Abdülhamid, le mot le plus entendu à Istanbul était « liberté ». Le premier geste de la princesse Hatidjê après la proclamation de la « liberté » fut de divorcer de l'homme auquel l'avait mariée son oncle (celui qui avait préparé pour sa belle-sœur Pakizê la liste des romans policiers préférés d'Abdülhamid), moyennant de fortes « compensations » financières. À propos du fils et des filles de Mourad V (Pakizê exclue), il faut dire que la « liberté » tant attendue ne leur réussit guère, si l'on en croit du moins ce qu'allait affirmer, cinquante ans plus tard, l'écrivain conservateur Nahit Sîrrî Örik, dans sa série pour la revue *Le Monde de l'Histoire* – en se fondant sur ce qu'il avait entendu de son père et les bruits qui circulaient au palais.

Le fils aîné, Mehmed Selaheddin, après vingt-huit ans d'enfermement au palais, fêta sa liberté par des tournées interminables dans les rues, sur les quais, les bateaux et les ponts d'Istanbul, au cours desquelles il déclinait fièrement son identité à tous les gens qu'il croisait – dont le jeune Nahit Sîrrî, alors âgé de treize ans. Le prince impérial, écrit Örik, réfléchissait à monter une pièce de théâtre sur les injustices souffertes par son père, le sultan détrôné. Nahit Sîrrî, grand amateur de ragots malveillants, explique aussi que ce prince à moitié fou, mais très intelligent et cultivé, s'était rapproché de son oncle le sultan Mehmed Reşad dans le but de récupérer pour lui seul, en excluant ses sœurs, certaines rentes « impayées » qui revenaient de droit au défunt Mourad V, mais que même le sultan Mehmed Reşad, pourtant à moitié débile, n'avait pas pris Selaheddin au sérieux.

La « liberté » nouvelle se manifestait surtout dans le dynamisme, la profusion et la diversité des publications, livres, revues, journaux. C'est alors que les Stambouliotes découvrirent que beaucoup des romans français qu'ils lisaient du temps du « despotisme » avaient été « traduits pour Abdülhamid », ce qu'un tampon venait désormais préciser, même si c'est véritablement à partir de la proclamation de la République que la mention fut systématique.

L'une des questions que notre livre oblige à se poser, c'est pourquoi certains de ces romans ont continué d'être en partie censurés malgré la liberté. Nous voyons trois réponses : 1. La paresse. 2. Le manque de traducteurs, ainsi que la perte de beaucoup de traductions manuscrites. 3. Le fait que les hommes au pouvoir après la « liberté » partageaient la même aversion qu'Abdülhamid pour certains sujets, par exemple la critique de l'islam et des Turcs. Ajoutons également que c'est à compter de la « liberté » que l'assassinat d'écrivains et de journalistes en pleine rue, avec la complicité plus ou moins directe de l'État, devint peu à peu une habitude, sinon une tradition à Istanbul, tradition qui perdure depuis plus d'un siècle.

En 1911, la chute de l'Empire s'accéléra brutalement avec la guerre déclarée par l'Italie – en accord avec la France et l'Angleterre – pour s'emparer de la Libye (le nouveau gouvernement ottoman, exactement comme naguère Abdülhamid, fut assez généreux pour livrer la Libye aux Italiens sans combattre, en échange d'y laisser flotter leur drapeau !). Pour des raisons tactiques, la flotte de guerre italienne, sept à huit fois supérieure en nombre à la marine ottomane, commença par s'emparer d'une bonne vingtaine d'îles ottomanes, petites et grandes, dont Rhodes. De toutes ces îles que les Turcs appelaient la province des « Douze Îles » (les Occidentaux disaient « Dodécanèse »), c'est Rhodes et sa garnison ottomane qui opposèrent la résistance la plus farouche. Quant à Mingher, donnée aux Italiens sans combattre, l'habile président Mazhar réussit à lui obtenir un nouveau statut qui garantissait son indépendance.

Largement majoritaires dans toutes les îles ainsi conquises, les grecs ne trouvèrent pas grand-chose à redire à l'occupation, car ils préféraient de loin les Italiens à ces Ottomans frappés d'immobilisme législatif, dont l'État partait en miettes, et qui, tant d'années après les réformes des Tanzimat, continuaient pour divers motifs peu recevables (exemption du service militaire, etc.) de taxer plus lourdement les chrétiens que les musulmans. À Megìsti, que sa position trop orientale avait préservée des appétits italiens, la population, composée à 98 % de grecs, invita même la marine italienne à venir s'emparer de l'île.

Le Royaume d'Italie gagna rapidement cette guerre, la première de l'histoire à connaître des bombardements aériens. Peu après, le traité d'Ouchy reconnut officiellement la souveraineté italienne sur la Libye. Il était convenu que les îles occupées par les Italiens pourraient être restituées aux Ottomans à la fin de la guerre des Balkans. Car au même moment, constatant que l'Empire était en train d'imploser et que ses armées se débandaient facilement, les peuples des Balkans déclaraient la guerre à l'Empire ottoman, non sans s'être préalablement accordés sur la répartition des futurs territoires indépendants. Une nouvelle guerre entre la Grèce et l'Empire menaçait d'éclater. Dans les manuels d'histoire turcs, on dit que les bureaucrates ottomans, fraîchement vaincus par les Italiens dans ce qu'on appelait la « guerre de Tripoli », et certains qu'une guerre dans les Balkans se solderait par une nouvelle défaite, jugèrent que toutes les îles ottomanes risquaient de tomber très vite aux mains de la Grèce et que, par conséquent, il valait peut-être mieux les donner tout de suite aux Italiens – qui les rendraient un jour aux Ottomans. Ainsi, au moment même où les troupes ottomanes, vaincues par les Italiens, se retiraient complètement de Libye, Istanbul invitait tacitement l'Italie à occuper militairement les Douze Îles.

Pendant ce temps-là, en septembre 1912, le président Mazhar était en Crète pour signer avec les Italiens le traité « secret » de Hania (La Canée). En trente ans de pouvoir, le président réduisit au silence un grand nombre d'opposants libéraux, turcs, grecs, soit par la prison, soit par les camps de travail. Il créa aussi une armée solide que deux fois par an il saluait jusqu'au dernier troupier lors d'un défilé sous le balcon du palais présidentiel, anciennement palais du gouverneur. Les photographies, peintures et statues du Commandant et de Zeynep étaient partout, des coupons de loto aux billets de banque, des boîtes de chaussures aux bouteilles d'alcool, des paquets de figues séchées aux arrêts d'autobus.

Au moment de partir pour la Crète à bord du seul vaisseau de guerre de la marine minghérienne, sous bonne escorte anglaise, le président Mazhar répétait à qui voulait l'entendre que l'heure de la reconnaissance internationale, onze ans après l'indépendance, était enfin venue pour Mingher… Hadid, son second, avait beaucoup contribué à persuader les Minghériens « authentiques », ceux qui parlaient minghérien chez eux, d'accepter l'accord secret avec l'Italie.

C'est ainsi qu'en octobre 1912, l'indépendance de Mingher fut officiellement reconnue par l'Italie. Indépendance incomplète, à vrai dire, car le drapeau italien flottait à côté de celui de Mingher sur la façade de l'ancien palais du gouverneur. Le travail du président Mazhar consistait désormais à faire taire les nationalistes minghériens que ce drapeau italien indisposait, mais l'île, en fait de voix de ce genre, était assez muette. Les gens étaient surtout heureux de ne pas voir débouler les cuirassés et les canons ottomans.

Après la déroute ottomane dans les Balkans, les Jeunes-Turcs du comité Union et Progrès renversèrent le gouvernement d'Istanbul. Par certains aspects, cet épisode que le peuple appela le « Coup de la Sublime Porte » n'est pas sans rappeler l'histoire d'Arkaz : en milieu de journée, les soldats et les gros bras du comité firent irruption dans une réunion du gouvernement, tuèrent un ministre et forcèrent tous les autres à donner leur démission. Le cerveau de ce coup d'État, Enver Bey, « héros de la Liberté », fut ensuite promu pacha et épousa la princesse sultane Nadjiyê, la petite-fille d'Abdülhamid.

Le nouveau chef du gouvernement des putschistes, Mahmoud Chevket Pacha, commandant de l'Armée d'action qui avait renversé Abdülhamid, fut abattu à Istanbul cinq mois plus tard, alors que son landau était bloqué dans la circulation sur l'avenue Divanyolu. Le romancier Orhan Pamuk, amoureux fanatique des musées, m'a confié que pendant une période, dans les années 1980, il se rendait très souvent au musée de la Guerre, à cinq minutes à pied de son appartement de Nişantaşı, pour voir ledit landau (ouvert et absolument pas blindé) et les pistolets des tueurs qui l'avaient criblé de balles.

À l'automne 1913, un haut responsable de l'administration coloniale de Hong Kong sollicita un rendez-vous avec le docteur

Nuri à l'hôpital Tung Wah. Mon arrière-grand-père, qui s'attendait à une histoire d'égouts et de règlements sanitaires, se retrouva à commenter les développements de la guerre des Balkans – découverts dans la presse locale – avec le haut fonctionnaire anglais aux yeux verts et aux cheveux châtain clair.

Après quatre cents ans de domination, l'Empire ottoman venait de perdre ses derniers territoires des Balkans. Les Albanais s'étaient révoltés à leur tour. Cela étant, le mouvement nationaliste albanais s'était constitué bien plus par hostilité aux puissances occidentales qui avaient remplacé les Ottomans que contre la domination d'Abdülhamid. Les puissances avaient accepté la création d'un État albanais « indépendant », mais gouverné par elles. (Si tous les Européens étaient d'accord pour dire que l'Empire ottoman était fini, leur problème était maintenant de découper et de répartir les territoires libérés entre les différentes nations, petites et grandes, qui en revendiquaient la possession.) Un comité de six membres représentant chacun un État serait envoyé en Albanie pour choisir le prince que les puissances mettraient à la tête du pays.

« Tout le monde veut placer son prince sur le trône d'Albanie », dit le fonctionnaire anglais au docteur Nuri d'un air agacé. Certains Albanais, jugeant que la meilleure « protection » était celle des Anglais, en étaient même venus à réclamer le fils de la reine Victoria, le prince Arthur, duc de Connaught et Strathearn, gouverneur général du Canada. Les Allemands pensaient à un Hohenzollern. On trouvait aussi parmi les candidats un prince romain et un pacha égyptien de la famille du khédive, qui faisait valoir ses origines albanaises.

Le docteur Nuri voyait venir l'Anglais. Mais il n'en laissa rien paraître, et d'un air très officiel lui demanda en quoi cette affaire devait l'intéresser.

L'autre le mit sur la piste : le ministre ottoman des Affaires étrangères, Gabriel Efendi Noradounghian, avait indiqué aux Anglais qu'un prince de la famille ottomane serait un candidat idéal, la population albanaise étant musulmane à 80 %. Or les princes impériaux les mieux placés dans l'ordre de succession, ceux qui rêvaient d'être un jour sultan, avaient décliné le trône d'Albanie que leur proposait le comité Union et Progrès. Et les autres, les fades imbéciles qui n'avaient aucune chance d'être un jour sultan, n'en voulaient pas non plus, certainement pour imiter leurs aînés qui avaient fait la fine bouche. (Tel, par exemple, le prince compositeur Burhaneddin Efendi, le chouchou d'Abdülhamid, dont nous avons parlé au début de ce livre.) On avait donc commencé à prospecter du côté des grands pachas musulmans d'origine albanaise. L'officier colonial aux yeux verts marqua une pause, puis précisa que le Royaume-Uni n'avait pas grand-chose à gagner en Albanie. Mais puisque la personne qui régnerait sur ce jeune et merveilleux pays devait être à la fois musulmane et amie de l'Occident, le gouvernement de Sa Majesté préférait soutenir la candidature de Pakizê et du docteur Nuri, plutôt que celle d'un quelconque prince du Sérail. Et s'ils acceptaient, cela réglerait du même coup tous les problèmes d'épidémie en principauté d'Albanie.

Le docteur Nuri prit alors un air grave et lui répéta ce qu'il avait déjà dit au consul George à Mingher douze ans plus tôt, à savoir qu'une fille de sultan, enfin une femme, n'aurait jamais aucun pouvoir politique dans un pays musulman.

L'Anglais lui rappela les succès de la reine Pakizê à Mingher, ajoutant que le ministère des Affaires étrangères britannique ne doutait pas un instant de l'amour que le peuple albanais vouerait à son épouse.

« À Mingher, il y avait une raison bien particulière…, dit le docteur Nuri. Notre objectif était de vaincre la peste. »

Là-dessus, le haut fonctionnaire anglais conclut en précisant que la proposition n'avait encore rien d'officiel et qu'il fallait d'abord, pour que le gouvernement britannique la formule comme telle, que le docteur Nuri et Pakizê prouvent qu'ils étaient décidés à aller en Albanie.

Ici, étant donné qu'il s'agit de la dernière de ses lettres qui nous soient parvenues, nous nous arrêterons un instant sur la réaction et l'état d'esprit de Pakizê. À la lire, nous comprenons que Pakizê avait d'abord sérieusement envisagé de devenir princesse d'Albanie, hypothèse dont elle discutait avec ses enfants et son mari, à moitié en plaisantant, à moitié pour de vrai. Mais qu'en penserait sa sœur Hatidjê ? Derrière cette question, davantage que l'envie d'être flattée, nous sentons la curiosité pour « ce qu'en dira Istanbul » au cas où l'idée deviendrait réalité. Dans cette ultime lettre, Pakizê note aussi qu'elle ne parle pas albanais et qu'elle n'a pas envie de commettre une seconde fois la même erreur. Ce qui ne l'empêcha pas d'aller à la bibliothèque de Hong Kong emprunter l'édition de 1911 de l'*Encyclopædia Britannica*, fraîchement arrivée de New York, où elle lut, un peu rêveuse, deux articles sur l'Albanie, le premier indiquant que ce pays n'était pas une île, qu'il était très montagneux et que d'après Strabon, géographe grec de l'Antiquité, ses habitants étaient grands, minces, sains et honnêtes, le second précisant que ce pays faisait partie de l'« Empire turc ». Sa fille Melikê, alors âgée de sept ans, raconterait plus tard que sa mère, tout en s'amusant à s'imaginer en princesse albanaise, continuait de s'occuper des tâches domestiques et de se plaindre de la nonchalance du personnel. Mais le temps qu'ils se décident, les journaux annonçaient déjà qu'un prince allemand (Guillaume de Wied) avait été mis sur le trône d'Albanie. (Il allait en être chassé six mois plus tard, à la suite d'une révolte musulmane puis d'un coup d'État.) Ils ne perdirent donc pas trop de temps à caresser ce rêve distrayant.

Nous ne savons pas exactement pourquoi Pakizê cessa d'écrire à Hatidjê après cette date. Il nous semble qu'elle avait perdu sa confiance dans sa grande sœur, laquelle vivait alors avec son nouveau mari dans son ancien palais, et venait de mettre au monde deux enfants coup sur coup. Il se peut aussi qu'une ou deux lettres de Pakizê, dont les envois étaient désormais très espacés dans le temps, se soient perdues en route avant de parvenir à Hatidjê.

Un an plus tard éclatait la Première Guerre mondiale – la « Guerre universelle », disaient les Stambouliotes – et les époux se retrouvèrent prisonniers en terre ennemie avec leurs enfants. Nous pensons cependant qu'après dix ans à Hong Kong ils avaient obtenu un passeport anglais. Les autorités coloniales, en tout cas, rassurèrent leurs deux précieux hôtes ottomans et firent en sorte de garantir leur sécurité.

Ils restèrent à Hong Kong tout le temps de la guerre, sans contact avec Istanbul et le palais. Nous ignorons dans quelle mesure ils furent les otages des Anglais, s'ils furent davantage prisonniers de leurs propres peurs et culpabilités, du moins on sait qu'au moment de l'armistice ils ne voulaient surtout pas passer pour alliés des Anglais aux yeux des Stambouliotes. (Discrédit fatal qui frappa l'autre sœur de Pakizê, Fehimê, dont la résidence au bord du Bosphore voyait défiler les officiers de l'armée d'occupation anglaise.) D'un autre côté, ils n'avaient pas abandonné l'idée de récupérer leurs rentes et leur résidence d'Ortaköy, c'est-à-dire de retourner à Istanbul.

En décembre 1918, les cuirassés des vainqueurs de la Première Guerre mondiale, anglais, français, italiens et grecs, jetaient l'ancre dans le Bosphore, en face des palais impériaux. Après avoir cédé une à une toutes ses îles et ses provinces, l'Empire ottoman venait de livrer Istanbul. C'était la fin d'une histoire de six siècles. L'énorme cuirassé britannique *Centurion* mouillait juste devant le palais de Çırağan où Pakizê avait passé presque toute son existence. Et je me suis demandé – en feuilletant des manuels d'histoire turcs pour lycéens – si c'était un hasard que le ciel, sur chacune des photographies témoignant de ces jours douloureux entre tous pour les musulmans d'Istanbul, apparaisse toujours obscurci de lourds nuages noirs. Le dernier sultan ottoman, comme son grand frère Mourad V avant lui, était désormais prisonnier dans son palais, la vue obstruée par les navires de guerre. C'est d'ailleurs à bord d'un cuirassé anglais qu'il allait quitter définitivement Istanbul, en 1922, au moment où Mustafa Kemal refoulait les armées grecques hors d'Anatolie occidentale.

Après l'abolition du califat et l'instauration de la République à Ankara en 1923, une loi de mars 1924 décréta la déchéance de citoyenneté et le bannissement sous trois jours de tous les membres de la famille impériale. En trois jours donc, cent cinquante-six personnes appartenant à la frange supérieure du monde enchanté qu'avait connu Pakizê furent arrachées à leur vie de palais stambouliote et déportées en exil inconnu, vers l'ouest, par le train. Et comme on voulait revendre rapidement les terres, les propriétés, les biens que ces cent cinquante-six Ottomans impériaux possédaient en Turquie, on leur interdit totalement l'entrée sur le territoire de la République, même en transit. La princesse Pakizê et le damad Nuri Pacha faisant partie de ces cent cinquante-six personnes, ils perdirent la citoyenneté turque en même temps que l'espoir de rentrer à Istanbul. L'interdiction de mettre un pied en Turquie pour les membres de la famille impériale serait peut-être un jour levée, mais personne ne savait quand.

Hatidjê ne suivit pas le reste de la famille en France. Elle s'installa à Beyrouth, emportant ses deux enfants et les lettres de sa sœur. Elle y vécut pendant de longues années grâce à la pension alimentaire que lui versait son second mari, dont elle avait divorcé dans les dernières années de la guerre. Mais lorsqu'il fut mis en prison pour avoir trempé dans un trafic d'antiquités, la pension alimentaire s'arrêta et Hatidjê dut continuer chichement sa vie à Beyrouth, presque dans la misère, sans toutefois jamais reprendre contact avec sa sœur Pakizê.

Deux ans plus tard, Pakizê, le docteur Nuri et leurs enfants quittaient Hong Kong pour s'installer en France. Nous voyons deux raisons à ce déménagement : la première est qu'ils s'identifiaient à leurs cent cinquante-six parents envoyés en exil – ainsi qu'aux cinq ou six cents autres familiaux ou fidèles qui les avaient suivis – et voulaient se sentir proches d'eux, la seconde que le voisinage des princes impériaux pourrait leur permettre de trouver un bon mari pour leur fille Melikê (ma grand-mère).

Ne disposant pas de lettres de Pakizê pour en témoigner – et aussi parce que cela n'est d'aucune importance dans l'histoire de Mingher –, je passerai rapidement sur la vie de la famille à compter de l'été 1926, date du départ de Hong Kong pour la France. Le père de ma grand-mère, le docteur « damad » Nuri, trouva du travail dans un hôpital de Marseille, où il ouvrit ensuite son propre cabinet. Habiter Marseille avait l'avantage de les éloigner un peu des autres membres et des cancans de la famille impériale, installée autour de Nice. Ils étaient aussi à bonne distance des espions du consulat turc de Nice, spécialement créé pour surveiller les princesses, les princes, les gendres impériaux, et signaler toute trace d'activité politique des derniers Ottomans. Ils trouvèrent à ma grand-mère Melikê un prince impérial de la branche d'Abdülhamid, très éloigné du trône.

Ma mère, née en 1928, fut l'unique enfant de cette union terne et malheureuse. Désireuse de fuir loin des disputes et des relents d'alcool du foyer familial, la petite-fille de sultan, comme la plupart des princesses sultanes, eut recours à une marieuse qui lui trouva après la Seconde Guerre mondiale un riche époux d'origine musulmane, avec qui elle convola à vingt-huit ans. Mon père vivait à Londres, fils d'une mère écossaise et d'un riche Arabe (irakien). Son père, commerçant opiniâtre, espérait que ce mariage avec une « princesse ottomane » aurait un certain retentissement dans la société bourgeoise de Londres où il essayait de percer. Six mois après son mariage, arrangé donc, et richement doté en cadeaux et bijoux, ma mère quitta Londres pour rentrer à Marseille auprès de ses parents. Mon père l'y rejoignit plus tard, puis la persuada finalement de revenir à Londres avec lui.

Après ces années orageuses, ma mère commença de développer une « curiosité » pour Mingher, qui se transforma plus tard en « amour », selon sa propre expression. Dans son enfance, elle avait souvent entendu sa grand-mère Pakizê lui parler de cette île dont elle avait été la reine, un peu comme dans un conte et avec autant de sérieux que d'humour. Mais sa mère, ma grand-mère, ne s'intéressait pas du tout à Mingher. Pour ma grand-mère Melikê, la seule personne importante de la famille n'était pas sa mère mais son grand-père Mourad V, le sultan d'un Empire vieux de six siècles ! D'ailleurs, si elle avait pu divorcer de son mari, ma grand-mère Melikê aurait voulu rentrer à Istanbul après 1952, du moins le prétendait-elle. Car après 1952, les femmes dans sa situation eurent de nouveau l'autorisation d'entrer en Turquie.

La « curiosité minghérienne » de ma mère cachait un désir plus égoïste et profond, celui de fuir la société niçoise des Ottomans en exil, comme celle des « Moyen-Orientaux » de Londres, pour avoir avec son mari, mon père, enfin un monde à eux deux. L'autre raison qui alimentait ce rêve était que Mingher, depuis 1947 et son intégration à l'Organisation des Nations unies, avait enfin été pleinement reconnue comme un État indépendant, l'un des plus petits du monde, reconnaissance qui avait abondamment alimenté les pages des journaux et des magazines pour enfants. Cette réjouissante nouvelle ne fut pas sans influence sur mon « nationalisme » minghérien.

Après le drapeau ottoman, flottèrent successivement sur l'ancien palais du gouverneur : le drapeau minghérien de 1901 à 1912, les drapeaux italien et minghérien de 1912 à 1943, le drapeau allemand entre 1943 et 1945, le drapeau anglais entre 1945 et 1947, et depuis 1947 à nouveau le drapeau de Mingher dessiné par le peintre Osgan. (Notre cher peintre fut arrêté chez lui une nuit d'avril 1915, en même temps que deux mille et quelques autres intellectuels arméniens, sur ordre du « héros de la liberté », le Premier ministre Talat Pacha, et personne n'eut plus jamais de ses nouvelles.)

Toutes ces différentes bannières colorées qui flottèrent sur l'île au fil des années n'accrurent en rien la diversité culturelle et la pluralité des modes de vie à Mingher car, de 1901 à 1952, soit pendant un demi-siècle, le président Mazhar (1901-1932) comme le président Hadid (1932-1943) et les autres prétendus « présidents », demi-présidents et gouverneurs de l'île qui collaborèrent avec les Italiens et les Allemands poursuivirent tous la même politique de minghérianisation systématique, interdisant l'enseignement de l'histoire grecque et ottomane, et enfermant dans des camps de travail Turcs et grecs, dont certains furent de véritables héros. Nous avons fourni une étude détaillée de cette période dans notre livre *La Minghérianisation et ses effets,* ouvrage interdit sur l'île pendant vingt ans, ensuite expurgé de plusieurs passages, et payé au prix fort par son auteure.

À l'été 1947, deux ans avant ma naissance, mes parents se retrouvaient à Marseille après une énième séparation. Ma mère réussit enfin à convaincre mon père d'aller vivre à Mingher pour un temps. (Je dois à ce succès maternel d'être minghérienne.) Ils arrivèrent à Arkaz à la fin de l'été, en passant par la Crète, et s'installèrent au Splendid Palas, dans la chambre même où le Commandant et Zeynep étaient morts de la peste quarante-six ans plus tôt, si j'en crois les récits de ma mère et les lettres de mon arrière-grand-mère. Une plaque à l'entrée du Splendid indiquait que le père de la Nation résidait dans cet hôtel le jour de la proclamation de l'Indépendance et de la Liberté, mais aux plus curieux on montrait aussi les portraits – pris par Vanias et un photographe du *Havadis-i Arkata* dont nous ignorons le nom – qui trônaient dans un coin de la salle de réunion du deuxième étage, où se trouvait également une table sur laquelle avait travaillé Mazhar Efendi lorsqu'il était premier secrétaire du Commandant.

Dans les années 1950, ma mère, étouffée par la chaleur des après-midi d'été, quittait avec moi, en début de soirée, la grande villa avec vue que mon père lui avait offerte dans le quartier de Filizler (autrefois Flizvos), et m'emmenait chez le glacier Roma du Splendid Palas. Parfois, nous nous installions à la terrasse de la pâtisserie voisine, dans l'ombre rafraîchissante des tilleuls. À la fin de ces promenades, quand nous avions fini nos glaces, que ma mère m'avait essuyé les mains avec son mouchoir, et si j'insistais un peu, elle m'emmenait revoir le minimusée du deuxième étage. (Je partage avec l'écrivain Orhan Pamuk la passion des musées.)

Je m'émerveillais devant les clichés pris le jour de la Révolution, la foule sur le balcon, les orateurs proclamant l'indépendance, je m'enchantais de contempler l'encrier et des stylos-plumes de ce Commandant dont je voyais les portraits aux quatre coins d'Arkaz. Il me semble qu'à cette époque déjà, mon cœur d'enfant percevait les liens profonds et mystérieux qui existent entre les objets et l'histoire, entre un peuple et ses textes.

Je suis née à Mingher et aucun de mes longs séjours loin d'elle n'a pu effacer l'île de mon imagination. Je dirais même que mes souvenirs de Mingher étaient d'autant plus vifs que j'en étais éloignée. Après la glace au Splendid, ma mère et moi rentrions à pied, parfois en longeant les belles vitrines de l'avenue du Commandant-Kâmil (autrefois Hamidiye) et faisant quelques emplettes au passage. Parfois nous descendions l'avenue d'Istanbul dans la fraîcheur des arcades et des colonnes, puis, après avoir dépassé le marchand de jouets Londra, la Librairie de l'Île, la Banque de Mingher, nous arrivions au port.

Ce second trajet était mon préféré, car ma mère me laissait contempler chacun des bateaux ancrés le long du quai, lire leurs noms et méditer face à la mer pendant une dizaine de minutes, puis nous rentrions à la maison en calèche. Parfois j'essayais de plonger ma main dans l'eau salée, là où étaient amarrées les barques, à côté du café qui jouxtait le nouveau débarcadère, mais ma mère me criait : « Attention, tu vas mouiller tes souliers ! » Mes souliers, mes chaussettes, la veste et la jupe que je portais à l'école, tout était de bonne confection européenne. Avant même d'entrer à l'école, j'avais déjà compris que ma mère accordait plus d'attention et de moyens que toutes les autres à l'habillement de son enfant, et j'y voyais la marque de son romantisme, le signe de son fantasme d'héritière de famille ottomane.

Dans mon enfance, comme aujourd'hui encore, j'aimais me promener parmi la foule des quais, sentir la hâte des gens qui couraient attraper leur bateau, le bonheur de ceux qui avaient passé l'épreuve de la douane, l'ombre de la montagne Blanche qui recouvrait toute la baie, et comme tous les enfants de Mingher j'avais peur de la Forteresse, je l'imaginais pleine de bandits, de meurtriers et d'autres choses terrifiantes. Tels de nombreux Minghériens qui ne voient la Forteresse que comme un lieu mauvais, plein de ténèbres effrayantes, je n'ai eu l'audace d'y entrer qu'une seule fois, et pour un très court moment. À la Forteresse je préférais son reflet sur la mer immobile.

Ma mère, quoique détestant les manières de princesse, chaque fois qu'elle montait avec moi dans la calèche du retour, demandait au cocher, en minghérien, « combien » la course jusqu'à Filizler (tous les cochers parlaient turc, quoique parfois très mal). Si le prix était à son goût elle ne disait rien, s'il était supérieur au tarif réglementaire elle le rappelait au cocher, toujours en minghérien, ce à quoi certains réagissaient avec insolence et la dispute s'éternisait, mais en général ils acceptaient tout de suite le tarif ordinaire. À cette époque, Arkaz était encore épargnée par les masses de touristes qui, à partir des années 1990, rendraient la ville invivable en été, et les cochers n'étaient pas encore « pourris gâtés », comme disait ma mère. Et presque tous les habitants de l'île – nous inclus –, même s'ils ne l'avouaient pas ouvertement, raffolaient de l'épaisse odeur de merde de cheval qu'on humait à proximité des arrêts des calèches. À l'étranger, ce parfum leur manquait. Nettoyer cette saleté s'avérant difficile, et aussi à cause de la rudesse et de l'indiscipline des cochers, le gouvernement, en 2008, décida de bannir définitivement les voitures à cheval d'Arkaz, malgré l'intérêt des touristes.

À la maison, ma mère et moi parlions turc. Mes parents entre eux parlaient anglais, mais mon père, en voyage à Londres ou ailleurs, était absent la plupart du temps. Avec les gens de maison, le jardinier et les gardiens, nous parlions minghérien (sauf avec un qui nous parlait en turc). Ma mère avait appris le minghérien en autodidacte, à force d'aller et de venir sur l'île, et pour m'inciter à maîtriser cette langue que je baragouinais un peu à la maison, dans les rues, les commerces, elle m'avait offert *L'Alphabet de Mingher* et *Le Livre de Zeynep* pour mes quatre ans, puis m'avait enseigné quelques mots de minghérien, en plus de la lecture et de l'écriture.

À cinq ans, je commençai pour la première fois à fréquenter une fille de mon âge, Rina, qui avait le double mérite de parler minghérien et d'être approuvée par ma mère, c'est-à-dire d'être de bonne famille. J'allais souvent chez elle ; mais mon apprentissage oral du minghérien fut interrompu en cours de route, ma mère ayant fini par s'alarmer, à juste titre, des questions incessantes de Rina sur le travail de mon père, et s'il n'était pas un espion, et quels livres il avait sur son bureau, et si le bureau était fermé à clef, etc. Ils soupçonnaient mon père d'être un espion anglais, à cause du franc succès commercial à la fois de la grande boutique d'antiquités, de meubles et d'objets ménagers qu'il avait ouverte sur l'avenue d'Istanbul (les premiers réfrigérateurs anglais de Mingher furent importés par mon père), et de la société de commerce d'eau de rose qu'il avait enfin pu fonder après avoir passé un nombre incalculable d'heures à poireauter dans les administrations publiques (et aussi parce qu'il était l'Anglais arrivé après le départ des soldats anglais).

À ce sujet, j'aimerais dire un mot du livre que le consul George réussit enfin à publier, en 1932. Mon père le vendait dans sa boutique d'antiquités, sur l'insistance de ma mère, même si personne, à part quelques touristes, ne s'intéressait à cette œuvre qui est pourtant un authentique produit de l'amour et du labeur. Le livre de George Cunningham – auquel je dois en partie ma vocation d'historienne –, *Mingherian History : From Antiquity to the Present*, fut d'abord allègrement pillé, soixante ans durant, par l'État et les historiens de Mingher, qui la plupart du temps ne le citaient même pas. Après avoir été ainsi sauvagement exploité, essentiellement pour les besoins de la cause nationaliste (l'histoire, les paysages, la nourriture, les costumes), ce beau livre savant et raisonné fut ensuite moqué et méprisé par la génération suivante, qui le qualifiait d'« orientaliste » dans le sens négatif du concept forgé par Edward Saïd, en sorte qu'on finit par rejeter complètement l'ouvrage et son auteur, pourtant le plus grand pionnier de l'histoire culturelle de Mingher, au motif qu'il était un infâme agent impérialiste anglais pétri de préjugés exotiques. Quant à la collection de la maison de Monsieur George, véritable musée foisonnant de pièces archéologiques, de statuettes, de pierres de Mingher, de fossiles, de vases, de paysages à l'huile, d'aquarelles, de coquillages, de cartes et de livres, si elle n'avait pas été mise en sécurité dans un cuirassé anglais au début de la guerre et des troubles, elle aurait été éparpillée aux quatre vents comme beaucoup des collections particulières de l'île, et un grand nombre de vieux tableaux et objets minghériens n'auraient jamais pu trouver le solide asile du British Museum. Aujourd'hui, la charmante maison de Monsieur George et de son épouse minghérienne est un restaurant de poulet frit appartenant à une grande chaîne internationale, et son petit jardin botanique, planté d'herbes de l'île, un parking.

Avant mon entrée à l'école primaire en 1956, j'apprenais le minghérien surtout en jouant avec des enfants de l'île sur la plage de sable de Flizvos (ce nom-là n'a pas changé), juste au pied de notre maison. À Mingher, la saison des bains est identique à celle de la peste – de la fin d'avril au début de novembre. Ma mère enfilait son élégant maillot noir une pièce, descendait sur la plage, puis restait là pendant des heures, allongée sur son drap de bain déplié à l'ombre, telle une riche Européenne ou une artiste de film, à lire des vieilles revues de cinéma que mon père lui envoyait de Londres (nous allions chercher ensemble les colis à la poste). À un moment, elle ouvrait son joli sac en osier, sortait sa crème solaire Nivea, les lunettes de soleil qu'elle ne mettait jamais, et après des heures d'attente entrait enfin dans l'eau, tout en veillant à protéger ses cheveux à peine sortis de chez le coiffeur Flatros sous un bonnet de bain rose pâle.

Ma mère, dans la calèche du retour, posait ses colis sur le siège en face, et moi, assise à côté d'elle, attendais qu'elle pose sa main sur mon épaule, ce que je lui rappelais si jamais elle oubliait. Parfois ma mère partageait en deux un biscuit de chez Zofiri, et nous en mangions chacune la moitié en regardant la foule sur les trottoirs de l'avenue d'Istanbul, les gens qui se pressaient devant les kiosques à journaux, les salons de thé, les agences de voyages. Voilà pourquoi j'aime autant Mingher, parce que sur cette île les femmes musulmanes peuvent monter seules dans une calèche et manger des biscuits devant tout le monde sans être dérangées.

En haut de la montée, la voiture tournait à droite et s'engageait sur l'avenue du Commandant-Kâmil, avec ses pins et ses palmiers qui bordaient l'enfilade régulière des bâtiments publics jusqu'au palais présidentiel, et sans leur jeter un regard nous longions le ministère de la Justice et la direction du cadastre de Mingher, bâtiments honnis où mon père et ma mère, les premières années, avaient perdu un temps fou, connu les pires désillusions. Car si l'amour de ma mère pour Mingher était authentique et sincère, précisons qu'il avait aussi son versant matérialiste, très lié à des questions d'argent, de biens et de propriétés.

Mes arrière-grands-parents le docteur Nuri et Pakizê possédaient des documents, cartographiés pour certains, attestant la propriété des grands terrains qu'ils avaient reçus à Mingher lorsque lui était ministre de la Quarantaine puis Premier ministre, elle pendant les trois mois et demi où elle fut reine. C'étaient des titres officiels, dûment sigillés, portant soit la signature du Commandant Kâmil – pour les « cadeaux » distribués comme une sorte de prime de sacre après la proclamation de l'indépendance et la fondation du nouvel État –, soit celle de Pakizê, pour les rentes héritées et toujours dues de la période de sa royauté. Les bureaucrates, directeurs, juges et contrôleurs de l'administration minghérienne ne remirent jamais en cause l'authenticité ni la validité de ces documents qu'ils manipulaient avec dévotion, impressionnés d'y voir figurer le sceau de l'État et la signature personnelle de son héroïque fondateur.

Mais avant que ma mère (à qui son oncle, sa tante et leurs enfants avaient donné procuration en ce sens) puisse obtenir la jouissance effective de ces terrains, soit pour pouvoir les vendre, soit pour s'y installer, il fallait d'abord que des juges compétents authentifient les documents, puis les renvoient pour examen aux autorités locales du cadastre, analysent ensuite les réponses de ces autorités (en général, ces terrains étaient occupés par de nouveaux propriétaires), enfin qu'ils instruisent un par un, dans différentes juridictions de Mingher, les procès où les propriétaires, actuels et passés, devraient prouver que « ce terrain est bien à moi ».

Or ces gens n'allaient pas accepter sans broncher que les terres par eux arrachées de haute lutte entre bandits quarante ans plus tôt, dont ils avaient obtenu la propriété en même temps que l'amnistie politique, où ils avaient bâti leur maison, installé leur famille, qu'ils avaient fait fleurir et prospérer, ne soient en fait pas les leurs mais celles d'inconnus qui ne parlaient même pas minghérien, sous prétexte que l'héroïque grand Commandant Kâmil en aurait fait don à leurs ancêtres pour fêter, jadis, la fondation de l'État ; ces gens, donc, se défendaient bec et ongles devant le tribunal, comme si la vie de leur famille en dépendait, ce qui en un sens était vrai, et les procès tiraient en longueur et s'éternisaient. Du reste, les héritiers des propriétaires de ces documents qu'on appelait parfois « titres du mérite » (ou « patentes ») ne pouvaient pas se tourner vers la justice de leur pays pour intenter les procès en restitution, mais devaient soit en faire la demande auprès d'une ambassade minghérienne (démarche lente et fastidieuse), soit venir à Mingher remettre en personne leur dossier aux tribunaux compétents. « Bannir les membres de la famille impériale de la République de Turquie était une manière habile de pouvoir spolier leurs biens, discrètement et en douceur ! » déclara une fois à ma grand-mère, qui le répéta à ma mère, mon grand-oncle le prince Süleyman, qui avait beaucoup réfléchi à ces questions et « flambé » beaucoup d'argent en frais d'avocats dans des procès stambouliotes similaires aux minghériens. « Mais à Mingher, la situation est très différente : ils ont banni tous les Ottomans, sauf notre mère. Quand on interdit le retour d'une seule personne, c'est-à-dire désormais le vôtre, on l'oublie assez vite. Tirez-en avantage ! »

À leur arrivée à Mingher, cinquante ans après la Révolution, mes parents se disputèrent longuement sur le moyen de « tirer avantage » de la situation. Et comme ces disputes auxquelles mon jeune âge m'empêchait de rien comprendre ont fini par virer à la guerre entre mon père et ma mère, ce qui me faisait énormément de peine, jusqu'à mes trente ans j'ai refusé de m'intéresser à ces « propriétés » de famille. Aujourd'hui, je me dis que j'aurais mieux fait de ne pas m'y intéresser après mes trente ans. Car maintenant, ceux qui refusent d'accepter que mon amour de l'île est sincère, ma passion de l'histoire et de la culture minghériennes authentique et désintéressée, ceux-là m'accusent de venir à Arkaz seulement pour récupérer la propriété de ces maudits terrains.

Ici, bien que m'étant promis d'évacuer toute sorte de polémique personnelle de mon livre, je dois dire quelques mots de ce qui est l'une des plus grandes blessures de ma vie. Pendant vingt et un ans, entre 1984 et 2005, j'ai été interdite de séjour à Mingher. L'ambassade de Mingher à Londres avait refusé de renouveler mon passeport minghérien, que je possède de plein droit, étant née dans l'île. La même ambassade à Londres me refusa aussi le visa pour mon passeport anglais (obtenu grâce à mon père), et celle de Mingher à Paris le visa pour mon passeport français (que j'ai grâce à ma mère). J'ai tant souffert, pendant toutes ces années, de ne pas pouvoir voir l'île, respirer son air, aller à la plage avec mes enfants et mon mari, flâner dans les ruelles d'Arkaz, et bien sûr travailler sur les archives de Mingher. D'après mes amis un peu informés – ceux qui ont quelque expérience des services secrets minghériens –, on me faisait surtout payer le livre que j'avais publié, les pétitions contre le régime militaire au pouvoir dans les années 1980 que j'avais signées, mes dénonciations des arrestations d'intellectuels, de gauchistes et d'islamistes, ainsi que tous mes articles sur l'histoire des cachots de la Forteresse (offense à la nation). Mais d'après les mieux renseignés, ceux qui connaissent à fond les rouages de l'État profond, en réalité on m'avait bannie à cause des patentes de mon arrière-grand-mère, enfin à cause de mon intérêt pour les terrains et les biens dont j'étais l'héritière.

Plus troublant encore : j'avais été témoin du désarroi de nombreux ottomanistes étrangers à qui on avait mystérieusement retiré, du jour au lendemain, leur autorisation d'accès aux archives d'Istanbul, où ces chercheurs travaillaient depuis des années sur certains sujets sensibles, tels les massacres d'Arméniens, de grecs et de Kurdes, démontrant que le grand combat national ne s'était pas exactement déroulé comme on avait voulu le croire. Je savais donc avec quelle violence l'État turc sanctionnait l'honnêteté intellectuelle dans le domaine historique, mes courageux amis étaient là pour en témoigner ; mais subir le même traitement de la part de l'État minghérien, vingt et un ans durant, cela me plongea dans une solitude atroce, assortie d'un terrible sentiment de culpabilité.

L'annonce de la candidature de Mingher à l'entrée dans l'Union européenne, programmée pour 2008, contribua à relâcher un peu la pression exercée non seulement sur les chercheurs comme moi, mais aussi sur les nombreuses personnalités de gauche, prétendument séparatistes, qu'on mettait arbitrairement en prison, ou encore sur ceux qui dénonçaient les gangsters ayant fait main basse sur les biens des Turcs et des grecs. Après avoir envoyé plusieurs courriers de plainte à l'Union européenne, et grâce à l'intervention de ministres « libéraux » dont les familles avaient un poids certain à Mingher (dans mon pays, des pistons en haut lieu sont une protection bien plus efficace que les droits de l'homme), je récupérai enfin mon passeport et montai aussitôt dans un avion pour Arkaz. À peine sortie de l'aéroport Commandant-Kâmil, j'aperçus les hommes de la police politique qui me suivaient. C'était en 2005, j'écrivais alors la préface qui allait m'inspirer ce livre. Partout où je logeais, chez des amis, à l'hôtel, je retrouvais régulièrement mes valises ouvertes, mes affaires sens dessus dessous. Mais ce qui me faisait le plus de peine n'était pas que la presse d'un pays qui prétendait intégrer l'Union européenne m'accuse publiquement d'être une « espionne turque », ou bien un « agent anglais » (à cause de mon père), mais que mes amis insulaires, lorsqu'ils venaient me voir à Londres, à Paris ou à Boston où j'enseignais, se permettent sous mon propre toit, après un bon verre de vin d'Arkaz, de répéter ces accusations d'espionnage à coups de plaisanteries grasses et vaseuses.

Une fois, lors d'une conférence, un professeur hollandais d'« histoire du Levant » que j'estimais beaucoup, et devant qui je me plaignais des blagues abjectes et primitives de mes amis, m'avait répondu ironiquement : « Grave erreur de jugement ! S'ils vous connaissaient vraiment, vos amis minghériens sauraient qu'il n'y a pas plus nationaliste que vous. »

Avec le recul, je regrette de ne pas avoir mouché le taquin orientaliste comme il le méritait. Mais, quitte à sortir un peu du sujet, je tiens à faire observer à ce monsieur, ainsi qu'à mes amis de Mingher et à mes lecteurs, la chose suivante : dans les années 2000, où la colonisation et l'impérialisme à l'ancienne appartiennent depuis longtemps au passé, le qualificatif de « nationaliste » ne sert plus qu'à discréditer les béni-oui-oui de l'État, les lécheurs de bottes compulsifs du pouvoir en place, tous ceux qui n'ont pas le courage de critiquer le gouvernement. Alors qu'à l'époque du Commandant Kâmil par nous tant admiré, on appelait nationalistes les patriotes révoltés contre les oppresseurs impérialistes, des hommes qui s'élançaient héroïquement, le drapeau à la main et la bravoure au cœur, à l'assaut du crépitement infini des mitrailleuses coloniales.

L'autre résultat de mes vingt et une années d'interdiction de séjour à Mingher, c'est que mes deux fils chéris, mes deux petits lions, n'ont pas pu connaître l'île à l'âge où ils auraient dû apprendre le minghérien, si bien que non seulement ils ne parlent pas couramment cette langue merveilleuse, mais n'en savent même pas un seul mot. Et chaque fois que j'ai essayé de leur faire apprendre leur « langue maternelle », à chacun de mes efforts désespérés pour leur enseigner le minghérien, ils me rétorquaient avec un sourire en coin que personne dans la famille ne parlait minghérien, la reine incluse (et ma mère et moi exclues), que d'ailleurs je parlais turc avec grand-mère, et que si leur langue maternelle n'était pas le turc, c'était au moins l'anglais. Mon divorce est en partie le résultat de cette attitude désinvolte sinon moqueuse de mes fils vis-à-vis de mon amour pour Mingher, et aussi du fait que leur père, sur ce sujet, se soit toujours rangé de leur côté, ainsi que je l'ai fait remarquer à l'avocat.

Puisque nous parlons « langue et nationalisme », je mentionnerai brièvement un autre épisode douloureux de mon existence. À Istanbul, lors d'un match comptant pour les éliminatoires du championnat d'Europe de football 2012, l'équipe nationale de Mingher, un pays de cinq cent mille habitants à peine, battit la Turquie 1 à 0, à la dernière minute et grâce un penalty (peut-être) injustifié. Ce soir-là, mon tiraillement existentiel entre la belle langue turque et la belle langue minghérienne se mua en pur tourment. Les supporters enragés saccagèrent des restaurants minghériens d'Istanbul, agressèrent des vendeurs de brioches de Mingher (celles du docteur Élias, le poison en moins), brisèrent les vitres d'une série de commerces dont l'enseigne comportait le nom Mingher, pillèrent leurs vitrines et incendièrent une partie de la marchandise. Cette semaine-là j'ai fui les gens, évité absolument de lire le moindre journal et pris la résolution, qui tient toujours, d'oublier complètement le sujet.

Quand j'ai commencé à m'atteler au projet d'édition des lettres de Pakizê, je me suis souvent demandé ce qu'aurait pensé de l'Arkaz des années 1950, la ville où j'habitais avec ma mère, cette femme qui avait héroïquement survécu à la peste et aux violences politiques dont les rues de l'Arkaz de 1901 étaient la proie. Eh bien, je crois qu'elle aurait aimé voir le superbe mausolée du Commandant enfin achevé (en 1933), que ma mère et moi contemplions avec dévotion chaque fois que nous traversions en calèche l'ancien pont Hamidiye, désormais pont du Commandant-Kâmil, et qu'elle se serait réjouie à la vue des petits drapeaux qu'on croisait partout, des statues du Commandant et de Zeynep qui se dressaient aux cinq principaux carrefours de la ville. Elle aurait été impressionnée par la nouvelle Jetée de pierre de Mingher, large et solide, avec son quai accueillant les grands bateaux de croisière, l'hôpital Zeynep-et-Kâmil, la monumentale Maison de la radio avec sa façade en bois typique de Mingher, mais à la structure tout en pierre et béton, les bâtiments de l'université Commandant-Kâmil, le petit et charmant Opéra de Mingher, le musée d'Archéologie de Mingher. En revanche, les anciens auraient été écœurés par les grands immeubles plantés au sommet des collines face à la mer, le long de l'avenue du Commandant-Kâmil, autant que par l'énorme Mingher Park Hotel avec son allure de boîte à chaussures en béton blanc et par les immenses lettres lumineuses aux néons bleus et fuchsia qui hérissaient les toits pour faire la réclame des hôtels et de l'eau de rose aux passagers des bateaux approchant du port.

On ne vit jamais d'horloge au sommet de la tour dite de l'horloge – qui devait être achevée pour le vingt-cinquième anniversaire du sacre d'Abdülhamid et ne le fut que bien des années après la Révolution –, mais la statue exhumée par l'archéologue Selim Sahir, celle de l'antique reine Mina (on songea un moment à l'appeler statue de Zeynep, à cause de sa ressemblance frappante avec la femme du Commandant). Juste après l'occupation italienne, on baptisa la tour « Monument de Mingher », nom qui est resté.

Dans les années 1950, quand ma mère et moi rentrions à la maison en calèche, nous pouvions sentir, en haut de la colline sur notre gauche, l'imposante présence du mausolée du Commandant Kâmil qui dominait la ville, mais nous n'en parlions jamais, ni dans la calèche ni à la maison. À l'école élémentaire Kâmil-et-Zeynep (directement desservie par la calèche) où je fis ma première rentrée en 1956, le portrait du couple était dans chaque salle de classe, dans chaque livre, on ne parlait que d'eux.

J'avais commencé d'apprendre par cœur les cent vingt-neuf mots du Commandant Kâmil avant d'entrer à l'école primaire. J'avais aussi déjà mémorisé quelques phrases composées avec ces mots. Mon apprentissage de l'alphabet minghérien, c'est-à-dire de la lecture, fut donc très rapide. À la fin de la première année, j'appris deux cent cinquante nouveaux mots minghériens encore jamais entendus à l'école, grâce au petit dictionnaire offert par ma mère, à Rina et aux autres enfants de la plage.

À l'automne 1957, ma deuxième rentrée, la maîtresse, voyant que j'étais plus avancée que mes camarades, surtout en minghérien, me fit asseoir au premier rang et m'autorisa à feuilleter le petit dictionnaire minghérien pendant les leçons (le grand n'avait pas encore été publié). Un matin, l'inspectrice nous fit la surprise de sa visite annuelle ; la maîtresse me fit lever et m'interrogea sur les derniers mots que j'avais appris. J'en choisis quelques-uns parmi les plus anciens du lexique minghérien, et donnai leur signification : sombre, gazelle, mont gelé, caniveau, chaussure et inutile. Je crois que l'inspectrice à la teinture blonde ne les connaissait pas, et la maîtresse non plus.

Mais quand l'inspectrice me demanda de former une phrase avec ces mots, je fus bloquée et restai muette. Je voyais la fête de l'Indépendance, la place, les lycéens joyeux qui couraient dans tous les sens pour former des phrases avec leurs mots tenus à bout de bras. Honteuse, je jetai un regard à la photo du Commandant et de Zeynep au-dessus du tableau noir. Qu'ils étaient jeunes et beaux ! Dire que tout avait commencé par quelques mots en minghérien dans l'obscure cuisine, début de la préservation de notre langue, puis du destin de la nation ! Je leur étais reconnaissante d'avoir sauvé la nation de Mingher, j'avais honte de moi.

Malheureusement, je ne pensais pas en minghérien, et je rêvais en turc. (D'où le fait que j'ai écrit ce livre en turc.) L'inspectrice avait noté mon mutisme, elle se tourna vers la maîtresse :

« Vous, faites une phrase ! » Et la maîtresse commença une phrase, mais elle ne put la terminer et se tut. Puis elle regarda l'inspectrice et lui demanda de finir la phrase, mais l'inspectrice buta, balbutia, et hélas, la phrase resta inachevée.

Mais elle ne se laissa pas démonter et m'interrogea : « Qui était le deuxième président de la République de Mingher ? — Le cheikh Hamdullah ! — Quel mot Zeynep et Kâmil prononcèrent-ils en premier dans la cuisine ? — Akva, eau ! — Quel jour furent proclamées la Liberté et l'Indépendance ? — Le 28 juin 1901 ! — Qui a peint le landau blindé traversant la ville ce soir-là ? — Le peintre Tadjeddin. Mais le peuple de Mingher avait déjà rêvé ce tableau ! » Cette dernière réponse fit forte impression à madame l'inspectrice. « Viens là ! » me dit-elle, et elle me donna un baiser sur le front. Puis elle ajouta : « Ma fille, s'ils te voyaient, le grand Commandant Kâmil et Zeynep seraient fiers de toi, ils verraient que la langue et la nation de Mingher sont bien vivantes ! » (Il n'y avait rien de méprisant : dans les années 1950, les Minghériens appelaient toujours la femme du Commandant par son seul prénom, comme un personnage de conte.)

L'inspectrice avait prononcé cette phrase le regard fixé sur le portrait du Commandant et de sa femme. Puis elle se tourna vers moi : « La reine Pakizê aussi aurait été fière de cette petite Minghérienne ! »

Je compris alors que l'inspectrice, comme la plupart des gens de l'île, croyait que mon arrière-grand-mère était morte, en plus d'ignorer que j'étais la fille de sa petite-fille.

Après avoir écouté mon histoire en souriant, ma mère me dit : « Surtout ne dis à personne que ton arrière-grand-maman Pakizê habite en France ! » Cette phrase n'est que l'une des nombreuses formules énigmatiques que j'ai entendues de ma mère ; j'avais beau les ressasser parfois pendant des années, leur sens m'échappait toujours. Mais après mon retour en 2005, quand à chaque séjour je découvrais que ma valise, mon sac, mes classeurs, mes dossiers avaient été sauvagement fouillés pendant mon absence (on voulait me le faire savoir), j'ai compris que ces devinettes de ma mère, loin d'être « métaphysiques » comme je l'imaginais parfois, cachaient des angoisses et des peurs bien réelles, d'ordre politique. Le plus désolant, c'est que ces fouilles intempestives, ces vols de documents ont continué, continuent toujours, alors même que depuis 2005 j'ai complètement abandonné toutes les procédures pour faire reconnaître les patentes et récupérer la propriété des terres de l'île qui reviennent à la famille de la reine. Et je ne doute pas que l'Agence minghérienne du renseignement (AMR), fondée dans sa jeunesse par le président Mazhar, aura lu avant vous quelques passages de ce livre.

À la fin de l'année 1958, l'institutrice convoqua ma mère à l'école. J'étais une élève très douée et très brillante, lui dit-elle, il valait mieux que je poursuive ma scolarité dans un pays européen. Ma mère n'a jamais eu le courage de répéter à mon père les mots de l'institutrice, elle qui voulait que sa fille soit minghérienne pour l'éternité. Mais même sans le dire ouvertement, elle aussi pensait que je devais continuer mes études en dehors de l'île. Nous partîmes nous installer à Nice, près de ma grand-mère, où je finis l'école primaire, puis mes parents suivirent le conseil de l'institutrice française et décidèrent de ne pas m'envoyer à Londres. (De toute façon, on parlait déjà anglais à la maison.) C'est durant ces années françaises que certains noms commencèrent à revenir dans la conversation de mes parents, non seulement celui de ma grand-mère Melikê, mais aussi ceux du docteur Nuri et de mon arrière-grand-mère Pakizê, qu'ils appelaient avec affection et respect tantôt la reine, tantôt arrière-grand-maman.

Mon père, toujours facétieux et entreprenant, écrivit à mes arrière-grands-parents que j'étais « minghérienne à vous rendre fiers ». Un jour, une enveloppe arriva de Marseille avec sept cartes postales vierges, des vues photographiques de l'île des années 1900. Pakizê les avait mises de côté pour les offrir à sa petite Minghérienne. J'apprendrais plus tard qu'elle en avait envoyé un grand nombre à sa sœur Hatidjê. Cette année-là, je me rendis dans chacun des endroits qu'on voyait sur ces cartes postales, les photographiai avec le petit appareil que m'avait offert mon père, et fis développer chez Photo Vanias ces clichés en noir et blanc qui montraient les mêmes paysages à la fin de l'année 1958.

Mais mon père, avec sa créativité et sa générosité habituelles, sentit qu'il y avait une opportunité à saisir, et plutôt que de leur envoyer mes photos par la poste, il suggéra que nous allions les retrouver à Genève, proposition qui fut acceptée. L'Organisation mondiale de la santé devait y remettre la « médaille d'or du Mérite » à mon arrière-grand-père le docteur Nuri, en retraite depuis vingt-cinq ans. J'irais avec ma grand-mère Melikê, qui veillerait sur le docteur Nuri et la reine pendant leur séjour à Genève. Mon père nous avait réservé deux chambres avec vue à l'hôtel Beau Rivage.

La Genève d'août 1959 est restée pour moi une ville enchantée. Ma mère et mon père, tout à leur joie de me savoir en lieu sûr, avaient filé tous les deux aussitôt le voyage arrangé, comme la plupart des couples qui passent leur temps à se disputer, se séparer puis se rabibocher, mais je n'avais pas à m'en plaindre car ma grand-mère Melikê Hanîm m'avait promis que nous passerions du bon temps toutes les deux. Son mari le prince Saïd Efendi (mon grand-père) était mort dans un accident d'avion cinq ans plus tôt, et ma mère et moi voulions nous rapprocher d'elle, d'où l'installation à Nice.

Le matin, après avoir assisté depuis notre chambre à l'élévation du célèbre jet d'eau de Genève, chaque jour à neuf heures (il était fermé la nuit), ma grand-mère Melikê Hanîm et moi sortions pour une longue promenade en ville main dans la main. Elle portait ses cheveux châtains en chignon, tenu par une broche en argent, et contrairement à ma mère ne sortait jamais sans ses lunettes de soleil. Parfois on traversait le pont en tramway pour aller de l'autre côté de la ville faire le tour des grands magasins. Je me disais que ma grand-mère comparait les prix, ou bien qu'elle cherchait quelque chose. Parfois on s'arrêtait dans un café, on lançait du pain aux cygnes blancs du lac, on contemplait de drôles de bateaux assez laids, on passait le temps sur un banc dans un parc. Ma grand-mère, je m'en souviens, essayait de me questionner sur mes parents – qu'est-ce qu'ils peuvent se disputer, dis donc ! Une fois, alors qu'il était question de l'étrange et lointaine ville où j'avais grandi, elle me parla avec un sourire amusé de son enfance à Hong Kong. Un matin, nous étions allées au cinéma, voir un film « convenable » pour une fille de mon âge (*Mon oncle*, de Jacques Tati). Une autre fois, c'était un long tour du lac Léman en bateau. Mais dès le premier jour, j'avais compris que toutes ces activités dans lesquelles m'entraînait ma grand-mère Melikê ne servaient qu'à tuer le temps en attendant de pouvoir être reçues par ses parents.

Ma « préface au projet d'édition » n'aurait jamais accouché de ce livre que vous êtes sur le point de terminer si je n'avais pas, cette semaine-là à Genève, passé vingt heures (selon mes calculs) avec mon arrière-grand-mère la reine Pakizê et mon arrière-grand-père le docteur Nuri. Je n'en aurais pas eu la force.

Ils m'accueillirent avec un grand sourire. Leur chambre était située deux étages au-dessous de la nôtre, avec la même vue (le mont Blanc et le jet d'eau), mais l'odeur de savon et d'eau de Cologne qu'on y respirait était très différente. Du haut de mes dix ans, j'avais déjà compris qu'ils étaient plus allègres, plus heureux que ma grand-mère, et que la raison en était l'extraordinaire relation de confiance et d'amitié qui unissait leur couple.

« Ma petite maman, dit ma grand-mère à la reine, Mîna vous a apporté un cadeau de Mingher !

— Vraiment ? Tant de peine ! Allons, montre ce que tu as apporté à ton arrière-grand-papa et ton arrière-grand-maman. »

Un court moment, je fus saisie d'une sorte de paralysie, je n'arrivais plus à parler, comme dans un rêve, comme si j'avais avalé ma langue.

« Elle a pris des photos qui montrent ce que sont devenus les petits villages de vos vieilles cartes postales ! »

L'expression de « petits villages » qu'avait employée ma grand-mère Melikê, elle qui n'avait jamais mis un pied à Mingher et ne s'était jamais intéressée à l'île, outre qu'elle me fendit le cœur, déboussola un peu la reine et le docteur. Sans se départir du « vous », ma grand-mère se lança dans de longues explications sur ces photographies.

« Ah elle s'est donné de la peine, notre petite Minghérienne ! » dit le docteur Nuri. Mon arrière-grand-père était tout blanc et tout ridé. Il était assis dans un fauteuil devant la fenêtre, le regard fixé sur les cimes immaculées du mont Blanc. De temps en temps il se tournait vers nous, mais quand il parlait son cou semblait se bloquer, sa tête restait immobile.

Je finis par rassembler mon courage et tendis mon cadeau à la reine. J'étais réservée comme un diplomate. Pakizê prit l'enveloppe, la posa sur une table, m'attira vigoureusement à elle, m'embrassa sur les deux joues, puis m'installa sur ses genoux en me serrant contre sa poitrine. Elle avait quatre-vingts ans, semblait maigre et fragile, mais avait le sein et les bras robustes et forts.

« Et moi alors ? » demanda le docteur Nuri.

Je descendis des genoux de la reine pour aller l'embrasser, tout en me souvenant subitement que j'avais oublié la consigne tant répétée de ma mère, à savoir baiser la main de mon arrière-grand-père et de mon arrière-grand-mère dès que je les verrais. Mais ils n'avaient pas l'air d'attendre ce baisemain. Le visage du docteur Nuri était si fripé, ses oreilles poilues si énormes que j'eus un frisson en m'approchant de lui, mais j'allais bientôt trouver un abri rassurant sur ses genoux, tout rentrerait dans l'ordre.

Ma grand-mère Melikê, voyant que j'étais bien avec eux, s'en alla. Ici, pour rendre compte de mes discussions avec la reine Pakizê et le docteur Nuri, je ne procéderai pas suivant l'enchaînement chronologique, mais comme cela me revient, c'est-à-dire par thèmes.

Moi. Tout commença par ma présentation : étais-je contente de ma vie ? (Oui !) Si j'avais des amis ? (Oui.) Quelle langue je parlais avec eux ? (Turc – vrai –, minghérien – pas très vrai.) Si je savais nager ? (Oui.) Qui m'avait appris à faire des photos ? (Mon père.) Où j'avais acheté mon appareil photo ? (Mon père me l'avait rapporté de Londres.) Après cette dernière réponse et les questions suivantes, ils se turent un moment, comprenant que je n'étais jamais allée à Londres, bien qu'ayant un riche papa qui faisait des affaires dans cette ville. Est-ce grâce à eux, ou bien l'avais-je déjà deviné mais ne voulais pas y penser, que j'ai alors compris que mon père nous avait abandonnées, ma mère et moi ?

Les cartes postales et les photos. À l'exception du jour où le docteur

Nuri alla recevoir sa médaille, nous passions la plupart du temps à regarder et commenter leurs cartes postales et mes photos, prises cinquante-sept ans plus tard. Nous étions sur le divan placé devant l'immense lit, moi assise au milieu, entre la reine et le docteur Nuri, un coussin sur les genoux, dessus les cartes postales et les photos. Ils y découvraient le panorama de la ville, prise depuis l'ancien pont Hamidiye, dans le style « *Vue générale de la baie** », et se remémoraient avec plaisir le vieil Arkaz. Parfois, désignant un bâtiment, un pont, ils se demandaient l'un l'autre « vous souvenez-vous ? » et tout leur revenait. Le docteur Nuri, pourtant, avait la mémoire chancelante. Un jour, il me demanda quel était ce grand bâtiment, la Maison de la radio d'Arkaz, lui dis-je, et le lendemain il me reposa la même question, puis réagit à ma réponse par une mine bluffée, comme s'il l'entendait pour la première fois.

En deux jours, nous avions fait le tour de tous les nouveaux édifices que mes photos donnaient à voir. J'étais parfois effrayée par les immenses mains du docteur Nuri, osseuses, plissées et ridées, couvertes de grains et de taches marron, vraiment bizarres. « Regardez, la petite a le même pouce que vous », dit un jour la reine au docteur Nuri, à ma plus grande stupéfaction. Puis je notai la ressemblance à mon tour. Nous regardions les photos un peu tous les jours, mais nos discussions ne s'arrêtaient pas là. Une fois la revue terminée, la reine se tourna vers moi avec une gentillesse extrême : « Ma petite Minghérienne, nous te remercions de nous avoir apporté ces photographies. Nous aussi, nous avons un cadeau ! », et cette fois elle regardait son mari.

« Patience, il n'est pas encore prêt ! » dit le docteur Nuri.

Le minghérien et l'école. Ils étaient surtout curieux de savoir si l'on apprenait « véritablement » le minghérien à l'école. Oui, certains de nos manuels étaient en minghérien. Mais pour dire la vérité, la plupart des journaux et des romans étaient en turc ou en grec, ajoutai-je ensuite. Les rapports de la blonde inspectrice sur les formidables progrès de l'enseignement en minghérien n'étaient sans doute pas très fiables, cela restait un vœu pieux. J'en pris conscience au fil de notre discussion. Mais la reine, ayant noté que sa petite Minghérienne était une farouche nationaliste, veillait à ne pas blesser mon orgueil. Et moi je ménageai le sien en racontant que tous les livres d'école parlaient en termes fiers et élogieux de la reine Pakizê, troisième chef d'État de Mingher, la fille de sultan ottoman qui avait protégé les pauvres durant les terribles jours de la peste. Or, en fait, aucun manuel scolaire ne la mentionnait et tous les insulaires la croyaient morte.

Les livres et Monte-Cristo. Dans le registre « as-tu des amis ? », le docteur Nuri me posa une autre question inoubliable : « Lis-tu des livres ? »

La question, croyais-je, portait sur les livres d'école, ou simplement sur le fait que je sache lire ou pas. Mais après que j'eus donné ma réponse, je vis une sorte de pitié gênée se peindre sur leurs deux visages (comme lorsqu'ils avaient découvert que mon père ne m'avait jamais emmenée à Londres), car ils avaient compris que le bonheur de la lecture m'était inconnu. Mon arrière-grand-maman, déclara le docteur Nuri, n'aimait plus beaucoup sortir en ville, elle préférait rester dans sa chambre à lire des romans, comme dans son enfance.

« Hélas, mon cher, vous ne dites pas la vérité, pour sûr que j'aime musarder dans les rues ! » répondit Pakizê.

Le docteur Nuri, sentant qu'il avait vexé son épouse, voulut se rattraper en vantant les mérites de la lecture à la petite Minghérienne ; il montra le gros livre de poche effeuillé qui était sur la table de nuit de mon arrière-grand-mère : *Le Comte de Monte-Cristo* ! « Tu connais ce livre ? »

Le nom de l'auteur me disait quelque chose, j'étais allée voir *Les Trois Mousquetaires* au Majestik d'Arkaz l'hiver précédent, ma mère avait vu le film avant moi et l'avait jugé convenable, ajoutai-je. Ma mère aimait le cinéma, et quand elle trouvait un film adapté à mon âge, elle allait le revoir avec moi.

« C'est en lisant *Monte-Cristo* que la princesse Pakizê, bien des années après, a pu résoudre l'énigme d'un crime commis à Arkaz par son oncle Abdülhamid ! reprit le docteur Nuri.

— Résoudre, mon ami, comme vous y allez ! répliqua la reine. Je n'ai fait que supputer.

— Mais votre hypothèse est la bonne, je n'en ai jamais douté ! »

répondit le docteur Nuri en tournant péniblement la tête vers son épouse avec un grand sourire amoureux.

Des années après, tandis que je préparais l'édition des lettres, j'eus le plaisir et la fierté de découvrir que Pakizê avait en effet eu raison. Pour cela, j'ai d'abord dû faire le tour des bouquinistes de livres anciens d'Istanbul pour trouver la traduction en turc ottoman du *Comte de Monte-Cristo*, en alphabet arabe et en six volumes, publiée trois ans après la destitution d'Abdülhamid, qui avait deux ans au moment de la parution originelle du roman. Au chapitre 52, intitulé « Toxicologie », Alexandre Dumas, par la voix de Monte-Cristo, disserte d'empoisonnements indécelables à l'arsenic, élevant même le sujet à une méditation sur les différences entre l'Orient et l'Occident. Le meurtrier qui veut empoisonner quelqu'un sans laisser la moindre trace sera mieux avisé de se procurer son poison chez plusieurs épiciers ou pharmaciens, plutôt qu'auprès d'un seul, voilà ce que suggérait le roman. (Ce qui, à l'évidence, risque aussi de multiplier le nombre de témoins !)

Or, en tournant fiévreusement les épaisses pages jaunies, délicieusement odorantes, du troisième volume du *Monte-Cristo* publié chez Bedrosyan en 1912, je découvris que le chapitre 52 n'y était pas ! Pleine de joie et d'admiration, je rendis grâce à mon arrière-grand-mère Pakizê pour toutes les années passées à étudier ses lettres.

Aucune note ne précisait que le chapitre avait été supprimé. Dès lors, le tampon commercial annonçant, au début du livre, qu'il avait été « traduit pour Abdülhamid » acquérait la valeur d'une preuve digne de Sherlock Holmes. Mon cœur battait de joie et d'émotion.

Mais comme je ne savais rien de tout cela il y a soixante ans, je m'étais contentée de répondre à mes arrière-grands-parents :

« L'autre jour avec bonne-maman, nous avons vu le nom d'Abdülhamid écrit dans une vitrine !

— Vous entendez ça, mon ami ?

— Où l'avez-vous vu ce nom d'Abdülhamid ? » demandèrent-ils avec curiosité.

C'était le dernier jour. Mais passons à un autre sujet, qui rendra mieux la saveur de ce jour pour moi inoubliable.

La retransmission en direct à la télévision. « Quelle chaleur ! » disait Pakizê pour expliquer qu'ils ne quittent jamais leur chambre. « De toute façon, le docteur Nuri n'est pas en état de sortir ! »

À l'exception de ce dernier dimanche, mon arrière-grand-père, qui allait mourir huit mois plus tard, passait une partie des après-midi du samedi et du dimanche dans le hall de l'hôtel, à regarder les courses d'aviron sur le poste de télévision en noir et blanc. Les régates avaient lieu dans Genève, sur le Rhône, entre un pont en aval et un autre au niveau du lac Léman. Des curieux se massaient sur chacun des deux ponts, admirant les rameurs qui luttaient contre le fort courant, parfois chaviraient et tombaient à l'eau. Le matin, ma grand-mère Melikê et moi nous arrêtions parfois au milieu du premier pont pour les regarder.

Mais ce qui m'amusa le plus, me laissant une émotion presque métaphysique, c'était qu'après avoir traversé le pont nous revoyions la même image filmée en direct sur les écrans des télévisions qui garnissaient, toujours allumées, les cafés de la ville. J'avais secrètement envie de faire un signe à la caméra pour que mes arrière-grands-parents me voient à la télévision. Mais je n'eus pas le courage de leur confier ce désir secret, du reste ils l'avaient très bien deviné. Et puis je ne voulais pas leur avouer que la télévision n'était pas encore arrivée à Arkaz.

Cela pour dire qu'au moment d'ouvrir le cadeau de mes arrière-grands-parents, cette dernière après-midi à l'hôtel, réalité et fiction s'emmêlaient dans ma tête de manière troublante, riche, fertile.

Je défis le paquet et trouvai un livre (épais comme celui que vous tenez entre vos mains) qui en s'ouvrant révélait un pop-up, une maquette miniature de Mingher en trois dimensions. Que c'était beau, que c'était merveilleux, comme c'était réaliste ! La ville de mon enfance, finement découpée dans le moindre détail, se déployait sous mes yeux en une série de petites figurines cartonnées.

Mais non, ce n'était pas la ville de mon enfance, c'était l'Arkaz de 1901. Il manquait les nouveaux immeubles, les hôtels en béton, les « ministères ». Chaque lieu du passé était là, fidèlement restitué, à sa place. Il y avait dans ce panorama merveilleux, avec ses petits nuages ronds au-dessus des maisons, ses toits rouges, le vert des arbres, les tours pointues de la Forteresse, quelque chose qui donnait subitement l'impression d'être à la fois chez soi et transporté au milieu d'un conte.

Le merveilleux cadeau du docteur Nuri ne m'a jamais quittée. Pendant l'écriture du roman dont vous lisez les dernières pages, j'ai souvent contemplé cette maquette en trois dimensions, ce paysage de conte. Aussi voudrais-je mentionner ici – pour répondre à ceux qui trouveront que le conte occupe trop de place dans mon livre d'histoire – une autre source majeure d'inspiration, qui fonde tout le « réalisme » de mon roman : les quatre-vingt-trois photographies en noir et blanc prises par Vanias sur ordre de la reine en septembre 1901, et qui montrent les rues presque vides d'un Arkaz tout baigné de mélancolie. La nomination de mon amie d'enfance Rina au ministère de la Culture en 2008, après l'entrée officielle de Mingher dans l'Union européenne, m'aura enfin ouvert les portes trop longtemps fermées des archives.

Mon arrière-grand-mère, survolant la maquette, désigna d'abord à son mari la Forteresse. Je fus un peu troublée, ne comprenant pas tout à fait pourquoi le docteur et la reine parlaient avec tant d'émotion de ce monument, certes à l'origine de la ville et de l'histoire de l'île, mais dans l'ombre duquel j'avais toujours vécu, que j'avais vu tous les jours de ma vie. À quoi ils pensaient, quels souvenirs la Forteresse leur rappelait, j'allais le comprendre seulement des années plus tard, en lisant les lettres de Pakizê.

Elle montra ensuite à son mari la place Chrysopolitissa, l'emplacement de la pharmacie de Nikephoros, l'endroit où l'on avait découvert le corps de Bonkowski Pacha. Les couvents dont j'ai aussi parlé dans mon livre, ceux de la Halifiye, des Rifa'i et des Bektâchî de Gülerenler, étaient finement taillés dans le carton, on voyait jusqu'aux arbres des jardins.

« Es-tu déjà allée dans ces couvents ? » me demanda la reine.

À cette époque je n'étais même pas au courant de l'existence des couvents, endroits mystérieux, cachés derrière leurs murs, auxquels ma mère ne s'intéressait pas une seconde. « Non, jamais », répondis-je sans honte.

Ils continuèrent à passer en revue les différents lieux, tous à leur place, la montée de Fait-Braire-l'Âne, le pont Hamidiye, la garnison, le bâtiment des douanes. Parfois mes parents parlaient tout bas entre eux, dans un anglais bizarre, pour éviter que je les comprenne, et j'en étais malheureuse, voire j'avais peur, je pensais qu'ils allaient encore se disputer. C'était la même angoisse de la solitude qui commençait à m'envahir ; je m'assis à côté du docteur Nuri.

La reine avait posé la maquette sur une table basse près du fauteuil de son mari. Comme ils avaient mentionné le Splendid Palas, je leur dis que ce n'était pas le meilleur hôtel (d'après ma mère), qu'il y en avait de plus beaux à Mingher, mais que le glacier de l'hôtel, Roma, était lui le meilleur de la ville, puis je leur parlai du petit musée du Commandant au deuxième étage.

Ils n'en avaient jamais entendu parler. Ils me questionnèrent beaucoup sur ce musée, et puisqu'on en venait à évoquer l'héroïque Commandant, sujet que je maîtrisais très bien, je leur montrai la maison où était né le Grand Sauveur, leur décrivant ensuite ce que j'avais vu dans cet autre musée.

Voyant que mes connaissances les impressionnaient, je leur parlai aussi du Mausolée du Commandant, absent de la maquette, où la maîtresse nous emmenait avec toute la classe deux fois par an (on nous fouillait à l'entrée). L'année passée, continuai-je, j'avais fait un exposé à propos de ce mausolée, en m'appuyant sur *L'Encyclopédie de Mingher*, puis je leur récitai par cœur deux poèmes de l'immense Âchkan, « Commandant, grand Commandant », et « Je suis de Mingher ».

« Tu dois aller à Istanbul à la première occasion, mon enfant ! dit le docteur Nuri sans aucun rapport.

— Pourquoi dites-vous cela ? intervint la reine. Ne gâchez pas le plaisir de notre petite Minghérienne. Voyez comme elle a bien travaillé ses leçons, elle sait tout ! »

Ces flatteuses paroles m'encouragèrent davantage. Car quoi, on parlait du grand Commandant, et je connaissais le sujet à fond.

« Si le grand Commandant n'avait pas été là, aujourd'hui nous serions esclaves des Grecs, des Turcs, peut-être même des Italiens ! Le Commandant a proclamé l'indépendance et la liberté de Mingher, il nous a élevés sur la scène de l'Histoire au rang des nations civilisées !

— Bravo ! dit Pakizê. Maintenant, montre-nous où il a fait cela ! »

J'eus un instant de blocage, comme devant l'inspectrice aux cheveux blonds. Je n'avais rien compris à la question.

« Regarde, là c'est le balcon du palais, reprit mon arrière-grand-mère. Qu'a fait le Commandant sur ce balcon ? »

À présent c'était clair, et l'excitation revenait, car je savais la réponse par cœur.

« La place était couverte de milliers de Minghériens de tous les âges, venus des quatre coins de l'île au péril de leur vie pour voir le Commandant, récitai-je. Le Commandant leur a dit : "Vive Mingher !" »

Mais, prise d'émotion, j'avais oublié les paroles du Commandant, pourtant inscrites dans tous les manuels scolaires. « Et puis..., bégayai-je. Et puis deux jeunes villageoises ont mis dans sa main le drapeau de Mingher.

— Tiens, bois un peu, ma petite ! » dit mon arrière-grand-mère. Elle me tendit un verre d'eau qui était sur la table basse, attrapant au passage le napperon plié dessous, qu'elle déplia dans sa main comme un petit drapeau. « Peut-être que tu t'en souviendras mieux si nous sortons sur le balcon. »

Mon arrière-grand-mère embrassa sa petite Minghérienne sur les deux joues ; je me sentis rassurée, heureuse. Maintenant tout me revenait, bien sûr que je me souvenais des mots mille fois lus du Commandant !

Son petit drapeau à la main, mon arrière-grand-mère la princesse Pakizê franchit avec moi la porte toujours ouverte du balcon. Et toutes les deux en chœur, agitant le drapeau et vibrant de ferveur autant que moi en cet instant où je l'écris, nous avons crié :

« Vive Mingher ! Vive les Minghériens ! Vive la Liberté ! »

2016 - 2021

Composition : IGS-CP à L'Isle-d'Espagnac (16)
Achevé d'imprimer par Normandie Roto Impression s.a.s.,
61250 Lonrai, en février 2022
Dépôt légal : février 2022
Numéro d'imprimeur : 2200267

ISBN : 978-2-07-285729-4 / Imprimé en France

355902